全本全注全译

閒情偶寄

（上）

〔清〕李渔 著
谦德书院 注译

团结出版社

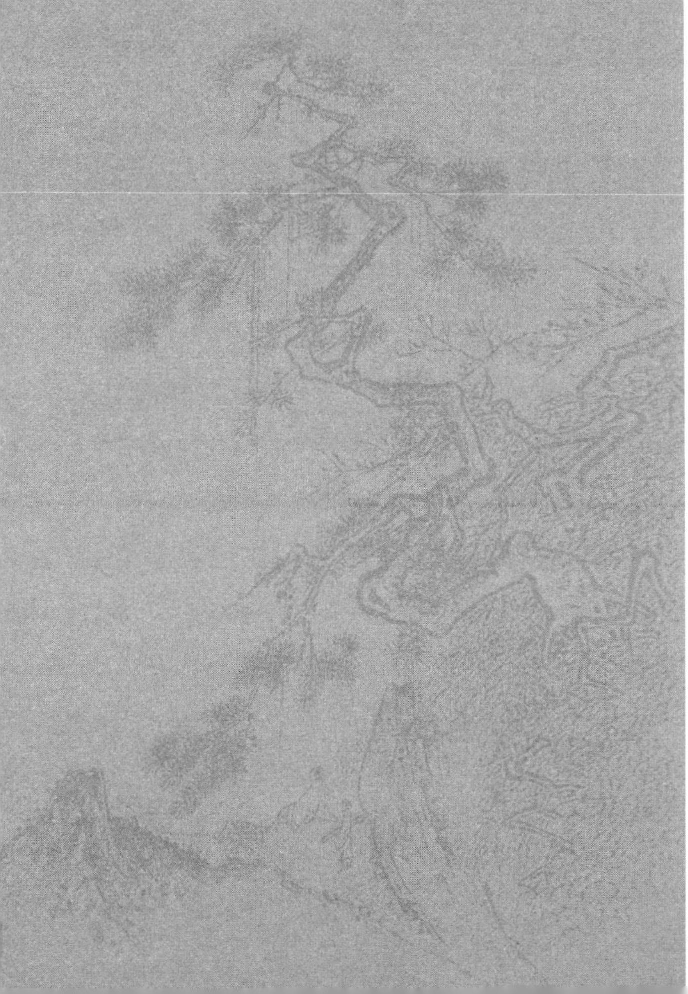

图书在版编目（CIP）数据

闲情偶寄 / (清) 李渔著 ; 谦德书院注译. -- 北京: 团结出版社, 2021.12

ISBN 978-7-5126-9190-2

Ⅰ. ①闲… Ⅱ. ①李… ②谦… Ⅲ. ①杂文集—中国—清代②《闲情偶寄》—注释③《闲情偶寄》—译文 Ⅳ. ①I264.9

中国版本图书馆CIP数据核字(2021)第196174号

出版：团结出版社

（北京市东城区东皇城根南街84号 邮编：100006）

电话：（010）65228880　　65244790（传真）

网址：www.tjpress.com

Email：65244790@163.com

经销：全国新华书店

印刷：三河市富华印刷包装有限公司

开本：145×210　1/32

印张：25

字数：540千字

版次：2021年12月　第1版

印次：2021年12月　第1次印刷

书号：978-7-5126-9190-2

定价：88.00元（全二册）

《谦德国学文库》出版说明

人类进入二十一世纪以来，经济与科技超速发展，人们在体验经济繁荣和科技成果的同时，欲望的膨胀和内心的焦虑也日益放大。如何在物质繁荣的时代，让我们获得内心的满足和安详，从经典中获取智慧和慰藉，或许是我们不二的选择。

之所以要读经典，根本在于，我们应当更好地认识我们自己从何而来，去往何处。一个人如此，一个民族亦如此。一个爱读经典的人，其内心世界必定是丰富深邃的。而一个被经典浸润的民族，必定是一个思想丰赡、文化深厚的民族。因为，文化是民族之灵魂，一个民族如果不能认识其民族发展的精神源泉，必定就会失去其未来的生机。而一个民族的精神源泉，就保藏在经典之中。

今日，我们提倡复兴中华优秀传统文化，当自提倡重读经典始。然而，读经典之目的，绝不仅在徒增知识而已，应是古人所说的“变化气质”，进一步，是要引领我们进德修业。《易》曰：“君子以多识前言往行，以蓄其德。”实乃读经典之要旨所在。

基于此理念，我们决定出版此套《谦德国学文库》，“谦德”，即本《周易》谦卦之精神。正如谦卦初六爻所言：“谦谦君子，用涉大川”，我们期冀以谦虚恭敬之心，用今注今译的方式，让古圣先贤的教诲能够普及到每一个人。引导有心的读者，透过扫除古老经典的文字障碍，从而进入经典的智慧之海。

作为一套普及型的国学丛书，我们选择经典，不仅广泛选录以儒家文化为主的经、史、子、集，也将视野开拓到释、道的各种经典。一些大家所熟知的经典，基本全部收录。同时，有一些不太为人熟知，但有当代价值的经典，我们也选择性收录。整个丛书几乎囊括中国历史上哲学、史学、文学、宗教、科学、艺术等各领域的基本经典。

在注译工作方面，版本上我们主要以主流学界公认的权威版本为底本，在此基础上参考古今学者的研究成果，使整套丛书的注译既能博采众长而又独具一格。今文白话不求字字对应，只在保证文意准确的基础上进行了梳理，使译文更加通俗晓畅，更能贴合现代读者的阅读习惯。

古籍的注译，固然是现代读者进入经典的一条方便门径，然而这也仅仅是阅读经典的一个开端。要真正领悟经典的微言大义，我们提倡最好还是研读原本，因为再完美的白话语译，也不可能完全表达出文言经典的原有内涵，而这也正是中国经典的古典魅力所在吧。我们所做的工作，不过是打开阅读经典的一扇门而已。期望藉由此门，让更多读者能够领略经典的风采，走上领悟古人思想之路。进而在生活中体证，方能直趋圣贤之境，真得圣贤典籍之大用。

经典，是一代代的古圣先贤留给我们的恩泽与财富，是前辈先人的智慧精华。今日我们在享用这一份财富与恩泽时，更应对古人心存无尽的崇敬与感恩。我们虽恭敬从事，求备求全，然因学养所限、才力不及，舛误难免，恳请先贤原谅，读者海涵。期望这一套国学经典文库，能够为更多人打开博大精深之中华文化的大门。同时也期望得到各界人士的襄助和博雅君子的指正，让我们的工作能够做得更好！

团结出版社

2017年1月

前　言

《闲情偶寄》是清代李渔撰写的一部非常有代表性的小品文，包括《词曲部》《演习部》《声容部》《居室部》《器玩部》《饮馔部》《种植部》《颐养部》八个部分。李渔用他大半生所积累的学识及心得著成此书，为广大读者论述了戏剧、表演、歌舞、妆容、服饰、园林、建筑、家具、古玩、颐养、饮食、养花、种树等诸多方面的内容，300多年来一直深受读者喜爱。

李渔（1611—1680），原名仙侣，字谪凡，号天徒，后改名渔，字笠鸿，号笠翁。李渔在文学、戏曲、美学上很是精通，极富生活情趣，被称为“最会玩的李十郎”。李渔出生在雉皋（今江苏如皋）一户家境比较殷实的药商家庭。他自幼聪颖，常与底层人民接触，这对他的人生观产生了很大影响。李渔19岁时，家道开始中落，无奈只得变卖家产来维持生计。早年的李渔尚存入仕之心，但几次乡试落榜后便打消了这个念头。在清军入关后的那些兵荒马乱的日子里，他一度避乱山中。他在本书《饮馔部》中写道：“至于甲申、乙酉之变，予虽避兵山中，然亦有时入郭，其至幸者，才徙家而家焚，甫出城而城陷，其出生于死，皆在斯须倏忽之间。噫！予何修而得此于天哉！报施无地，有强为善而已矣。”虽然生逢乱世，历尽艰险，过着东躲西藏的生活，但这段经历也给他以后的创作提供了素材。后来，面对日益窘迫的生活，李渔逐渐走上了卖文为生的道路。

顺治八年（1651），李渔举家迁往杭州，开始了作品创作以及戏班演出生涯。他的很多戏曲作品都作于此时，他组建的以其家人为主要演员的剧团得到很多达官显贵的赏识，纷纷邀请他们去演出，在取得很高声名的同时，李渔的足迹也遍及湖北、河南、河北、山西、山东、甘肃、陕西、浙江、江苏、安徽、江西、广东、福建、北京等地，可谓踏遍了大江南北，他自谓“负笈四方，三分天下几遍其二”。在行走中，无论是达官显贵还是贩夫走卒，都鲜活地走进了李渔这位充满好奇的江湖文人的创作视野，成为他的创作元素。

大约在康熙元年（1662），他又举家移居金陵（今江苏南京），在此营建别业“芥子园”。同时，他又开设书铺，刊行了不少包括他自己作品在内的戏曲小说及其他杂著，还刻印了被他称为“四大奇书”的《水浒传》《西游记》《三国志演义》和《金瓶梅》，以及其他一些当时人们想看，而在市面上却又买不到的书籍，这些书籍颇受读者欢迎，其中以《芥子园画谱》最为有名。

康熙十六年（1677），经历了著书、游历、演出、经商、出版等精彩人生的李渔，又举家迁回杭州，开始了买山隐居的生活。到了康熙十九年（1680），李渔去世，享年七十岁。

李渔是明末清初杰出的戏曲家和小说家，被称为“东方的莎士比亚”“中国戏剧理论始祖”，被列入世界文化名人的行列。他一生著述颇丰，声名远播，主要作品有《闲情偶寄》《笠翁十种曲》《无声戏》《十二楼》《笠翁一家言》等。其中，最为世人所知的便是《闲情偶寄》了，它被林语堂称作“中国人生活艺术的指南”。李渔在这部著作中以幽默、清新的语言写尽了生活之美。

在《闲情偶寄》的八个部分中，占比重最大、价值最高者当为戏曲理论相关部分，包括《词曲部》及《演习部》，约占全书三分之一的篇幅，若是再将《声容部》的一些章节纳入其中，这个篇幅就更大了。这些内容都来自于李渔的创作、编导及演出实践，具有一定的独创性，不仅切合实际，且根基深厚。

其中的《词曲部》是李渔戏曲理论最重要的部分，主要围绕立意、结构、词采、音律、宾白、科诨、格局、填词等方面展开论述，向来被学者所重视。李渔首先提出了“结构第一”的观点，并将其运用于自己的戏曲创作之中，包括“戒讽刺”“立主脑”“脱窠臼”“密针线”“减头绪”“戒荒唐”“审虚实”七个小部分，其中有很多是他人之言不够深刻，或是根本未曾言过的内容。在人们都以填词为重，却轻视宾白的情况下，李渔专作“宾白”一节，提出了非常有见地的“语求肖似”“词别繁简”“文贵洁净”“意取尖新”等观点，用来纠正世人“轻宾白”的偏颇。李渔认为：“然传奇一事也，其中义理分为三项：曲也，白也，穿插联络之关目也。”他又说：“故知宾白一道，当与曲文等视，有最得意之曲文，即当有最得意之宾白，但使笔酣墨饱，其势自能相生。”

在《演习部》中，李渔总结了表演及导演的艺术经验，利用整个篇幅来谈“登场之道”，他认为：“填词之设，专为登场；登场之道，盖亦难言之矣。词曲佳而搬演不得其人，歌童好而教率不得其法，皆是暴殄天物，此等罪过，与裂缯毁璧等也。”周贻白先生在评价李渔时说：“他对于戏剧的认识及舞台的观察，以当时情况而言，见解颇为高超。他不仅注意到登台扮演，同时还兼顾到台下的观众。这些事，过去论曲者虽也约略提到过，而辟为专论，条分缕析地辨及微芒，大可以说前无古人。”可以说，在那个时代，李渔就懂得了观众心理学，真是难能可贵。戏剧本身就是一门综合艺术，剧本、演员、服饰、音乐、道具等都是不可或缺的必要条件，而要把这些进行很好的整合，则需要有优秀的导演，而李渔在继承前人经验的基础上，结合自身经验，论述了导演及表演之事，同时指出演戏要不落俗套，要不断推陈出新，这些300多年前提出的观点至今仍令人叹服。

《声容部》专门讲述仪容之美，虽然历史上也曾有过相关著述，但像李渔这样通过选姿、修容、治服、习技等方面进行系统论述的确实少见。在《选姿第一》中，李渔从肌肤、眉眼、手足、态度等方面谈如何判定女子是否为美。在《修容第二》中，李渔又从盥栉、薰陶、点染等方面论述了如何修饰打扮才能使自己的仪容更美。在《治服第三》中，李渔又从首饰、衣衫、鞋袜等方面谈了服饰之美，这是本书颇为精彩的部分。从李渔对“衣以章身”四字的诠释，不难看出他对服饰的深刻理解，他说：“章者，著也，非文采彰明之谓也。身非形体之身，乃智愚贤不肖之实备于躬，犹‘富润屋，德润身’之身也。”此段文字即使今日读来，依然会让人心生感慨，敬佩之情不禁油然而生。在《习技第四》中，李渔从文艺、丝竹、歌舞三个方面讲述了女子学习技艺的问题。这里的一些观点在今日看来不免有些迂腐，但那时的李渔却是真实地表达了自己的观点。在《声容部》中，李渔还对如何选择及训练演员提出了自己独到的看法。

《居室部》是专门谈论园林及房屋建筑的，分为“房舍”“窗栏”“墙壁”“联匾”“山石”五个部分，体现了李渔在建筑方面的美学思想。李渔自称：生平有两绝技，一则辨审音乐，一则置造园亭。他留下来的半亩园、芥子园、伊园、层园都是置造园亭方面的见证。他在“窗栏”中说自己，“予性最癖，不喜盆内之花，笼中之鸟，缸内之鱼，及案上有座之石，以其局促不舒，令人作囚鸾絷凤之想。”这体现了他一心追求无拘无束的生活，以及效法自然的个性。

《器玩部》专门谈了关于几案、椅杌、床帐、橱柜、茶具、酒具、碗碟、灯烛等日常家用器皿及赏玩之物的实用性及审美问题。李渔将这些一般文士不肯去谈的寻常器物娓娓道来，不禁让我们感到这位充满平民意识的作家是如此贴近生活又接地气。他告诉我们：欲置几案，其中三小物必不可少，即抽屉（可使桌面整洁）、隔板（可充分利用空间）、桌撒（以备挪台撒脚之用）；他又告诉我们：茶壶之嘴务直，而酒壶之嘴曲直可以不论，因为贮茶之物与贮酒不同，酒无渣滓，一斟即出，茶则为有体之物，星星之叶，入水即成大片，斟泻之时，纤毫入嘴，则塞而不流……

李渔还经常发挥他奇特的想象力来进行发明创造。如，他在日常所用椅子的基础上设计出一种“暖椅”，以备冬天寒冷时使用。其实这种设计也不复杂，只是在原椅周围围上木板，脚下安栅，在脚栅之下安装抽屉，将炭火置于抽屉之内，上面用灰覆盖，这样火气既不猛烈，又能达到满座皆温的效果。在李渔的时代，这个造价低廉、制作简单的装置真是解了太多人的严寒之苦，在隆冬时节给人们带去了一份温暖。又如，他为了能在黄昏嗅味，使其直入梦魂，创造了“床令生花”的方法。再如，在那个照明只能靠油灯或蜡烛的时代，为了方便剪灯，他发明了3至5尺长的“烛剪”以及方便上下的“悬灯”……

民以食为天，《饮馔部》从“蔬食”“谷食”“肉食”三个部分来论述养生之道。李渔在《蔬食第一》中说：“吾辑《饮馔》一卷，后肉食而首蔬菜，一以崇俭，一以复古；至重宰割而惜生命，又其念兹在兹，而不忍或忘者矣。”李渔的这段文字指出了养生学的根本思想，即饮馔一定要吃出健康，而不能损害健康。他又在《谷食第二》中提出：“食之养人，全在五谷。”讲述了主食的重要性。接着，李渔又谈到了“肉食”，他说：“望天下之人，多食不如少食。无虎之威猛而益其愚，与有虎之威猛而自昏其智，均非养生善后之道也。”他还认为：“饮食之道，脍不如肉，肉不如蔬，亦以其渐近自然也。”这体现出了李渔注重清淡饮食的思想。

李渔自己在《种植部》标题下面附了一个小注：“已载群书者片言不赘，非补未逮之论，即传自验之方。欲睹陈言，请翻诸集。”在此，李渔明确提出了自己的为文观点，他在文中所说或是经过亲身验证，或是补前人之不足，绝不拾人牙慧。他从草木性情入手，延伸到人生哲理，读来令人深思。如在“牡丹”中，李渔谈到牡丹如何为群花之王，他列举了《事物纪原》中武后将牡丹贬至洛阳的故事，显现出牡丹不畏强权的王者之姿。李渔又写道：“予自秦之巩昌，载牡丹十数本而归，同人嘲予以诗，有‘群芳应怪人情热，千里趋迎富贵花’

之句。予曰：'彼以守拙得贬，予载之归，是趋冷非趋热也。'"在李渔的回答中，我们不难看出他对牡丹高洁品行的赞赏，这也彰显出李渔令人敬佩的品质，这段充满人生哲理的文字如今读来依然耐人寻味。

李渔在《颐养部》中从"行乐""止忧""调饮啜""节色欲""却病""疗病"六个方面阐述了自己独特的养生理念，甚至有人将此部称为医疗、养生小百科。林语堂先生在《人生的乐趣》中曾写道："在李笠翁十七世纪的著作中，有一个重要部分专门研究生活的乐趣，是中国人生活艺术的袖珍指南，从住宅与庭园、屋内装饰、界壁分隔到妇女的梳妆、美容、施粉黛、烹调的艺术和美食的导引，富人穷人寻求乐趣的方法，一年四季消愁解闷的途径，疾病的防治，最后是从感觉上把药物分成三类：'本性酷好之药''其人急需之药'和'一生钟爱之药'。这一章包含了比医科大学的药学课程更多的用药知识。这个享乐主义的戏剧家和伟大的喜剧诗人，写出了自己心中之言。"这段话后面的部分即说的是《颐养部》。我们从《颐养部》提到的各类药方来看，都与心理相关，若是拿现在的话来说，李渔也算得上是位心理治疗大师了。

其实，《闲情偶寄》的其他各部也都与养生有关，这从书名就可知晓。黄强教授也曾指出："《闲情偶寄》八部无一不是李渔养生理论的组成部分。"对于每天都在不停奔波忙碌的现代人来说，真应该静下心来好好看一看这部养生之作。

可以说，《闲情偶寄》是李渔智慧、才情的体现。打开此书，我们看到的不是一个满腹牢骚的落魄文人，而是一位充满贵气的"闲人”的妙笔生花。李渔虽然经常处于困窘之中，但是在他身上看不到一丝愁苦之气，他带给我们的是一种闲适、恬淡、充满人情味、雅趣横生的生活状态。

新书初成时，李渔就送了几十部给与他相熟的官员及朋友，请他们作序评点。在清初享有盛名、与李渔一样同为布衣文人的余怀为他作序，他在序言中说：“今李子《偶寄》一书，事在耳目之内，思出风云之表，前人所欲发而未竟发者，李子尽发之；今人所欲言而不能言者，李子尽言之；其言近，其旨远，其取情多而用物闳。”还说：“此非李子《偶寄》之书，而天下雅人韵士家弦户诵之书也。……今李子以雅淡之才、巧妙之思，经营惨淡，缔造周详。即经国之大业，何遽不在是？而岂破道之小言也哉？”

当时，身居官场的清初才子尤侗也为这部书作序并给予了很高评价。吴梅村、尤展成、陆丽京、余澹心、曹顾庵、王安节、王左车、宋澹仙、陆梯霞等人也分别对《闲情偶寄》的曲论部分进行了评点。这些序及评不仅加深了李渔戏曲理论的社会影响，还对本书的盛行起到了推动作用。

这部《闲情偶寄》不仅在当时受到了各方人士赏识，后人也对其赞不绝口。孙楷第曾说：“其中《闲情偶寄》，的确是部好书，的确是一家之言，在这书中讲词曲，讲声容，讲建筑，讲种植颐养，无一不精细，无一不内行，并且确乎有个人的独得之处。”周作人称这部作品“文字思想均极清新”“都是很可喜的小品”。梁实秋说：“笠翁《闲情偶寄》之所论，正合我意。”还有很多文人雅士都对这部作品给予了很高评价。

其实，李渔的作品不只在国内有巨大影响，他的很多作品早已走出国门。据载，最早译介李渔作品的国家是日本，1771年的《新刻役者纲目》上刊载了李渔《蜃中楼》中的《结蜃》及《双订》这两出戏。此后，李渔的《风筝误》《夺锦楼》《夏宜楼》等作品也相继在日本出版。之后，李渔的《三与楼》英译本及法译本也相继出版。A·佐托利编著的《中国文化教程》中也收录了他翻译的拉丁文本《慎鸾交》《奈何天》《风筝误》等作品。……由此可见李渔作品影响之广泛。

其实对于现代学生来说，《闲情偶寄》也是一部非常值得细读的作品，这部休闲百科全书中有不少篇章都是不可多得的优美散文，曾选入高中语文课本的《种植部·芙蕖》，可称为散文中描写荷花的上乘之作。

此次我们出版的这部《闲情偶寄》，以翼圣堂本为底本，并参考了其他版本进行精心点校。本书的注释和译文以严谨为前提，力求从读者的需求出发，以通俗易懂的文字为读者创造一个轻松愉快的阅读环境。但因编译者水平有限，难免有疏漏之处，还望各位读者不吝指正。

总　目

目　录

卷二　词曲部下

演习部

卷三 声容部

余怀序

《周礼》一书[①]，本言王道，乃上自井田军国之大，下至酒浆扉屦之细，无不纤悉具备，位置得宜，故曰：王道本乎人情。然王莽一用之于汉而败[②]，王安石再用之于宋而又败者[③]，其故何哉？盖以莽与安石，皆不近人情之人，用《周礼》固败，不用《周礼》亦败。《周礼》不幸为两人所用，用《周礼》之过，而非《周礼》之过也。苏明允曰[④]："凡事之不近人情者，鲜不为大奸慝。"古今来大勋业、真文章，总不出人情之外；其在人情之外者，非鬼神荒忽虚诞之事，则诪张伪幻狯獝之辞[⑤]，其切于男女饮食日用平常者，盖已希矣。余读李子笠翁《闲情偶寄》而深有感也。昔陶元亮作《闲情赋》[⑥]，其间为领、为带、为席、为履、为黛、为泽、为影、为烛、为扇、为桐，缠绵婉娈，聊一寄其闲情，而万虑之存、八表之憩，即于此可类推焉。今李子《偶寄》一书，事在耳目之内，思出风云之表，前人所欲发而未竟发者，李子尽发之；今人所欲言而不能言者，李子尽言之；其言近，其旨远，其取情多而用物闳。漻漻乎[7]！纚纚乎[8]！汶者读之旷[9]，僿者读之通[10]，悲者读之愉，拙者读之巧，愁者读之忭且舞，病者读之霍然兴。此非李子《偶寄》之书，而天下雅人韵士家弦户诵之书也。吾知此书出将不胫而走，百济之使维舟而求[11]，鸡林之贾辇金而购矣[12]。而世之腐儒，犹谓李子不为经国之大业，而为破道之小言者。余应之曰：唯唯否否。昔谢文靖高卧东山[13]，系天下苍生之望，而游必携妓，墅则围棋。谢玄破贼[14]，桓冲初忧之[15]，郗超曰[16]：“玄必能破贼。吾尝共事桓公府，履屐间皆得其用，是以知之。”白香山道风雅量[17]，为世所钦，而谢好、陈结、紫绡、菱角[18]，惊破《霓裳羽衣》之曲[19]；罢刑部侍郎时，得臧获之习管磬弦歌者指百以归。苏文忠秉心刚正[20]，不立异，不诡随，而琴操、朝云、螭头、鹊尾[21]，有每闻清歌辄唤奈何之致。韩昌黎开云驱鳄[22]，师表朝廷，而每当宾客之会，辄出二侍女合弹琵琶筝。故古今来能建大勋业、作真文章者，必有超世绝俗之情、磊落嵚崎之韵[23]，如文靖诸公是也。今李子以雅淡之才、巧妙之思，经营惨淡，缔造周详，即经国之大业，何遽不在是，而岂破道之小言也哉？往余年少驰骋，自命江左风流，选妓填词，吹箫跕屣[24]，曾以一曲之狂歌，回两行之红粉，而今老矣，不复为矣！独是冥心高寄，千载相关，深恶王莽、王安石之不近人情，而独爱陶元亮之闲情作赋，读李子之书，又未免见猎心喜也[25]。王右军云[26]：“年在桑榆，正赖丝竹陶写。”余虽颓然自放，倘遇洞房绮疏，交鼓絙瑟，宫商迭奏，竹肉竞陈，犹当支颐郭袖[27]，倾耳而听之。

时康熙辛亥立秋日建邺弟余怀无怀氏撰

【注释】①《周礼》：亦称《周官》或《周官经》，儒家经典之一。搜集周王室官制和战国时代各国制度，添附儒家政治理想，增减排比而成的汇编。

②王莽：字巨君，汉东平陵（今山东历城县东）人。孝元皇后的侄子。先为大司马，平帝立，元后临朝称制，委政于莽，号安汉公。后假禅让之名，篡汉自立，国号新，法令烦苛，光武起兵讨之，王莽兵败被杀。

③王安石：字介甫，号半山老人，宋代临川人。博览强记，工书画，尤善诗，而文词简练。神宗时为相，改革政治，锐行新法，因反对者众多，没有成功。封荆国公，卒谥文。

④苏明允：即苏洵，字明允，北宋文学家，与其子苏轼、苏辙并以文学著称于世，世称"三苏"，均被列入"唐宋八大家"。

⑤诪（zhōu）张伪幻：用不实的言语来欺骗人。

⑥陶元亮：即陶渊明，字元亮，晚年更名潜，字渊明。别号五柳先生，私谥靖节，世称靖节先生。东晋末到刘宋初年杰出的诗人、辞赋家、散文家。其《闲情赋》见《陶渊明集》。

⑦漻（liáo）漻：清澈的样子。

⑧纚（lí）纚：引申为连绵不断。

⑨汶者：昏暗不明的人。

⑩僿（sài）者：不诚恳的人。

⑪百济：国名。位于今朝鲜半岛西南部。相传是东汉末年扶余

王尉仇台的后代，因以百家济海立国，故称为“百济”。

⑫鸡林：古国名。即新罗。东汉永平八年（公元65年），新罗王夜闻金城西始林间有鸡声，遂更名鸡林。

⑬谢文靖：即谢安，字安石，陈郡阳夏（今河南省太康县）人。东晋时期政治家、名士，谥“文靖”。

⑭谢玄：字幼度，陈郡阳夏（今河南省太康县）人。东晋名将，豫州刺史谢奕之子、太傅谢安的侄子。

⑮桓冲：东晋名将，字幼子，小字买德郎，谯国龙亢（今安徽省怀远县）人，宣城内史桓彝第五子，大司马桓温之弟，桓楚武悼帝桓玄之叔。

⑯郗超：字景兴，一字敬舆，小字嘉宾，高平金乡（今山东省金乡县）人，东晋官员、书法家、佛学家。

⑰白香山：唐代诗人白居易晚年退居洛阳香山，自号香山居士。

⑱谢好、陈结、紫绡、菱角：都是唐时名妓。

⑲《霓裳羽衣》之曲：即唐代舞曲《霓裳羽衣曲》。

⑳苏文忠：即宋代著名文学家苏轼，字子瞻、和仲，号铁冠道人、东坡居士，死后谥文忠。

㉑琴操、朝云：苏轼的侍妾。

㉒韩昌黎：即韩愈，自称“郡望昌黎”，世称韩昌黎，唐代文学家、思想家、哲学家。

㉓磊落嵚（qīn）崎：比喻品格卓异出群。

㉔跕屣（dié xǐ）：指挟妓冶游。

㉕见猎心喜：指旧习未忘，看到与自己喜好雷同的事物，不禁心

喜。比喻触其所好。

㉖王右军：即王羲之，字逸少，琅琊临沂（今山东省临沂市）人。东晋大臣、书法家，有“书圣”之称。

㉗支颐：指以手托下巴。鄣袖：指以袖遮颜。形容故作姿态。

【译文】《周礼》一书，以论说王道大业为主，上至农耕、征战等军国大事，下至推车卖酒、穿衣戴帽之类的日常琐事，事无巨细、面面俱到，因此说：王道也是出于人之根本。然而王莽采用书中内容却导致汉朝败亡，王安石再次采用，而宋朝也败亡了，究竟是何原因呢？大概是因为王莽和王安石，都属于不近人情之人，他们采用《周礼》固然会败亡，即使他们不采用《周礼》也必然会失败。《周礼》不幸被他们二人采用，采用《周礼》而亡国的过失，并非《周礼》本身的过错。苏明允说：“但凡做事不近人情者，几乎都是大奸大恶之人。”自古以来，凡是建功立业、文采出众的人，总不会跳脱于人情之外；而那些不懂人情世故的人，如果不是装神弄鬼，以荒诞之事欺世，就是以虚假狯獝的言辞诳骗于人，其中能真正参悟日常生活、男女、饮食真理的人，少之又少。我读李笠翁先生的《闲情偶寄》后深有感触。从前陶渊明作《闲情赋》，其中涉及关于领、带、席、履、黛、泽、影、烛、扇、桐等内容，缠绵含蓄，聊以寄托闲情，而千愁万绪之寄托，也可以以此类推。如今李笠翁先生的《闲情偶寄》一书，所叙述的虽然都是日常之事，但却能引发读者无限的思考，前人想要抒发却没能抒发的情感，李先生尽情抒发出来了；今人想要表达而表达不出来的内容，李先生也尽情吐露出来了；他的语言浅显易懂，宗旨明确，寓意深远，他所描写的内容多情而闳阔。思路清晰！缜密！内心昏暗迷茫的人读后变得豁达开朗，思想阻塞的人读后变得通畅敏捷，悲苦的人读后变得愉快，笨拙的人读后变得灵巧，郁愁的人读后变得欢舞，生病的人读后霍然病愈。这本《闲情偶寄》不仅仅只是李先生的寻常著作，而是天下雅人韵士家家歌诵、广为流传的奇书。我相信这本书一经面世将不胫而走，百济国的使者会专程驾船来求购，鸡林国的商贾也将带着重金来购买。然而世间一些迂腐的儒生，却认为李先生不为经国之大业，却作叛道之小言。我回应这些指责说：你们的观点貌似有理，实则有误。从前谢安高卧东山，心系天下百姓，然而出游必携歌妓，住在别墅则下棋取乐。谢玄与贼寇交战，桓冲初为他担忧，郗超说："谢玄一定能取胜。我曾与他在桓公府共事，深知他言行谨慎，必胜无疑。"白居易道风雅量，为世人钦慕，而常伴他的歌妓谢好、陈结、紫绡、菱角，以一曲《霓裳羽衣》惊艳四座；在他被罢免刑部侍郎一职时，带回上百名熟谙管磬弦歌的奴婢。苏轼意志坚定，既不标新立异，也不随波逐流，然而每当听到琴操、朝云等侍妾的轻歌曼舞，总是忍不住感叹其动人心魄。韩愈作文章以驱鳄鱼，并以此师表朝廷，而每次与宾客聚会时，总要请出两位侍女合弹琵琶与筝。因此古往今来能建功立业、文采出众的人，必定具有超世绝俗的情感、磊落潇洒的韵致，像谢安诸公便是如此。如今李先生以雅淡的才华、巧妙的构思，经营惨淡，缔造周详，那些经国大业，何尝不蕴含其中，哪里是什么叛道小言？过去我年轻气盛，自命为江南风流文士，成天选妓填词，挟妓吹箫，曾以一曲狂歌，使芳心感动泪流，如今老矣，不再像年轻时风流倜傥了！然而我仍心存高远，爱憎分明，深恶王莽、王安石的不近人情，而独爱陶渊明的闲情作赋，读李先生之书，又未免见猎心喜、跃跃欲试了。王羲之说：“人到晚年，正应该通过音乐来陶冶情操。”我虽已颓然老迈、放任自流，倘若遇到洞房美艳雕窗绮疏，急鼓缓瑟交错而鸣，宫商迭奏而丝竹与歌声竞相悦耳，还是要用手托住脸颊，以袖掩面，洗耳恭听。

时康熙辛亥立秋日建邺弟余怀无怀氏撰

尤侗序

声色者，才人之寄旅；文章者，造物之工师。我思古人，如子胥吹箫[1]，正平挝鼓[2]，叔夜弹琴[3]，季长弄笛[4]，王维为“琵琶弟子”[5]，和凝称“曲子相公”[6]，以至京兆画眉[7]，幼舆折齿[8]，子建傅粉[9]，相如挂冠[10]，子京之半臂忍寒[11]，熙载之纳衣乞食[12]，此皆绝世才人，落魄无聊，有所托而逃焉。犹之行百里者，车殆马烦，寄宿旅舍已尔，其视宜春院里画鼓三千[13]，梓泽园中金钗十二[14]，雅俗之别，奚翅径庭哉[15]！然是物也，虽自然之妙丽，借文章而始传。前人如《琴》《笛》《洞箫》诸赋[16]，固已分刌节度[17]，穷极幼眇；乃至《巫山》陈兰若之芳[18]，《洛浦》写瑶碧之饰[19]，东家之子比其赤白[20]，上宫之女状其艳光，数行之内若拂馨香，尺幅之中如亲巧笑，岂非笔精墨妙，为选声之金管，练色之宝镜乎？抑有进焉，江淹有云[21]：“蓝朱成彩，错杂之变无穷；宫商为音，靡曼之态不极。”蛾眉岂同貌而俱动于魄？芳草宁共气而皆悦于魂？

【注释】①子胥：即伍子胥，名员，字子胥，楚国人，春秋末期吴国大夫、军事家。因封于申，也称申胥。

②正平挝鼓：汉末名士祢衡，字正平，曾得罪曹操，曹操降他为鼓吏。一次晚宴，曹操有意羞辱祢衡，命祢衡为宾客击鼓助兴。祢衡裸身扬棰击鼓，作《渔阳掺挝》曲，音调悲壮，四座宾客皆为之感动。

③叔夜：指嵇康，字叔夜，谯国铚县人，三国时期曹魏思想家、音乐家、文学家，“竹林七贤”第一人。

④季长：即马融，字季长，扶风郡茂陵县（今陕西省兴平市）人，东汉著名经学家。

⑤王维：字摩诘，号摩诘居士。河东蒲州（今山西运城）人，唐朝诗人、画家。

⑥和凝：字成绩，郓州须昌（今山东省东平市）人。唐末五代时期宰相，文学家、法医学家。喜爱文学，长于短歌艳曲，作品风格浮艳，流传和影响颇广，故契丹称他为“曲子相公”。

⑦京兆画眉：汉朝时京兆尹张敞为妇画眉。形容夫妇相爱，情意深厚。

⑧幼舆折齿：指晋时谢鲲调戏邻女被惩之事，后人用以比喻女子抗拒男子的挑逗引诱。谢鲲，字幼舆，晋朝时期名士。曾因邻居高氏之女有美色，挑逗于她，却遭对方以梭投掷，被撞断两颗牙齿。

⑨子建：即三国文学家曹植，字子建，沛国谯县人，为曹操之子，生前曾为陈王，去世后谥号“思”，因此又称陈思王。

⑩相如：即西汉辞赋大家司马相如，字长卿，蜀郡成都人，被誉为赋圣、辞宗。

⑪子京：即宋祁，字子京，小字选郎，北宋著名文学家、史学家、词人。

⑫熙载：即韩熙载，字叔言，五代十国南唐时名臣、文学家。高才博学，精音律，善书画。为文长于碑碣，颇有文名。

⑬宜春院：唐长安宫内官妓居住的院名。

⑭梓泽园：晋石崇别墅金谷园的别称。故址在今河南省孟县境。

⑮奚翅：即"奚啻"，何止，岂但。

⑯《琴》《笛》《洞箫》诸赋：《琴》赋是嵇康所作，《笛》赋是宋玉所作，《洞箫》赋是王褒所作。

⑰分刌（cǔn）：划分，分切。

⑱《巫山》陈兰若之芳：指宋玉的《神女赋》。

⑲《洛浦》写瑶碧之饰：指曹植的《洛神赋》。

⑳东家之子：指宋玉《登徒子好色赋》中的美女。

㉑江淹：字文通，宋州济阳考城（今河南省商丘市）人。南朝政治家、文学家，历仕宋、齐、梁三朝。

【译文】声色，是才子文士的精神寄托；文章，乃巧夺天工之作。回忆古人，如伍子胥吹箫，正平擂鼓，叔夜弹琴，季长吹笛，王维被誉为"琵琶弟子"，和凝被称为"曲子相公"，以至张敞为爱妻画眉，幼舆为美色折齿，曹植自澡、傅粉，司马相如弃官与卓文君私奔，宋祁为避嫌忍寒而归，韩熙载破衣烂衫乞食取乐，这些绝世才子，皆因落魄无聊，寻求精神寄托，从而作出逃避之举。就像长途跋涉的赶路人，车损马乏时，寄宿在旅舍罢了，对比宜春院里画鼓锦瑟的艳俗表演和梓泽园内金钗银饰的夸富展示，雅与俗的区别，岂止相差十万八千里！然而事物即使具有浑然天成的美妙，也需要借助文章的形式加以传播。前人所作《琴》《笛》《洞箫》诸赋，已然是字斟句酌、节制有度，极其精妙；乃至宋玉所著《神女赋》，陈述兰花、杜若的芳香，曹植所著《洛神赋》描写琼瑶碧玉之妆饰，宋玉在《登徒子好色赋》中描写东家之子“著粉则太白，施朱则太赤”的赤白有度，《诗经·鄘风·桑中》里描写上宫之女光艳照人，美轮美奂，字里行间仿佛馨香扑鼻，方寸之中犹如迎面巧笑，这难道不是他们笔墨精妙、文采出众的表现吗？就像音乐场上的金管高手，敷彩练色中的宝镜画面！进一步讲，江淹说过：“蓝色与红色调和出新的颜色，交错混杂变化无穷；宫声与商声组成乐音，华美曼妙之态无与伦比。”貌美的女子难道仅是容貌相同，就都能打动人心吗？芳香的奇花异草难道仅是香气一样，就皆可取悦于人吗？

故相其体裁，既家妍而户媚；考其程式，亦日异而月新。假使飞燕、太真生在今时①，则必不奏《归风》之歌②，播《羽衣》之舞③；文君、孙寿来于此地④，则必不扫远山之黛，施堕马之妆。何也？数见不鲜也。客有歌于郢中者，《阳春》《白雪》，和者不过数人。非曲高而和寡也，和者日多，则歌者日卑，《阳春》《白雪》，何异于《巴人》《下里》乎？西子捧心而颦⑤，丑妇效之，见者却走。其妇未必丑也，使西子效颦，亦同嫫姆矣⑥。由此观之，声色之道千变万化。造物者有时而穷，物不可以终穷也。故受之以才，天地炉锤，铸之不尽；吾心橐籥⑦，动而愈出。三寸不律，能凿混沌之窍；五色赫蹄⑧，可炼女娲之石。则斯人者，诚宫闺之刀尺而帷簿之班输⑨。天下文章，莫大乎是矣。读笠翁先生之书，吾惊焉。所著《闲情偶寄》若干卷，用狡狯伎俩，作游戏神通。入公子行以当场，现美人身而说法。洎乎平章土木，勾当烟花，哺啜之事亦复可观，屐履之间皆得其任。虽才人三昧，笔补天工，而镂空绘影，索隐钓奇，窃恐犯造物之忌矣。乃笠翁不徒托诸空言，遂已演为本事。家居长干，山楼水阁，药栏花砌辄引人著胜地。薄游吴市，集名优数辈，度其梨园法曲⑩，红弦翠袖，烛影参差，望者疑为神仙中人。若是乎笠翁之才，造物不惟不忌，而且惜其劳，美其报焉。人生百年，为乐苦不足也，笠翁何以得此于天哉！仆本恨人，幸逢良宴，正如秦穆睹《钧天》之乐⑪，赵武听孟姚之歌⑫，非不醉心，仿佛梦中而已矣。

吴门同学弟尤侗拜撰

【注释】①飞燕：即赵飞燕，为汉成帝刘骜第二任皇后。太真：唐杨贵妃为女官时的称号。

②《归风》：汉成帝皇后赵飞燕曾歌《归风送远》曲。

③《羽衣》：指《霓裳羽衣曲》。

④文君：即卓文君，本名卓文后，西汉时期蜀郡临邛（今四川省成都市邛崃市）人，被誉为中国古代四大才女、蜀中四大才女。有文才，与汉代著名文人司马相如的一段爱情佳话至今还被人津津乐道。孙寿：东汉奸臣梁冀之妻，美貌而善妒。

⑤西子：指春秋越国美女西施。

⑥嫫姆：即嫫母，传说中黄帝之妻，貌极丑。后为丑女代称。

⑦橐籥（tuó yuè）：古代冶炼时用来鼓风吹火的装置。现在称

为“风箱”。

⑧赫蹄：一种西汉中期以后流行的薄纸。

⑨班输：指春秋鲁国的巧匠公输班。

⑩法曲：一种古代乐曲。东晋南北朝称作法乐。因其用于佛教法会而得名。原为含有外来音乐成分的西域各族音乐，后与汉族的清商乐结合，并逐渐成为隋朝的法曲。此处指古典曲目。

⑪秦穆：即秦穆公，春秋时期秦国国君。嬴姓，名任好。勤求贤士，助晋文公归晋。周襄王时伐西戎，开地千里，襄王命为西方诸侯之伯，遂霸西戎。在位三十九年。谥穆。春秋五霸之一。

⑫赵武：又称赵孟，春秋中期晋国六卿之一，赵氏的宗主，赵氏复兴的奠基人，后来升任晋国正卿，执掌晋国国政。

【译文】因此，就文章体裁而言，家家妍美、媚好；考究文章的形式，也是日异月新。假如赵飞燕、杨玉环生在今时，必然不会演奏汉代的《归风送远》之歌，也不会舞动唐代的《霓裳羽衣》；假如卓文君、孙寿来到此地，则必然不会像当时那样描画远山黛眉，梳堕马髻妆容。为什么呢？因为屡见不鲜。宋玉在《对楚王问》中有载，有外乡人在楚国京都郢城唱歌，他唱《阳春》《白雪》，附和他的人不过数人。并不是因为曲风高雅而附和的人少，而是因为随声附和的人日渐增多，歌者的地位也日渐卑微，《阳春》《白雪》与《巴人》《下里》又有什么不同？美女西施捧心蹙眉，丑女东施效仿她，看见的人都避而远之。其实东施也未必就长得丑，假如西施也效仿人家的样子蹙眉，应该也和嫫母一样丑态百出。由此看来，声色之道千变万化。即使造物者有穷尽之时，事物也不可能最终穷尽。因此，造物者授之以才华，再经过天地熔炉般的锤炼，使创作源源不断；我们的心就像风箱一般，愈动才气愈外露。三寸之笔，能开启“混沌”之机要；五色彩纸，可熔炼女娲之彩石。如此而言，文采出众的人犹如宫闺中的刀尺能手、建筑方面的公输班。没有比做天下文章更博大精深的了。读李笠翁先生的书，我为之惊异。他所著《闲情偶寄》若干卷，采用奇特诡异的游戏手法，发挥奇思妙想。能快速被才子相公所接受，使美人佳丽现身说法。无论是涉及与土木园林相关的知识，还是论说烟花柳巷之事，哪怕是谈论吃喝饮食之事也值得一看，即使有关服饰修容方面的内容也是入情入理。虽说有学识的人三昧皆通，妙笔可补缀天工，但是凭空镂刻、绘声绘影、索隐钓奇，我认为恐怕会触犯造物主的忌讳。李笠翁先生并非空发议论，而是付诸实践。他家居南京，山水楼阁，雕梁画栋，总是能引人入胜。漫游苏州，召集了数位名伶，演唱梨园古典曲目，舞台上红弦翠袖，曼妙的舞姿与烛影参差交错，观众疑为神仙下凡。如李笠翁先生这样的杰出人才，造物主不但不忌惮，反而爱惜他的辛劳，给予他丰美的回报。人生百年，行乐的时间实在短促，然而李笠翁先生却如此得天独厚！我本是一个多愁善感的人，有幸参与这样美好的宴会，正如秦穆公观看《钧天》之乐，赵武灵王听孟姚之歌，不是不够陶醉，而是整个人仿佛置身梦境一般。

吴门同学弟尤侗拜撰

凡例七则 四期三戒

一期点缀太平

圣主当阳，力崇文教。庙堂既陈诗赋①，草野合奏风谣②，所谓上行而下效也。武士之戈矛，文人之笔墨，乃治乱均需之物：乱则以之削平反侧，治则以之点缀太平。方今海甸澄清③，太平有象，正文人点缀之秋也，故于暇日抽毫，以代康衢鼓腹④。所言八事无一事不新，所著万言无一言稍故者，以鼎新之盛世，应有一二未睹之事、未闻之言以扩耳目，犹之美厦告成，非残朱剩碧所能涂饰榱楹者也⑤。草莽微臣，敢辞粉藻之力！

【注释】①庙堂：指朝廷。

②草野：乡野，民间。

③海甸：天子治下的海内土地。

④康衢（qú）：大路，康庄大道。鼓腹：击腹代鼓，以应歌节。

⑤榱（cuī）：即椽，放在檩上支持屋面和瓦片的木条。楹（yíng）：厅堂前部的柱子。

【译文】圣明的君主坐北朝南，着力推崇文学教化。朝廷颁布法令要推广诗赋，民间必然会随之奏诵歌谣，这就是所谓的上行下效。武士的戈矛、文人的笔墨，治理乱世需要这两样东西：逢乱世，用它平定反叛，逢治世则用它点缀太平。如今海内一片清明，天下太平，正是文人墨客歌颂盛世的好时候，因此在闲暇之日挥笔，以此来代替通衢大道的鼓腹而歌。本书所叙述的八件事，没有一样不新奇，所撰写的数万文字，没有一句陈词滥调，就是因为身处鼎新盛世，应该有一些人们没见过的事情、没听说的言论来扩充耳目，就像建成一座华美的大厦，而不能用那些残朱剩碧之色涂饰屋椽廊柱一样。我乃一介草莽微臣，哪敢推托粉藻太平盛世之力！

一期崇尚俭朴

创立新制，最忌导人以奢。奢则贫者难行，而使富贵之家日流于侈，是败坏风俗之书，非扶持名教之书也。是集惟《演习》《声容》二种为显者陶情之事，欲俭不能，然亦节去靡费之半[①]；其余如《居室》《器玩》《饮馔》《种植》《颐养》诸部，皆寓节俭于制度之中，黜奢靡于绳墨之外，富有天下者可行，贫无卓锥者亦可行[②]。盖缘身处极贫之地，知物力之最艰，谬谓天下之贫皆同于我，我所不欲，勿施于人，故不觉其言之似吝也。然靡荡世风，或反因之有裨。

【注释】①靡费：奢侈浪费；过度地消耗费用。

②贫无卓锥：穷得无立锥之地。

【译文】创立新的体制，最忌诱导他人奢靡。奢靡之风会令贫困的人们寸步难行，而使富贵之家日渐流于侈费，这是败坏风气的书，并非助推名教的书。本书只有《演习》《声容》二种述说显贵之人是如何陶冶情操的，即使做不到节俭，至少也要俭省一半用以奢靡享受的钱财；其余如《居室》《器玩》《饮馔》《种植》《颐养》诸部，皆寓节俭之意于各种规制当中，避免奢靡之风逾越界限之外，节俭不仅对于富有天下的君王可行，对于贫穷得无立锥之地的人也照样可行。原因在于身处极贫之地的人，知道物力艰难，误以为天下的穷人都和我一样，我不想做的，也不要勉强他人，所以并不觉得这些言论有吝啬之嫌。而对于奢靡放纵的世风，也许反而会有所禅益。

一期规正风俗

风俗之靡，日甚一日。究其日甚之故，则以喜新而尚异也。新异不诡于法[①]，但须新之有道，异之有方。有道有方，总期不失情理之正。以索隐行怪之俗[②]，而责其全返中庸，必不得之数也。不若以有道之新易无道之新，以有方之异变无方之异，庶彼乐于从事，而吾点缀太平之念为不虚矣。是集所载，皆极新极异之谈，然无一不轨于正道；其可告无罪于世者，此耳。

【注释】①诡：怪异，出乎寻常。

②索隐：探求隐微奥秘的道理。

【译文】侈靡的风气，一天胜似一天。究其原因，则是因为世人追求新奇、标新立异。标新立异并不违反法理，但应新奇得有理，怪异得有度。有理有度，总是期望它不失情理、正道。以穷追极索的办法搜寻来的怪异流俗，若强行责令它归返中庸之道，必然达不到预期的效果。还不如用符合法理的创新和适度的新异取代无理之新、无度之异，这样大家才更乐意践行，而我所秉持的点缀太平的理念才不致落空。本书所载内容，都是最为时尚新异的观点，然而却没有一丝有悖法理和正道的思想；我也因此能无愧于世人了。

一期警惕人心

风俗之靡，犹于人心之坏，正俗必先正心。然近日人情喜读闲书，畏听庄论。有心劝世者，正告则不足，旁引曲譬则有余①。是集也，纯以劝惩为心②，而又不标劝惩之目。名曰《闲情偶寄》者，虑人目为庄论而避之也。劝惩之语，下半居多，前数帙俱谈风雅。正论不载于始而丽于终者，冀人由雅及庄，渐入渐深，而不觉其可畏也。劝惩之意，绝不明言，或假草木昆虫之微、或借活命养生之大以寓之者，即所谓正告不足、旁引曲譬则有余也。实具婆心，非同客语，正人奇士，当共谅之。

【注释】①旁引曲譬：委婉曲折地引证、举例、打比方。

②劝惩：奖惩。

【译文】奢靡的风气，犹如颓败的人心，要想匡正风俗，必先匡正人心。然而时下的人，喜欢读休闲类的书，而不愿聆听庄重、严肃的理论。我有心规劝世人，却顾虑严正的劝告不足以打动读者，于是旁征博引，委婉曲折地引证、举例，终于收到了意想不到的效果。这本书，纯粹秉持劝善惩恶之心，却并未标榜劝善惩恶之名。书名为《闲情偶寄》，是怕读者误以为是庄严正论而避之不读。书中劝善惩恶的话语，大多集中在书的后半部分，前半部分大都是谈论风雅之事。之所以没有把正论部分载入本书的起始阶段，而是附丽于后部，是希望读者由风雅到庄严，循序渐进，而不觉得正论可怕。书中有关劝善惩恶的理论，绝不明言，有的假借微小的草木昆虫言志，有的借喻活命养生之大事来体现，这就是所谓"严正的说教不足以打动人心，旁征博引、委婉曲折地引证、举例竟收到意想不到的效果。实实在在苦口婆心，没有虚假、客套之语，希望诸位学者同仁多多体谅。

一戒剽窃陈言

不佞半世操觚[①]，不攘他人一字。空疏自愧者有之，诞妄贻讥者有之，至于剿窠袭臼，嚼前人唾余，而谓舌花新发者，则不特自信其无，而海内名贤亦尽知其不屑有也。然从前杂刻，新则新矣，犹是一岁一生之草，非百年一伐之木。草之青也可爱，枯则可焚；木即不堪为栋为梁，然欲刈而薪之，则人有不忍于心者矣。故知是集也者，其初出则为乍生之草，即其既陈既腐，犹可比于不忍为薪之木，以其可斫可雕而适于用也。以较邺架名编则不足②，以角奚囊旧著则有余③。阅是编者，请由始迄终验其是新是旧。如觅得一语为他书所现载，人口所既言者，则作者非他，即武库之穿窬、词场之大盗也④。

【注释】①不佞（nìng）：不才，自谦之词。操觚（gū）：觚，木简，古人在木简上写字。操觚指执笔作文。

②邺架：唐代李泌家藏书丰富，泌封邺侯，后人称人藏书的地方为“邺架”。

③奚囊：指诗囊。

④穿窬（yú）：打洞穿墙行窃。

【译文】鄙人书写半生，不袭他人只字。有时因作品空疏而自惭形秽，有时因内容诞妄而贻笑大方，至于抄袭他人作品并据为己有，嚼前人唾余以丰富自己文章的事，我确定从未发生过，而且海内外名贤也都知道我不屑于这么做。然而过去的杂著，虽也是新著，但总感觉它们像一年一生的莽草，而不是百年一伐的树木。莽草青翠时可爱，枯萎时可焚烧；而树木即使不能作为栋梁，但要砍了当柴烧，总是令人于心不忍。由此可见，此书最初面世时像是初生的莽草，随着岁月流逝，它也将变得陈腐，但仍可算得上是不忍心用来焚烧的树木，因为它可雕可琢，非常实用。可能它比起收藏家们珍藏的名著略嫌不足，但较之普通人投入布袋里的旧著则绰绰有余。阅读此书的人，敬请自始至终检验它的新旧。若有一句是其他书已刊载过的内容，别人已谈论过的话题，那么作者不是别的，就是武库的窃贼、词场的大盗。

一戒网罗旧集

数十年来，述作名家皆有著书捷径，以只字片言之少，可酿为连篇累牍之繁；如有连篇累牍之繁，即可变为汗牛充栋之富①。何也？以其制作新言缀于简首，随集古今名论附而益之。如说天文，即纂天文所有诸往事及前人所作诸词赋以实之②；地理亦然，人物、鸟兽、草木诸类尽然。作而兼之以述，有事半功倍之能，真良法也。鄙见则谓著则成著，述则成述，不应首鼠二端③。宁捉襟肘以露贫④，不借丧马以彰富。有则还吾故有，无则安其本无。不载旧本之一言，以补新书之偶缺；不借前人之只字，以证后事之不经。观者于诸项之中，幸勿事事求全，言言责备。此新耳目之书，非备考核之书也。

【注释】①汗牛充栋：形容书籍存放很多。用牛运输，牛累得出汗；书堆满屋子，顶到栋梁。

②纂（zuǎn）：搜集材料编书。

③首鼠二端：一般用“首鼠两端”，形容迟疑不决、瞻前顾后。

④捉襟肘：即“捉襟见肘”，形容衣服破烂。比喻生活困难或处境窘迫。

【译文】数十年来，知名作家都有著书捷径，他们将寥寥只言片语，繁衍为连篇累牍的繁冗话语；如有连篇累牍的繁冗话语，便可变为汗牛充栋的长篇巨制。为何如此呢？因为他们通常把所作新言缀于篇首，接下来便搜罗古今名论附在下面扩充篇幅。比如说天文，就搜集与天文相关的诸多往事及前人所作相关词赋来充实内容；地理也是一样，说人物、鸟兽、草木等等，无不尽然。自己创作加上引述他著，有事半功倍之效，真是个好办法。我认为，著作是著作，引述是引述，不应首鼠二端，鱼目混珠。宁肯捉襟见肘以露出自己的贫穷，也不借死马以彰显自己的富有。有就表现出真实的自我，没有就安守本分。不重复刊载旧著上的一言一词，来弥补新书偶然的缺失；不借用前人的只言片语，来论证后事中的不合常礼。读者对于书中的诸项，请勿对每件事、每句话求全责备。这是一本令人耳目一新的书，而不是将供人考核的书。

一戒支离补凑

有怪此书立法未备者，谓既有心作古，当使物物尽有成规，胡一类之中止言数事？予应之曰：医贵专门，忌其杂也，杂则有验有不验矣。史贵能缺："夏五""郭公"之不增一字、不正其讹者，以示能缺；缺斯可信，备则开天下后世之疑矣。使如子言而求诸事皆备，一物不遗，则支离补凑之病见，人将疑其可疑，而并疑其可信。是故良法不行于世，皆求全一念误之也。予以一人而僭陈八事，由词曲、演习以及种植、颐养，虽曰多能鄙事，贱者之常，然犹自病其太杂，终不得比于专门之医，奈何欲举星相、医卜、堪舆、日者之事[①]，而并责之一人乎？其人否否而退。八事之中，事事立法者只有六种，至《饮馔》

《种植》二部之所言者，不尽是法，多以评论间之，宁以支离二字立论，不敢以之立法者，恐误天下之人也。然自谓立论之长，犹胜于立法。请质之海内名公，果能免于支离之诮否[2]？

湖上笠翁李渔识

【注释】①堪舆：相地、看风水。日者：古时以占候卜筮为业的人。

②诮（qiào）：责备。

【译文】有人批评此书立法不完备，说既然有心自创新例，就应使事事都定立成规，为何同类之中只讲几件事？我回应说：医贵在专，最忌庞杂，庞杂则导致有的灵验有的不灵验。历史贵在存有缺漏：《春秋·桓公十四年》书"夏五"下缺"月"字，《春秋·庄公二十四年》书"郭公"无下文，之所以不增补一字、不正其讹，是为了表示允许存在缺漏；存在缺漏，才更真实可信，太过完备，则会使后世之人产生疑惑。假使如你所说事事都追求完备，没有一点遗漏，反而会使本书出现支离补凑的毛病，人们不但会产生疑问，而且还会怀疑它的可信度。因此良法不通行于世，也是因为追求完备的观念在作祟。我在书中以一人之力，僭越自身能力陈述了八件事，由词曲、演习以及种植、颐养，虽说能从事多种粗鄙俗事，是卑微之人的常态，然而我还是嫌它太杂，终究比不上专业医生，怎能把星相、医卜、堪舆、观测天象等诸事，全交由一人承担呢？听我此言，那人连称"不是，不是"而退。本书所述八事之中，事事立法者只有六种，至于《饮馔》《种植》二部所陈述的，不全是立法，中间夹杂了很多评论，我之所以宁愿以支离二字立论，不敢用它立法，是怕误导了天下人。但是我自以为立论之长，还是胜于立法。请允许我请教海内名家，看是否能免于有关支离二字的责备？

湖上笠翁李渔识

卷一　词曲部上

结构第一

填词一道①，文人之末技也。然能抑而为此，犹觉愈于驰马试剑②，纵酒呼卢③。孔子有言："不有博弈者乎？为之犹贤乎已。"④博弈虽戏具，犹贤于"饱食终日，无所用心"；填词虽小道，不又贤于博弈乎？吾谓技无大小，贵在能精；才乏纤洪，利于善用；能精善用，虽寸长尺短亦可成名。否则才夸八斗，胸号五车⑤，为文仅称点鬼之谈⑥，著书惟供覆瓿之用⑦，虽多，亦奚以为？填词一道，非特文人工此者足以成名，即前代帝王，亦有以本朝词曲擅长，遂能不泯其国事者。

【注释】①填词：完全依照词牌规定的字数、平仄及四声等格式将字填入，即必须按照词的格律来选字用韵，称为"填词"。

②驰马试剑：跑马舞剑。形容人骑马练剑习武。

③呼卢：指赌博。

④“不有博弈者乎”二句：出自《论语·阳货》，意思是不是有掷骰子、下围棋之类的游戏吗？干干这些，也比什么都不干的好些。

⑤才夸八斗，胸号五车：形容才华横溢，学识渊博。

⑥点鬼之谈：写文章喜欢堆砌古人姓名和典故。

⑦覆瓿（bù）：喻著作毫无价值或不被人重视。亦用以表示自谦。

【译文】有关填词，向来被文人视为微不足道的技艺。然而若能屈尊从事，还是胜过骑马射剑，纵酒赌博。孔子曾说：“不是有掷彩博弈的游戏吗？做这些事也比闲着没事做强啊。”博弈虽是游戏，也比“饱食终日，无所用心”强；填词虽是雕虫小技，还不比博弈强吗？要我说，技艺不分大小，精微才最可贵；才能不论强弱，善于使用才有利；能精微善用的，即使微才薄技也能成就名家。否则，即使是才高八斗，学富五车，作文章仅仅是通过引述和堆砌古人之名，著书也不被重视，即使写得再多，又有什么用呢？关于填词，不仅是从事此道的文人可以成名，即使是前代帝王，也有擅长那个朝代的词曲而不泯灭他的国事的人。

请历言之：高则诚、王实甫诸人[①]，元之名士也，舍填词一无表见；使两人不撰《琵琶》《西厢》，则沿至今日，谁复知其姓字？是则诚、实甫之传，《琵琶》《西厢》传之也。汤若士[②]，明之才人也，诗、文、尺牍，尽有可观，而其脍炙人口者，不在尺牍、诗、文，而在《还魂》一剧。使若士不草《还魂》，则当日之若士，已虽有而若无，况后代乎？是若士之传，《还魂》传之也。此人以填词而得名者也。历朝文字之盛，其名各有所归，“汉史”“唐诗”“宋文”“元曲”，此世人口头语也。《汉书》《史记》，千古不磨，尚矣；唐则诗人济济，宋有文士跄跄[3]，宜其鼎足文坛，为三代后之三代也。元有天下，非特政刑礼乐一无可宗，即语言文学之末，图书翰墨之微，亦少概见；使非崇尚词曲，得《琵琶》《西厢》以及《元人百种》诸书传于后代[4]，则当日之元，亦与五代、金、辽同其泯灭，焉能附三朝骥尾[5]，而挂学士文人之齿颊哉？此帝王国事，以填词而得名者也。由是观之，填词非末技，乃与史传诗文同源而异派者也。

【注释】①高则诚：即高明，字则诚，一字晦叔，号菜根道人，人称“东嘉先生”，温州瑞安（今属浙江）人。元末明初戏曲作家。主要作品是《琵琶记》。王实甫：名德信，元代著名杂剧作家，杂剧《西厢记》的作者。

②汤若士：即汤显祖，江西临川人，字义仍，号海若、若士、清远道人，明代戏曲家、文学家。代表作有《还魂记》等。

③跄跄（qiàng）：形容人才众多。

④《元人百种》：即《元曲选》，元代杂剧选集，明代臧懋循编，收录元人杂剧近百种。

⑤骥尾：用以喻追随先辈、名人之后。

【译文】请允许我历述：高则诚、王实甫等人，是元代的名士，除了填词一无所能；假使两人不撰《琵琶》《西厢》，那么时至今日，谁又能知道他们的名姓？这就是说，高则诚、王实甫之所以能够名传千古，完全是仰仗《琵琶》《西厢》扬名。汤显祖，明代才子，诗、文、尺牍，样样精通，而他脍炙人口的作品，并不在于尺牍、诗、文，而在于《还魂》一剧。假使汤显祖不创作《还魂》一剧，那么当时的汤显祖，也是可有可无的存在，更何况后代还有谁知道其名呢？这也就是说汤显祖之所以能够扬名天下，完全是仰仗他所作的《还魂》一剧。这些是以填词而闻名的。历朝历代最为鼎盛的文字，它们的名气也是各有其归属，"汉史""唐诗""宋文""元曲"，这是世人常说的口头语。《汉书》《史记》，流传千古，永不磨灭。唐代诗人济济，宋代文士众多，它们名副其实地支撑起文坛的鼎盛时期，是继"夏、商、周"三代之后可载入史册的"汉唐宋"三代了。元代统治时期，不仅政刑礼乐没什么可宗法、学习的东西，就连语言文学、图书翰墨等微末细事来说，也很少有什么出色表现；如果不是推崇词曲，创作出《琵琶》《西厢》以及《元人百种》等书籍传于后代，那么当时的元朝，也将同五代、金、辽一样泯灭无痕，哪有机会攀附"汉、唐、宋"三朝骥尾，又何足被学士文人挂齿呢？这是帝王国事因填词而扬名的。由此可见，填词并不是微不足道的技艺，其实是和史、传、诗文同源的不同支派。

近日雅慕此道，刻欲追踪元人、配飨若士者尽多[1]，而究意作者寥寥，未闻绝唱。其故维何？止因词曲一道，但有前书堪读，并无成法可宗。暗室无灯，有眼皆同瞽目[2]，无怪乎觅途不得，问津无人，半途而废者居多，差毫厘而谬千里者，亦复不少也。尝怪天地之间有一种文字，即有一种文字之法脉准绳，载之于书者，不异耳提面命[③]；独于填词制曲之事，非但略而未详，亦且置之不道。揣摩其故，殆有三焉：一则为此理甚难，非可言传，止堪意会；想入云霄之际，作者神魂飞越，如在梦中，不至终篇，不能返魂收魄；谈真则易，说梦为难，非不欲传，不能传也。若是，则诚异诚难，诚为不可道矣。吾谓此等至理，皆言最上一乘，非填词之学节节皆如是也，岂可为精者难言，而粗者亦置弗道乎？一则为填词之理变幻不常，言当如是，又有不当如是者。如填生旦之词，贵于庄雅，制净丑之曲，务带诙谐，此理之常也；乃忽遇风流放佚之生旦，反觉庄雅为非，作迂腐不情之净丑，转以诙谐为忌。诸如此类者，悉难胶柱[④]。恐以一定之陈言，误泥古拘方之作者，是以宁为阙疑，不生蛇足[⑤]。若是，则此种变幻之理，不独词曲为然，帖括诗文皆若是也[⑥]，岂有执死法为文，而能见赏于人、相传于后者乎？一则为从来名士以诗赋见重者十之九，以词曲相传者犹不及什一，盖千百人一见者也。凡有能此者，悉皆剖腹藏珠[⑦]，务求自秘，谓此法无人授我，我岂独肯传人。使家家制曲，户户填词，则无论《白雪》盈车，《阳春》遍世[⑧]，淘金选玉者未必不使后来居上，而觉糠秕在前[⑨]；且使周郎渐出，顾曲者多[⑩]，攻出瑕疵，令前人无可藏拙，是自为后羿而教出无数逢蒙[⑪]，环执干戈而害我也，不如仍仿前人，缄口不提之为是。吾揣摩不传之故，虽三者并列，窃恐此意居多。以我论之：文章者，天下之公器，非我之所能私；是非者，千古之定评，岂人之所能倒？不若出我所有，公之于人，收天下后世之名贤悉为同调，胜我者，我师之，仍不失为起予之高足；类我者，我友之，亦不愧为攻玉之他山。持此为心，遂不觉以生平底里，和盘托出，并前人已传之书，亦为取长弃短，别出瑕瑜，使人知所从违，而不为诵读所误。知我，罪我，怜我，杀我，悉听世人，不复能顾其后矣。但恐我所言者，自以为是而未必果是；人所趋者，我以为非而未必尽非。但矢一字之公，可谢千秋之罚。噫！元人可作，当必贳予⑫。

【注释】①配飨（xiǎng）：贤人或有功于国家文化的人，附祀于庙，同受祭飨。

②瞽（gǔ）目：瞎眼。

③耳提面命：比喻恳切教诲。

④胶柱：胶住瑟上的弦柱，以致不能调节音的高低。比喻固执拘泥，不知变通。

⑤蛇足：画蛇添足。比喻节外生枝，多此一举。

⑥帖括：唐代举子把经书里难记的句子编成歌诀，以便诵读，称为“帖括”。后来通指科举的文字。

⑦剖腹藏珠：剖开肚子收藏珍珠，比喻为物伤身，轻重倒置。

⑧《白雪》《阳春》：指战国时代楚国的一种高雅乐曲，相对来说，《巴人》《下里》为古代楚国的流俗歌曲。

⑨糠秕在前：指无价值的东西，形容自己不如别人。

⑩顾曲：指欣赏音乐或戏曲。

⑪后羿：夏时有穷国首领，善射。逢蒙：古代射箭的能手，是羿

的弟子。

⑫贳（shì）：赦免，宽纵。

【译文】最近，倾慕填词之道，刻意想追随元人的脚步、效法汤显祖成为填词名手的人很多，但真正有才华的作者寥寥无几，没听说有什么名家杰作出现。这是什么缘故？这是因为填词作曲之道，只能参考、借鉴之前的书籍，并无成规定式可效法。就像暗室无灯，有眼也和瞎子一样，什么都看不见，难怪找不到出路，无人指点迷津，所以半途而废者居多，差之毫厘谬以千里的人也不在少数。我曾经突发异想：天地之间有没有一种文字，可作为载入册中的法脉准绳，相当于耳提面命；唯独对于填词作曲之道，不但略而未详，而且置之一边不予论说。揣摩其中缘故，大概有三点：一是因为此中道理很难，只可意会，不可言传：思绪飞扬之际，作者神魂飞越，如在梦中，不到结尾，无法返魂收魄，收敛心志；讲述真实的事情容易，描写虚幻的梦境就很困难，因此不是不想传，而是不能传。如果真如所说，那么的确是很奇异，很困难，的确无法言说。我认为此等至深之理，说的都是最上一乘的道理，并非填词的学问节节都是如此，难道就因为精深的道理无法言说，从而就连粗浅的道理也弃之不说吗？一是因为填词的方法变幻无常，理应如此的，实则也并非如此。例如，写生旦之词，贵在庄雅，写净丑之曲，务必诙谐，这是常理；但是忽然遇到风流、放荡的生旦，反而觉得庄雅显得不伦不类，遇到迂腐不情的净丑，反而忌讳诙谐。诸如此类的事情，难以墨守成规。恐怕用固定的陈词滥调，会误导了那些拘泥古法、循规蹈矩的作者，因此宁可有所缺失，也不能做画蛇添足的赘言。倘若真是这样，那么种种变幻之理，不仅适用于词曲，就连帖括、诗文也都一样，哪有采用固执呆板的手法做文章而被人们欣赏、流传于后世的呢？一是因为向来十有八九的名士都是通过诗赋被推崇，而通过词曲闻名于世的人还不足十分之一，大概千百人中也只有个别出众的。凡是能以词曲闻名于世的人，都像怀揣着宝贝似的，不肯外露，正所谓此法并无人传授给我，我怎愿意传给他人。假设家家制曲，户户填词，那么即使是满车、满世的《白雪》《阳春》，便不乏致力于填词制曲的佼佼者们后来居上，而那些无能之辈挡在前面。而且，假设善于顾曲的周郎多了，能轻易识破曲中瑕疵，令前辈无可藏拙，就好比后羿教会了学生逢蒙，逢蒙却反过来手执干戈杀害了后羿，还不如仍然效仿前人，缄口不提为好。我揣摩不传的缘故，虽然上述三个原因并列，但我以为恐怕这个原因居多。依我说：文章为天下公器，并非我所能私有的；其中的是是非非，千古之后自有定评，岂能随意颠倒？还不如倾尽所能，公之于众，把天下后世的名贤都收为同调，比我能力强的，我拜他为师，仍不失为提点我的高足；和我水平差不多的，我把他当作朋友，也不愧为帮我改正缺失的他山之攻。保持这种心态，就不觉得是将生平积蓄的经验和盘托出，并且把前人已传之书，也加以取长补短，分辨瑕瑜，使人们知道该遵从什么、避免什么，而不被误导。知我，罪我，怜我，杀我，完全听凭世人评说，不再顾忌后来如何了。但是，恐怕我所说的，自以为是而事实未必如此；别人所追求的，我以为不对而未必都不对。只是以公心陈述一己之见，可谢千秋之罪。噫，我凭良心而作，请大家多包涵。

填词首重音律，而予独先结构者，以音律有书可考，其理彰明较著。自《中原音韵》一出[①]，则阴阳平仄画有塍区[②]，如舟行水中，车推岸上，稍知率由者，虽欲故犯而不能矣。《啸余》《九宫》二谱一出[③]，则葫芦有样，粉本昭然。前人呼制曲为填词，填者，布也，犹棋枰之中画有定格，见一格，布一子，止有黑白之分，从无出入之弊，彼用韵而我叶之，彼不用韵而我纵横流荡之。至于引商刻羽[④]，戛玉敲金，虽曰神而明之，匪可言喻，亦由勉强而臻自然，盖遵守成法之化境也。至于结构二字，则在引商刻羽之先，拈韵抽毫之始。如造物之赋形，当其精血初凝，胞胎未就，先为制定全形，使点血而具五官百骸之势。倘先无成局，而由顶及踵，逐段滋生，则人之一身，当有无数断续之痕，而血气为之中阻矣。工师之建宅亦然：基址初平，间架未立，先筹何处建厅，何方开户，栋需何木，梁用何材，必俟成局了然，始可挥斤运斧；倘造成一架而后再筹一架，则便于前者，不便于后，势必改而就之，未成先毁，犹之筑舍道旁，兼数宅之匠资，不足供一厅一堂之用矣。故作传奇者[⑤]，不宜卒急拈毫，袖手于前，始能疾书于后。有奇事，方有奇文，未有命题不佳，而能出其锦心、扬为绣口者也。尝读时髦所撰，惜其惨淡经营，用心良苦，而不得被管弦、副优孟者[⑥]，非审音协律之难，而结构全部规模之未善也。

【注释】①《中原音韵》：元代周德清撰戏曲（北曲）曲韵专著，是我国出现最早的一部北曲曲韵和北曲音乐论著。

②塍（chéng）区：比喻界限、格式。

③《啸余》：明程明善撰《啸余谱》。《九宫》：明代沈璟著《南九宫十三调曲谱》。

④引商刻羽：指严格按曲调规律作曲或演奏。引，延长，延缓。刻，急刻，急切。商、羽，均为古代乐律中的两个调名。

⑤传奇：唐宋文言短篇小说和明清的南曲等戏曲作品，都称为传奇。此指后者。

⑥优孟：指演员。优伶名孟，春秋时代楚国艺人，擅长滑稽讽谏。

【译文】填词首先注重的是音律，唯独我却以结构为先，因为音律有书可考证，它的原理明确，一目了然。自从周德清的《中原音韵》一经面世，阴阳平仄划分明确，如水中行船，岸上推车，只要是略通音律、做事循规蹈矩的人，即使想故意违犯也不能。程明善的《啸余谱》、沈璟的《南九宫十三调曲谱》两部书一经面世，那些填词制曲的人便依葫芦画瓢，有了参照的范本。前人称制曲为填词，填，就是填充布置，就像棋盘中所绘的固定的格子，见一格，布一子，只有黑白之分，不会有出入格子之外的弊病，别人运用某韵，我便与之和洽，别人不运用韵律的，我便可以纵情发挥。至于那些严格按照曲调规律作曲的，诗文节奏、音节铿锵有力的，虽说显明玄妙，不可言喻，也能勉强应对使之趋于自然，大多也能遵照成法定式达到出神入化的境界。至于结构二字，则在填词制曲之前，提笔挥毫之初就要设计好。犹如天地造物首先要赋予它形态，当其精血初凝、胞胎未成之时，率先为其制定出整体形态，使每滴骨血都具有五官百骸的体势。倘若事先心无定式，而是从头到脚，逐段滋生，那么这人的浑身上下，便会有无数断断续续的痕迹，血气也因此出现中间阻断的情况。就像工匠建造宅院一样：地基初步平整，总体间架结构还未确立时，要率先筹划在哪里建堂，在哪里开窗，栋需要选用什么样的木头，梁需要选用哪些材料，必须做到胸有成竹、了然于胸，才可挥斤运斧开始施工；倘若先建成一座房子而后再筹划另一座房子，那就会方便了前者而给后面的建筑造成不便，势必会为了迁就前者而对后面的建筑进行修改，整个宅院还没建成就已经被毁掉了，犹如在大道旁建筑房舍，因众说纷纭，即使集合数座宅院的匠资，也无法建造出一处满意的厅堂。因此想要创作传奇的人，不宜草率挥毫，应袖手于前，进行整体构思，接下来才能奋笔疾书。选取新奇趣事，才会有惊世奇文，从未有过命题不佳而文思优美、词藻华丽的先例。我曾经读过一些时尚作家的撰著，为他们惨淡经营、用心良苦所呈现出来的作品，却不能够在舞台上付诸演出而感到惋惜，这些作品的失败之处并不是因为其审音协律上有难度，而是因为这些作品的整体结构、规模还没有完善到位。

词采似属可缓，而亦置音律之前者，以有才技之分也。文词稍胜者即号才人，音律极精者终为艺士。师旷止能审乐①，不能作乐；龟年但能度词②，不能制词；使与作乐制词者同堂，吾知必居末席矣。事有极细而亦不可不严者，此类是也。

【注释】①师旷：字子野，春秋时晋国乐师。以善辨音律著名。②龟年：指李龟年，唐朝音乐家，被后人誉为“唐代乐圣”。

【译文】词采貌似属于舒缓之列，而我却把它也放在音律之前，是因为这里有才华、技艺之分。文词略胜的人即被称为才人，音律极精的人最终都被为艺士。春秋时晋国的乐师师旷只能欣赏乐曲，却不会创作；唐玄宗时的宫廷音乐家李龟年只会度词，却不会制词；假使把他们与既精于作曲又擅长制词的人相提并论，我想他们必定居于末席了。事有巨细而又不得不严谨缜密的，就是这类事情了。

戒讽刺

武人之刀，文士之笔，皆杀人之具也。刀能杀人，人尽知之；笔能杀人，人则未尽知也。然笔能杀人，犹有或知之者；至笔之杀人较刀之杀人，其快其凶更加百倍，则未有能知之而明言以戒世者。予请深言其故。何以知之？知之于刑人之际。杀之与剐[①]，同是一死，而轻重别焉者。以杀止一刀，为时不久，头落而事毕矣；剐必数十百刀，为时必经数刻，死而不死，痛而复痛，求为头落事毕而不可得者，只在久与暂之分耳。然则笔之杀人，其为痛也，岂止数刻而已哉！窃怪传奇一书，昔人以代木铎[②]，因愚夫愚妇识字知书者少，劝使为善，诫使勿恶，其道无由，故设此种文词，借优人说法，与大众齐听。谓善者如此收场，不善者如此结果，使人知所趋避，是药人寿世之方，救苦弭灾之具也。后世刻薄之流，以此意倒行逆施，借此文报仇泄怨。心之所喜者，处以生旦之位；意之所怒者，变以净丑之形，且举千百年未闻之丑行，幻设而加于一人之身，使梨园习而传之[3]，几为定案，虽有孝子慈孙，不能改也。噫，岂千古文章，止为杀人而设？一生诵读，徒备行凶造孽之需乎？苍颉造字而鬼夜哭[4]，造物之心，未必非逆料至此也。凡作传奇者，先要涤去此种肺肠，务存忠厚之心，勿为残毒之事。以之报恩则可，以之报怨则不可；以之劝善惩恶则可，以之欺善作恶则不可。

【注释】①剐（guǎ）：古时分割人体的酷刑。凌迟的俗称。

②木铎：以木为舌的大铃，铜质。古代宣布政教法令时，巡行振鸣以引起众人注意。

③梨园：唐玄宗时教练伶人的处所。后世因称戏班为梨园，又称戏剧演员为梨园弟子。

④苍颉造字：为我国古代神话传说之一。苍颉，任轩辕黄帝史官，被后人尊为“造字圣人”，曾把流传于先民中的文字加以搜集、整理和使用，在汉字创造的过程中起了重要作用。

【译文】武人之刀，文士之笔，都是杀人的工具。刀能杀人，人尽皆知；笔能杀人，人们则未必知道。然而，笔也能杀人，有的人或许知道；至于用笔杀人和用刀杀人，二者相较而言，用笔杀人更加迅疾百倍、凶残百倍，然而却未必有人知道，并且能明明白白地说出来以警示世人。请允许我透彻地说说其中的缘故。我是从何而知的呢？是从刑场杀人的情形得知的。“杀”和“剐”，都是一死，而轻重却有分别。杀只是一刀，持续的时间不长，人头落地事情就完结了；而剐则要经历数十百刀，持续的时间必定要经历数刻，将死不死，痛而复痛，想求个人头落地、痛快事毕却不可得，这是二者存在长痛与短痛的区别。然而用笔杀人所造成的疼痛，岂止是数刻而已!我暗自奇怪传奇一书，从前的人们以此来帮助宣扬教化，因为愚夫愚妇读书识字的人少，想规劝他们行善，告诫他们不要作恶，没有其他方法，因此设计出这种文词，假借优人说法，与大众齐听。告诉人们，为善者是什么结局，作恶者又是什么下场，让大家知道什么该做，什么不该做，这便是使人长寿的良方，是救苦消灾的工具。然而后世的刻薄之人，假用此意倒行逆施，假借这种文词报仇泄怨。他们心里喜欢的，就赋予对方生旦角色；他们心里怨恨的，就将其变换成净丑形象，并把千百年来闻所未闻的丑行，都虚构设计在某一人身上，并让梨园弟子演习传播，几乎成为定案，即便此人有孝子慈孙，也不能更改污迹。噫，难道这千古的文章，只是为了杀人而设置的吗？难道我们一生的诵读，只是为了满足行凶造孽的需要吗？仓颉造字感动得鬼祟夜哭，当初他造物的初心未必预料得到这种情况。凡是作传奇的人，首先要净化自己的灵魂和心境，务必怀揣忠厚之心，不做残毒之事。用它报恩可以，用它报怨则不行；用它劝善惩恶可以，用它欺善作恶则不行。

人谓《琵琶》一书[①]，为讥王四而设。因其不孝于亲，故加以入赘豪门，致亲饿死之事。何以知之？因“琵琶”二字，有四“王”字冒于其上，则其寓意可知也。噫，此非君子之言，齐东野人之语也[②]。凡作传世之文者，必先有可以传世之心，而后鬼神效灵，予以生花之笔[③]，撰为倒峡之词[④]，使人人赞美，百世流芬。传非文字之传，一念之正气使传也。《五经》《四书》《左》《国》《史》《汉》诸书[⑤]，与大地山河同其不朽，试问当年作者有一不肖之人、轻薄之子厕于其间乎？但观《琵琶》得传至今，则高则诚之为人，必有善行可予，是以天寿其名，使不与身俱没，岂残忍刻薄之徒哉！即使当日与王四有隙，故以不孝加之，然则彼与蔡邕未必有隙[⑥]，何以有隙之人，止暗寓其姓，不明叱其名，而以未必有隙之人，反蒙李代桃僵之实乎[⑦]？此显而易见之事，从无一人辩之。创为是说者，其不学无术可知矣。

【注释】①《琵琶》：即《琵琶记》，是元末戏曲作家高明根据长期流传的民间戏文《赵贞女蔡二郎》改编创作的一部南戏，被誉为“传奇之祖”。此剧叙写了汉代书生蔡伯喈与赵五娘悲欢离合的爱情故事。

②齐东野人之语：齐国东部地区乡野鄙俗之语，孟子认为此地的传言多属不实。后用此比喻道听途说、不足为凭的话。

③生花之笔：比喻文笔精妙，灵活生动，有写作才华。

④倒峡之词：比喻文章气势磅礴。

⑤《五经》：《易》《书》《诗》《礼》《春秋》五部经典，汉时订为五经。为儒家讲学的重要典籍。《四书》：指《大学》《中庸》《论语》《孟子》四种儒家经典。《左》：指《左传》，相传为左丘明著，是我国古代一部叙事完备的编年体史书，更是先秦散文著作的代表。《国》：指《国语》，也可指《战国策》。《史》：指《史记》，西汉司马迁著，是我国第一部纪传体通史。《汉》：指《汉书》，东汉班固撰，为二十四史之一，也是我国第一部断代史。

⑥蔡邕：字伯喈，陈留郡圉县（今河南省开封市圉镇）人。东汉

时期著名文学家、书法家，才女蔡文姬之父。

⑦李代桃僵：李树代替桃树受虫咬而枯死，用以讽刺兄弟间不能互助互爱。后比喻以此代彼或代人受过。

【译文】有人说《琵琶》一书，是为讥讽王四而创作的。因其不孝顺双亲，再加上入赘豪门，致使双亲饿死。从何而知呢？因“琵琶”二字，有四“王”字冒于其上，便可知其寓意所在。噫，这并非君子言论，而是山野村夫的无稽之谈。凡创作惊世之作的人，必先具有可传世的心境，而后感化鬼神效灵，赋予他生花之笔，从而创作出倒峡之词，使人人赞美，千古流芳。这里所说的传，并非简单的文字之传，而是一股正气的传承。《五经》《四书》《左》《国》《史》《汉》诸书，与大地山河共存不朽，试问当年作者有一位是不肖之人、轻薄之子混迹其中吗？只看《琵琶》得以流传至今，便知高则诚的为人，必有善行可言，因此他的名字才能与天同寿，不与肉体一并泯灭，他怎会是残忍刻薄之徒呢！即使当时他与王四有隙，故意加之以不孝之名，然而他与蔡邕未必有隙，为何有过节的人，只是暗寓其姓，而不直接明示其名，而以未必有隙之人，反而代人受过蒙受骂名？这么显而易见的事情，竟从未有一人为之辩解。最先提出这种观点的人，可见他的不学无术。

予向梓传奇①，尝埒誓词于首，其略云：加生旦以美名，原非市恩于有托；抹净丑以花面，亦属调笑于无心；凡以点缀词场，使不岑寂而已。但虑七情以内，无境不生，六合之中，何所不有。幻设一事，即有一事之偶同；乔命一名，即有一名之巧合。焉知不以无基之楼阁，认为有样之葫芦？是用沥血鸣神，剖心告世，倘有一毫所指，甘为三世之喑，即漏显诛，难逋阴罚。此种血忱，业已沁入梨枣[2]，印政寰中久矣。而好事之家，犹有不尽相谅者，每观一剧，必问所指何人。噫，如其尽有所指，则誓词之设，已经二十余年，上帝有赫，实式临之，胡不降之以罚？兹以身后之事，且置勿论，论其现在者：年将六十，即旦夕就木，不为夭矣。向忧伯道之忧[3]，今且五其男，二其女，孕而未诞、诞而待孕者，尚不一其人，虽尽属景升豚犬[4]，然得此以慰桑榆[5]，不忧穷民之无告矣。年虽迈而筋力未衰，涉水登山，少年场往往追予弗及；貌虽癯而精血未耗，寻花觅柳，儿女事犹然自觉情长。所患在贫，贫也，非病也；所少在贵，贵岂人人可幸致乎？是造物之悯予，亦云至矣。非悯其才，非悯其德，悯其方寸之无他也。生平所著之书，虽无裨于人心世道，若止论等身，几与曹交食粟之躯等其高下[6]。使其间稍伏机心，略藏匕首，造物且诛之夺之不暇，肯容自作孽者老而不死，犹得徉狂自肆于笔墨之林哉？吾于发端之始，即以讽刺戒人，且若嚣嚣自鸣得意者，非敢故作夜郎[7]，窃恐词人不究立言初意，谬信“琵琶王四”之说，因谬成真。谁无恩怨？谁乏牢骚？悉以填词泄愤，是此一书者，非阐明词学之书，乃教人行险播恶之书也。上帝讨无礼，予其首诛乎？现身说法，盖为此耳。

【注释】①梓（zǐ）：木头雕刻成印刷用的木板。

②梨枣：古代印书的木刻板，多用梨木或枣木刻成，所以称雕

版印刷的版为梨枣。

③伯道之忧：指无子。伯道，晋朝邓攸的字。邓攸为河东太守时，因避石勒兵乱，带着自己的儿子及侄子逃难。途中数次遇到贼兵，邓攸因不能两全，乃丢弃儿子保全侄儿，以致没有后嗣。

④景升豚犬：景升，东汉末年荆州牧刘表字。表与其子琦琮皆碌碌无为。故世人用“景升豚犬”谦称自己的子女。

⑤桑榆：日落时阳光照在桑榆间，因借指傍晚。又比喻人的晚年。

⑥曹交：战国时期人，曹君之弟（或说曹亡以国为氏）。事见《孟子·告子下》。

⑦夜郎：汉时西南地区小国，此指夜郎国人，盲目自大。

【译文】我以往印刻的传奇，曾将誓词刻于卷首，内容大体是说：为生旦冠以美名，原本不是因为有所托而故意示好；为净丑饰以花面，也是属于无心的调笑；总之是为点缀词场，使剧情不至无聊寂静而已。但是应顾及到人的七情，什么情境不会发生，六合之中，什么巧事没有。虚构一事，即有一事偶同；假设一个人名，即有一个人名的巧合。焉知没有把无根基的楼阁，认为是有样的葫芦？因此沥血以誓，向神明祈告，掬心掬肺以告世人，倘若我的传奇中有一毫所指，甘愿三世变为哑巴，即使逃脱了阳间的诛杀，也难逃阴间的惩罚。此种血誓，业已沁入我的作品之中，印证于天下久矣。而仍有好事之人，还是无法完全体谅，每观一剧，必问所指何人。唉，如果都有所指，那我所刻印的誓词，已经二十多年，苍天有眼，时时莅临，何不降我的罪？此处我已将身后之事，置之勿论，只论现在的事：我年将六十，行将就木，也不算夭亡了。曾经怀有无子之忧，如今膝下五男二女，怀孕而未降生、降生正待孕育的也不止一人，虽子嗣皆碌碌无为，但也聊以慰藉晚年，不必担忧成为穷民而有苦说不出。我虽年迈却筋力未衰，涉水登山，少年也往往追不上我；我虽样貌癯瘦却精血未耗，寻花觅柳，仍然是儿女情长。我忧虑贫穷，贫穷，不是病；我缺少富贵，但富贵又岂是人人都有幸得到的？造物主对我的怜悯，也可谓是很周到。他不是怜悯我的才，也不是怜悯我的德，而是怜悯我方寸之内并无歹念。我生平所著之书，即使无益于人心世道，只说数量也是所著等身，几乎与曹交的身体等其高下了。假如我心中稍起歹念，暗藏杀机，就算造物主无暇诛杀我，又怎会容我不断作孽，老而不死，还由得我佯狂自肆于笔墨之林呢？我从创作之初，就以讽刺的风格警戒世人，且以此傲慢地自鸣得意，不敢故作夜郎，暗自担忧词人不究立言的初意，谬信"琵琶王四"之说，因谬成真。谁无恩怨？谁没有牢骚？若都以填词来泄愤，那么这种书，便不是阐明词学之书，而是教人行险播恶之书了。苍天讨伐无礼之徒，我岂不成了首个该诛杀的人吗？我之所以现身说法，也是为此原因。

立主脑

古人作文一篇，定有一篇之主脑。主脑非他，即作者立言之本意也。传奇亦然。一本戏中，有无数人名，究竟俱属陪宾，原其初心，止为一人而设。即此一人之身，自始至终，离合悲欢，中具无限情由，无究关目，究竟俱属衍文[①]，原其初心，又止为一事而设。此一人一事，即作传奇之主脑也。然必此一人一事果然奇特，实在可传而后传之，则不愧传奇之目，而其人其事与作者姓名皆千古矣。如一部《琵琶》，止为蔡伯喈一人，而蔡伯喈一人又止为“重婚牛府”一事，其余枝节皆从此一事而生。二亲之遭凶，五娘之尽孝，拐儿之骗财匿书，张大公之疏财仗义，皆由于此。是“重婚牛府”四字，即作《琵琶记》之主脑也。一部《西厢》[②]，止为张君瑞一人，而张君瑞一人，又止为“白马解围”一事，其余枝节皆从此一事而生。夫人之许婚，张生之望配，红娘之勇于作合，莺莺之敢于失身，与郑恒之力争原配而不得，皆由于此。是“白马解围”四字，即作《西厢记》之主脑也。余剧皆然，不能悉指。后人作传奇，但知为一人而作，不知为一事而作。尽此一人所行之事，逐节铺陈，有如散金碎玉，以作零出则可，谓之全本，则为断线之珠，无梁之屋。作者茫然无绪，观者寂然无声，又怪乎有识梨园，望之而却走也。此语未经提破，故犯者孔多，而今而后，吾知鲜矣。

【注释】①衍文：古书里辗转抄写讹误多余的字句。

②《西厢》：即《崔莺莺待月西厢记》，是元代王实甫创作杂剧。全剧叙写了书生张生与相国小姐崔莺莺在侍女红娘的帮助下，冲破孙飞虎、崔母、郑恒等人的重重阻挠，终成眷属的故事。

【译文】古人每作文一篇，定有一篇的主脑。主脑不是别的，正是作者立言的本意。传奇也是这样。一本戏中，有无数人名，终究都是陪客，考量作者的初心，其实是只为一人设定。也就是说这一人之身，自始至终，离合悲欢，其中具有无限的情由，无究关目，终究都是衍文，考量作者的初心，也是只为一事设定。这一人一事，就是作传奇的主脑。然而这一人一事必须果然奇特，确实值得流传而后才得以传播，这才不愧传奇之名目，因此其人其事与作者姓名皆千古不朽了。比如一部《琵琶》，只为蔡伯喈一人，而蔡伯喈一人也只为了“重婚牛府”一事，其余枝节皆从此一事生发而出。他的双亲遭遇凶险，赵五娘竭尽孝心，拐子骗财藏书，张大公仗义疏财，皆由此事而起。“重婚牛府”这四个字，就是《琵琶记》的主脑。一部《西厢》，只为张君瑞一人，而张君瑞一人，又只是为了“白马解围”一事，其余枝节皆从此一事生发而出。老夫人许婚，张生盼娶，红娘勇于作合，莺莺敢于失身，与郑恒力争与莺莺原配而不得，皆由此事而起。也就是说“白马解围”这四个字，就是《西厢记》的主脑。其他剧作也都是如此，不能一一列举。后人作传奇，只知为一人而作，却不知为一事而作。尽力将此人所做之事，逐节铺陈，有如散金碎玉，以它作为零出可以，对于全本而言，则犹如断线的珠子，无梁的屋舍。作者茫然无绪，观者寂然无声，难怪有见识的梨园人士，望而却步。此语从未被说破，因此很多人都犯了同样的毛病，从今往后，我想可能会少一些了。

脱窠臼

“人惟求旧，物惟求新。”新也者，天下事物之美称也。而文章一道，较之他物，尤加倍焉。戛戛乎陈言务去①，求新之谓也。至于填词一道，较之诗赋古文，又加倍焉。非特前人所作，于今为旧；即出我一人之手，今之视昨，亦有间焉。昨已见而今未见也，知未见之为新，即知已见之为旧矣。古人呼剧本为“传奇”者，因其事甚奇特，未经人见而传之，是以得名，可见非奇不传。“新”即“奇”之别名也。若此等情节业已见之戏场，则千人共见，万人共见，绝无奇矣，焉用传之？是以填词之家，务解“传奇”二字。欲为此剧，先问古今院本中[②]，曾有此等情节与否，如其未有，则急急传之，否则枉费辛勤，徒作效颦之妇。东施之貌未必丑于西施，止为效颦于人，遂蒙千古之诮。使当日逆料至此，即劝之捧心，知不屑矣。吾谓填词之难，莫难于洗涤窠臼，而填词之陋，亦莫陋于盗袭窠臼。吾观近日之新剧，非新剧也，皆老僧碎补之衲衣，医士合成之汤药。取众剧之所有，彼割一段，此割一段，合而成之，即是一种“传奇”。但有耳所未闻之姓名，从无目不经见之事实。语云“千金之裘，非一狐之腋”，以此赞时人新剧，可谓定评。但不知前人所作，又从何处集来？岂《西厢》以前，别有跳墙之张珙？《琵琶》以上，另有剪发之赵五娘乎？若是，则何以原本不传，而传其抄本也？窠臼不脱，难语填词，凡我同心，急宜参酌。

【注释】①戛戛（jiá jiá）：艰难费力的样子。韩愈《答李翊书》中有：“惟陈言之务去，戛戛乎其难哉。”

②院本：元朝时行院进行戏曲表演时的脚本，明、清时称各种戏剧。

【译文】“人是旧的好，物是新的好。”新，乃天下事物的美称。而做文章这件事，和其他事情相比，尤其要加倍求新。艰难费力地删减掉陈词滥调，就是所谓的求新。至于填词这类事，与诗赋古文相比，又要求加倍求新。非但前人的作品，到今天已经陈旧；即使是出自我一人之手，今天再看昨日的作品，也觉得有差距。昨日已经遇见过的事物、今天尚未见识的事物，便可知未见识过的事物是新的，而已遇见过的事物就是旧的。古人之所以把剧本称为“传奇”，是因为它所讲述的事情十分奇特，人们因未曾见识过而四处传播，使之因此闻名，可见不新奇的事物不容易被传播。“新”就是“奇”的别名。假如此类情节在剧场已经上演过，那么千人共见，万人共见，则绝无奇特可言了，哪还用得着传播？因此致力于填词的，务必要理解“传奇”二字的含义。要想创作某剧，先咨询一下古今院本之中，是否曾有过类似情节，如果没有，就赶紧传播，否则枉费辛勤，白白作了效颦的东施。东施的样貌未必比西施丑，只因为她效仿西施，于是被讥笑千古。假如当日能预料今天的情形，就算是劝她去效仿西施作捧心状，她也不屑于做了。我认为填词的难点，莫过于打破陈规俗套，而填词中最恶劣的，也莫过于剽窃陈规俗套。我观赏近日的新剧，那都不是新剧，就像老和尚用各种碎布片补缀的衲衣，医士合成的五味汤药。抄袭众剧之所有，这里摘一段，那里摘一段，合在一起，就是一种“传奇”。只有没听过的姓名，却没有没见过的情节。俗话说“千金之裘，非一孤之腋”，用它来评价时下的新剧，真可谓恰如其分。只是不知道前人所创作的传奇，又是从哪里收集来的？难道《西厢》以前，还有个跳墙的张珙？《琵琶》以前，也有个剪发的赵五娘吗？如果是这样，那么为什么原先的院本没被传播，而传播了它的抄本呢？如果不打破陈规俗套，便很难填词，凡与我看法一致的人，应赶快参考、斟酌。

密针线

编戏有如缝衣，其初则以完全者剪碎，其后又以剪碎者凑成。剪碎易，凑成难，凑成之工，全在针线紧密。一节偶疏，全篇之破绽出矣。每编一折，必须前顾数折，后顾数折。顾前者，欲其照映；顾后者，便于埋伏。照映埋伏，不止照映一人、埋伏一事，凡是此剧中有名之人、关涉之事，与前此后此所说之话，节节俱要想到。宁使想到而不用，勿使有用而忽之。吾观今日之传奇，事事皆逊元人，独于埋伏照映处，胜彼一筹。非今人之太工，以元人所长全不在此也。若以针线论，元曲之最疏者，莫过于《琵琶》。无论大关节目背谬甚多，如子中状元三载，而家人不知；身赘相府，享尽荣华，不能自遣一仆，而附家报于路人；赵五娘千里寻夫，只身无伴，未审果能全节与否，其谁证之？诸如此类，皆背理妨伦之甚者。再取小节论之，如五娘之剪发，乃作者自为之，当日必无其事。以有疏财仗义之张大公在，受人之托，必能终人之事，未有坐视不顾，而致其剪发者也。然不剪发，不足以见五娘之孝。以我作《琵琶》，《剪发》一折亦必不能少，但须回护张大公，使之自留地步。吾读《剪发》之曲，并无一字照管大公，且若有心讥刺者。据五娘云："前日婆婆没了，亏大公周济。如今公公又死，无钱资送，不好再去求他，只得剪发”云云。若是，则剪发一事乃自愿为之，非时势迫之使然也，奈何曲中云：“非奴苦要孝名传，只为上山擒虎易，开口告人难。”此二语虽属恒言，人人可道，独不宜出五娘之口。彼自不肯告人，何以言其难也？观此二语，不似怼怨大公之词乎？然此犹属背后私言，或可免于照顾。迨其哭倒在地[1]，大公见之，许送钱米相资，以备衣衾棺椁，则感之颂之，当有不啻口出者矣[2]，奈何曲中又云：“只恐奴身死也，兀自没人埋，谁还你恩债？”试问公死而埋者何人？姑死而埋者何人？对埋殓公姑之人而自言暴露，将置大公于何地乎？且大公之相资，尚义也，非图利也，“谁还恩债”一语，不几抹倒大公，将一片热肠付之冷水乎？此等词曲，幸而出自元人，若出我辈，则群口讪之，不识置身何地矣。予非敢于仇古，既为词曲立言，必使人知取法，若扭于世俗之见，谓事事当法元人，吾恐未得其瑜，先有其瑕。人或非之，即举元人借口，乌知圣人千虑，必有一失；圣人之事，犹有不可尽法者，况其他乎？《琵琶》之可法者原多，请举所长以盖短。如《中秋赏月》一折，同一月也，出于牛氏之口者，言言欢悦；出于伯喈之口者，字字凄凉。一座两情，两情一事，此其针线之最密者。瑕不掩瑜，何妨并举其略。然传奇一事也，其中义理分为三项：曲也，白也[3]，穿插联络之关目也[4]。元人所长者止居其一，曲是也，白与关目皆其所短。吾于元人，但守其词中绳墨而已矣。

【注释】①迨：等到，达到。

②啻（chì）：副词。但，只，仅。

③白：即指宾白，指戏曲中人物的内心独白和对话。

④关目：戏曲、小说中的重要情节。

【译文】编戏有如缝衣，起初，将一块完整的布料剪碎，之后又把剪碎的布缝合起来。剪碎容易，缝在一起难，这缝纫的功夫，关键在于针线紧密。一个细节偶有疏漏，则全篇就会破绽百出。每编一折，必须顾及前、后数折。顾及之前的戏折，是为了与前面相呼应；顾及后面的戏折，是为了有所埋伏。前后呼应、埋伏，并不仅仅是与一人呼应、为一事作埋伏，凡是此剧中有名有姓的人物、相关联的事物，和前前后后所说的话，每个环节都要想到。宁可使想到的素材没派上用场，也不要使有用的素材被忽略掉。我观赏现在的传奇，事事都逊色于元人，唯独埋伏、前后呼应方面，胜过元人一筹。并不是如今的人擅长此道，而是因为元人的强项不在此处。若以针线论，元曲上最粗疏的，莫过于《琵琶》。无论大关、小节，悖理谬误很多，譬如儿子中了状元三年，而家人竟然不知道；入赘相府，享尽荣华，难道就不能派个仆人，或请路人捎封信给家里；赵五娘千里寻夫，一个女子只身无伴，不考虑她是否能保全贞节，谁为她作证？诸如此类，都十分有悖情理、有妨人伦道德。再说小节，譬如赵五娘剪发，这其实是作者杜撰出来的，当时必定不会有这种事情。因为有仗义疏财的张大公，受人之托，必能终人之事，不会坐视不理，而致使赵五娘到了剪发的地步。然而不剪发，不足以表现赵五娘的孝道。假如由我写《琵琶》，则《剪发》一折也必然不可缺少，但必须回护张大公，给他留有回旋的余地。

我读《剪发》之曲，并没有只言片语照管张大公，反倒觉得在有心讥刺他。据赵五娘说：“前日婆婆没了，亏大公周济。如今公公又去世了，无钱资送，不好再去求他，只得剪发”等等。若真是这样，则剪发一事属于她自愿的行为，而不是受到当时形势的逼迫，为何曲中还说：“非奴苦要孝名传，只为上山擒虎易，开口告人难。”这两句虽是常言，人人可道，却唯独不应出自五娘之口。既然她不肯告人，为何又说如何困难呢？看这两句话，难道不像是在埋怨张大公吗？当然，这话有可能是五娘背后私语，也许可以免于照顾。等到她哭倒在地，张大公见状，答应资助钱米，并为之准备衣衾棺椁，这样赵五娘对张大公，应当是感激涕零了吧，为何曲中又说：“只恐奴身死也，兀自没人埋，谁还你恩债？”试问，公公死是何人帮助埋葬的？婆婆死又是何人帮助埋葬的？面对帮助埋葬公婆的人而说出这种话，将置张大公于何地呢？况且，张大公的资助，是出于道义而非图谋利益，“谁还恩债”一语，不就相当于抹杀了大公的好心，将一片热肠付之冷水中吗？这样的词曲，幸亏是出自元人之手，若是出自我辈，必会引得众人笑话，不知该置身何地了。并非我敢于挑古人毛病，既然为词曲立言，必须要让人知道如何取法，若碍于世俗偏见，说事事都应取法于元人，我担心还未得到元人的精华，先得了元人的糟粕。也许会有人以元人为借口非难我，哪知圣人千虑，必有一失；圣人之事，尚且有不可完全取法的，更何况其他人呢？《琵琶》可取法之处还是很多的，请允许我列举它的优点以弥补它的不足。如《中秋赏月》一折，同一个月亮，出于牛氏之口，句句都显得欢悦；出于伯喈之口，字字都感觉凄凉。一片星空表现出两种情绪，两种情绪又表现同一件事，这是针线最为紧密的地方。瑕不掩瑜，更何况是略举了其中失误之处。然而传奇一事，其中的义理分为三项：曲，白，穿插联络的情节。元人只擅长其中一项，就是曲，宾白与情节都是它的短板。对于元人，我们只持守它词中的绳墨就行了。

减头绪

头绪繁多，传奇之大病也。《荆》《刘》《拜》《杀》之得传于后[①]，止为一线到底，并无旁见侧出之情。三尺童子观演此剧，皆能了了于心，便便于口，以其始终无二事，贯串只一人也。后来作者不讲根源，单筹枝节，谓多一人可增一人之事。事多则关目亦多，令观场者如入山阴道中，人人应接不暇。殊不知戏场脚色，止此数人，便换千百个姓名，也只此数人装扮，止在上场之勤不勤，不在姓名之换不换。与其忽张忽李，令人莫识从来，何如只扮数人，使之频上频下，易其事而不易其人，使观者各畅怀来[②]，如逢故物之为愈乎？作传奇者，能以“头绪忌繁”四字，刻刻关心，则思路不分，文情专一，其为词也，如孤桐劲竹，直上无枝，虽难保其必传，然已有《荆》《刘》《拜》《杀》之势矣。

【注释】①《荆》《刘》《拜》《杀》：宋元时期的四大南戏。即《荆钗记》《刘知远白兔记》《拜月亭》《杀狗记》。

②各畅怀来：据《史记·司马相如列传》中有载“于是诸大夫

茫然丧其所怀来，而失厥所以进”之言，此处指怀着不同兴趣前来看戏的观众，都得到各自的满足。

【译文】头绪繁多，是传奇的一大弊病。《荆钗记》《刘知远白兔记》《拜月亭》《杀狗记》之所以传于后世，因为它只有一条主线到底，而没有旁杂的情节。三尺童子观演此剧，都能看得清清楚楚，讲得明明白白，因为它始终再无二事，只有一人贯穿全剧。后来作者不讲究根源，单纯策划细枝末节，说剧中多增设一人，可增加一人之事。事情多了，情节自然也就多了，致使看戏的人犹如置身山阴道中，应接不暇。殊不知舞台上的角色，就这几个人，即使变换千百个姓名，也都是由这几个人来装扮，只在上场次数勤不勤，而不在换不换姓名。与其一会儿扮演张氏，一会儿扮演李氏，令人不知其从何而来，还不如只扮演几个人，使他们勤上勤下，变换事件而不变换角色，使观众各自得到满足，就像遇见自己的老朋友，不是更好吗？如果创作传奇的人，能把“头绪忌繁”四个字时刻铭记在心，则思路不易分散，文情更加专一，创作出来的词曲，犹如孤桐劲竹，直上无枝蔓，即使难以保证它必定会被流传，但它已经具备了《荆钗记》《刘知远白兔记》《拜月亭》《杀狗记》的气势了。

戒荒唐

昔人云：“画鬼魅易，画狗马难。”以鬼魅无形，画之不似，难于稽考；狗马为人所习见，一笔稍乖，是人得以指摘。可见事涉荒唐，即文人藏拙之具也。而近日传奇，独工于为此。噫，活人见鬼，其兆不祥，矧有吉事之家[①]，动出魑魅魍魉为寿乎？移风易俗，当自此始。吾谓剧本非他，即三代以后之《韶》《濩》也[②]。殷俗尚鬼，犹不闻以怪诞不经之事被诸声乐，奏于庙堂，矧辟谬崇真之盛世乎？王道本乎人情，凡作传奇，只当求于耳目之前，不当索诸闻见之外。无论词曲，古今文字皆然。凡说人情物理者，千古相传；凡涉荒唐怪异者，当日即朽。《五经》《四书》《左》《国》《史》《汉》，以及唐宋诸大家，何一不说人情？何一不关物理？及今家传户颂，有怪其平易而废之者乎？《齐谐》[③]，志怪之书也，当日仅存其名，后世未见其实。此非平易可久、怪诞不传之明验欤？人谓家常日用之事，已被前人做尽，究微极隐，纤芥无遗，非好奇也，求为平而不可得也。予曰：不然。世间奇事无多，常事为多，物理易尽，人情难尽。有一日之君臣父子，即有一日之忠孝节义。性之所发，愈出愈奇，尽有前人未作之事，留之以待后人，后人猛发之心，较之胜于先辈者。即就妇人女子言之，女德莫过于贞，妇愆无甚于妒[④]。古来贞女守节之事，自剪发、断臂、刺面、毁身，以至刎颈而止矣。近日矢贞之妇[⑤]，竟有刲肠剖腹[⑥]，自涂肝脑于贵人之庭以鸣不屈者；又有不持利器，谈笑而终其身，若老衲高僧之坐化者。岂非五伦以内[⑦]，自有变化不穷之事乎？古来妒妇制夫之条，自罚跪、戒眠、捧灯、戴水，以至扑臀而止矣。近日妒悍之流，竟有锁门绝食，迁怒于人，使族党避祸难前，坐视其死而莫之救者；又有鞭扑不加，囹圄不设，宽仁大度，若有刑措之风[⑧]，而其夫慑于不怒之威，自遣其妾而归化者。岂非闺阃以内[⑨]，便有日异月新之事乎？此类繁多，不能枚举。此言前人未见之事，后人见之，可备填词制曲之用者也。即前人已见之事，尽有摹写未尽之情、描画不全之态。若能设身处地，伐隐攻微，彼泉下之人，自能效灵于我，授以生花之笔，假以蕴绣之肠，制为杂剧，使人但赏极新极艳之词，而竟忘其为极腐极陈之事者。此为最上一乘，予有志焉，而未之逮也。

【注释】①矧（shěn）：况且。

②《韶》《濩》：庙堂、宫廷之乐，后泛指雅正的古乐。一说指舜乐和汤乐。

③《齐谐》：古代先秦神话集。属于记载奇闻逸事的志怪书籍。

④愆（qiān）：罪过，过失。

⑤矢贞：发誓立志坚守贞洁。

⑥刲（kuī）：割取。

⑦五伦：封建礼教指君臣、父子、兄弟、夫妇、朋友五种伦理关系。

⑧刑措：置刑法而不用。

⑨闺阃（kǔn）：古称女子所居住的内室。

【译文】古人说："画鬼魅容易，画狗马难。"因为鬼魅无形，画得不像，也无从考证；狗马人们经常见到，稍有一笔偏失，人人都能指摘。可见凡事一旦涉及荒唐，就是文人藏拙的工具了。因而近来的传奇，唯独在鬼魅上下足功夫。唉，活人见鬼，预示着不祥，况且是有吉事的家庭，出现了魑魅魍魉为之祝寿的情形？移风易俗，应当从这里开始。我所说的剧本不是别的，正是夏商周三代之后的《韶》《濩》。殷朝的习俗是崇尚鬼魅，尚且不曾听闻以怪诞不经之事制作声乐，奏于庙堂之上的，更何况是辟谬崇真的盛世呢？王道也是以人情为本，凡创作传奇，只需把握住耳目之前的常见事物即可，没必要探究那些闻所未闻的荒诞事情。无论是词曲，古今的文字都是一样。凡是讲述人情事理的作品，千古流传；凡是涉及荒唐怪诞之事的作品，很快就枯萎了。《五经》《四书》《左传》《国语》《史记》《汉书》，以及唐宋诸位大家，哪个不说人情？哪个不关事理？至今家喻户晓，有责怪他平易而废弃不取的吗？《齐谐》是一本志怪类书籍，当时仅存有其名，后世并未见过它的详细内容。这不正是平易可久、怪诞不传的明证吗？人们说，家常日用之类的事情，已被前人做尽了，就连极微小、隐藏的细节都已穷尽，丝毫没有遗漏，他们也不是喜欢怪诞，而是平常之物不可得。我说：不然。世间怪诞之事不多，大多数为家常事，事理容易穷尽，而人情难以穷尽。有一天的君臣父子，就有一天的忠孝节义。事物依照本性发生，愈出愈奇，尽有前人未作之事，留待后人去完成，后人突发的心思，与前人相较更胜一筹。就说妇人女子，女子的德行莫过于贞节，妇人的罪过没有比嫉妒更严重的了。自古以来贞女守节，自剪发、断臂、刺面、毁身，以至于刎颈就到达极点了。然而近来矢贞的妇人，竟有割肠剖腹，自涂肝脑于贵人门庭以此证明自己绝不屈服的；也有不持利器，谈笑着终结了自己生命的，犹如老衲高僧坐化一般。这难道不是五伦之内无穷变化着的事情吗？自古以来妒妇制夫的办法，从罚跪、戒眠、捧灯、戴水，以至打屁股就到达极点了。然而近来妒悍之妇，竟有锁门绝食，迁怒于人，致使族党为了避祸而难以靠近，坐视其死而爱莫能助的事情；也有的妇人，并不加以鞭打，也不设置囹圄，而是宽仁大度，大兴刑措之风，她丈夫反而被震慑于她的不怒自威，主动遣散了婢妾并归顺服帖。这难道不是内宅所发生的日新月异的事情吗？诸如此类事件繁多，在此不能一一枚举。这些话是想表明，前人未见识过的事，后人遇见了，可用它们来填词制曲。即使是前人已见之事，也可述说未尽的情愫、描画不全之态。假如创作传奇的人，都能设身处地，细细体会隐微的细节，那些逝去的先人，自然会显灵在我们身上，传授生花之笔，给予蕴绣之肠，因此制成的杂剧，使人们只顾得欣赏极新极艳之词，而竟然忘却了它所讲述的是极腐极陈之事。这是最高级的创作，我有此志向，却没有实现。

审虚实

传奇所用之事，或古或今，有虚有实，随人拈取。古者，书籍所载，古人现成之事也；今者，耳目传闻，当时仅见之事也；实者，就事敷陈[①]，不假造作，有根有据之谓也；虚者，空中楼阁，随意构成，无影无形之谓也。人谓古事多实，近事多虚。予曰：不然。传奇无实，大半皆寓言耳。欲劝人为孝，则举一孝子出名，但有一行可纪，则不必尽有其事。凡属孝亲所应有者，悉取而加之，亦犹纣之不善，不如是之甚也，一居下流，天下之恶皆归焉。其余表忠表节，与种种劝人为善之剧，率同于此。若谓古事皆实，则《西厢》《琵琶》推为曲中之祖，莺莺果嫁君瑞乎？蔡邕之饿莩其亲[②]，五娘之干蛊其夫[③]，见于何书？果有实据乎？孟子云："尽信书，不如无书。"盖指《武成》而言也。经史且然，矧杂剧乎？凡阅传奇而必考其事从何来、人居何地者，皆说梦之痴人，可以不答者也。然作者秉笔，又不宜尽作是观。若纪目前之事，无所考究，则非特事迹可以幻生，并其人之姓名亦可以凭空捏造，是谓虚则虚到底也。若用往事为题，以一古人出名，则满场脚色皆用古人，捏一姓名不得；其人所行之事，又必本于载籍，班班可考，创一事实不得。非用古人姓字为难，使与满场脚色同时共事之为难也；非查古人事实为难，使与本等情由贯串合一之为难也。予即谓传奇无实，大半寓言，何以又云姓名事实必须有本？要知古人填古事易，今人填古事难。古人填古事，犹之今人填今事，非其不虑人考，无可考也。传至于今，则其人其事，观者烂熟于胸中，欺之不得，罔之不能，所以必求可据，是谓实则实到底也。若用一二古人作主，因无陪客，幻设姓名以代之，则虚不似虚，实不成实，词家之丑态也，切忌犯之。

【注释】①敷陈：详细地陈述。

②饿莩（piǎo）：饿死的人。

③干蛊：原指干练有才能。这里指五娘干预、冒犯她丈夫。

【译文】传奇所采用之事，或古或今，有虚有实，随意选取。所谓古，也就是书籍所载，古人现成之事；所谓今，也就是耳目传闻，眼前仅见之事；所谓实，就是详细陈述真人真事，不假造作，有根有据；所谓虚，是指空中楼阁，随意虚构，无影无形。有人说，古事大多是真实的，近事大多是虚构的。我说：不然。传奇无实，大部分都是寓言。想要劝人为孝，就举一个孝子的例子，给他取个名字，只要有一点关联，也不必真有其事。凡是属于孝亲的所有善举，都拿来加之其身，就好像纣王的不善，未必真有那么严重，一旦居于下流之位，那么天下所有的恶行就都归于他一身了。其他的，如表忠表节之类的剧目和种种劝人为善的戏剧，也大致如此。若说古事都属实，那么《西厢》《琵琶》被推崇为曲中之祖，难道崔莺莺果然嫁给张君瑞了吗？蔡邕双亲因挨饿而死，五娘干预此事而冒犯其夫，出自哪本书呢？果然有真凭实据吗？孟子说："尽信书，不如无书。"大概是指《尚书·武成》所记载的，武王伐纣时"流血漂杵"不可信。经史尚且这样，何况杂剧呢？凡阅读传奇而一定要考究事情的出处、人居何地的人，都是说梦的痴人，可以不予理睬。然而作者精心创作，又不适宜都这样认为。假如写的是眼前的事情，无所考究，不但事情可以虚构，就连人的姓名也可以凭空捏造，这就叫做虚就虚到底。假如用往事为题材，选取一位真实的古人，则满场角色都用古人名，不可捏造一个不实姓名；这人所行之事，也必须依据载籍，班班均可考证，不得有一事虚构。因此不是使用古人姓名为难，而是要让他与满场角色同时共事很困难；也不是查考古人事实有难度，而是要让他与这些情节贯穿在一起很困难。我既然说传奇无实，大部分是寓言，为何又说姓名事实必须要有依据呢？要知道古人填古事容易，今人填古事困难。古人填古事，犹如今人填今事，并非不顾及他人考验，而是无从考证。流传至今，则其人其事，观者早已烂熟于胸，欺骗不得，蒙蔽不得，所以必求有据可考，这就是说实就实到底。假如选用一二位古人作主角，因无陪客，便虚构出几个姓名代替，这就虚不似虚，实不成实，属于词家丑态，切忌不要犯这种错误。

词采第二

曲与诗余[①]，同是一种文字。古今刻本中，诗余能佳而曲不能尽佳音，诗余可选而曲不可选也。诗余最短，每篇不过数十字，作者虽多，入选者不多，弃短取长，是以但见其美。曲文最长，每折必须数曲，每部必须数十折，非八斗长才，不能始终如一。微疵偶见者有之，瑕瑜并陈者有之[②]，尚有踊跃于前懈弛于后，不得已而为狗尾貂续者亦有之[③]。演者观者既存此曲，只得取其所长，恕其所短，首尾并录。无一部而删去数折、止存数折，一出而抹去数曲、止存数曲之理。此戏曲不能尽佳，有为数折可取而挈带全篇[④]，一曲可取而挈带全折，使瓦缶与金石齐鸣者，职是故也。予谓既工此道，当如画士之传真，闺女之刺绣，一笔稍差便虑神情不似，一针偶缺即防花鸟变形。使全部传奇之曲，得似诗余选本，如《花间》《草堂》诸集[⑤]，首首有可珍之句，句句有可宝之字，则不愧填词之名，无论必传，即传之千万年，亦非徼幸而得者矣。吾于古曲之中，取其全本不懈、多瑜鲜瑕者，惟《西厢》能之。《琵琶》

则如汉高用兵[6]，胜败不一，其得一胜而王者，命也，非战之力也。《荆》《刘》《拜》《杀》之传，则全赖音律。文章一道，置之不论可矣。

【注释】①诗余：词的别称。

②瑕瑜：分别指玉的瑕疵和光彩，比喻优点和缺点。

③狗尾貂续：据《晋书·赵王伦传》记载，当时由于任官太滥，貂尾不足，就用狗尾代替。当时人们就用民谚“貂不足，狗尾续”加以讽刺。后用以比喻拿不好的续在好的东西后面，显得好坏不相称。

④挈（qiè）带：携带。

⑤《花间》：即《花间集》，为后蜀人赵崇祚所编辑的一部词集。集中收录晚唐至五代18位词人的作品，共500首，分10卷。《草堂》：即《草堂诗余》，为南宋何士信所编的词选。

⑥汉高：即汉高祖刘邦。

【译文】曲和词，是同一种文字。在古今刻本中，词可以写得很好但曲不能写得十全十美，词可以选择但曲不可以选择。词最短，每篇不超过几十字，作者虽多，入选的人并不多，取长弃短，因此只看到优美的篇目。曲的词最长，每折必须有数曲，每部必须有数十折，不是才高八斗之人，在内容的把握上就不能始终如一。会有偶尔出现瑕疵的，有优点和缺点并存的，有前面欢快紧凑后面却松散拖沓的，也有不得已狗尾续貂的。表演者和观众既然想保留这种曲子，只能取其所长，恕其所短，首尾一并记录。没有一部戏删除数折、只保留数折，一出戏抹去数曲、只保留数曲的道理。这样的戏曲不能十全十美，有的是只有几折可取而携带全篇，有的是一曲可取而携带全折，使瓦缶和金石齐鸣，这便是原因。我认为既然工于此道，就要像画家的描摹，女子的刺绣，倘若一笔稍有偏差便会担心描绘的神情是否相像，一针缺漏就要防止所绣的花鸟变形。使整部传奇之曲，就像词的选本，如《花间》《草堂》等集，首首都有可以珍爱的句子，句句都有可以宝贵的字词，这样才不愧于填词之名，不要说一定会流传，即使流传千万年，也不是侥幸得之的。我在古曲之中，选取那些全本不松散、优点多缺点少的，也只有《西厢》尚可了。《琵琶》则如同汉高祖用兵，胜败不一，因为一次胜利而称王的，这是命，并非作战能力强。《荆钗记》《刘知远白兔记》《拜月亭》《杀狗记》的流传，全靠音律。至于文辞方面，可以置之不论。

贵显浅

曲文之词采，与诗文之词采非但不同，且要判然相反。何也？诗文之词采，贵典雅而贱粗俗，宜蕴藉而忌分明[①]。词曲不然，话则本之街谈巷议，事则取其直说明言。凡读传奇而有令人费解，或初阅不见其佳，深思而后得其意之所在者，便非绝妙好词，不问而知为今曲，非元典也。元人非不读书，而所制之曲，绝无一毫书本气，以其有书而不用，非当用而无书也。后人之曲则满纸皆书矣。元人非不深心，而所填之词，皆觉过于浅近，以其深而出之以浅，非借浅以文其不深也，后人之词则心口皆深矣。无论其他，即汤若士《还魂》一剧，世以配飨元人[②]，宜也。问其精华所在，则以《惊梦》《寻梦》二折对。予谓二折虽佳，犹是今曲，非元曲也。《惊梦》首句云：“袅晴丝，吹来闲庭院，摇漾春如线。”以游丝一缕，逗起情丝，发端一语，即费如许深心，可谓惨淡经营矣。然听歌《牡丹亭》者，百人之中有一二人解出此意否？若谓制曲初心并不在此，不过因所见以起兴，则瞥见游丝，不妨直说，何须曲而又曲，由晴丝而说及春，由春与晴丝而悟其如线也？若云作此原有深心，则恐索解人不易得矣。索解人既不易得，又何必奏之歌筵[③]，俾雅人俗子同闻而共见乎[④]？其余“停半晌，整花钿，没揣菱花[⑤]，偷人半面”及“良辰美景奈何天，赏心乐事谁家院”“遍青山，啼红了杜鹃”等语，字字俱费经营，字字皆欠明爽。此等妙语，止可作文字观，不得作传奇观。至如末幅“似虫儿般蠢动，把风情扇”与“恨不得肉儿般团成片也，逗的个日下胭脂雨上鲜”，《寻梦》曲云：“明放着白日青天，猛教人抓不到梦魂前”“是这答儿压黄金钏匾”。此等曲，则去元人不远矣。而予最赏心者，不专在《惊梦》《寻梦》二折，谓其心花笔蕊，散见于前后各折之中。《诊祟》曲云：“看你春归何处归，春睡何曾睡，气丝儿，怎度的长天日。”“梦去知他实实谁，病来只送得个虚虚的你。做行云，先渴倒在巫阳会[⑥]。”“又不是困人天气，中酒心期，魆魆的常如醉[⑦]。”“承尊觑，何时何日，来看这女颜回？”《忆女》曲云：“地老天昏，没处把老娘安顿。”“你怎撇得下万里无儿白发亲。”“赏春香还是你旧罗裙。”《玩真》曲云：“如愁欲语，只少口气儿呵。”“叫的你喷嚏似天花唾。动凌波，盈盈欲下，不见影儿那。”此等曲，则纯乎元人，置之《百种》前后，几不能辨，以其意深词浅，全无一毫书本气也。

【注释】①蕴藉：含而不露。

②配飨（xiǎng）：合祭，祔祀。指功臣祔祀于帝王宗庙，同享祭祀。飨，通“享”，媲美。

③歌筵：有歌者唱歌劝酒的宴席。

④俾：使，把。

⑤菱花：菱花镜，泛指镜子。

⑥巫阳会：指楚怀王梦中与巫山的女子相会。

⑦魆魆（xù）：神情恍惚。

【译文】曲文的文采，与诗文的文采非但不同，而且要判然相反。为什么这么说？诗文的文采，以典雅为贵而以粗俗为贱，含而不露为宜而忌讳彰显分明。词曲则不然，话语是来源于街谈巷议，事情则是选择直说明言。凡是读传奇而有令人费解的，或有初次阅读看不到它的好处，深入思考后才能了解其意所在的，便不是绝妙好词，不需要问就可知晓它是今曲，并非元曲。元人并非不读书，而所作之曲，却没有一点儿书本气，因为他们有书而不用，并不是要用的时候没有书。后人的曲子则满纸都是书了。元人不是没有用心，而所填的词，都觉得过于浅显，以深入而浅出，不是以浅来修饰其不深，后人的词则心中所想和口中所说的都很深。不论其他，就如汤若士《还魂》一剧，世人以它媲美元人的曲子，是适宜的。有人问其精华所在，就以《惊梦》《寻梦》二折来回答。我认为这两折虽然很好，但仍是今曲，不是元曲。《惊梦》首句写道：“袅晴丝，吹来闲庭院，摇漾春如线。”以一缕游丝，挑起情丝，开端一句话，竟花费如此多的心思，可谓是惨淡经营了。然而听《牡丹亭》的人，百人之中能有一两人明白它的意思吗？如果说制曲的初心不在这，不过是因其所见而一时兴起，看到游丝，不妨直说，何须曲折又曲折，由晴丝说到春天，由春和晴丝而悟出它们像线一样？如果说写这曲子原有深心，恐怕索解它的人就没有那么容易理解它的意思了。索解它的人既然都不容易理解，又何必在宴席上演奏，使雅士和俗人一同听闻吗？其余“停半晌，整花钿，没揣菱花，偷人半面”和“良辰美景奈何天，赏心乐意事谁家院”“遍青山，啼红了杜鹃”等词，字字都煞费苦心，字字都欠明白清楚。这些妙语，只能作为文字观赏，而不能作为传奇观赏。至于末尾“似虫儿般蠢动，把风情扇”和“恨不得肉儿般团成片也，逗的个日下胭脂雨上鲜”，《寻梦》曲中写道：“明放着白日青天，猛教人抓不到梦魂前”“是这答儿压黄金钏匾”。这种曲子，离元人也不远了。而我最欣赏的，不专在于《惊梦》《寻梦》两折，而是它的主要思想，分散出现在前后各折之中。《诊祟》曲中写道：“看你春归何处归，春睡何曾睡，气丝儿，怎度的长天日。”“梦去知他实实谁，病来只送得个虚虚的你。做行云，先渴倒在巫阳会。”“又不是困人天气，中酒心期，魆魆的常如醉。”“承尊觑，何时何日，来看这女颜回？”《忆女》曲中写道：“地老天昏，没处把老娘安顿。”“你怎么撇得下万里无儿白发亲。”“赏春香还是你旧罗裙。”《玩真》曲中写道：“如愁欲语，只少口气儿呵。”“叫的你打喷嚏似天花唾。动凌波，盈盈欲

下，不见影儿那。”这种曲子，则纯粹就是元人所作，放置在《元人百种》的前后，几乎不能分辨，因为它意思深奥词句浅显，完全没有一点书本气。

若论填词家宜用之书，则无论经传子史以及诗赋古文，无一不当熟读，即道家佛氏、九流百工之书[①]，下至孩童所习《千字文》《百家姓》[②]，无一不在所用之中。至于形之笔端、落于纸上，则宜洗濯殆尽。亦偶有用着成语之处，点出旧事之时，妙在信手拈来，无心巧合，竟似古人寻我，并非我觅古人。此等造诣，非可言传，只宜多购元曲，寝食其中，自能为其所化。而元曲之最佳者，不单在《西厢》《琵琶》二剧，而在《元人百种》之中。《百种》亦不能尽佳，十有一二可列高、王之上，其不致家弦户诵，出与二剧争雄者，以其是杂剧而非全本，多北曲而少南音，又止可被诸管弦，不便奏之场上[③]。今时所重，皆在彼而不在此，即欲不为纨扇之捐[④]，其可得乎？

【注释】①九流：先秦的九个学术流派：儒家、道家、阴阳家、法家、名家、墨家、纵横家、杂家、农家。百工：各种工匠的总称。这里指阅读各类书籍。

②《千字文》：儿童启蒙读物。由南北朝时期梁朝周兴嗣编纂，是从王羲之书法作品中选取1000个不重复汉字编纂而成，全文为四字句，对仗工整。《百家姓》：儿童启蒙读物，宋初时编纂。

③“又止”二句：只能以乐器伴唱，而不能在舞台上表演。

④纨扇之捐：如同秋天的扇子一样闲置一旁。出自汉朝班婕妤的《怨歌行》。

【译文】若论填词家适宜用的书，则无论是经传子史以及诗赋古文，都应当无一不熟，上至道家佛家、九流百工之书，下至孩童学习的《千字文》《百家姓》，无一不在所用的书中。至于创作显露在笔端、落在纸上的时候，则应该洗尽书本气。也会有偶尔用到成语的地方，点到旧事的时候，就妙在信手拈来，无心巧合，竟像古人在找寻我，而非我在寻觅古人。此等造诣，不是可以言传的，只能多读元曲，常常沉浸其中，自然可以为其所转化。而元曲中最好的，不单是《西厢》《琵琶》二剧，而是在《元人百种》之中。《百种》也不是尽善尽美的，十有一二可位列于高则诚、王实甫之上，其余不能家喻户晓，与二剧争雄，因为它是杂剧并非全本的缘故，大多是北曲而少有南音，又只能配以管弦弹唱，不便在舞台上表演。今日所看重的，都是南音、全本和可以在舞台上演奏的剧本，而不是简短的杂剧北曲，即便不想成为纨扇之捐，怎么可能呢？

重机趣

“机趣”二字，填词家必不可少。机者，传奇之精神；趣者，传奇之风致。少此二物，则如泥人土马，有生形而无生气。因作者逐句凑成，遂使观场者逐段记忆，稍不留心，则看到第二曲，不记头一曲是何等情形，看到第二折，不知第三折要作何勾当。是心口徒劳，耳目俱涩，何必以此自苦，而复苦百千万亿之人哉？故填词之中，勿使有断续痕，勿使有道学气。所谓无断续痕者，非止一出接一出，一人顶一人，务使承上接下，血脉相连，即于情事截然绝不相关之处，亦有连环细笋伏于其中[①]，看到后来方知其妙，如藕于未切之时，先长暗丝以待，丝于络成之后，才知作茧之精，此言机之不可少也。所谓无道学气者，非但风流跌宕之曲、花前月下之情，当以板腐为戒，即谈忠孝节义与说悲苦哀怨之情，亦当抑圣为狂，寓哭于笑[②]，如王阳明之讲道学[③]，则得词中三昧矣。阳明登坛讲学，反复辨说"良知"二字，一愚人讯之曰："请问'良知'这件东西，还是白的？还是黑的？"阳明曰："也不白，也不黑，只是一点带赤的，便是良知了。"照此法填词，则离合悲欢，嘻笑怒骂，无一语一字不带机趣而行矣。予又谓填词种子，要在性中带来，性中无此，做杀不佳。人问：性之有无，何从辨识？予曰：不难，观其说话行文，即知之矣。说话不迂腐，十句之中，定有一二句超脱，行文不板实，一篇之内，但有一二段空灵，此即可以填词之人也。不则另寻别计，不当以有用精神，费之无益之地。噫，"性中带来"一语，事事皆然，不独填词一节。凡作诗文书画、饮酒斗棋与百工技艺之事，无一不具夙根，无一不本天授。强而后能者，毕竟是半路出家，止可冒斋饭吃，不能成佛作祖也。

【注释】①笋：同"榫"。器物利用凹凸方式相接处凸出的部分。

②寓：寄托。

③王阳明（1472—1529）：王守仁，汉族，幼名云，字伯安，别号阳明。浙江绍兴余姚县（今属宁波余姚）人，明代著名思想家、文学家、哲学家和军事家。因曾筑室于阳明洞，自号阳明子，又称阳明先生。

【译文】“机趣”二字，填词家必不可少。机是传奇的精神；趣是传奇的风致。缺少这两样东西，就如同泥人土马，有生形而无生气。因为是作者逐句凑成的，于是也使观众要逐段记忆，稍不留心，看到第二曲，就不记得上一曲是什么情形，看到第二折，又不知道第三折要作何勾当。这会使心口徒劳，耳目俱涩，何必自以为苦，又使百千万亿的人受罪呢？所以在填词之中，不要有断断续续的痕迹，不要带有道学气。所谓没有断断续续的痕迹，不仅仅是一出接一出，一人一顶人，一定要使情节承上接下，血脉相连，即使在情节截然不相关的地方，也有连环细微的榫头埋伏在其中，看到后来才知道其中的奥妙，如同藕在未切时，先长有暗丝以待，丝缕在连接好后，才知道作茧的精神，这句话就是说机是不可少的。所谓无道学气，非但风流跌宕之曲、花前月下之情，应当以板腐为戒，即使是写出忠孝节义、述说悲苦哀怨之情，也应当压制神圣转为狂放，将哭寄于笑中，如同王阳明讲道学，则得到了词中的真谛了。王阳明登坛讲学，反复辨述“良知”二字，一愚人问道：“请问‘良知’这件东西，是白？还是黑？”王阳明说：“也不白，也不黑，只是有一点带红的，这就是良知了。”按照这样的方法填词，就是悲欢离合，嘻笑怒骂，没有一语一字不带着机趣并且可行的。我还认为填词种子，要从本性中带来，本性中没有这种天赋，拼命做也做不好。有人问：本性中有没有这种天赋，怎么辨识？我说：不难，看他说话行文，就知道了。说话不迂腐，十句之中，一定会有一两句超脱，行文不死板，一篇之内，但凡有一两段空灵，这就是可以填词的人。不然就另寻其他的生计，不应当把有用的精神，耗费在无益之地。唉，“本性中带来的”这一句话，事事都是这样，不只是填词这一件事。凡是作诗文书画、饮酒斗棋和百工技艺的事，无一不具有生来的根性，无一不是来自天赋。后天勉强能做这些事的人，毕竟是半路出家，只能冒充僧人混口斋饭吃，不能成佛作祖啊。

戒浮泛

词贵显浅之说，前已道之详矣。然一味显浅而不知分别，则将日流粗俗，求为文人之笔而不可得矣。元曲多犯此病，乃矫艰深隐晦之弊而过焉者也。极粗极俗之语，未尝不入填词，但宜从脚色起见。如在花面口中[①]，则惟恐不粗不俗，一涉生旦之曲，便宜斟酌其词。无论生为衣冠仕宦，旦为小姐夫人，出言吐词当有隽雅舂容之度[②]。即使生为仆从，旦作梅香[③]，亦须择言而发，不与净丑同声。以生旦有生旦之体，净丑有净丑之腔故也。元人不察，多混用之。观《幽闺记》之陀满兴福[④]，乃小生脚色，初屈后伸之人也。其《避兵》曲云：“遥观巡捕卒，都是棒和枪。”此花面口吻，非小生曲也。均是常谈俗语，有当用于此者，有当用于彼者。又有极粗极俗之语，止更一二字，或增减一二字，便成绝新绝雅之文者。神而明之，只在一熟。当存其说，以俟其人。

【注释】①花面：戏曲角色中净的俗称。

②春容：舒缓从容。

③梅香：古时婢子的别称。

④《幽闺记》：又名《拜月亭》。

【译文】词贵在显浅的说法，前面已经说得非常详尽了。然而一味显浅而不知分别，将会日趋粗俗，想成为文人的笔风是不可能的。元曲大多犯这个毛病，这是修正高深隐晦的弊端而过头了。极其粗俗的话，未尝不可填词，但应从脚色着想。如花脸口中的话，惟恐不粗不俗，一旦涉及到生旦之曲，就应该斟酌其词。无论生角扮衣冠仕宦，旦角扮小姐夫人，言辞谈吐当有隽雅春容之度。即使生角扮仆人，旦角扮婢女，也要选择适当的话，不能与净丑说相同的话。因为生旦有生旦的体态，净丑有净丑的声腔。元人不察，大多混用。看《幽闺记》中的陀满兴福，就是小生的脚色，是个起初屈服而后伸张的人。其中的《避兵》曲云："遥观巡捕卒，都是棒和枪。"这是花脸的口吻，不是小生的曲子。都是日常俗语，有应该用在这里的，有应该用在那里的。又有极其粗俗的话语，只更改一两个字，或增减一两个字，就成为极其新奇雅致的文辞。达到出神入化的境界，只是在于熟练运用。应当保留这种说法，等待适合的人。

填词义理无穷，说何人，肖何人，议某事，切某事，文章头绪之最繁者，莫填词若矣。予谓总其大纲，则不出"情景"

二字。景书所睹，情发欲言。情自中生，景由外得，二者难易之分，判如霄壤[①]。以情乃一人之情，说张三要象张三，难通融于李四。景乃众人之景，写春夏尽是春夏，止分别于秋冬。善填词者，当为所难，勿趋其易。批点传奇者，每遇游山玩水、赏月观花等曲，见其止书所见、不及中情者，有十分佳处，只好算得五分，以风云月露之词，工者尽多，不从此剧始也。善咏物者，妙在即景生情。如前所云《琵琶·赏月》四曲，同一月也，牛氏有牛氏之月，伯喈有伯喈之月。所言者月，所寓者心。牛氏所说之月可移一句于伯喈，伯喈所说之月可挪一字于牛氏乎？夫妻二人之语，犹不可挪移混用，况他人乎？人谓此等妙曲，工者有几，强人以所不能，是塞填词之路也。予曰：不然。作文之事，贵于专一。专则生巧，散乃入愚；专则易于奏工，散者难于责效。百工居肆[②]，欲其专也；众楚群咻[③]，喻其散也。舍情言景，不过图其省力，殊不知眼前景物繁多，当从何处说起？咏花既愁遗鸟，赋月又想兼风。若使逐件铺张，则虑事多曲少；欲以数言包括，又防事短情长。展转推敲，已费心思几许，何如只就本人生发，自有欲为之事，自有待说之情，念不旁分，妙理自出。如发科发甲之人[④]，窗下作文[⑤]，每日止能一篇二篇，场中遂至七篇。窗下之一篇二篇未必尽好，而场中之七篇，反能尽发所长，而夺千人之帜者，以其念不旁分，舍本题之外，并无别题可做，只得走此一条路也。吾欲填词家舍景言情，非责人以难，正欲其舍难就易耳。

【注释】①霄壤：天和地，天地之间。

②肆：手工业作坊。

③众楚群咻：众多的楚国人共同来喧扰。出自《孟子·滕文公下》：“一齐人傅之，众楚人咻之，虽日挞而求其齐也，不可得矣。”后指众多外来的干扰。

④发科发甲：科举考试应试得中。

⑤窗下：代指书房。

【译文】填词的义理是无穷的，描写什么人，就像什么人，叙述某件事就契合某件事，文章中头绪最繁杂的，莫过于填词了。我认为总的大纲，便是不出“情景”二字。景，书写着所见的；情，表达着想说的。情从内心生起，景由外物而得，二者的难易之分，犹如天地。因为情是一人之情，说张三要像张三，难以通融于李四。景是众人之景，描写春夏便都是春夏，只区别于秋冬。擅长填词的人，应当从难的地方着手，不要趋于容易的。批注传奇的人，每次遇到游山玩水、赏月观花等曲，看到只写作者所见的景象、不涉及内心情感，有十分的好处，只能算五分，因为风云月露的词，写得好的人有很多，不是从这部戏曲开始出现的。擅长咏物的人，妙的就是触景生情。如之前所说的《琵琶·赏月》四曲，同一个月亮，牛氏有牛氏的月亮，伯喈有伯喈的月亮。所说的是月亮，所寄寓的是心境。牛氏所说的月亮可以移动一句给伯喈吗，伯喈所说的月亮可以挪动一字给牛氏吗？夫妻二人的话，还不可以挪移混用，何况其他人呢？人们觉得此等妙曲，作曲的人会很少，强人所难，这是阻塞填词之路。我说：不是这样。创作文章这种事，贵在专一。专则生巧，散就陷入愚笨；专则易于奏效，散就难以取得成效。各类工匠聚集在作坊里，想使他们专一；众楚群咻，比喻分散。舍弃感情描写景物，不过是为了省力，殊不知眼前景物繁多，应当从何处说起？赞咏花又怕遗漏了鸟，吟诵月又想兼顾风。如果每件事物逐一展开，则担心事物多而曲少；想用几句话概括，又防止事短情长。展转推敲，已花费很多心思，不如就从本人生发，自然有想做的事，自然有待说的情感，思绪不分散，妙理自然会出现。如同科举得中的人，平常写文章，每天只能写出一两篇，在考场中就写到七篇。平常的一篇两篇不一定写得很好，而在考场中的七篇，反而能尽发其所长，而在数千人中一举夺魁，是因为他的思绪不分散，除了本题目以外，并没有其他题目可做，只能走这一条路。我想填词家舍弃景物而表达情感，并非是责人以难，正是想使他舍难而就易啊。

忌填塞

填塞之病有三：多引古事，迭用人名[①]，直书成句。其所以致病之由亦有三：借典核以明博雅[②]，假脂粉以见风姿，取现成以免思索。而总此三病与致病之由之故，则在一语。一语维何？曰：从未经人道破；一经道破，则俗语云“说破不值半文钱”，再犯此病者鲜矣。古来填词之家，未尝不引古事，未尝不用人名，未尝不书现成之句，而所引所用与所书者，则有别焉：其事不取幽深，其人不搜隐僻，其句则采街谈巷议。即有时偶涉诗书，亦系耳根听熟之语，舌端调惯之文，虽出诗书，实与街谈巷议无别者。总而言之，传奇不比文章。文章做与读书人看，故不怪其深；戏文做与读书人与不读书人同看，又与不读书之妇人小儿同看，故贵浅不贵深。使文章之设，亦为与读书人、不读书人及妇人小儿同看，则古来圣贤所作之经传，亦只浅而不深，如今世之为小说矣。人曰：文人之传奇与著书无别，假此以见其才也，浅则才于何见？予曰：能于浅处见才，方是文章高手。施耐庵之《水浒》，王实甫之《西厢》，世人尽作戏文小说看，金圣叹特标其名曰"五才子书""六才子书"者[③]，其意何居？盖愤天下之小视其道[④]，不知为古今来绝大文章，故作此等惊人语以标其目。噫，知言哉！

【注释】①迭：屡次，反复。

②典核：确实而有根据。典：典故。

③金圣叹（1608-1661）：名采，字若采。一说原姓张。明亡后改名人瑞，字圣叹，自称泐庵法师。明末清初苏州吴县人，清初文学家、文学批评家。他的主要成就在于文学批评。他对《庄子》《离骚》《史记》《杜工部集》《水浒传》《西厢记》加以评定。称为"六才子书"。

④小视：小看，看不起。

【译文】堵塞的毛病有三种：过多引用古事，屡次使用人名，直接书写现成的句子。导致这些毛病的原因也有三种：借助典故表明博雅，借助脂粉显现风采，借取现成免去思考。而概括这三种毛病和致病之由，就在一句话。这一句话是什么？是：从没有经人道破；一经道破，则俗话说"说破不值半文钱"，就很少有人再犯这种毛病了。自古以来的填词家，未尝不引用古事，未尝不用人名，未尝不写现成的句子，而他所引所用与所写的内容，就有所区别：引用的古事不取幽深，引用的人不取隐僻，引用的句子则采用街谈巷议。即便有时偶尔涉及诗书，也是耳熟能详的言语，朗朗上口的文章，虽然出自诗书，但实际和街谈巷议没有区别。总而言之，传奇不比文章。文章写出来是给读书人看的，所以不能怪它深奥；戏文写出来是给读书人与不读书人一同看的，也是给不读书的妇女孩童一同看的，所以贵在浅显而不贵深奥。假如文章的设置，也是给读书人、不读书人和妇女孩童一同看的，则自古圣贤所作的经传，也是只浅而不深，如同当今所写的小说。有人说：文人所作的传奇和著书没有区别，都是借此表现自己的才华，如果写的浅显才华怎么表现出来？我说：能在浅显的地方表现出才华，方是文章高手。施耐庵的《水浒传》，王实甫的《西厢记》，世人都作戏文小说看，金圣叹单单标明它的名字叫“五才子书”“六才子书”，这么做用意何在？是因为不满天下人小看了其中的道理，不知道其为古往今来的绝大文章，故意作出这种惊人之语来标明他的目的。唉，是个知言的人！

音律第三

作文之最乐者，莫如填词，其最苦者，亦莫如填词。填词之乐，详后《宾白》之第二幅，上天入地，作佛成仙，无一不随意到，较之南面百城[①]，洵有过焉者矣[②]。至说其苦，亦有千态万状，拟之悲伤疾痛、桎梏幽囚诸逆境，殆有甚焉者。请详言之。他种文字，随人长短，听我张弛，总无限定之资格。今置散体弗论，而论其分股、限字与调声叶律者。分股则帖括时文是已[③]。先破后承，始开终结，内分八股，股股相对，绳墨不为不严矣；然其股法、句法，长短由人，未尝限之以数，虽严而不谓之严也。限字则四六排偶之文是已。语有一定之字，字有一定之声，对必同心[④]，意难合掌[⑤]，矩度不为不肃矣；然止限以数，未定以位，止限以声，未拘以格，上四下六可，上六下四亦未尝不可，仄平平仄可，平仄仄平亦未尝不可，虽肃而实未尝肃也。调声叶律，又兼分股限字之文，则诗中之近体是已。起句五言，则句句五言，起句七言，则句句七言，起句用某韵，则以下俱用某韵，起句第二字用平声，则下句第二字定用仄声，第三、第四又复颠倒用之，前人立法亦云苛且密矣。然起句五言，句句五言，起句七言，句句七言，便有成法可守。想入五言一路，则七言之句不来矣；起句用某韵，以下俱用某韵，起句第二字用平声，下句第二字定用仄声，则拈得平声之韵，上去入三声之韵皆可置之不问矣；守定平仄、仄平二语，再无变更，自一首以至千百首皆出一辙，保无朝更夕改之令，阻人适从矣。是其苛犹未甚，密犹未至也。至于填词一道，则句之长短，字之多寡，声之平上去入，韵之清浊阴阳，皆有一定不移之格。长者短一线不能，少者增一字不得，又复忽长忽短，时少时多，令人把握不定。当平者平，用一仄字不得；当阴者阴，换一阳字不能。调得平仄成文，又虑阴阳反复；分得阴阳清楚，又与声韵乖张。令人搅断肺肠，烦苦欲绝。此等苛法，尽勾磨人。作者处此，但能布置得宜，安顿极妥，便是千幸成幸之事，尚能计其词品之低昂，文情之工拙乎？予襁褓识字，总角成篇[⑥]，于诗书六艺之文[⑦]，虽未精穷其义，然皆浅涉一过。总诸体百家而论之，觉文字之难，未有过于填词者，予童而习之，于今老矣，尚未窥见一斑。只以管窥蛙见之识[⑧]，谬语同心；虚赤帜于词坛[⑨]，以待将来。作者能于此种艰难文字显出奇能，字字在声音律法之中，言言无资格拘挛之苦，如莲花生在火上[⑩]，仙叟弈于橘中[⑪]，始为盘根错节之才，八面玲珑之笔，寿名千古，衾影何惭！而千古上下之题品文艺者，看到传奇一种，当易心换眼，别置典刑[⑫]。要知此种文字作之可怜，出之不易，其楮墨笔砚非同已物[⑬]，有如假自他人，耳目心思效用不能，到处为人掣肘，非若诗赋古文，容其得意疾书，不受神牵鬼制者。七分佳处，便可许作十分，若到十分，即可敌他种文字之二十分矣。予非左袒词家，实欲主持公道，如其不信，但请作者同拈一题，先作文一篇或诗一首，再作填词一曲，试其孰难孰易，谁拙推工，即知予言之不谬矣。然难易自知，工拙必须人辨。

【**注释**】①南面：古代以坐北朝南为尊位。

②洵：假借为“恂”。诚然，确实。

③帖括：唐代举子把经文编成歌诀，便于记诵，称“帖括”。时

文：科举时代应试的文章，也特指八股文。

④同心：这里指相互对应。

⑤合掌：这里指文意重复。

⑥总角：童年时期。

⑦六艺：古代所谓的礼、乐、射、御、书、数等六种才艺。

⑧管窥蛙见：比喻见识短浅，眼界狭窄。管窥，人从管中看天。蛙见，蛙从井中看天。

⑨虚：这里用作谦辞。赤帜：在《史记·淮阴侯列传》中记载韩信“拔赵帜立汉帜”。后以此借指获得胜利或者成为榜样、典范。

⑩莲花生在火上：大多为佛教的故事内容，比喻历经磨难而依旧顽强。

⑪仙叟弈于橘中：出自东晋干宝的《搜神记》。

⑫刑：通“型”。

⑬楮（chǔ）：纸的代称。

【译文】写文章中最快乐的，莫过于填词，其中最痛苦的，也莫过于填词。填词的快乐，在后面的《宾白》中的第二幅详述，上天入地，作佛成仙，无一不是随意达到，相较南面百城，确实有过而无不及。至于描述它的苦处，也是有千态万状，比拟悲伤疾痛、束缚囚禁等各种逆境，大概有更甚的。请让我详细描述。其他的文字，会随着人的意愿变长变短，听从我的感觉或张或弛，总之没有限定的格式。现在搁置散体不论，而论其分股、限字和调声叶律。分股则是帖括时文。先破后承，始开终结，内分八股，股股相对，其中的规矩不能说不严；然而股法、句法，长短由人而定，没有限制它的字数，虽然严格但又不算严格。限制字数则是四六排偶之文。语言有一定的字，字有一定的声调，字句相互对应，意思难免重复，规矩不可不严肃；然而只限制字数，没有确定位置，只限制声调，没有拘束格式，上四下六可以，上六下四也未尝不可，仄平平仄可以，平仄仄平也未尝不可，虽然严肃而实际上并不严肃。调声叶律，又有分股限字的文章，这可以说是诗中的近体了。开头是五言，句句是五言，开头是七言，句句是七言，开头用某种韵律，以下都用某种韵律，开头的第二字用平声，那下句的第二字定用仄声，第三、第四又颠倒来用，前人所立的规矩也是严苛且周密。然而开头是五言，句句五言，开头是七言，句句七言，便有成法可守。想入五言一路，则七言的句子就不会到来；开头用某种韵律，以下都用某种韵律，开头的第二字用平声，下句的第二字定用仄声，那就拈得平声之韵，上去入三声之韵皆可置之不问了；守住平仄、仄平二语，再没有变更，从一首到千百首都如出一辙，确保没有朝更夕改的法令，让人们无法适从。这是规矩不够严苛，不够周密。至于填词一道，句子的长短，字数的多少，声音的平上去入，韵律的清浊阴阳，都有一定不变的格式。长则不能短一线，少则不可增一字，又有时忽长忽短，时少时多，让人把握不定。应当用平声就用平声，则不得用一仄声字；应当阴字就用阴字，则不能换一阳字。声调以平仄成文，又要思考阴阳反复；分清阴阳，又要与声韵背离。令人搅断肺肠，烦苦欲绝。这种苛法，足够磨人。作者处在这种环境，只要能布置适宜，安顿得当，便是千幸万幸的事，还能计较词品的高低，文采情感的好坏吗？我在襁褓时就识字，童年时就写出整篇文章，对于诗书六艺的文章，虽然没有精心钻研其中的意思，但都浅显涉足。总和诸体百家而论述，觉得文字的困难，莫过于在填词，我从童年时就开始学习，如今老了，尚未窥见一斑。只能以管窥蛙见的见识，姑且对志同道合的人妄言；虚树旗帜在词坛之中，以等待将来。作者能在这种艰难文字中表显出奇特的才华，字字在声音律法之中，句句没有资格拘挛的痛苦，犹如莲花生在火上，仙叟对弈于橘中，这才是盘根错节的才华，八面玲珑的笔风，流芳千古，心无愧疚！而千古上下品评文艺的人，看到传奇这种作品，应当改变心境和眼光，另设标准来看待。要知道这种文字创作的可怜，出版的不易，他的笔墨纸砚不是自己的物品，如同借自别人，耳目心思效用不能随意发挥，到处受人掣肘，不像诗赋古文，让他得意疾书，不受神牵鬼制。七分的好处，便可以写出十分，如果达到十分，就可以抵得上其他文字的二十分了。我并非偏袒词家，实在是想主持公道，如其不信，只请作者同做一题，先写一篇文章或一首诗，再填词一曲，尝试孰难孰易，谁拙谁工，就知道我没有妄言了。所以难易自知，工拙必须靠别人辨别。

词曲中音律之坏，坏于《南西厢》[①]。凡有作者，当以之为戒，不当取之为法。非止音律，文艺亦然。请详言之。填词除杂剧不论，止论全本，其文字之佳，音律之妙，未有过于《北西厢》者。自南本一出，遂变极佳者为极不佳，极妙者为极不妙。推其初意，亦有可原，不过因北本为词曲之豪，人人赞羡，但可被之管弦，不便奏诸场上，但宜于弋阳[②]、四平等俗优[③]，不便强施于昆调[④]，以系北曲而非南曲也。兹请先言其故。北曲一折，止隶一人，虽有数人在场，其曲止出一口，从无互歌迭咏之事。弋阳、四平等腔，字多音少，一泄而尽，又有一人启口，数人接腔者，名为一人，实出众口，故演《北西厢》甚易。昆调悠长，一字可抵数字，每唱一曲，又必一人始之，一人终之，无可助一臂者，以长江大河之全曲，而专责一人，即有铜喉铁齿，其能胜此重任乎？此北本虽佳，吴音不能奏也。作《南西厢》者，意在补此缺陷，遂割裂其词，增添其白，易北为南，撰成此剧，亦可谓善用古人，喜传佳事者矣。然自予论之，此人之于作者，可谓功之首而罪之魁矣。所谓功之首者，非得此人，则俗优竞演，雅调无闻，作者苦心，虽传实没。所谓罪之魁者，千金狐腋，剪作鸿毛，一片精金，点成顽铁。若是者何？以其有用古之心而无其具也。今之观演此剧者，但知关目动人，词曲悦耳，亦曾细尝其味，深绎其词乎？使读书作古之人[⑤]，取《西厢》南本一阅，句栉字比[⑥]，未有不废卷掩鼻，而怪秽气熏人者也。若曰：词曲情文不浃[⑦]，以其就北本增删，割彼凑此，自难贴合，虽有才力无所施也。然则宾白之文，皆由己作，并未依傍原本，何以有才不用，有力不施，而为俗口鄙恶之谈，以秽听者之耳乎？且曲文之中，尽有不就原本增删，或自填一折以补原本之缺略，自撰一曲以作诸曲之过文者[⑧]，此则束缚无人，操纵由我，何以有才不用，有力不施，亦作勉强支吾之句，以混观者之目乎？使王实甫复生，看演此剧，非狂叫怒骂，索改本而付之祝融，即痛哭流涕，对原本而悲其不幸矣。嘻！续《西厢》者之才[⑨]，去作《西厢》者，止争一间，观者群加非议，谓《惊梦》以后诸曲，有如狗尾续貂。

以彼之才，较之作《南西厢》者，岂特奴婢之于郎主，直帝王之视乞丐！乃今之观者，彼施责备，而此独包容，已不可解；且令家尸户祝[10]，居然配飨《琵琶》，非特实甫呼冤，且使则诚号屈矣！予生平最恶弋阳、四平等剧，见则趋而避之，但闻其搬演《西厢》，则乐观恐后。何也？以其腔调虽恶，而曲文未改，仍是完全不破之《西厢》，非改头换面、折手跛足之《西厢》也。南本则聋瞽、喑哑、驮背、折腰诸恶状，无一不备于身矣。非但责其文词，未究音律。从来词曲之旨，首严宫调，次及声音，次及字格。九宫十三调[11]，南曲之门户也。小出可以不拘，其成套大曲，则分门别户，各有依归，非但彼此不可通融，次第亦难紊乱。此剧只因改北成南，遂变尽词场格局：或因前曲与前曲字句相同，后曲与后曲体段不合，遂向别宫别调随取一曲以联络之，此宫调之不能尽合也；或彼曲与此曲牌名巧凑，其中但有一二句字数不符，如其可增可减，即增减就之，否则任其多寡，以解补凑不来之厄，此字格之不能尽符也；至于平仄阴阳与逐句所叶之韵，较此二者其难十倍，诛之将不胜诛，此声音之不能尽叶也。词家所重在此三者，而三者之弊，未尝缺一，能使天下相传，久而不废，岂非咄咄怪事乎？更可异者，近日词人因其熟于梨园之口，习于观者之目，谓此曲第一当行[12]，可以取法，用作曲谱；所填之词，凡有不合成律者，他人执而讯之，则曰："我用《南西厢》某折作对子，如何得错！"噫，玷《西厢》名目者此人，坏词场矩度者此人，误天下后世之苍生者，亦此人也。此等情弊，予不急为拈出，则《南西厢》之流毒，当至何年何代而已乎!

【注释】①《南西厢》：明代李日华等人据王实甫所作北曲《西厢记》翻改而成，情节基本相同。

②弋阳：即弋阳腔。是发源于江西省弋阳县的一种古老戏曲声腔,亦称“弋腔”。开始于元末明初。

③四平：即四平腔。由弋阳腔演变而来，流传于徽州一带。两者的曲调活泼，速度较快。

④昆调：即昆腔。又称昆曲，在明清时期广受大众欢迎。曲调较为舒缓。

⑤作古：不依照成规，自创新例。

⑥句栉字比：逐字逐句仔细推敲。

⑦浃：本意为湿透，这里引申为全面，周全。

⑧过文：过渡的文字。

⑨续《西厢》者：据传王实甫《西厢记》只有四本，后为关汉卿续。但并不可靠。

⑩尸：古代祭祀时，代表死者受祭的人。祝：祭祀时主持祝告的人。

⑪九宫十三调：南曲宫调各调式的总称。正宫、中吕、南吕、黄钟、仙吕、越调、商调、双调、仙吕入双调为九宫，加上大石调、小石调、般涉调、羽调，合为九宫十三调。

⑫当行：内行。

【译文】词曲中音律的败坏，坏于《南西厢》。凡是作者，应当引以为戒，不应以此效法。不止音律，文艺也是这样。请让我详说。填词除了杂剧不论，只论全本，文字的美好，音律的美妙，莫过于《北西厢》。自从南本出现，就将极佳转变为极不佳，极妙转变为极不妙。推测其最初的意图，也是情有可原的，不过因为北本是词曲之豪，人人赞叹羡慕，只能配以管弦弹唱，不便在舞台上表演，只适合弋阳、四平等世俗优人，不便强施于昆曲，因为这是北曲而不是南曲。在这请让我先说明其中缘由。北曲的一折，只属于一人来演唱，虽有数人在场，但曲子只出自一人之口，从没有互相歌咏之事。弋阳、四平等腔调，字多音少，一泄而尽，又是一人开口，数人接腔，名为一人，实际出自众人之口，所以表演《北西厢》很容易。昆曲曲调悠长，一字可抵数字，每唱一曲，又必须是一人开始，一人结束，没有可以助一臂之力的人，就像长江黄河那样长的全曲，只要求一人演唱，即使有铁齿铜喉，他能担此重任吗？这就是北本虽然很好，但吴音不能演奏的原因。创作《南西厢》的人，是想弥补这个缺陷，于是割裂词句，增添对白，改北为南，撰写成这部剧，也可以说是善于借鉴古人，喜传佳事。但在我看来，此人作为作者，可以说既是居功至首也是罪魁祸首。所谓居功至首，若非此人，则世俗优人争相表演，雅调没有人听闻，作者苦心，虽然流传但实际上隐没了。所谓罪魁祸首，千金狐腋，剪成羽毛，一片精金，点成顽铁。这是为什么？因为他有借鉴古人之心却没有适当的工具。现在观看表演这部戏的人，只知道情节动人，词曲悦耳，也曾仔细品尝其中的味道，深绎其中的词文吗？假如让善于读书、善于创新的人，拿着南本的《西厢》一看，逐字逐句仔细推敲，没有不放下书卷捂住鼻子，并且责怪秽气熏人的。如果说：词曲情文不全面，是因为依照北本进行增删，东拼西凑，自难贴合，虽然有才但没有施展的地方。然而对白的词文，都是自己创作的，并没有依傍原本，为何有才华却不运用，有能力却不施展，而作俗口鄙恶之谈，以污秽听众之耳吗？而且曲文之中，很多是没有依照原本进行增删，或者自填一折来弥补原本的缺略，自撰一曲来作为各曲的过渡，这就是无人束缚，由自己操纵，为何有才华却不运用，有能力却不施展，也作勉强搪塞之句，以混淆观众之目吗？假如王实甫复生，看到这部戏，即便不是狂叫怒骂，索要改本而烧毁，也会痛哭流涕，对着原本悲叹不幸了。嘻！续写《西厢》之才，距离写《西厢》的作者，只在咫尺之间，观众群加非议，说《惊梦》之后的各曲，好比狗尾续貂。以他的才华，相较《南西厢》的作者，岂止是奴婢相比郎主，简直是帝王看乞丐！而现在的观众，对其他的施以责备，而唯独对此包容，已经不可理解；而且使家家礼拜，居然和《琵琶》一同得到尊崇，不仅使王实甫喊冤，而且使高则诚叫屈！我生平最厌恶弋阳、四平等剧，见到就趋而避之，但听到以此演奏《西厢记》，就很乐意、争先恐后地前去观看。为什么？因为它的腔调虽然使人厌恶，但曲文没有改变，仍是完整的《西厢》，并不是改头换面、折手跛足的《西厢》。南本则是聋盲、喑哑、驼背、折腰各种恶状，无不集于身。这里只是指责它的文词，并未研究它的音律。词曲的宗旨，从来都是首先严格宫调，其次是声音，再次是字格。九宫十三调，是南曲之门户。小出的戏可以不受约束，但成套的大曲，则要分门别户，各有依归，非但彼此不可通融，顺序也不能紊乱。这部戏只因改北本为南本，于是改变了全部的词场格局：或者是因为前曲和前曲的字句相同，后曲和后曲的体段不合，就从其他宫调中选取一曲加以联络，这样宫调不能完全相合；或者是因为那首曲子与这首曲子的牌名巧凑，其中只有一两句字数不符，如果可增可减，就将其增减，否则放任其多寡，以解开补凑不齐的困难，这是字格不能完全符合；至于平仄阴阳和逐句所叶之韵，相较前两者困难十倍，责备也将经不起责备，这是声音不能完全相和。词家所注重的是这三者，而三者的弊端，《南西厢》未尝缺一，能使天下相传，经久不废，这不是咄咄怪事吗？更令人惊异的是，近日词家因此曲熟于梨园之口，习于观众之目，就称此曲是第一当行，可以效法，用作曲谱；所填的词，凡有不合音律的，他人拿着问他，则说："我用《南西厢》的某一折作对子，怎么会出错！"唉，玷污《西厢》名称的是这个人，破坏词场规矩的是这个人，误导天下后世苍生的，也是这个人。这种弊病，如果我不赶紧指出来，那《南西厢》的毒害，不知要到何年何代才停止啊！

向在都门[①]，魏贞庵相国取崔郑合葬墓志铭示予[②]，命予作《北西厢》翻本，以正从前之谬。予谢不敏[③]，谓天下已传之书，无论是非可否，悉宜听之，不当奋其死力与较短长。较之而非，举世起而非我；即较之而是，举世亦起而非我。何也？贵远贱近，慕古薄今，天下之通情也。谁肯以千古不朽之名人，抑之使出时流下？彼文足以传世，业有明征；我力足以降人，尚无实据。以无据敌有征，其败可立见也。时龚芝麓先生亦在座[④]，与贞庵相国均以予言为然。向有一人欲改《北西厢》，又有一人欲续《水浒传》，同商于予。予曰："《西厢》非不可改，《水浒》非不可续，然无奈二书已传，万口交赞，其高踞词坛之座位，业如泰山之隐、磐石之固，欲遽叱之使起而让席于予，此万不可得之数也。无论所改之《西厢》，所续之《水浒》，未必可继后尘，即使高出前人数倍，吾知举世之人不约而同，皆以‘续貂蛇足’四字，为新作之定评矣。”二人唯唯而去。此予由衷之言，向以诫人，而今不以之绳己，动数前人之过者，其意何居？曰：存其是也。放郑声者[⑤]，非仇郑声，存雅乐也；辟异端者，非仇异端，存正道也；予之力斥《南西厢》，非仇《南西厢》，欲存《北西厢》之本来面目也。若谓前人尽不可议，前书尽不可毁，则杨朱、墨翟亦是前人[⑥]，郑声未必无底本，有之亦是前书，何以古圣贤放之辟之，不遗余力哉？予又谓《北西厢》不可改，《南西厢》则不可不翻。何也？世人喜观此剧，非故嗜痂[⑦]，因此剧之外别无善本，欲睹崔张旧事，舍此无由。地乏朱砂，赤土为佳，《南西厢》之得以浪传[⑧]，职是故也。使得一人焉，起而痛反其失，别出新裁，创为南本，师实甫之意，而不必更袭其词，祖汉卿之心[⑨]，而不独仅续其后，若与《北西厢》角胜争雄，则可谓难之又难。若止与《南西厢》赌长较短，则犹恐屑而不屑。予虽乏才，请当斯任，救饥有暇，当即拈毫。

【注释】①向：过去，往昔。

②魏贞庵（1616-1686）：即魏裔介，字石生，号贞庵，又号昆林，直隶柏乡(今邢台市柏乡县)人，历史上称之为“乌头宰相”。

③不敏：自谦之辞。

④龚芝麓(1616—1673):即龚鼎孳,字孝升,又号芝麓,安徽合肥人。明末清初诗人、文学家。

⑤放:驱逐。引申为禁止。郑声:出自《论语·卫灵公》。指春秋战国时期郑国的音乐。因与孔子等提倡的雅乐不同,故受儒家排斥。后统称与雅乐相背的音乐为郑声。

⑥杨朱、墨翟:战国时期思想家、哲学家。

⑦嗜痂:南朝刘邕喜食病人的疮痂。后称怪僻的嗜好为“嗜痂”。

⑧浪传:随便传布,任意流传。

⑨祖:效法,承袭。

【译文】从前在京都时,魏贞庵相国拿着崔郑合葬的墓志铭来给我看,命我作《北西厢》的翻本,以纠正以前的错误。我婉拒了,因为天下已流传的书,无论是非可否,都应该顺其自然,不应该拼死力相较短长。相较之后是我的过失,天下都会群起而责怪我;相较之后我做的正确,天下也会群起而责怪我。为什么?贵远贱近,慕古薄今,这是天下共通的情理。谁愿意将千年不朽的名人,压于当代时流之下?他的文章足以传世,已有明显的征兆;我的能力足以服人,尚无实据。以无据抵挡有征,失败可以立刻看到了。当时龚芝麓先生也在座,与魏贞庵相国都认为我说的对。从前有一人想改写《北西厢》,又有一人想续写《水浒传》,与我商议。我说:“《西厢》不是不能改写,《水浒》不是不能续写,但无奈二书已经流传,万众称赞,它们高踞于词坛之位,已如泰山之稳、磐石之固,想马上呵斥它们离开而让位于我,这是万万不可能的事情。无论是改《西厢》,续《水浒》,未必可以继其后尘,即使高出前人数倍，我知道天下人会不约而同，都以'续貂蛇脚'四字，作为对新作的评价。"二人点头而去。这是我发自内心的话，从前是以它告诫别人，而现在不以它要求自己，去动数前人的过错，用意何在？我认为：是保存其中正确的道理。孔子认为禁止郑声，并非仇视郑声，是为了保存雅乐；辟除异端，并非仇视异端，是为了保存正道；我力斥《南西厢》，并非仇视《南西厢》，是想保存《北西厢》的本来面目。如果说前人全都不可非议，前书全都不能毁掉，则杨朱、墨翟也是前人，郑声不一定没有底本，有也是前书，为什么古代圣贤要不遗余力地禁止它、辟除它呢？我又认为《北西厢》不能改，《南西厢》则不能不翻改。为什么？世人喜欢看这部戏，不是因为怪癖的嗜好，而是因为这部戏之外没有其他的善本，想知道崔张过去的事，除了这个没有别的途径。土地缺少朱砂，赤土也能算是好东西，《南西厢》得以随意流传，就是这个原因。假如有一人，站出来彻底反思其中的过错，别出心裁，创作南本，师承王实甫的意愿，而不必再承袭他的词，效法关汉卿的心思，而不单是续其后文，如果与《北西厢》较量争雄，则可以说是难上加难。如果只与《南西厢》比较长短，则恐怕是极为不屑。我虽然缺乏才华，但请求担当此任，温饱之余，会立即动笔。

《南西厢》翻本既不可无，予又因此及彼，而有志于《北琵琶》一剧。蔡中郎夫妇之传，既以《琵琶》得名，则"琵琶"二字乃一篇之主，而当年作者何以仅标其名，不见拈弄其实？使赵五娘描容之后，果然身背琵琶，往别张大公，弹出北曲哀声一大套，使观者听者涕泗横流，岂非《琵琶记》中一大畅事？而当年见不及此者，岂元人各有所长，工南词者不善制北曲耶？使王实甫作《琵琶》，吾知与千载后之李笠翁必有同心矣。予虽乏才，亦不敢不当斯任。向填一折付优人，补则诚原本之不逮，兹已附入四卷之末[①]，尚思扩为全本，以备词人采择，如其可用，谱为弦索新声[②]。若是，则《南西厢》《北琵琶》二书可以并行。虽不敢望追踪前哲[③]，并辔时贤，但能保与自手所填诸曲（如已经行世之前后八种，及已填未刻之内外八种）合而较之，必有浅深疏密之分矣。然著此二书，必须杜门累月[④]，窃恐饥为驱人，势不由我。安得雨珠雨粟之天，为数十口家人筹生计乎？伤哉！贫也。

【注释】①附入四卷之末：这里指附在《闲情偶寄》的翼圣堂十六卷本的卷四"演习部"的后面，而在芥子园六卷本中，则是附在卷二《变旧为新》的后面。

②弦索：北曲的代称。

③前哲：前代的贤哲。

④杜门：闭门。

【译文】《南西厢》的翻本既然不可没有，我又因此及彼，而有志于《北琵琶》这一部戏的翻改。蔡中郎夫妇的传记，既然以《琵琶》命名，那么"琵琶"二字就是一篇之主，而当年作者为何仅标注其名，却不见描写真实内容？假如赵五娘描容之后，果真身背琵琶，前去拜别张大公，弹奏出一大套的北曲哀伤之声，使观众听众泪流满面，这岂不是《琵琶记》中的一大畅事？而当年没有见过这种情景，难道是因为元人各有长处，作南词的不善于制北曲吗？假如王实甫写《琵琶》，我知道一定与千年后的李笠翁同心。我虽然缺乏才华，但也不敢不担当此任。从前我填过一折戏交给优人，弥补高则诚原本的不足，现在已附入四卷的末尾，还要思考扩充全本，以备词人选择，如果可以采用，就为它谱写新曲。如果这样，那《南西厢》《北琵琶》二书就可以并行于世。虽然不敢期望追踪前代的贤哲，与时下的贤德并肩，但能确保与自己亲手所填各曲（如已经流传于世的前后八种，和已填未刻的内外八种）相比较，一定会有深浅疏密之分了。然而写这两本书，一定是闭门好几个月，我担心为饥饿所逼迫，情势不由我。哪里能找到下珠宝、下粮食的上天，为数十口家人谋筹生计呢？悲哀啊！是因为贫穷啊。

恪守词韵

一出用一韵到底，半字不容出入，此为定格。旧曲韵杂出入无常者，因其法制未备，原无成格可守，不足怪也。既有《中原音韵》一书，则犹畛域画定[①]，寸步不容越矣。常见文人制曲，一折之中，定有一二出韵之字，非曰明知故犯，以偶得好句不在韵中，而又不肯割爱，故勉强入之，以快一时之目者也。杭有才人沈孚中者[②]，所制《绾春园》《息宰河》二剧[③]，不施浮采[④]，纯用白描，大是元人后劲。予初阅时，不忍释卷，及考其声韵，则一无定轨，不惟偶犯数字，竟以寒山、桓欢二韵，合为一处用之，又有以支思、齐微、鱼模三韵并用者，甚至以真文、庚青、侵寻三韵，不论开口闭口，同作一韵用者。长于用才而短于择术，致使佳调不传，殊可痛惜！夫作诗填词同一理也。未有沈休文诗韵以前[5]，大同小异之韵，或可叶入诗中。既有此书，即三百篇之风人复作[6]，亦当俯就范围。李白诗仙，杜甫诗圣，其才岂出沈约下？未闻以才思纵横而跃出韵外，况其他乎！设有一诗于此，言言中的，字字惊人，而以一东、二冬并叶，或三江、七阳互施，吾知司选政者，必加摈黜，岂有以才高句美而破格收之者乎？词家绳墨，只在《谱》《韵》二书[7]，合谱合韵，方可言才，不则八斗难克升合[8]，五车不敌片纸，虽多虽富，亦奚以为？

【注释】①畛域：界限，范围。

②沈孚中：即沈嵊，明代戏曲作家，字孚中，一字唵庵，号孚中道人，浙江钱塘人。

③《绾春园》《息宰河》：均为传奇。

④浮采：浮华的词藻。

⑤沈休文（441—513）：即沈约，字休文，吴兴武康（今浙江德清）人，南朝史学家、文学家。创立“四声八病”之说。

⑥三百篇：《诗经》的代称。《诗经》原目三百十一篇，实存三百零五篇。风人：诗人。

⑦《谱》：即沈休文所著的《四声韵谱》。《韵》：即《中原音韵》。

⑧升合：一升一合，比喻数量很小。

【译文】一出戏用一韵到底，半字不容出入，这是固定的格式。旧曲所用的韵杂乱而且出入无常，因为它的规矩并不完备，原本就没有常规可守，这不奇怪。既然有《中原音韵》一书，就像画定了界限，寸步不容逾越。经常见到文人作曲，一折之中，一定有一两个出韵的字，并不是明知故犯，是因为偶然得到好句但不在韵律之中，而又不肯割爱，所以勉强写进去，为了满足一时的眼福。杭州有位才子叫沈孚中，所作的《绾春园》《息宰河》二剧，不用浮华的词藻，纯用白描，大有元人的作风。我初次阅读时，爱不释手，当考察它的声韵，却无一定轨，不只是偶尔错用几个字，竟把寒山、桓欢二韵，合为一处运用，又把支思、齐微、鱼模三韵并用，甚至把真文、庚青、侵寻三韵，不论开口闭口，共作一韵来使用。他才华出众但不擅于运用方法，致使好的曲调不能流传，太可惜了！作诗和填词是同一个道理。在没有沈休文诗韵以前，大同小异的声韵，或许可以写入诗中。既然有这本书，就是《诗经》的诗人重新创作，也应该遵照规矩。诗仙李白，诗圣杜甫，才华难道在沈约之下？但从未听说过因为才气纵横而逾越到声韵之外，何况其他人！假设有一首诗在这，句句中的，字字惊人，但把一东、二冬并叶，或者三江、七阳互用，我知道选录诗作的人，一定会摒弃不选，怎会因为才高句美而破格收录呢？词家的规矩，只在《谱》《韵》二书中，合谱合韵，才能称得上是有才华，否则才高八斗难胜升合之才，学富五车不敌轻薄片纸，虽多虽富，又有何用呢？

凛遵曲谱

曲谱者[①]，填词之粉本，犹妇人刺绣之花样也，描一朵，刺一朵，画一叶，绣一叶，拙者不可稍减，巧者亦不能略增。然花样无定式，尽可日异月新；曲谱则愈旧愈佳，稍稍趋新，则以毫厘之差而成千里之谬。情事新奇百出，文章变化无穷，总不出谱内刊成之定格。是束缚文人而使有才不得自展者，曲谱是也；私厚词人而使有才得以独展者，亦曲谱是也。使曲无定谱，亦可日异月新，则凡属淹通文艺者②，皆可填词，何元人、我辈之足重哉？“依样画葫芦”一语，竟似为填词而发。妙在依样之中，别出好歹，稍有一线之出入，则葫芦体样不圆，非近于方，则类乎扁矣。葫芦岂易画者哉！明朝三百年，善画葫芦者，止有汤临川一人，而犹有病其声韵偶乖、字句多寡之不合者。甚矣，画葫芦之难，而一定之成样不可擅改也。

【注释】①曲谱：这里指规定曲子的字句、四声、叶韵的曲谱。比如《啸余》《南九宫十三调曲谱》等。

②淹通：精通，贯通。

【译文】曲谱，是填词的底本，犹如妇人刺绣的花样，描一朵，刺一朵，画一叶，绣一叶，愚笨的人不可以稍作减少，灵巧的人也不能略微增加。然而花样没有定式，尽可能日新月异；曲谱却是越旧越好，稍稍变新，就会因为毫厘之差而谬之千里。世间的事情新奇百出，文章变化无穷，总是不出曲谱中已定好的格式。这样束缚文人并且使他有才华但不能自行发挥的，便是曲谱；偏爱词人并且使他有才华得以独自发挥的，也是曲谱。假如曲无定谱，也可以日新月异，那么凡是精通文艺的人，都可以填词，那这样元人、我辈还会足以得到重视吗？“依样画葫芦”这一句，竟然似乎是为填词说的。妙在依样之中，分出好坏，稍有一点出入，那葫芦的样子就不圆，不是接近于方，就是类似于扁了。葫芦是那么容易画的吗！明朝三百年，擅长画葫芦的，只有汤显祖一人，但还是有人诟病他的声韵偶尔背离、字句多寡不合。画葫芦太难了，而一定的成样是不可擅改的。

曲谱无新，曲牌名有新。盖词人好奇嗜巧，而又不得展其伎俩，无可奈何，故以二曲三曲合为一曲，熔铸成名，如【金索挂梧桐】【倾杯赏芙蓉】【倚马待风云】之类是也。此皆老于词学、文人善歌者能之；不则上调不接下调，徒受歌者揶揄[①]。然音调虽协，亦须文理贯通，始可串离使合。如【金络索】【梧桐树】是两曲，串为一曲，而名曰【金索挂梧桐】，以金索挂树，是情理所有之事也。【倾杯序】【玉芙蓉】是两曲，串为一曲，而名曰【倾杯赏芙蓉】，倾杯酒而赏芙蓉，虽系捏成，犹口头语也。【驻马听】【一江风】【驻云飞】是三曲，串为一曲，而名曰【倚马待风云】，倚马而待风云之会，此语即入诗文中，亦自成句。凡此皆系有伦有脊之言[②]，虽巧而不厌其巧。竟有只顾串合，不询文义之通塞，事理之有无，生扭数字作曲名者，殊失顾名思义之体，反不若前人不列名目，只以“犯”字加之。如本曲【江儿水】而串入二别曲，则曰【二犯江儿水】；本曲【集贤宾】而串入三别曲，则曰【三犯集贤宾】。又有以“摊破”二字概之者，如本曲【簇御林】、本曲【地锦花】而串入别曲，则曰【摊破簇御林】【摊破地锦花】之类，何等浑然，何等藏拙。更有以十数曲串为一曲而标以总名，如【六犯清音】【七贤过关】【九回肠】【十二峰】之类，更觉浑雅。予谓串旧作新，终是填词末着[3]。只求文字好，音律正，即牌名旧杀[4]，终觉新奇可喜。如以极新极美之名，而填以庸腐乖张之曲，谁其好之？善恶在实，不在名也。

【注释】①揶揄（yé yú）：戏弄，侮辱。

②有伦有脊：有理有序，有根有据。脊，理，条理。

③末着：最后的计策。

④杀：表示程度深。

【译文】曲谱没有新的，曲牌名有新的。是因为词人好奇嗜巧，而又不能施展他的技艺，无可奈何，所以将两三首曲子合为一曲，熔铸成名，如【金索挂梧桐】【倾杯赏芙蓉】【倚马待风云】之类的就是这样。这都是熟知词学、善于歌唱的文人才能做到；否则上调不接下调，白白遭受歌者的嘲弄。然而音调虽然和谐，也需要文理贯通，才能使不同的曲子串合成一曲。如【金络索】【梧桐树】是两首曲子，串为一曲，而名为【金索挂梧桐】，以金索挂树，这是情理之中的事。【倾杯序】【玉芙蓉】是两首曲子，串为一曲，而名为【倾杯赏芙蓉】，倾杯酒而赏芙蓉，虽然是捏成的，但还是口头语。【驻马听】【一江风】【驻云飞】是三首曲子，串为一曲，而名为【倚马待风云】，倚马而等待风云相会，这句话即便写入诗文中，也能自成一句。这都是有理有据之言，虽然机巧但并不厌其巧。竟然有只顾串合，不思考文义是否通顺，是否合乎事理，生搬硬套几个字作为曲名的，实在有失顾名思义的本质，反而不如前人不列名目，只在名目上加一个“犯”字。如本曲叫【江儿水】再串入其他两首曲子，就命为【二犯江儿水】；本曲叫【集贤宾】再串入其他三首曲子，就命为【三犯集贤宾】。还有以“摊破”二字概括的，如本曲叫【簇御林】、本曲叫【地锦花】再串入其他曲子，就命为【摊破簇御林】【摊破地锦花】之类的，何等浑然，何等藏拙。更有以十几首曲子串为一曲再标上总名的，如【六犯清音】【七贤过关】【九回肠】【十二峰】之类的，使人觉得更为浑雅。我认为串旧作新，最终是填词的末端。只求文字好，音乐正，即便曲牌名非常陈旧，始终觉得新奇可喜。如果用极新极美的名字，反而填在庸腐乖张的曲子上，谁会喜欢呢？好坏在实，不在名啊。

鱼模当分

词曲韵书，止靠《中原音韵》一种，此系北韵，非南韵也。十年之前，武林陈次升先生欲补此缺陷[①]，作《南词音韵》一书，工垂成而复辍，殊为可惜。予谓南韵深渺，卒难成书。填词之家即将《中原音韵》一书，就平上去三音之中，抽出入声字，另为一声，私置案头，亦可暂备南词之用。然此犹可缓。更有急于此者，则鱼模一韵，断宜分别为二。鱼之与模，相去甚远，不知周德清当日何故比而同之，岂仿沈休文诗韵之例，以元、繁、孙三韵，合为十三元之一韵[②]，必欲于纯中示杂，以存“大音希声”之一线耶[③]？无论一曲数音，听到歇脚处，觉其散漫无归，即我辈置之案头，自作文字读，亦觉字句聱牙[④]，声韵逆耳。倘有词学专家，欲其文字与声音媲美者，当令鱼自鱼而模自模，两不相混，斯为极妥。即不能全出皆分，或每曲各为一韵，如前曲用鱼，则用鱼韵到底，后曲用模，则用模韵到底，犹之一诗一韵，后不同前，亦简便可行之法也。自愚见推之，作诗用韵，亦当仿此。另钞元字一韵[⑤]，区别为三，拈得十三元者，首句用元，则用元韵到底，凡涉繁、孙二韵者勿用。拈得繁、孙者亦然。出韵则犯诗家之忌，未有以用韵太严而反来指谪者也。

【注释】①武林：古代杭州的别称。陈次升：清朝词曲论家，字次生。在梁廷楠《曲话》中记载："武林陈次升作《南词曲韵》，欲与周韵并行，缘事中辍。"

②十三元：即十三韵辙。按照汉字音节的韵母分为十三韵，在元代的《中原音韵》中分为"东钟""江阳"等十九韵，到明代末期，渐渐变成十三韵。但"十三元"的意思存在异议，需进一步研究。

③大音希声：最大最美的声音乃是无声之音。出自《老子》："大音希声，大象无形。"

④聱（áo）牙：文句别扭，读不上口。

⑤钞：同"抄"。

【译文】词曲的韵书，只依靠《中原音韵》一种，此是北韵，并非南韵。十年前，武林陈次升先生想要弥补这个缺陷，创作《南词音韵》一书，即将完成时却中止了，很是可惜。我认为南韵深渺，最终很难成书。填词家就将《中原音韵》一书，把平上去这三音之中，抽出入声字，另为一声，放在案头，也可以暂时作为南词来使用。但是这些可以暂缓。还有更急的，便是鱼模一韵，本应该分为两韵。鱼和模，相差甚远，不知道周德清当时为什么要并合在一起，难道是模仿沈休文诗韵的例子，以元、繁、孙三韵，合成十三元中的一韵，一定是想在纯中显杂，来保存"大音希声"这一脉吗？无论一曲有几个音，听到歇脚处，就觉得它散漫无归，即便我们放在案头，自己写作文字来读，也觉得字句拗口，声韵逆耳。如果有词学专家，想要其中文字与声韵相媲美，就应当让鱼是鱼而模是模，两不相混，这才是最稳妥的。即便不能完全分开，或者每曲各用一韵，如前曲用鱼，则到底都用鱼韵，后曲用模，则到底都用模韵，好比一诗一韵，后不同前，也是简便可行的方法。以我的想法推演，作诗用韵，也应当仿照这个方法。另外抄写元字一韵，有三种区别，运用十三元的，首句用元，则到底都用元韵，凡涉及繁、孙两韵的不能用。运用繁、孙的也是一样。出韵则犯诗家之忌，没有因为用韵太严反而遭受指谪的。

廉监宜避

侵寻、监咸、廉纤三韵[①]，同属闭口之音，而侵寻一韵，较之监咸、廉纤，独觉稍异。每至收音处，侵寻闭口，而其音犹带清亮，至监咸、廉纤二韵，则微有不同。此二韵者，以作急板小曲则可[②]，若填悠扬大套之词[③]，则宜避之。《西厢》"不念《法华经》，不理《梁王忏》"一折用之者，以出惠明口中，声口恰相合耳。此二韵宜避者，不止单为声音，以其一韵之中，可用者不过数字，余皆险僻艰生，备而不用者也。若惠明曲中之“撍”字[4]、“搀”字、“燂”字[5]、“賸”字、“馅”字、“醮”字、“颩”字[6]，惟惠明可用，亦惟才大如天之王实甫能用，以第二人作《西厢》，即不敢用此险韵矣。初学填词者不知，每于一折开手处，误用此韵，致累全篇无好句；又有作不终篇，弃去此韵而另作者，失计妨时。故用韵不可不择。

【注释】①侵寻、监咸、廉纤：属于“十三元”中的三韵。

②急板小曲：是昆曲中的曲调，节奏紧凑短小。

③悠扬大套：也是昆曲中的曲调，节奏悠扬舒缓。

④撍（zuàn）：古同“攥”，抓，握。在《中原音韵》中，音与“暂”用。以下皆是惠明唱段中的韵脚。

⑤燂（qián）：烤热。在《中原音韵》中，音与“痰”同。

⑥颩（diū）：古通“丢”，抛掷。

【译文】侵寻、监咸、廉纤三韵，同属于闭口的音韵，而侵寻一韵，相较监咸、廉纤，单单觉得略有不同。每到收音处，侵寻闭口，而它的声音还带着清亮，至于监咸、廉纤两韵，则稍有不同。这两韵，作为急板小曲还可以，如果填写悠扬大套的词文，那么就应该避开不用。《西厢》中“不念《法华经》，不理《梁王忏》”这一折用之，是因为出自惠明之口，声口恰好相合。这两韵所应该避开的，不只是因为声音，因为一韵之中，可以使用的不过数字，余下的都是险僻艰生，备而不用的音韵。比如惠明曲中的“撍”字、“搀”字、“燂”字、“賸”字、“馅”字、“醮”字、“颩”字，唯有惠明可以用，也唯有才大如天的王实甫可以用，让第二人写《西厢》，就不敢用这种险韵了。初学填词的人不了解，在每一折的开头，误用这种韵，导致全篇没有好的句子；还有写不完一整篇，放弃这种韵而换另一种，就会失计妨时。所以用韵不能不选择。

拗句难好

音律之难，不难于铿锵顺口之文，而难于倔强聱牙之句。铿锵顺口者，如此字声韵不合，随取一字换之，纵横顺逆，皆可成文，何难一时数曲。至于倔强聱牙之句，即不拘音律，任意挥写，尚难见才，况有清浊阴阳，及明用韵①，暗用韵②，又断断不宜用韵之成格，死死限在其中乎？词名之最易填者，如【皂罗袍】【醉扶归】【解三醒】【步步娇】【园林好】【江儿水】等曲，韵脚虽多，字句虽有长短，然读者顺口，作者自能随笔。即有一二句宜作拗体③，亦如诗内之古风④，无才者处此，亦能勉力见才。至如【小桃红】【下山虎】等曲，则有最难下笔之句矣。《幽闺记·小桃红》之中段云：“轻轻将袖儿掀，露春纤，盏儿拈，低娇面也。”每句只三字，末字叶韵⑤；而每句之第二字，又断该用平，不可犯仄。此等处，似难而尚未尽难。其【下山虎】云：“大人家体面，委实多般，有眼何曾见！懒能向前，弄盏传杯，恁般腼腆。这里新人忒杀虔，待推怎地展？主婚人，不见怜，配合夫妻，事事非偶然。好恶姻缘总在天。”只须“懒能向前”“待推怎地展”“事非偶然”之三句，便能搅断词肠。“懒能向前”“事非偶然”二句，每句四字，两平两仄，末字叶韵。“待推怎地展”一句五字，末字叶韵，五字之中，平居其一，仄居其四。此等拗句，如何措手？南曲中此类极多，其难有十倍于此者，若逐个牌名援引⑥，则不胜其繁，而观者厌矣；不引一二处定其难易，人又未必尽晓；兹只随拈旧诗一句，颠倒声韵以喻之。如“云淡风轻近午天”，此等句法自然容易见好，若变为“风轻云淡近午天”，则虽有好句，不夺目矣。况“风轻云淡近午天”七字之中，未必言言合律，或是阴阳相左，或是平仄尚乖，必须再易数字，始能合拍。或改为“风轻云淡午近天”，或又改为“风轻午近云淡天”，此等句法，揆之音律则或谐矣⑦，若以文理绳之，尚得名为词曲乎？海内观者，肯曰此句为音律所限，自难求工，姑为体贴人情之善念而恕之乎？曰：不能也。既曰不能，则作者将删去此句而不作乎？抑自创一格而畅我所欲言乎？曰：亦不能也。然则攻此道者，亦甚难矣！变难成易，其道何居？曰：有一方便法门，词人或有行之者，未必尽有知之者。行之者偶然合拍，如路逢故人，出之不意，非我知其在路而往投之也。凡作倔强聱牙之句，不合自造新言，只当引用成语。成语在人口头，即稍更数字，略变声音，念来亦觉顺口。新造之句，一字聱牙，非止念不顺口，且令人不解其意。今亦随拈一二句试之。如“柴米油盐酱醋茶”，口头语也，试变为“油盐柴米酱醋茶”，或再变为“酱醋油盐柴米茶”，未有不明其义、不辨其声者。“东边日出西边雨，道是无情却有情”，口头语也，试将上句变为“日出东边西边雨”，下句变为“道是有情却无情”，亦未有不明其义、不辨其声音。若使新造之言而作此等拗句，则几与海外方言无别，必经重译而后知之矣[8]。即取前引《幽闺》之二句，定其工拙。“懒能向前”“事非偶然”二句，皆拗体也。“懒能向前”一句，系作者新构，此句便觉生涩，读不顺口；“事非偶然”一句，系家常俗语，此句便觉自然，读之溜亮[9]。岂非用成语易工、作新句难好之验乎？予作传奇数十种，所谓“三折肱为良医[10]”，此折肱语也。因觅知音，尽倾肝膈。孔子云：“益者三友：友直，友谅，友多闻[11]。”多闻，吾不敢居，谨自呼为直谅。

【注释】①明用韵：在句末用韵，押韵在句末成为明用韵。

②暗用韵：在句末和句中用韵成为暗用韵。

③拗体：格律诗的一种变体。指诗人刻意求奇，特地变更诗格用拗句写成的诗。

④古风：诗体名。即古诗、古体诗，与近体诗相比相对自由。

⑤末字：各本都作“末句”，依文意应为“末字”。

⑥援引：列举，举例，引证。

⑦揆（kuí）：揣测，揆度。

⑧重译：辗转翻译。

⑨溜亮：同“浏亮”，明朗流畅。

⑩“三折肱”一句：多次折断手臂，就能懂得医治折臂的方法。出自《左传·定公十三年》：“三折肱知为良医。”后比喻对某事阅历

多，富有经验，自能造诣精深。

⑪“益者”四句：出自《论语·季氏》。

【译文】音律之难，铿锵顺口之文不难，但难在倔强聱牙之句。铿锵顺口的，比如字的声韵不合，随意取一字换掉，纵横顺逆，都可以成文，一时创作数曲，没有什么难的。至于倔强聱牙的句子，即便不拘音律，任意挥写，尚且难以表现出才华，何况有清浊阴阳，以及明用韵，暗用韵，还有断断不适合用韵的固定格式，死死限在其中的？词名中最容易填的，如【皂罗袍】【醉扶归】【解三酲】【步步娇】【园林好】【江儿水】等曲，韵脚虽多，虽有长短句，然而读者顺口，作者自然可以随意写作。即便有一两句适合作拗体，亦如诗中的古风，无才的人遇到这些，也能努力表现出他的才华。至于如同【小桃红】【下山虎】等曲，就有极难下笔之句。《幽闺记·小桃红》的中段写道：“轻轻将袖儿掀，露春纤，盏儿拈，低娇面也。”每句只有三字，末字叶韵；而每句的第二个字，又断然该用平声字，不可冒犯仄声字。这些地方，好像很难但并不算很难。其中【下山虎】中写道：“大人家体面，委实多般，有眼何曾见！懒能向前，弄盏传杯，恁般腼腆。这里新人忒杀虔，待推怎地展？主婚人，不见怜，配合夫妻，事事非偶然。好恶婚姻总在天。”只需要“懒能向前”“待推怎地展”“事非偶然”这三句，便能搅断词肠。“懒能向前”“事非偶然”两句，每句四字，两平两仄，末字叶韵。“待推怎地展”一句五字，末字叶韵，五字之中，有一个平声字，四个仄声字。这样的拗句，如何着手？南曲中这类的句子极多，难度还要难上十倍，如果逐个列举这些牌名，则不胜其繁，而观众也会厌倦；不列举一两处来确定它的难易，人们又不一定完全了解；这只是随以拿出一句旧诗，用颠倒声韵来比喻。如“云淡风轻近午天”，这种句法自然容易见好，如果变为“风轻云淡近午天”，虽是好句，但不引人注目。更何况“风轻云淡近午天”七字之中，不一定是字字合律，也许是阴阳相左，也许是平仄相背，必须再改几个字，方能合拍。或改为“风轻云淡午近天”，又或改为“风轻午近云淡天”，这些句法，估摸音律或许和谐，如果以文理衡量，还会称作词曲吗？天下的观众，肯说此句是音律所限，自己很难求得精巧，姑且作为体贴人情的善心而宽容它吗？答：不能。既然说不能，那作者将这句删去而不作呢？或者自创一格而畅所欲言呢？答：也不能。既然这样干这行的人，也太难了！变难成易，方法何在？答：有一个方便法门，词人或许有这样做的，但不一定尽数知晓其中道理。这么做会偶然合拍，犹如路逢故人，出于意料之外，并非我知道他在路上而去迎他。凡是写倔强聱牙的句子，不适合自造新言，只当引用成句。成语在人口头，即便稍改数字，略变声音，念着也觉得顺口。新造的句子，一个字聱牙，不只是念着不顺口，而且让人不理解其中意思。现在也随意拿一两句试验。如“柴米油盐酱醋茶”，是口头语，试着变成“油盐柴米酱醋茶”，或者再变成“酱醋油盐柴米茶”，没有不明白它的意思、分辨不出它的声音。“东边日出西边雨，道是无情却有情”，也是口头语，试着将上句变成“日出东边西边雨”，下句变成“道是有情却无情”，也没有不明白它的意思、分辨不出它的声音。如果使新造的句子写成这种拗句，那几乎与海外方言没有区别，必须经过翻译而后才能知晓。就拿前面引用《幽闺》的两句，定其优劣。“懒能向前”“事非偶然”两句，都是拗体。“懒能向前”一句，是作者新创的，这句话便觉得生涩，读着不顺口；“事非偶然”一句，是家常俗语，这句话便觉得自然，读着明朗流畅。这难道不是用成语更改精巧的句子、写新句难以写好的证明吗？我写传奇数十种，所谓“三折肱为良医”，这是折肱的言语。为了寻找知音，说出全部的肺腑之言。孔子说：“益友有三种：与正直的人交友，与诚信的人交友，与博学多闻的人交友。”博学多闻，我不敢自居，谨能自称为正直诚信。

合韵易重

句末一字之当叶者，名为韵脚。一曲之中，有几韵脚，前后各别，不可犯重。此理谁不知之？谁其犯之？所不尽知而易犯者，惟有“合前”数句。兹请先言合前之故。同一牌名而为数曲者，止于首只列名，其后在南曲则曰“前腔”，在北曲则曰“么篇”，犹诗题之有其二、其三、其四也。末后数语，在前后各别者，有前后相同，不复另作，名为“合前”者。此虽词人躲懒法，然付之优人，实有二便：初学之时，少读数句新词，省费几番记忆，一便也；登场之际，前曲各人分唱，合前之曲必通场合唱，既省精神，又不寂寞，二便也。然合前之韵脚最易犯重。何也？大凡作首曲，则知查韵，用过之字不肯复用，迨做到第二、三曲[①]，则止图省力，但做前词，不顾后语，置合前数句于度外，谓前曲已有，不必费心，而乌知此数句之韵脚在前曲则语语各别[②]，凑入此曲，焉知不有偶合者乎？故作前腔之曲，而有合前之句者，必将末后数句之韵脚紧记在心，不可复用；作完之后，又必再查，始能不犯此病。此就韵脚而言也。韵脚犯重，犹是小病，更有大于此者，则在词意与人不相合。何也？合前之曲既使同唱，则此数句之词意必有同情。如生旦净丑四人在场，生旦之意如是，净丑之意亦如是，即可谓之同情，即可使之同唱；若生旦如是，净丑未尽如是，则两情不一，已无同唱之理；况有生旦如是，净丑必不如是，则岂有相反之曲而同唱者乎？此等关窍③，若不经人道破，则填词之家既顾阴阳平仄，又调角徵宫商，心绪万端，岂能复筹及此？予作是编，其于词学之精微，则万不得一，如此等粗浅之论，则可谓知无不言、言无不尽者矣。后来作者，当锡予一字④，命曰“词奴”，以其为千古词人，尝效纪纲奔走之力也⑤。

【注释】①迨（dài）：等到，达到。

②乌：疑问词，怎么。

③关窍：诀窍。

④锡：通“赐”。给予，赐给。

⑤纪纲：原指统领仆隶之人，后泛指仆人。

【译文】句末的一个字应当用叶韵的，名为韵脚。一曲之中，有几个韵脚，前后各有不同，不能犯重复的弊病。谁不知道这个道理？谁会触犯？那些不完全了解而容易触犯的人，惟有“合前”数句。这里请让我先说明合前的原因。同一个曲牌名而用在数支曲子的，只在第一曲列上名称，之后在南曲则称为“前腔”，在北曲则称为“幺篇”，如同诗的题目有其二、其三、其四。最后几句话，有前后各不相同的，有前后相同的，不再另作，名为“合前”。这虽然是词人偷懒的方法，但要交给优伶，实际上有两样方便：初学时，少读几句新词，省下几番记忆，这是一便；登台时，前曲由各人分唱，合前的曲子必是全体合唱，既省了精神，又不寂寞，这是二便。但合前的韵脚最容易犯重复的弊病。为什么？但凡作第一曲时，作者知晓查韵，用过的字就不肯再用，等作到第二、三首曲子，就只为了省力，只做前词，不顾后语，将合前数句置于思虑之外，觉得前曲已有，不必费心，但怎么知道这几句的韵脚与前曲是句句不同，而凑到这首曲子，怎么知道不会有与前曲韵脚偶然相合的句子呢？所以作前腔之曲，而有合前之句的，必须将最后几句的韵脚牢记在心，不能再用；写完之后，又必须复查，方能不犯这种弊病。此就韵脚而言。韵脚犯重复的弊病，只是小病，还有比这更严重的，就是词义与角色不相合。为什么？合前的曲子既然要使表演者同唱，那这几句的词意也必须要有同样的情感。如生旦净丑四人在场，生旦的意境是这样的，净丑的意境也是这样，就可以称为同情，就可以让他们同唱；如果生旦是这样的，净丑不完全是这样的，则两情不一，已经没有同唱的道理；何况生旦是这样的，净丑一定不是这样的，怎会有相反的曲子而让人同唱的呢？这些诀窍，如果不经人说破，则填词家既要顾虑阴阳平仄，又要调整角徵宫商，心绪万端，哪能再考虑到这些呢？我在此写作，但对于词学的精微，则万不得一，像这种粗浅的言论，则可以说是知无不言、言无不尽了。后世的作者，应该赐给我一字，名叫“词奴”，因我为千古词人，曾效仆隶奔走之力啊。

慎用上声

平上去入四声，惟上声一音最别。用之词曲，较他音独低；用之宾白，又较他音独高。填词者每用此声，最宜斟酌。此声利于幽静之词，不利于发扬之曲；即幽静之词，亦宜偶用、间用，切忌一句之中连用二三四字。盖曲到上声字，不求低而自低，不低则此字唱不出口。如十数字高而忽有一字之低，亦觉抑扬有致；若重复数字皆低，则不特无音，且无曲矣。至于发扬之曲，每到吃紧关头，即当用阴字①，而易以阳字尚不发调②，况为上声之极细者乎？予尝谓物有雌雄，字亦有雌雄。平去入三声以及阴字，乃字与声之雄飞者也；上声及阳字，乃字与声之雌伏者也。此理不明，难于制曲。初学填词者，每犯抑扬倒置之病，其故何居？正为上声之字入曲低，而入白反高耳。词人之能度曲者③，世间颇少。其握管捻髭之际④，大约口内吟哦，皆同说话，每逢此字，即作高声；且上声之字出口最亮，入耳极清，因其高而且清，清而且亮，自然得意疾书。孰知唱曲之道与此相反，念来高者，唱出反低，此文人妙曲利于案头，而不利于场上之通病也。非笠翁为千古痴人，不分一毫人我，不留一点渣滓者，孰肯尽出家私底蕴，以博慷慨好义之虚名乎？

【注释】①阴字：即阴声字，韵尾是元音或没有韵尾的字。

②阳字：即阳声字，韵尾为辅音的字。

③度曲：作词曲，唱曲。

④捻髭（zī）：捻弄髭须。多形容沉思吟哦之状，说明写作时的吃力和困苦。髭，嘴边的胡子。

【译文】平上去入四声，只有上声最特别。用在词曲中，唯独它比其他音低；用在宾白中，唯独它又比其他音高。填词者每次用到它，最应当斟酌。上声有利于幽静之词，不利于节奏飞扬之曲；即便幽静的词，也应当偶尔使用、间或使用，切忌在一句中连续使用二三四个上声字。大概到了曲中的上声字时，音调不求低而自然就会变低，不低的话则这个字就唱不出口。比如有十数字音高而忽然有一字音低，也会觉得抑扬有致；如果连续数字都是低音，那不仅没有音律，而且也没有曲调。至于节奏飞扬之曲，每到要紧关头，就应当用阴字，而换用阳字还不能发出应有的曲调，更何况是音调极细的上声字呢？我曾经认为物有雌雄，字也有雌雄。平去入三声以及阴字，在字与声中是雄飞者；上声和阳字，在字与声中是雌伏者。这个道理不明白，难以制曲。初学填词的人，每次触犯抑扬倒置的弊病，原因何在？正是因为上声字在词曲中音低，而在宾白中反而音高。词人中能作曲的，世间很少。他握笔捻弄胡须创作的时候，大约是在口内吟诵，都如同说话一样，每次遇到这种字，就写成高声；而且上声字出口的声音最为洪亮，入耳的声音极其清脆，因为它音高而且清脆，清脆而且洪亮，自然得意疾书。谁会知道唱曲之道与此相反，念出来是高音，唱出来反而是低音，这就是文人妙曲只利于摆在桌上，而不利于在场上表演的通病。要不是我李笠翁是千古痴人，不分一丝人我，不留一点渣滓的人，谁肯拿出全部的家私底蕴，为了博得慷慨好义的虚名呢？

少填入韵

入声韵脚，宜于北而不宜于南。以韵脚一字之音，较他字更须明亮，北曲止有三声，有平上去而无入，用入声字作韵脚，与用他声无异也。南曲四声俱备，遇入声之字，定宜唱作入声，稍类三音，即同北调矣。以北音唱南曲可乎？予每以入韵作南词，随口念来，皆似北调，是以知之。若填北曲，则莫妙于此，一用入声，即是天然北调。然入声韵脚，最易见才，而又最难藏拙。工于入韵，即是词坛祭酒[①]。以入韵之字，雅驯自然者少[②]，粗俗倔强者多。填词老手，用惯此等字样，始能点铁成金。浅乎此者，运用不来，熔铸不出，非失之太生，则失之太鄙。但以《西厢》《琵琶》二剧较其短长。作《西厢》者，工于北调，用入韵是其所长。如《闹会》曲中[③]“二月春雷响殿角”“早成就了幽期密约”“内性儿聪明，冠世才学；扭捏着身子，百般做作”。“角”字，“约”字，“学”字，“作”字，何等雅驯！何等自然！《琵琶》工于南曲，用入韵是其所短。如《描容》曲中“两处堪悲，万愁怎摸”。愁是何物，而可摸乎？入声韵脚宜北不宜南之论，盖为初学者设，久于此道而得三昧者，则左之右之，无不宜之矣。

【注释】①祭酒：原指古代飨宴时酹酒或祭神的长者。后泛指文坛、艺坛或学术界、文化界的首脑人物。

②雅驯：文辞优美，典雅不俗。

③《闹会》：又叫称《斋坛闹会》，《西厢记》中的一折。

【译文】入声的韵脚，适宜用在北曲而不适宜用在南曲。因为韵脚一字的音调，需要比其他字更加明亮，北曲只有三种声调，有平上去而没有入声，用入声字作韵脚，与使用其他声调没有差别。南曲四声俱备，遇到入声字，一定是应该唱作入声，只要稍稍类似于其他三音，那就和北调一样了。以北音唱南曲行吗？我每次用入韵写南词，随口念来，好像都是北调，因此知晓。如果填北曲，那么没有什么比这更妙的了，一用入声，便是天然的北调。然而入声的韵脚，最容易显现才华，但又最难藏拙。擅长使用入韵，就是词坛的魁首。因为入韵的字，典雅自然的少，粗俗倔强的多。填词老手，用惯这种字样，才可以点铁成金。不了解这些的，运用不来，熔铸不出，不是有失于太过生硬，就是有失于太过鄙陋。这仅以《西厢》《琵琶》二剧比较它们的长短。创作《西厢》的人，擅长北调，使用入韵是他的长处。如《闹会》曲中的“二月春雷响殿角”“早成就了幽期密约”“内性儿聪明，冠世才学；扭捏着身子，百般做作”。“角”字，“约”字，“学”字，“作”字，多么典雅！多么自然！《琵琶》擅长于南曲，使用入韵是他的短处。如《描容》曲中“两处堪悲，万愁怎摸”。愁是何物，而能摸到吗？入声韵脚适宜北曲不适宜南曲的言论，是为初学者所设，长于此道而得到其中要领的，那么无论左右，没有不适宜的。

别解务头

填词者必讲“务头”，然“务头”二字，千古难明。《啸余谱》中载《务头》一卷，前后胪列[①]，岂止万言，究竟务头二字，未经说明，不知何物。止于卷尾开列诸旧曲，以为体样，言某曲中第几句是务头，其间阴阳不可混用，去上、上去等字，不可混施。若迹此求之，则除却此句之外，其平仄阴阳，皆可混用混施而不论矣。又云某句是务头，可施俊语于其上[②]。若是，则一曲之中，止该用一俊语，其余字句皆可潦草涂鸦[③]，而不必计其工拙矣。予谓立言之人[④]，与当权秉轴者无异[⑤]。政令之出，关乎从违，断断可从，而后使民从之，稍背于此者，即在当违之列。凿凿能信，始可发令，措词又须言之极明，论之极畅，使人一目了然。今单提某句为务头，谓阴阳平仄，断宜加严，俊语可施于上。此言未尝不是，其如举一废百，当从者寡，当违者众，是我欲加严，而天下之法律反从此而宽矣。况又嗫嚅其词[⑥]，吞多吐少，何所取义而称为务头，绝无一字之诠释。然则“葫芦提”三字[⑦]，何以服天下？吾恐狐疑者读之，愈重其狐疑，明了者观之，顿丧其明了，非立言之善策也。予谓“务头”二字，既然不得其解，只当以不解解之。曲中有务头，犹棋中有眼，有此则活，无此则死。进不可战，退不可守者，无眼之棋，死棋也；看不动情，唱不发调者，无务头之曲，死曲也。一曲有一曲之务头，一句有一句之务头。字不聱牙，音不泛调，一曲中得此一句，即使全曲皆灵，一句中得此一二字，即使全句皆健者，务头也。由此推之，则不特曲有务头，诗词歌赋以及举子业[8]，无一不有务头矣。人亦照谱按格，发舒性灵[9]，求为一代之传书而已矣，岂得为谜语欺人者所惑，而阻塞词源，使不得顺流而下乎？

【注释】①胪（lú）列：罗列，列举。

②俊语：高明的言辞，妙语。

③涂鸦：书法拙劣或胡乱写作。

④立言：树立精要可传的言论，也指著书立说。

⑤秉轴：执政。

⑥嗫嚅：想说而又吞吞吐吐不敢说出来。

⑦葫芦提：糊涂。

⑧举子业：即举业，科举时代指专为应试的诗文、学业、课业、文字。

⑨发舒：抒发，发泄。性灵：人的精神、性格。

【译文】填词的人一定要讲究“务头”，然而“务头”二字，千古难明。《啸余谱》中记载《务头》一卷，前后所罗列的，何止万言，到底这务头二字，没有说明白，不知是何物。只有在卷尾逐一列出各种旧曲，当作式样，说某曲中第几句是务头，其中的阴阳声字不能混用，去上、上去等字，不能混施。如果遵循这个说法去探求，那么除了这句话之外，其他平仄阴阳，都可以混用混施而不论。又说某句是务头，可以在上面加上妙语。若是这样，则一曲之中，只应该有一处用妙语，其余字句都可以潦草随意，而不必考虑它的优劣。

我认为立言之人，与当权执政者一样。政令的发布，关乎服从和违背，绝对可以服从，然后使民众服从，稍有背离的，就列在应违背之列。确实能信，才能发布政令，措辞又需要表达得非常明白，辨析得非常顺畅，让人一目了然。现在单单提出某句为务头，认为阴阳平仄，一定应该更加严格，妙语可以加在上面。这些话未必不对，犹如举一废百，应当服从的少，应当违背的多，这是我想更加严格，但天下的法律反而从此宽松了。何况又支支吾吾，吞吞吐吐，因为什么可以称为务头，绝无一个字的诠释。那么“葫芦提”三个字，怎会让天下信服？我担心狐疑的人读到，会更加狐疑，明白的人看了，顿时失去他的明了，这并非立言的良策。我认为“务头”二字，既然不得其解，只应当以不解来解释。曲中有务头，就像棋中有眼，有此则活，无此则死。进不能战，退不可守的，这是没有棋眼的棋，是死棋；观看不能动情，演唱不能唱出曲调的，这是没有务头的曲子，是死曲。一曲有一曲的务头，一句有一句的务头。字不拗口，音不泛调，一曲中有这样一句，就使全曲都很灵动，一句中有这样一两字，就使全句都很高明，便是务头。由此推之，不只曲有务头，诗词歌赋以及举子的应试文章，无一没有务头。人也依照曲谱，按照格式，抒发性情，谋求成为一代的传书而已，怎能为谜语骗人者所迷惑，而阻塞词源，使人们不能顺流而下呢？

卷二　词曲部下

宾白第四

自来作传奇者，止重填词，视宾白为末着[①]，常有《白雪》《阳春》其调，而《巴人》《下里》其言者，予窃怪之。原其所以轻此之故[②]，殆有说焉。元以填词擅长，名人所作，北曲多而南曲少。北曲之介白者，每折不过数言，即抹去宾白而止阅填词，亦皆一气呵成，无有断续，似并此数言亦可略而不备者。由是观之，则初时止有填词，其介白之文，未必不系后来添设。在元人，则以当时所重不在于此，是以轻之。后来之人，又谓元人尚在不重，我辈工此何为？遂不觉日轻一日，而竟置此道于不讲也。予则不然，尝谓曲之有白，就文字论之，则犹经文之于传注；就物理论之，则如栋梁之于榱桷[③]；就人身论之，则如肢体之于血脉，非但不可相无，且觉稍有不称，即因此贱彼，竟作无用观者。故知宾白一道，当与曲文等视，有最得意之曲文，即当有最得意之宾白，但使笔酣墨饱，其势自能相生。常有因得一句好白，而引起无限曲情，又有因填一首好词，而生出无穷话柄者。是文与文自相触发，我止乐观厥成[4]，无所容其思议。此系作文恒情，不得幽渺其说，而作化境观也。

【注释】①宾白：古代戏曲中的道白。

②原：推究。

③榱桷（cuī jué）：屋椽。与栋梁相对。

④厥：其，它的。

【译文】从来写传奇的人，只看重填词，将宾白视为最末的一部分，常有如《白雪》《阳春》的曲调，但却是如《巴人》《下里》的宾白，我暗自觉得奇怪。推究之所以轻视宾白的原因，大概是有说法的。元人擅长填词，名人所作的，北曲多而南曲少。北曲的介白，每折不超过数句，即便抹去宾白而只阅读填词，也都能一气呵成，没有出现断续，似乎这几句也可以省略而不用准备。由此看来，最初只有填词，而介白的文字，未必不是后来添设的。在元人看来，是因为当时看重的不是这些，因此会轻视它。后来的人，又认为元人尚且不看重这一方面，我辈为什么要在这方面精益求精？于是不知不觉日渐轻视，最终竟将宾白放在一边不讲了。我却不是这样，我曾经认为曲中有白，就文字来论，犹如经文与传注；就事理来论，犹如栋梁与榱桷；就以人身来论，犹如肢体与血脉，不仅不可缺少，而且感觉稍有不相称，就因此而轻贱全文，最后将宾白视作无用。所以知道宾白一道，应当与曲文平等对待，有最合意的曲文，就应当有最合意的宾白，只要使笔酣墨饱，它们自会相互生发。常有因得到一句好的宾白，而引出无限的情节，又有因填了一首好的词文，而产生无穷话柄的。这是文和文自己相互触动激发，我只是乐观厥成，不需要耗费很多心思。这是写文章的常情，不能说得幽深缥缈，而是将它视作化境。

声务铿锵

宾白之学，首务铿锵。一句聱牙，俾听者耳中生棘；数言清亮，使观者倦处生神。世人但以音韵二字用之曲中，不知宾白之文，更宜调声协律。世人但知四六之句平间仄，仄间平，非可混施迭用，不知散体之文亦复如是。“平仄仄平平仄仄，仄平平仄仄平平”二语，乃千古作文之通诀，无一语一字可废声音者也。如上句末一字用平，则下句末一字定宜用仄，连用二平，则声带喑哑，不能耸听。下句末一字用仄，则接此一句之上句，其末一字定宜用平，连用二仄，则音类咆哮，不能悦耳。此言通篇之大较，非逐句逐字皆然也。能以作四六平仄之法，用于宾白之中，则字字铿锵，人人乐听，有“金声掷地”之评矣①。

【注释】①金声掷地：掷地作金石之声。形容语言文字铿锵有力。

【译文】宾白之学，首先力求铿锵。一句拗口，使听众耳中生出棘刺；数句清亮，使观众在厌倦的地方提起精神。世人只将音韵二字运用在曲中，但不知道宾白的文字，更应该调整声韵和音律。世人只知道四六句是平间仄，仄间平，不可混合交替使用，却不知道散体文也是这样。“平仄仄平平仄仄，仄平平仄仄平平”两句话，是千古写文章通用的诀窍，没有一句一字能旷废声音的道理。比如上一句的最后一个字用平声字，则下一句最后的一个字一定应该用仄声字，连续用两个平声字，那么声音就会略带喑哑，不能耸人听闻。下一句的最后一个字用仄声字，那么接这一句的上一句，最后一个字一定应该用平声字，连续用两个仄声字，那么声音就会类似咆哮，不能悦耳。这说的是通篇的大意，并非逐句逐字都是这样。能把写四六平仄的方法，用在宾白之中，那么字字铿锵，人人都爱听，就会得到“金声掷地”的评价了。

声务铿锵之法，不出平仄、仄平二语是也。然有时连用数平，或连用数仄，明知声欠铿锵，而限于情事，欲改平为仄、改仄为平，而决无平声、仄声之字可代者。此则千古词人未穷其秘，予以探骊觅珠之苦[①]，入万丈深潭者，既久而后得之，以告同心。虽示无私，然未免可惜。字有四声，平上去入是也。平居其一，仄居其三，是上去入三声皆丽于仄[②]。而不知上之为声，虽与去入无异，而实可介于平仄之间，以其别有一种声音，较之于平则略高，比之去入则又略低。古人造字审音[③]，使居平仄之介，明明是一过文，由平至仄，从此始也。譬如四方声音，到处各别，吴有吴音，越有越语，相去不啻天渊[4]，而一至接壤之处，则吴越之音相半，吴人听之觉其同，越人听之亦不觉其异。晋、楚、燕、秦以至黔、蜀，在在皆然[5]，此即声音之过文，犹上声介于平去入之间也。作宾白者，欲求声韵铿锵，而限于情事，求一可代之字而不得者，即当用此法以济其穷。如两句三句皆平，或两句三句皆仄，求一可代之字而不得，即用一上声之字介乎其间，以之代平可，以之代去入亦可。如两句三句皆平，间一上声之字，则其声是仄，不必言矣；即两句三句皆去声入声，而间一上声之字，则其字明明是仄而却似平，令人听之不知其为连用数仄者。此理可解而不可解，此法可传而实不当传，一传之后，则遍地金声，求一瓦缶之鸣而不可得矣。

【注释】①探骊觅珠：比喻做文章扣紧主题，抓住要领。骊珠，相传是藏在骊龙颔下的宝珠。因骊龙栖息深渊中，想要取得骊珠，必须潜入深渊。

②丽：依附，附着。

③审音：辨别音调。

④啻（chì）：副词。但、只、仅。

⑤在在：处处，各方面。

【译文】声音力求铿锵的方法，不出平仄、仄平这两句话。然而有时连续用数个平声字，或者连续用数个仄声字，明知声音欠缺铿锵，但限于情事，想将平改为仄、将仄改为平，但没有可以代替的平声字、仄声字。这是千古词人也未能穷尽的奥秘，我以探寻骊珠之苦，潜入万丈深潭，经过很长时间的探求之后才得知其中的奥秘，将这些告诉志同道合的人。虽然表现出自己无私，但是未免感觉可惜。字有四声，分为平上去入。平声有一种，仄声有三种，上去入这三声都属于仄声。但人们不知道上声，虽然与去声和入声没有区别，而实际上可以介于平仄之间，因为它另有一种声音，相较平声略高，又比去声和入声略低。古人在造字审音时，把它放在平仄之间，明明是一种过渡的文字，由平到仄，从此开始。比如四方声音，每个地方各有不同，吴地有吴音，越地有越语，相距不只天壤之别，但一到接壤的地方，则吴越之音就各相掺半，吴人听了觉得和自己的口音相同，越人听了也不觉得有差异。晋、楚、燕、秦以至黔、蜀，各地都是这样，这就是声音中过渡的文字，就像上声介于平去入之间。作宾白的人，想追求声韵铿锵，而限于情事，寻求一个可替代的字但找不到的，那就应当用这种方法来解决他们的困境。如两句三句都用平声，或者两句三句都用仄声，寻求一个可替代的字但找不到，就用一个上声字放在两者之间，可以用它代替平声，也可以用它代替去入声。如两句三句都用平声，间隔一个上声字，那它的声音就是仄声，这就不必说了；即便两句三句都是去声和入声，而间隔一个上声字，则这个字明明是仄声却像平声，令人听了不知道是连用了几个仄声字。这个道理可以理解而又不可解，这一方法可传但实际不应该传播，一旦传开之后，就会是遍地金声，求不到一声瓦缶之鸣了。

语求肖似

文字之最豪宕、最风雅，作之最健人脾胃者，莫过填词一种。若无此种，几于闷杀才人，困死豪杰。予生忧患之中，处落魄之境，自幼至长，自长至老，总无一刻舒眉，惟于制曲填词之顷，非但郁藉以舒，愠为之解，且尝僭作两间最乐之人①，觉富贵荣华，其受用不过如此，未有真境之为所欲为，能出幻境纵横之上者。我欲做官，则顷刻之间便臻荣贵②；我欲致仕，则转盼之际又入山林；我欲作人间才子，即为杜甫、李白之后身；我欲娶绝代佳人，即作王嫱③、西施之元配；我欲成仙作佛，则西天蓬岛即在砚池笔架之前；我欲尽孝输忠，则君治亲年，可跻尧、舜、彭篯之上④。非若他种文字，欲作寓言，必须远引曲譬⑤，蕴藉包含⑥，十分牢骚，还须留住六七分，八斗才学，止可使出二三升，稍欠和平，略施纵送⑦，即谓失风人之旨⑧，犯佻达之嫌⑨，求为家弦户诵者难矣⑩。填词一家，则惟恐其蓄而不言，言之不尽。是则是矣，须知畅所欲言亦非易事。言者，心之声也，欲代此一人立言，先宜代此一人立心，若非梦往神游，何谓设身处地？无论立心端正者，我当设身处地，代生端正之想；即遇立心邪辟者，我亦当舍经从权⑪，暂为邪辟之思。务使心曲隐微，随口唾出，说一人，肖一人，勿使雷同，弗使浮泛⑫，若《水浒传》之叙事，吴道子之写生⑬，斯称此道中之绝技。果能若此，即欲不传，其可得乎？

【注释】①两间：天地之间，也指人间。

②臻（zhēn）：到，到达。

③王嫱：即王昭君。汉元帝时期远嫁匈奴和亲。

④彭篯（jiān）：即彭铿，因其封于彭城(今江苏徐州)，又称彭祖，传话中八百岁的长寿老人。

⑤曲譬：婉转譬喻。

⑥蕴藉（jiè）：含而不露。

⑦纵送：本指射箭与逐禽，后形容奔驰貌。

⑧风人：诗人。

⑨佻达（tiāo）：轻薄放荡，轻浮。

⑩家弦户诵：家家弦歌，户户吟诵。指流传极为广泛。

⑪舍经从权：变通常道以适应现实的需要。

⑫浮泛：肤浅，不切实。

⑬吴道子（680—759）：又名道玄，唐代著名画家，史称画圣。

【译文】文字中最豪放、最风雅的，创作中最健人脾胃的，莫过于填词了。如果没有填词，几近于闷杀才人，困死豪杰。我生于忧患之中，身处落魄之境，从少到长，从长到老，总没有一刻欢愉，只有在制曲填词的片刻，不但心中郁结借此舒展，怒气为之释解，而且曾经僭越成为天地间最快乐的人，感到富贵荣华，其中的受用不过如此，没有在现实中为所欲为，能跳出幻境并纵横之上的。我想做官，那么顷刻之间就得到荣华富贵；我想辞官，那么转眼之际又能进入山林；我想作民间才子，立刻成为杜甫、李白的后人；我想娶绝代佳人，当即成为王嫱、西施的元配；我想成仙成佛，那么西天蓬莱岛就在砚台笔架前面；我想尽孝献忠，那么治国尽孝，可以跻身尧、舜、彭篯之上。不像其他文字，想作寓言，必须远引婉转，譬喻包含，十分牢骚，还要保留六七分，八斗才学，只能使出两三升，稍欠平和，略展才华，就会有人认为有失诗人的宗旨，有犯轻佻的嫌疑，求得家喻户晓太难了。填词一家，则惟恐作者蓄而不言，言之不尽。虽是这样，还需要知道畅所欲言也并非易事。言语，就是心声，想代替这一人立言，首先应该代替这一人立心，如果不是梦往神游，如何称得上是设身处地？不要说是心地端正的，我应当设身处地，代为生出端正的想法；即便遇到存心邪恶的，我也应当变通常理权衡现实，暂时为邪辟思虑。务必要使内心的隐微，脱口而出，说一人，像一人，不可雷同，不可肤浅，就如《水浒传》的叙事，吴道子的写生，乃称得上是此道中的绝技。真能这样，即便不想流传，这可能吗？

词别繁减

传奇中宾白之繁，实自予始。海内知我者与罪我者半。知我者曰：从来宾白作说话观，随口出之即是，笠翁宾白当文章做，字字俱费推敲。从来宾白只要纸上分明，不顾口中顺逆，常有观刻本极其透彻，奏之场上便觉糊涂者，岂一人之耳目，有聪明聋聩之分乎[①]？因作者只顾挥毫，并未设身处地，既以口代优人，复以耳当听者，心口相维[②]，询其好说不好说，中听不中听，此其所以判然之故也[③]。笠翁手则握笔，口却登场，全以身代梨园，复以神魂四绕，考其关目[④]，试其声音，好则直书，否则搁笔，此其所以观听咸宜也[5]。罪我者曰：填词既曰“填词”，即当以词为主；宾白既名“宾白”，明言白乃其宾，奈何反主作客，而犯树大于根之弊乎？笠翁曰：始作俑者，实实为予，责之诚是也。但其敢于若是，与其不得不若是者，则均有说焉。请先白其不得不若是者。前人宾白之少，非有一定当少之成格。盖彼只以填词自任，留余地以待优人，谓引商刻羽我为政[6]，饰听美观彼为政，我以约略数言，示之以意，彼自能增益成文。如今世之演《琵琶》《西厢》《荆》《刘》《拜》《杀》等曲，曲则仍之，其间宾白、科诨等事[7]，有几处合于原本，以寥寥数言塞责者乎？且作新与演旧有别。《琵琶》《西厢》《荆》《刘》《拜》《杀》等曲，家弦户诵已久，童叟男妇皆能备悉情由，即使一句宾白不道，止唱曲文，观者亦能默会，是其宾白繁减可不问也。至于新演一剧，其间情事，观者茫然；词曲一道，止能传声，不能传情。欲观者悉其颠末，洞其幽微，单靠宾白一着。予非不图省力，亦留余地以待优人。但优人之中，智愚不等，能保其增益成文者悉如作者之意，毫无赘疣蛇足于其间乎[8]？与其留余地以待增，不若留余地以待减，减之不当，犹存作者深心之半，犹病不服药之得中医也[9]。此予不得不若是之故也。至其敢于若是者，则谓千古文章，总无定格，有创始之人，即有守成不变之人；有守成不变之人，即有大仍其意，小变其形，自成一家而不顾天下非笑之人。古来文字之正变为奇，奇翻为正者，不知凡几，吾不具论，止以多寡增益之数论之。《左传》《国语》，纪事之书也，每一事不过数行，每一语不过数字，初时未病其少；迨班固之作《汉书》，司马迁之为《史记》，亦纪事之书也，遂益数行为数十百行，数字为数十百字，岂有病其过多，而废《史记》《汉书》于不读者乎？此言少之可变为多也。诗之为道，当日但有古风，古风之体，多则数十百句，少亦十数句，初时亦未病其多；迨近体一出，则约数十百句为八句；绝句一出，又敛八句为四句，岂有病其渐少，而选诗之家止载古风，删近体绝句于不录者乎？此言多之可变为少也。总之，文字短长，视其人之笔性。笔性遒劲者[10]，不能强之使长；笔性纵肆者，不能缩之使短。文患不能长，又患其可以不长而必欲使之长。如其能长而又使人不可删逸，则虽为宾白中之古风《史》《汉》，亦何患哉？予则乌能当此，但为糠秕之导[11]，以俟后来居上之人。

【注释】①聋聩（kuì）：耳聋或天生的聋子，比喻愚昧无知，也指愚昧无知的人。

②相维：相连。维，维持，维系。

③判然：差别特别分明。

④关目：戏曲、小说中的重要情节。

⑤咸宜：全部都适宜。

⑥引商刻羽：严格按曲调规律作曲或演奏。这里引申为作词填曲。

⑦科诨：戏曲演出中角色的滑稽动作和道白。

⑧赘疣：多余无用的东西，累赘。

⑨中医：中等水平的医生。《汉书·艺文志》中记载："有病不治，常得中医。"是说有病不看病，就像找到了中等水平的医生，虽然不比良医，但总比遇到坏的医生要好。

⑩遒（qiú）劲：强劲有力，刚健有力。多指运笔。

⑪糠秕（bǐ）：在打谷或加工过程中从种子上分离出来的皮或壳，比喻琐碎的事或没有价值的东西。这里是作者的谦称。

【译文】传奇中繁多的宾白，实际是从我开始的。天下知我者和怪罪我的各有一半。知我者说：从来宾白是作为口头语来看，脱口而出便是，李笠翁把宾白当文章来做，字字都是尽心推敲。从来宾白只要在纸上分明，不顾是否顺口，常常有看刻本时极为透彻，上场表演便觉得糊涂的人，难道一个人的眼睛耳朵，有聪明聋痴之分？因为作者只顾挥笔写作，并未设身处地，既以口代替优人，又用耳朵代表听众，心口相连，思考词曲好说不好说，中听不中听，这就是看刻本与表演时截然不同的缘故。李笠翁则是手握着笔，口却登场表演，完全以自身代替梨园，再以神魂四绕，考究其中情节，试验其中声韵，好就写下来，否则就停笔，这就是李笠翁的传奇观听都适宜的缘故。怪罪我的人说：填词既然称为"填词"，那就应当以词为主；宾白既然命名为"宾白"，说明旁白就是词曲的宾客，怎能让主人反作宾客，而犯了树大于根的毛病呢？李笠翁说：始作俑者，确实是我，受到责备的确是有道理的。但我敢这样做，和我不得不这样做，都各有说法。请先让我说明不得不这样做的原因。前人的宾白少，并不是有一定要少的固定程式。大概他们只做填词，保留余地让优人表演，认为填词作曲我负责，美观视听优人负责，我以简略数语，表达意思，优人自然能适当增益形成乐章。如当今表演的《琵琶记》《西厢记》《荆钗记》《刘知远白兔记》《拜月亭》《杀狗记》等曲，曲还是沿袭原本，其中宾白、科诨等部分，有几处合于原本，用寥寥几句来敷衍的吗？而且创作新曲和表演旧曲有区别。《琵琶记》《西厢记》《荆钗记》《刘知远白兔记》《拜月亭》《杀狗记》等曲，家弦户诵已久，男女老少都能详尽情由，即便不念一句宾白，只唱曲文，观众也能暗自领会，所以宾白的多少可以不问。至于新演的剧，其间情节，观众茫然；词曲一道，只能传声，不能传情。想要观众悉知其中始末，洞察其中深奥精微，单靠宾白这一点。我并非不想省力，也是想保留余地让优人表演。但优人之中，聪慧愚笨不等，能确保增益形成的乐章全部按照作者的心意，毫无累赘、画蛇添足在其中呢？与其保留余地以待增益，不如保留余地以待删减，删减不当，还可以留存作者内心深意的一半，这就像生病不吃药会比吃错药更好。这就是我不得不这样做的原因。至于我敢于如此，则是认为千古文章，总无定格，有创始的人，就有一成不变的人；有一成不变的人，就有大沿原意，小变其形，自成一家而不顾天下讥笑的人。自古以来文字常规变为奇特，奇特翻为常规，不知有多少，我不详细论述，只以多少和增益的数量来讨论。《左传》《国语》，是纪事的书籍，每件事不过数行，每句话不过数字，开始时没人嫌少；等到班固写《汉书》，司马迁写《史记》时，同样也是纪事的书籍，就将数行增至数十百行，数字增至数十百字，难道有嫌太多，而放弃《史记》《汉书》不读的人吗？这是说数量可以由少变多。诗这一类，当时只有古风，古风的文体，多则数十百句，少也有十数句，开始时也没有嫌它多；等到近体诗一出，就将数十百句减为八句；绝句一出，又将八句敛为四句，难道有人嫌弃字数逐渐减少，而选录诗集的人只记载古风，删去近体绝句不记录的吗？这是说数量可以由多变少。总之，文字长短，看作者的笔性。笔性强劲的，不能勉强使他写得很长；笔性奔放的，不能缩减使他写得很短。文章害怕不能长，又害怕它可以不用很长却一定要让它变长。如果它能很长却又让人不能删减，那虽是宾白中的古风《史记》《汉书》，又有什么可担忧的呢？我怎能担得起如此评价，只是作为像糠秕一样的引导，以等待后来居上的人。

予之宾白，虽有微长，然初作之时，竿头未进①，常有当俭不俭，因留余幅以俟剪裁，遂不觉流为散漫者。自今观之，皆吴下阿蒙手笔也②。如其天假以年③，得于所传十种之外④，别有新词，则能保为犬夜鸡晨，鸣乎其所当鸣，默乎其所不得不默者矣。

【注释】①竿头未进：比喻没有到达至高的境界。出自《景德传灯录》：“百尺竿头须进步，十方世界是全身。”

②吴下阿蒙：原指三国时期名将吕蒙，在《三国志·吴书·吕蒙传》裴松之注引《江表传》中记载吕蒙少时不喜读书，后经孙权劝说，发奋读书，鲁肃见之称赞其“非复吴下阿蒙”。后比喻人缺少学识、文才浅陋。

③天假以年：上天赐给足够的年寿。也指可以享其天年。

④十种：是指作者李渔所著并流传的十种剧本，分别为《玉搔头》《比目鱼》《巧团圆》《奈何天》《慎鸾交》《风筝误》《蜃中楼》《凰求凤》《意中缘》《怜香伴》。

【译文】我创作的宾白，虽然略长，但最初创作的时候，尚未达到至高的境界，常常有应当简略的不简略，因而留下余幅等待剪裁，于是不知不觉转变为散漫。现在看来，这都是吴下阿蒙的手笔。如果上天可以赐予我足够的年寿，可以在我已经流传的十种曲文之外，另写出新词，这样就能保证它们像犬守夜、鸡打鸣一样，在应当打鸣时打鸣，在不得不安静时安静。

字分南北

北曲有北音之字，南曲有南音之字，如南音自呼为“我”，呼人为“你”，北音呼人为“您”，自呼为“俺”为“咱”之类是也。世人但知曲内宜分，乌知白随曲转，不应两截。此一折之曲为南，则此一折之白悉用南音之字；此一折之曲为北，则此一折之白悉用北音之字。时人传奇多有混用者，即能间施于净丑，不知加严于生旦；此能分用于男子，不知区别于妇人。以北字近于粗豪，易入刚劲之口，南音悉多娇媚，便施窈窕之人。殊不知声音驳杂，俗语呼为“两头蛮”①，说话且然，况登场演剧乎？此论为全套南曲、全套北曲者言之，南北相间，如《新水令》《步步娇》之类，则在所不拘。

【注释】①两头蛮：口音中北调夹杂南音，南曲夹杂北字，称为“两头蛮”。

【译文】北曲有北音的字，南曲有南音的字，比如南音自称为

“我”，称呼别人为“你”，北音称呼别人为“您”，自称为“俺”为“咱”之类的。世人只知道曲中应该分南北，怎会知道宾白也随着曲子转变，不应该分成两截。这一折的曲调为南音，则这一折的宾白都应该用南音的字；这一折的曲调为北音，则这一折的宾白都应该用北音的字。当时的人在传奇中多有混用，能间接施加在净丑上，却不知要更加严格的用在生旦中；能分别运用于男子，却不知对于女子也要有所区别。因为北字接近于粗犷豪放，更容易适应刚劲有力的唱词，南音大多娇媚，就可以用在窈窕之人的身上。殊不知声音驳杂，俗语称为“两头蛮”，说话尚且这样，何况是登台表演？这一观点是对于全套南曲、全套北曲而言，南曲北曲相间的戏剧，如《新水令》《步步娇》之类，就不受限制了。

文贵洁净

白不厌多之说，前论极详，而此复言洁净。洁净者，简省之别名也。洁则忌多，减始能净，二说不无相悖乎？曰：不然。多而不觉其多者，多即是洁；少而尚病其多者，少亦近芜。予所谓多，谓不可删逸之多，非唱沙作米[①]、强凫变鹤之多也[②]。作宾白者，意则期多，字惟求少，爱虽难割，嗜亦宜专。每作一段，即自删一段，万不可删者始存，稍有可削者即去。此言逐出初填之际，全稿未脱之先，所谓慎之于始也。然我辈作文，常有人以为非，而自认作是者；又有初信为是，而后悔其非者。文章出自己手，无一非佳；诗赋论其初成，无语不妙。迨易日经时之后，取而观之，则妍媸好丑之间[③]，非特人能辨别，我亦自解雌黄矣[④]。此论虽说填词，实各种诗文之通病，古今才士之恒情也。凡作传奇，当于开笔之初，以至脱稿之后，隔日一删，逾月一改，始能淘沙得金，无瑕瑜互见之失矣。此说予能言之不能行之者，则人与我中分其咎。予终岁饥驱，杜门日少，每有所作，率多草草成篇，章名急就[⑤]，非不欲删，非不欲改，无可删可改之时也。每成一剧，才落毫端，即为坊人攫去[⑥]，下半犹未脱稿，上半业已灾梨[⑦]；非止灾梨，彼伶工之捷足者，又复灾其肺肠，灾其唇舌[⑧]，遂使一成不改，终为痼疾难医。予非不务洁净，天实使之，谓之何哉！

【注释】①唱沙作米：比喻以假乱真或以劣为优。

②强凫变鹤：把野鸭变作仙鹤，比喻滥竽充数，徒多无益。

③妍媸（chī）：美好与丑恶。

④雌黄：矿物名，古人用雌黄来涂改文字，这里引申为评价文字。

⑤章名急就：汉代史游所作的《急救章》。又名《急救篇》。是为儿童识字之用。后比喻匆促完成的文章或工作。

⑥坊人：刻印出售书籍的商人。

⑦灾梨：古代刊印用的是梨木，殃及梨木借指刊印书籍。常用作谦辞。

⑧“又复灾其肺肠”两句：殃及肺肠和口舌，引申为优伶开始着手练习，为表演做准备。

【译文】宾白不厌烦多的说法，前面讨论得极其详细，而在这里再说说洁净。洁净，是简省的别名。洁则切忌过多，减少才能净，两种说法不是相悖了吗？答：不是。多而不觉其多，这种多就是洁；少而依旧嫌它多，这种少也接近荒芜。我认为多，是不可删去的多，并不是唱沙作米、强凫变鹤的多。写宾白的人，其中的意思希望表达的很多，字数只求用的很少，喜爱的虽然难以割舍，嗜好也应当专一。每写一段，自己就删去一段，万万不可删去的部分才保留下来，稍有可能削减的部分就立刻删去。这句话说的是着手写作之际，全稿未脱之前，这就是在起始的时候要慎重。然而我辈写文章，常有他人认为是错的，而自以为是的；又有起初确信是对的，而又后悔认为是错的。文章出自自己手中，没有一篇是不好的；诗赋论其初次完成时，无语不妙。等到过一段时间之后，再拿出来看，那么在美丑好恶之间，不仅别人能辨别优劣，我也自有评判了。这一观点虽然说的是填词，其实是各种诗文的通病，是古今才子的常情。凡是写传奇的，应当在提笔写作之初，直到脱稿之后，隔天一删，一月一改，才可以淘沙得金，没有瑕瑜互见的毛病。这种说法我之所以能说而不能落实，则世人与我要各承担一半的责任。我终年为生计奔忙，闭门创作的时间很少，每当有所作，大多草草成稿，称为急就章，不是不想删减，不是不想更改，是没有可删可改的时间。每完成一部剧，才刚刚完成，书坊就拿走了，下半部分还没脱稿，上半部分已经在刊印了；不仅是刊印，有些捷足先登的伶人，又开始记在心中，开始练习了，于是使得所写的文章一成不改，最终成为难以医治的顽疾。我不是不力求洁净，实在是上天让我这样，我能说什么呢！

意取尖新

纤巧二字，行文之大忌也，处处皆然，而独不戒于传奇一种。传奇之为道也，愈纤愈密，愈巧愈精。词人忌在老实，老实二字，即纤巧之仇家敌国也。然纤巧二字，为文人鄙贱已久，言之似不中听，易以尖新二字，则似变瑕成瑜。其实尖新即是纤巧，犹之暮四朝三[①]，未尝稍异。同一话也，以尖新出之，则令人眉扬目展，有如闻所未闻；以老实出之，则令人意懒心灰，有如听所不必听。白有尖新之文，文有尖新之句，句有尖新之字，则列之案头，不观则已，观则欲罢不能；奏之场上，不听则已，听则求归不得。尤物足以移人[②]，尖新二字，即文中之尤物也。

【注释】①暮四朝三：指说法、做法有所变换而实质不变。出自《庄子·齐物论》：“狙公赋芧，曰：‘朝三而暮四。’众狙皆怒。曰：‘然则朝四而暮三。’众狙皆悦。”

②尤物：珍贵的物品。出自《左传·昭公二十八年》：“夫有尤物，足以移人。”

【译文】纤巧二字，行文的一大忌讳，处处都是这样，而唯独在传奇这一类没有限制。写传奇的方法，是越纤越密，越巧更精。词人的忌讳在于老实，老实二字，便是纤巧的仇人敌国。但纤巧二字，为文人鄙贱已久，说这些好像不中听，改用尖新二字，就好像将缺点变成优点。其实尖新便是纤巧，就像将“朝三而暮四”改成“暮四而朝三”，不曾有什么不同。同一句话，以尖新的言语表达出来，则令人眉目舒展，有如闻所未闻；以老实的言语表达出来，则令人心灰意懒，有如听到不必听的言辞。宾白有尖新之文，文中有尖新之句，句中有尖新之字，放在书桌上，不看就算了，一看就欲罢不能；在场上表演，不听就算了，一听就求归不得。尤物足以改变人的情态，尖新二字，便是文中的尤物。

少用方言

填词中方言之多，莫过于《西厢》一种，其余今词古曲，在在有之。非止词曲，即《四书》之中，《孟子》一书亦有方言，天下不知而予独知之，予读《孟子》五十余年不知，而今知之，请先毕其说。儿时读“自反而缩，虽褐宽博，吾不惴焉[①]”，观朱注云[②]：“褐，贱者之服；宽博，宽大之衣。”心甚惑之。因生南方，南方衣褐者寡，间有服者，强半富贵之家，名虽褐而实则绒也。因讯蒙师，谓褐乃贵人之衣，胡云贱者之服？既云贱衣，则当从约，短一尺，省一尺购办之资，少一寸，免一寸缝纫之力，胡不窄小其制而反宽大其形，是何以故？师默然不答。再询，则顾左右而言他[③]。具此狐疑，数十年未解。及近游秦塞，见其土著之民，人人衣褐，无论丝罗罕觏[④]，即见一二衣布者，亦类空谷足音[⑤]。因地寒不毛，止以牧养自活，织牛羊之毛以为衣，又皆粗而不密，其形似毯，诚哉其为贱者之服，非若南方贵人之衣也！又见其宽则倍身，长复扫地。即而讯之，则曰："此衣之外，不复有他，衫裳襦裤，总以一物代之，日则披之当服，夜则拥以为衾，非宽不能周遭其身，非长不能尽履其足。《鲁论》'必有寝衣，长一身有半'[6]，即是类也。"予始幡然大悟曰："太史公著书[7]，必游名山大川，其斯之谓欤！"盖古来圣贤多生西北，所见皆然，故方言随口而出。朱文公南人也[8]，彼乌知之？故但释字义，不求甚解，使千古疑团，至今未破，非予远游绝塞，亲觏其人，乌知斯言之不谬哉？由是观之，《四书》之文犹不可尽法，况《西厢》之为词曲乎？凡作传奇，不宜频用方言，令人不解。近日填词家，见花面登场悉作姑苏口吻，遂以此为成律，每作净丑之白，即用方言，不知此等声音，止能通于吴越，过此以往，则听者茫然。传奇天下之书，岂仅为吴越而设？至于他处方言，虽云入曲者少，亦视填词者所生之地。如汤若士生于江右，即当规避江右之方言，粲花主人吴石渠生于阳羡[9]，即当规避阳羡之方言。盖生此一方，未免为一方所囿[10]。有明是方言，而我不知其为方言，及入他境，对人言之而人不解，始知其为方言者。诸如此类，易地皆然。欲作传奇，不可不存桑弧蓬矢之志[11]。

【注释】①"自反"三句：出自《孟子·公孙丑上》，原文为"自反而不缩，虽褐宽博，吾不惴焉"。意思是：自我反省，我不占理，即便对方是贫贱之人，我也不去恐吓他。

②朱注：是指朱熹《四书集注》中的《孟子集注》。

③顾左右而言他：避开本题，看看两旁而谈别事。形容支吾其词，无法应对。出自《孟子·梁惠王下》。

④罕觏（gòu）：罕见，难以相见。

⑤空谷足音：空旷的山谷里听到的人的脚步声。比喻十分难得，极为可贵。

⑥《鲁论》：即鲁派《论语》。寝衣：被子，一说是睡衣。

⑦太史公著书：即司马迁所著《史记》。

⑧朱文公（1130—1200）：即朱熹。字元晦，又字仲晦，号晦庵。安徽黎源(今属江西)人，宋代理学家，谥号“文”，故称朱文公。

⑨吴石渠（1595—1648）：即吴炳，字可先，号石渠，自称“粲花主人”，江苏宜兴人，明代末年著名戏曲作家，后被清军所俘，连续绝食7天而亡。所著的作品中以《绿牡丹》《画中人》《西园记》《情邮记》《疗妒羹》五个剧本最为著名，后人将此合称《粲花五种》。

⑩囿：拘泥，局限。

⑪桑弧蓬矢：古代诸侯生子后所举行的一种仪式。桑木作弓，蓬梗为箭。射向天地四方，象征男儿应有志于天下。

【译文】填词中用方言最多的，莫过于《西厢记》，其余的今词古曲，各处都有方言。不只词曲，就在《四书》之中，《孟子》一书中也有方言，天下人不知而只有我知道，我读了《孟子》五十多年还不知道，而今天刚刚知道，请让我先说明原因。小时候读到“自反而缩，虽褐宽博，吾不惴焉”时，看朱熹注解云：“褐，贱者之服；宽博，宽大之衣。”心中很是困惑。因为我生在南方，南方身穿褐衣的人很少，偶然有穿的，大半是富贵的人家，名字虽然叫作褐而实际是绒制的。于是向启蒙老师请教，问褐衣是贵人之衣，为什么说是贱者之服呢？既然说是贱者的衣服，就应当从简，短一尺，省一尺购置的钱，少一寸，免一寸缝纫之力，为什么它的形制不做得窄小反而做得宽大，这是为什么？老师沉默不答。再问，老师就回顾左右而讨论其他了。心怀这个疑虑，数十年未解。直到最近到秦国要塞游玩，看到本地的居民，人人身穿褐衣，不要说丝罗难以见到，就是看到一两个身穿布衣的人，也像是空谷足音一样难得。因为这里是寒冷不毛之地，只靠放牧养活自己，用牛羊毛织成衣服，又都粗糙而不紧密，形状像毯子，这实在是贱者之服，不像南方的贵人之衣啊！又见到衣宽是身体的一倍，衣长也拖地。就去询问，他们说："除这件衣服之外，再没有其他的衣物，衫裳襦裤，总以这一件衣服代替，白天身披它当衣服，晚上裹着它当被子，不宽不能围好全身，不长不能完全将脚盖好。《鲁论》中'必有寝衣，长一身有半'，就是在说这一类东西。"我才幡然大悟说："太史公著书，必须游遍名山大川，说的就是这个意思吧！"大概自古以来圣贤大多生于西北，所见事物都是这样，因此方言脱口而出。朱文公是南方人，他怎会知道这些？所以只是解释字义，不求全部理解，使得这千古疑团，至今未破，若非我远游绝塞，亲眼见到当地人，怎会知道这话说的不错呢？由此看来，《四书》中的文章还不能全部效法，何况是《西厢》这类词曲呢？凡是写传奇的，不宜频繁使用方言，令人不解。近来填词家，见到花面登场都用姑苏口吻，于是就以此作为常规，每次写净丑的宾白，便使用方言，却不知这类声音，只能在吴越通用，过了这片地方去往别处，听众就会茫然。传奇是天下之书，难道只是为了吴越而设？至于别处的方言，虽然说写入曲中少，也要看填词者的出生地。如汤若士出生在江西右，就应该规避江右的方言，粲花主人吴石渠出生在阳羡，就应该规避阳羡的方言。因为出生在一个地方，不免受到这个地方的局限。有的话语明明是方言，而我不知道它是方言，等到去了其他地方，对别人说起而别人不理解，才知道这是方言。诸如此类，换了其他地方都是如此。想写传奇，不可不心存天下之志。

时防漏孔

一部传奇之宾白，自始至终，奚啻千言万语[①]。多言多失，保无前是后非，有呼不应，自相矛盾之病乎？如《玉簪记》之陈妙常[②]，道姑也，非尼僧也，其白云"姑娘在禅堂打坐"，其曲云"从今孽债染缁衣"，"禅堂""缁衣[③]"皆尼僧字面，而用入道家，有是理乎？诸如此类者，不能枚举。总之，文字短少者易为检点，长大者难于照顾。吾于古今文字中，取其最长最大，而寻不出纤毫渗漏者，惟《水浒传》一书。设以他人为此，几同笊篱贮水[④]、珠箔遮风[⑤]，出者多而进者少，岂止三十六漏孔而已哉！

【注释】①奚啻：何止，岂但。

②《玉簪记》：明代戏曲作家高濂所作，是传统十大喜剧之一。

③缁（zī）衣：僧尼的服装。

④笊（zhào）篱：用竹篾、柳条或铁丝等编织的漏水用具。

⑤珠箔：珠帘。

【译文】一部传奇的宾白，自始至终，何止千言万语。多说多错，能确保没有前面正确后面错误，前后不相呼应，自相矛盾的缺点吗？如《玉簪记》中的陈妙常，是位道姑，不是尼僧，其中的宾白云“姑娘在禅堂打坐”，其中的曲云：“从今孽债染缁衣”，“禅堂”“缁衣”都是尼僧用的字眼，而用在道家，有这样的道理吗？诸如此类，不能一一列举。总之，文字短少的容易检查，文字又长又大的就难以照看。我在古今文字中，取最长最大的，但找不出丝毫纰漏的，只有《水浒传》一书。假设其他人来写这本书，几乎等同于笊篱贮水、珠帘挡风，出的多而进的少，何止是三十六个漏孔啊！

科诨第五

插科打诨，填词之末技也[①]，然欲雅俗同欢，智愚共赏，则当全在此处留神。文字佳，情节佳，而科诨不佳，非特俗人怕看，即雅人韵士，亦有瞌睡之时。作传奇者，全要善驱睡魔，睡魔一至，则后乎此者虽有《钧天》之乐[②]，《霓裳羽衣》之舞，皆付之不见不闻，如对泥人作揖、土佛谈经矣。予尝以此告优人，谓戏文好处，全在下半本。只消三两个瞌睡[③]，便隔断一部神情，瞌睡醒时，上文下文已不接续，即使抖起精神再看，只好断章取义，作零出观。若是，则科诨非科诨，乃看戏之人参汤也。养精益神，使人不倦，全在于此，可作小道观乎[4]？

【注释】①末技：不足道的技艺。

②《钧天》：《钧天广乐》的简称，指天上的音乐。

③只消：只需要。

④小道：非正途的技艺、歪道。

【译文】插科打诨，是填词中的雕虫小技，但是想要作品雅俗同欢，智愚共赏，那么就应当全在这里留神。文字佳，情节佳，而科诨不佳，不只是俗人怕看，就算是文人雅士，也有瞌睡的时候。写传奇的人，全要善于赶走睡魔，睡魔一来，在这之后虽有《钧天》之乐，《霓裳羽衣》之舞，都会使人不见不闻，犹如对泥人作揖，与土佛谈经。我曾经将这些告诉优人，对他们说戏文中好的地方，全在下半本。只要两三个瞌睡，就会打断一部戏的情致，瞌睡醒时，上文下文已经不再连续，即使振作起精神再看，也只能断章取义，从零来看。如果这样，则科诨不是科诨，是观众的人参汤啊。养精益神，使人不倦，全在这里，可以将它看作小道吗？

戒淫亵

戏文中花面插科，动及淫邪之事，有房中道不出口之话，公然道之戏场者。无论雅人塞耳，正士低头，惟恐恶声之污听，且防男女同观，共闻亵语，未必不开窥窃之门[①]，郑声宜放[②]，正为此也。不知科诨之设，止为发笑，人间戏语尽多，何必专谈欲事？即谈欲事，亦有“善戏谑兮，不为虐兮[③]”之法，何必以口代笔，画出一幅春意图，始为善谈欲事者哉？人问：善谈欲事，当用何法？请言一二以概之。予曰：如说口头俗语，人尽知之者，则说半句，留半句，或说一句，留一句，令人自思。则欲事不挂齿颊，而与说出相同，此一法也。如讲最亵之话虑人触耳者，则借他事喻之，言虽在此，意实在彼，人尽了然，则欲事未入耳中，实与听见无异，此又一法也。得此二法，则无处不可类推矣。

【注释】①窥窃：男女私情。

②放：驱逐，放逐。

③“善戏”两句：出自《诗经·卫风·淇奥》。意思是擅长开玩笑，但不过分。

【译文】戏文中花面插科，涉及淫邪之事，有房里说不出口的话，公然在台上说出。无论雅人塞耳，正人低头，都唯恐这种邪恶的声音污染了视听，而且要防止男女一同观看，一同听到这些污秽之语，未必不开男女偷情之门，郑声应当驱逐，正因为这样。不知科诨的设计，只是为了发笑，民间戏语有很多，何必专门谈淫邪之事？即便谈论淫邪之事，也有“善戏谑兮，不为虐兮”的做法，何必以口代笔，画出一幅春意图，才能算是善谈淫邪之事呢？有人问：善谈淫邪之事，应当用哪种做法？请说明一二来概括。我说：比如说口头俗语，人人都知道的，就说半句，留半句，或者说一句，留一句，让人自己去思考。则淫邪之事不挂在嘴边，而与说出来一样，这是一种做法。比如讲最污秽的话要考虑观众听了刺耳，则借其他事情来比喻，说的虽然是这件事，意思实际是那件事，人人都全然明白了，则淫邪之事未入耳中，实际与听见没有差异，这又是一种做法。知道这两种做法，则没有什么地方是不可类推的了。

忌俗恶

科诨之妙，在于近俗，而所忌者，又在于太俗。不俗则类腐儒之谈，太俗即非文人之笔。吾于近剧中，取其俗而不俗者，《还魂》而外，则有《粲花五种》，皆文人最妙之笔也。《粲花五种》之长，不仅在此，才锋笔藻[①]，可继《还魂》，其稍逊一筹者，则在气与力之间耳。《还魂》气长，《粲花》稍促；《还魂》力足，《粲花》略亏。虽然，汤若士之"四梦[②]"，求其气长力足者，惟《还魂》一种，其余三剧则与《粲花》并肩。使粲花主人及今犹在，奋其全力，另制一种新词，则词坛赤帜[③]，岂仅为若士一人所攫哉？所恨予生也晚，不及与二老同时。他日追及泉台[④]，定有一番倾倒，必不作妒而欲杀之状，向阎罗天子掉舌[⑤]，排挤后来人也。

【注释】①才锋：杰出的才华。

②四梦：汤显祖所著《紫钗记》《还魂记》（又称《牡丹亭》）

《南柯记》《邯郸记》的合称。

③赤帜：比喻领袖人物或领袖地位。

④泉台：墓穴，亦指阴间。

⑤掉舌：动舌头。指游说、谈议。

【译文】科诨的妙处，在于接近民俗，而它所忌讳的，又在于太俗。不俗就类似迂腐儒生的言谈，太俗就不是文人的笔风。我在近年的剧中，找到俗而不俗的戏剧，《还魂》之外，还有《粲花五种》，都是文人最妙的手笔。《粲花五种》的优点，不仅在这方面，它杰出的才气和华丽的文辞，可以继《还魂》，它稍逊一筹的方面，则在气与力之间。《还魂》气长，《粲花》稍显急促；《还魂》力足，《粲花》略显欠缺。虽然是这样，汤若士的“四梦”，寻求气长力足的，只有《还魂》一种，其余三剧则与《粲花》并肩。假如粲花主人至今还在世，发挥他全部才华，创作另外的一种新词，则词坛的领袖，怎会仅由汤若士一人所占呢？我恨我生得晚，没能与二老同时。他日在黄泉相遇，定有一番倾吐畅谈，必不会心生嫉妒而表露出欲杀之状，向阎罗天子游说，来排挤后人。

重关系

科诨二字，不止为花面而设，通场脚色皆不可少。生旦有生旦之科诨，外末有外末之科诨[①]，净丑之科诨则其分内事也。然为净丑之科诨易，为生旦外末之科诨难。雅中带俗，又于俗中见雅；活处寓板，即于板处证活。此等虽难，犹是词客优为之事。所难者，要有关系[②]。关系维何？曰：于嘻笑诙谐之处，包含绝大文章；使忠孝节义之心，得此愈显。如老莱子之舞斑衣[③]，简雍之说淫具[④]，东方朔之笑彭祖面长[⑤]，此皆古人中之善于插科打诨者也。作传奇者，苟能取法于此，是科诨非科诨，乃引人入道之方便法门耳。

【注释】①外：传统戏曲角色行当。是指净、旦、末等脚色中的次要角色。末：传统戏曲角色名。主要扮演中年男子。

②关系：这里是指科诨要起到规劝、教化的作用。

③老莱子之舞斑衣：二十四孝之一。老莱子为人至孝，在自己七十岁时，为逗父母开心，身穿彩衣，模仿婴儿戏舞，取悦双亲。

④简雍之说淫具：简雍是三国时期谈客，与刘备交好。出自《三国志·蜀志·简雍传》，事详见下文“贵自然”。

⑤东方朔(约前154—前93)：字曼倩，西汉时期著名文学家。为人性格诙谐，言词敏捷，滑稽多智，在政治方面颇有才华，上陈“农战强国”之计。但汉武帝始终视为俳优之言，不得采用。其笑彭祖面长之事详见下文“贵自然”。

【译文】科诨二字，不只为了净角而设，全场的角色都不能少。生旦有生旦的科诨，外末有外末的科诨，净丑的科诨则是他们分内的事。然而写净丑的科诨比较容易，写生旦外末的科诨比较难。雅中带俗，又在俗中见雅；灵活中包含刻板，就在刻板中还要证实灵活。这些虽然很难，但还是词人擅长之事。觉得难的地方，是要有关系。关系是什么？答：在嘻笑诙谐的地方，包含了绝大文章；使得忠孝节义之心，有了科诨会更加明显。如老莱子身穿彩衣跳舞，简雍借淫具隐喻，东方朔笑彭祖脸长，这些都是古人中擅长插科打诨的人。写传奇的人，如果能效法这些，这样科诨就不是科诨，乃是引人入道的方便法门啊。

贵自然

科诨虽不可少，然非有意为之。如必欲于某折之中，插入某科诨一段，或预设某科诨一段，插入某折之中，则是觅妓追欢，寻人卖笑，其为笑也不真，其为乐也亦甚苦矣。妙在水到渠成，天机自露。“我本无心说笑话，谁知笑话逼人来”，斯为科诨之妙境耳。如前所云简雍说淫具，东方朔笑彭祖，即取二事论之。蜀先主时[①]，天旱禁酒，有吏向一人家索出酿酒之具，论者欲置之法。雍与先主游，见男女各行道上，雍谓先生曰：“彼欲行淫，请缚之。”先主曰：“何以知其行淫？”雍曰：“各有其具，与欲酿未酿者同，是以知之。”先主大笑，而释蓄酿具者。汉武帝时，有善相者，谓人中长一寸，寿当百岁。东方朔大笑，有司奏以不敬[②]。帝责之，朔曰：“臣非笑陛下，乃笑彭祖耳。人中一寸则百岁，彭祖岁八百，其人中不几八寸乎？人中八寸，则面几长一丈矣，是以笑之。”此二事，可谓绝妙之诙谐，戏场有此，岂非绝妙之科诨？然当时必亲见男女同行，因而说及淫具；必亲听人口一寸寿当百岁之说，始及彭祖面长，是以可笑，是以能悟人主。如其未见未闻，突然引此为喻，则怒之不暇，笑从何来？笑既不得，悟从何来？此即贵自然、不贵勉强之明证也。吾看演《南西厢》，见法聪口中所说科诨[3]，迂奇诞妄，不知何处生来，真令人欲逃欲呕，而观者听者绝无厌倦之色，岂文章一道，俗则争取，雅则共弃乎？

【注释】①蜀先主：即刘备。

②有司：指官吏，古代设官分职，各有专司，故称。

③法聪：《西厢记》中普救寺的和尚。

【译文】科诨虽是不可少的，但并不是有意为之。如果一定想在某一折之中，插入某段科诨，或者预先设将某段科诨，插入某折之中，这便是觅妓追欢，寻人卖笑，这样笑的不真实，乐的也太痛苦了。妙在水到渠成，天机自露。“我本无心说笑话，谁知笑话逼人来”，这就是科诨的妙境。比如前文所述的简雍说淫具，东方朔笑彭祖，就拿这两件事来讨论。蜀先主时，天旱禁酒，有官员在一户人家搜出酿酒用的器具，讨论着想要依法论处。简雍与先主外出游览，看到男女各自在路上行走，简雍对先主说：“他们想要行淫秽之事，请把他们绑起来。”先主说：“你是如何知道他们行淫？”简雍说：“他们各自有行淫的器具，与想酿酒但未酿者相同，因此知道的。”先主大笑，而释放了家中存放酿酒器具的人家。汉武帝时，有位善于相面的人，他说人中长一寸，寿当百岁。东方朔大笑，有官员上奏说他不敬。皇帝责问他，东方朔说：“臣不是在笑陛下，而是在笑彭祖。人中一寸则寿长百岁，彭祖有八百岁，他的人中不就几乎长八寸了吗？人中八寸，那他的脸长几乎要一丈了，所以发笑。”这两件事，可谓是绝妙的诙谐，戏场上有了这类内容，难道不是绝妙的科诨？但当时一定要亲眼见到男女同行，因而提及淫具；一定要亲耳听到人中一寸寿当百年的说法，才说彭祖脸长，这样才可笑，这样才能启发君主。假如他们没有见到没有听说，突然引用这些事为比喻，那么君主发怒都来不及，笑又从何而来？既然没有发笑，启发从哪里生出呢？这就是重在自然、不重在勉强的明显证据。我看《南西厢》的表演，见到法聪口中所说的科诨，离奇荒诞，不知道是从什么地方生出来的，真让人欲逃欲呕，而观众听众却绝无厌倦的神色，难道文章一道，俗则争相夺取，雅则共同厌弃吗？

格局第六

传奇格局，有一定而不可移者，有可仍可改、听人自为政者。开场用末，冲场用生[①]；开场数语，包括通篇，冲场一出，蕴酿全部，此一定不可移者。开手宜静不宜喧，终场忌冷不忌热，生旦合为夫妇，外与老旦非充父母即作翁姑，此常格也。然遇情事变更，势难仍旧，不得不通融兑换而用之，诸如此类，皆其可仍可改，听人为政者也。近日传奇，一味趋新，无论可变者变，即断断当仍者，亦加改窜，以示新奇。予谓文字之新奇，在中藏，不在外貌，在精液，不在渣滓，犹之诗赋古文以及时艺[②]，其中人才辈出，一人胜似一人，一作奇于一作，然止别其词华，未闻异其资格[③]。有以古风之局而为近律者乎？有以时艺之体而作古文者乎？绳墨不改[④]，斧斤自若[⑤]，而工师之奇巧出焉。行文之道，亦若是焉。

【注释】①冲场：传奇剧本的第二折。其以简单的语言，说明角色的身份、性格、环境和思想，并要酝酿全剧的精神，埋伏下全剧的重要节目。

②时艺：即时文，八股文。

③资格：这里指作品文章的文体格式。

④绳墨：木工打直线的墨线，引申为规则，规矩。

⑤斧斤：各种斧子。

【译文】传奇的格式，有固定而不可变动的地方，有可以沿用可以更改、听凭作者自己做主的地方。开场用末，冲场用生；开场几句话，概括通篇，冲场一出，包含酝酿全部情节，这是一定不可变动的。开场时宜静不宜喧，结束时忌冷不忌热，生旦合演夫妇，外角和老旦不是充当父母就是演公婆，这是常规。但遇到情事变更，形势难以沿用旧例，不得不通融变换再用，诸如此类，这些都是可以沿用可以更改，听凭作者自己做主的。近日传奇，一味追求新颖，无论可以变更的变更，就是绝对应当沿用的，也要加以改窜，以显示新奇。我认为文字的新奇，是在传奇的内涵，而不在外表，是在精华，而不在渣滓，就像诗赋古文以及八股文，其中人才辈出，一人超过一人，一作奇于一作，然而只是有别于他们的文采，没有听闻改变文章的形式。有以古风的格局来写近体律诗的吗？有以八股文的文体来写古文的吗？规矩不改，刀斧运用自如，而工匠的奇巧就出来了。行文之道，也是这样的。

家　门

开场数语，谓之“家门[1]”。虽云为字不多，然非结构已完、胸有成竹者，不能措手。即使规模已定，犹虑做到其间，势有阻挠，不得顺流而下，未免小有更张，是以此折最难下笔。如机锋锐利[2]，一往而前，所谓信手拈来，头头是道，则从此折做起；不则姑缺首篇，以俟终场补入。犹塑佛者不即开光[3]，画龙者点睛有待，非故迟之，欲俟全像告成，其身向左则目宜左视，其身向右则目宜右观，俯仰低徊，皆从身转，非可预为计也。此是词家讨便宜法，开手即以告人，使后来作者未经捉笔，先省一番无益之劳，知笠翁为此道功臣，凡其所言，皆真切可行之事，非大言欺世者比也。未说家门，先有一上场小曲，如《西江月》《蝶恋花》之类，总无成格，听人拈取。此曲向来不切本题，止是劝人对酒忘忧、逢场作戏诸套语。予谓词曲中开场一折，即古文之冒头[4]，时文之破题[5]，务使开门见山，不当借帽覆顶[6]。即将本传中立言大意，包括成文，与后所说家门一词相为表里。前是暗说，后是明说，暗说似破题，明说似承题[7]，如此立格，始为有根有据之文。场中阅卷，看至第二三行而始觉其好者，即是可取可弃之文；开卷之初，能将试官眼睛一把拿住，不放转移，始为必售之技[8]。吾愿才人举笔，尽作是观，不止填词而已也。元词开场，止有冒头数语，谓之“正名[9]”，又曰“楔子[10]”，多则四句，少则二句，似为简捷。然不登场则已，既用副末上场，脚才点地，遂尔抽身，亦觉张皇失次。增出家门一段，甚为有理。然家门之前，另有一词，今之梨园皆略去前词，只就家门说起，止图省力，埋没作者一段深心。大凡说话作文，同是一理，入手之初，不宜太远，亦正不宜太近。文章所忌者，开口骂题[11]。便说几句闲文，才归正传，亦未尝不可，胡遽惜字如金[12]，而作此卤莽灭裂之状也[13]？作者万勿因其不读而作省文。至于末后四句，非止全该[14]，又宜别俗。元人楔子，太近老实，不足法也。

【注释】①家门：传奇戏的开场白。由副末登台，用一两句话说明戏情大意或戏中人物家世。

②机锋：机警犀利的言语。

③开光：佛像雕塑完成后，选择吉日，举行仪式，揭去蒙在脸上的红绸，开始供奉。

④冒头：古文的引子一类的段落。

⑤破题：八股文的第一股，用一两句话说破文题的要义。

⑥借帽覆顶：与上句开门见山相对应，引申为不明说，反要借其他事物比喻。

⑦承题：八股文中的第二股。申述题意。承接破题，对题目进一步解说。

⑧售：推行，施展。

⑨正名：元杂剧最后有两句或四句对子，总括全剧内容。一般称前一句或前两句为“题目”，后一句或后两句为“正名”。

⑩楔（xiē）子：比喻插进去的人或物，也指旧小说的引子，通常

放在小说故事开始之前，起引出或补充正文的作用，以衔接剧情。

⑪骂题：批斥题旨，从反面立论。

⑫遽（jù）：就，竟。

⑬卤莽灭裂：出自《庄子·则阳》。形容做事草率粗疏。

⑭该：通“赅”，完备，包括一切。

【译文】开场的几句话，称为“家门”。虽然说字数不多，但不是框架结构已经完成、胸有成竹的人，都不能着手落笔。即使规模已经确定，还要思虑做到中间时，一定会有阻挠，不能顺流而下，不免会稍有更改，所以这一折是最难下笔的。如果言辞犀利，一往向前，所谓信手拈来，头头是道，就从这一折做起；否则就暂且空缺首篇，等到写完再补入。就像塑佛像不会立刻开光，画龙点睛要等待时机，并非故意推迟，是想等到全部完成，它的身体向左则眼睛应当向左看，它的身体向右则眼睛应当向右看，仰俯低徊，都是随着身体转动，不是事先就能计划好的。这是词家讨便宜的方法，开篇就将这个道理告知人们，使后来作者还没有执笔，就先省去一番无益之劳，知我李笠翁为此道功臣，但凡是我说的，都是真切可行之事，不是大话欺世的人可相比的。未说家门之前，先有一段上场小曲，如《西江月》《蝶恋花》之类的，总没有固定的格式，任凭人们随意拈取。这种曲子向来不切合本题，只不过是劝人对酒忘愁、逢场作戏各种套话。我认为词曲中开场这一折，就是古文中的冒头，八股文的破题，一定使它开门见山，不该借物隐喻。就是将本传中的中心大意，概括成文，与后文所说的家门一词互成表里。前文是暗说，后文是明说，暗说就像破题，明说就像承题，这样确立标准，这才是有根有据的文章。在考场中阅卷，看到第二三行才觉得写得好，这就是可取可弃的文章；开卷之初，就能将考官的眼睛一把抓住，不放开它让它转移，这才是必能施展才华的技艺。我希望才子提笔，都能这样想，不只是填词就够了。元词的开场，只有冒头的几句话，称之为“正名”，又称作“楔子”，多则四句，少则二句，似乎很是简捷。然而不上场就算了，既然用了副末上场，脚才点地，又立即抽身离开，也觉得慌张失次。增加家门这一段，很有道理。但在家门之前，另外又有一首词，现在的梨园都省略了前面的词，只从家门说起，只图省力，埋没了作者的一段深心。大凡说话作文，都是一个道理，着手之初，不宜太远，也不宜离正题太近。文章所忌的，是一开口就批斥题旨。即便说几句闲文，才言归正传，也未尝不可，为什么竟这样惜字如金，而作出粗鲁草率的姿态？作者千万不要因为人们不读这一段就省略掉。至于最后四句，不仅概括全文，又应当于流俗有所区别。元人的楔子，太近于老实，不值得效法。

冲　场

开场第二折，谓之“冲场”。冲场者，人未上而我先上也，必用一悠长引子[①]。引子唱完，继以诗词及四六排语[②]，谓之“定场白”，言其未说之先，人不知所演何剧，耳目摇摇，得此数语，方知下落，始未定而今方定也。此折之一引一词，较之前折家门一曲，犹难措手。务以寥寥数言，道尽本人一腔心事，又且蕴酿全部精神，犹家门之括尽无遗也。同属包括之词，而分难易于其间者，以家门可以明说，而冲场引子及定场诗词全用暗射[3]，无一字可以明言故也。非特一本戏文之节目全于此处埋根，而作此一本戏文之好歹，亦即于此时定价。何也？开手笔机飞舞[4]，墨势淋漓，有自由自得之妙，则把握在手，破竹之势已成，不忧此后不成完璧。如此时此际文情艰涩，勉强支吾，则朝气昏昏，到晚终无晴色，不如不作之为愈也。然则开手锐利者宁有几人？不几阻抑后辈，而塞填词之路乎？曰：不然。有养机使动之法在[5]：如入手艰涩，姑置勿填，以避烦苦之势；自寻乐境，养动生机，俟襟怀略展之后，仍复拈毫，有兴即填，否则又置，如是者数四，未有不忽撞天机者。若因好句不来，遂以俚词塞责，则走入荒芜一路，求辟草昧而致文明不可得矣[6]。

【注释】①引子：戏曲角色出场时的一段唱或说白，曲调悠长。

②四六排语：即骈体文，以四字六字为对偶，故名。

③暗射：隐约有所影射。

④笔机：创作灵感，文思。

⑤养机：培养创作的冲动和灵感。

⑥草昧：蒙昧，世界未开化的时代。

【译文】开场的第二折，称为“冲场”。冲场，是人没上场而我先上。一定要用一段悠长的引子。引子唱完，后接诗词及四六排语，称为“定场白”，是说在未开演之前，人们不知道演的是什么剧，耳目摇摆不定，听到这几句话，才知道这部戏的情节去向，最初未定而现在落定。这折中的一引一词，相较前折的家门一曲，还难着手。务必以寥寥数言，道尽这个角色的一腔心事，并且又要包含酝酿这部剧全部精神，就像家门一样将全剧情节概括无遗。两者同属于概括之词，但在剧中也有难易之分，家门可以明说，而冲场引子和定场诗词全都要暗中影射，没有一个字可以明言。不只是一本戏文的情节全在此处埋根，而且写这本戏文的好坏，也就在这个时候决定它的价值。为什么？开篇文思飞舞，墨势淋漓，有自由自得的妙处，那么把握在手，破竹之势已成，就不用担心之后不成完璧。如果这个时候文情隐晦难懂，牵强支吾，那么一早精神昏沉，到晚上始终没有转好，还不如不作为好。然而一开篇就文笔锐利的能有几人？这不就几乎压抑后辈，而阻塞填词之路吗？答：不是这样。有培养灵感使它涌动的方法有：假如入手艰涩，暂且放在一边不写，以避开烦闷痛苦之势；自寻快乐之境，培养灵感，等到胸襟略微舒展之后，接着再拿起笔，有兴致就继续填词，没有就再放置一边，像这样多次，没有不突然撞到灵感的。如果因为好句不来，于是就以粗俗的文词搪塞，那么就走入了荒芜道路，想追求辟除蒙昧而达到文明是不可能的。

出脚色

本传中有名脚色，不宜出之太迟。如生为一家，旦为一家，生之父母随生而出，旦之父母随旦而出，以其为一部之主，余皆客也。虽不定在一出二出，然不得出四五折之后。太迟则先有他脚色上场，观者反认为主，及见后来人，势必反认为客矣。即净丑脚色之关乎全部者，亦不宜出之太迟。善观场者，止于前数出所见，记其人姓名；十出以后，皆是枝外生枝，节中长节，如遇行路之人，非止不问姓字，并形体面目皆可不必认矣。

【译文】一部传奇中有名的脚色，不应该太迟出场。如生角是一家，旦角是一家，生角的父母随生角出场，旦角的父母随旦角出场，因为生旦是一部传奇的主角，余下的都是配角。虽然生旦的出场不定在第一出第二出，但也不能在四折五折之后出场。太迟就会有其他脚色先上场，观众反而会认为这便是主角，等看到后面出场的人，势必反认为是配角了。即使净丑是关乎全剧的脚色，也不应该太迟出场。善于看戏的，只在前面几出见过的，记下这些人的姓名；十出以后，都是节外生枝，如同路遇行人，不仅不问姓名，并且体态面目都可以不必辨认。

小收煞

上半部之末出，暂摄情形，略收锣鼓，名为“小收煞”。宜紧忌宽，宜热忌冷，宜作郑五歇后[①]，令人揣摩下文，不知此事如何结果。如做把戏者，暗藏一物于盆盎衣袖之中[②]，做定而令人射覆[③]，此正做定之际，众人射覆之时也。戏法无真假，戏文无工拙，只是使人想不到、猜不着，便是好戏法、好戏文。猜破而后出之，则观者索然，作者赧然[④]，不如藏拙之为妙矣。

【注释】①郑五歇后：唐朝诗人郑綮，在作诗时多用诙谐的歇后语，当时称之为“郑五歇后体”。

②盆盎：盆和盎。亦泛指较大的盛器。

③射覆：古代游戏。把东西覆于器物下，让人猜测。

④赧（nǎn）然：难为情，羞愧的样子。

【译文】上半部分的最后一出戏，暂收剧情，略收锣鼓，称为“小收煞”。“小收煞”宜紧忌宽，宜热忌冷，应当像郑綮一样写成歇后语，让人揣摩下文，不知道这件事要如何结束。犹如变戏法一样，在盆盎和衣袖之中暗藏一物，做定之后让人猜测，“小收煞”正如同戏法做定之际，众人猜测之时。戏法无真假，戏文无好坏，只要是使人想不到、猜不着，就是好戏法、好戏文。猜破之后再表演出来，则观众感到乏味，作者感到羞愧，不如藏拙为妙啊。

大收煞

全本收场，名为“大收煞”。此折之难，在无包括之痕，而有团圆之趣。如一部之内，要紧脚色共有五人，其先东西南北各自分开，至此必须会合。此理谁不知之？但其会合之故，须要自然而然，水到渠成，非由车戽[①]。最忌无因而至，突如其来，与勉强生情，拉成一处，令观者识其有心如此，与恕其无可奈何者，皆非此道中绝技，因有包括之痕也。骨肉团聚，不过欢笑一场，以此收锣罢鼓，有何趣味？水穷山尽之处，偏宜突起波澜，或先惊而后喜，或始疑而终信，或喜极信极而反致惊疑，务使一折之中，七情俱备，始为到底不懈之笔，愈远愈大之才，所谓有团圆之趣者也。予训儿辈，尝云："场中作文，有倒骗主司入彀之法[②]：开卷之初，当以奇句夺目，使之一见而惊，不敢弃去，此一法也；终篇之际，当以媚语摄魂，使之执卷留连，若难遽别，此一法也。"收场一出，即勾魂摄魄之具，使人看过数日，而犹觉声音在耳、情形在目者，全亏此出撒娇，作"临去秋波那一转"也[③]。

【注释】①车戽（hù）：用水车汲水。戽，汲水。

②入彀（gòu）：在射程之内。比喻受人牢笼，由人操纵或控制，走进圈套。彀，张满弓。

③"临去"一句：出自《西厢记》第一本第一折张生初见崔莺莺。

【译文】整部剧收场，名叫"大收煞"。这一折的难处，在于要没有概括的痕迹，而有团圆的趣味。比如一部剧之内，要紧脚色共有五人，先前东西南北各自分开，到最后必须会合。这个道理谁不知？但会合的缘由，须要自然而然，水到渠成，而不是刻意人为。最忌讳没有缘由，突如其来，还有勉强生情，强拉在一起，让观众看出作者刻意如此，或是宽恕作者的无可奈何，都不是写"大收煞"的绝技，因为有概括的痕迹。骨肉团聚，不过欢笑一场，这样收场，有何趣味？在山穷水尽的地方，偏偏适宜突起波澜，或是先惊后喜，或是起初怀疑，最后相信，或是在最欢喜、最相信时反致惊疑，必须使一折之中，七情俱备，这才是到结束都不懈的笔风，愈远愈大的才华，这就是团圆的趣味。我训诫后辈，曾说："在考场中写文章，有倒骗主考官进入自己的圈套方法：开卷之初，应当以奇句吸引他的目光，使他一看到就感到惊奇，不忍丢弃，这是一种方法；终篇之际，应当以媚语收摄他的魂魄，使他手拿卷子留连往返，好似难以马上分开，这是一种方法。”收场一出，就是勾魂摄魄的工具，使人看过好多天，仍感觉声音在耳、情形在目，全亏这一出撒娇，作“临去秋波那一转”。

填词余论

读金圣叹所评《西厢记》，能令千古才人心死。夫人作文传世，欲天下后代知之也，且欲天下后代称许而赞叹之也。殆其文成矣，其书传矣，天下后代既群然知之，复群然称许而赞叹之矣，作者之苦心，不几大慰乎哉？予曰：未甚慰也。誉人而不得其实，其去毁也几希[①]。但云千古传奇当推《西厢》第一，而不明言其所以为第一之故，是西施之美，不特有目者赞之，盲人亦能赞之矣。自有《西厢》以迄于今，四百余载推《西厢》为填词第一者，不知几千万人，而能历指其所以为第一之故者，独出一金圣叹。是作《西厢》者之心，四百余年未死，而今死矣。不特作《西厢》者心死，凡千古上下操觚立言者之心[②]，无不死矣。人患不为王实甫耳，焉知数百年后，不复有金圣叹其人哉！圣叹之评《西厢》，可谓晰毛辨发，穷幽极微，无复有遗议于其间矣。然以予论之，圣叹所评，乃文人把玩之《西厢》，非优人搬弄之《西厢》也。文字之三昧，圣叹已得之；优人搬弄之三昧，圣叹犹有待焉。如其至今不死，自撰新词几部，由浅入深，自生而熟，则又当自火其书而别出一番诠解。甚矣，此道之难言也。圣叹之评《西厢》，其长在密，其短在拘，拘即密之已甚者也。无一句一字不逆溯其源，而求命意之所在③，是则密矣，然亦知作者于此有出于有心，有不必尽出于有心者乎？心之所至，笔亦至焉，是人之所能为也；若夫笔之所至，心亦至焉，则人不能尽主之矣。且有心不欲然，而笔使之然，若有鬼物主持其间者，此等文字，尚可谓之有意乎哉？文章一道，实实通神，非欺人语。千古奇文，非人为之，神为之、鬼为之也，人则鬼神所附者耳。

【注释】①几希：差不多，很少。

②操觚（gū）：执简，写作。觚，木简。

③命意：确定诗文、绘画等的主题。

【译文】读金圣叹点评的《西厢记》，能令千古才人心死。人写文章传世，是想使天下后世知晓，并且想使天下后世称许赞叹他。等到他的文章完成了，他的书开始流传，天下后世就全部知道了，又全都会称许赞叹他，作者的苦心，不就得到了很好的慰藉吗？我说：没有得到很好的慰藉。赞誉别人却不合实际，这样和诽谤也差不多。只说千古传奇应当推举《西厢记》为第一，但又说不出它之所以是第一的原因，犹如西施的美丽，不仅眼睛能看到的人赞美她，盲人也能赞美她。从有《西厢记》一直到现在，四百多年推举《西厢记》作为填词第一的人，不知道有几千万的人了，而能逐一指出它作为第一的原因的人，唯独是金圣叹一人。因此《西厢记》的作者之心，四百多年未死，而现在死心了。不只是《西厢记》的作者心死，凡是千古上下写作立言之人，无一不死心啊。人们担心不能成为像王实甫那样的人，怎会知道几百年后，不再会有像金圣叹那样的人呢！金圣叹点评《西厢记》，可以说是辨析入微，穷尽深幽，其间不再留下什么遗议。但是在我看来，金圣叹所评，是文人把玩的《西厢记》，不是优人表演的《西厢记》。文字的真谛，金圣叹已经得到了；优人表演的真谛，金圣叹还有待提高。假如他至今没死，自己写几部新词，由浅到深，从生到熟，那么就可能会烧掉点评的书而另作出一番诠释。其中的道理真的太难讲了。金圣叹点评《西厢记》，其长处在于周密，短处在于局限，局限就是太过于周密。没有一句一字不是逆溯根源，而探求主旨之所在，这就是周密，但也要知道作者在其中有的是出自有心，有的不必全都出自有心呢？心之所想，笔也能写出来，这是人们所能做的；如果笔写出来了，心也想到了，则人就不能完全主掌它了。而且有时心想不是这样写，而笔却使他这样写，好像有鬼物在其间控制着，这种文字，还可以说是有意为之吗？文章一道，的确通神，这不是骗人的话。千古奇文，不是人写出来的，是神、鬼写出来的，人则是有鬼神附体罢了。

演习部

选脚色、正音韵等事，载在《歌舞》项下。男优女乐，事理相同，欲习声乐者，两类互观，始无缺略。

【译文】选脚色、正音韵等事情，记载在《歌舞》之下。男优女乐，事理相同，想要学习声乐的人，两类相互参考，才不会有缺失。

选剧第一

填词之设，专为登场；登场之道，盖亦难言之矣。词曲佳而搬演不得其人，歌童好而教率不得其法，皆是暴殄天物，此等罪过，与裂缯毁璧等也[①]。方今贵戚通侯[②]，恶谈杂技，单重声音，可谓雅人深致[③]，崇尚得宜者矣。所可惜者：演剧之人美，而所演之剧难称尽美；崇雅之念真，而所崇之雅未必果真。尤可怪者：最有识见之客，亦作矮人观场，人言此本最佳，而辄随声附和，见单即点，不问情理之有无，以致牛鬼蛇神塞满氍毹之上[4]。极长词赋之人，偏与文章为难，明知此剧最好，但恐偶违时好，呼名即避，不顾才士之屈伸，遂使锦篇绣帙，沉埋瓿瓮之间。汤若士之《牡丹亭》《邯郸梦》得以盛传于世，吴石渠之《绿牡丹》《画中人》得以偶登于场者，皆才人侥幸之事，非文至必传之常理也。若据时优本念，则愿秦皇复出，尽火文人已刻之书，止存优伶所撰诸抄本，以备家弦户诵而后已。伤哉，文字声音之厄，遂至此乎！吾谓《春秋》之法，责备贤者[5]，当今瓦缶雷鸣，金石绝响，非歌者投胎之误，优师指路之迷，皆顾曲周郎之过也[6]。使要津之上[7]，得一二主持风雅之人，凡见此等无情之剧，或弃而不点，或演不终篇而斥之使罢，上有憎者，下必有甚焉者矣。观者求精，则演者不敢浪习，黄绢色丝之曲，外孙齑臼之词[8]，不求而自至矣。吾论演习之工而首重选剧者，诚恐剧本不佳，则主人之心血，歌者之精神，皆施于无用之地。使观者口虽赞叹，心实咨嗟[9]，何如择术务精，使人心口皆羡之为得也。

【注释】①裂缯（zēng）毁璧：撕开丝绸，毁坏玉璧。比喻不爱惜、浪费、毁坏美好的事物。缯，古代丝织品的总称。

②通侯：秦汉时代侯爵的最高一等，又称彻侯、列侯。

③深致：深远的意趣。

④氍毹(qú shū)：毛织的布或地毯,旧时演戏多用来铺在地上,借指舞台。

⑤“《春秋》之法”两句:《春秋》,鲁国史书。相传为孔子所修。经学家认为它每用一字,必寓褒贬,而对贤者的要求更加严格。出自《新唐书·太宗本纪》:“《春秋》之法,常责备于贤者。”

⑥顾曲周郎:即周瑜,在《三国志·吴志·周瑜传》记载,周瑜精通音乐,可以指出音律错误的地方。故云:“曲有误,周郎顾。”这里引申为没有审美的人。

⑦要津:水陆交通要道。比喻显要的地位。

⑧“黄绢”两句:在《世说新语·捷悟》中记载:杨修见曹娥碑后有“黄绢幼妇,外孙齑臼”,解释道:“黄绢,色丝也,于字为绝。幼妇,少女也,于字为妙。外孙,女子也,于字为好。齑臼,受辛也,于字为辞。所谓绝妙好辞也。”

⑨咨嗟:叹息。

【译文】填词的设立,专为登场表演;登场之道,这也是很难说的。词曲优美而没有合适的演员来表演,歌童好而没有正确的方法来教导,这都是暴殄天物,此等罪过,与裂缯毁壁的行为是相同的。如今宗亲贵侯,讨厌谈论杂耍杂技,单单看重有声音的艺术,可以说是雅士志趣深远,喜好合宜了。可惜的是:演戏的人美,而所演的戏难称完美;推崇高雅的想法真实,而所推崇的高雅未必是真的。更奇怪的是:最有见识的客人,也如同矮人看戏,有人说这部戏最精彩,而他也就随声附和,见到戏单就点戏,不问是否合乎情理,以致于牛鬼蛇神遍布戏台之上。最擅长词赋的人,偏偏要与戏词为难,明知道这部剧最好,只是担心偶然违背当时的喜好,提到名称就立刻回避，不顾才子是否受屈，于是使得绝世佳作，埋没在世俗篇章之间。汤若士的《牡丹亭》《邯郸梦》得以广为流传，吴石渠的《绿牡丹》《画中人》得以偶而登场，都是才子感到侥幸的事，而不是文章写的好就一定会流传的常理。如果按照时下优人本来的想法，则是希望秦始皇复生，把文人已刻之书全部烧毁，只留下优伶所撰的各类抄本，以备家弦户诵就可以了。伤感啊，文字声音的困厄，已经到这种地步了！我认为《春秋》之法，责备贤者，当今庸俗之声盛行于世，而钟磬之声绝响，不是唱歌的人投错胎，优人之师指点错路，都是顾曲周郎之过。假如在显要位置上，有一两个主持风雅的人，但凡见到这种无情之剧，或者弃之一边不点这部剧，或者不等演完就责令停止，上有憎恶的人，下面一定有更加憎恶的人。观众求精，那表演的人就不敢随意习演，绝佳词曲，上好文辞，不求自来。我所说的演习之精首先重在选剧，实在怕因为剧本不好，那主人的心血，唱歌的人的精神，都耗费在无用之地。假如让观众嘴上虽然赞叹，内心却疑惑叹息，还不如在选剧时致力求精，让人心口都羡慕为好呢。

别古今

选剧授歌童，当自古本始。古本既熟，然后间以新词，切勿先今而后古。何也？优师教曲，每加工于旧而草草于新，以旧本人人皆习，稍有谬误，即形出短长；新本偶尔一见，即有破绽，观者、听者未必尽晓，其拙尽有可藏。且古本相传至今，历过几许名师，传有衣钵，未当而必归于当，已精而益求其精，犹时文中“大学之道”“学而时习之”诸篇[①]，名作如林，非敢草草动笔者也。新剧则如巧搭新题，偶有微长，则动主司之目矣。故开手学戏，必宗古本。而古本又必从《琵琶》《荆钗》《幽闺》《寻亲》等曲唱起[②]，盖腔板之正，未有正于此者。此曲善唱，则以后所唱之曲，腔板皆不谬矣。旧曲既熟，必须间以新词。切勿听拘士腐儒之言，谓新剧不如旧剧，一概弃而不习。盖演古戏，如唱清曲，只可悦知音数人之耳，不能娱满座宾朋之目。听古乐而思卧，听新乐而忘倦[③]。古乐不必《箫》《韶》《琵琶》《幽闺》等曲，即今之古乐也。但选旧剧易，选新剧难。教歌习舞之家，主人必多冗事，且恐未必知音，势必委诸门客，询之优师。门客岂尽周郎，大半以优师之耳目为耳目。而优师之中，淹通文墨者少，每见才人所作，辄思避之，以凿枘不相入也[④]。故延优师者[⑤]，必择文理稍通之人，使阅新词，方能定其美恶。又必藉文人墨客参酌其间，两议佥同[⑥]，方可授之使习。此为主人多冗，不谙音乐者而言。若系风雅主盟，词坛领袖，则独断有余，何必知而故询。噫，欲使梨园风气丕变维新[⑦]，必得一二缙绅长者主持公道[⑧]，俾词之佳音必传，剧之陋者必黜，则千古才人心死，现在名流，有不以沉香刻木而祀之者乎？

【注释】①“大学”两句：分别为《大学》《论语》的第一句，当时八股文中的常用之题。

②《寻亲》：即《寻亲记》，又称《教子记》，描写了周瑞隆弃官

寻父的故事。

③“听古乐”两句：出自《乐记》：“魏文侯问于子夏曰：‘吾端冕而听古乐则唯恐卧，听郑卫之音则不知倦。’”

④凿枘（ruì）：圆凿与方枘。比喻不相合。凿，榫眼。枘，榫头。

⑤延：邀请，延请。

⑥佥（qiān）同：一致赞同。

⑦丕变：大变。

⑧缙（jìn）绅：原意是插笏（古代朝会时官宦所执的手板）于带，后为官宦的代称。

【译文】选取剧目教授歌童，应当从古本开始。古本熟练之后，然后间或加入新词，切勿先学今曲而后学古本。为什么？优师教曲，每次对于旧曲工于精细而对于新曲就敷衍了事，因为旧本人人熟知，稍有错误，就会表现出长短；新本偶尔出现，即便有破绽，观众、听众也不一定全部知道，其中拙劣的地方都可以隐藏。而且古本流传至今，历经多位名师，师承相传，不恰当的一定会归于恰当，已精细的会更加精益求精，就像八股文中的“大学之道”“学而时习之”等文章一样，名作如林，不敢草率动笔。新剧就如巧搭新题，偶尔略微有一点长处，就会吸引住主考官的目光。所以开始学戏，一定要以古本为主。而古本又一定要从《琵琶记》《荆钗记》《幽闺记》《寻亲记》等戏曲唱起，因为腔板之正，莫过于这几部戏。这些曲子擅长唱了，那么以后所唱的曲子，腔板都不会出错。旧曲已经熟练，必须间或加入新词。切勿听取拘士腐儒的话，认为新剧不如旧剧，一律舍弃不习。因为表演古戏，如唱清曲，只能欢愉几位知音的耳朵，不能欢愉满座宾朋的眼睛。听古乐就想睡觉，听新乐而忘却倦怠。古乐不一定是《箫》《韶》《琵琶记》《幽闺记》等曲，就是如今的古乐。但选择旧剧容易，选择新剧很难。教习歌舞的人家，主人必定多有繁杂事务，而且恐怕未必知晓音律，势必要委托门客，询问优师。门客怎能全都是如周郎一样的人物，大半以优师的耳目为耳目。而优师之中，精通文墨的人很少，每次见到才人所作，就想躲避，因为方圆互不相合。所以聘请优师的人，一定选择文理稍通的人，让他审阅新词时，方能确定它的好坏。又必须请文人墨客人来参考斟酌，两者意见都相同，方能教授歌童学习。这是对于主人多有繁杂事务，不懂音乐的人而言。如果主人是风雅主盟，词坛领袖，则自己独断有余，何必明知故问。唉，想使梨园风气大变革新，一定要有一两个官绅长者主持公道，使好词得以流传，陋剧必遭废弃，那么千古文人得以安心，现在的名流，怎会有不以沉香刻木而祭祀的吗？

剂冷热

今人之所尚，时优之所习，皆在热闹二字；冷静之词，文雅之曲，皆其深恶而痛绝者也。然戏文太冷，词曲太雅，原足令人生倦，此作者自取厌弃，非人有心置之也。然尽有外貌似冷而中藏极热，文章极雅而情事近俗者，何难稍加润色，播入管弦？乃不问短长，一概以冷落弃之，则难服才人之心矣。予谓传奇无冷热，只怕不合人情。如其离合悲欢，皆为人情所必至，能使人哭，能使人笑，能使人怒发冲冠，能使人惊魂欲绝，即使鼓板不动，场上寂然，而观者叫绝之声，反能震天动地。是以人口代鼓乐，赞叹为战争，较之满场杀伐，钲鼓雷鸣，而人心不动，反欲掩耳避喧者为何如？岂非冷中之热，胜于热中之冷；俗中之雅，逊于雅中之俗乎哉？

【译文】现在人们所崇尚的，时下优人的所学的，都在热闹二字；冷静之词，文雅之曲，都是他们感到深恶痛绝的。但戏文太冷，词曲太雅，原就足以让人心生厌倦，这就是作者自取厌弃，不是别人有心如此。但有外表看似清冷而内在蕴藏却是极热，文章极尽高雅而情节接近世俗的，将它稍加润色，配以管弦表演有何难呢？然而不问长短，一律冷落废弃，那么就难以使才人心服了。我认为传奇没有冷热，只怕不合人情。如果描写悲欢离合，这些都是人情必然所至的，能使人哭，能使人笑，能使人怒发冲冠，能让人惊魂欲绝，即使鼓板不动，场上寂静，但观众叫绝的声音，反而能惊天动地。因此以人口替代鼓乐，赞叹声比作战争，相较满场杀戮，战鼓雷鸣，但人心不为所动，反而想捂住耳朵躲避喧闹，会是怎么样呢？这难道不是冷中之热，胜于热中之冷；俗中之雅，逊于雅中之俗吗？

变调第二

变调者，变古调为新调也。此事甚难，非其人不行，存此说以俟作者。才人所撰诗赋古文，与佳人所制锦绣花样，无不随时更变。变则新，不变则腐；变则活，不变则板。至于传奇一道，尤是新人耳目之事，与玩花赏月同一致也。使今日看此花，明日复看此花，昨夜对此月，今夜复对此月，则不特我厌其旧，而花与月亦自愧其不新矣。故桃陈则李代，月满即哉生[①]。花月无知，亦能自变其调，矧词曲出生人之口[②]，独不能稍变其音，而百岁登场，乃为三万六千日雷同合掌之事乎？吾每观旧剧，一则以喜，一则以惧。喜则喜其音节不乖，耳中免生芒刺；惧则惧其情事太熟，眼角如悬赘疣[③]。学书学画者，贵在仿佛大都[④]，而细微曲折之间，正不妨增减出入。若止为依样葫芦，则是以纸印纸，虽云一线不差，少天然生动之趣矣。因创二法，以告世之执郢斤者[⑤]。

【注释】①月满即哉生：意思是月有圆缺，周而复始，不断变化。出自《尚书·康诰》："惟三月，哉生魄。"指农历每月十六日。月始缺。魄，月黑无光的部分。

②矧（shěn）：另外，况且，何况。

③赘疣：皮肤上长的肉瘤，比喻多余无用的东西。

④大都：几乎全部，大多数。

⑤郢（yǐng）斤：比喻纯熟、高超的技艺。出自《庄子·徐无鬼》：楚国的郢人将涂墙的白土抹在鼻尖，一位石姓的工匠挥斧削去郢人鼻子上的白土，而不伤其人。

【译文】变调，就是变古调为新调。这件事非常难，不是每个人都行，保留这种说法以待作者。才人所撰的诗赋古文，与佳人所制的锦绣花样，无一不在随时变更。变则新颖，不变就迂腐；变则活，不变就刻板。至于传奇一道，特别是使人耳目一新之事，与玩花赏月是相同的。假如今天看此花，第二天又看此花，昨夜面对此月，今夜又面对此月，那样不仅是我讨厌它的陈旧，而花与月也为自己没有新奇的变化而感到惭愧。所以桃陈则李代，月满则始缺。花月无知，也能自变其调，况且词曲出自生人之口，难道不能略微改变其中音调，而百年来登场表演，只为了三万六千天雷同重复之事吗？我每次观看旧剧，一则是喜，一则是惧。喜是喜它的音节不背离，耳中避免生出芒刺；惧是惧怕其中情节太过熟悉，眼角如悬着一个肉瘤。学习书画的人，重在模仿大概，而细微曲折之处，不妨略有增减出入。如果只为依样画葫芦，那就以纸印纸，虽然说丝毫不差，但少了些自然生动的乐趣。因而我创立两种方法，以告诉世上的词曲高手。

缩长为短

观场之事，宜晦不宜明。其说有二：优孟衣冠[①]，原非实事，妙在隐隐跃跃之间[②]。若于日间搬弄，则太觉分明，演者难施幻巧，十分音容，止作得五分观听，以耳目声音散而不聚故也。且人无论富贵贫贱，日间尽有当行之事，阅之未免妨工。抵暮登场，则主客心安，无妨时失事之虑，古人秉烛夜游，正为此也。然戏之好者必长，又不宜草草完事，势必阐扬志趣，摹拟神情，非达旦不能告阕[③]。然求其可以达旦之人，十中不得一二，非迫于来朝之有事，即限于此际之欲眠，往往半部即行，使佳话截然而止。予尝谓好戏若逢贵客，必受腰斩之刑。虽属谑言，然实事也。与其长而不终，无宁短而有尾，故作传奇付优人，必先示以可长可短之法：取其情节可省之数折，另作暗号记之，遇清闲无事之人，则增入全演，否则拔而去之。此法是人皆知，在梨园亦乐于为此。但不知减省之中，又有增益之法，使所省数折，虽去若存，而无断文截角之患者，则在秉笔之人略加之意而已。法于所删之下折，另增数语，点出中间一段情节，如云昨日某人来说某话，我如何答应之类是也；或于所删之前一折，预为吸起，如云我明日当差某人去干某事之类是也。如此，则数语可当一折，观者虽未及看，实与看过无异，此一法也。予又谓多冗之客，并此最约者亦难终场，是删与不删等耳。尝见贵介命题，止索杂单，不用全本，皆为可行即行，不受戏文牵制计也。予谓全本太长，零出太短，酌乎二者之间，当仿《元人百种》之意，而稍稍扩充之，另编十折一本，或十二折一本之新剧，以备应付忙人之用。或即将古书旧戏，用长房妙手[④]，缩而成之。但能沙汰得宜[5]，一可当百，则寸金丈铁，贵贱攸分，识者重其简贵，未必不弃长取短，另开一种风气，亦未可知也。此等传奇，可以一席两本，如佳客并坐，势不低昂[6]，皆当在命题之列者，则一后一先，皆可为政，是一举两得之法也。有暇即当属草[7]，请以下里巴人，为白雪阳春之倡。

【注释】①优孟衣冠：出自《史记·滑稽列传》，楚相孙叔敖死，优孟穿着孙叔敖的衣服，摹仿其神态动作，极为相似，楚庄王及左右不能辨，以为孙叔敖复生。后指登场演戏。也指艺术上单纯地模仿，只在外表、形式上相似。

②隐隐跃跃：即隐隐约约。

③告阕：停止，终了。

④长房妙手：指费长房，汝南（今在河南省上蔡西南）人。传说跟随壶公入山学仙，未成辞归。可在一日之间，人见其在千里之外者数处，因称其有缩地术。出自《后汉书·方术列传八十二》。

⑤沙汰：淘汰，拣选。

⑥低昂：起伏，时高时低。

⑦属草：起草。

【译文】观看表演之事，宜晦暗不宜分明。说法有两个：优人上场表演，原本并非实事，妙在隐隐约约之间。如果在白天表演，那就觉得太过分明，表演的人也很难展示幻巧，十分的音容，只能使人们观听到五分，这是因为耳目声音分散不聚的原因。而且人无论富贵贫贱，白天都有应该做的事，观看表演不免妨碍工作。到了傍晚登场表演，则优人观众都会心安，没有妨时失事的担忧，古人秉烛夜游，正因如此。但好戏必定很长，又不宜草草完事，一定要阐明志趣，摹拟神情，不至通宵达旦不能结束。但寻求可以通宵的人，十人之中找不到一两人，不是迫于明日早晨有事，就是在这个时候想睡觉，往往看到一半就离开了，使得佳话截然而止。我曾经认为好戏如果遇到贵客，必受腰斩之刑。虽是玩笑话，但也是事实。与其篇幅长而不能结束，宁愿短而有结尾，所以写传奇交给优人，一定要先告诉他们可长可短的方法：选出情节可以省略的几折，另用暗号标记，遇到清闲无事之人，就加入全部表演，否则拔除删去。这种方法是人人都知道，在梨园中也乐于如此。但是却不知在减省之中，又有增益之法，使得所省去的几折，虽然除去了但犹如还保留着，却没有断文截角的毛病，这就在于执笔之人略加留意而已。方法是在所删除的下一折，另外增添数句，点出中间一段情节，比如写昨天某人来说某话，我如何答应之类的；或者在所删除的前一折，提前引出下文，比如写我明天应当差某人去干某事之类的。像这样，这几句话可当一折，观众虽然没有看过，但实际与看过没有区别，这是一种方法。我又曾认为事务繁多的客人，就算是最简约的戏也很难看完终场，这样删与不删是相同的。曾经见到贵客命题，只索要零碎的戏单，不用全本，都是为了想离开时就离开，不受戏文牵制。我认为整本太长，单一出太短，考虑二者之间，应当仿照《元人百种》的文意，而稍加扩充，另外编十折一本，或者十二折一本的新剧，以备应付忙人之用。或者就将古书旧戏，用长房妙手，缩减而成。只要能删减得宜，一可当百，那么就达到寸金丈铁，贵贱攸分的效果，有见识的人看重它的简洁可贵，未必不会弃长取短，另开一种风气，也是未可知的。这种传奇，可以一席两本，如果佳客并坐，势气不分高低，都应当在命题行列中，则一后一先，都可以各自做主，这是一举两得之法。有空闲就要起草，请以下里巴人，作为白雪阳春的倡导。

变旧成新

演新剧如看时文，妙在闻所未闻，见所未见；演旧剧如看古董，妙在身生后世，眼对前朝。然而古董之可爱者，以其体质愈陈愈古，色相愈变愈奇。如铜器玉器之在当年，不过一刮磨光莹之物耳，迨其历年既久，刮磨者浑全无迹，光莹者斑驳成文，是以人人相宝，非宝其本质如常，宝其能新而善变也。使其不异当年，犹然是一刮磨光莹之物，则与今时旋造者无别[①]，何事什佰其价而购之哉[②]？旧剧之可珍，亦若是也。今之梨园，购得一新本，则因其新而愈新之，饰怪妆奇，不遗余力；演到旧剧，则千人一辙，万人一辙，不求稍异。观者如听蒙童背书，但赏其熟，求一换耳换目之字而不得，则是古董便为古董，却未尝易色生斑，依然是一刮磨光莹之物，我何不取旋造者观之？犹觉耳目一新，何必定为村学究，听蒙童背书之为乐哉？然则生斑易色，其理甚难，当用何法以处此？曰：有道焉。仍其体质，变其丰姿。如同一美人，而稍更衣饰，便足令人改观，不俟变形易貌，而始知别一神情也。体质维何？曲文与大段关目是已。丰姿维何？科诨与细微说白是已。曲文与大段关目不可改者，古人既费一片心血，自合常留天地之间，我与何仇，而必欲使之埋没？且时人是古非今，改之徒来讪笑，仍其大体，既慰作者之心，且杜时人之口。科诨与细微说白不可不变者，凡人作事，贵于见景生情，世道迁移，人心非旧，当日有当日之情态，今日有今日之情态，传奇妙在入情，即使作者至今未死，亦当与世迁移，自啭其舌，必不为胶柱鼓瑟之谈③，以拂听者之耳。况古人脱稿之初，便觉其新，一经传播，演过数番，即觉听熟之言难于复听，即在当年，亦未必不自厌其繁，而思陈言之务去也。我能易以新词，透入世情三昧，虽观旧剧，如阅新篇，岂非作者功臣？使得为鸡皮三少之女④，前鱼不泣之男⑤，地下有灵，方颂德歌功之不暇，而忍以矫制责之哉⑥？但须点铁成金，勿令画虎类狗。又须择其可增者增，当改者改，万勿故作知音，强为解事⑦，令观者当场喷饭，而群罪作俑之人⑧，则湖上笠翁不任咎也。此言润泽枯藁，变易陈腐之事。予尝痛改《南西厢》，如《游殿》《问斋》《逾墙》《惊梦》等科诨，及《玉簪·偷词》《幽闺·旅婚》诸宾白，付伶工搬演，以试旧新，业经词人谬赏，不以点窜为非矣⑨。

【注释】①旋造：刚刚制造，临时制造。

②什佰其价：价格的十倍百倍。

③胶柱鼓瑟：鼓瑟时胶住瑟上的弦柱，就不能调节音的高低。比喻固执拘泥，不知变通。出自《史记·廉颇蔺相如列传》："王以名使括，若胶柱而鼓瑟耳。"

④鸡皮三少之女：出自宇文士及《妆台记序》："夏姬得道，鸡

皮三少”。意思是说春秋时期陈国的夏姬可以使干枯得像鸡皮的皮肤三次就变成少女的皮肤。这里是指让旧曲不断的创新。

⑤前鱼不泣之男：出自《战国策·魏策》。战国时期魏国宠臣因钓的鱼越来越大，而丢弃前面钓的鱼，所以他联想到自己也会像前面钓的鱼一样失宠，故而哭泣。这里是指旧曲不会因新曲的出现而埋没。

⑥矫制：假托君命行事。制，制书。这里指擅自修改前人的作品。

⑦解事：知晓某事，精通某事。

⑧作俑之人：这里指最初的作者。即原创。

⑨点窜：修整字句，润饰。

【译文】表演新剧犹如看时文，妙在闻所未闻，见所未见；表演旧剧犹如看古董，妙在身生后世，眼对前朝。然而古董可爱的方面，是因为质地越陈越古，色相越变越奇。比如铜器玉器在当年，不过是一个刮磨光莹的物品罢了，等到它历年已久，刮磨的地方全然没有了痕迹，光莹的地方已经斑驳成文，所以人人都把它视为珍宝，不是因为它的本质不变而珍视它，而是它能善变所以珍视它。假如它与当年没有区别，还是一个刮磨光莹的物品，则与现在新制作出来的东西没有区别，为什么要花十倍百倍的价格去买它呢？旧剧的珍贵，也像是这样。现在的梨园，买到一本新戏，则因为是新本就想使它更加新颖，不遗余力地将它修改装饰得奇特怪异；但演到旧剧，则是千人万人都如出一辙，不求稍有差别。观众犹如听孩童背书，只欣赏他熟记内容，找不到一个可以使人耳目焕然一新的字，这样古董依旧是原先的古董，却从来没有变色生斑，依旧是一个刮磨光莹的物品，我为什么不拿现在新制作出来的东西来观赏？这还会感觉耳目一新，为什么一定要做个村学究，以听孩童背书为乐呢？然而生斑变色，其中的道理非常难，该用什么样的方法来处理它呢？答：其中是有方法的。沿袭它的体质，改变它的丰姿。如同一美人，稍稍更换衣饰，便足以让人改变看法，不必等她改变外形容貌，就可以感知到她另一种神情。什么是体质？即曲文与大段关目。什么是丰姿？即科诨与细微说白。曲文与大段关目是不可以改的，古人既然已经花费了一番心血，自是要常留天地之间，我和他又有何仇，而一定要使它埋没？何况时下的人们认为古是今非，修改只能招致嘲笑，沿袭古本的大体格式，既可以慰藉作者之心，而且可以堵住时人之口。科诨与细微说白是不可以变的，但凡人做事，贵在见景生情。世道迁移，人心不是旧时的模样，当日有当日的情态，今日有今日的情态，传奇的妙处在于合情合理，即使当年的作者到现在还没死，也应当随着世道迁移，改变自己的讲话习惯，一定不会有胶柱鼓瑟的言谈，使听众听着不顺耳。况且古人在脱稿之初，感觉很新颖，一经传播，演过几次后，就会感觉听熟的话很难再重复听了，即便是在当年，自己也未必不会厌烦它的繁复，而在思考务必要去掉里面的陈词旧句。如果我能换用新词，使戏剧的内容充分表现出世态人情的真谛，虽然观众在看旧剧，但好像在赏阅新篇一样，这难道不是作者的功臣？假使我能使旧剧如同鸡皮三少之女，前鱼不泣之男一样，则这些作者在地下有灵，他们要对我歌功颂德都来不及，怎会忍心指责我改动了他的剧作呢？但是改动必须是点铁成金，不是画虎类狗。又必须选取那些可增加之处增加，该改之处修改，千万不要故意装作知晓音律，勉强认为了解得通透，令观众当场喷饭，而大家都会归罪于作者，那我这个湖上笠翁可不承担这个罪责。这里所说的是润泽枯藁，改变陈腐之事。我曾经痛改《南西厢》，比如《游殿》《问斋》《逾墙》《惊梦》等等中的科诨，和《玉簪·偷词》《幽闺·旅婚》中的宾白，交给优伶表演，以试验旧新内容，已经有了词人的谬赏，不认为我的修改是错的了。

尚有拾遗补缺之法，未语同人，兹请并终其说。旧本传奇，每多缺略不全之事，刺谬难解之情。非前人故为破绽，留话柄以贻后人，若唐诗所谓“欲得周郎顾，时时误拂弦[①]”，乃一时照管不到，致生漏孔，所谓“至人千虑，必有一失”。此等空隙，全靠后人泥补，不得听其缺陷，而使千古无全文也。女娲氏炼石补天，天尚可补，况其他乎？但恐不得五色石耳。姑举二事以概之。赵五娘于归两月[②]，即别蔡邕，是一桃夭新妇。算至公姑已死，别墓寻夫之日，不及数年，是犹然一冶容诲淫之少妇也[③]。身背琵琶，独行千里，即能自保无他，能免当时物议乎[④]？张大公重诺轻财，资其困乏，仁人也，义士也。试问衣食名节，二者孰重？衣食不继则周之，名节所关则听之，义士仁人，曾若是乎？此等缺陷，就词人论之，几与天倾西北、地陷东南无异矣，可少补天塞地之人乎？若欲于本传之外，劈空添出一人送赵五娘入京[⑤]，与之随身作伴，妥则妥矣，犹觉伤筋动骨，太涉更张。不想本传内现有一人，尽可用之而不用，竟似张大公止图卸肩，不顾赵五娘之去后者。其人为谁？着送钱米助丧之小二是也。《剪发》白云："你先回去，我少顷就着小二送来。"则是大公非无仆从之人，何以吝而不使？予为略增数语，补此缺略，附刻于后，以政同心[⑥]。此一事也。《明珠记》之《煎茶》[⑦]，所用为传消递息之人者，塞鸿是也。塞鸿一男子，何以得事嫔妃？使宫禁之内，可用男子煎茶，又得密谈私语，则此事可为，何事不可为乎？此等破绽，妇人小儿皆能指出，而作者绝不经心，观者亦听其疏漏；然明眼人遇之，未尝不哑然一笑，而作无是公看者也[⑧]。若欲于本家之外，凿空构一妇人，与无双小姐从不谋面，而送进驿内煎茶，使之先通姓名，后说情事，便则便矣，犹觉生枝长节，难免赘语。不知眼前现有一妇，理合使之而不使，非特王仙客至愚，亦觉彼妇太忍。彼妇为谁？无双自幼跟随之婢，仙客现在作妾之人，名为采苹是也。无论仙客觅人将意，计当出此，即就采苹论之，岂有主人一别数年，无由把臂[⑨]，今在咫尺，不图一见，普天之下有若是之忍人乎？予亦为正此迷谬，止换宾白，不易填词，与《琵琶》改本并刊于后，以政同心。又一事也。其余改本尚多，以篇帙浩繁，不能尽附。总之，凡予所改者，皆出万不得已，眼看不过，耳听不过，故为铲削不平，以归至当，非勉强出头、与前人为难者比也。凡属高明，自能谅其心曲[⑩]。

【注释】①"欲得"两句：出自唐代李端的《听筝》诗。

②于归：出嫁。

③冶容诲淫：女子貌美而易招致淫邪之事。

④物议：众人的议论，多指非议。

⑤劈空：突然地。

⑥政：通“正”，匡正。

⑦《明珠记》：是明代陆采依照唐代传奇《无双传》改编的传奇剧本，讲述了刘无双与王仙客的故事。

⑧无是公：出自司马相如《子虚赋》，意思是没有此人，虚构的人。

⑨把臂：握持手臂，表示亲密。

⑩心曲：内心深处。这里指心血，用心良苦。

【译文】还有一种拾遗补缺的方法，没有告诉各位同仁，在这里请让我说完。旧本传奇，每每多有缺欠不全之事，错误难解之情。并非是前人故意露出破绽，给后人留下话柄，就像唐诗中所说的“欲得周郎顾，时时误拂弦”，就是一时照顾不到，以致于出现错漏，所谓的“至人千虑，必有一失”。这些疏漏，全靠后人来弥补，不能听凭缺陷存在，而使得千古没有完美的文章。女娲氏炼石补天，天尚可补，何况是其他的呢？只是恐怕找不到五色石。姑且列举两件事来概括。赵五娘出嫁后两个月，就与蔡邕离别，乃是一个桃夭新妇。就算等到公婆去世，拜别坟墓外出寻夫之日，才不过数年，她仍然是一个容颜娇媚容易招惹淫邪之事的少妇。身背琵琶，独自远行千里，即使能够自保没有其他意外，难道还能避免当时人们的议论吗？张大公重视承诺轻贱钱财，资助那些贫困的人，真是位仁人啊，真是位义士啊。试问衣食名节，两者哪个更重要？衣食不继则张大公救济她，而有关名节就听凭不管，义士仁人，曾经是这样做的吗？这种缺陷，就词人来说，几乎和天倾西北、地陷东南没有差异，能缺少补天塞地的人吗？如果想在本传之外，凭空增添一人送赵五娘进京，和她随身作伴，妥当是妥当了，还是感觉伤筋动骨，变动太大。不成想在原本的传奇中现有一人，完全可以用他反而不用他，竟然看似是张大公只为了推掉责任，而不顾赵五娘离去之后如何。这人是谁？就是张大公让前来给赵五娘送钱米助丧的小二。《剪发》的宾白写道："你先回去，我少倾就着小二送来。"张大公并不是没有仆人的人，为什么要吝啬得不使唤他呢？我为此略加几句，弥补这个漏洞，附刻在文后，请同行指教。这是一事。还有《明珠记》中的《煎茶》，所用来传递消息的人，便是塞鸿。塞鸿一男子，如何能事奉嫔妃？假使在宫禁之内，可以用男子煎茶，又可以密谈私语，那么这种事情都可以做，还有什么事是不可以做的吗？这些破绽，妇人孩童都能指出来，而作者漫不经心，观众也听凭这些疏漏；然而明眼人碰到，未尝不是哑然一笑，而当作没有的事来看待。如果想在本家之外，凭空构想一位妇人，与无双小姐从没有见过面，而送进驿馆内煎茶，让她先通报姓名，后说情事，便捷是便捷了，但还是感觉节外生枝，难免会有累赘之语。竟不知眼前就现有一妇，理应使用反而不使用，不仅是王仙客极为愚笨，也是觉得那个妇人太残忍。那个妇人是谁？是无双自幼跟随的婢女，现在给王仙客作妾的人，就是名叫采苹的。不要说王仙客找人商议，谋划计策，即便是就采苹来论，哪有主人一别数年，不能把臂交谈，如今近在咫尺，却不想见面，普天之下有如此残忍的人吗？我也为了修正这种错误，只变换了宾白，不修改填词，与《琵琶记》的改本一并附刻在文后，请同行指教。这又是一事。

其余的改本还很多，因为篇幅浩繁，不能尽数附上。总之，凡是我所改动的，都是因为万不得已，眼睛看不下去，耳朵听不下去，所以铲削不平的地方，使它回归恰当，并不是勉强出头、和为难前人的人可比的。凡是高明的人，自能体谅我的用心。

插科打诨之语，若欲变旧为新，其难易较此奚止百倍。无论剧剧可增，出出可改，即欲隔日一新，逾月一换，亦诚易事。可惜当世贵人，家蓄名优数辈，不得一诙谐弄笔之人，为种词林萱草[①]，使之刻刻忘忧。若天假笠翁以年，授以黄金一斗，使得自买歌童，自编词曲，口授而身导之，则戏场关目，日日更新，毡上诙谐[②]，时时变相。此种技艺，非特自能夸之，天下人亦共信之。然谋生不给，遑问其他[③]？只好作贫女缝衣[④]，为他人助娇，看他人出阁而已矣。

【注释】①萱草：又称忘忧草。这里指戏曲中的科诨如同忘忧草，可以使人忘记忧虑。

②毡上：指舞台上。

③遑：空闲，闲暇。

④贫女缝衣：出自唐代秦韬玉所作的《贫女》诗："苦恨年年压金线，为他人作嫁衣裳。"

【译文】插科打诨之语，如果想要将旧的变为新的，其难易与这些相较何止是简单百倍。不用说每部剧可增加，每一出可以更改，即便是想隔天一新，逾月一换，也着实是件容易事。可惜时下的贵人，家中养着很多名优，但找不到一位文风诙谐的人，为他写出词林中的忘忧草，使他可以时刻忘记忧愁。如果上天多让我李笠翁活几年，赐我黄金一斗，使得我自己可以买歌童，自己编词曲，亲自口授身导，则戏场的关目，就可以日日更新，台上的诙谐，可以时时变化。这种技艺，不仅是我能自夸，就是天下人也都相信是这样的。但是现在都不足以谋生，哪还有空过问其他事情呢？只能像贫女缝衣一样，为他人增添助兴，看他人出阁罢了。

附:《琵琶记·寻夫》改本

〔胡捣练〕〔旦上〕辞别去，到荒丘，只愁出路煞生受。画取真容聊藉手，逢人将此勉哀求。

鬼神之道，虽则难明；感应之理，未尝不信。奴家昨日，在山上筑坟，偶然力乏，假寐片时。忽然梦见当山土地，带领着无数阴兵，前来助力。又亲口嘱付，着奴家改换衣装，往京寻取夫婿。乃至醒来，那坟台果然筑就。可见真有神明，不是空空一梦。只得依了梦中之言，改换做道姑打扮。又编下一套凄凉北调，到途路之间，逢人弹唱，抄化些资粮糊口，也是一条生计。只是一件：我自做媳妇以来，终日与公姑厮守，如今虽死，还有坟茔可拜；一旦撇他而去，真个是举目凄然。喜得奴家略晓丹青，只得借纸笔传神，权当个丁兰刻木，背在肩上行走，只当还与二亲相傍一般。遇着小祥忌日，也好展开祭奠，不枉做媳妇的一点孝心。有理！有理！颜料纸张，俱已备下，只是凭空摹拟，恐怕不肖神情，且待我想象起来。

〔三仙桥〕一从他每死后，要相逢，不能勾。除非梦里，暂时略聚首。如今该下笔了。〔欲画又止介〕苦要描，描不就。暗想象，教我未描先泪流。〔画介〕描不出他苦心头，描不出他饥症候。〔又想介〕描不出他望孩儿的睁睁两眸。〔又画介〕只画得他发飕飕，和那衣衫敝垢。画完了，待我细看一看。〔看介〕呀！像倒极像，只是画得太苦了些，全没些欢容笑口。呀！公婆，公婆，非是媳妇故意如此。休休，若画做好容颜，须不是赵五娘的姑舅。

待我悬挂起来，烧些纸钱，奠些酒饭，然后带出门去便了。〔挂介〕嗳！我那公公婆婆呵！媳妇只为往京寻取丈夫，撇你不下，故此图画仪容，以便随身供养。你须是有灵有感，时刻在暗里扶持。待媳妇早见你的孩儿，痛哭一场，说完了心事，然后赶到阴间，与你二人做伴便了。啊呀，我那公婆呵！〔哭介〕

〔前腔〕非是奴寻夫远游，只怕我公婆绝后。奴见夫便回，此行安敢久。路途中，奴怎走？望公婆，相保佑！拜完了，如今收拾起身。论起理来，该先别坟茔，然后去别张大公才是。只为要托他照管坟茔，须是先别了他，然后同至坟前，把公婆的骸骨，交付与他便了。〔锁门行介〕只怕奴去后，冷清清，有谁来祭扫？纵使遇春秋，一陌纸钱怎有？休，休，你生是受冻馁的公婆，

死做个绝祭祀的姑舅！

来此已是，大公在家么？〔丑上〕收拾草鞋行远路，安排包裹送娇娘。呀！五娘子来了。老员外有请！〔末上〕衰柳寒蝉不可闻，金风败叶正纷纷；长安古道休回首，西出阳关无故人。呀！五娘子，我正要过来送你，你却来了。〔旦〕因有远行，特来拜别。大公请端坐，受奴家几拜。〔末〕来到就是了，不劳拜罢。〔旦拜，末同拜介〕〔旦〕高厚恩难报，临岐泪满巾。〔末〕从今无别事，拭目待归人。〔末起，旦不起介〕〔末〕五娘子请起。呀！五娘子，你为何跪在地下不肯起来？〔旦〕奴家有两件大事奉求，要大公亲口许下，方敢起来。〔末〕孝妇所求，一定是纲常伦理之事，老夫一力担当，快些请起！〔旦起介〕〔末〕叫小二看椅子过来，与五娘子坐了讲话。〔旦〕告坐了。〔末〕五娘子，你方才说的，是那两件事？〔旦〕第一件，是怕奴家去后，公婆的坟茔没人照管，求大公不时看顾。每逢令节，代烧一陌纸钱。〔末〕这是我分内之事，自然照管，何须你嘱付。第二件呢？〔旦〕第二件，因奴家是个少年女子，远出寻夫，没人作伴，路上怕有嫌疑，求公公大发婆心，把小二借与奴家作伴，到京之日，即便遣人送还。这一件事，关系奴家的名节，断求慨允。〔末〕五娘子，这件事情，比照管坟茔还大，莫说待你拜求，方才肯许，不是个仗义之人；就是听你讲到此处，方才思念起来，把小二送你，也就不成个张广才了。我昨日思想，不但你只身行走，路上嫌疑；就是到了京中，与你丈夫相见，他问你在途路之中如何宿歇，你把甚么言语答应他？万一男子汉的心肠多疑少信，将你埋葬公婆的大事且不提起，反把形迹二字与你讲论起来，如何了得！这也还是小事。他三载不归，未必不在京中别有所娶。我想那房家小，看见前妻走到，还要无中生有，别寻说话，离间你的夫妻，何况是远远寻夫，没人作伴？若把几句恶言加你，岂不是有口难分？还有一说：你丈夫临行之日，把家中事情拜托于我，我若容你独自寻夫，有碍他终身名节，日后把甚么颜面见他？就是死到九泉，也难与你公婆相会。这个主意，我先定下多时了，已曾分付小二，着他伴你同行，不劳分付，放心前去便了。〔旦起拜介〕这等多谢公公！奴家告别了。〔末〕且慢些，再请坐下。我且问你：你既要寻夫，那路上的盘费，已曾备下了么？〔旦〕并不曾有。〔末〕既然没有，如何去得？〔旦指背上琵琶介〕这就是奴家的盘费。不瞒公公说，已曾编下一套凄凉北调，谱入丝弦，一路弹唱而行，讨些钱米度日。〔丑〕这等说来，竟是叫化了。这样主意，我做不惯。不要总承，快寻别个去罢！〔末〕我自有主意，不消多嘴！五娘子，你前日剪发葬亲，往街坊货卖，倒不曾问得你卖了几贯钱财，可勾用么？〔旦〕并无人买，全亏大公周济。〔末〕却又来！头发可以作髲，尚且卖不出钱财，何况是空空弹唱？万一没人与钱，你还是去的好？转来的好？流落在他乡，不来不去的好？那些长途资斧，我也曾与你备下，不劳费心。也罢，你既费精神，编成一套词曲，不可不使老朽闻之。你就唱来，待我与你发个利市。〔旦〕这等待奴家献丑。若有不到之处，求大公改正一二。〔

末〕你且唱来。〔旦理弦弹唱，末不住掩泪，丑不住哭介〕

〔北越调斗鹌鹑〕静理冰弦，凝神息喘，待诉衷肠，将眉略展。怕的是听者愁听，闻声去远。虽不比杞梁妻，善哭天，也去那哭倒长城的孟姜不远。

〔紫花儿序〕俺不是好云游，闲离闺阃，也不是背人伦，强抱琵琶，都则为远寻夫，苦历山川。说甚么金莲窄小，道路迍邅，鞋穿，便做到骨葬沟渠首向天，保得过面无惭腆。好追随，地下姑嫜，得全名，死也无冤。

〔天净沙〕当初始配良缘，备饔飧，尚有余钱。只为儿夫去远，遇荒罹变，为妻庸，祸及椿萱。

〔金蕉叶〕他望赈济，心穿眼穿；俺遭抢夺，粮悬命悬。若不是遇高邻，分粮助饘，怎能勾慰亲心，将灰复燃？

〔小桃红〕可怜他游丝一缕命空牵，要续愁无线。俺也曾自餍糟糠备亲膳，要救余年，又谁料攀辕卧辙翻成劝？因来灶边，窥奴私咽，一声儿哭倒便归泉。

〔调笑令〕可怜，葬无钱！亏的是一位恩人，竟做了两次天。他助丧非强由情愿。实指望吉回凶转，因灾致祥无他变，又谁知，后运同前！

〔秃厮儿〕俺虽是厚面皮，无羞不腆，怎忍得累高邻，鬻产输田？只得把香云剪下自卖钱，到街坊，哭声喧，谁怜？

〔圣药王〕俺待要图卸肩，赴九泉，怎忍得亲骸朽露饱飞鸢？欲待把命苟延，较后先，算来无幸可徼天，哭倒在街前。

〔麻郎儿〕感义士施恩不倦，二天外，又复加天。则为这好仗义的高邻忒煞贤，越显得受恩的浅深无辨。

〔么篇〕徒跣，把罗裙自捻，裹黄泥，去筑坟圈。感山灵，神通昼显，又指去路，劝人赴远。

〔络丝娘〕因此上，顾不的鞋弓袜浅。讲不起抛头露面。手拨琵琶，原非自遣，要诉出衷肠一片。

〔东原乐〕暂把丧衣覆，乔将道服穿。为缺资财致使得身容变。休怪俺孝妇啼痕学杜鹃，只为多愁怨，渍染得缞麻如茜。

〔拙鲁速〕可怜俺日不停，夜不眠，饥不餐，冷不燃。当日呵，辨不出桃花人面，分不开藕瓣金莲；到如今藕丝花片，落在谁边？自对菱花，错认椿萱，止为忧煎。才信道家宽出少年。

〔尾〕千愁万绪提难遍，只好绾络中一线。听不出眼泪的休解囊，但有酸鼻的仁人，请将钞袋儿展。

〔末〕做也做得好，弹也弹得好，唱也唱得好，可称三绝。〔出银介〕这一封银子，就当润喉润笔之资，你请收下。〔旦谢介〕〔末〕小二过来。他方才弹唱的时节，我便为他声音凄楚，情节可怜，故此掉泪。你知道些甚么，也号号咷咷，哭个不了？〔丑〕不知甚么原故，听到其间，就不知不觉哭将起来，连我也不明白。〔末〕这等我且问你：方才送他的银子，万一途中不勾，依旧要叫化起来，你还是情愿不情愿？〔丑〕情愿！情愿！〔末〕为甚么以前不情愿，如今忽然情愿起来？〔丑想介〕正是，为甚么原故，忽然改变起来？连我也不明白。〔末〕好，这叫做：孝心所感，铁人流泪；高僧说法，顽石点头。五娘子，你一片孝心，就从今日效验起了，此去定然遂意。我且问你：你公婆的坟茔，曾去拜别了么？〔旦〕还不曾去。要屈太公同行，好对着公婆当面拜托。〔末〕一发见得到！就请同行。叫小二，与五娘子背了琵琶。〔丑〕自然。莫说琵琶，就是要带马桶，我也情愿挑着走了。〔末〕五娘子，我还有几句药石之言，要分付你，和你一面行走，一面讲罢。〔旦〕既有法言，便求赐教。〔行介〕

〔斗黑蟆〕〔末〕伊夫婿，多应是贵官显爵。伊家去，须当审个好恶。只怕你这般乔打扮，他怎知觉？一贵一贫，怕他将错就错。〔合〕孤坟寂寞，路途滋味恶。两处堪悲，万愁怎摸！

〔末〕已到坟前了。蔡大哥！蔡大嫂！你这个孝顺媳妇，待你二人，可谓生事以礼，死葬以礼，祭之以礼，无一事不全的了！如今远出寻夫，特来拜别，将坟墓交托于我。从今以后，我就当你媳妇，逢时化纸，遇节烧钱，你不消虑得。只是保佑他一路平安，早与丈夫相会。他一生行孝的事情，只有你夫妻两口，与我张广才三人知道。你夫妻死了，止剩得我一个在此，万一不能勾见他，这孝妇一片苦心，谁人替他表白？趁我张广才未死，速速保佑他回来。待我见他一面，把你媳妇的好处，细细对他讲一遍，我张广才这个老头儿，就死也瞑目了。唉，我那老友呵！〔旦〕我那公婆呵！〔同放声大哭、丑亦哭介〕〔末〕五娘子！

〔忆多娇〕我承委托当领诺。这孤坟，我自看守，决不爽约。但愿你途中身安乐。〔合〕举目萧索，满眼盈盈泪落。

〔旦〕公婆，你媳妇如今去了！大公，奴家去了！〔末〕五娘子，你途间保重，早去早回！小二，你好生伏侍五娘子，不要叫他费心。〔丑〕晓得！

〔旦〕为寻夫婿别孤坟，〔末〕只怕儿夫不认真。

〔合〕流泪眼观流泪眼，断肠人送断肠人。

〔旦掩泪同丑先下〕〔末目送，作哽咽不能出声介〕嗳，我、我、我明日死了，那有这等一个孝顺媳妇！可怜！可怜！〔掩泪下〕

《明珠记·煎茶》改本

第一折

〔卜算子〕〔生冠带上〕未遇费长房，已缩相思地。咫尺有佳音，可惜人难寄。

下官王仙客，叨授富平县尹。又为长乐驿缺了驿官，上司命我带管三月。近日朝廷差几员内官，带领三十名宫女，去备皇陵打扫之用，今日申牌时分，已到驿中。我想宫女三十名，焉知无双小姐不在其内？要托人探个消息，百计不能。喜得里面要取人伏侍，我把塞鸿扮做煎茶童子，送进去承值，万一遇见小姐，也好传个信儿。塞鸿那里？〔丑上〕蓝桥今夜好风光，天上群仙降下方。只恐云英难见面，裴航空自捣玄霜。塞鸿伺候。〔生〕今日你进去煎茶，专为打探无双小姐的消息，你须要用心体访。〔丑〕小人理会得。〔生〕随着我来。〔行介〕你若见了小姐呵!

〔玉交枝〕道我因他憔悴,虽则是断机缘,心儿未灰,痴情还想成婚配。便今世,不共鸳帏,私心愿将来世期,倒不如将生换死求连理。〔合〕料伊行,冰心未移,料伊行,柔肠更痴。

说话之间,已到馆驿前了。〔丑〕管门的公公在么?〔净上〕走马近来辞帝阙,奉差前去扫皇陵。甚么人?到此何干?〔生〕带管驿事富平县尹,送煎茶人役伺候。〔净〕着他进来。〔丑进见介〕〔净看怒介〕这是个男子,你为甚么送他进来呢?〔生〕是个幼年童子。〔净〕看他这个模样,也不是个幼年童子了。好个不通道理的县官!就是上司官员,带着家眷从此经过,也没有取男子服事之理,何况是皇宫内院的嫔妃,肯容男子见面?叫孩子们,快打出去,着他换妇人进来。这样不通道理,还叫他做官!〔骂下〕〔生〕这怎么处?

〔前腔〕精神徒费。不收留,翻加峻威,道是男儿怎入裙钗队。叹宾鸿,有翼难飞!〔丑〕老爷,你偌大一位县官,怕差遣妇人不动?拨几个民间妇女进去就是了,愁他怎的!〔生〕塞鸿,你那里知道。民间妇人尽有,只是我做官的人,怎好把心事托他。幽情怎教民妇知,说来徒使旁人议。〔合前〕且自回衙,少时再作道理。正是:

不如意事常八九,可与人言无二三。

第二折

〔破阵子〕〔小旦上〕故主恩情难背，思之夜夜魂飞。

奴家采苹，自从抛离故主，寄养侯门，王将军待若亲生，王解元纳为侧室，唱随之礼不缺，伉俪之情颇谐，只是思忆旧恩，放心不下。闻得朝廷拨出宫女三十名，去备皇陵打扫，如今现在驿中。万一小姐也在数内，我和他咫尺之间，不能见面，令人何以为情。仔细想来，好凄惨人也！〔泪介〕

〔黄莺儿〕从小便相依。弃中途，履祸危，经年没个音书寄。到如今呵，又不是他东我西，山遥路迷。宫门一入深无底，止不过隔层帏。身儿不近，怎免泪珠垂。

〔生上〕枉作千般计，空回九转肠；姻缘生割断，最狠是穹苍。〔见介〕〔小旦〕相公回来了。你着塞鸿去探消息，端的何如？为甚么面带愁容，不言不语？〔生〕不要说起！那守门的太监，不收男子，只要妇人。妇人尽有，都是民间之女，怎好托他代传心事，岂不闷杀我也！

〔前腔〕无计可施为，眼巴巴看落晖。只今宵一过，便无机会。娘子，我便为此烦恼。你为何也带愁容？看你无端皱眉，无因泪垂，莫不是愁他夺取中宫位？那里知道这婚姻事呵！绝端倪。便图来世，那好事也难期。

〔小旦〕奴家不为别事，只因小姐在咫尺之间，不能见面，故主之情，难于割舍，所以在此伤心。〔生〕原来如此，这也是人之常情。〔小旦〕相公，你要传消递息，既苦无人；我要见面谈心，又愁无计。我如今有个两全之法，和你商量。〔生〕甚么两全之法？快些讲来。〔小旦〕他要取妇人承值，何不把奴家送去？只说民间之妇。若还见了小姐，妇人与妇人讲话，没有甚么嫌疑，岂不比塞鸿更强十倍？〔生〕如此甚妙！只是把个官人娘子扮作民间之妇，未免屈了你些。〔小旦〕我原以侍妾起家，何屈之有。〔生〕这等分付门上，唤一乘小轿进来，傍晚出去，黎明进来便了。

美卿多智更多情，一计能收两泪零。

〔小旦〕鸡犬尚能怀故主，为人岂可负生成。

第三折

此折改白不改曲。曲照原本，不更一字。

〔长相思〕〔旦上〕念奴娇，归国遥，为忆王孙心转焦，楚江秋色饶。月儿高，烛影摇，为忆秦娥梦转迢。苦呵！汉宫春信消。

街鼓冬冬动戍楼，倚床无寐数更筹；可怜今夜中庭月，一样清光两地愁。奴家自到驿内，看看天色晚来。〔内打二鼓介〕呀，谯楼上面，已打二鼓了。独眠孤馆，展转凄其，待与姊妹们闲活消遣，怎奈他们心上无事，一个个都去睡了。教奴家独守残灯，怎生睡得去！

〔二郎神〕良宵杳，为愁多，睡来还觉。手揽寒衾风料峭。也罢，待我剔起银灯，到阶除下闲步一回，以消长夜。徘徊灯侧，下阶闲步无聊。只见惨淡中庭新月小。画屏间，余香犹袅。漏声高，正三更，驿庭人静寥寥。

那帘儿外面，就是煎茶之所，不免去就着茶炉，饮一杯苦茗则个。正是：有水难浇心火热，无风可解泪冰寒。〔暂下〕〔小旦持扇上〕已入重围里，还愁见面遥；故人相对处，打点泪痕抛。奴家自进驿来，办眼偷瞧，不见我家小组。〔内作长叹介〕〔小旦〕呀，如今夜深人静，为何有沉吟叹息之声？不免揭起帘儿，觑他一眼。

〔前腔〕偷瞧，把朱帘轻揭，金铃声小。呀！那阶除之下，缓步行来的，好似我家小姐。欲待唤他，又恐不是。我且只当不知，坐在这里煎茶，看他出来，有何话说。〔旦上〕看，一缕茶烟香缭绕。呀！那个煎茶女子，好生面善。青衣执爨，分明旧识风标。悄语低声问分晓。那煎茶女子，快取茶来！〔小旦〕娘娘请坐，待我取来。〔送茶，各看，背惊介〕〔旦〕呀！分明是采苹的模样，他为何来在这里？〔小旦〕竟是我家小姐！待他唤我，我才好认他。〔旦〕那女子走近前来！你莫非就是采苹么？〔小旦〕小姐在上，妾身就是。〔跪介〕〔旦抱哭介〕〔合〕天那！何幸得萍水相遭！〔旦〕你为何来在这里？〔小旦〕说起话长。今夜之来，是采苹一点孝心，费尽机谋，特地来寻故主。请问小姐，老夫人好么？〔旦〕还喜得康健。采苹，你晓得王官人的消息么？郎年少，自分离，孤身何处飘飖？

〔小旦〕他自分散之后，贼平到京。正要来图婚配，不想我家遭此横祸，他就落魄天涯。近得金吾将军题请得官，现做富平县尹，权知此驿。

〔啭林莺〕他官中薄禄权倚靠，知他未遂云霄。〔旦〕这等说来，他也就在此处了。既然如此，你的近况何如？随着谁人？作何勾当？〔小旦〕采苹自别夫人小姐，蒙金吾将军收为义女，就嫁与王官人，目今现在一起。〔旦〕哦，你和他现在一起么？〔小旦〕是。〔旦作醋容介〕这等讲来，我倒不如你了！**鸲鹆已占枝头早，孤鸾拘锁，何日得归巢？**〔小旦〕小姐不要多心。奴家虽嫁王郎，议定权为侧室，虚却正夫人的座位，还待着小姐哩！〔旦〕这等才是。我且问你，檀郎安否？**怕相思，瘦损潘安貌。**〔小旦〕他虽受折磨，却还志气不衰，容颜如旧。**志气好，千般折挫，风月未全消。**

他一片苦情，恐怕小姐不知，现付明珠一颗，是小姐赠与他的，他时时藏在身旁，不敢遗失。〔付珠介〕

〔前腔〕〔旦〕**双珠依旧成对好，我两人还是蓬飘。**采苹，我今夜要约他一会，你可唤得进来么？〔小旦〕这个使不得。老公公在外监守，又有军士巡更，那里唤得进来！〔旦〕莫非是你……〔小旦〕是我怎么样？哦，采苹知道了，莫非疑我吃醋么？若有此心，天不覆，地不载！小姐，利害所关，他委实进来不得。〔旦泪介〕嗳！**眼前欲见无由到，驿庭咫尺，翻做楚天遥。**〔小旦〕**楚天犹小，着不得一腔烦恼。**小姐有何心事，只消对采苹说知，待采苹转对他说，也与见面一般。〔旦〕**枉心焦，我芳情自解，怎说与伊曹！**

待我修书一封，与你带去便了。〔小旦〕说得有理，快写起来，一霎时天就明了。〔旦写介〕

〔啄木公子〕**舒残茧，展兔毫，蚊脚蝇头随意扫。只怕我有万**

恨千愁，假饶会面难消。我有满腔愁怨，写向鸾笺怎得了？总有丹青别样巧，毕竟衷肠事怎描？只落得泪痕交。

〔前腔〕书才写，灯再挑，锦袋重封花押巧。书写完了，采苹，你与我传示他，好自支持，休为我长皱眉梢。〔小旦〕小姐，你与他的姻缘，毕竟如何？可有出宫相会的日子？〔旦〕为说汉宫人未老，怨粉愁香憔悴倒；寂寞园陵岁月遥，云雨隔蓝桥。

明珠封在书中，叫他依旧收好。〔小旦〕天色已明，采苹出去了。小姐，你千万保重！若有便信，替我致意老夫人。〔各哭介〕〔小旦〕小姐保重，采苹去了。〔掩泪下〕〔旦〕呀，采苹，你竟去了！〔顿足哭介〕

〔哭相思尾〕从此两下分离音信杳，无由再见亲人了。

〔哭倒介〕〔末上〕自不整衣毛，何须夜夜号。咱家一路辛苦，正要睡觉，不知那个宫人啾啾唧唧，一夜哭到天明，不免到里面去看来。呀！为何哭倒在地下？〔看介〕原来是刘宫人。刘宫人起来！〔摸介〕呀，不好了！浑身冰冷，只有心口还热。列位宫人快来！〔四宫女上〕并无奇祸至，何事疾声呼？呀！这是刘家姐姐，为何倒在地下？〔末〕列位宫人看好，待我去取姜汤上来。〔下〕〔二宫女〕刘家姐姐，快些苏醒！〔末取姜汤上〕姜汤在此，快灌下去。〔灌醒介〕〔宫女〕刘家姐姐，你为甚么事情，哭得这般狼狈？

〔黄莺儿〕〔旦〕只为连日受劬劳，怯风霜，心胆遥，昨宵不睡挨到晓。〔末〕为甚么不睡呢？〔旦〕思家路遥，思亲寿高，因此蓦然愁绝昏沉倒。谢多娇，相将救取，免死向荒郊。

〔末〕好不小心！万一有些差池，都是咱家的干系哩！

〔前腔〕〔众〕人世水中泡。受皇恩，福怎消，何须苦忆家乡好。慈帏暂抛，相逢不遥，宽心莫把闲愁恼。〔内〕面汤热了，请列位宫人梳妆上轿。〔合〕曙光高，马嘶人起，梳洗上星轺。

〔宫女〕姊妹人人笑语阗，娘行何事独忧煎？

〔旦〕只因命带凄惶煞，心上无愁也泪涟。

授曲第三

声音之道，幽渺难知。予作一生柳七[①]，交无数周郎，虽未能如曲子相公身都通显[②]，然论其生平制作，塞满人间，亦类此君之不可收拾。然究竟于声音之道未尝尽解，所能解者，不过词学之章句，音理之皮毛，比之观场矮人，略高寸许，人赞美而我先之，我憎丑而人和之，举世不察，遂群然许为知音。噫，音岂易知者哉？人问：既不知音，何以制曲？予曰：酿酒之家，不必尽知酒味，然秫多水少则醇醲[③]，曲好蘖精则香冽[④]，此理则易谙也；此理既谙，则杜康不难为矣[⑤]。造弓造矢之人，未必尽娴决拾[⑥]，然曲而劲者利于矢，直而锐者宜于鹄[⑦]，此道则易明也；既明此道，即世为弓人矢人可矣。虽然，山民善跋，水民善涉，术疏则巧者亦拙，业久则粗者亦精；填过数十种新词，悉付优人，听其歌演，近朱者赤，近墨者黑[8]，况为朱墨所从出者乎？粗者自然拂耳，精者自能娱神，是其中菽麦亦稍辨矣[9]。语云："耕当问奴，织当访婢[10]。"予虽不敏，亦曲中之老奴，歌中之黠婢也[11]。请述所知，以备裁择。

【注释】①柳七（约984—约1053）：即柳永，原名三变，字景庄，后改名柳永，字耆卿，因排行第七，又称柳七。是两宋词坛上创用词调最多的词人。

②曲子相公：是五代晋相和凝的绰号。字成绩，郓州须昌(今山东省东平市)人。唐末五代时期宰相。年少时喜写艳词，后来后悔所写之词，召人收集销毁，但因广为流传而不可收拾。

③秫（shú）：黏高粱，有的地区泛指高粱，可以用来制酒。醇醲（nóng）：酒味浓厚甘美。

④糵（niè）：酿酒的曲。

⑤杜康：传说中酒的发明者，夏朝人。后也作为美酒代称。

⑥决拾：射箭的工具，这里引申为射箭。决，扳指，用以钩弦；拾，革制的套袖，套在左臂上，用以护臂。

⑦鹄（gǔ）：箭靶的中心。

⑧"近朱者赤"两句：出自晋傅玄《少傅箴》："习以性成，故近墨者黑。"

⑨菽麦：比喻极易识别的事物。

⑩"耕当问奴"两句：出自《宋书·沈庆之传》。

⑪黠（xiá）：机灵，聪明而狡猾。

【译文】声音的道理，精微难知。我作了一生柳七，交了无数如周郎的人，虽然不能像曲子相公那样终身通达显贵，然而论我自己一生的创作，遍满人间，也像曲子相公一样不可收拾。但我穷尽探求声音之道却不曾完全了解，所能了解的，不过是词学的句子，音理的皮毛，相比观场矮人，略高寸许，别人所赞美的而我抢先占得先机，我憎恶丑陋的而人们都附和我，天下人都没有觉察，于是大家推举我为知音。唉，音哪是那么容易知的？有人问：既然不知音，如何作曲？我说：酿酒的人家，不一定要完全了解酒味，但是粮食多水少则酒味醇厚，酒曲精优则酒味清香，这个道理很容易熟知；既然熟知这个道理，那么杜康也不难做了。制造弓箭的人，不一定都是箭法熟练，但是弓弯而又强劲的利于射箭，箭直而尖锐的宜于中靶，这个道理很容易知晓；既然知晓这个道理，即使世代做制造弓箭的人也可以了。虽然这样，山里的百姓善于翻山越岭，水边的百姓善于涉水渡河，技术粗劣虽是灵巧的人也会显得笨拙，干一行干久了粗笨的人也会精通；填过了数十种新词，全部交给优人，听他们歌唱表演，近朱者赤，近墨者黑，更何况是从朱墨之中出来的呢？粗劣的听着自然逆耳，精通的自能愉悦精神，这其中简单的道理也能稍有分辨了。俗话说："耕当问奴，织当访婢。"我虽不聪明，也是曲中老奴，歌中机灵的婢女了。请让我讲述自己所知的，以备大众权衡选择。

解明曲意

唱曲宜有曲情，曲情者，曲中之情节也。解明情节，知其意之所在，则唱出口时，俨然此种神情，问者是问，答者是答，悲者黯然魂消而不致反有喜色，欢者怡然自得而不见稍有瘁容。且其声音齿颊之间，各种俱有分别，此所谓曲情是也。吾观今世学曲者，始则诵读，继则歌咏，歌咏既成而事毕矣。至于讲解二字，非特废而不行，亦且从无此例。有终日唱此曲，终年唱此曲，甚至一生唱此曲，而不知此曲所言何事，所指何人。口唱而心不唱，口中有曲而面上、身上无曲，此所谓无情之曲，与蒙童背书，同一勉强而非自然者也。虽腔板极正，喉舌齿牙极清，终是第二、第三等词曲，非登峰造极之技也。欲唱好曲者，必先求明师讲明曲义。师或不解，不妨转询文人，得其义而后唱。唱时以精神贯串其中，务求酷肖①。若是，则同一唱也，同一曲也，其转腔换字之间，别有一种声口，举目回头之际，另是一副神情，较之时优，自然迥别。变死音为活曲，化歌者为文人，只在能解二字，解之时义大矣哉！

【注释】①酷肖：很像，非常相似。

【译文】唱曲应当有曲情，曲情，是曲中的情景。理解明白其中情景，知晓其中意思所在，则在唱出口时，俨然便是这副神情，提问是提问的样子，应答是应答的样子，悲伤时是黯然魂消而不是反有喜色，欢乐时是怡然自得而不会稍显憔悴面容。而且他的声音齿颊之间，各种情景神态都有区别，这就是曲情。我看当今学曲的人，刚开始学习诵读，接着学习歌咏，歌咏学完后就结束了。至于讲解二字，不仅废置一旁而不进行，并且从没有这样的先例。有的人终日唱这首曲子，终年唱这首曲子，甚至一生唱这首曲子，却不知道这首曲子所讲的是何事，所指的是何人。口唱而心不唱，口中有曲而脸上、身上没有曲中的情态，这就是无情之曲，与蒙童背书，都是一件勉强而并非是自然的事情。虽然调子节拍极正，喉舌齿牙发音极其清楚，但终是第二、第三等的词曲，不是登峰造极的技艺。想唱好曲子的人，一定要先拜求明师讲明曲义。老师有时也有不理解的地方，不妨转而向文人请教，知道曲义然后再唱。唱时要以全部精神贯串其中，力求神态逼真。若是如此，那么同为唱戏，同是一首曲子，但在转腔换字之间，也另有一种语调，在举目回头之际，另是一副神情，相较时下的优人，自是迥然有别。将死曲变为活曲，将歌者化为文人，只在能解二字，理解曲情的意义非常大啊！

调熟字音

调平仄，别阴阳，学歌之首务也。然世上歌童解此二事者，百不得一。不过口传心授，依样葫芦，求其师不甚谬，则习而不察，亦可以混过一生。独有必不可少之一事，较阴阳平仄为稍难，又不得因其难而忽视者，则为“出口”“收音”二诀窍。世间有一字，即有一字之头，所谓出口者是也；有一字，即有一字之尾，所谓收音者是也。尾后又有余音，收煞此字，方能了局。譬如吹箫、姓萧诸“箫”字，本音为箫，其出口之字头与收音之字尾，并不是“箫”。若出口作“箫”，收音作“箫”，其中间一段正音并不是“萧”，而反为别一字之音矣。且出口作“箫”，其音一泄而尽，曲之缓者，如何接得下板？故必有一字为之头，以备出口之用，有一字为之尾，以备收音之用，又有一字为余音，以备煞板之用。字头为何？“西”字是也。字尾为何？“天”字是也。尾后余音为何？“乌”字是也。字字皆然，不能枚纪[①]。《弦索辨讹》等书载此颇详[②]，阅之自得。要知此等字头、字尾及余音，乃天造地设，自然而然。非后人扭捏而成者也，但观切字之法[③]，即知之矣。《篇海》《字汇》等书[④]，逐字载有注脚，以两字切成一字。其两字者，上一字即为字头，出口者也；下一字即为字尾，收音者也；但不及余音之一字耳。无此上下二字，切不出中间一字，其为天造地设可知。此理不明，如何唱曲？出口一错，即差谬到底，唱此字而讹为彼字，可使知音者听乎？故教曲必先审音。即使不能尽解，亦须讲明此义。使知字有头尾以及余音，则不敢轻易开口，每字必询，久之自能惯熟。“曲有误，周郎顾。”苟明此道，即遇最刻之周郎，亦不能拂情而左顾矣[⑤]。字头、字尾及余音，皆为慢曲而设，一字一板或一字数板者，皆不可无。其快板曲，止有正音，不及头尾。缓音长曲之字，若无头尾，非止不合韵，唱者亦大费精神，但看青衿赞礼之法[⑥]，即知之矣。“拜”“兴”二字皆属长音。“拜”字出口以至收音，必俟其人揖毕而跪，跪毕而拜，为时甚久。若止唱一“拜”字到底，则其音一泄而尽，不当歇而不得不歇，失傧相之体矣[⑦]。得其窍者，以“不”“爱”二字代之。“不”乃“拜”之头，“爱”乃“拜”之尾，中间恰好是一“拜”字。以一字而延数晷[⑧]，则气力不足；分为三字，即有余矣。“兴”字亦然，以“希”“因”二字代之。赞礼且然，况于唱曲？婉譬曲喻，以至于此，总出一片苦心。审乐诸公，定须怜我。字头、字尾及余音，皆须隐而不现，使听者闻之，但有其音，并无其字，始称善用头尾者；一有字迹，则沾泥带水，有不如无矣。

【注释】①枚纪：一一记录。

②《弦索辨讹》：是一部关于戏曲唱法的著作。明沈宠绥著。

③切字之法：即反切法。是古代汉语注音方法。用两个字拼切出另一字的读音。两个字之中，前一个字定清浊，后一个字定平上去入。

④《篇海》：即《四声篇海》，金代韩孝彦所著。《字汇》：明代梅膺祚所著。

⑤左顾：斜视，怒视。这里引申为小看，故意找错。

⑥青衿赞礼：这里指司仪主持宣唱的方法。青衿，青色交领的长衫，是古代学子和明清时期秀才的常服。后借指学子。赞礼，在典礼时在旁宣读行礼项目。也指在典礼举行的司仪。

⑦傧相：接引宾客的人。

⑧晷：日晷，这里比喻光阴，时间。

【译文】调和平仄，区别阴阳，是学歌的首要事务。但世上的歌童明白这两件事的，百人之中找不出一个。不过就是口传心授，依样画葫芦，但求老师不出大的差错，则学生学习也学得不明白，这样也可以混过一生。只有一件必不可少的事，相较阴阳平仄要稍难，又不能因为它难而忽视它，那便是“出口”“收音”两个诀窍。世上有一个字便有一个字的字头，称为出口；有一个字便有一个字的字尾，称为收音。字尾后面又有余音，这个字收尾，才能结束。比如吹箫、姓萧的“箫”字，本音为箫，出口的字头和收音的字尾，并不是“箫”。如果出口念“箫”，收音念“箫”，那它中间的一段正音都不是“萧”，反而是另一个字音。而且出口念“箫”，它的字音一泄而尽，缓慢的词曲，如何接下板？所以一定要有一字作它的字头，以备出口之用，有一字作它的字尾，以备收音之用，又有一字作余音，以备煞板之用。那它的字头是什么？是“西”字。它的字尾是什么？是“夭”字。字尾后的余音是什么？是“乌”字。每个字都是这样，不能一一记录。《弦索辨讹》等书把这些内容记载得很详细，阅读后自会知晓。要知道这些字头、字尾和余音，是天造地设，自然而然的。不是后人扭捏而成的，只要看切字之法，就知晓了。《篇海》《字汇》等书，每个字都记有注脚，用两个字切成一个字。这两个字，上一个字便是字头，是出口；下一个字便是字尾，是收音；但没有提到余音这一字。没有上下两字，切不出中间一字，这便可知它们是天造地设的。这个道理不明白，怎么唱曲？出口一错，那就会一错到底，唱这个字而错唱成那个字，这还能让懂得音律的人听吗？所以教曲一定要先辨音。即便不能完全明白，也需要讲明这个道理。让他知道字有字头、字尾和余音，这样就不敢轻易开口，每个字必会查问，时间久了自会熟练。“曲有误，周郎顾。”如果懂得这个道理，就算遇到最严苛的周郎，也不能背逆情理而刻意挑刺了。字头、字尾和余音，都是为慢曲而设，一字一板或一字数板，都不可没有。快板的曲子，只有正音，没有提及头尾。缓音长曲之中的字，如果没有头尾，不仅不合音韵，唱的人也耗费很多精神，只要看典礼中司仪的唱礼，就知道了。“拜”“兴”二字都是长音。“拜”字从出口到收音，一定要等人们行揖礼完毕而跪，跪后再拜，用时很久。如果到底只唱一个“拜”字，那么字音就一泄而尽，在不应当停歇的地方而不得不停下来，这就有失傧相之体了。得到诀窍的人，以“不”“爱”二字来代替。“不”是“拜”的字头，“爱”是“拜”的字尾，中间恰好是一“拜”字。用一个字而延长了很久的一段时间，那就会气力不足；分为三个字，就会有余了。“兴”字也是这样，以“希”“因”二字代替。赞礼尚且如此，何况是唱曲？运用各种委婉譬喻，说到这种地步，总出于自己的一片苦心。审辨乐曲的诸公，一定要怜悯我。字头、字尾和余音，都需要隐藏不露，使听众听到时，只听到字音，并没有出现这个字，才称得上是善用字头字尾；一有了字的痕迹，则拖泥带水，有就不如没有。

字忌模糊

学唱之人，勿论巧拙，只看有口无口[①]；听曲之人，慢讲精粗，先问有字无字。字从口出，有字即有口。如出口不分明，有字若无字，是说话有口，唱曲无口，与哑人何异哉？哑人亦能唱曲，听其呼号之声即可见矣。常有唱完一曲，听者止闻其声，辨不出一字者，令人闷杀。此非唱曲之料，选材者任其咎，非本优之罪也[②]。舌本生成，似难强造，然于开口学曲之初，先能净其齿颊，使出口之际，字字分明，然后使工腔板，此回天大力[③]，无异点铁成金，然百中遇一，不能多也。

【注释】①有口无口：过去梨园的行话，是指演员是否吐字清晰，字正腔圆。与下文的“有字无字”相对。“有口”对应“有字”，“无口”对应“无字”。

②本优：即指无口，无字的演员本人。

③回天大力：作者李渔认为是否能做到吐字清晰是受先天条件的影响，但可以通过后天训练来弥补。回天，能左右或扭转难以挽回的局势。

【译文】学唱的人，不论巧拙，只看唱的是有口无口；听曲的人，慢讲精粗，先问唱得是有字无字。字从口里发出，有字便是有口。如果出口不清晰，有字就像无字，这便是说话有口，唱曲无口，那与哑人有什么差别？哑人也能唱曲，听他们呼号的声音就可以知晓了。常常有唱完一曲，听众只听到他的声音，却分辨不出一个字的，着实令人闷杀。这种人不是唱曲的料，这是要选材的人承担责任，并非是这位优人的罪过。舌头是天生的，好似很难强造，然而在最初开口学曲时，先能洁净齿颊，使在出口之际，字字分明，然后使他工于腔板，这是很费力才能改变的，无异于点铁成金，然而百人之中遇到一个，不能再多了。

曲严分合

同场之曲[①]，定宜同场，独唱之曲，还须独唱。词意分明，不可犯也。常有数人登场，每人一只之曲，而众口同声以出之者，在授曲之人，原有浅深二意：浅者虑其冷静，故以发越见长[②]；深者示不参差，欲以翕如见好[③]。尝见《琵琶·赏月》一折，自“长空万里”以至“几处寒衣织未成”，俱作合唱之曲，谛听其声④，如出一口，无高低断续之痕者，虽曰良工心苦⑤，然作者深心，于兹埋没。此折之妙，全在共对月光，各谈心事，曲既分唱，身段即可分做，是清淡之内原有波澜。若混作同场，则无所见其情，亦无可施其态矣。惟“峭寒生”二曲可以同唱，首四曲定该分唱，况有“合前”数句振起神情，原不虑其太冷。他剧类此者甚多，举一可以概百。戏场之曲，虽属一人而可以同唱者，惟《行路》《出师》等剧，不问词理异同，皆可使众声合一。场面似闹，曲声亦宜闹，静之则相反矣。

【注释】①同场：这里指合唱。

②发越：激扬，激昂。

③翕（xī）如：和谐貌，和顺貌。

④谛听：注意地听，仔细听。

⑤良工心苦：比喻精于制作或工于文字的人运思的费尽苦心。

【译文】在同一场合唱的曲子，一定是适合合唱，独唱的曲子，还是需要独唱。词意分明，不可相互冒犯。常有数人登场，每人一支曲子，而要异口同声而唱出来，对于教授唱曲的人，原有深浅两个意思：浅的方面是担心场上冷静，因此以高亢激昂见长；深的方面是表现出场上并不参差混乱，就想用和谐的音调见好。曾看过《琵琶·赏月》这一折，从“长空万里”到“几处寒衣织未成”，都是合唱的曲子，仔细听他们的声音，如同出自一口，没有高低断续的痕迹，虽然说是煞费苦心，但作者的深心，在此埋没。此折之妙，全在共对月光，各谈心事，曲子既是分唱的，身段就可以分开做，这是在清淡之内蕴含着波澜。如果混淆作同场合唱，就见不到其中情感，也不可施展其中神态了。只有“峭寒生”二曲可以同唱，开头的四首曲子一定应该分唱，何况有“合前”数句振奋神情，原本不用担心太过冷场。其他的戏剧有很多像这样的，举一可以概百。戏场之曲，虽是一人独唱但也可以同唱的，只有《行路》《出师》等剧，不管词理的异同，都可以使众人合唱。场面似乎很喧闹，曲声也应该喧闹，场面平静则相反了。

锣鼓忌杂

戏场锣鼓，筋节所关，当敲不敲，不当敲而敲，与宜重而轻，宜轻反重者，均足令戏文减价。此中亦具至理，非老于优孟者不知。最忌在要紧关头，忽然打断。如说白未了之际，曲调初起之时，横敲乱打，盖却声音，使听白者少听数句，以致前后情事不连，审音者未闻起调，不知以后所唱何曲。打断曲文，罪犹可恕，抹杀宾白，情理难容。予观场每见此等，故为揭出。又有一出戏文将了，止余数句宾白未完，而此未完之数句，又系关键所在，乃戏房锣鼓早已催促收场，使说与不说同者，殊可痛恨。故疾徐轻重之间，不可不急讲也。场上之人将要说白，见锣鼓未歇，宜少停以待之，不则过难专委[①]，曲、白、锣鼓，均分其咎矣。

【注释】①过难专委：过错难以归结于哪一方。

【译文】戏场中的锣鼓，是关乎戏的关键，应当敲时不敲，不应敲响而敲，这与宜重而轻，宜轻反重，都足以让戏文减轻它的价值。这当中也有至深的道理，不是戏曲行家而不知道。最忌讳在紧要关头，忽然打断。比如在说白未了之际，曲调初起之时，横敲乱打，盖过声音，使得听说白的人少听数句，以致于前后情节不连贯，听音的人没有听到起调，不知道之后唱什么曲子。打断曲文，过错还可以宽恕，抹杀宾白，便是情理难容。我看戏每每见到这些问题，所以特意指出来。还有一出戏文将要结束时，只余下几句宾白没有说完，而这几句没有说完的宾白，又是关键所在，戏房锣鼓却早已催促收场，这样使说与不说都一样，很是令人痛恨。所以快慢轻重之间，不可不急着讲出来。场上的人将要说白时，见锣鼓没有停歇，应当稍作停顿以等待锣鼓停下来，否则难以将过错归咎于一方，曲、白、锣鼓，要均分责任了。

吹合宜低

丝、竹、肉三音[①]，向皆孤行独立，未有合用之者，合之自近年始。三籁齐鸣[②]，天人合一，亦金声玉振之遗意也[③]，未尝不佳；但须以肉为主，而丝竹副之，使不出自然者亦渐近自然，始有主行客随之妙。迩来戏房吹合之声[④]，皆高于场上之曲，反以丝竹为主，而曲声和之，是座客非为听歌而来，乃听鼓乐而至矣。从来名优教曲，总使声与乐齐，箫笛高一字，曲亦高一字，箫笛低一字，曲亦低一字。然相同之中，即有高低轻重之别，以其教曲之初，即以箫笛代口，引之使唱，原系声随箫笛，非以箫笛随声，习久成性，一到场上，不知不觉而以曲随箫笛矣。正之当用何法？曰：家常理曲[5]，不用吹合，止于场上用之，则有吹合亦唱，无吹合亦唱，不靠吹合为主。譬之小儿学行，终日倚墙靠壁，舍此不能举步，一旦去其墙壁，偏使独行，行过一次两次，则虽见墙壁而不靠矣。以予见论之，和箫和笛之时，当比曲低一字，曲声高于吹合，则丝竹之声亦变为肉，寻其附和之痕而不得矣。正音之法，有过此者乎？然此法不宜概行，当视唱曲之人之本领。如一班之中，有一二喉音最亮者，以此法行之，其余中人以下之材，俱照常格。倘不分高下，一例举行，则良法不终，而怪予立言之误矣。

【注释】①丝：弦乐。竹：管乐。肉：人唱的声音。

②三籁：出自庄子的《齐物论》。是指天籁、地籁、人籁。这里指丝、竹、肉三音。

③金声玉振：集众音之大成。出自《孟子·万章下》："集大成也者，金声而玉振之也。"是孟子称赞孔子的德行，正如奏乐，以钟开始，以磬收尾。

④迩来：最近以来。

⑤理曲：弄曲，演奏乐曲。

【译文】弦乐、管乐、人声三种声音，向来都是独立孤行，没有合用的，合用是从近几年开始的。三籁齐鸣，天人合一，也是前人金声玉振的遗意，未尝不佳；但需要以人声为主，而弦管乐为辅，使得人声不背离自然而渐渐接近自然，才是有主行客随的巧妙。近年来戏园吹弹合奏的声音，都比场上所唱的曲子要高，反而以弦管乐为主，而以唱曲声来应和，这就好似宾客不是为了听歌而来，而是为了听鼓乐而来的。从来名优教授曲子，总是要使人声和乐曲同齐，箫笛高一字，曲也高一字，箫笛低一字，曲也低一字。但在相同之中，也有高低轻重之分，因为在优师教曲之初，就用箫笛代口，指引学生学唱，原是人声随着箫笛，不是箫笛随着人声，练习久了变成习惯，一到场上，不知不觉就以曲子随着箫笛了。应当用什么方法来纠正？答：平常练习曲子时，不用吹合，只在场上用到，则有吹合也唱，没有吹合也唱，不靠吹合为主。譬如孩童学习走路，终日倚靠墙壁，脱离墙壁就迈不开步子，一旦脱离墙壁，偏让他独自行走，练过一次两次后，即便看到墙壁也不会再倚靠了。以我的看法来论，箫笛随和时，应当比曲子低一字，人声高于吹弹合奏，那么弦管乐声也会变为人声，就找不到附和的痕迹。改正声音的方法，有超过这个的吗？但这种方法不宜一概而论，应当要看唱曲之人的本领。比如在一个戏班之中，有一两个人的嗓音是最亮的，依照这种方法来做，其他中等以下的人材，都依照常规做事。如果不分高下，一律实施，那么此良法最终没有好效果，反而责怪我说的言论有误。

吹合之声，场上可少，教曲学唱之时，必不可少，以其能代师口，而司熔铸变化之权也[1]。何则？不用箫笛，止凭口授，则师唱一遍，徒亦唱一遍，师住口而徒亦住口，聪慧者数遍即熟，资质稍顿者，非数十百遍不能，以师徒之间无一转相授受之人也。自有此物，只须师教数遍，齿牙稍利，即有箫笛引之。随箫随笛之际，若曰无师，则轻重疾徐之间，原有法脉准绳，引人归于胜地；若曰有师，则师口并无一字，已将此曲交付其徒。先则人随箫笛，后则箫笛随人，是金蝉脱壳之法也。“庾公之斯，学射于尹公之他；尹公之他，学射于我[②]。”箫笛二物，即曲中之尹公他也。但庾公之斯与子濯孺子，昔未见面，而今同在一堂耳。若是，则吹合之力讵可少哉[③]？予恐此书一出，好事者过听予言，谬视箫笛为可弃，故复补论及此。

【注释】①司：掌握，负责。熔铸变化：这里指音调的高低起伏的变化。

②“庾公”四句：出自《孟子·离娄下》。我，是子濯孺子的自称。说的是庾公之斯、尹公之他、子濯孺子三人递相学习射箭。这里借此比喻优师、箫笛、徒弟之间的关系。

③讵（jù）：岂，怎。

【译文】吹弹合奏的声音，场上可少，教曲学唱之时，必不可少，因为它可以替代老师之口，而掌握声音交换变化之权。为什么？不用箫笛，只凭口授，那么老师唱一遍，徒弟也唱一遍。老师停下而徒弟也停下，聪慧的人学几遍就熟悉了，资质稍顿的，不学数十百遍而不行，因为师徒之间没有一个相互传授的人。自从有了吹合，只需要老师教几遍，齿牙稍利的，就可以由箫笛来引导。随和箫笛之际，如果说没有老师，那么在轻重缓急之间，原本就有法脉标准，指引人归入胜地；如果说有老师，那么老师口中并没有讲出一个字，已经将这首子曲交给他的徒弟了。先是人随着箫笛，后是箫笛随着人，这是金蝉脱壳的方法。“庾公之斯，学射于尹公之他；尹公之他，学射于我。”箫笛二物，便是曲中的尹公他了。但庾公之斯和子濯孺子，以前从未见过面，而如今同在一堂。如果这样，则吹弹合奏之力怎可缺少呢？我担心这书一出，好事的人过度分析我的话，错误认为箫笛是可以丢弃的，所以又补论了这些。

教白第四

教习歌舞之家，演习声容之辈，咸谓唱曲难，说白易。宾白熟念即是，曲文念熟而后唱，唱必数十遍而始熟，是唱曲与说白之工，难易判如霄壤。时论皆然，予独怪其非是。唱曲难而易，说白易而难，知其难者始易，视为易者必难。盖词曲中之高低抑扬，缓急顿挫，皆有一定不移之格，谱载分明，师传严切，习之既惯，自然不出范围。至宾白中之高低抑扬，缓急顿挫，则无腔板可按、谱籍可查，止靠曲师口授；而曲师入门之初，亦系暗中摸索，彼既无传于人，何以转授于我？讹以传讹，此说白之理，日晦一日而人不知。人既不知，无怪乎念熟即以为是，而且以为易也。吾观梨园之中，善唱曲者，十中必有二三；工说白者，百中仅可一二。此一二人之工说白，若非本人自通文理，则其所传之师，乃一读书明理之人也。故曲师不可不择。教者通文识字，则学者之受益，东君之省力[①]，非止一端。苟得其人，必破优伶之格以待之，不则鹤困鸡群，与侪众无异[②]，孰肯抑而就之乎？然于此中索全人，颇不易得。不如仍苦立言者，再费几升心血，创为成格以示人。自制曲选词，以至登场演习，无一不作功臣，庶于为人为彻之义，无少缺陷。虽然，成格即设，亦止可为通文达理者道，不识字者闻之，未有不喷饭胡卢[③]，而怪迂人之多事者也。

【注释】①东君：主家，主人。

②侪（chái）众：同辈的人。这里是指普通人。

③胡卢：喉间发出的笑声。

【译文】教授歌舞的人家，练习声容的人们，都认为唱曲很难，说白容易。宾白只要念熟就可以，曲文需要念熟然后再唱，唱一定要数十遍才会熟练，这是唱曲和说白的工夫，其中难易天差地别。时下所论都是这样，只有我认为不是这样。唱曲看似很难而实际容易，说白看似容易而实际很难，知道它很难才会容易，看起来容易的一定很难。这是因为词曲中的高低抑扬，缓急顿挫，都有一定不变的格式，曲谱记载分明，老师教授严格，练习久了就成了习惯，自然不出范围。至于宾白中的高低抑扬，缓急顿挫，则无腔板可依、谱籍可查，只靠曲师口头教授；而在曲师入门之初，也是在暗中摸索，他们既然没有得到别人所教授的，他们又如何转授给我呢？讹以传讹，说白的道理，日渐隐晦而人们并不知晓。人们既然不知晓，不怪乎是认为说白念熟就可以了，而且认为这样很容易。我看在梨园之中，擅长唱曲的，十人中一定有两三人；而工于说白的，百人中仅有一两人。这工于说白的一两人，如果不是本人自通文理，那教他的老师，便是一个读书明理的人。所以曲师不可不择。教人的人通文识字，则学习之人的受益，戏班班主的省力，就不止这一点了。如果遇到合适的人，对待他一定是打破了优伶的标准要求，否则是鹤困鸡群，与大众没有什么差别，谁肯降低自身而在这里屈就呢？然而要在这中间找寻全才，是非常不易的。不如依旧苦于著书立说的人，再花费几升心血，创造新的成格来告知世人。从作曲选词到登台表演，没有一个部分不是功臣，也许在做人做得透彻的意义，大概是不留缺陷遗憾。虽然如此，创立成格，也只能向通文达理的人讲述，不识字的人听闻这些，没有不喷饭讥笑，而责怪迂人多事的。

高低抑扬

宾白虽系常谈，其中悉具至理，请以寻常讲话喻之。明理人讲话，一句可当十句；不明理人讲话，十句抵不过一句，以其不中肯綮也。宾白虽系编就之言，说之不得法，其不中肯綮等也[①]。犹之倩人传语[②]，教之使说，亦与念白相同，善传者以之成事，不善传者以之偾事[③]，即此理也。此理甚难亦甚易，得其孔窍则易，不得孔窍则难。此等孔窍，天下人不知，予独知之。天下人即能知之，不能言之，而予复能言之。请揭出以示歌者。白有高低抑扬。何者当高而扬？何者当低而抑？曰：若唱曲然。曲文之中，有正字，有衬字。每遇正字，必声高而气长；若遇衬字，则声低气短而疾忙带过。此分别主客之法也。说白之中，亦有正字，亦有衬字，其理同，则其法亦同。一段有一段之主客，一句有一句之主客。主高而扬，客低而抑，此至当不易之理，即最简极便之法也。凡人说话，其理亦然。譬如呼人取茶取酒，其声云："取茶来！""取酒来！"此二句既为茶酒而发，则"茶""酒"二字为正字，其声必高而长，"取"字、"来"字为衬字，其音必低而短。再取旧曲中宾白一段论之。《琵琶·分别》白云："云情雨意，虽可抛两月之夫妻；雪鬓霜鬟[④]，竟不念八旬之父母！功名之念一起，甘旨之心顿忘，是何道理[⑤]？"首四句之中，前二句是客，宜略轻而稍快，后二句是主，宜略重而稍迟。"功名""甘旨"二句亦然。此句中之主客也。"虽可抛""竟不念"六个字，较之"两月夫妻""八旬父母"，虽非衬字，却与衬字相同，其为轻快，又当稍别。至于"夫妻""父母"之上二"之"字，又为衬中之衬，其为轻快，更宜倍之。是白皆然，此字中之主客也。常见不解事梨园，每于四六句中之"之"字，与上下正文同其轻重疾徐，是谓菽麦不辨，尚可谓之能说白乎？此等皆言宾白，盖场上所说之话也。至于上场诗，定场白，以及长篇大幅叙事之文，定宜高低相错，缓急得宜，切勿作一片高声，或一派细语，俗言"水平调"是也。上场诗四句之中，三句皆高而缓，一句宜低而快。低而快者，大率宜在第三句[⑥]，至第四句之高而缓，较首二句更宜倍之。如《浣纱记》定场诗云⑦："少小豪雄侠气闻，飘零仗剑学从军。何年事了拂衣去，归卧荆南梦泽云。""少小"二句宜高而缓，不待言矣。"何年"一句必须轻轻带过，若与前二句相同，则煞尾一句不求低而自低矣。末句一低，则懈而无势，况其下接着通名道姓之语。如"下官姓范名蠡，字少伯"，"下官"二字例应稍低，若末句低而接者又低，则神气索然不振矣。故第三句之稍低而快，势有不得不然者。此理此法，谁能穷究至此？然不如此，则是寻常应付之戏，非孤标特出之戏也⑧。高低抑扬之法，尽乎此矣。

【注释】①肯綮（qìng）：筋骨结合的地方，比喻要害或最重要的关键。

②倩人：请托别人。

③偾（fèn）事：把事情搞坏。出自《礼记·大学》。

④鬟（huán）：古代妇女梳的环形发髻。

⑤甘旨：美味的食品，后指孝养父母的食物。

⑥大率：大概，大致，大体。

⑦《浣纱记》：原名《吴越春秋》，作者梁辰鱼，共45出。描写了西施与范蠡以及越王勾践卧薪尝胆、最终打败吴国的故事。

⑧孤标特出：很突出、很特别、很另类的事物。这里形容出类拔萃、美妙绝伦的的戏曲。

【译文】宾白虽是常谈，其中蕴含着最根本的道理，请让我用平常话来说明。明理人说话，一句可抵十句；不明理人说话，十句抵不过一句，因为他说不到关键。宾白虽然是编写出来的话，说得不合宜，这与讲话讲不到关键是一样的。犹如请人传话，教他怎么说，这也与念白相同，善于传话的人因此成事，不善传话的人也因此坏事，便是这个道理。这道理很难也很容易，得到诀窍则易，找不到诀窍则难。这样的决窍，天下人不知，唯独我知晓。天下人即使可以知晓，也不能表达出来，而我还可以表达出来。请让我表达出来以告知歌者。宾白有高低抑扬。什么地方要高而扬？什么地方要低而抑？答：就像唱曲一样。曲文之中有正字，有衬字。每次遇到正字，一定是高声而气长；如果遇到衬字，那就要声低气短并且急忙带过。这是区分主次的方法。说白之中也有正字，也有衬字，其中的道理一样，则方法也是一样的。一段有一段的主次，一句有一句的主次。主要的高而扬，次要的低而抑，这是极为正确不可改变的道理，也是最简单最便捷的方法。凡是人讲话，其中的道理也是这样。比如叫人取茶取酒，说道："取茶来！""取酒来！"这两句既为茶酒而发出，则"茶""酒"二字为正字，它的声音必定是高而长，"取"字、"来"字为衬字，它的声音必定是低而短。再取旧曲中的一段宾白来论。《琵琶·分别》中的宾白唱到："云情雨意，虽可抛两月之夫妻；雪鬓霜鬟，竟不念八旬之父母！功名之念一起，甘旨之心顿忘，是何道理？"开头四句之中，前两句是次要的，宜略轻而稍快，后二句是主要的，宜略重而稍迟。"功名""甘旨"两句也是如此。这是句中的主次。"虽可抛""竟不念"六个字，相较"两月夫妻""八旬父母"，虽不是衬字，却与衬字相同，它们都念得轻快，又应当稍有区别。至于"夫妻""父母"之前两个"之"字，又是衬字中的衬字，它们念得轻快，更应该加倍。但凡是宾白都是这样的，这是字中的主次。常常见到不了解宾白的优人，每次念到四六句中的“之”字，念得与上下正文的轻重快慢一样，这就称作菽麦不分，这还能称得上是会说白吗？这些都是在谈论宾白，都是场上所说的话。至于上场诗，定场白，以及长篇大幅的叙事之文，一定是适宜高低相错，缓急得宜，千万不要作一片高声，或作一派细语，犹如俗话所说的“水平调”。在上场诗的四句之中，三句都应当高而缓，一句应当低而快。低而快的，大致适宜在第三句，到了第四句的高而缓，相较前两句更应加倍。比如《浣纱记》定场诗说道：“少小豪雄侠气闻，飘零仗剑学从军。何年事了拂衣去，归卧荆南梦泽云。”“少小”两句应当高而缓，这就不用说了。“何年”一句必须轻轻带过，若与前两句相同，则收尾的一句就会不求低而自低。末尾的句子一低，就会松懈没有气势，何况之后接的是通名道姓的话。比如“下官姓范名蠡，字少伯”，“下官”二字依例应当稍低，如果末句低而后接的句子又低，则神气就会索然不振了。所以第三句的稍低而快，是有不得不如此的情势。此理此法，谁能穷究到这种地步？但如果不这样做，这就是平常应付之戏，并非是孤标特出之戏。高低抑扬之法，全在这里了。

优师既明此理，则授徒之际，又有一简便可行之法，索性取而予之：但于点脚本时，将宜高宜长之字用朱笔圈之，凡类衬字者不圈。至于衬中之衬，与当急急赶下、断断不宜沾滞者，亦用朱笔抹以细纹，如流水状，使一一皆能识认。则于念剧之初，便有高低抑扬，不俟登场摹拟。如此教曲，有不妙绝天下，而使百千万亿之人赞美者，吾不信也。

【译文】优师既然明白这个道理，则在教授徒弟时，就又有了一个简便可行的方法，索性取来告诉你：只要在批点脚本时，将应唱得高长的字用红笔圈出来，但凡属于衬字的都不圈。至于衬字中的衬字，与那些应当急急赶下、断然不宜沾滞的字，同样要用红笔涂上细纹的标记，像流水一样，使得每一处都能辨识。那么在念剧之初，便有高低抑扬，不用等登场后再摹仿演练。这样教曲，如果有不妙绝天下，而使得百千万亿人赞美的，我不信。

缓急顿挫

缓急顿挫之法，较之高低抑扬，其理愈精，非数言可了。然了之必须数言，辩者愈繁，那么听者愈惑，终身不能解矣。优师点脚本授歌童，不过一句一点，求其点不刺谬，一句还一句，不致使断者联而联者断，亦云幸矣，尚能询及其他？即以脚本授文人，倩其画文断句，亦不过每句一点，无他法也。而不知场上说白，尽有当断处不断，反至不当断处而忽断；当联处不联，忽至不当联处而反联者。此之谓缓急顿挫。此中微渺，但可意会，不可言传；但能口授，不能以笔舌喻者。不能言而强之使言，只有一法：大约两句三句而止言一事者，当一气赶下，中间断句处勿太迟缓；或一句止言一事，而下句又言别事，或同一事而另分一意者，则当稍断，不可竟连下句。是亦简便可行之法也。此言其粗，非论其精；此言其略，未及其详。精详之理，则终不可言也。当断当联之处，亦照前法，分别于脚本之中，当断处用朱笔一画，使至此稍顿，余俱连读，则无缓急相左之患矣。妇人之态，不可明言，宾白中之缓急顿挫，亦不可明言，是二事一致。轻盈袅娜[1]，妇人身上之态也；缓急顿挫，优人口中之态也。予欲使优人之口，变为美人之身，故为讲究至此。欲为戏场尤物者，请从事予言，不则仍其故步。

【注释】①袅娜：形容女子体态轻盈柔美。

【译文】缓急顿挫之法，相较高低抑扬，它的道理更加精妙，并不是几句话可以说明的。但把它说明又必须用几句话，论辩的越复杂，那么听众就越迷惑，终其一生都不能理解。优师批点脚本教授歌童，不过是一句一点，追求批点的不出错，一句接着一句，不致使应断开的关联起来，应关联的反而断开，也是很幸运的了，哪里还能顾得上其他？即使是将脚本拿给文人，请他画文断句，也不过是在每句一点，别无他法。却不知道场上说白，尽有在该断开之处不断，反而在不该断开之处忽然断开；在该关联之处不关联，忽然在不该关联之处反而关联的道理。这就是缓急顿挫。这个中微渺，只可意会，不可言传；只能以口教授，不能以笔墨来表达。不能言说但硬要言说，只有一个方法：大约是两三句话只说一件事，应当一气呵成，中间断句的地方不要太过迟缓；或者一句话只说一件事，而下一句又说其他的事，或者同一件事有另外的一种意思，那就应当稍稍断开，不能直接连着下一句。这也是简便可行的方法。这是言明它粗略方面，并非论辩它的精妙；这是言明它的大概，没有提到它的详情。精详的道理，则终不可言说的。当断当联之处，也要按照前面的方法，分别在脚本之中，在当断处用红笔一画，使优人念到这里稍作停顿，余下的都连读，那么就没有缓急相左的毛病了。妇人之态，不能说清楚，宾白中的缓急顿挫，也不能说清楚，这两件事是一样的。轻盈柔美，是妇人身上的姿态；缓急顿挫，是优人口中的姿态。我想让优人之口，变为美人之身，所以探究至此。想要成为戏场尤物，请按照我的话去做，否则就沿用原来的方法。

脱套第五

戏场恶套，情事多端，不能枚纪。以极鄙极俗之关目，一人作之，千万人效之，以致一定不移，守为成格，殊可怪也。西子捧心，尚不可效，况效东施之颦乎？且戏场关目，全在出奇变相，令人不能悬拟[①]。若人人如是，事事皆然，则彼未演出而我先知之，忧者不觉其可忧，苦者不觉其为苦，即能令人发笑，亦笑其雷同他剧，不出范围，非有新奇莫测之可喜也。扫除恶习，拔去眼钉，亦高人造福之一事耳。

【注释】①悬拟：凭空虚构，凭空想象。

【译文】戏场上的恶套，有多种多样的情况，不能一一记录。因为最鄙最俗的关目，一人写出来，千万人效仿，以致于一成不变，形成固定的格式，实在是奇怪啊。西施捧心，尚且不能仿效，何况是仿效东施呢？而且戏场关目，全在出奇变相，令人不能凭空想象。如果人人都是如此，事事都是这样，则他们还没表演出来而我预先就知道了，忧伤的地方不觉得可忧伤，痛苦的地方不觉得它痛苦，即便能令人发笑，也是笑它与其他剧雷同，没有超越以前固定的格式，并不是有新奇莫测可喜的地方。除去恶习，拔去眼中钉，也是高人造福大众的一件事啊。

衣冠恶习

记予幼时观场，凡遇秀才赶考及谒见当涂贵人[①]，所衣之服，皆青素圆领，未有着蓝衫者，三十年来始见此服。近则蓝衫与青衫并用，即以之别君子小人。凡以正生、小生及外末脚色而为君子者，照旧衣青圆领，惟以净丑脚色而为小人者，则着蓝衫。此例始于何人，殊不可解。夫青衿，朝廷之名器也[②]。以贤愚而论，则为圣人之徒者始得衣之；以贵贱而论，则备缙绅之选者始得衣之。名宦大贤尽于此出，何所见而为小人之服，必使净丑衣之？此戏场恶习所当首革者也。或仍照旧例，止用青衫而不设蓝衫。若照新例，则君子小人互用，万勿独归花面，而令士子蒙羞也。

【注释】①当涂：当权、掌权的人。

②名器：古代用来区别尊卑贵贱的名号与车服仪制。出自《左

传·成公二年》："唯器与名，不可以假人，君之所司也。"

【译文】记得我幼时看戏，凡是遇到秀才赶考以及拜见掌权贵人，身穿的衣服，都是青素圆领，没有身穿蓝衫的，三十年来才看到这种服饰。近年来则是蓝衫和青衫并用，就用它来区分君子与小人。凡是以正生、小生及外末脚色来演君子的，照旧身穿青圆领，只有以净丑脚色来演小人的，则着蓝衫。这一惯例是从何人开始的，确实无从了解。青色的交领长衫，是朝廷中区分尊卑贵贱的名器。以贤愚来论，那么只有身为圣人之徒的人才能穿着；以贵贱来论，那么只有准备做官的人才能穿着。名宦大贤都是身穿青衿，为何所见到的是小人的服饰，一定要让净丑穿着呢？这些戏场恶习是应当首先要改掉的。或者依然沿用旧例，只用青衫而不设蓝衫。如果要依照新例，那么君子小人就要互相混用，千万不要让花面独用青衫，而令士子蒙羞啊。

近来歌舞之衣，可谓穷奢极侈。富贵娱情之物，不得不然，似难责以俭朴。但有不可解者：妇人之服，贵在轻柔，而近日舞衣，其坚硬有如盔甲。云肩大而且厚[①]，面夹两层之外，又以销金锦缎围之[②]。其下体前后二幅，名曰"遮羞"者，必以硬布裱骨而为之，此战场所用之物，名为"纸甲"者是也，歌台舞榭之上，胡为乎来哉？易以轻软之衣，使得随身环绕，似不容已。至于衣上所绣之物，止宜两种，勿及其他。上体凤鸟，下体云霞，此为定制。盖"霓裳羽衣"四字，业有成宪，非若点缀他衣，可以浑施色相者也。予非能创新，但能复古。

【注释】①云肩：古代妇女披在肩上的装饰物。

②销金：嵌金色线，也指嵌金色的物品。

【译文】近年来表演歌舞的衣服，可以说是穷奢极侈。虽是富贵娱情之物，不得不如此，看似很难以俭朴来要求。但还有不可理解的地方：妇人的衣服，贵在轻柔，而近来的舞衣，犹如盔甲般坚硬。云肩大而厚，外表穿了两层之外，又用金丝锦缎合围。在下身的前后两幅，名为“遮羞”的饰物，一定是用硬布裱装骨架而制成，这是战场所用之物，叫做“纸甲”，在舞台上，为什么要用它呢？换成轻软之衣，使得衣物可以随身环绕，极其合身服帖。至于衣服上所绣的图案，只适合两种，不要有别的图案。上身绣凤凰，下身绣云霞，这是固定的图案。“霓裳羽衣”四个字，已经有了常规，不像是点缀别的服饰，可以混用多种颜色。我不能创新，只能复古。

方巾与有带飘巾，同为儒者之服。飘巾儒雅风流，方巾老成持重，以之分别老少，可称得宜。近日梨园，每遇穷愁患难之士，即戴方巾，不知何所取义？至纱帽巾之有飘带者，制原不佳，戴于粗豪公子之首，果觉相称。至于软翅纱帽，极美观瞻，曩时《张生逾墙》等剧往往用之[①]，近皆除去，亦不得其解。

【注释】①曩时：以前，往时。

【译文】方巾和有带飘巾，同是儒者的服饰。飘巾儒雅风流，方巾老成持重，用来区分老少，可称得上很合适了。近来的梨园，每遇到穷困忧患的人，就戴着方巾，不知所依据的是什么？那种有飘带的纱帽巾，本来制作得就不好，戴在粗豪公子的头上，果真感觉很是相称。至于软翅纱帽，很是好看，以前在《张生逾墙》等剧中往往用它，最近都除去了，也不知是因为什么。

声音恶习

花面口中，声音宜杂。如作各处乡语，及一切可憎可厌之声，无非为发笑计耳，然亦必须有故而然。如所演之剧，人系吴人，则作吴音，人系越人，则作越音，此从人起见者也。如演剧之地在吴则作吴音，在越则作越音，此从地起见者也。可怪近日之梨园，无论在南在北，在西在东，亦无论剧中之人生于何地，长于何方，凡系花面脚色，即作吴音，岂吴人尽属花面乎？此与净丑着蓝衫，同一覆盆之事也①。使范文正②、韩襄毅诸公有灵③，闻此声，观此剧，未有不抱恨九原④，而思痛革其弊者也。今三吴缙绅之居要路者⑤，欲易此俗，不过启吻之劳；从未有计及此者，度量优容，真不可及。且梨园尽属吴人，凡事皆能自顾，独此一着，不惟不自争气，偏欲故形其丑，岂非天下古今一绝大怪事乎？且三吴之音，止能通于三吴，出境言之，人多不解，求其发笑，而反使听者茫然，亦失计甚矣。吾请为词场易之：花面声音，亦如生旦外末，悉作官音⑥，止以话头惹笑，不必故作方言。即作方言，亦随地转。如在杭州，即学杭人之话，在徽州，即学徽人之话，使妇人小儿皆能识辨。识者多，则笑者众矣。

【注释】①覆盆：覆置的盆，比喻社会黑暗或沉冤难雪。

②范文正（989—1052）：即范仲淹。字希文，北宋初年政治家、文学家。吴县人。谥号“文正”，世称范文正公。

③韩襄毅（1422—1478）：即韩雍，字永熙。明朝中期名臣、诗人。吴县人。明武宗时追谥“襄毅”，后世称其为“韩襄毅”。著有《襄毅文集》。

④九原：九泉。

⑤三吴：地名。宋代指苏州、常州、湖州。

⑥官音：官话。

【译文】花面的口音，适宜混杂。如说各地的乡语，以及一切可憎可厌之声，无非是为了使人发笑而考虑，但这么做也必须是有原因的。如所演之剧，角色是吴人，就用吴音，角色是越人，就用越音，这是从角色来看。如表演的地方在吴地就用吴音，在越地就用越音，这是从地理位置来看。奇怪的是近来的梨园，无论在南在北，在西在东，也无论剧中的角色生在什么地方，长在什么地方，但凡花面脚色，就用吴音，难道吴人全都是花面吗？这与净丑身穿蓝衫，同是一件冤枉之事。假如范仲淹、韩雍等诸位有灵，听到这种声音，观看这种戏剧，没有不抱恨于九泉，而想痛改这些弊端的。如今在三吴中身居要职的官员，想要改掉这一恶俗，不过是启吻之劳；但从未有人考虑这件事，这样的宽容大度，实在是遥不可及。而且梨园全都是吴人，凡事都能自顾，唯独这一点，不但自己不争气，偏还要故意表露出丑态，这难道不是天下古今一件非常奇怪的事吗？况且三吴的口音，只能在三吴通行，出了三吴之后再说，人们大多不理解，想以吴音让他们发笑，反而使听众感到茫然，也实在是失策。我请求为词场改变这些恶俗：花面的口音，也要像生旦外末，全部都用官音，只以话头逗观众发笑，不必故意使用方言。即便是用方言，也要随地区而变。比如在杭州，就学杭州人的话，在徽州，就学徽州人的话，使得妇人孩童都能辨识。辨识的人多了，那么笑的人就多了。

语言恶习

白中有“呀”字，惊骇之声也。如意中并无此事，而猝然遇之，一向未见其人，而偶尔逢之，则用此字开口，以示异也。近日梨园不明此义，凡见一人，凡遇一事，不论意中意外，久逢乍逢，即用此字开口，甚有差人请客而客至，亦以“呀”字为接见之声者，此等迷谬，尚可言乎？故为揭出，使知斟酌用之。

【译文】宾白中有“呀”字，是用作惊骇的声音。比如在意料之中并没有此事，却突然间遇上，一向没有见过的人，却偶尔遇见，就用这个字开口，以表露出诧异。近来的梨园不明白这个意思，凡是见到一人，凡是遇到一事，不论是否在意料之中，是否突然间遇到，就用这个字开口，甚至是差人请客而客人到了，也用“呀”字作为接待时的声音的，这些错误，还有什么可说的？所以将它揭露出来，使大家知道要斟酌取用。

戏场惯用者，又有“且住”二字。此二字有两种用法。一则相反之事，用作过文，如正说此事，忽然想及彼事，彼事与此事势难并行，才想及而未曾出口，先以此二字截断前言，“且住”者，住此说以听彼说也。一则心上犹豫，假此以待沉吟，如此说自以为善，恐未尽善，务期必妥，当于是处寻非，故以此代心口相商。“且住”者，稍迟以待，不可竟行之意也。而今之梨园，不问是非好歹，开口说话，即用此二字作助语词，常有一段宾白之中，连说数十个“且住”者，此皆不详字义之故。一经点破，犯此病者鲜矣。

【译文】戏场中所惯用的，还有“且住”二字。这两个字有两种用法。一是在相反的事情中，用于过渡，比如正在说这件事，忽然想起那件事，那件事与这件事很难一并说出来，刚想起还没有说出口，先用这两个字截断以前说的话，“且住”，是用来止住这里说的，来听那边的话。另一种是心中犹豫，借此以等待沉思，比如这样说自以为很好，但又还怕并不完善，务必希望说的妥帖，应当在正确的地方找寻错误，所以用这两个字来代替心口相商。“且住”，是稍稍迟疑等待一下，不可径直去做的意思。而如今的梨园，不管是非好歹，开口说话，就用这两个字作助语词，常常在一段宾白之中，连说数十个“且住”，这都是不清楚字义的缘故。一经点破，犯这些毛病的人就少了。

上场引子下场诗[①]，此一出戏文之首尾。尾后不可增尾，犹头上不可加头也。可怪近时新例，下场诗念毕，仍不落台，定增几句淡话，以极紧凑之文，翻成极宽缓之局。此义何居，令人不解。曲有尾声及下场诗者，以曲音散漫，不得几句紧腔，如何截得板住？白文冗杂，不得几句约语，如何结得话成？若使结过之后，又复说起，何如不收竟下之为愈乎？且首尾一理，诗后既可添话，则何不于引子之先，亦加几句说白，说完而后唱乎？此积习之最无理、最可厌者，急宜改革，然又不可尽革。如两人三人在场，二人先下，一人说话未了，必宜稍停以尽其说，此谓“吊场”，原系古格。然须万不得已，少此数句，必添以后一出戏文，或少此数句，即埋没从前说话之意者，方可如此。亦有下场不及更衣者，故借此为缓兵计。是龙足，非蛇足也。然只可偶一为之，若出出皆然，则是是貂皆可续矣，何世间狗尾之多乎②？

【注释】①下场诗：剧中人物下场时所念的诗，明传奇一般用五、七言绝句概括剧情大要，给人以启发或引人思考。

②“则是”两句：即狗尾续貂。出自《晋书·赵王伦传》。比喻拿不好的续在好的东西后面，显得好坏不相称。

【译文】上场引子下场诗，这是一出戏文的开头结尾。结尾后不可再增添结尾，就像开头之上不可再多加开头。可奇怪的是最近的新例，念完下场诗，仍旧不结束，一定要增加几句无聊的话，将极为紧凑的文章，翻成了极其宽缓的局面。其中的用意是什么，令人不解。词曲中之所以有尾声和下场诗的，因为曲音散漫，没有几句紧凑的腔调，如何截得住鼓板？正文冗杂，没有几句简要的话语，如何能收得住台词？如果在台词收尾之后，又重复再说起，不如不要收尾就直接下场更好呢？而且首尾是一样的道理，下场诗后面既然可以赠添台词，那么为什么不在引子之前，也加上几句说白，说完再唱呢？这种习惯是最无理、最可厌的，应当尽快改革，但是又不能全部革除。如果两三个人在场，两人先下，一人还没说完，一定应当稍作停顿让他说完，这就称为“吊场”，原是古时的格式。但必须是万不得已，少了这几句话，必须要在文后多加一出戏文，或者少了这几句话，就会埋没在前文所说的意思的，才可以这样。也有下场来不及更衣的人，故而借此为缓兵之计。这是龙足，不是蛇足。然而只能偶尔使用，如果每一出都是这样，那便成了只要是貂都可以接上狗尾了，为什么世间的狗尾这么多？

科诨恶习

插科打诨处，陋习更多，革之将不胜革，且见过即忘，不能悉记，略举数则罢了。如两人相殴，一胜一败，有人来劝，必使被殴者走脱，而误打劝解之人，《连环·掷戟》之董卓是也[①]。主人偷香窃玉，馆童吃醋拈酸，谓寻新不如守旧，说毕必以臀相向，如《玉簪》之进安[②]、《西厢》之琴童是也[③]。戏中串戏，殊觉可厌，而优人惯增此种，其腔必效弋阳，《幽闺·旷野奇逢》之酒保是也[④]。

【注释】①《连环·掷戟》：是《连环计》中的一出。《连环计》

由明代王济所著的传奇。这一出写了貂蝉与吕布私会，董卓撞见后大怒，后李儒前来相劝，董卓误打了李儒。

②《玉簪》之进安：即《玉簪记》，明代高濂所著的传奇。讲述了陈妙常与潘必正的故事。进安：潘必正的书童。在剧中两人定情后，书生吃醋。

③《西厢》之琴童：在剧中并无文中所记的情节。大概是当时表演时所加。

④《幽闺·旷野奇逢》：即《幽闺记》。据《拜月亭》改编。但在这一出中并无酒保。

【译文】插科打诨之处，陋习更多，革除它将会不胜其烦，并且见过就忘，不能全部记下，我略举出几则罢了。譬如两人互殴，一胜一败，有人来劝，一定要使被殴打的人脱身，反而误打劝解的人，《连环·掷戟》的董卓便是如此。再者主人偷窃玉香，馆童拈酸吃醋，认为寻新不如守旧，说完一定以屁股相对的，如《玉簪记》中的进安、《西厢记》中的琴童便是如此。三者戏中串戏，实在令人觉得厌恶，而优人却习惯于增加这种内容，它的唱腔必是效仿弋阳腔的，《幽闺·旷野奇逢》中的酒保便是如此。

卷三　声容部

选姿第一

“食、色，性也[1]。”“不知子都之姣者，无目者也[2]”。古之大贤择言而发，其所以不拂人情，而数为是论者，以性所原有，不能强之使无耳。人有美妻美妾而我好之，是谓拂人之性；好之不惟损德，且以杀身。我有美妻美妾而我好之，是还吾性中所有，圣人复起，亦得我心之同然，非失德也。孔子云：“素富贵，行乎富贵[3]”。人处得为之地，不买一二姬妾自娱，是素富贵而行乎贫贱矣。王道本乎人情，焉用此矫清矫俭者为哉[4]？但有狮吼在堂[5]，则应借此藏拙，不则好之实所以恶之，怜之适足以杀之，不得以红颜薄命借口，而为代天行罚之忍人也。予一介寒生，终身落魄，非止国色难亲，天香未遇，即强颜陋质之妇，能见几人，而敢谬次音容，侈谈歌舞，贻笑于眠花藉柳之人哉！然而缘虽不偶，兴则颇佳，事虽未经，理实易谙，想当然之妙境，较身醉温柔乡者倍觉有情[⑥]。如其不信，但以往事验之。楚襄王[⑦]，人主也。六宫窈窕，充塞内庭，握雨携云[⑧]，何事不有？而千古以下，不闻传其实事，止有阳台一梦[⑨]，脍炙人口。阳台今落何处？神女家在何方？朝为行云，暮为行雨，毕竟是何情状？岂有踪迹可考，实事可缕陈乎[⑩]？皆幻境也。幻境之妙，十倍于真，故千古传之。能以十倍于真之事，谱而为法，未有不入闲情三昧者[⑪]。凡读是书之人，欲考所学之从来，则请以楚国阳台之事对。

【注释】①食、色，性也：出自《孟子·告子上》。意思是食欲与美色是人之本性。

②“不知”两句：出自《孟子·告子上》。子都，古代通称美男子。

③“素富”两句：出自《礼记》。意思是本来就富贵，理应以富贵的作风行事。

④矫：假托。

⑤狮吼：在《容斋随笔·陈季常》中记载：陈慥，字季常，自称龙丘居士。其妻子善妒，“其妻柳氏绝凶妒。故东坡有诗云：‘龙丘居士亦可怜，谈空说有夜不眠。忽闻河东狮子吼，拄杖落手心茫然’”。后比喻妻子凶悍善妒。

⑥温柔乡：喻美色迷人之境。出自汉代伶玄《飞燕外传》。

⑦楚襄王（？—前263）：芈姓，熊氏，名横，楚怀王之子，战国时期楚国国君。

⑧握雨携云：比喻男女欢合。

⑨阳台一梦：战国时期楚国宋玉《高唐赋》中记载：昔者先王尝游高唐，怠而昼寝，梦见一妇人，曰："妾巫山之女也，为高唐之客。闻君游高唐，愿荐枕席。"王因幸之。去而辞曰："妾在巫山之阳，高丘之阻，旦为朝云，暮为行雨，朝朝暮暮，阳台之下。"

⑩缕陈：详细地陈述。

⑪闲情：男女之情。

【译文】"饮食、美色，人之本性。""不知道子都美丽的人，都是没有眼睛的人"。古代的圣贤择言而发，这些话之所以不违背人情，反而数次讨论，因为是本性原有的，不能强迫人不拥有它。人有美妻美妾而我也喜欢，这就称作违背人的本性；这种喜欢不只有损德行，而且会招致杀身之祸。我有美妻美妾而我喜欢，这种喜欢是回归自己本性中原有的，如果圣人复生，也会与我有同样的想法，这不是失德。孔子说："素来富贵的人家，就依照富贵的作风来行事"。人身处富贵，不买一两个姬妾自娱，这是素来富贵而行事贫贱了。王道来源于人情，怎会任用这种假装清高节俭的人呢？但是家中要是有悍妇在堂，那就应该借此藏拙，否则喜欢她实际是讨厌她，怜惜她恰好是害了她，不能以红颜命薄为借口，而成为替代上天施行罪罚的残忍之人。我一介贫寒书生，一生落魄，不只是难以遇到国色天香的佳人，即使连相貌平平的妇人，又能见到几人，而敢在这里谬论音容，大谈歌舞，让眠花枕柳的人见笑呢！然而虽然遇不到佳人，但兴致却很高，事情虽然没有经历过，但道理很容易明白，想当然的妙境，相较沉醉在温柔乡的人会加倍觉有兴趣。若是不信，但用往事来验证。楚襄王，身为君主。

六宫窈窕淑女，充满后宫，握雨携云，什么样的事情不会发生？而百千年来，没有听说他在后宫的情事，只有阳台一梦，脍炙人口。阳台如今在何处？神女家在何方？朝为行云，暮为行雨，到底是什么样的情景？难道有踪迹可考，事实可以逐一陈述吗？这都是幻境。幻境的美妙，比真实环境还要美十倍，所以能千古流传。能把比现实还要真十倍的幻境，谱写成法，这就没有不进入闲情三昧的。凡是读此书的人，想考究书中学问的由来，那么就请让我用楚国阳台之事来应答。

肌　肤

妇人妩媚多端，毕竟以色为主。《诗》不云乎“素以为绚兮[①]”？素者，白也。妇人本质，惟白最难。常有眉目口齿般般入画[②]，而缺陷独在肌肤者。岂造物生人之巧，反不同于染匠，未施漂练之力，而遽加文采之工乎？曰：非然。白难而色易也。曷言乎难？是物之生，皆视根本，根本何色，枝叶亦作何色。人之根本维何？精也，血也。精色带白，血则红而紫矣。多受父精而成胎者，其人之生也必白。父精母血交聚成胎，或血多而精少者，其人之生也必在黑白之间。若其血色浅红，结而为胎，虽在黑白之间，及其生也，豢以美食[③]，处以曲房[④]，犹可日趋于淡，以脚地未尽缁也[⑤]。有幼时不白，长而始白者，此类是也。至其血色深紫，结而成胎，则其根本已缁，全无脚地可漂，及其生也，即服以水晶云母，居以玉殿琼楼，亦难望其变深为浅，但能守旧不迁，不致愈老愈黑，亦云幸矣。有富贵之家，生而不白，至长至老亦若是者，此类是也。知此，则知选材之法，当如染匠之受衣：有以白衣使漂者受之，易为力也；有白衣稍垢而使漂者亦受之，虽难为力，其力犹可施也；若以既染深色之衣，使之剥去他色，漂而为白，则虽什佰其工价，必辞之不受。以人力虽巧，难拗天工，不能强既有者而使之无也。妇人之白者易相，黑者亦易相，惟在黑白之间者，相之不易。有三法焉：面黑于身者易白，身黑于面者难白；肌肤之黑而嫩者易白，黑而粗者难白；皮肉之黑而宽者易白，黑而紧且实者难白。面黑于身者，以面在外而身在内，在外则有风吹日晒，其渐白也为难；身在衣中，较面稍白，则其由深而浅，业有明征，使面亦同身，蔽之有物，其验亦若是矣，故易白。身黑于面者反此，故不易白。肌肤之细而嫩者，如绫罗纱绢，其体光滑，故受色易，退色亦易，稍受风吹，略经日照，则深者浅而浓者淡矣。粗则如布如毯，其受色之难，十倍于绫罗纱绢，至欲退之，其工又不止十倍，肌肤之理亦若是也。故知嫩者易白，而粗者难白。皮肉之黑而宽者，犹绸缎之未经熨，靴与履之未经楦者[⑥]，因其皱而未直。故浅者似深，淡者似浓，一经熨楦之后，则纹理陡变，非复曩时色相矣[⑦]。肌肤之宽者，以其血肉未足，犹待长养，亦犹待楦之靴履，未经烫熨之绫罗纱绢，此际若此，则其血肉充满之后必不若此，故知宽者易白，紧而实者难白。相肌之法，备乎此矣。若是，则白者、嫩者、宽者为人争取，其黑而粗、紧而实者遂成弃物乎？曰：不然。薄命尽出红颜，厚福偏归陋质，此等非他，皆素封伉俪之材⑧，诰命夫人之料也。

【注释】①素以为绚兮：出自《论语·八佾》，意思是在洁白的质地上画着美丽的图案。

②般般：种种，样样。

③豢（huàn）：喂养。

④曲房：内室，密室。

⑤脚地：屋里或屋外空馀的地方，建筑物内部的地面。这里意为质地。缁（zī）：黑色。

⑥楦（xuàn）：拿东西把物体中空的部分填满使物体鼓起来。

⑦曩（nǎng）时：往时，以前。

⑧素封：无官爵封邑而富比封君的人。

【译文】妇人妩媚、婀娜多姿，毕竟以色为主。《诗经》中不是说过“素以为绚兮”吗？素的意思，便是白。女人本质，唯独白是最难的。常有眉目口齿样样都能入画，但缺陷独独在肌肤上的人。难道造物生人的巧妙，反而不同于染匠，没有施展漂练之力漂染干净，就即匆匆地添加文采之工吗？答：不是这样的。白色很难得，但上色很容易。为什么说很难呢？这是因为事物的生发，都要看事物的根本，根本是什么颜色，枝叶也会是什么颜色。人的根本是什么？是精和血。精色是带白色的，血是红而紫的。多受父精而成胎的，这种人生来一定白。父精母血汇聚成胎，血多而精少的，这种人生来一定在黑白之间。如果血色浅红，结合成胎，虽在黑白之间，到出生时，喂养美食，住在深幽的内室，她的肤色还可以日渐变浅，因为她的本质没有全黑。有的人幼时不白，长大后开始变白，这类人就是这样的。至于血色深紫，结合成胎，那她的根本就已经是黑的，完全没有余地可以漂白，到出生时，即便让她服用水晶云母，住在玉殿琼楼，也很难指望她由深变浅，只要能保持原有的肤色不变，不让她越老越黑，也是很幸运的了。有生于富贵之家的人，生来不白，到大到老也都是如此，这类人就是这样的。知道这一点，就知道选材之法，应当像染匠接受衣服：有人拿着白衣服来漂染便接受，因为容易上色；有人拿着稍有污垢的白衣服来漂染也可以接受，虽有些难上色，但还是可以染上色的；如果有人拿着已染成深色的衣服，让染匠去掉颜色，漂为白色，就算是多给十倍百倍的价钱，也一定推却不受。因为人力虽然奇巧，但难以拗过天工，不能强迫将已有的事物变成没有。妇人中肤色白的容易改变。肤色黑的也容易改变。只有在黑白之间的人，不容易改变肤色。有三个法子：脸的肤色比身上黑的易于变白。身上比脸黑的很难变白；肌肤黑但嫩的易于变白，黑而粗糙的很难变白；皮肉黑而松的易于变白，黑而紧并且实的很难变白。脸的肤色比身上黑的人，是因为脸在外而身体在衣服里面，在外则有风吹日晒，肤色很难渐渐变白；身体在衣服里，相较面色稍白，那么肤色由深而浅，已经有了明显的征验，假如脸和身体一样，都有衣物遮挡，效果也会是这样的，所以易于变白。身上的肤色比在脸黑的人就与之相反，所以就不容易变白。肌肤细而嫩的，如同绫罗纱绢，它的质地很光滑，所以上色容易，退色也容易，少受风吹，少经日照，那么深的变浅而浓的变淡了。质地粗糙的如布如毯子，它上色要比绫罗纱绢难上十倍，至于想退色时，要花费的功夫又不止十倍，肌肤变化的道理也是这样。因此就知晓肌肤细嫩的易于变白，而粗糙的很难变白。皮肉黑而松的，犹如绸缎未经熨烫，靴履没有撑起来，因为它皱而且不直。所以浅的看似很深，淡的看似很浓，一经熨烫填实之后，那它的纹理就会突然改变，再也不是以前的色相了。肌肤松的，因为她的血肉不足，还有待成养，也就如同等待撑起来的靴履，未经熨烫的绫罗纱绢，此时是这样的，那她的血肉充满之后一定不是这样，因此就知晓皮肉松的人易于变白，紧而实的人很难变白。分辨肌肤的方法，都在这里了。如果是这样的话，那么肤色白的、肌肤嫩的、皮肉松的，人们会争相求取，则黑而粗、紧而实的就成废物了吗？答：不是这样的。薄命尽出红颜，厚福偏归陋质，这种人并非平常人，都是作富贵人家的正妻之材，诰命夫人之料啊。

眉　眼

面为一身之主，目又为一面之主。相人必先相面，人尽知之，相面必先相目，人亦尽知，而未必尽穷其秘。吾谓相人之法，必先相心，心得而后观其形体。形体维何？眉、发、口、齿，耳、鼻、手、足之类是也。心在腹中，何由得见？曰：有目在，无忧也。察心之邪正，莫妙于观眸子，子舆氏笔之于书[①]，业开风鉴之祖[②]。予无事赘陈其说，但言情性之刚柔，心思之愚慧。四者非他。即异日司花执爨之分途[③]，而狮吼堂与温柔乡接壤之地也。目细而长者，秉性必柔；目粗而大者，居心必悍；目善动而黑白分明者，必多聪慧；目常定而白多黑少、或白少黑多者，必近愚蒙。然初相之时，善转者亦未能遽转。不定者亦有时而定。何以试之？曰：有法在，无忧也。其法维何？一曰以静待动，一曰以卑瞩高。目随身转，未有动荡其身而能胶柱其目者；使之乍往乍来，多行数武，而我回环其目以视之，则秋波不转而自转，此一法也。妇人避羞，目必下视，我若居高临卑，彼下而又下，永无见目之时矣。必当处之高位，或立台坡之上，或居楼阁之前，而我故降其躯以瞩之，则彼下无可下，势必环转其睛以避我。虽云善动者动，不善动者亦动，而勉强自然之中，即有贵贱妍媸之别，此又一法也。至于耳之大小，鼻之高卑，眉发之淡浓，唇齿之红白，无目者犹能按之以手，岂有识者不能鉴之以形？无俟哓哓[④]，徒滋繁渎[⑤]。眉之秀与不秀，亦复关系情性，当与眼目同视。然眉眼二物，其势往往相因。眼细者眉必长，眉粗者眼必巨。此大较也。然亦有不尽相合者，如长短粗细之间，未能一一尽善，则当取长恕短，要当视其可施人力与否。张京兆工于画眉[⑥]，则其夫人之双黛，必非浓淡得宜、无可润泽者。短者可长，则妙在用增；粗者可细，则妙在用减。但有必不可少之一字，而人多忽视之者，其名曰“曲”。必有天然之曲，而后人力可施其巧。“眉若远山”“眉如新月”，皆言曲之至也。即不能酷肖远山，尽如新月，亦须稍带月形，略存山意，或弯其上而不弯其下，或细其外而不细其中，皆可自施人力。最忌平空一抹，有如太白经天[⑦]；又忌两笔斜冲，俨然倒书八字。变远山为近瀑，反新月为长虹，虽有善画之张郎，亦将畏难而却走。非选姿者居心太刻，以其为温柔乡择人，非为娘子军择将也。

【注释】①“察心”三句：在《孟子·离娄上》有记载：“存乎人者，莫良于眸子。眸子不能掩其恶。胸中正，则眸子瞭焉；胸中不正，则眸子眊焉。听其言也，观其眸子，人焉廋哉！”子舆氏即孟子，名轲，字子舆。

②风鉴：相面术。

③司花执爨（cuàn）：指雅俗、品位高低区别的事情。执爨：炊事，这里引申为俗气低级的事。

④哓哓（xiāo）：吵嚷，唠叨。

⑤渎：轻慢，不敬。

⑥张京兆：即汉代张敞，字子高，曾任京兆尹，人称张京兆。在《汉书·张敞传》记载他常为妻子画眉。

⑦太白经天：太白星划过天空。比喻眉毛平直，面露凶相。太白，星名，即金星。又称“长庚”“启明”。

【译文】脸面为一身之主，眼睛又是一面之主。相人必定是先相面，人们都知晓这一点，相面必定先相目，人们也都知晓，但不一定完全了解其中的奥秘。我认为相人之法，必先相心，内心有所了解然后观察他的形体。什么是形体？诸如眉、发、口、齿，耳、鼻、手、脚之类的。心在腹中，怎么能看到？答：有眼睛在，不用愁。观察心之邪正，没有什么比观察她的眼睛更妙的了，孟子在书中所记述的，已经开了相面的先河。我不想复述他的说法，只讲本性的刚柔，内心的愚慧。这四点不是别的。就是用于日后区分雅俗的标准，是她身处狮吼堂还是温柔乡的相交之地。眼睛细而长的人，秉性一定柔顺；眼睛粗而大的人，内心一定强悍；目光灵活而且眼睛黑白分明的人，一定大多聪慧；目光呆板而且眼睛白多黑少、或者白少黑多的人，一定近乎愚昧。但在初次相面时，眼睛善于转动的也不一定立刻转动。目光灵活的也有时会定住不动。如何试验呢？答：有方法，不用愁。方法是什么？一则以静待动，一是则以低视高。眼睛随着身体转动，没有转动身体而眼睛不动的；让她来来回回，多走几次，而我反复观察她的眼睛，那么她的眼睛就是不转也会自转，这一个方法。妇人避羞，眼睛一定会往下看，如果我居高临下，她居下位而眼睛又往下看，那就永远没有看到她眼睛的时候了。一定要让她处在高位，或站在台坡之上，或站在楼阁前面，而我故意低下身体去看她，那她没有地方可以向下看，势必会转动眼睛来躲避我。虽说眼睛善动的会动，不善动的也会动，而在勉强自然之中，就有贵贱美丑的区别，这又是一个方法。至于耳之大小，鼻之高低，眉发之浓淡，唇齿之红白，就算是盲人也能用手感知到，难道明眼人不能通过外形来鉴别吗？这些就不用我喋喋不休，徒增烦恼了。眉毛是否秀气，也与情性相关，应当与眼睛同等看待。但眉眼这两样东西，它们的样子往往相辅相成。眼细的人眉毛一定长，眉毛粗的人眼睛一定大。这就是大概了。但也有不完全一致的，如果在长短粗细之间，不能全都尽善尽美，则应当取长恕短，应当要看这些不足是否可以通过人力来弥补。张京兆擅长画眉，那他夫人的双眉，不一定是浓淡得宜、无可润泽的。短的眉毛可以画长，则妙处在用什么方法加长；粗的眉毛可以画细，则妙处就在于用什么方法来减少。但有一个必不可少的字，然而人们大多都会忽视，这个字便是“曲”字。一定要有天然之曲，然后人力可以施加巧思。“眉若远山”“眉如新月”，这都说弯曲的至美之处。即便不能极像远山，尽如新月，也要稍带月牙的形状，略有远山的意境，或者眉头弯曲而眉尾不弯曲，或者两边细而中间不细，都可以通过人力来弥补。最忌凭空一抹，有如太白经天；又忌两笔斜着相冲，俨然就像倒写的八字。将远山变成了近处瀑布，将新月变成了长虹，虽然有擅长画眉的张郎，也将会畏惧困难而退避。不是选姿的人居心太过苛刻，因为他是为温柔乡挑选美人，并不是为娘子军挑选将才。

手　足

相女子者，有简便诀云：“上看头，下看脚。”似二语可概通身矣。予怪其最要一着，全未提起。两手十指，为一生巧拙之关，百岁荣枯所系，相女者首重在此，何以略而去之？且无论手嫩者必聪，指尖者多慧，臂丰而腕厚者，必享珠围翠绕之荣[①]；即以现在所需而论之，手以挥弦，使其指节累累，几类弯弓之决拾；手以品箫，如其臂形攘攘，几同伐竹之斧斤；抱枕携衾[②]，观之兴索，捧卮进酒[③]，受者眉攒，亦大失开门见山之初着矣。故相手一节，为观人要着，寻花问柳者不可不知，然此道亦难言之矣。选人选足，每多窄窄金莲；观手观人，绝少纤纤玉指。是最易者足，而最难者手，十百之中，不能一二觏也[④]。须知立法不可不严，至于行法，则不容不恕。但于或嫩、或柔、或尖、或细之中，取其一得，即可宽恕其他矣。至于选足一事，如但求窄小，则可一目了然。倘欲由粗以及精，尽美而思善，使脚小而不受脚小之累，兼收脚小之用，则又比手更难，皆不可求而可遇者也。其累维何？因脚小而难行，动必扶墙靠壁，此累之在已者也；因脚小而致秽，令人掩鼻攒眉，此累之在人者也。其用维何？瘦欲无形，越看越生怜惜，此用之在日者也；柔若无骨，愈亲愈耐抚摩，此用之在夜者也。昔有人谓予曰："宜兴周相国[5]，以千金购一丽人，名为'抱小姐'，因其脚小之至，寸步难移，每行必须人抱，是以得名。"予曰："果若是，则一泥塑美人而已矣，数钱可买，奚事千金？"造物生人以足，欲其行也。昔形容女子聘婷者，非曰"步步生金莲"，即曰"行行如玉立"，皆谓其脚小能行，又复行而入画，是以可珍可宝。如其小而不行，则与刖足者何异[6]？此小脚之累之不可有也。予遍游四方，见足之最小而无累，与最小而得用者，莫过于秦之兰州、晋之大同。兰州女子之足，大者三寸，小者犹不及焉，又能步履如飞，男子有时追之不及，然去其凌波小袜而抚摩之，犹觉刚柔相半；即有柔若无骨者，然偶见则易，频遇为难。至大同名妓，则强半皆若是也。与之同榻者，抚及金莲，令人不忍释手，觉倚翠偎红之乐[7]，未有过于此者。向在都门，以此语人，人多不信。一日席间拥二妓，一晋一燕，皆无丽色，而足则甚小。予请不信者即而验之，果觉晋胜于燕，大有刚柔之别。座客无不翻然，而罚不信者以金谷酒数[8]。此言小脚之用之不可无也。噫，岂其娶妻必齐之姜[9]？就地取材，但不失立言之大意而已矣。

【注释】①珠围翠绕：比喻富贵人家跟随的侍女很多，形容随侍的美人众多。

②抱枕携衾：抱着枕头，携带被褥。引申为整理家务。

③卮（zhī）：古代一种盛酒器。

④觏（gòu）：遇见。

⑤宜兴周相国（1589–1644）：即周延儒，字玉绳，号挹斋，明代宜兴人(今宜兴宜城镇人)。

⑥刖（yuè）足：断足。古代肉刑之一。

⑦倚翠偎红：形容同女性亲热昵爱。

⑧金谷酒数：晋代石崇在金谷园设宴，赋诗不成就罚酒三杯。后泛指宴会上罚酒三杯的常例。出自石崇的《金谷诗序》："遂各赋诗，以叙中怀，或不能者，罚酒三斗。"金谷，地名，今在河南洛阳西北，石崇在这里建金谷园。

⑨"岂其"一句：出自《诗经·陈风·衡门》。齐之姜：即齐姜，齐庄公之女，卫庄公的夫人。后也作为美女的代称。

【译文】相看女子的人，有个简便的口诀："上看头，下看脚。"看似这两句话可以概括全身。我奇怪的是其中最重要的一步，完全没有提及。两手十指，是与一个人一生的巧拙相关，与百年的荣枯所系，相看女子首要的就在双手，为什么要忽略省去呢？尚且不论手嫩的人必定聪明，手指尖的人大多有智慧，手臂丰满而手腕厚的人，一定会享受珠围翠绕的富贵；就以现在所需来论，手本是用来抚琴的，假如她的指节粗笨，几乎类似于拉弓用的工具；手本是用来品箫的，如果她的臂形粗壮，几乎等同于用来砍伐的斧子；那让她整理家务，看到了也会兴味索然，捧卮进酒，也会使接受的人眉头紧皱，这也大失了开门见山的初衷了。所以相看双手这一节，是观察人的要点，寻花问柳的人不能不知，但这其中道理也很难说明白。要是通过选足来选人，大多是三寸金莲；要是通过看手来选人，极少是纤纤玉指。这就是说选足看人是最容易的，而看手选人是最难的，十人百人之中，遇不到一两人。必须要知道的是立法不可不严格，至于执行律法，则不可不宽容。只在或嫩、或柔、或尖、或细之中，有一处还说的下去，就可以宽恕其他方面了。

至于选足这件事，若是只求窄小，则可一目了然。倘若想要由粗到精，尽美而思善，使得脚小而不受脚小的牵累，又能兼得脚小的功用，那么又比看手更难，这都是可遇而不可求的。脚小的牵累有什么？因为脚小而难以行走，行动必须扶靠墙壁，这是牵累在己身；因为脚小而藏污纳垢，让人掩鼻皱眉，这是牵累于别人。脚小的功用有什么？脚小因而瘦得几近无形，越看越生怜惜，这是白天的功用；柔若无骨，愈亲愈耐抚摸，这是夜晚的功用。从前有人对我说：“宜兴周相国，以千金买一美人，叫做‘抱小姐’，因为她的脚非常小，寸步难移，每次行走必须有人抱，因此得名。”我说：“如果是这样，那只是一个泥塑美人而已，数钱就可以买到，何须千金？”造物者让人生出双脚，是想让人们行走。过去形容女子形态优美，不是说“步步生金莲”，就是说“行行如玉立”，这都是说她的脚小但能行走，而且走起路来可以入画，因此视为珍宝。如果脚小而不能行走，那和砍掉双脚的人有什么不同？这样小脚的牵累是不可有的。我游遍四方，见到脚最小而不受牵累，与最小而还能有功用的地方，莫过于秦之兰州、晋之大同。兰州女子的脚，大的三寸，小的尚且不足三寸，还能步履如飞，有时候男子都追不上，但脱掉她的凌波小袜而抚摸，还能感觉刚柔相半；即使有柔若无骨的，但偶然见到容易，频繁遇到就很难了。至于大同名妓，则多半都是如此。与她们同榻的人，抚摸金莲，令人爱不释手，觉得倚翠偎红之乐，莫过于此。从前在京都时，将这些话告诉别人，很多人都不相信。有一日在席上有两个妓女，一晋一燕，都无美色，但她们的脚却很小。我请不相信的人立即查验，果真感觉晋女胜过燕女，大有刚柔之别。在座宾客没有不起哄的，而像金谷酒数那样惩罚不信我的人。这是说小脚的功用不可无。唉，难道娶妻子一定是娶像齐姜那样的美女？就地取材，只要不失立言的大意就可以了。

验足之法无他，只在多行几步，观其难行易动，察其勉强自然，则思过半矣。直则易动，曲即难行；正则自然，歪即勉强。直而正者，非止美观便走，亦少秽气。大约秽气之生，皆强勉造作之所致也。

【译文】察验双脚的方法没有别的，只在于让她多走几步，观察她行走是难是易，观察她活动是勉强还是自然，就可以了解大半了。脚直就易于活动，脚曲就很难行走；脚正则行动自然，脚歪则行动勉强。脚直而正的人，不仅形态美观便于行走，也少有秽气。大该脚上产生秽气，都是因为强勉造作所致。

态　度

古云："尤物足以移人[①]。"尤物维何？媚态是已。世人不知，以为美色，乌知颜色虽美，是一物也，乌足移人？加之以态，则物而尤矣。如云美色即是尤物，即可移人，则今时绢做之美女，画上之娇娥，其颜色较之生人，岂止十倍，何以不见移人，而使之害相思成郁病耶？是知"媚态"二字，必不可少。媚态之在人身，犹火之有焰，灯之有光，珠贝金银之有宝色[②]，是无形之物，非有形之物也。惟其是物而非物，无形似有形，是以名为"尤物"。尤物者，怪物也，不可解说之事也。凡女子，一见即令人思之而不能自已，遂至舍命以图、与生为难者，皆怪物也，皆不可解说之事也。吾于"态"之一字，服天地生人之巧、鬼神体物之工。使以我作天地鬼神，形体吾能赋之，知识我能予之，至于是物而非物、无形似有形之态度，我实不能变之、化之，使其自无而有，复自有而无也。态之为物，不特能使美者愈美，艳者愈艳，且能使老者少而媸者妍，无情之事变为有情，使人暗受笼络而不觉者。女子一有媚态，三四分姿色，便可抵过六七分。试以六七分姿色而无媚态之妇人，与三四分姿色而有媚态之妇人同立一处，则人止爱三四分而不爱六七分，是态度之于颜色，犹不止一倍当两倍也。试以二三分姿色而无媚态之妇人，与全无姿色而止有媚态之妇人同立一处，或与人各交数言，则人止为媚态所惑，而不为美色所惑，是态度之于颜色，犹不止于以少敌多，且能以无而敌有也。今之女子，每有状貌姿容一无可取，而能令人思之不倦，甚至舍命相从者，“态”之一字之为崇也。是知选貌、选姿，总不如选态一着之为要。态自天生，非可强造。强造之态，不能饰美，止能愈增其陋。同一颦也，出于西施则可爱，出于东施则可憎者，天生、强造之别也。相面、相肌、相眉、相眼之法，皆可言传，独相态一事，则予心能知之，口实不能言之。口之所能言者，物也，非尤物也。噫，能使人知，而能使人欲言不得，其为物也何如！其为事也何如！岂非天地之间一大怪物，而从古及今，一件解说不来之事乎？

【注释】①尤物足以移人：出自《左传·昭公二十八年》：“夫有尤物，足以移人。”

②宝色：瑰丽珍奇的颜色。

【译文】古人云：“尤物足以移人。”什么是尤物？就是媚态。世人不知，以为是美色，怎会知道颜色虽美，是一个物品，怎能足以改变人的性情？假如再加上媚态，那才是尤物了。若是说美色就是尤物，就可以改变人的性情，那么如今绢做的美女，画上的娇娥，它的颜色相较活人，何止是好看十倍，怎么也不见能改变人的性情，而使人们害相思、抑郁成疾呢？所以“媚态”二字，必不能少。媚态在人身，如同火有焰，灯有光，珠贝金银有瑰丽的色泽，这是无形之物，并非有形之物。惟有它是物而非物，无形似有形，所以才称之为“尤物”。尤物，就是奇怪的事物，是无法解释的事物。

凡是女子，一见就令人思念而不能自已，竟至于舍命相图、痛不欲生，这都是奇怪的事物，都是无法解释的事物。我于“态”这一字，佩服天地造人的巧思、鬼神体察事物的细致。假如让我作为天地鬼神，形体我能赋予，知识我能给予，至于是物而非物、无形似有形的态度，我着实不能改变它，使它从无至有，又从有至无。媚态之物，不只能使美的更美，艳的更艳，并且还能使老者变得年少而使丑的变美，无情之事变为有情，使人暗受笼络而不知觉。女子一有媚态，三四分姿色，便可以抵得过六七分。假使让六七分姿色而无媚态的妇人，与三四分姿色而有媚态的妇人站在一处，则人们只爱三四分姿色的妇人而不爱六七分的，这是说态度相较于颜色，它的效果还不止一倍抵两倍。假使让两三分姿色而无媚态的妇人，与完全没有姿色而只有媚态的妇人站在一处，或是让她们各与人交谈几句，则人们只会为媚态所惑，而不为美色所惑，这是说态度相较颜色，还不止是以少敌多，而且能以无敌有。如今的女子，常有样貌姿容无一可取，而能令人思之不倦，甚至舍命相随的，便是“态”这一字在作祟。所以选貌、选姿，总不如选态这一点更为重要。媚态是天生的，不是可以强行造作的。强行造作的媚态，不能修饰她的美，只会更加放大她的丑陋。同是皱眉，出自西施则觉得可爱，出自东施则觉得可憎，这便是自然天生、强行造作的区别。相面、相肌、相眉、相眼的方法，都可以言传，只有相态一事，我心中明白，嘴上着实不会表达。嘴上所能表达出来的，是物，并非尤物。唉，能使人知晓，而又能使人欲言而不能，它若是物是怎样的物！它若是事是怎样的事！这难道不是天地之间的一大怪物，而从古至今，解释不清的一件事吗？

诘予者曰[①]：既为态度立言，又不指人以法，终觉首鼠[②]，盍亦舍精言粗，略示相女者以意乎？予曰：不得已而为言，止有直书所见，聊为榜样而已。向在维扬[③]，代一贵人相妾。靓妆而至者不一其人[④]，始皆俯首而立，及命之抬头，一人不作羞容而竟抬；一人娇羞腼腆，强之数四而后抬；一人初不即抬，及强而后可，先以眼光一瞬，似于看人而实非看人，瞬毕复定而后抬，俟人看毕，复以眼光一瞬而后俯，此即“态”也。记曩时春游遇雨，避一亭中，见无数女子，妍媸不一，皆踉跄而至。中一缟衣贫妇[⑤]，年三十许，人皆趋入亭中，彼独徘徊檐下，以中无隙地故也；人皆抖擞衣衫，虑其太湿，彼独听其自然，以檐下雨侵，抖之无益，徒现丑态故也。及雨将止而告行，彼独迟疑稍后，去不数武而雨复作[⑥]，乃趋入亭。彼则先立亭中，以逆料必转，先踞胜地故也。然臆虽偶中，绝无骄人之色。见后入者反立檐下，衣衫之湿数倍于前，而此妇代为振衣，姿态百出，竟若天集众丑，以形一人之媚者。自观者视之，其初之不动，似以郑重而养态；其后之故动，似以徜徉而生态[⑦]。然彼岂能必天复雨，先储其才以俟用乎？其养也，出之无心，其生也，亦非有意，皆天机之自起自伏耳。当其养态之时，先有一种娇羞无那之致现于身外，令人生爱生怜，不俟娉婷大露而后觉也。斯二者，皆妇人媚态之一斑，举之以见大较。噫，以年三十许之贫妇，止为姿态稍异，遂使二八佳人与曳珠顶翠者皆出其下，然则态之为用，岂浅鲜哉！

【注释】①诘：追问，质问。

②首鼠：首鼠两端，迟疑不决。

③维扬：地名，古代扬州的别称。

④靓妆：浓妆艳抹，打扮得十分漂亮。

⑤缟：白色的生绢。

⑥数武：古代以六尺为步，半步为武。后泛指脚步。

⑦徜徉：自由自在地行走，与前文“郑重”相对。

【译文】有人追问我说：既然你为态度立言，又不给人指出一个方法，始终会让人感觉你首鼠两端，你为何不舍精言粗，为相女的人表露大致的意思呢？我说：我不得已所说的，只有将我所见的据实书写，暂且作为榜样而已。过去在扬州，替一位贵人相妾。浓妆艳抹而来的不止一人，一开始都低头站立，当让她们抬头时，一人不害羞而直接抬起头来；一个娇羞腼腆，强叫她数次后才抬起头来；一人最初时没有马上抬头，等强叫她之后才抬起头来，她先以目光一扫而过，似乎是在看人而实际并不是在看人，目光扫过后定住再抬起头来，等人看完，又以目光一扫而过然后低下头去，这即是“态”。记得以前春游时遇到下雨，在一座亭子中避雨，看到许多女子，美丑不一，都是踉跄而来。其中有一个身穿白衣的贫妇，三十岁左右，人们都赶快跑到亭中，只有她在檐下徘徊，是因为亭中没有空地的缘故；人们都抖动衣衫，担心衣服太湿，只有她听凭自然，因为檐下还是会有雨下进来，抖动衣服也没用，只能露出丑态。等到雨将停要继续赶路时，只有她迟疑稍后，人们刚离开没几步而雨又下起来，于是又赶快跑回亭中。而她先站在亭中了，因为她料到人们一定会回来，所以先占了好的位置。她虽然预料得很准，却毫无骄傲的神色。见到后来的人反而站在檐下，衣衫比之前还要湿好几倍，而这个妇人帮她整理衣服，姿态百出，竟好像是上天在此聚集了众丑，来表现一个人的媚态。从观者来看，这位妇人最初不动，似乎以郑重的心理来长养她的媚态；此后有意的动作，似乎以自然的行为来生出媚态。但她怎么能确定天还会下雨，事先准备才华以等待使用呢？她长养媚态，是出于无心，她生出媚态，也并非有意，这都是天机自起自伏。当她在长养媚态时，先有一种娇羞无限的情致表现在身体外，令人心生爱怜，不用等她娉婷之姿充分显露后才有所察觉。这两者，都是妇人媚态的一部分，列举出来以说明大概。唉，三十几岁的贫妇，只是她的姿态稍有不同，就使二八佳人和身戴珠翠的贵妇都在其下，既然如此，媚态的作用，岂会很轻微！

人问：圣贤神化之事，皆可造诣而成[①]，岂妇人媚态独不可学而至乎？予曰：学则可学，教则不能。人又问：既不能教，胡云可学？予曰：使无态之人与有态者同居，朝夕薰陶，或能为其所化；如蓬生麻中，不扶自直[②]，鹰变成鸠，形为气感[③]，是则可矣。若欲耳提而面命之，则一部《廿一史》[④]，当从何处说起？还怕愈说愈增其木强[⑤]，奈何！

【注释】①造诣：这里引申为修养，修学，修炼。

②“蓬生麻中”两句：出自《荀子·劝学》。

③“鹰变成鸠”两句：古代认为鹰被春和之气所感而化为鸠。在《礼记·月令》记载：“仲春之月，鹰化为鸠。”

④《廿一史》：分别为《史记》《汉书》《后汉书》《三国志》《晋书》《宋书》《南齐书》《梁书》《陈书》《魏书》《北齐书》《周书》《隋书》《南史》《北史》《新唐书》《新五代史》《宋史》《辽史》《金史》《元史》。

⑤木强：质直刚强。这里是指呆板。

【译文】有人问：圣贤出神入化之事，都可以通过修学而成，难道只有妇人的媚态不能通过学习而做到吗？我说：学可以学，教则是教不出来的。有人又问：既然不能教，为什么又说可以学？我说：让没有媚态的人与有媚态的人住在一起，早晚熏陶，或许能为她们所同化；就像蓬草生长在麻之中，不用扶自然会长得很直，鹰变成鸠，外形就会为气氛所感，这样就可以了。如果想耳提面命地一步步去教，则像是一部《廿一史》，应当从何说起呢？还怕越说越加强它的刻板生硬之感，这该怎么办啊！

修容第二

妇人惟仙姿国色，无俟修容；稍去天工者，即不能免于人力矣。然予所谓“修饰”二字，无论妍媸美恶，均不可少。俗云：“三分人材，七分妆饰。”此为中人以下者言之也。然则有七分人材者，可少三分妆饰乎？即有十分人材者，岂一分妆饰皆可不用乎？曰：不能也。若是，则修容之道不可不急讲矣。今世之讲修容者，非止穷工极巧，几能变鬼为神，我即欲勉竭心神，创为新说，其如人心至巧，我法难工，非但小巫见大巫，且如小巫之徒，往教大巫之师，其不遭喷饭而唾面者鲜矣。然一时风气所趋，往往失之过当。非始初立法之不佳，一人求胜于一人，一日务新于一日，趋而过之，致失其真之弊也。“楚王好细腰，宫中皆饿死；楚王好高髻，宫中皆一尺；楚王好大袖，宫中皆全帛[①]”。细腰非不可爱，高髻大袖非不美观，然至饿死，则人而鬼矣。髻至一尺，袖至全帛，非但不美观，直与魑魅魍魉无别矣。此非好细腰、好高髻大袖者之过，乃自为饿死、自为一尺、自为全帛者之过也。亦非自为饿死、自为一尺、自为全帛者之过，无一人痛惩其失，著为章程，谓止当如此，不可太过，不可不及，使有遵守者之过也。吾观今日之修容，大类楚宫之末俗[②]，著为章程，非草野得为之事。但不经人提破，使知不可爱而可憎，听其日趋日甚，则在生而为魑魅魍魉者，已去死人不远，矧腰成一缕，有饿而必死之势哉！予为修容立说，实具此段婆心[③]，凡为西子者，自当曲体人情[④]，万毋遽发娇嗔，罪其唐突。

【注释】①“楚王”六句：参见《后汉书·马援传》。

②末俗：低下的习俗。

③婆心：慈悲善良的心地。

④曲体：深入体察。

【译文】妇人只有长得仙姿国色，不用修饰容貌；天生稍差一些的人，就不能避免靠人力来弥补了。但是我所说的“修饰”二字，无论美丑，均不可少。俗话说：“三分人才，七分妆饰。”这是为中等以下的人所说的。然而有七分人材的人，就可以少了那三分的妆饰吗？即便有十分人材的人，怎能连一分妆饰都不用了吗？我说：不能。如果是这样，那么修容之道就不可不着急讲出来。如今讲究修容的人，不仅技术极为精巧，几乎能变鬼为神，即使我想竭尽心力，创立新说，无奈人心至巧，我法难工，不仅是小巫见大巫，而且就如同小巫的徒弟，去求教大巫的老师，他们很少能有不遭喷饭唾面的。但是这一时风气所追求的，往往失之过当。这并非是最初创立的法度不好，而是在于一人力求胜过一人，一天力求新于一天，过度求新，导致犯了失真的毛病。“楚王好细腰，宫中皆饿死；楚王好高髻，宫中皆一尺；楚王好大袖，宫中皆全帛”。细腰并非不可爱，高髻大袖并非不美观，但以至于饿死，则人就变成鬼了。发髻高到一尺，袖子宽到一匹帛的宽度，非但不美观，简直是与魑魅魍魉没有分别了。这不是喜欢细腰、喜欢高髻大袖的人的过失，而是饿死自己、自己梳髻高一尺、自用全帛的人的过错。也不是饿死自己、自己梳髻高一尺、自用全帛的人的过错，错在没有一人严惩这种错误，写成章程，告知大众只能如此，不可太过，不可不及，使得有遵守者的过错。我观察现在的修容，与楚宫的陋俗非常相似，写成了章程，不是草野匹夫能做的事。但是这件事不经人说破，使人们知道过分修容不可爱而可憎，听凭这种风气日益严重，那么活着的却像魑魅魍魉的人，已经离死人不远了，况且把腰瘦成一缕，大有饿死的趋势呢！我为修容立说，确实是有这么一段悲心，凡是想成为像西施那样的佳人的，自是应当体察这良苦用心，千万不要心中急发娇嗔，怪罪我行事唐突。

盥 栉

盥面之法，无他奇巧，止是濯垢务尽。面上亦无他垢，所谓垢者，油而已矣。油有二种，有自生之油，有沾上之油。自生之油，从毛孔沁出，肥人多而瘦人少，似汗非汗者是也。沾上之油，从下而上者少，从上而下者多，以发与膏沐势不相离[①]，发面交接之地，势难保其不侵。况以手按发，按毕之后，自上而下亦难保其不相挨擦，挨擦所至之处，即生油发亮之处也。生油发亮，于面似无大损，殊不知一日之美恶系焉。面之不白不匀，即从此始。从来上粉着色之地，最怕有油，有即不能上色。倘于浴面初毕，未经搽粉之时，但有指大一痕为油手所污，迨加粉搽面之后，则满面皆白而此处独黑，又且黑而有光，此受病之在先者也。既经搽粉之后，而为油手所污，其黑而光也亦然，以粉上加油，但见油而不见粉也，此受病之在后者也。此二者之为患，虽似大而实小，以受病之处止在一隅[②]，不及满面，闺人尽有知之者。尚有全体受伤之患，从古佳人暗受其害而不知者，予请攻而出之。从来拭面之巾帕，多不止于拭面，擦臂抹胸，随其所至；有腻即有油，则巾帕之不洁也久矣。即有好洁之人，止以拭面，不及其他，然能保其上不及发、将至额角而遂止乎？一沾膏沐，即非无油少腻之物矣。以此拭面，非拭面也，犹打磨细物之人，故以油布擦光，使其不沾他物也。他物不沾，粉独沾乎？凡有面不受妆，越匀越黑；同一粉也，一人搽之而白，一人搽之而不白者，职是故也。以拭面之巾有异同，非搽面之粉有善恶也。故善匀面者，必须先洁其巾。拭面之巾，止供拭面之用，又须用过即浣，勿使稍带油痕，此务本穷源之法也。

【注释】①膏沐：古代妇女润发的油脂。

②隅（yú）：角落。

【译文】洗脸的方法，没有其他奇巧，只是一定要将污垢洗净。脸上也没有其他污垢，污垢，就是油罢了。油有两种，一种是自己生出的油，一种是沾上的油。自己生出的油，从毛孔沁出，胖人出的油多而瘦人出的油少，就是脸上似汗非汗的东西。沾上的油，发油从下到上沾的少，从上到下沾的多，因为头发和发油不相分离，头发与脸交接之地，难以保证发油不会侵染到脸上。何况用手按发，结束之后，从上到下也很难保证两者不相挨擦，挨擦到的地方，就是生油发亮之处。生油发亮，对于面部似乎没有什么很大的损失，殊不知与一天的美丑相关。面部的不白不匀，就从这一点开始。从来上粉着色之地，最怕有油，有就不能上色。若是在刚刚洗完脸，还未搽粉时，只要有手指大的一块地方为油手所污，等到用粉搽面之后，则满脸都会变白而唯独此处是黑的，而且又黑有亮，这是用粉搽面之前出现的毛病。已经搽了粉之后，又为油手所污，也是一样的又黑又亮，因为在粉上加油，只见油而不见粉，这是用粉搽面之后出现的毛病。这两者的损害，虽然似乎很大但实际却很小，因为油所沾到的的地方只有一小块，不到全脸，闺阁女子尽知的。还有整个面部受到沾染的隐患，自古以来佳人暗受其害而不知觉，请让我把它指出来。从来擦脸的巾帕，多半不只用于擦脸，擦臂抹胸，随手取用；有腻就会有油，那么巾帕早已不干净了。即使有爱干净的人，只用于擦脸，不用于擦其他地方，这样就能保证不碰到发、将要到额角时就停止吗？一沾到发油，这就不是没有油腻的巾帕了。用这种巾帕擦脸，就不是擦脸，而是打磨细小物品的人，故意以油布擦光，使它不会沾上其他东西。其他东西不会沾上，单单能沾上粉吗？凡是有面部不受妆的，就会越匀越黑；同一种粉，一人搽脸而白，另一人搽脸而不白的，就是这个原因。因为擦脸用的巾帕有区别，并非是搽脸的粉有好坏。所以擅长匀面的人，必须先清洁巾帕。擦脸的巾帕，只能用于擦脸，而且必须是用过就立即清洗干净，不要带有一点点油痕，这是最根本的方法。

善栉不如善篦[①]，篦者，栉之兄也。发内无尘，始得丝丝现相，不则一片如毡，求其界限而不得，是帽也，非髻也，是退光黑漆之器，非乌云蟠绕之头也。故善蓄姬妾者，当以百钱买梳，千钱购篦。篦精则发精，稍俭其值，则发损头痛，篦不数下而止矣。篦之极净，使便用梳。而梳之为物，则越旧越精。“人惟求旧，物惟求新”。古语虽然，非为论梳而设。求其旧而不得，则富者用牙，贫者用角。新木之梳，即搜根剔齿者[②]，非油浸十日，不可用也。

【注释】①栉（zhì）：梳子。篦（bì）：一种齿比梳子密的梳头用具。也指用篦子梳发。

②搜根剔齿：寻根究底，连细微处也不放过。

【译文】善用梳子不如善用篦子，篦子，是梳子的兄长。头发内没有灰尘，才会是发丝分明，否则就是如毡一片，分不清每根头发，那就成了帽子，而不是发髻，那是退去光泽的黑漆器物，并非是乌云蟠绕的头顶。所以擅长蓄养姬妾的人家，应当以百钱买梳，千钱买篦。篦子精致则头发就精美，若是在篦子上稍稍俭省，那就会发损而头痛，用篦子梳不了几下就结束了。用篦子梳得极干净了，就能用梳子了。而梳子这东西，是越旧越精。“人惟求旧，物惟求新”。古语虽然是这样说，并不是为讨论梳子而说的。找不到旧梳子，则富人用的是象牙梳子，贫人用的是牛角梳子。新用木头做的梳子，就是打磨的细致了，不在油中浸泡十天，是不能用的。

古人呼髻为“蟠龙”。蟠龙者，髻之本体，非由妆饰而成。随手绾成，皆作蟠龙之势，可见古人之妆，全用自然，毫无造作。然龙乃善变之物，发无一定之形，使其相传至今，物而不化，则龙非蟠龙，乃死龙矣；发非佳人之发，乃死人之发矣。无怪今人善变，变之诚是也。但其变之之形，只顾趋新，不求合理；只求变相，不顾失真。凡以彼物肖此物，必取其当然者肖之，必取其应有者肖之，又必取其形色相类者肖之，未有凭空捏造，任意为之而不顾者。古人呼发为“乌云”，呼髻为“蟠龙”者，以二物生于天上，宜乎在顶。发之缭绕似云，发之蟠曲似龙，而云之色有乌云，龙之色有乌龙。是色也、相也、情也、理也，事事相合，是以得名，非凭捏造，任意为之而不顾者也。窃怪今之所谓“牡丹头”“荷花头”“钵盂头”，种种新式，非不穷新极异，令人改观，然于当然应有、形色相类之义，则一无取焉。人之一身，手可生花，江淹之彩笔是也[①]；舌可生花，如来之广长是也[②]；头则未见其生花，生之自今日始。此言不当然而然也。发上虽有簪花之义，未有以头为花，而身为蒂者；钵盂乃盛饭之器，未有倒贮活人之首，而作覆盆之象者，此皆事所未闻，闻之自今日始。此言不应有而有也。群花之色，万紫千红，独不见其有黑。设立一妇人于此，有人呼之为“黑牡丹”“黑莲花”“黑钵盂”者，此妇必能艴然而怒[③]，怒而继之以骂矣。以不喜呼名之怪物，居然自肖其形，岂非绝不可解之事乎？吾谓美人所梳之髻，不妨日异月新，但须筹为理之所有。理之所有者，其象多端，然总莫妙于云龙二物。仍用其名而变更其实，则古制新裁，并行而不悖矣。勿谓止此二物，变来有限，须知普天下之物，取其千态万状，越变而越不实者，无有过此二物者矣。龙虽善变，犹不过飞龙、游龙、伏龙、潜龙、戏珠龙、出海龙之数种。至于云之为物，顷刻数迁其位，须臾屡易其形，“千变万化”四字，犹为有定之称，其实云之变相，“千万”二字，犹不足以限量之也。若得聪明女子，日日仰观天象，既肖云而为髻，复肖髻而为云，即一日一更其式，犹不能尽其巧幻，毕其离奇，矧未必朝朝变相乎？若谓天高云远，视不分明，难于取法，则令画工绘出巧云数朵，以纸剪式，衬于发下，俟栉沐既成，而后去之，此简便易行之法也。云上尽可着色，或簪以时花，或饰以珠翠，幻作云端五彩，视之光怪陆离。但须位置得宜，使与云体相合，若其中应有此物者，勿露时花珠翠本形，则尽善矣。肖龙之法：如欲作飞龙、游龙，则先以己发梳一光头于下[④]，后以假髮制作龙形[⑤]，盘旋缭绕，覆于其上。务使离发少许，勿使相粘相贴，始不失飞龙、游龙之义，相粘相贴则是潜龙、伏龙矣。悬空之法，不过用铁线一二条，衬于不见之处，其龙爪之向下者，以发作线，缝于光发之上，则不动矣。戏珠龙法，以髮作小龙二条，缀于两旁，尾向后而首向前，前缀大珠一颗，近于龙嘴，名为“二龙戏珠”。出海龙亦照前式，但以假髮作波浪纹，缀于龙身空隙之处。皆易为之。是数法者，皆以云龙二物分体为之，是云自云而龙自龙也。予又谓云龙二物势不宜分。“云从龙，风从虎[⑥]”，《周易》业有成言，是当合而用之。同用一髮，同作一假，何不幻作云龙二物，使龙勿露全身，云亦勿作全朵，忽而见龙，忽而见云，令人无可测识，是美人之头，尽有盘旋飞舞之势，朝为行云，暮为行雨，不几两擅其绝，而为阳台神女之现身哉？噫，笠翁于此搜尽枯肠，为此髻者，不可不加尸祝[⑦]。天年以后，倘得为神，则将往来绣阁之中，验其所制，果有裨于花容月貌否也[⑧]。

【注释】①江淹之彩笔：江淹是南朝梁诗人，在《南史》中的《江淹传》记载：“（淹）又宿于冶亭，梦一丈夫自称郭璞，谓淹曰：‘吾有笔在卿处多年，可以见还。’淹乃探怀中，得五色笔以授之。尔后为诗绝无美句，时人谓之才尽。”

②如来之广长：出自《法华经》："现大神力，出广长舌，上至梵世。"后比喻善于言辞。

③艴(fú)然：恼怒。

④光头：梳理头发，这里是指将头发梳理得光滑平整，便于后面戴上假发。

⑤假鬓(bì)：假发。

⑥"云从龙"两句：出自《周易·乾卦》。意思是云因龙腾而起，风因虎啸而成。同类的事物相互感应。

⑦尸祝：祭祀。

⑧裨(bì)：增添，补助。

【译文】古人称髻为"蟠龙"。蟠龙，是发髻本来的样子，并非是由妆饰而成。发髻随手绾成，都作蟠龙的姿势，可见以看到古人的妆饰，全用自然，毫无造作。但龙乃善变之物，发髻没有一定的形状，假使它们相传至今，没有丝毫改变，那么龙不是蟠龙，乃是死龙；头发不是佳人之发，乃是死人之发。无怪现在的人善变，善变实在是正确的。但是变化的形状，只管求新，不求合理；只求改变外形，不考虑是否失真。凡是以彼物效仿此物，必是取它们本来的模样来效仿，必是取它们应有的模样来效仿，还必是取它们形色相似的模样来效仿，没有凭空捏造，任意为之而不管不顾的。古人称头发为"乌云"，称髻为"蟠龙"，这是因为两者长在天上，适宜用在头顶。头发缭绕似云，头发蟠曲似龙，而云的颜色有乌云，龙的颜色有乌龙。所以色、相、情、理，事事相合，因此得名，并不是凭空捏造，任意为之而不管不顾。我奇怪的是当今所谓的"牡丹头""荷花头""钵盂头"，种种新式，并非不极其新奇，令人改观，然而对于以本来应有的模样、形色相似的模样来效仿的意义，则是没有一出可取。人的全身，手可生花，就像江淹的彩笔；舌可生花，就像如来的广长舌相；头则没见它可以生花，从今天开始头上可以生花。这是说没有依照本来的模样来效仿。头发上虽能簪花，却没有以头为花，而身为蒂的；钵盂是盛饭的器具，却没有倒过来存放活人之首，而作覆盆之象的，这些事情都是从未听闻，从今天开始听闻到了。这是说没有依照应有的模样来效仿。群花之色，万紫千红，单单不见有黑色。如果有一位妇人站在这，有人称之为“黑牡丹”“黑莲花”“黑钵盂”，这位妇人一定会勃然大怒，继而大骂。因为人们不喜欢称呼有名字的怪物，居然自己还要效仿它的外形，这难道不是绝对不可理解之事吗？我认为美人所梳之髻，不妨日新月异，但要考虑应有的情理。拥有情理的事物，它的形状多种多样，但总的来说其中妙处莫过于云和龙这两样事物。沿用它们的名字而改变它们的实际，那就是古时的体制和新奇的式样并行而不冲突。不要认为只有这两样事物，会限制发髻式样的变化，要知道普天下的事物，取其万千形状，越变越无穷的，没有什么比得过这两者的。龙虽善变，不过是飞龙、游龙、伏龙、潜龙、戏珠龙、出海龙等等几种。至于云这种东西，顷刻之间就可以数次迁移它的位置，片刻之间就可以多次改变它的形状，“千变万化”四个字，还是有一定的称赞，其实云之变相，“千万”二字，还不足以限制它。如果有聪明的女子，天天仰观天象，既以发髻来效仿云，又以云来效仿发髻，即便式样一天一换，也不能穷尽将云的巧幻和离奇，况且还不一定天天变换发髻呢？如果说天高云远，看不清楚，难以效法，那就让画工绘制出巧云几朵，剪成纸样，衬于头发之下，等到梳洗结束，然后再将纸样去掉，这就是一个简便易行的方法。云髻上可以尽量着色，或是簪上时下花朵，或是以珠翠来妆饰，幻作五彩云端，看上去光怪陆离。但要位置得宜，使得与云体相合，好似是其中应有的东西，不要显露时花珠翠原本的形状，那就极其完美了。效仿龙的方法：若是想效仿飞龙、游龙，那就先将自己头发梳得光整作为底子，再以假发制作龙形，盘旋缭绕，覆在上面。一定要使它离开底发少许，不要使它们相粘相贴，这才不失飞龙、游龙本来的意义，相粘相贴则是潜龙、伏龙。悬空之法，不过是用一两条铁丝，衬在见不到的地方，那种向下的龙爪，用头发做线，缝在光整的底发上，这样就固定不动了。效仿戏珠龙的方法，以假发作两条小龙，缀在头发两旁，尾巴向后而头部向前，前面点缀一颗大珠子，靠近在龙嘴，名为"二龙戏珠"。出海龙也照前面的方法，只以假发制成波浪纹，点缀在龙身空隙的地方。这都是很容易做的。这几种方法，都是以云龙这两者分开来做的，这就是云是云而龙是龙。我又认为云龙这两者不应该分开。"云从龙，风从虎"，《周易》早已说过，应当将它们结合在一起使用。同是用一个假发，同是作一个假发，为什么不幻化云龙这两样东西，使龙不要显露全身，云也不要制作全部，忽然见龙，忽然见云，使人不可猜测辨识，这样美人的头上，尽有盘旋飞舞之势，朝为行云，暮为行雨，这不就是云龙两者极尽发挥它们的绝妙，而好似阳台神女现身吗？唉，我李笠翁在这冥思苦想，梳此髻的人，不可不对我祭拜。我百年以后，倘若为神，我将往来闺阁之中，验证佳人梳上我所制的发髻，是否真的有助于花容月貌。

薰　陶

名花美女，气味相同，有国色者，必有天香。天香结自胞胎，非由薰染，佳人身上实实有此一种，非饰美之词也。此种香气，亦有姿貌不甚娇艳，而能偶擅其奇者。总之，一有此种，即是夭折摧残之兆，红颜薄命未有捷于此者。有国色而有天香，与无国色而有天香，皆是千中遇一，其余则薰染之力不可少也。其力维何？富贵之家，则需花露。花露者，摘取花瓣入甑[①]，酝酿而成者也。蔷薇最上，群花次之。然用不须多，每于盥浴之后，挹取数匙入掌[②]，拭体拍面而匀之。此香此味，妙在似花非花，是露非露，有其芬芳，而无其气息，是以为佳，不似他种香气，或速或沉[③]，是兰是桂，一嗅即知者也。其次则用香皂浴身，香茶沁口，皆是闺中应有之事。皂之为物，亦有一种神奇，人身偶染秽物，或偶沾秽气，用此一擦，则去尽无遗。由此推之，即以百和奇香拌入此中[④]，未有不与垢秽并除，混入水中而不见者矣；乃独去秽而存香，似有攻邪不攻正之别。皂之佳者，一浴之后，香气经日不散，岂非天造地设，以供修容饰体之用者乎？香皂以江南六合县出者为第一[⑤]，但价值稍昂，又恐远不能致，多则浴体，少则止以浴面，亦权宜丰俭之策也。至于香茶沁口，费亦不多，世人但知其贵，不知每日所需，不过指大一片，重止毫厘，裂成数块，每于饭后及临睡时以少许润舌，则满吻皆香，多则味苦，而反成药气矣。凡此所言，皆人所共知，予特申明其说，以见美人之香不可使之或无耳。别有一种，为值更廉，世人食而但甘其味，嗅而不辨其香者，请揭出言之：果中荔子，虽出人间，实与交梨、火枣无别[⑥]，其色国色，其香天香，乃果中尤物也。予游闽粤，幸得饱啖而归[⑦]，庶不虚生此口，但恨造物有私，不令四方皆出。陈不如鲜，夫人而知之矣。殊不知荔之陈者，香气未尝尽没，乃与橄榄同功，其好处却在回味时耳。佳人就寝，止啖一枚，则口脂之香，可以竟夕，多则甜而腻矣。须择道地者用之，枫亭是其选也[⑧]。人问：沁口之香，为美人设乎？为伴美人者设乎？予曰：伴者居多。若论美人，则五官四体皆为人设，奚止口内之香。

【注释】①甑（zèng）：古代蒸饭的一种瓦器，底部有许多透蒸气的孔格，置于鬲上蒸煮。

②挹（yì）：舀。

③或速或沉：指速香和沉香。都是香木。

④百和奇香：由各种香料和成的香，也指花香。

⑤六（lù）合县：今在江苏省南京市。

⑥交梨、火枣：道教所称的仙果。

⑦啖：吃。

⑧枫亭：地名，今在福建省莆田县、仙游县之间。

【译文】名花和美女，气味相同，有国色，就一定有天香。天香在胞胎中就结成了，并不是由薰染而成，佳人身上确实有这样一种天香，这并非饰美之词。这种香气，也有姿貌不是很姣艳，但能偶尔拥有它的人。总之，一有这种香气，即是夭折摧残的征兆，红颜薄命没有比它更快的。有国色而有天香，与无国色而有天香，都是千中遇一，其余的则不可少要借用薰染之力。什么是薰染之力？富贵之家，则需花露。花露，就是摘下花瓣放入陶罐，酝酿而成。蔷薇制成的花露是最上等的，群花制成的花露次之。但花露的用量不需要太多，每次在盥洗沐浴之后，取几匙放入掌中，均匀擦在身体和面部。此香此味，妙在似花非花，是露非露，有其芬芳，而无其气息，因此视为最佳，不像其他的香气，或是速香或是沉香，或是兰花或是桂花，一闻便知。其次是用香皂沐浴，用香茶漱口，都是闺中应有的事。香皂这类的东西，也有一种神奇的效用，人的身体偶尔染上脏东西，或者偶然沾上秽气，用香皂一擦，就能全部清洗干净。由此推测，就以各种香料拌在其中，还没有不与污秽一起洗掉，混在水中而看不见的；但它能去除污秽而独留香气，似乎有攻邪不攻正的分别。上好的香皂，沐浴之后，香气终日不散，这难道不是天造地设，以供修容饰体的人之用吗？香皂以江南六合县出产的为第一，但价格略微高昂，又恐怕远的地方不能买到，香皂有富余的就沐浴身体，紧缺的就只用来洗脸，也是权益多寡的计策。至于香茶漱口，耗费的也不多，世人只知道它价格昂贵，却不知每天所需的，不过是指头大的一片，重量只有毫厘，将它分成几块，每次在饭后和临睡时用少许润舌，则满口都有香气，量多了味道就苦，反倒成了药气。以上所说的话，都是人们知道的，我特意在这里申说明白，是因为要让人明白美人之香是不可缺少的。另外还有一种，价格更便宜，世人吃了只觉得味道甘美，却闻不出它的香气，请让我揭露出来告知人们：果中荔枝，虽然产自人间，实际与交梨、火枣没有区别，它的色相是国色，它的香味是天香，是果中尤物。我游览闽粤时，有幸可以饱食而归，也算是没有白长了一张嘴，只恨上天有私心，不让天地四方都能产出。荔枝陈年的不如新鲜的，人人都知道。殊不知陈年的荔枝，香气并没有完全消失，与橄榄有一样的成效，它的好处却是在回味时。佳人就寝时，只吃一颗，则口中的香气，可以保留一夜，吃多了就会甜而发腻了。要选择地道的荔枝食用，产自枫亭的荔枝就是首选。有人问：沁口之香，是为美人而设的吗？还是为相伴美人的人而设的？我说：相伴美人的人居多。如果说到美人，那她的五官四肢都是为他人而设，何止是她口中的香味。

点　染

“却嫌脂粉污颜色，淡扫蛾眉朝至尊[①]。”此唐人妙句也。今世讳言脂粉，动称污人之物，有满面是粉而云粉不上面、遍唇皆脂而曰脂不沾唇者，皆信唐诗太过，而欲以虢国夫人自居者也[②]。噫，脂粉焉能污人，人自污耳。人谓脂、粉二物，原为中材而设，美色可以不需。予曰：不然。惟美色可施脂粉，其余似可不设。何也？二物颇带世情，太有趋炎附热之态，美者用之愈增其美，陋者加之更益其陋。使以绝代佳人而微施粉泽，略染猩红，有不增娇益媚者乎？使以媸颜陋妇而丹铅其面，粉藻其姿[③]，有不惊人骇众者乎？询其所以然之故，则以白者可使再白，黑者难使遽白；黑上加之以白，是欲故显其黑，而以白物相形之也。试以一墨一粉，先分二处，后合一处而观之，其分处之时，黑自黑而白自白，虽云各别其性，未甚相仇也；迨其合处，遂觉黑不自安，而白欲求去。相形相碍，难以一朝居者，以天下之物，相类者可使同居，即不相类而相似者，亦可使之同居，至于非但不相类、不相似，而且相反之物，则断断勿使同居，同居必为难矣。此言粉之不可混施也。脂则不然，面白者可用，面黑者亦可用。但脂、粉二物，其势相依，面上有粉而唇上涂脂，则其色灿然可爱，倘面无粉泽而止丹其唇，非但红色不显，且能使面上之黑色变而为紫，以紫之为色，非系天生，乃红黑二色合而成之者也。黑一见红，若逢故物，不求合而自合，精光相射[4]，不觉紫气东来，使乘老子青牛，竟有五色灿然之瑞矣[5]。若是，则脂、粉二物，竟与若辈无缘，终身可不用矣。何以世间女子人人不舍，刻刻相需，而人亦未尝以脂粉多施，摈而不纳者？曰：不然。予所论者，乃面色最黑之人，所谓不相类、不相似，而且相反者也。若介在黑白之间，则相类而相似矣，既相类而相似，有何不可同居？但须施之有法，使浓淡得宜，则二物争效其灵矣。从来傅粉之面，止耐远观，难于近视，以其不能匀也。画士着色，用胶始匀，无胶则研杀不合[6]。人面非同纸绢，万无用胶之理，此其所以不匀也。有法焉：请以一次分为二次，自淡而浓，由薄而厚，则可保无是患矣。请以他事喻之。砖匠以石灰粉壁，必先上粗灰一次，后上细灰一次；先上不到之处，后上者补之；后上偶遗之处，又有先上者衬之，是以厚薄相均，泯然无迹。使以二次所上之灰，并为一次，则非但拙匠难匀，巧者亦不能遍及矣。粉壁且然，况粉面乎？今以一次所傅之粉，分为二次傅之，先傅一次，俟其稍干，然后再傅第二次，则浓者淡而淡者浓，虽出无心，自能巧合，远观近视，无不宜矣。此法不但能匀，且能变换肌肤，使黑者渐白。何也？染匠之于布帛，无不由浅而深，其在深浅之间者，则非浅非深，另有一色，即如文字之有过文也。如欲染紫，必先使白变红，再使红变为紫，红即白、紫之过文，未有由白竟紫者也。如欲染青，必使白变为蓝，再使蓝变为青，蓝即白、青之过文，未有由白竟青者也。如妇人面容稍黑，欲使竟变为白，其势实难。今以薄粉先匀一次，是其面上之色已在黑白之间，非若曩时之纯黑矣；再上一次，是使淡白变为深白，非使纯黑变为全白也，难易之势，不大相径庭哉？由此推之，则二次可广为三，深黑可同于浅，人间世上，无不可用粉匀面之妇人矣。此理不待验而始明，凡读是编者，批阅至此，即知湖上笠翁原非蠢物，不止为风雅功臣，亦可谓红裙知己。初论面容黑白，未免立说过严。非过严也，使知受病实深，而后知德医人，果有起死回生之力也。舍此更有二说，皆浅乎此者，然亦不可不知：匀面必须匀项，否则前白后黑，有如戏场之鬼脸；匀面必记掠眉，否则霜花覆眼，几类春生之社婆[7]。至于点唇之法，又与匀面相反，一点即成，始类樱桃之体；若陆续增添，二三其手，即有长短宽窄之痕，是为成串樱桃，非一粒也。

【注释】①“却嫌”两句：出自唐代张祜所写的绝句《集灵台二首》中的其二。描写的是虢国夫人。

②虢（guó）国夫人（?–756）：杨玉环的三姐，初嫁裴氏为妻，生平骄奢淫逸，后在安史之乱时被迫自杀。

③粉藻：粉饰。

④精光：光辉。

⑤“不觉”三句：在文中，作者李渔借此讥讽肤色太黑而涂脂粉不当的人。紫气东来，在《列仙传》中记载：“老子西游，关令尹喜望见有紫气浮关，而老子果乘青牛而过也。”

⑥研杀：研成细末。杀，用在动词后，表示极甚，程度深。

⑦社婆：古时将天生头发和眉毛都是白色的人，男子称为社公，女子称为社婆。也是指在春秋祭祀土地神时，扮成白眉白发的人。

【译文】“却嫌脂粉污颜色，淡扫蛾眉朝至尊。”这是唐人所作的妙句。现在的人们避讳谈论脂粉，动辄就说是污人之物，有满脸是粉却说粉不上脸、遍唇涂满脂却说脂不沾唇的人，都是过于相信唐诗，而想以虢国夫人自居。唉，脂粉怎能污人，人自污而已。人们认为脂、粉这两种东西，原是为样貌中等的女子而设，美色可以不要这种东西。我说：不是这样的。只有美色能施以脂粉，其余的好像可以不用。为什么？这两样东西颇带世态人情，太有趋炎附热之态，美者用它会更加美丽，丑者用它会更加丑陋。假使让绝代佳人微施粉泽，略染胭脂，有不增显娇媚的吗？假使让丑颜陋妇涂粉描眉，粉饰姿容，有不惊人骇众的吗？询问之所以这样的原因，则是因为它可以使肤色白的更加白，肤色黑却很难突然变白；

黑上加白，这就相当于想故意显露她的黑，而以白色的东西将黑显露出来。试着将一块墨一盒粉，先分放两处，然后合在一起来看，它们分开放时，黑是黑而白是白，虽说它们的性质各有不同，却没有感觉相互敌对排斥；等到将它们合在一起，就会感觉黑得不情愿，而白的也想分开。相互对照相互妨碍，片刻都很难合在一起，因为天下之物，同类的可以让它们共在一处，就算是不相类但相似的，也可以让它们同在一处，至于不仅不是同类、还不相似，而且相反的事物，那么绝对不能让它们共处，如果共处必定会为难。这说的是粉不可混用。胭脂则不是这样的，脸白的人可以使用，脸黑的人也可以使用。但脂、粉这两种东西，相辅相成，脸上有粉而唇上涂脂，那么彰显的颜色灿烂可爱，如果脸上没有施粉而只在唇上涂胭脂，不仅红色不显，并且还能使脸上的黑色变为紫色，因为紫色这种颜色，不是天生的，而是红黑二色混合而成的。黑色一见红色，如同遇到旧友，不求相合而自然混合到一起，两者互相映衬，不由得显出紫气东来的景象，假如骑上老子的青牛，竟会出现五彩灿烂的祥瑞。若真是这样，那么脂、粉这两种东西，最终也与姿容平平的人无缘，终身可以不用了。为什么世间女子人人不舍，时刻都需要这两种东西，人们也从来没有因为多涂脂粉，而排斥不接纳她们的？我说：不是这样的。我所论的，是脸色最黑的人，所谓不相类、不相似，而且相反的一类。如果是介于黑白之间，那就是相类而相似了，既然是相类而相似，有什么不能混用的呢？但需要施之有法，使浓淡得宜，那么这两种东西就可以争相发挥它们的作用。从来涂过粉的脸，只能远观，难以近看，因为它不能涂抹均匀。画家着色，用胶才能调均匀，没有胶则研磨得再细也调不匀。

人面非同纸绢，万没有用胶之理，这就是涂抹不均匀的原因。但这是有方法的：请将粉一次分为两次，从淡到浓，由薄到厚，这样就可以保证没有这类问题了。请让我以其他事情来说明。砖匠用石灰粉墙，一定要先上一次粗灰，再上一次细灰；前一次上不到的地方，后一次将它补好；后一次偶而又遗漏的地方，又有前一次相衬，因此厚薄均匀，泯然无迹。如果将这两次所上的灰，合为一次，那么不仅是笨拙的工匠难以上匀，巧匠也不能顾全所有的地方。粉墙尚且是这样，何况是往脸上涂粉呢？现在将一次所涂之粉，分为二次涂，先涂一次，等它稍微晾干，然后再涂第二次，这样就会浓的地方淡一些，淡的地方浓一些，虽然出于无心，但它自然能巧妙贴合，远观近看，没有不适宜的。这种方法不但能涂抹均匀，而且能改变肤色，使得肤色黑的人渐渐变白。为什么？染匠染布帛，无一不是由浅到深，颜色在深浅之间，则是非深非浅，另有一种颜色，就像文章中有过渡的文字。如果想染紫色，一定要先将白色变成红色，再将红色变成紫色，红色便是白色、紫色之间过渡的颜色，没有从白色直接染成紫色的工匠。如果想染青色，一定要将白色变成蓝色，再将蓝色变成青色，蓝色便是白色、青色之间过渡的颜色，没有从白色直接染成青色的工匠。如果妇人的面容略黑，想要直接变为白色，着实很难。现在用薄粉先涂匀一次，这样她的脸色就已在黑白之间，不像之前纯黑的了；再涂一次，这使得淡白变为深白，并非使纯黑变成全白了，难易之势，不就大相径庭了吗？由此推之，则两次可以增加为三次，深黑就可以等同于浅色了，世上人间，没有不能用粉匀面的妇人了。这个道理不用验证就能明白，凡是读这本书的人，批阅至此，就知晓我湖上笠翁原不是蠢物，不单是风雅功臣，也可谓是红裙知己。起初讨论面容黑白时，提出的观点未免过于严苛。但也并不是过于严苛，是使人们知晓致病实在太深，然后才知道感激医者，果真有起死回生之力。除了这个还有两种说法，都比这个粗浅，但也不能不知；匀面时必须将脖子也要涂匀，否则前白后黑，有如戏场的鬼脸；匀面是一定要记得跳过眉毛，否则霜花覆眼，就像春生的社婆。至于点唇的方法，又与匀面相反，一点即成，这才类似于樱桃小口的样子；如果陆续增添一笔又一笔，经过两三次，便会有长短宽窄的痕迹，这就成了成串的樱桃，并非一粒了。

治服第三

古云："三世长者知被服，五世长者知饮食。"俗云："三代为宦，着衣吃饭。"古语今词，不谋而合，可见衣食二事之难也。饮食载于他卷，兹不具论，请言被服一事。寒贱之家，自羞褴褛，动以无钱置服为词，谓一朝发迹，男可翩翩裘马[①]，妇则楚楚衣裳[②]。孰知衣衫之附于人身，亦犹人身之附于其地。人与地习，久始相安，以极奢极美之服，而骤加俭朴之躯，则衣衫亦类生人，常有不服水土之患。宽者似窄，短者疑长，手欲出而袖使之藏，项宜伸而领为之曲，物不随人指使，遂如桎梏其身。"沐猴而冠"为人指笑者[③]，非沐猴不可着冠，以其着之不惯，头与冠不相称也。此犹粗浅之论，未及精微。“衣以章身”，请晰其解。章者，著也，非文采彰明之谓也。身非形体之身，乃智愚贤不肖之实备于躬，犹“富润屋，德润身”之身也[④]。同一衣也，富者服之章其富，贫者服之益章其贫；贵者服之章其贵，贱者服之益章其贱。有德有行之贤者，与无品无才之不肖者，其为章身也亦然。设有一大富长者于此，衣百结之衣[⑤]，履踵决之履[⑥]，一种丰腴气象，自能跃出衣履之外，不问而知为长者。是敝服垢衣，亦能章人之富，况罗绮而文绣者乎？丐夫菜佣窃得美服而被焉，往往因之得祸，以服能章贫，不必定为短褐，有时亦在长裾耳。“富润屋，德润身”之解，亦复如是。富人所处之屋，不必尽为画栋雕梁，即居茅舍数椽[⑦]，而过其门、入其室者，常见荜门圭窦之间[⑧]，自有一种旺气，所谓“润”也。公卿将相之后，子孙式微[⑨]，所居门第未尝稍改，而经其地者，觉有冷气侵入，此家门枯槁之过，润之无其人也。从来读《大学》者，未得其解，释以雕镂粉藻之义。果如其言，则富人舍其旧居、另觅新居而加以雕镂粉藻；则有德之人亦将弃其旧身，另易新身而后谓之心广体胖乎？甚矣，读书之难，而章句训诂之学非易事也。予尝以此论见之说部。今复叙入《闲情》。噫，此等诠解，岂好闲情、作小说者所能道哉？偶寄云尔。

【注释】①裘马：轻裘肥马。形容生活豪华。出自《论语·雍也》：“赤之适齐也，乘肥马，衣轻裘。”

②楚楚衣裳：出自《诗经·曹风·蜉蝣》："蜉蝣之羽，衣裳楚楚。"

③沐猴而冠：猕猴戴帽子。比喻外表虽装扮得很像样，但本质却掩盖不了。出自《史记·卷七·项羽本纪》："说者曰：'人言楚人沐猴而冠耳，果然。'项羽闻之，烹说者。"沐猴，猕猴。

④富润屋，德润身：出自《礼记·大学》。意思是富有可以装饰房屋，德行可以润泽自身。

⑤百结：衣服有很多补缀。

⑥踵决：鞋跟破裂。

⑦椽（chuán）：古代房屋间数的代称。

⑧荜（bì）门圭窦：指贫穷人所居之处。荜门，用竹荆编织的门。圭窦，形状如圭的墙洞。

⑨式微：衰落，衰微。

【译文】古语云："三世长者知被服，五世长者知饮食。"俗话说："三代为官，着衣吃饭。"古语今词，不谋而合，可见穿衣饮食这两件事的难处。饮食方面记录在其他的篇章，这里不详细讨论，请让我说穿着这一件事。贫贱之家，以衣着褴褛感到羞耻，动辄就以没钱置办衣物为说辞，说等我家一朝发迹，男子则可以风采翩翩、轻裘肥马，妇人则可以楚楚可人、衣裳华丽。怎会知道衣衫穿在人身上，也犹如人身依附于这片土地一样。一个人在一个地方生活，很久之后才会彼此相安，假设以极奢极美的衣物，突然穿在了俭朴之人的身上，那么衣衫也像人一样，常有水土不服的毛病。衣服宽的感觉很窄，衣服短的疑似很长，手想伸出来而衣袖却让它藏起来，脖子应当伸直而领子却让它弯曲，器物不随人指使，就如用自身受到枷锁的束缚。“沐猴而冠”为人讥笑的原因，并非猕猴不可以佩戴帽子，而是因为它不习惯戴帽子，头与帽子不相称。这还只是粗浅的观点，没有提及精微的地方。“衣以章身”这一句话，请让我解释清楚。“章”就是显明，不是“文采彰明”的意思。身不是指肉体，而是指实际具备智愚贤不肖的身体，就像“富润屋，德润身”的“身”。同一件衣服，富人穿上它会显露出他的财富，穷人穿上它会更加显露出他的贫穷；尊贵的人穿上它会显露出他的尊贵，卑贱的人穿上它会更加显露出他的卑贱。对于有德有行的贤人，与无品无才的不肖者来说，其中“章身”的意思也是相同的。假设有一大富长者在这里，身穿满是补丁的衣服，脚踏没有后跟的鞋子，但是一种丰腴的气象，自是能跃出衣服鞋子之外，不用问就知道这是一位大富长者。这就是说身穿敝服垢衣，也能显示出人的富贵，何况是身穿绫罗绸缎呢？乞丐菜农将窃得的华美服饰穿在身上，往往会因此惹祸上身，因为衣服能显露出他的贫穷，不必一定要穿粗布短衣，有时穿长袍也会显露出他的贫穷。“富润屋，德润身”的解释，也是这样。富人所居住的房舍，不一定都是雕梁画栋，就算是处在几间茅舍里，而经过家门、进到屋里的人，常常见到在竹门陋墙之间，自有一种旺气，这就是“润”的意思。公卿将相的后代，子孙家道衰微，所住的门第不曾改变，而经过此地的人，就会觉得有冷气侵入，这是因为他的家道中落，没有人能润泽他的房舍了。从来读《大学》的人，没有明白这句话真正的意思，用雕镂粉饰的意思来解释这句话。若果真像他所说的那样，那么富人将会舍弃他的旧居、另寻找新的居所并加以雕镂粉饰；有德的人也将摒弃旧身，另改换新身然后就能说是心宽体胖吗？读书太难了，但章句训诂之学不是一件容易事啊。我曾经将这些观点写进小说。现在又将这些观点写进《闲情偶寄》。唉，这样的解释，难道只是好闲情、写小说的人所能说明的吗？只是偶尔有所依托而已。

首　饰

珠翠宝玉，妇人饰发之具也，然增娇益媚者以此，损娇掩媚者亦以此。所谓增娇益媚者，或是面容欠白，或是发色带黄，有此等奇珍异宝覆于其上，则光芒四射，能令肌发改观，与玉蕴于山而山灵、珠藏于泽而泽媚同一理也[①]。若使肌白发黑之佳人满头翡翠、环鬓金珠，但见金而不见人，犹之花藏叶底，月在云中，是尽可出头露面之人，而故作藏头盖面之事。巨眼者见之[②]，犹能略迹求真，谓其美丽当不止此，使去粉饰而全露天真，还不知如何妩媚；使遇皮相之流，止谈妆饰之离奇，不及姿容之窈窕，是以人饰珠翠宝玉，非以珠翠宝玉饰人也。故女子一生，戴珠顶翠之事，止可一月，万勿多时。所谓一月者，自作新妇于归之日始，至满月卸妆之日止。只此一月，亦是无可奈何。父母置办一场，翁姑婚娶一次，非此艳妆盛饰，不足以慰其心。过此以往，则当去桎梏而谢羁囚，终身不修苦行矣。一簪一珥，便可相伴一生。此二物者，则不可不求精善。富贵之家，无论多设金玉犀贝之属，各存其制，屡变其形，或数日一更，或一日一更，皆未尝不可。贫贱之家，力不能办金玉者，宁用骨角，勿用铜锡。骨角耐观，制之佳者，与犀贝无异，铜锡非止不雅，且能损发。簪珥之外[3]，所当饰鬓者，莫妙于时花数朵，较之珠翠宝玉，非止雅俗判然，且亦生死迥别。《清平调》之首句云："名花倾国两相欢[4]。"欢者，喜也，相欢者，彼既喜我，我亦喜彼之谓也。国色乃人中之花，名花乃花中之人，二物可称同调，正当晨夕与共者也。汉武云："若得阿娇，贮之金屋[5]。"吾谓金屋可以不设，药栏花榭则断断应有，不可或无。富贵之家如得丽人，则当遍访名花，植于阃内[6]，使之旦夕相亲，珠围翠绕之荣不足道也。晨起簪花，听其自择。喜红则红，爱紫则紫，随心插戴，自然合宜，所谓两相欢也。寒素之家，如得美妇，屋旁稍有隙地，亦当种树栽花，以备点缀云鬟之用。他事可俭，此事独不可俭。妇人青春有几，男子遇色为难。尽有公侯将相、富室大家，或苦缘分之悭[7]，或病中宫之妒，欲亲美色而毕世不能。我何人斯，而擅有此乐，不得一二事娱悦其心，不得一二物妆点其貌，是为暴殄天物，犹倾精米洁饭于粪壤之中也。即使赤贫之家，卓锥无地[8]，欲艺时花而不能者[9]，亦当乞诸名园，购之担上。即使日费几文钱，不过少饮一杯酒，既悦妇人之心，复娱男子之目，便宜不亦多乎？更有俭于此者，近日吴门所制像生花[10]，穷精极巧，与树头摘下者无异，纯用通草，每朵不过数文，可备月余之用。绒绢所制者，价常倍之，反不若此物之精雅，又能肖真。而时人所好，偏在彼而不在此，岂物不论美恶，止论贵贱乎？噫，相士用人者，亦复如此，奚止于物。

【注释】①“与玉”两句：出自陆机《文赋》：“石韫玉而山辉，水怀珠而川媚。”

②巨眼者：有锐利的鉴别能力、敏锐的洞察力的人。

③簪珥：发簪和耳饰。

④“名花”一句：出自李白《清平调词》其三。

⑤“若得”两句：在《汉武故事》中记载汉武帝刘彻年幼时，其姑姑长公主为他择妇，长公主指自己的女儿阿娇，问他：“阿娇好不？”刘彻对曰：“好，若得阿娇作妇，当作金屋贮之也。”

⑥阃（kǔn）：门槛，内室，借指妇女。

⑦悭（qiān）：小气，吝啬。

⑧卓锥：立锥。

⑨艺：种植。

⑩吴门：今在江苏苏州或苏州一带。像生花：人工制作的仿生花，以纸、通草制成。

【译文】珠翠宝玉，是妇人装饰头发的用具，然而它们可以增娇益媚，也可以损娇掩媚。所谓看起来可以增娇益媚，或是面容不够白皙，或是头发略带黄色，有此等奇珍异宝戴在头上，那就会光芒四射，能使肌肤发色改观，与玉蕴于山中而山灵、珠藏在水泽中而泽媚是同一个道理。如果让肌肤白皙头发乌黑的佳人满头翡翠、环鬟金珠，这样就会只见金饰而不见佳人，如同花藏在叶底，月在云中，这样就使得完全可以出头露面的人，却故意做出藏头盖面的事。有眼见的人看到，还能略去修饰的痕迹去寻求真实，认为她的美丽应当不止于此，如果除去饰物而将天然真实的容貌全部显露出来，还不知如何妩媚；假使遇到只看皮相的人，只会谈论妆饰的离奇，看不到窈窕姿容，这就成了以人修饰珠翠宝玉，而不是用珠翠宝玉来装饰人了。所以女子一生，戴珠顶翠这种事，只可有一个月，千万不要时间太长。一个月，是从做新娘出嫁时开始，到满月卸妆之日停止。只有这一个月，也是无可奈何。父母置办一场，公婆婚娶一次，倘若不艳妆盛饰，就不足以安慰他们的心。在此过后，就应当除去这些约束羁绊，终身不在修苦行了。一簪一珥，便可相伴一生。这两样东西，就不可不追求精善。富贵之家，多备一些金玉犀贝之类的簪珥也无妨，各种式样都备一些，时常变换着佩戴，或者数日一换，或者一日一换，这都未尝不可。贫贱之家，无力置办金玉的簪珥，宁用骨角制成的，也不要用铜锡的。骨角制成的簪珥耐看，若是工艺极好的，与犀贝的簪珥没有区别，铜锡的簪珥不仅不雅，并且能损伤头发。除了簪珥，能用来装饰头发的，没有什么比鲜花更妙的，相较珠翠宝宝，不只有雅俗分明，而且生动死板也大不相同。《清平调》的首句说："名花倾国两相欢。"欢就是喜，相欢，意思就是她喜欢我，我也喜欢她。国色乃人中之花，名花乃花中之人，两样东西可以说是同调，正应当朝夕相伴。汉武帝说："若得阿娇，贮之金屋。"我认为金屋可以不设，药栏花榭绝对要有，这是必不可少的。富贵之家如若得到丽人，那就应当遍寻名花，栽在院中，使丽人和名花朝夕相伴，而珠围翠绕的荣华都不值一提。晨起簪花，任由自己选择。喜欢红的则戴红的，喜欢紫的则戴紫的，随心插戴，自然合宜，这样便是两相欢。清贫之家，若是娶到美妇，屋旁稍有空地，也当种树栽花，以备点缀云鬟之用。别的事情可以俭省，单单这件事不可俭省。妇人的青春能有几年，男子很难遇到美色。大有公侯将相、富室大家，有的苦于缘浅，有的畏惧正妻的嫉妒，想亲近美色但毕生也做不到。我又是什么人，而能独自享受这种乐趣，若是没有一两件事娱悦她的心情，没有一两件饰物妆点她的容貌，这难道不是暴殄天物，就像把精米洁饭倒入粪土中。即使贫寒之家，下无立锥之地，想要种花都不能的，也应当向各个园圃乞求，或是到担子上购买。就算是每天花费几文钱，不过是少饮一杯酒，既能欢悦妇人的心，也能娱悦男子之目，这不是件太便宜的事吗？还有比这更俭省的方法，近来苏州所制的像生花，穷精极巧，与树上摘下的没有什么不同，全用通草制成，每朵不过几文钱，能用一个多月。绒绢所制的簪花，价格要贵一倍，反倒不如像生花精雅，又能模仿真切。而当时人们所喜爱的，偏是绒绢制成的簪花而不是像生花，难道物件不论美丑，只论贵贱吗？唉，相人用人的人，也是如此，何止是对物。

吴门所制之花，花像生而叶不像生，户户皆然，殊不可解。若去其假叶而以真者缀之，则因叶真而花益真矣。亦是一法。

【译文】苏州所制的像生花，花很仿真而叶子不仿真，家家都是这样，实在不能理解。如果去掉假叶子而以真叶子点缀上去，那就会因叶子逼真而使得花更真了。这也是一种方法。

时花之色，白为上，黄次之，淡红次之，最忌大红，尤忌木红。玫瑰，花之最香者也，而色太艳，止宜压在髻下，暗受其香，勿使花形全露，全露则类村妆，以村妇非红不爱也。

【译文】鲜花之色，白色是最好的，黄色次之，淡红色再次，最忌大红色，尤其忌讳木红色。玫瑰，花中最香的，但颜色太艳丽，只适合压在发髻下面，暗地里接受它的香气，不要完全显露花形，全露出来就像是村妇的妆容，因为村妇非红不爱。

花中之茉莉，舍插鬓之外，一无所用。可见天之生此，原为助妆而设，妆可少乎？珠兰亦然。珠兰之妙，十倍茉莉，但不能处处皆有，是一恨事。

【译文】花中茉莉，除了插在鬓发之外，一无所用。可见上天创造这种花，原是为完善妆容而设，妆容怎能少了它呢？珠兰也是这样。珠兰的妙用，比茉莉强十倍，但不能到处都用它，这真的是一件遗憾的事。

予前论髻，欲人革去“牡丹头”“荷花头”“钵盂头”等怪形，而以假髮作云龙等式。客有过之者，谓：吾侪立法[①]，当使天下去赝存真，奈何教人为伪？予曰：生今之世，行古之道[②]，立言则善，谁其从之？不若因势利导，使之渐近自然。妇人之首，不能无饰，自昔为然矣[③]，与其饰以珠翠宝玉，不若饰之以髮。髮虽云假，原是妇人头上之物，以此为饰，可谓还其固有，又无穷奢极靡之滥费，与崇尚时花，鄙黜珠玉，同一理也。予岂不能为高世之论哉[④]？虑其无裨人情耳。

【注释】①吾侪：我辈，我们这类人。

②行古：遵行古道。

③自昔：往昔，从前。

④高世：高超卓绝，超越世俗。

【译文】我在前面论述发髻，想要人除去“牡丹头”“荷花头”“钵盂头”等奇怪的形状，而以假发制作成云龙等式样。有位来访的客人，对我说：我辈建立法度，应当使天下去伪存真，怎能教人作假？我说：生在当今之世，遵行古人之道，所树立的言论很好，谁会遵从呢？不如因势利导，使大众渐近自然。妇人头上，不能没有饰物，自古以来都是这样，与其用珠翠宝玉来装饰，不如用假发来修饰。假发虽然说是假的，原本是妇人头上的物件，用这些物件来装饰，可谓是还原它原有的样子，又没有穷奢极欲的靡费，与崇尚鲜花，鄙视珠玉，同是一个道理。我怎么不能侃侃而谈？只是担心这些言论无益于人情罢了。

簪之为色，宜浅不宜深，欲形其发之黑也。玉为上，犀之近黄者、蜜蜡之近白者次之，金银又次之，玛瑙琥珀皆所不取。簪头取像于物，如龙头、凤头、如意头、兰花头之类是也。但宜结实自然，不宜玲珑雕斫[1]；宜于发相依附，不得昂首而作跳跃之形。盖簪头所以压发，服贴为佳，悬空则谬矣。

【注释】①雕斫（zhuó）：雕琢，镂刻。

【译文】簪子的颜色，宜浅不宜深，是想烘托出头发的乌黑。玉制的为上等，犀牛角的簪子中接近黄色的、蜜蜡的簪子中接近白色的都是次一等的，金银制的又次之，玛瑙琥珀的都不取用。簪头仿照事物，如龙头、凤头、如意头、兰花头之类的。但应当结合实际自然，不应当玲珑雕琢；应当与头发相互依附，不能让它翘起来而作出跳跃的形状。因为簪头是压头发的，是以服贴为佳，悬空则是错的。

饰耳之环，愈小愈佳，或珠一粒，或金银一点，此家常佩戴之物，俗名“丁香”，肖其形也。若配盛妆艳服，不得不略大其形，但勿过丁香之一倍二倍。既当约小其形，复宜精雅其制，切忌为古时络索之样[①]，时非元夕[②]，何须耳上悬灯？若再饰以珠翠，则为福建之珠灯、丹阳之料丝灯矣[③]。其为灯也犹可厌，况为耳上之环乎？

【注释】①络索：即璎珞。以珠玉制成的戴在脖子上的装饰物。

②元夕：即元宵节。古时称为上元节。

③料丝灯：以玛瑙、紫石英等为主要原料，煮浆抽丝制成的灯。

【译文】修饰耳朵的耳环，越小越好，或是一粒珍珠，或是一点金银，这是家常佩戴的东西，俗称“丁香”，是因为它酷似丁香的形状。如果要配上盛妆艳服，耳环就不得不略大一些，但不要超过丁香的一两倍。既要使耳环更小巧，又要使耳环作得更精雅，切忌做成古时络索的式样，当时不是元宵节，为什么要在耳朵上悬挂灯笼呢？如果再加上珠宝来装饰，那便成了福建的珠灯、丹阳的料丝

灯。作为灯笼已经很令人讨厌了，更何况是耳环呢？

衣　衫

妇人之衣，不贵精而贵洁，不贵丽而贵雅，不贵与家相称，而贵与貌相宜。绮罗文绣之服[①]，被垢蒙尘，反不若布服之鲜美，所谓贵洁不贵精也。红紫深艳之色，违时失尚，反不若浅淡之合宜，所谓贵雅不贵丽也。贵人之妇，宜披文采[②]，寒俭之家，当衣缟素，所谓与人相称也。然人有生成之面，面有相配之衣，衣有相配之色，皆一定而不可移者。今试取鲜衣一袭，令少妇数人先后服之，定有一二中看，一二不中看者，以其面色与衣色有相称、不相称之别，非衣有公私向背于其间也。使贵人之妇之面色，不宜文采而宜缟素，必欲去缟素而就文采，不几与面为仇乎？故曰不贵与家相称，而贵与面相宜。大约面色之最白最嫩，与体态之最轻盈者，斯无往而不宜。色之浅者显其淡，色之深者愈显其淡；衣之精者形其娇，衣之粗者愈形其娇。此等即非国色，亦去夷光[③]、王嫱不远矣[④]，然当世有几人哉？稍近中材者，即当相体裁衣，不得混施色相矣。相体裁衣之法，变化多端，不应胶柱而论，然不得已而强言其略，则在务从其近而已。面颜近白者，衣色可深可浅；其近黑者，则不宜浅而独宜深，浅则愈彰其黑矣。肌肤近腻者，衣服可精可粗；其近糙者。则不宜精而独宜粗，精则愈形其糙矣。然而贫贱之家，求为精与深而不能，富贵之家欲为粗与浅而不可，则奈何？曰：不难。布苎有精粗深浅之别[5]，绮罗文采亦有精粗深浅之别，非谓布苎必粗而罗绮必精，锦绣必深而缟素必浅也。绸与缎之体质不光、花纹突起者，即是精中之粗、深中之浅；布与苎之纱线紧密、漂染精工者，即是粗中之精，浅中之深。凡予所言，皆贵贱咸宜之事，既不详绣户而略衡门[6]，亦不私贫家而遗富室。盖美女未尝择地而生，佳人不能选夫而嫁，务使读是编者，人人有裨，则怜香惜玉之念，有同雨露之均施矣。

【注释】①绮罗：华贵的丝织品或丝绸衣服。文绣：刺绣华美的丝织品或衣服。

②文采：错杂艳丽的色彩，这里即指上文的绮罗文绣。

③夷光：即西施。名夷光，春秋时期越国美女。

④王嫱：即王昭君。

⑤苎（zhù）：苎麻，用于织布。

⑥绣户：富户。衡门：横木为门，指贫寒的人家。

【译文】妇人的衣服，不贵精致而贵在洁净，不贵华丽而贵在典雅，不贵在与家境相称，而贵在与相貌相宜。华丽绸缎精美刺绣的衣服，蒙上灰尘污垢，反而不如布衣鲜艳美丽，这就是贵在洁净而不贵精致。红紫深艳的颜色，与时下推崇的趋势不合，反而不如浅淡的颜色合适，这就是贵在典雅而不贵华丽。富贵人家的妇人，适宜穿着华美的服饰，贫寒之家，应当穿着朴素简单的服饰，这就是与人相称。然而人有天生的容貌，容貌有与其相配的衣服，衣服有与其相配的颜色，这都是固定不变的。现在拿出一件颜色鲜艳的衣服，让几位少妇先后试穿，一定有一两位中看，一两位不中看，因为她们的面色与衣服的颜色有相称、不相称的差别，不是衣服对她们有亲疏远近的私心。假如贵妇的面色，不适合穿华美的衣服而适合穿朴素简单的衣服，如果一定要去掉朴素简单而穿着华美，这不是与她的容貌有仇吗？所以说不贵在与家境相称，而是贵在与容貌相宜。大概面色最白最嫩的，与体态最轻盈的女子，无论穿着如何都没有不适合的。颜色浅的衣服衬托出她的淡雅，颜色深的衣服更加衬托出她的淡雅；衣服精致显得她娇美，衣服粗糙更显得她娇美。此等女子就算不是国色，也离西施、王嫱不远了，但是当今世上能有几人呢？稍稍靠近中等姿容的女子，就应当量体裁衣，不能乱用色相。量体裁衣的方法，变化多端，不应该不懂变通，然而不得已强言大概，那就要力求于与之相近。面部颜色近白的，衣服的颜色可深可浅；面部颜色近黑的，那么衣服的颜色就不宜浅而只宜深，浅色就会更显得肤色黑了。肌肤细腻的，衣服可精可粗；肌肤粗糙的，那么衣服就不宜精而只宜粗，精致就会更显得肌肤粗糙了。然而贫贱之家，想追求衣服精致和深色而做不到，富贵之家想追求粗糙和浅色也不可能，那该如何？我说：不难。苎麻布有精粗深浅的差别，绫罗绸缎也有精粗深浅的差别，并不是说苎麻布必定粗糙而绫罗绸缎必定精致，锦绣必定色深而布衣必定色浅。绸与缎中质量不光、花纹有突起的，便是精中之粗、深中之浅；素布与苎麻中纱线紧密、漂染精细的，便是粗中之精，浅中之深。凡我所言，都是贵贱皆宜的事，既不是对富人讲得详细而对穷人讲得简略，也不是偏心贫家而疏漏了富室。这是因为美女不曾择地而生，佳人也不能选夫而嫁，一定要使读过这本书的人，每个人都能受益，那么我这怜香惜玉之心，就可以像雨露一般，遍施人间了。

迩来衣服之好尚[①]，有大胜古昔，可为一定不移之法者，又有大背情理，可为人心世道之忧者，请并言之。其大胜古昔，可为一定不移之法者，大家富室，衣色皆尚青是已。青非青也，元也。因避讳[②]，故易之。记予儿时所见，女子之少者尚银红、桃红，稍长者尚月白，未几而银红、桃红皆变大红，月白变蓝，再变则大红变紫，蓝变石青。迨鼎革以后[③]，则石青与紫皆罕见，无论少长男妇，皆衣青矣，可谓"齐变至鲁，鲁变至道[④]"，变之至善而无可复加者矣。其递变至此也，并非有意而然，不过人情好胜，一家浓似一家，一日深于一日，不知不觉，遂趋到尽头处耳。然青之为色，其妙多端，不能悉数。但就妇人所宜者而论，面白者衣之，其面愈白，面黑者衣之，其面亦不觉其黑，此其宜于貌者也。年少者衣之，其年愈少，年老者衣之，其年亦不觉甚老，此其宜于岁者也。贫贱者衣之，是为贫贱之本等，富贵者衣之，又觉脱去繁华之习，但存雅素之风，亦未尝失其富贵之本来，此其宜于分者也。他色之衣，极不耐污，略沾茶酒之色，稍侵油腻之痕，非染不能复着，染之即成旧衣。此色不然，惟其极浓也，凡淡乎此者，皆受其侵而不觉；惟其极深也，凡浅乎此者，皆纳其污而不辞，此又其宜于体而适于用者也。贫家止此一衣，无他美服相衬，亦未类尽现底里，以覆其外者色原不艳，即使中衣敝垢，未甚相形也；如用他色于外，则一缕欠精，即彰其丑矣。富贵之家，凡有锦衣绣裳，皆可服之于内，风飘袂起，五色灿然，使一衣胜似一衣，非止不掩中藏，且莫能穷其底蕴。诗云“衣锦尚絅[⑤]”，恶其文之著也。此独不然，止因外色最深，使里衣之文越著，有复古之美名，无泥古之实害。二八佳人，如欲华美其制，则青上洒线[⑥]，青上堆花，较之他色更显。反复求之，衣色之妙，未有过于此者。后来即有所变，亦皆举一废百，不能事事咸宜，此予所谓大胜古昔，可为一定不移之法者也。至于大背情理，可为人心世道之忧者，则零拼碎补之服，俗名呼为“水田衣”者是已[⑦]。衣之有缝，古人非好为之，不得已也。人有肥瘠长短之不同，不能像体而织，是必制为全帛，剪碎而后成之。即此一条两条之缝，亦是人身赘瘤，万万不能去之，故强存其迹。赞神仙之美者，必曰“天衣无缝”，明言人间世上，多此一物故也。而今且以一条两条、广为数十百条，非止不似天衣，且不使类人间世上，然而愈趋愈下，将肖何物而后已乎？推原其始，亦非有意为之，盖由缝衣之奸匠，明为裁剪，暗作穿窬[⑧]，逐段窃取而藏之，无由出脱，创为此制，以售其奸。不料人情厌常喜怪，不惟不攻其弊，且群然则而效之。毁成片者为零星小块，全帛何罪，使受寸磔之刑[⑨]？缝碎裂者为百衲僧衣，女子何辜，忽现出家之相？风俗好尚之迁移，常有关于气数，此制不昉于今[⑩]，而昉于崇祯末年。予见而诧之，尝谓人曰：“衣衫无故易形，殆有若或使之者，六合以内，得无有土崩瓦解之事乎？”未几而闯氛四起[⑪]，割裂中原，人谓予言不幸偶中。方今圣人御世，万国来归，车书一统之朝[12]，此等制度，自应潜革。倘遇同心，谓刍荛之言[13]，不甚訾谬，交相劝谕，勿效前鞶，则予为是言也，亦犹鸡鸣犬吠之声，不为无补于盛治耳。

【注释】①迩来：最近以来。

②避讳：因避讳康熙皇帝玄烨，所以将玄色写成元色。

③鼎革：建立新的，革除旧的，多指改朝换代。

④“齐变”两句：出自《论语·雍也》：“子曰：‘齐一变，至于鲁；鲁一变，至于道。’”意思是齐国的王道变为鲁国的王道，鲁国的王道一变，就合于大道了。这里是指服饰的变化。

⑤衣锦尚絅（jiǒng）：出自《中庸》：“诗曰‘衣锦尚絅’，恶其文之著也。”絅，罩在外面的单衣。

⑥洒线：绣花。

⑦水田衣：袈裟的别名。因用多块长方形布片连缀而成，宛如水稻田之界画，故名。也叫百衲衣。也指用各色布块拼合而成的衣服。

⑧穿窬（yú）：打洞穿墙行窃。

⑨寸磔（zhé）：碎解肢体，古代的一种酷刑。

⑩昉（fǎng）：起始。

⑪闯氛：即李自成。自称闯王。

⑫车书一统：出自《礼记·中庸》：“今天下车同轨，书同文，人同伦。”

⑬刍荛（chú ráo）：割草打柴的人，这里用于谦称。出自《诗

经·大雅·板》:“先民有言,询于刍荛。”

【译文】近来衣服喜好的趋向,一方面有大胜古昔,可以作为固定不变的法则,另一方面又有大背情理,可以作为人心世道的忧虑,请让我一并说明。大胜古昔,可以作为固定不变的法则这一方面,就是说富贵大家,衣服的颜色都推崇青色。青色并非是青色,而是玄色。因要避开皇帝名讳,所以写成元色。记得我小时候所见的,年少女子都喜欢银红色、桃红色,稍长的女子喜欢月白色,没多久喜欢银红色、桃红色都变成了大红色,喜欢月白色变成了蓝色,再变就从大红色变成了紫色,蓝色变成了石青色。等到改朝换代以后,石青色和紫色都很罕见了,无论男女老少,都穿青色衣服,可以说是“齐变至鲁,鲁变至道”,变化到至善的状态就没有可增加的了。衣服颜色逐渐变化到现在这样,并不是有意如此,不过就是人情要强,一家浓似一家,一日深于一日,不知不觉,就走到了尽头。然而青色,妙处有很多,不能一一细说。但就适合妇人的来论,脸白的人穿青色,她的脸色会更白,脸黑的人穿青色,她的脸色也不会觉得黑,这就是与面貌相适宜。年少的人穿青色,会显得更加年轻,年老的人穿青色,年纪也不觉得会很老,这就是与年岁相适宜。贫贱的人穿青色,这是贫贱之人的本色,富人穿青色,又会觉得脱去了繁华的习气,只保留了素雅之风,也从未失去了原有富贵,这就是与家境身分相适宜。其他颜色的衣服,极不耐脏,略沾到茶酒的颜色,稍染到油腻的痕迹,不重新染色都不能再穿了,染过之后就成了旧衣。青色就不是这样,因为它的颜色极浓,凡是颜色比它淡的,都受到侵染而没有发觉;也因为它的颜色极深,凡是颜色比它浅的,都接纳污渍而没有推辞,这就是与本质外在都适宜。穷人家只有这一件衣服，没有其他好的衣服相衬，也从未完全显露出自己的底子，因为穿在外面的衣服颜色原本就不鲜艳，即使中衣破旧不干净，也看不出来；如果穿其他颜色的外衣，只要有一缕略欠精致，就会显露丑态。富贵之家，凡是有锦绣衣裳，都可以穿在里面，微风习习，衣袂飘飘，就可以看到五色灿然的里衣，使得一衣胜似一衣，不仅不能掩盖住内里的华美，而且没人能穷尽底蕴。诗云“衣锦尚䌹”，这是说讨厌将华丽的衣服穿在外面。在这却不是这样，只是因为外衣的颜色最深，使里衣的华美愈加明显，有复古的美名，却没有泥古的实害。二八佳人，如果想使衣服制作得华美艳丽，就可以在青色上洒线，在青色上堆花，相较其他颜色会更加明显。反复探求，衣服颜色的妙处，莫过于青色。后来就算是有所改变，也都是举一废百，不能事事皆宜，这就是我所说的大胜古昔，可以作为固定不变的法则的一方面。至于大背情理，可以作为人心世道的忧虑的一方面，那是指零拼碎补的衣服，就是俗称“水田衣”的。衣服上有缝，古人并非喜欢这样做，而是不得已。人有胖瘦高矮的差异，不能依照身形来织布，一定要织成整匹布，然后再剪裁制成衣服。即便是这一两条的衣缝，也犹如人身上的赘瘤，万万不能去除，所以勉强留下痕迹。赞叹衣服的神仙之美，一定会说“天衣无缝”，这分明就是说人间世上，多余衣缝这一东西的缘故。而现在衣缝从一两条、增加到上百条，不仅不像天衣，而且不似人间世上的衣服，如果愈演愈烈、每况愈下，将来会像什么物件才会停止呢？推究“水田衣”的起源，也不是有意这么做，是由于狡猾的缝衣匠，明为剪裁，暗里偷窃，逐段窃取再藏起来，没有理由卖出去，就创造了这种衣服的样式，用来将他的奸计出手。

不料人情厌恶常规而喜好怪异，不仅不披露它的弊端，而且群起效仿。将成片的布料毁成零星小块，整匹布有什么罪，要让它受寸磔之刑？将碎裂的布缝成百衲僧衣，女子有什么过失，让她们忽现出家相？风俗喜好的变迁，常与气数有关，这种用碎布缝衣的形制不是从今天开始的，而是开始于崇祯末年。我看到后感到惊讶，曾对人说：“衣衫无故改变形制，大概是有什么力量在推动着，天下之内，会发生土崩瓦解的事吗？”不久之后李自成起兵造反，割裂中原，有人认为我说的话不幸一语中的。如今是圣人治理天下，万国归顺，车书统一的朝代，这样的形制，就应该暗自革除。倘若遇到同仁，认为我说的草莽之语，并不是很乖谬，就请互相劝勉，不要效法之前错误的做法了，那么我所说的，也就如同鸡鸣犬吠的声音，对于盛世之治也不是于事无补了。

云肩以护衣领，不使沾油，制之最善者也。但须与衣同色，近看则有，远观若无，斯为得体。即使难于一色，亦须不甚相悬。若衣色极深，而云肩极浅，或衣色极浅，而云肩极深，则是身首判然，虽曰相连，实同异处，此最不相宜之事也。予又谓云肩之色，不惟与衣相同，更须里外合一，如外色是青，则夹里之色亦当用青，外色是蓝，则夹里之色亦当用蓝。何也？此物在肩，不能时时服贴，稍遇风飘，则夹里向外，有如飓风吹残叶，风卷败荷，美人之身不能不现历乱萧条之象矣。若使里外一色，则任其整齐颠倒，总无是患。然家常则已，出外见人，必须暗定以线，勿使与服相离，盖动而色纯，总不如不动之为愈也。

【译文】云肩是用来保护衣领的，使衣领上不会沾油，这是服饰中非常好的形制。但须与衣服颜色相同，近看则有，远观若无，这样就很得体。即使很难与衣服同色，也不能色差很大。如果衣服颜色很深，而云肩颜色很浅，或者衣服颜色很浅，而云肩颜色很深，那就会头部与身体迥然不同，虽说是连在一起，实际上却犹如身首各异，这是最不相宜的事了。我还觉得云肩的颜色，不仅要与衣服相同，更要里外合一，比如外面的颜色是青色，那么夹里的颜色也应用青色，外面颜色是蓝色，那么夹里的颜色也应用蓝色。为什么？因为这物件是披在肩上的，不是时时服贴的，稍遇风吹，那夹里就会外翻，有如飓风吹残叶，狂风卷败荷一样，那美人的身形就不能不出现杂乱萧条的景象了。如果云肩的颜色里外一样，那就任它整齐或是颠倒，总不必担心会出现这种状况。但这只是平常的时候，出外见人，必须用线在暗处固定，不要让它与衣服分离，因为乱动外翻时里外的颜色虽是一样的，但总是不如不乱动的好。

妇人之妆，随家丰俭，独有价廉功倍之二物，必不可无。一曰半臂[①]，俗呼“背褡”者是也；一曰束腰之带，俗呼“鸾绦”者是也[②]。妇人之体，宜窄不宜宽，一着背褡，则宽者窄，而窄者愈显其窄矣。妇人之腰，宜细不宜粗，一束以带，则粗者细，而细者倍觉其细矣。背褡宜着于外，人皆知之；鸾绦宜束于内，人多未谙。带藏衣内，则虽有若无，似腰肢本细，非有物缩之使细也。

【注释】①半臂：短袖或无袖上衣。

②鸾绦：束腰的丝带。

【译文】妇人的饰物，随着家境丰俭变化，独有两件价廉功倍的物件，是不可或缺的。一种是半臂，就是俗称“背褡”的物件；一种是束腰的带子，就是俗称“鸾绦”的物件。妇人的身形，宜窄不宜宽，一穿上背搭，胖的人会变瘦，而瘦的人就显得更瘦了。妇人的腰，宜细不宜粗，一束上腰带，腰粗的人会变细，而腰细的人会感觉更细了。背褡适合穿在外面，人人都知晓；鸾绦应当束在里面，很多人都不了解。腰带藏在衣服里面，则虽有若无，就好似腰肢原本就很细，而并不是通过外物紧缩才变细的。

裙制之精粗，惟视折纹之多寡[①]。折多则行走自如，无缠身碍足之患，折少则往来局促，有拘挛桎梏之形；折多则湘纹易动，无风亦似飘飖[②]，折少则胶柱难移，有态亦同木强。故衣服之料，他或可省，裙幅必不可省。古云：“裙拖八幅湘江水[③]。”幅既有八，则折纹之不少可知。予谓八幅之裙，宜于家常；人前美观，尚须十幅。盖裙幅之增，所费无几，况增其幅，必减其丝。惟细縠轻绡可以八幅十幅[④]，厚重则为滞物，与幅减而折少者同矣。即使稍增其值，亦与他费不同。妇人之异于男子，全在下体。男子生而愿为之有室，其所以为室者，只在几希之间耳。掩藏秘器，爱护家珍，全在罗裙几幅，可不丰其料而美其制，以贻采葑采菲者诮乎[⑤]？近日吴门所尚“百裥裙[⑥]”，可谓尽美。予谓此裙宜配盛服，又不宜于家常，惜物力也。较旧制稍增，较新制略减，人前十幅，家居八幅。则得丰俭之自矣。吴门新式，又有所谓“月华裙”者，一裥之中，五色俱备，犹皎月之现光华也，予独怪而不取。人工物料，十倍常裙，暴殄天物，不待言矣，而又不甚美观。盖下体之服，宜淡不宜浓，宜纯不宜杂。予尝读旧诗，见“飘飏血色裙拖地”“红裙妒杀石榴花”等句[⑦]，颇笑前人之笨。若果如是，则亦艳妆村妇而已矣，乌足动雅人韵士之心哉？惟近制“弹墨裙”，颇饶别致，然犹未获我心，嗣当别出新裁，以正同调。思而未制，不敢轻以误人也。

【注释】①折纹：褶子。

②飘飖（yáo）：飘荡，飞扬。

③裙拖八幅湘江水：出自唐代李群玉《同郑相并歌姬小饮因以赠》：“裙拖八幅湘江水，鬓耸巫山一片云。”

④縠（hú）：皱纱，用细纱织成的皱状丝织物。绡（xiāo）：生丝或以生丝织成的薄绸子。

⑤采葑（fēng）采菲：出自《诗·邶风·谷风》：“采葑采菲，无以下体。”葑菲，古代都是指蔓青一类的菜。下体，指根茎。意思是不能因为根茎不好而连叶子也不要了。这里指因裙子难看而惹来嘲讽。也比喻不因其所短而舍其所长。

⑥百裥（jiǎn）裙：多褶的裙子。裥：衣裙上的褶子。

⑦飘飏血色裙拖地：出自宋代诗僧惠洪《秋千》。红裙妒杀石榴花：出自唐代诗人万楚《五日观妓》。

【译文】裙子制作的精致粗糙，只看褶子的多少。褶子多则行走自如，没有缠身碍足的缺点，褶子少则往来局促，有束手束脚的情形；褶子多则湘纹裙摆就容易飘动，就算是没有风也好似飘飖飞扬，褶子少则死板拘泥难以变换，就算是有优雅的体态也显得僵硬。所以衣服的用料，或许别的地方可以减省，裙幅一定不能省。古语云："裙拖八幅湘江水。"裙幅既然有八幅，那么就可知褶子不会少。我认为八幅的裙子，适合平常穿着；在人前要表现得美观，还得需要十幅才可以。增加裙幅，所花费的不多，何况增加裙幅，必会减少所用的丝线。只有细纱轻绸可以用八幅十幅，如果是厚重的布料就成了积滞之物，这与裙幅减而褶子少的裙子是一样的。即使稍加一点裙子的花费，也和其他的花费不一样。妇人不同于男子之处，全在下半身。男子生来就愿意有家室，之所以做家室的，只在细微之处。掩藏秘器，爱护家珍，全在几幅罗裙之间，怎可不用料丰富，制作精美，而因裙子难看惹来他人的嘲讽呢？近日苏州推崇的"百裥裙"，可以说是极其美丽了。我认为这种裙子适合搭配盛装，又不适合平常穿着，这是因为爱惜物力。相较旧的形制稍加，相较新的形制略减，人前十幅，居家八幅。则是丰俭得宜了。苏州的新样式，还有叫做"月华裙"的，一个褶子之中，五色俱备，就像皎洁的月亮现出光芒，我只感到奇怪而不取用。这种裙子的人工物料，比平常的裙子要多耗费十倍，暴殄天物，自是不用说了，而且又并不美观。因为下身的服饰，宜淡不宜浓，宜纯不宜杂。我曾经读旧诗，见到"飘飏血色裙拖地""红裙妒杀石榴花"等诗句，颇笑前人愚笨。假如真是如此，那也就是艳妆村妇而已，怎会动摇文人雅士之心呢？只有最近创制的“弹墨裙”，颇富别致，但还是不合我的心意，我以后会别出新裁，以向同仁求教。思虑再三还没有创制，不敢轻忽而误导他人。

鞋　袜

男子所着之履，俗名为鞋，女子亦名为鞋。男子饰足之衣，俗名为袜，女子独易其名曰褶[①]，其实褶即袜也。古云“凌波小袜[②]”，其名最雅，不识后人何故易之？袜色尚白，尚浅红；鞋色尚深红，今复尚青，可谓制之尽美者矣。鞋用高底，使小者愈小，瘦者越瘦，可谓制之尽美又尽善者矣。然足之大者，往往以此藏拙，埋没作者一段初心，是止供丑妇效颦，非为佳人助力。近有矫其弊者，窄小金莲，皆用平底，使与伪造者有别。殊不知此制一设，则人人向高底乞灵，高底之为物也，遂成百世不祧之祀[③]，有之则大者亦小，无之则小者亦大。尝有三寸无底之足，与四五寸有底之鞋同立一处，反觉四五寸之小，而三寸之大者，以有底则指尖向下，而秃者疑尖，无底则玉笋朝天[④]，而尖者似秃故也。吾谓高底不宜尽去，只在减损其料而已。足之大者，利于厚而不利于薄，薄则本体现矣；利于大而不利于小，小则痛而不能行矣。我以极薄极小者形之，则似鹤立鸡群，不求异而自异。世岂有高底如钱，不扭捏而能行之大脚乎？

【注释】①褶：古代女子的膝袜。

②凌波小袜：出自曹植《洛神赋》："凌波微步，罗袜生尘。"

③不祧（tiāo）：古代帝王的宗庙分家庙和远祖庙，远祖庙称祧。家庙中的神主，除始祖外，凡辈分远的要依次迁入祧庙中合祭；不迁入祧庙的祖先叫做"不祧"。一般指创业之祖。常用以比喻创立某种事业永远受到尊崇的人。

④玉笋：喻女子小脚。

【译文】男子所着之履，俗称为鞋，女子的履也称为鞋。男子饰足之衣，俗称为袜，唯独女子饰足之衣改名为褶，其实褶即是袜。古语云"凌波小袜"，这个名字最雅，不知道后人为何要改？袜子的颜色爱好白色，爱好浅红色；鞋子的颜色爱好深红色，如今又爱好青色，可以说是尽美的式样了。鞋子用高底，使得脚小的看起来更小，脚瘦的看起来更瘦，可以说是尽美又尽善的式样了。但是脚大的人，往往用来藏拙，埋没了作者的一段初心，这只能供丑妇效颦，而不能为佳人助力。近来有矫正这种弊端的人，让三寸金莲的女子，都穿平底鞋，使得与脚大乔装的女子相区分。殊不知这种式样一设，则人人向高底求助，高底鞋这种物件，倒成了百世不变的先例，穿上高底鞋大脚也会看起来很小，没有高底小脚也会看起来很大。曾有穿无底鞋的三寸小脚的女子，与穿有底鞋的四五寸脚长的女子站在一起，反而会觉得四五寸的脚小，而三寸的脚大，因为有底的鞋子使她的脚尖朝下，而脚秃的也疑似变尖了，无底的鞋子则使她的玉笋小脚朝天，而尖的也好像很秃。我认为高底不应该全部去除，只在于减少它的厚度而已。脚大的，适合穿底子厚的而不适合穿底子薄的，底子薄则原本的样子就显现出来了；鞋子也适合穿大一些的而不适合穿小的，鞋子小则脚痛而不能行走。我认为穿上极薄极小的鞋子来显得脚小，就好似鹤立鸡群，不求怪异但自然而然就异于常人了。世上哪有高底薄如钱，不扭捏就能行走的大脚吗？

古人取义命名，纤毫不爽，如前所云，以“蟠龙”名髻，“乌云”为发之类是也。独于妇人之足，取义命名，皆与实事相反。何也？足者，形之最小者也；莲者，花之最大者也；而名妇人之足者，必曰“金莲”，名最小之足者，则曰“三寸金莲”。使妇人之足，果如莲瓣之为形，则其阔而大也，尚可言乎？极小极窄之莲瓣，岂止三寸而已乎？此“金莲”之义之不可解也。从来名妇人之鞋者，必曰“凤头”。世人顾名思义，遂以金银制凤，缀于鞋尖以实之。试思凤之为物，止能小于大鹏；方之众鸟，不几洋洋乎大观也哉[①]？以之名鞋，虽曰赞美之词，实类讥讽之迹。如曰“凤头”二字，但肖其形，凤之头锐而身大，是以得名；然则众鸟之头，尽有锐于凤者，何故不以命名，而独有取于凤？且凤较他鸟，其首独昂，妇人趾尖，妙在低而能伏，使如凤凰之昂首，其形尚可观乎？此“凤头”之义之不可解者也。若是，则古人之命名取义，果何所见而云然？岂终不可解乎？曰：有说焉。妇人裹足之制，非由前古，盖后来添设之事也。其命名之初，妇人之足亦犹男子之足，使其果如莲瓣之稍尖，凤头之稍锐，亦可谓古之小脚。无其制而能约小其形，较之今人，殆有过焉者矣。吾谓“凤头”“金莲”等字相传已久，其名未可遽易，然止可呼其名，万勿肖其实；如肖其实，则极不美观，而为前人所误矣。不宁惟是，凤为羽虫之长，与龙比肩，乃帝王饰衣饰器之物也，以之饰足，无乃大亵名器乎②？尝见妇人绣袜，每作龙凤之形，皆昧理僭分之大者，不可不为拈破。近日女子鞋头，不缀凤而缀珠，可称善变。珠出水底，宜在凌波袜下，且似粟之珠，价不甚昂，缀一粒于鞋尖，满足俱呈宝色。使登歌舞之氍毹③，则为走盘之珠；使作阳台之云雨，则为掌上之珠。然作始者见不及此，亦犹衣色之变青，不知其然而然，所谓暗合道妙者也。予友余子澹心④，向著《鞋袜辨》一篇，考缠足之从来，核妇履之原制，精而且确，足与此说相发明，附载于后。

【注释】①洋洋乎大观：形容事物复杂繁多，丰富多彩，规模宏大。出自《道德经》："夫道，覆载万物者，洋洋乎大哉。"

②名器：名号与车服仪制。奴隶社会与封建社会用以别尊卑贵贱的等级。

③氍毹（qú shū）：毛织的布或地毯，旧时演戏多用来铺在地上，后常借指舞台。

④余子澹心（1616-1696）：即余怀。字澹心，一字无怀，号曼翁、广霞，又号壶山外史、寒铁道人，晚年自号鬘持老人。著有《味外轩诗辑》《板桥杂记》等。

【译文】古人取事物的意义来命名，丝毫不差，比如前面所讲的，以"蟠龙"称呼发髻，"乌云"称呼头发之类的就是这样。唯独对于妇人之足，取义命名，都与事实相反。为什么？足的形状是最小的；莲花是花中最大的；而用来称呼妇人之足的，必名“金莲”，称呼最小的脚，则名“三寸金莲”。假如妇人之足，真的像莲花瓣的形状，那它的形状又宽又大，还可以言说吗？极小极窄的莲花瓣，又何止三寸呢？这就是“金莲”取义中不可解之处。从来称呼妇人的鞋子，必称为“凤头”。世人顾名思义，于是就用金银制成凤凰的形状，点缀在鞋尖以求真实。试想凤凰这种鸟类，只能比大鹏鸟小；相比众鸟，不就几乎是个庞然大物吗？以它来称呼鞋子，虽说是赞美的话，实际却有类似讥讽的痕迹。若是说“凤头”二字，只是模仿它的外形，凤凰的头尖而身大，因此得名；然而众鸟的头，有的是比凤凰的头还尖锐的，为什么不用来命名，而独独取用凤凰这个名称呢？而且凤凰相较其他的鸟，它的头独独昂起，妇人的趾尖，妙在低而能伏，如果像凤凰那样昂首，那它的的形状还能看吗？这就是“凤头”取义中不可解之处。如果是这样，那古人命名取义，究竟依何所见而言说的呢？难道终不可解吗？我说：有可以言说之处。妇人裹脚的成规，并不是承袭古代，这是后来添设的事。在它最初命名时，妇人的脚也像男子的脚，假如它果真稍尖如莲瓣，稍锐如凤头，也可以说是古代的小脚。没有这一裹脚的成规而能使脚形长得小，相较现在的人，大概超过他们太多了。我认为“凤头”“金莲”等字相传已久，这些名称不能马上改变，然而只可以称呼它的名，千万不要模仿实际的外形；如果模仿实际的外形，则会极不美观，而是为前人所误了。不仅如此，凤凰是鸟类之长，与龙并肩，是帝王装饰衣服装饰器具的物件，用它装饰脚，这不就是大亵名器了吗？曾经见到妇人绣袜子，每次都绣上龙凤的形状，这都是不明事理僭越本分的大事，不可不为她们道破。近来女子的鞋头，不缀凤而缀珠，可以说是善变了。珍珠出自水底，适合缀在凌波袜下，而且似粟子般大小的珍珠，价格也不贵，在鞋尖缀上一粒，满脚都能显出宝色。假如让她登台表演歌舞，则是走盘之珠；假如作阳台之云雨，则是掌上之珠。但是这些创始者都看不到了，也犹如衣服的颜色变成青色一样，不知道为什么就这样了，这就是暗合自然之道的妙处。我的朋友余澹心，以前写过一篇《鞋袜辨》，考究缠足的由来，核查妇人鞋袜原来的成规，精妙且准确，足以与这种说法互相阐发，附载于后。

附：妇人鞋袜辨

余 怀

古妇人之足，与男子无异。《周礼》有屦人[①]，掌王及后之服屦，为赤舄、黑舄、赤繶、黄繶、青絇、素履、葛屦[②]，辨外内命夫命妇之功屦[③]、命屦、散屦。可见男女之履，同一形制，非如后世女子之弓弯细纤，以小为贵也。考之缠足，起于南唐李后主[④]。后主有宫嫔窅娘，纤丽善舞，乃命作金莲，高六尺，饰以珍宝，絧带缨络，中作品色瑞莲，令窅娘以帛缠足，屈上作新月状，着素袜，行舞莲中，回旋有凌云之态。由是人多效之，此缠足所自始也。唐以前未开此风，故词客诗人，歌咏美人好女，容态之殊丽，颜色之天姣，以至面妆首饰、衣褶裙裾之华靡，鬓发、眉目，唇齿、腰肢、手腕之婀娜秀洁，无不津津乎其言之，而无一语及足之纤小者。即如古乐府之《双行缠》云："新罗绣白胫，足趺如春妍⑤。"曹子建云："践远游之文履⑥"。李太白诗云："一双金齿屐，两足白如霜⑦。"韩致光诗云："六寸肤圆光致致⑧"，杜牧之诗云："钿尺裁量减四分⑨"，汉《杂事秘辛》云⑩："足长八寸，胫跗丰妍。"夫六寸八寸，素白丰妍，可见唐以前妇人之足，无屈上作新月状者也。即东昏潘妃⑪，作金莲花帖地，令妃行其上，曰"此步步生金莲花"，非谓足为金莲也。崔豹《古今注》⑫："东晋有凤头重台之履。"不专言妇人也。宋元丰以前⑬，缠足者尚少，自元至今，将四百年，矫揉造作亦泰甚矣。

【注释】①屦（jù）人：出自《周礼·天官·屦人》。屦，用麻、葛等制成的单底鞋。

②舄（xì）：重木底鞋，古代最尊贵的鞋，多为帝王大臣穿着。繶（yì）：用丝线编织成的带子。絇（qú）：古时鞋上的装饰物。

③命夫：分为内命夫和外命夫。古代称在朝的卿、士、大夫为"外命夫"。称在宫中的卿、大夫、士为"内命夫"。

④李后主（937—978）：即李煜。原名从嘉，字重光，号钟山隐士、钟锋隐者、白莲居士、莲峰居士，唐元宗李璟第六子，南唐末代君主。

⑤足趺（fū）：脚面，脚背。

⑥“曹子建”两句：出自曹植的《洛神赋》。曹子建，即曹植，沛国谯县（今安徽省亳州市）人，三国时期著名文学家，著有《洛神赋》《白马篇》《七哀诗》等。

⑦“一双”两句：出自李白的《浣纱石上女》。

⑧“六寸”一句：出自唐代诗人韩偓的《屐子》。韩偓：字致光，号致尧，小字冬郎，号玉山樵人，京兆万年（今陕西省西安市）人。晚唐大臣、诗人，翰林学士韩仪之弟，“南安四贤”之一。

⑨“钿尺”一句：出自杜牧的《咏袜》。

⑩《杂事秘辛》：一说为东汉时所作，另一说为明代杨慎伪作。描写的是汉代帝王后宫之事。

⑪东昏：即东昏侯萧宝卷，南史也作齐废帝，字智藏，本名明贤，南朝齐的第六任皇帝，齐明帝萧鸾的次子。在《南史·齐本纪下·废帝东昏侯纪》中记载了萧宝卷奢侈荒淫，令潘妃行走于金莲花上。

⑫崔豹《古今注》：崔豹：字正雄，一作正能，西晋渔阳郡（今北京市密云县）人。晋惠帝时官至太子太傅丞。著有《古今注》三卷，分为舆服、都邑、音乐、鸟兽、鱼虫、草木、杂注、问答释义八门，为我们提供了古人对自然界的认识、古代典章制度和习俗的相关内容。⑬元丰：宋神宗的年号。

【译文】古代妇人的脚，与男子一样。《周礼》中有屦人，掌管着君王和王后的服饰鞋子，分别有赤舄、黑舄、赤繶、黄繶、青絇、素履、葛屦，以及辨别内外命夫命妇的功屦、命屦、散屦。可见男女的鞋子，同属一种形制，不像后世女子那样弓弯纤细，以小为贵。考究缠足，起源于南唐李后主。李后主有位叫窅娘的宫嫔，纤丽善舞，李后主下令建造金莲，高六尺，用珍宝装饰，在外面系上缨络，当中作成品色瑞莲，让窅娘用布帛缠足，弯曲成新月状，穿上白袜，在莲花中舞蹈，回旋的身段有凌云之态。从此很多人开始仿效，这是缠足的起始。唐代以前没有开始这种风气，所以诗人词客，歌咏美人佳女，容貌的绝美，姿态的姣好，以至面妆首饰、衣服裙子的华丽，头发、眉眼，唇齿、腰肢、手腕的婀娜秀洁，没有不津津乐道的，而没有一句话是赞美脚的纤小。就如古乐府的《双行缠》中云："新罗绣白胫，足趺如春妍。"曹子建云："践远游之文履"。李太白诗云："一双金齿屐，两足白如霜。"韩致光诗云："六寸肤圆光致致"，杜牧的诗云："钿尺裁量减四分"，汉代的《杂事秘辛》云："足长八寸，胫跗丰妍。"诗文中的六寸八寸，素白丰妍，可见唐代以前妇人的脚，没有弯成新月状的。就算是东昏侯，作金莲花帖在地上，让潘妃行走在上面，说"此步步生金莲花"，也并不是说脚为金莲。崔豹的《古今注》中记载："东晋有凤头、重台的鞋子。"不是专讲妇人。宋代元丰之前，缠足的人还很少，从元代到现在，将近四百年，也太过矫揉造作了。

古妇人皆着袜。杨太真死之日[①]，马嵬媪得锦袎袜一只[②]，过客一玩百钱。李太白诗云："溪上足如霜，不着鸦头袜[③]"。袜一名"膝裤"。宋高宗闻秦桧死，喜曰："今后免膝裤中插匕首矣。"则袜也，膝裤也，乃男女之通称，原无分别。但古有底，今无底耳。古有底之袜，不必着鞋，皆可行地；今无底之袜，非着鞋，则寸步不能行矣。张平子云[④]："罗袜凌蹑足容与。"曹子建云："凌波微步，罗袜生尘。"李后主词云："划袜下香阶，手提金缕鞋[5]。”古今鞋袜之制，其不同如此。至于高底之制，前古未闻，于今独绝。吴下妇人，有以异香为底，围以精绫者；有凿花玲珑，囊以香麝，行步霏霏，印香在地者。此则服妖[6]，宋元以来，诗人所未及，故表而出之，以告世之赋“香奁[7]”、咏“玉台[8]”者。

【注释】①杨太真：即杨玉环。号太真。756年，安禄山发动叛乱后，跟随唐玄宗李隆基流亡，后被勒死在马嵬驿。文中所记之事，在唐朝李肇《国史补》卷上。

②媪：老妇人。袎：袜筒。

③“溪上”两句：出自李白《越女词》五首之一。

④张平子（78–139）：即张衡，字平子，东汉时期杰出的天文学家、数学家。南阳郡西鄂县（今河南省南阳市石桥镇）人，张衡在天文、数学、文学等方面著作颇多。有《灵宪》《算罔论》《二京赋》《归田赋》等等，与司马相如、扬雄、班固并称“汉赋四大家”。

⑤“刬袜”两句：出自李煜《菩萨蛮》。

⑥服妖：服饰怪异。

⑦香奁（lián）：女子妆具。盛放香粉、镜子等物的匣子。

⑧玉台：玉饰的镜台；也指女子的梳妆台。

【译文】古代妇人都穿袜子。杨玉环死的那天，马嵬坡的一位老妇人得到一只锦袜，路过的客人赏玩一次需要百钱。李太白诗云：“溪上足如霜，不着鸦头袜”。袜子，一名“膝裤”。宋高宗听闻秦桧已死，大喜，说：“今后不需要在膝裤中插着匕首了。”不管是袜子，还是膝裤，乃是男女通称，原本没有区别。但是古时的袜子有底，而现在的袜子没有底。古时有底的袜子，不用穿鞋，都可以走在地上；现在无底的袜子，不穿鞋，那就举步维艰了。张平子云："罗袜凌蹑足容与。"曹子建云："凌波微步，罗袜生尘。"李后主词云："刬袜下香阶，手提金缕鞋。"古今鞋袜的式样，不同之处就在这。至于高底的样式，前古未闻，在如今是独一无二。苏州的妇人，有的以异香为底，以精美的绸缎包在四周；有的雕刻上玲珑的花样，用香麝装满口袋，走起路来香气飘飘，将香气印在地上。这种怪异的服饰，宋元以来，诗人并未提及，故而将这些写出来，为了告知世人那些赋诗"香奁"、吟咏"玉台"的人。

袜色与鞋色相反，袜宜极浅，鞋宜极深，欲其相形而始露也。今之女子，袜皆尚白，鞋用深红、深青，可谓尽制。然家家若是，亦忌雷同。予欲更翻置色，深其袜而浅其鞋，则脚之小者更露。盖鞋之为色，不当与地色相同。地色者，泥土砖石之色是也。泥土砖石其为色也多深，浅者立于其上，则界限分明，不为地色所掩。如地青而鞋亦青，地绿而鞋亦绿，则无所见其短长矣。脚之大者则应反此，宜视地色以为色，则藏拙之法，不独使高底居功矣。鄙见若此，请以质之金屋主人，转询阿娇，定其是否。

【译文】袜子和鞋子的颜色应当相反，袜色适宜极浅，鞋色适宜极深，是想它们相互衬托而显现出来。现在的女子，袜子都喜爱白色，鞋子取用深红色、深青色，可以说是完美的样式了。但是家家如此，也忌雷同。我想使两者的颜色相互交换，袜色深而鞋色浅，那么脚小的人会更显得更小。因为鞋的颜色，不应与地面颜色相同。地面的颜色，就是泥土砖石之色。泥土砖石的颜色大多很深，浅色的东西立在上面，则界限分明，不为地面的颜色所掩盖。如果地面是青色而鞋也青色，地面是绿色而鞋也绿色，那就看不出来它们的短长不同了。脚大的人应当与之相反，应该视地色而确定鞋的颜色，这种藏拙的方法，不仅是高底鞋居首功了。我鄙陋的见解就是这样，请将这些向金屋主人请教，询问阿娇，确定对错。

习技第四

“女子无才便是德。”言虽近理，却非无故而云然。因聪明女子失节者多，不若无才之为贵。盖前人愤激之词，与男子因官得祸，遂以读书作宦为畏途，遗言戒子孙，使之勿读书、勿作宦者等也。此皆见噎废食之说[①]，究竟书可竟弃、仕可尽废乎？吾谓才德二字，原不相妨。有才之女，未必人人败行[②]；贪淫之妇，何尝历历知书？但须为之夫者，既有怜才之心，兼有驭才之术耳。至于姬妾婢媵[③]，又与正室不同。娶妻如买田庄，非五谷不殖，非桑麻不树，稍涉游观之物，即拔而去之，以其为衣食所出，地力有限，不能旁及其他也。买姬妾如治园圃，结子之花亦种，不结子之花亦种；成荫之树亦栽，不成荫之树亦栽，以其原为娱情而设，所重在耳目，则口腹有时而轻，不能顾名兼顾实也。使姬妾满堂，皆是蠢然一物，我欲言而彼默，我思静而彼喧，所答非所问，所应非所求，是何异于入狐狸之穴，舍宣淫而外，一无事事者乎？故习技之道，不可不与修容、治服并讲也。技艺以翰墨为上[④]，丝竹次之，歌舞又次之，女工则其分内事，不必道也。然尽有专攻男技，不屑女红，鄙织纴为贱役[⑤]，视针线如仇雠，甚至三寸弓鞋不屑自制，亦倩老妪贫女为捉刀人者[⑥]，亦何借巧藏拙，而失造物生人之初意哉！予谓妇人职业，毕意以缝纫为主，缝纫既熟，徐及其他。予谈习技而不及女工者，以描鸾刺凤之事，闺阁中人人皆晓，无俟予为越俎之谈。其不及女工，而仍郑重其事，不敢竟遗者，虑开后世逐末之门，置纺绩蚕缫于不讲也[⑦]。虽说闲情，无伤大道，是为立言之初意尔。

【注释】①见噎废食：见到有人噎住，就不再吃东西。比喻遇到偶然挫折就停止应作的事。

②败行：败坏品行。

③媵（yìng）：随嫁、陪嫁的人。

④翰墨：原指笔、墨，后借指文章、书画。

⑤织纴：织作布帛之事。

⑥捉刀人：在《世说新语·容止》中记载："魏武将见匈奴使，自以形陋，不足雄远国，使崔季珪代，帝自捉刀立床头。既毕，令间谍问曰：'魏王何如？'匈奴使答曰：'魏王雅望非常，然床头捉刀人，此乃英雄也。'"原指曹操，后引申顶替人做事或作文的人。

⑦纺绩：把丝麻等纤维纺成纱或线。蚕缫：饲蚕缫丝。

【译文】“女子无才便是德。”此话虽有些道理，却不是无缘无故这样说的。因为聪明女子失节的多，不如无才的可贵。大概是前人激愤之词，这与男子因官得祸，就将读书做官看作是险恶可怕的道路，留下遗言告诫子孙，让他们不要读书、不要做官的道理是相同的。这些都是见噎废食的说法，到底书可以全部丢弃、仕途可以完全废置吗？我认为才德二字，原本互不妨碍。有才之女，不一定人人都败坏品行；贪淫之妇，又何尝是全部识字知书？但是为人丈夫的，既要有怜惜才人之心，又要有驾驭才人之书术。至于姬妾婢媵，又与正室不同。娶妻子如同买田庄，不是五谷不长，不是桑麻不种，稍有涉及游玩的事物，就要拔除它们，因为衣食都由土地所产出，地力有限，不能再涉及其他事物。买姬妾如同修建园圃，结子的花也要种，不结子的花也要种；成荫的树也要栽，不成荫的树也要栽，因为她们原是为娱情而设，重在使耳目欢愉，而口腹之欲有时就是次要的了，不能兼顾名实。假如姬妾满堂，都是愚蠢之物，我想说话而她们沉默不语，我想安静而她们喧闹不止，所答非所问，所应非所求，这与进入了狐狸之穴，除了行淫之外，一无事处有什么区别呢？故而习技之道，不可不与修容、治服一并讲述。女子技艺以书画为上，丝竹次之，歌舞又次之，女工则是自己分内的事，不必说了。但也有专攻男子技艺，对女红不屑一顾，将织纴鄙视为卑贱的营生，将针线看作是仇敌，甚至连三寸弓鞋自己都不屑缝制，请老妇贫女代为缝制的女子，又是怎样的借巧藏拙，而失去了造物生人的本意啊！我认为妇人职业，毕意以缝纫为主，缝纫已经熟练，再慢慢涉及其他。我谈论学技而不涉及女工的原因，是因为像描鸾刺凤这种事情，闺阁中人人都知道，不需要等我说出越俎代庖之语。虽没有谈及女工，却仍然郑重其事，不敢直接将它遗漏，是担心后世会开舍本逐末之门，将纺纱养蚕闲置不管了。虽然说是闲情，但无伤大道，这就是我著书立说的本意。

文　艺

学技必先学文。非曰先难后易，正欲先易而后难也。天下万事万物，尽有开门之锁钥。锁钥维何？文理二字是也。寻常锁钥，一钥止开一锁，一锁止管一门；而文理二字之为锁钥，其所管者不止千门万户。盖合天上地下，万国九州，其大至于无外，其小至于无内，一切当行当学之事，无不握其枢纽，而司其出入者也。此论之发，不独为妇人女子，通天下之士农工贾，三教九流[①]，百工技艺，皆当作如是观。以许大世界，摄入文理二字之中，可谓约矣，不知二字之中，又分宾主。凡学文者，非为学文，但欲明此理也。此理既明，则文字又属敲门之砖，可以废而不用矣。天下技艺无穷，其源头止出一理。明理之人学技，与不明理之人学技，其难易判若天渊。然不读书不识字，何由明理？故学技必先学文。然女子所学之文，无事求全责备[②]，识得一字，有一字之用，多多益善，少亦未尝不善；事事能精，一事自可愈精。予尝谓土木匠工，但有能识字记帐者，其所造之房屋器皿，定与拙匠不同，且有事半功倍之益。人初不信，后择数人验之，果如予言。粗技若此，精者可知。甚矣，字之不可不识，理之不可不明也。

【注释】①三教九流：三教指儒教、道教、佛教，九流指儒家、阴阳家、道家、法家、名家、墨家、纵横家、杂家、农家。

②无事：无须，没有必要。

【译文】学习技艺必先学习文化。不是说先难后易，而是正想先易后难。天下万事万物，都有开门的锁和钥匙。习技的锁和钥匙是什么？便是文理二字。寻常的锁和钥匙，一把钥匙只能开一把锁，一把锁只管一扇门；而文理二字作为锁和钥匙，所管的不止是千门万户。涵盖了天上地下，万国九州，没有比它们更广大的，没有比它们更细微的，一切当行当学之事，没有不掌握枢纽，而主管出入的。这些言论的阐述，不单单是为了妇人女子，全天下的士农工商，三教九流，百工技艺，都应当这么做。将这样大的世界，摄入文理二字之中，可谓是很简要了，却不知道这二字之中，又分宾主。凡是学文的人，并非为了学文，只是想明白其中的道理。道理既然已经明白，那么文字又是敲门砖，就可以废弃不用了。天下技艺无穷，源头都只是出于理字。明理之人学技，与不明理之人学技，它们的难易程度天差地别。然而不读书不识字，如何明理呢？所以学技必先学文。但女子所学之文，无须求全责备，认识一字，就有一字的用处，多多益善，但是识字少也未尝不好；事事精通，做一事自是可以更加精准。我曾经认为土木工匠，只要有能识字记帐的人，他所建造的房屋器具，必定与笨拙的工匠不同，而且有事半功倍的益处。人们最初不相信，之后选择几个人来验证，果真如我所言。粗糙的技艺尚且如此，精细的技艺就不言而喻了。这是非常重要的道理啊，字不可不识，理不可不明。

妇人读书习字，所难只在入门。入门之后，其聪明必过于男子。以男子念纷，而妇人心一故也。导之入门，贵在情窦未开之际，开则志念稍分，不似从前之专一。然买姬置妾，多在三五、二八之年[1]，娶而不御，使作蒙童求我者，宁有几人？如必俟情窦未开，是终身无可授之人矣。惟在循循善诱，勿阻其机[2]，“扑作教刑”一语[3]，非为女徒而设也。先令识字，字识而后教之以书。识字不贵多，每日仅可数字，取其笔画最少，眼前易见者训之。由易而难，由少而多，日积月累，则一年半载以后，不令读书而自解寻章觅句矣。乘其爱看之时，急觅传奇之有情节、小说之无破绽者，听其翻阅，则书非书也，不怒不威而引人登堂入室之明师也[4]。其故维何？以传奇、小说所载之言，尽是常谈俗语，妇人阅之，若逢故物。譬如一句之中，共有十字，此女已识者七，未识者三，顺口念去，自然不差。是因已识之七字，可悟未识之三字，则此三字也者，非我教之，传奇、小说教之也。由此而机锋相触，自能曲喻旁通。再得男子善为开导，使之由浅而深，则共枕论文，较之登坛讲艺，其为时雨之化，难易奚止十倍哉？十人之中，拔其一二最聪慧者，日与谈诗，使之渐通声律，但有说话铿锵，无重复聱牙之字者，即作诗能文之料也。苏夫人说：“春夜月胜于秋夜月，秋夜月令人惨凄，春夜月令人和悦[5]。”此非作诗，随口所说之话也。东坡因其出口合律，许以能诗，传为佳话。此即说话铿锵，无重复聱牙，可以作诗之明验也。其余女子，未必人人若是，但能书义稍通，则任学诸般技艺，皆是锁钥到手，不忧阻隔之人矣。

【注释】①三五、二八之年：古代指十五岁、十六岁。

②机：灵性，天性。

③扑作教刑：出自《尚书·舜典》。扑，鞭子，戒尺。古代体罚用具。

④登堂入室：登上厅堂，又进入内室。比喻学问由浅入深、循序渐进、达到更高的水平。亦比喻学艺深得师传。

⑤"苏夫人说"四句：苏夫人：苏东坡的夫人。出自赵令畤《侯鲭录》卷四。

【译文】妇人读书识字，所难只在入门。入门之后，她的聪明一定会超过男子。因为男子念头纷乱，而妇人专心致致。引导妇人入门，贵在情窦未开之际，情窦开了则志念就会稍稍涣散，不像以前专一。然而买姬置妾，多在三五、二八之年，娶过来之后而不使唤她们，让她们作为蒙童来求自己教她们识字的，又有几人？如果一定要在情窦未开时教她们，那么终身没有可以教授的人了。惟有在于循循善诱，不要阻拦她的天性，"扑作教刑"这句话，并不是为女学生而说的。首先让她们识字，字认识之后再教她们写字。识字不在多，每天仅可学习几个字，选取笔画最少，眼前易于看见的字来教她。由易到难，由少到多，日积月累，一年半载以后，不让她们读书而她们自己也会寻找章句去读了。乘她们爱看书的时候，赶紧寻找一些有情节的传奇、没有无破绽的小说，随她们去翻阅，那样书就不是书了，是位不怒不威而能引人登堂入室的明师了。其中的原因是什么呢？是因为传奇、小说中所写的词句，都是常谈俗语，妇人看了，如同遇到了旧物。譬如一句之中，共有十字，此女子已经认识七字，不认识三字，顺口念下去，自然不会出现错误。这是因为已经认识其中七字，就可以悟出其余不认识的三个字，那么这三个字，并非是我教她的，而是传奇、小说教她的。由此而机锋相触，自是能曲喻旁通。再有男子善于开导，使她由浅到深，那么共同讨论文章，相较登坛讲艺，作为及时雨滋养万物的效用，难易程度何止相差十倍？十人之中，挑出一两个最聪慧的，每日与她们和谈诗论赋，使她们渐通声律，只要有说话铿锵，没有字词重复聱牙的，就是能作诗写文的材料。苏夫人说："春夜月胜于秋夜月，秋夜月令人凄惨，春夜月令人和悦。"这并非作诗，而是随口所说之话。苏东坡因此句出口合律，就称赞她可以作诗，传为佳话。这就是说话铿锵，没有字词重复聱牙，可以用来作诗的明证。其余的女子，不一定人人都是如此，但能书义稍通，那么学习各种技艺，都是锁钥在手，不用担心会有阻隔的人了。

妇人读书习字，无论学成之后受益无穷，即其初学之时，先有裨于观者：只需案摊书本，手捏柔毫，坐于绿窗翠箔之下[①]，便是一幅画图。班姬续史之容[②]，谢庭咏雪之态[③]，不过如是，何必睹其题咏，较其工拙，而后有闺秀同房之乐哉？噫，此等画图，人间不少，无奈身处其地，皆作寻常事物观，殊可惜耳。

【注释】①绿窗：绿色纱窗，指女子居室。翠箔：绿色的帘幕。

②班姬续史：即班昭，字惠班，东汉时期著名史学家、文学家，史学家班彪之女，班固、班超之妹，又号“曹大家”。班固死后，续写《汉书》。

③谢庭咏雪：即谢道韫，字令姜，东晋时期诗人，宰相谢安的侄女，与汉代的班昭、蔡琰等齐名。因“未若柳絮因风起”的咏雪故事，人称“咏絮之才”，出自《世说新语·言语》。

【译文】妇人读书识字，不用说学成之后受益无穷，就是在她初学之时，已经先令观者心情愉悦：只需要在桌案上摊开书本，手捏柔毫，坐在绿窗翠箔之下，便是一幅美丽的图画。班昭继写《汉书》的容貌，谢道韫咏雪的神态，不过如此，为什么一定要看到她题咏的词句，比较词句的优劣，然后才会有闺秀同房之乐呢？唉，此等图画，人间是有不少，无奈身处其中，都看作是平常事物，实在可惜啊。

欲令女子学诗，必先使之多读，多读而能口不离诗，以之作话，则其诗意诗情，自能随机触露，而为天籁自鸣矣。至其聪明之所发，思路之由开，则全在所读之诗之工拙，选诗与读者，务在善迎其机。然则选者维何？曰：在“平易尖颖”四字。平易者，使之易明且易学；尖颖者，妇人之聪明，大约在纤巧一路，读尖颖之诗，如逢故我，则喜而愿学，所谓迎其机也。所选之诗，莫妙于晚唐及宋人，初唐、中唐、盛唐，皆所不取；至汉魏晋之诗，皆秘勿与见，见即阻塞机锋，终身不敢学矣。此予边见[①]，高明者阅之，势必哑然一笑。然予才浅识隘，仅足为女子之师，至高峻词坛，则生平未到，无怪乎立论之卑也。

【注释】①边见：谦词，浅显的意见，片面的看法。

【译文】想让女子学诗，一定要先让她们多读，多读就能口不离诗，用它作为日常讲话，那她的诗意诗情，自是能随机触露，而成了自然作响的天籁了。至于她们聪明启发的方法，思路打开的途径，则全在所读过的诗的优劣，为她选择诗词阅读的人，一定要善于迎合她的天性。但是怎样选择诗词？我说：在于“平易尖颖”四字。平易，是让她们易懂而且易学；尖颖，就是妇人的聪明，大约是在纤巧这一方面，阅读尖颖的诗句，就如同遇到了故我，那就会很欢喜而愿意学习，这就是迎合她的天性了。所选的诗，没有比晚唐和宋朝的诗更妙的，初唐、中唐、盛唐的诗，都是不选的；至于汉魏晋的诗，都不要让她们看见，看见就会阻塞了她的机锋，终身都不敢学习了。这是我浅显的看法，高明的人看了，势必哑然一笑。但是我才疏学浅，仅能作为女子之师，至于高峻词坛，而我生平都未达到，无怪乎我的立论很卑微了。

女子之善歌者，若通文义，皆可教作诗余。盖长短句法，日日见于词曲之中，入者既多，出者自易，较作诗之功为尤捷也。曲体最长，每一套必须数曲，非力赡者不能[①]。诗余短而易竟，如《长相思》《浣溪纱》《如梦令》《蝶恋花》之类，每首不过一二十字，作之可逗灵机[②]。但观诗余选本，多闺秀女郎

之作，为其词理易明，口吻易肖故也。然诗余既熟，即可由短而长，扩为词曲，其势亦易。果能如是，听其自制自歌，则是名士佳人合而为一，千古来韵事韵人，未有出于此者。吾恐上界神仙，自鄙其乐，咸欲谪向人寰而就之矣[③]。此论前人未道，实实创自笠翁，有由此而得妙境者，切勿忘其所本。

【注释】①赡：富足，足够。

②逗：招引，惹弄。

③谪：降职并外放，这里指下凡。人寰：人间，人世。

【译文】女子之中善于歌唱的，若是通晓文义，都可以教她们写诗作词。因为长短句的格式，每日在词曲之中见到，接触的已经很多了，发挥出来就自然很容易，相较作诗的功夫更为快捷。曲子的体裁最长，每一套必须有数支曲子，不是才华横溢的人作不出来。词的篇幅简短而容易作完，如《长相思》《浣溪纱》《如梦令》《蝶恋花》之类的词，每首不超过一二十个字，写作这些词可以启发天性。只要阅读诗词选本，大多是闺秀女郎之作，是因为其中的词理很容易明了，口吻很容易模仿的原因。词已经熟知之后，就可以由短到长，扩充为词曲，这样的趋势作起来也很容易。如果真能这样，听凭她自己作词自己歌唱，那也就是名士佳人合二为一了，千古以来的雅人雅事，没有什么能超过这样的情景。我恐怕天上神仙，也会鄙视自己的乐曲，都想下凡到人间而靠近这样的情景了。这些言论前人并未说过，的确是我李笠翁创造的，有因此而达到妙境的，切勿忘了它的根本。

以闺秀自命者，书、画、琴、棋四艺，均不可少。然学之须分缓急，必不可已者先之，其余资性能兼，不妨次第并举，不则一技擅长，才女之名著矣。琴列丝竹，别有分门，书则前说已备。善教由人，善习由己，其工拙浅深，不可强也。画乃闺中末技，学不学听之。至手谈一节[①]，则断不容已，教之使学，其利于人己者，非止一端。妇人无事，必生他想，得此遣日，则妄念不生，一也；女子群居，争端易酿，以手代舌，是喧者寂之，二也；男女对坐，静必思淫，鼓瑟鼓琴之暇，焚香啜茗之余[②]，不设一番功课，则静极思动，其两不相下之势，不在几案之前，即居床笫之上矣[③]。一涉手谈，则诸想皆落度外，缓兵降火之法，莫善于此。但与妇人对垒，无事角胜争雄，宁饶数子而输彼一筹，则有喜无嗔，笑容可掬；若有心使败，非止当下难堪，且阻后来弈兴矣。

纤指拈棋，踌躇不下，静观此态，尽勾消魂。必欲胜之，恐天地间无此忍人也。

双陆投壶诸技[④]，皆在可缓。骨牌赌胜[⑤]，亦可消闲，且易知易学，似不可已。

【注释】①手谈：下围棋。

②啜茗：喝茶。

③床笫（zǐ）：泛指床铺。笫，垫在床上的竹席。

④双陆：古代的一种棋类游戏。投壶：古代宴会时的娱乐活动，以盛酒的壶口作为目标，将矢投入壶中，投少者罚酒。

⑤骨牌：古代娱乐用具，用骨头、象牙、竹子或乌木制成，每副32张。

【译文】自命闺秀的女子，书、画、琴、棋四艺，均不可少。然而学习这些也须分轻重缓急，先学必不可少的，其余的如果自己的资质可以兼顾，不妨依次学习，否则能有一技擅长，也可称得上是才女了。琴属于丝竹乐器，另外分成各种门类，书在前面已经讲得很完备了。善于教授是由着别人，善于学习则是全由自己，学习能力的工拙浅深，不可勉强的。画是闺中最末的技艺，学与不学可以听任自己。至于围棋这一方面，则断不能放任自流，教她们学习围棋，对于彼此的益处，不止是一个方面。妇人无事，必会心生他想，以围棋打发时光，则妄念不生，这是第一点；女子聚在一起，易生争端，以手代舌，使喧闹的人变得安静，这是第二点；男女对坐，安静是必会激起淫欲，鼓瑟弹琴的闲暇，焚香喝茶的空档，不设一番功课，则会静极思动，两者之间互不相下的形势，如果不在桌案之前，就会在枕席之上了。一下围棋，就会将各种想法都置之不理了，缓兵降火之法，没有比此法更好的了。只是与妇人对垒，不需要争强取胜，宁可饶她数子而输她一次，她则会有喜无嗔，笑容可掬；如果有心让她落败，那就不只是当下难堪，而且会阻隔了日后下棋的兴致。

纤指拈棋，踌躇不下，静看这种姿态，就足以使人消魂。如果非要想赢过她，恐怕天地之间没有这种忍心的人。

双陆投壶等各种技艺，都可以延缓。赌赢骨牌，也可以作为消闲之用，而且易懂易学，但似乎停不下来。

丝　竹

丝竹之音，推琴为首。古乐相传至今，其已变而未尽变者，独此一种，余皆末世之音也。妇人学此，可以变化性情，欲置温柔乡，不可无此陶熔之具。然此种声音，学之最难，听之亦最不易。凡令姬妾学此者，当先自问其能弹与否。主人知音，始可令琴瑟在御，不则弹者铿然，听者茫然，强束官骸以俟其阕[①]，是非悦耳之音，乃苦人之具也，习之何为？凡人买姬置妾，总为自娱。己所悦者，导之使习；己所不悦，戒令勿为，是真能自娱者也。尝见富贵之人，听惯弋阳、四平等腔，极嫌昆调之冷，然因世人雅重昆调，强令歌童习之，每听一曲，攒眉许久，座客亦代为苦难，此皆不善自娱者也。予谓人之性情，各有所嗜，亦各有所厌，即使嗜之不当，厌之不宜，亦不妨自攻其谬。自攻其谬，则不谬矣。予生平有三癖，皆世人共好而我独不好者：一为果中之橄榄，一为馔中之海参，一为衣中之茧绸[②]。此三物者，人以食我，我亦食之；人以衣我，我亦衣之；然未尝自沽而食，自购而衣，因不知其精美之所在也。谚云："村人吃橄榄[③]，不知回味。"予真海内之村人也。因论习琴，而谬谈至此，诚为饶舌。

【注释】①官骸：身躯，形体。

②茧绸：以野蚕丝织成的绸。

③村人：俗人，蠢人。

【译文】丝竹之音，当以琴音为首。古乐相传至今，其中已经有所改变而又没有完全改变的，只有这一种，余下的都是末世之音。妇人学习弹琴，可以改变她的性情，想要制造温柔乡，就不能没有这种陶冶性情的器具。然而这种乐声，是最难学的，听起来也是最不容易的。但凡是让姬妾学琴的，应当先自问能不能弹。主人知晓音律，才能掌握琴瑟和谐之音，否则弹琴的人铿锵弹奏，而听众茫然无知，勉强支撑身体等待它结束，这并非悦耳的声音，乃是折磨人的工具，这样学琴又有何用呢？但凡人们买姬置妾，总是为了自娱。自己喜欢的，就指导她们学琴；自己不喜欢的，就告诫她们不要学，这是真正能自娱的人。我曾经见到富贵之人，听惯了弋阳、四平等腔，极为厌恶昆曲的清冷，但是因为世人素来看重昆曲，就强令歌童学习，每听一曲，就要皱眉许久，客人也替他感到痛苦，这都是不善自娱的人。我认为人的性情，各有所爱好的，也各有所厌恶的，即使爱好的事物不恰当，厌恶的东西不适宜，那也不妨碍自己追求自己所偏爱的。追求自己所偏爱的，那就不算是偏爱了。我生平有三个癖好，都是世人共同喜欢的而单单我不喜欢的：一是水果中的橄榄，一是饮食中的海参，一是衣料中的茧绸。这三种东西，有人给我吃，我也会吃；有人给我穿，我也会穿；但从未自己买来吃，自己买来穿，因为我不知道它们的精美在何处啊。谚语云：“村人吃橄榄，不知回味。”我实在是海内的村人啊。因为要谈论学琴，而妄谈至此，着实是饶舌了。

人问：主人善琴，始可令姬妾学琴，然则教歌舞者，亦必主人善歌善舞而后教乎？须眉丈夫之工此者，有几人乎？曰：不然。歌舞难精而易晓，闻其声音之婉转，睹见体态之轻盈，不必知音，始能领略，座中席上，主客皆然，所谓雅俗共赏者是也。琴音易响而难明，非身习者不知，惟善弹者能听。伯牙不遇子期[①]，相如不得文君[②]，尽日挥弦，总成虚鼓。吾观今世之为琴，善弹者多，能听者少；延名师[③]、教美妾者尽多，果能以此行乐，不愧文君、相如之名者绝少。务实不务名，此予立言之意也。若使主人善操，则当舍诸技而专务丝桐[④]。"妻子好合，如鼓瑟琴[⑤]。""窈窕淑女，琴瑟友之[⑥]。"琴瑟非他，胶漆男女，而使之合一；联络情意，而使之不分者也。花前月下，美景良辰，值水阁之生凉，遇绣窗之无事，或夫唱而妻和，或女操而男听，或两声齐发，韵不参差，无论身当其境者俨若神仙，即画成一幅合操图，亦足令观者消魂，而知音男妇之生妒也。

【注释】①伯牙不遇子期：出自《列子·汤问》。俞伯牙善于弹琴，锺子期知晓其意，锺子期死后，俞伯牙不再弹琴。

②相如不得文君：在《史记·司马相如列传》中记载卓文君喜好音乐，司马相如以琴动其心，后两人私奔。

③延：请，邀请。

④丝桐：指琴。古人削桐为琴，练丝为弦，故称。

⑤"妻子"两句：出自《诗经·小雅·常棣》。是用琴瑟和谐比喻夫妻关系。

⑥“窈窕”两句：出自《诗经·周南·关雎》。意思是美丽的女子，弹琴抒发思慕之情。

【译文】有人问：主人善琴，才可以让姬妾学琴，既然这样，那么教歌舞的人，也必定是主人善歌善舞而后才开始教授吗？男子中工于歌舞的，能有几人呢？我说：不是这样。歌舞很难精通却容易知晓，听闻他声音的婉转，见到他体态的轻盈，不必知晓音律歌舞，也能领略其中深意，座中席上，主人宾客都是这样，这便是雅俗共赏了。琴音容易弹响却很难明白，不是自身学琴的人就不会知晓，只有善于弹奏的人才能听明白。伯牙不遇子期，相如不得文君，就算是终日弹奏，也都是空弹。我看今世弹琴的人，擅长弹奏的人很多，但能欣赏的人却很少；聘请名师、教授美妾的人很多，真的能以此行乐，不愧于文君、相如之名的人非常少。务实不务名，这是我著书立说的本意。若是使得主人善于弹琴，那么就应当放弃其他技艺而专注于弹琴。“妻子好和，如鼓瑟琴。”“窈窕淑女，琴瑟友之。”琴瑟不像其他的物件，而是让男女之间变得亲密，使他们合而为一；联络情意，而使他们不会分开的物件。花前月下，良辰美景，正好水阁生凉，巧遇闺阁无事，或是丈夫歌唱而妻子附和，或是女子弹琴而男子欣赏，或是两种声音齐发，韵律和谐，不用说身在其中的人俨似神仙，就算是画成一幅合操图，也足以令观众消魂，而使知音男女心生嫉妒。

丝音自蕉桐而外[①]，女子宜学者，又有琵琶、弦索[②]、提琴之三种[③]。琵琶极妙，惜今时不尚，善弹者少，然弦索之音，实足以代之。弦索之形较琵琶为瘦小，与女郎之纤体最宜。近日教习家，其于声音之道，能不大谬于宫商者，首推弦索，时曲次之，戏曲又次之。予向有“场内无文，场上无曲”之说，非过论也。止为初学之时，便以取舍得失为心，虑其调高和寡，止求为《下里》《巴人》，不愿作《阳春》《白雪》，故造到五七分即止耳。提琴较之弦索，形愈小而声愈清，度清曲者必不可少。提琴之音，即绝少美人之音也。春容柔媚[4]，婉转断续，无一不肖。即使清曲不度，止令善歌二人，一吹洞箫，一搜提琴，暗谱悠扬之曲，使隔花间柳者听之，俨然一绝代佳人，不觉动怜香惜玉之思也。

丝音之最易学者，莫过于提琴，事半功倍，悦耳娱神。吾不能不德创始之人，令若辈尸而祝之也[5]。

【注释】①蕉桐：即焦桐，东汉蔡邕曾用烧焦的桐木造琴，后因称琴为焦桐。

②弦索：弦乐器上的弦。指弦乐器。

③提琴：弦乐器。胡琴的一种。

④春容：声音悠扬洪亮。

⑤若辈：这些人，这等人。尸：古代祭祀时，代表死者受祭的人。祝：祷告，向鬼神求福。这里引申为祭拜。

【译文】弦乐除琴音以外，适合女子学习的，还有琵琶、弦索、提琴三种。琵琶极妙，可惜当今并不推崇，善弹的人很少，但弦索的声音，实际足以能替代琵琶。弦索的外形比琵琶更瘦小，与女郎纤瘦的体形最相配。近来教授乐器的专家，它对于声音之道上，在音律方面能不出大错的，首推教弦索，时兴的曲子次之，戏曲又次之。我向来有“场内无文，场上无曲”的说法，这并非是过分的言论。只是在初学之时，便在取舍得失上下功夫，忧虑调高和寡，只求弹奏《下里》《巴人》那样粗浅的曲子，不愿弹奏《阳春》《白雪》那样高雅的曲子，所以弹到五七分就停止了。提琴相较弦索，形状更小而声音更加清脆，是唱清曲的人必不可少的。提琴的声音，就像极其年轻的美人的声音。悠扬柔媚，婉转断续，栩栩如生。即使不唱清曲，只让两个擅长唱歌的女子，一个吹洞箫，一个拉提琴，弹奏悠扬之曲，使得人们间隔着花柳听了，俨然觉得是一对绝代佳人，不自觉地动了怜香惜玉的心思。

弦乐中最容易学习的，莫过于提琴，事半功倍，悦耳娱神。我不能不感激它们的创始之人，让我们向他焚香祭拜。

竹音之宜于闺阁者，惟洞箫一种。笛可暂而不可常。至笙、管二物，则与诸乐并陈，不得已而偶然一弄，非绣窗所应有也。盖妇人奏技，与男子不同，男子所重在声，妇人所重在容。吹笙搦管之时[①]，声则可听，而容不耐看，以其气塞而腮胀也，花容月貌为之改观，是以不应使习。妇人吹箫，非止容颜不改，且能愈增娇媚。何也？按风作调，玉笋为之愈尖；簇口为声，朱唇因而越小。画美人者，常作吹萧图，以其易于见好也。或箫或笛，如使二女并吹，其为声也倍清，其为态也更显，焚香啜茗而领略之，皆能使身不在人间世也。

吹箫品笛之人，臂上不可无钏[②]。钏又勿使太宽，宽则藏于袖中，不得见矣。

【注释】①搦（nuò）管：吹奏管乐器。搦，拿着。

②钏：臂镯的古称。俗称镯，镯子。用珠子或玉石等穿起来做成的镯子。

【译文】最适合闺阁的管乐，惟有洞箫这一种乐器。笛子可以短暂吹奏而不能经常吹奏。至于笙、管这两样乐器，则可以与各种乐器合奏，不得已偶然一弄，不是闺阁中所应有的。因为妇人吹奏的技巧，与男子不同，男子所重在声，妇人所重在容。吹奏笙管时，声音还可听，而仪容却不耐看，因为在吹奏时会闭气而鼓腮，花容月貌也为之改观，所以不应让女子学习。妇人吹箫，不仅容颜不改，而且显得更加娇媚。为什么？因为是按孔吹出声调，如玉笋般的手指显得更细；小口收紧发出声音，朱唇因而显得更小。画美人时，常常作吹箫图，因为这样很容易画得好看。或箫或笛，如果让两位女子一同吹奏，它的声音也会倍感清亮，她们娇媚的姿态也会更加明显，焚香喝茶而沉醉其中，都能使人感觉自己不在人间世。

吹箫品笛之人，手臂上不可没有手镯。手镯又不要太宽，太宽就容易藏在袖中，看不到了。

歌　舞

《演习部》已载者，一语不赘。彼系泛论优伶，此则单言女乐。然教习声乐者，不论男女，二册皆当细阅。

【译文】《演习部》中已记载的，这里不再赘述。那一部泛论优伶，这一则单言女乐。但教习声乐的人，不论男女，这二册都应当仔细阅读。

昔人教女子以歌舞，非教歌舞，习声容也。欲其声音婉转，则必使之学歌；学歌既成，则随口发声，皆有燕语莺啼之致，不必歌而歌在其中矣。欲其体态轻盈，则必使之学舞；学舞既熟，则回身举步，悉带柳翻花笑之容，不必舞而舞在其中矣。古人立法，常有事在此而意在彼者。如良弓之子先学为箕，良冶之子先学为裘①。妇人之学歌舞，即弓冶之学箕裘也。后人不知，尽以声容二字属之歌舞，是歌外不复有声，而征容必须试舞，凡为女子者，即有飞燕之轻盈②，夷光之妩媚，舍作乐无所见长。然则一日之中，其为清歌妙舞者有几时哉？若使声容二字，单为歌舞而设，则其教习声容，犹在可疏可密之间。若知歌舞二事，原为声容而设，则其讲究歌舞，有不可苟且塞责者矣。但观歌舞不精，则其贴近主人之身，而为殢雨尤云之事者③，其无娇音媚态可知也。

【注释】①“良弓”两句：出自《礼记·学记》。意思是善于制弓箭的人家，他家的子弟要先学习做簸箕，善于冶炼金属的人家，他家的子弟要先学习用兽皮制衣，因为前后两者有相通之处。

②飞燕：即赵飞燕，汉成帝皇后。

③殢（tì）雨尤云：比喻男女之间的缠绵欢爱。

【译文】以前人们教女子歌舞，并非是教歌舞，而是让她们学习声音和姿容。想要使她声音婉转，那就一定要让她学习唱歌；学成之后，则她随口发声，都有燕语莺啼的情致，不必唱歌而歌声已在其中了。想要使她体态轻盈，那就一定要让她学习跳舞；练熟之后，则她回身举步，都带着柳翻花笑的姿容，不必跳舞而舞姿已在其中了。古人立法，经常有事在此而意在彼的情况。比如善于制弓人家的儿子要先学习制作簸箕，善于冶炼人家的儿子要先学习制作裘衣。妇人学习歌舞，就和制弓、冶炼之子要先学制箕、制裘是一样的。后人不知其中道理，认为声容二字全部属于歌舞，这样就使得除了唱歌之外就不再有声，而挑选姿容就必须测验她的舞蹈，凡是女子，就算是有飞燕的轻盈，夷光的妩媚，除了歌舞就看不到其他所擅长的。那么她在一天之中，又有多少时间是在轻歌曼舞呢？如果声容二字，单独为歌舞而设，则教她们学习声容的人，就在可松可严之间了。如果知晓歌舞这两件事，原本就是为声容而设，那讲究歌舞的人，就没有苟且塞责的了。只要看一位女子的歌舞不精，那就可想而知她贴近主人的身体，而为男女之事时，必定没有娇音媚态。

"丝不如竹，竹不如肉[①]。"此声乐中三昧语，谓其渐近自然也。予又谓男音之为肉，造到极精处，止可与丝竹比肩，犹是肉中之丝，肉中之竹也。何以知之？但观人赞男音之美者，非曰"其细如丝"，则曰"其清如竹"，是可概见。至若妇人之音，则纯乎其为肉矣。语云："词出佳人口。"予曰：不必佳人，凡女子之善歌者，无论妍媸美恶，其声音皆迥别男人。貌不扬而声扬者有之，未有面目可观而声音不足听者也。但须教之有方，导之有术，因材而施，无拂其天然之性而已矣。歌舞二字，不止谓登场演剧，然登场演剧一事，为今世所极尚，请先言其同好者。

【注释】①“丝不如竹”两句：出自《晋书·孟嘉传》。肉，指人的歌声。

【译文】“丝不如竹，竹不如肉。”这是声乐中的真谛，是说声乐要渐近自然。我又认为男声，达到极精的境界，只可与弦管乐并肩，犹如是人声中的弦乐，人声中的管乐。这是如何知道的呢？只要观察别人夸赞男声优美的用词，不是说“其细如丝”，就是说“其清如竹”，就能大概知晓。至于像是妇人的声音，那就是纯粹的人声了。俗话说：“词出佳人口。”我说：不必是佳人，凡是擅长唱歌的女子，无论美丑，她们的声音都与男人的声音截然不同。有其貌不扬而声音动听的，却没有长得眉清目秀而声音不动听的。只要教之有方，导之有术，因材施教，不违背她们的天性就行了。歌舞二字，不止是所谓的登台演戏，但是登台演戏这件事，是当今世上极其推崇的，请先让我说说世人的共同爱好。

一曰取材。取材维何？优人所谓“配脚色”是已。喉音清越而气长者，正生、小生之料也；喉音娇婉而气足者，正旦、贴旦之料也，稍次则充老旦；喉音清亮而稍带质朴者，外末之料也；喉音悲壮而略近噍杀者[①]，大净之料也。至于丑与副净，则不论喉音，只取性情之活泼，口齿之便捷而已。然此等脚色，似易实难。男优之不易得者二旦，女优之不易得者净丑。不善配脚色者，每以下选充之，殊不知妇人体态不难于庄重妖娆，而难于魁奇洒脱[②]，苟得其人，即使面貌娉婷，喉音清婉，可居生旦之位者，亦当屈抑而为之。盖女优之净丑，不比男优仅有花面之名，而无抹粉涂胭之实，虽涉诙谐谑浪，犹之名士风流。若使梅香之面貌胜于小姐，奴仆之词曲过于官人，则观者、听者倍加怜惜，必不以其所处之位卑，而遂卑其才与貌也。

【注释】①噍（jiāo）杀：声音急促，不舒缓。

②魁奇：魁梧杰出。

【译文】一是取材。取材是什么？就是优人所谓的“配脚色”。喉音清脆悠扬而且气长的，便是演正生、小生的材料；喉音娇柔婉转而且气足的，便是演正旦、贴旦的材料，稍次一些的就充演老旦；喉音清澈响亮而稍带质朴的，便是演外末的材料；喉音悲壮而略近急促的，便是演大净的材料。至于丑和副净，则不论喉音，只选择性情活泼，口齿伶俐的就可以了。然而这些脚色，看似容易实际却很难。不易得到的男优有正旦、贴旦，不易得到的女优有净丑。不善于搭配脚色的人，每次都选用水平不好的来充演，殊不知妇人的体态并不难在庄重妖娆，而难在魁梧洒脱，若是遇到这样的人，即使她面貌姣好，喉音清婉，可以充演生旦脚色的，也要压抑她们而充演净丑。因为女优中的净丑脚色，不比男优仅有花面之名，而无涂脂抹粉之实，虽涉诙谐谑浪，但还要显得名士风流。假如婢女的面貌胜于小姐，奴仆的词曲多于官人，那么观众、听众会加倍怜惜，一定不会因为他们所处的地位低下，就看轻他们的才能和面貌。

二曰正音。正音维何？察其所生之地，禁为乡土之言，使归《中原音韵》之正者是已。乡音一转而即合昆调者，惟姑苏一郡。一郡之中，又止取长、吴二邑[①]，余皆稍逊，以其与他郡接壤，即带他郡之音故也。即如梁溪境内之民[②]，去吴门不过数十里，使之学歌，有终身不能改变之字，如呼酒钟为"酒宗"之类是也。近地且然，况愈远而愈别者乎？然不知远者易改，近者难改；词语判然、声音迥别者易改，词语声音大同小异者难改。譬如楚人往粤，越人来吴，两地声音判如霄壤，或此呼而彼不应，或彼说而此不言，势必大费精神，改唇易舌，求为同声相应而后已。止因自任为难，故转觉其易也。至入附近之地，彼所言者，我亦能言，不过出口收音之稍别，改与不改，无甚关系，往往因仍苟且[③]，以度一生。止因自视为易，故转觉其难也。正音之道，无论异同远近，总当视易为难。选女乐者，必自吴门是已。然尤物之生，未尝择地，燕姬赵女、越妇秦娥见于载籍者，不一而足。"惟楚有材，惟晋用之[④]"。此言晋人善用，非曰惟楚能生材也。予游遍域中，觉四方声音，凡在二八上下之年者，无不可改，惟八闽、江右二省[⑤]，新安、武林二郡[⑥]，较他处为稍难耳。正音有法，当择其一韵之中，字字皆别，而所别之韵，又字字相同者，取其吃紧一二字，出全副精神以正之。正得一二字转，则破竹之势已成，凡属此一韵中相同之字，皆不正而自转矣。请言一二以概之。九州以内，择其乡音最劲、舌本最强者而言，则莫过于秦、晋二地。不知秦、晋之音，皆有一定不移之成格。秦音无“东钟”，晋音无“真文”；秦音呼“东钟”为“真文”，晋音呼“真文”为“东钟”。此予身入其地，习处其人，细细体认而得之者。秦人呼“中庸”之“中”为“肫”，“通达”之“通”为“吞”，“东南西北”之“东”为“敦”，“青红紫绿”之“红”为“魂”，凡属“东钟”一韵者，字字皆然，无一合于本韵，无一不涉“真文”。岂非秦音无“东钟”，秦音呼“东钟”为“真文”之实据乎？我能取此韵中一二字，朝训夕诂，导之改易；一字能变，则字字皆变矣。晋音较秦音稍杂，不能处处相同，然凡属“真文”一韵之字，其音皆仿佛“东钟”，如呼“子孙”之“孙”为“松”，“昆腔”之“昆”为“空”之类是也。即有不尽然者，亦在依稀仿佛之间。正之亦如前法，则用力少而成功多。是使无“东钟”而有“东钟”，无“真文”而有“真文”，两韵之音，各归其本位矣。秦、晋且然，况其他乎？大约北音多平而少入，多阴而少阳。吴音之便于学歌者，止以阴阳平仄不甚谬耳。然学歌之家，尽有度曲一生，不知阴阳平仄为何物者，是与蠹鱼日在书中[7]，未尝识字等也。予谓教人学歌，当从此始。平仄阴阳既谙，使之学曲，可省大半工夫。正音改字之论，不止为学歌而设，凡有生于一方，而不屑为一方之士者，皆当用此法以掉其舌。至于身在青云，有率吏临民之责者，更宜洗涤方音，讲求韵学，务使开口出言，人人可晓。常有官说话而吏不知，民辩冤而官不解，以致误施鞭扑，倒用劝惩者。声音之能误人，岂浅鲜哉！

【注释】①长：即长州。吴：即吴县。两地均在江苏苏州。

②梁溪：河水名，在无锡境内，古代借指无锡。

③因仍：因袭，沿袭。

④“惟楚有材”两句：出自《左传·襄公二十六年》：“虽楚有材，晋实用之。”

⑤八闽：即福建省。江右：即江西省。

⑥新安：一说在今安徽徽州。又一说是在安徽休宁、绩溪，浙江淳安、建德一带。武林：今在浙江杭州。

⑦蠹（dù）鱼：蛀蚀书籍、衣物的虫子。

【译文】二是正声。正音是什么？就是考察其所生之地，禁止讲乡土方言，让他的口音回到《中原音韵》中的正音。乡音一转而就能与昆曲相合的，只有苏州这一郡。一郡之中，又只选长、吴二邑，其余的地方都稍显逊色，因为其余的这些地方和其他郡接壤，就会带有其他郡的口音的缘故。就如梁溪境内的百姓，距离吴门不过数十里，让百姓学唱歌，有终身不能改变口音的字，就如称呼酒钟为“酒宗”之类的。附近的地方都是这样，何况越远而差异越明显的地方呢？但是人们不知道远的地方容易改变，近的地方很难改变；词语差异很大、声音截然不同的容易改变，词语声音大同小异的很难改变。比如楚国人去往粤地，越国人来到吴地，两地的声音天差地别，或是此呼而彼不应，或是彼说而此不言，这样势必会大费精神，将口音改掉，变得同声相应后才可以。只是因为自己感到语言不通很为难，所以反而觉得改变口音很容易。至于到了附近的地方，他所说的话，我也能说，不过是出口收音时稍有区别，改与不改，没有多大关系，往往沿用原本的口音，以度一生。只是因为自己觉得原来的口音交流起来很容易，所以反而觉得改变口音很困难。正音之道，无论异同远近，总是要将容易的视为难的。挑选女乐的人，必须是出自吴门。但是尤物的出身，从来都不能选择地点，出现在古籍之中的燕姬赵女、越妇秦娥等等佳人，不计其数。“惟楚有材，惟晋用之”。这是说晋人善于任用贤才，而不是说惟有楚国才能生出贤才。我遍游各地，觉得四方声音，凡是在十六岁上下的人，没有什么是不可以改的，只有福建、江西两省，徽州、杭州两郡，相较其他地方就稍显困难了。正音有方法，应当选用那种一韵之中，字字皆别，而所别之韵律，又字字相同的音韵，取其中一两个最紧要的字，付出全副精神来更正它。将这一两个字更正之后，那么就已形成了破竹之势，凡是属与这一韵之中相同的字，都不需要更正它而自己就更正过来了。请让我用一二事例来概括。九州以内，选择乡音最强劲、舌根最僵硬的地方，那就莫过于秦、晋二地。却不知秦、晋的口音，都有固定不变的成格。秦音没有“东钟”，晋音没有“真文”；秦音将“东钟”讲成“真文”，晋音将“真文”讲成“东钟”。这是我身入了那些地方，学习与那里的人相处，细细体会而得知的。秦人将“中庸”的“中”讲成“肫”，“通达”的“通”讲成“吞”，“东南西北”的“东”讲成“敦”，“青红紫绿”的“红”讲成“魂”，凡是属于“东钟”这一韵的字，每个字都是这样，无一字合于本韵，无一字不讲成“真文”。这难道不是秦音没有“东钟”，秦音将“东钟”讲成“真文”的真实依据吗？我能取这一韵中的一两个字，早晚练习讲解，引导他们改正字音；一字能改，那么字字都能改了。晋音比秦音稍稍复杂，不能处处相同，但凡是属于“真文”这一韵的字，它的口音都如同“东钟”一样，就比如将“子孙”的“孙”讲成“松”，“昆山”的“昆仑”讲成“空”之类的。就算是有不完全相同的，也在依稀相似之间。也像前面的方法去更正它，则用力少而成功多。这使得没有“东钟”的而改正为有“东钟”，没有“真文”的而改正为有“真文”，两韵之音，就各归本位了。秦、晋尚且是这样，何况是其他的地方？大约北音多平声而少入声，多阴字而少阳字。吴音便于学习唱歌的原因，只是因为阴阳平仄没有严重的错误。然而学歌之家，有穷尽一生来唱曲，却不知道阴阳平仄是何物，这与蛀虫终日在书中，却从不识字是一样的。我认为教人学歌，应当从这里开始。平仄阴阳已经熟知后，让他学曲，就可省大半工夫。正音改字之论，不止是为学歌而设，凡是生在一方，又不屑为一方之士的人，都应当用这个方法改掉他的口音。至于身处高位，有率吏临民之责的高官，更应当改正自己的乡音方言，讲求韵学，一定要使其开口讲话，人人都能听懂。常常有官说话而吏不知，民辩冤而官不解，以致于误施罪罚，倒用奖惩的情况。口音能误人，怎会很轻微啊！

正音改字，切忌务多。聪明者每日不过十余字，资质钝者渐减。每正一字，必令于寻常说话之中，尽皆变易，不定在读曲念白时。若止在曲中正字，他处听其自然，则但于眼下依从，非久复成故物，盖借词曲以变声音，非假声音以善词曲也。

【译文】正音改字，切忌求多。聪明的人每天不过十余字，资质愚钝的人逐渐减少。每更正一字，就一定要在寻常说话之中，全部更正过来，不只是在读曲念白时才改过来。如果只在曲中更正字音，其他地方依旧听任自然，那就只是在眼下依从，不久又会回到原来的口音，这是因为要借词曲来改变口音，而不是借口音来唱好词曲。

三曰习态。态自天生，非关学力，前论声容，已备悉其事矣。而此复言习态，抑何自相矛盾乎？曰：不然。彼说闺中，此言场上。闺中之态，全出自然。场上之态，不得不由勉强，虽由勉强，却又类乎自然，此演习之功之不可少也。生有生态，旦有旦态，外末有外末之态，净丑有净丑之态，此理人人皆晓；又与男优相同，可置弗论，但论女优之态而已。男优妆旦，势必加以扭捏，不扭捏不足以肖妇人；女优妆旦，妙在自然，切忌造作，一经造作，又类男优矣。人谓妇人扮妇人，焉有造作之理，此语属赘。不知妇人登场，定有一种矜持之态；自视为矜持，人视则为造作矣。须令于演剧之际，只作家内想，勿作场上观，始能免于矜持造作之病。此言旦脚之态也。然女态之难，不难于旦，而难于生；不难于生，而难于外、末、净、丑；又不难于外末净丑之坐卧欢娱，而难于外、末、净、丑之行走哭泣。总因脚小而不能跨大步，面娇而不肯妆瘁容故也。

然妆龙像龙，妆虎像虎，妆此一物，而使人笑其不似，是求荣得辱，反不若设身处地，酷肖神情，使人赞美之为愈矣。至于美妇扮生，较女妆更为绰约。潘安[①]、卫玠[②]，不能复见其生时，借此辈权为小像，无论场上生姿，曲中耀目，即于花前月下偶作此形，与之坐谈对弈，啜茗焚香，虽歌舞之余文，实温柔乡之异趣也。

【注释】①潘安：本名潘岳，字安仁，西晋文学家、政治家，古代四大美男之一。每每驾车出行，妇人都为之着迷，往他的车里丢水果，每次满载而归。

②卫玠：字叔宝，小字虎，晋朝玄学家、书法家。古代四大美男之一。卫玠迁至建业（今南京）时，人们早已听闻，争相出来观看。不久之后便去世了。当时的人有“看杀卫玠”之说。

【译文】三是习态。姿态是天生的，与学习能力无关，前面讨论声容，已经非常详尽了。而在这里再讲习态，这不是自相矛盾吗？我说：不是这样。前面说的是在闺阁之中的姿态，这里讲的是场上表演的姿态。闺中之态，全是出于自然。场上之态，不得不因勉强产生，虽是因勉强产生，却又似于自然，这是演练的功夫中不可缺少的。生角有生角的姿态，旦角有旦角的姿态，外末有外末的姿态，净丑有净丑的姿态，这道理人人都懂；而且又与男优相同，可以放在一边不讨论，只论女优的姿态而已。男优扮作旦角，势必加以扭捏之态，不扭捏不足以酷似妇人；女优扮作旦角，妙在自然，切忌造作，一经造作，又如同男优了。有人认为妇人扮作妇人，怎会有造作之理，这话实属多余。殊不知妇人登场，必会有一种矜持之态；

自认为矜持，但别人认为就是造作了。须令她在演戏之际，只想象是在家中，不要看成是登场表演，这样才能避免矜持造作之病。这是说旦角的姿态。然而女态之难，不是难在扮作旦角，而难在扮作生角；不是难在扮作生角，而是难在扮演外、末、净、丑；又不是难在外末净丑的坐卧欢娱，而难在外、末、净、丑的行走哭泣。总因为脚小而不能跨大步，面容娇美而不肯化成憔悴面容的缘故。但是扮龙像龙，扮虎像虎，扮演一物，却让人笑她演得不神似，这是求荣而得辱，反而不如设身处地，模仿角色的神情惟妙惟肖，让人称赞的好。至于美妇扮作生角，相较女妆更显得柔美温婉。潘安、卫阶之类的男子，不能再见到他活着的样子，只能借助这些女优来模仿他们的样子，无论是在场上现出美好的姿态，在曲中光耀夺目，就是在花前月下偶然作出这样的形态，与她坐谈下棋，喝茶焚香，虽是歌舞之后余下的情景，实际上是在温柔乡的别样意趣中了。

全本全注全译

閒情偶寄

（下）

〔清〕李渔 著
谦德书院 注译

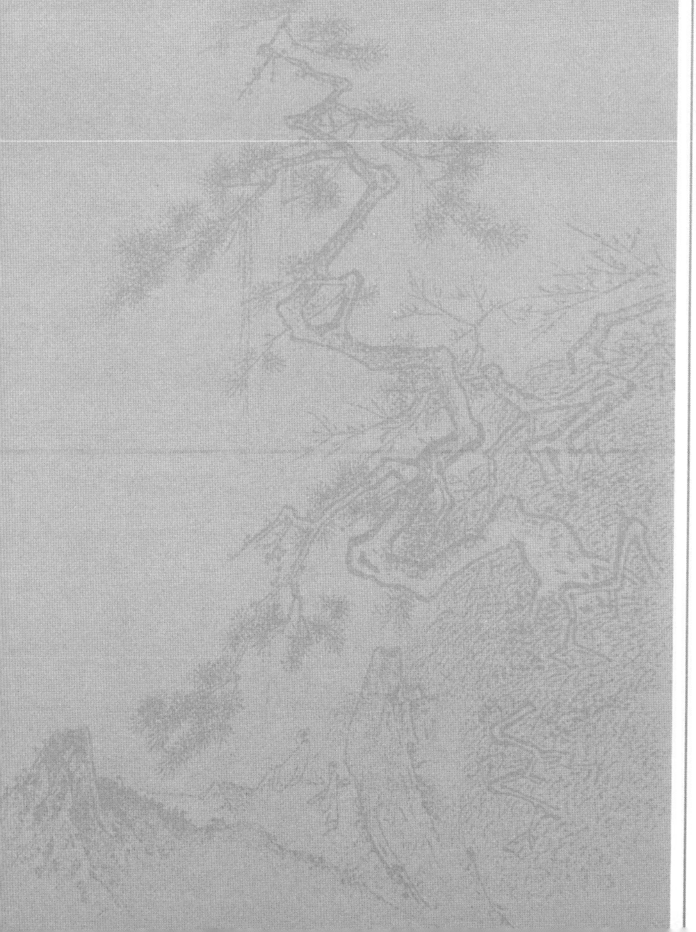

团结出版社

目　录

卷四　居室部

器玩部

卷五　饮馔部

种植部

卷六 颐养部

卷四　居室部

房舍第一

人之不能无屋，犹体之不能无衣。衣贵夏凉冬燠[①]，房舍亦然。“堂高数仞，榱题数尺”[②]，壮则壮矣，然宜于夏而不宜于冬。登贵人之堂，令人不寒而栗，虽势使之然，亦寥廓有以致之；我有重裘，而彼难挟纩故也[③]。及肩之墙，容膝之屋，俭则俭矣，然适于主而不适于宾。造寒士之庐，使人无忧而叹，虽气感之耳，亦境地有以迫之；此耐萧疏，而彼憎岑寂故也[④]。吾愿显者之居，勿太高广。夫房舍与人，欲其相称。画山水有诀云：“丈山尺树，寸马豆人[⑤]。”使一丈之山，缀以二尺三尺之树；一寸之马，跨以似米似粟之人，称乎？不称乎？使显者之躯，能如汤、文之九尺、十尺[⑥]，则高数仞为宜；不则堂愈高而人愈觉其矮，地愈宽而体愈形其瘠，何如略小其堂，而宽大其身之为得乎？处士之庐，难免卑隘[7]，然卑者不能耸之使高，隘者不能扩之使广，而污秽者、充塞者则能去之使净，净则卑者高而隘者广矣。吾贫贱一生，播迁流离，不一其处，虽债而食，赁而居，总未觉稍污其座。性嗜花竹，而购之无资，则必令妻孥忍饥数日，或耐寒一冬，省口体之奉，以娱耳目，人则笑之，而我怡然自得也。性又不喜雷同，好为矫异，常谓人之葺居治宅[8]，与读书作文同一致也。譬如治举业者[9]，高则自出手眼，创为新异之篇；其极卑者，亦将读熟之文移头换尾，损益字句而后出之，从未有抄写全篇，而自名善用者也。乃至兴造一事，则必肖人之堂以为堂，窥人之户以立户，稍有不合，不以为得，而反以为耻。常见通侯贵戚[10]，掷盈千累万之资以治园圃，必先谕大匠曰：亭则法某人之制，榭则遵谁氏之规，勿使稍异。而操运斤之权者，至大厦告成，必骄语居功，谓其立户开窗，安廊置阁，事事皆仿名园，纤毫不谬。噫，陋矣！以构造园亭之胜事，上之不能自出手眼，如标新创异之文人；下之至不能换尾移头，学套腐为新之庸笔，尚嚣嚣以鸣得意[11]，何其自处之卑哉！

【注释】①燠（yù）：暖，热。

②堂高数仞，榱（cuī）题数尺：出自《孟子·尽心下》。仞，古代长度单位。周制八尺，汉制七尺。榱题，屋椽的端头。通常伸出屋檐，因通称出檐。

③挟纩（kuàng）：指披着绵衣。

④岑寂：寂静。

⑤寸马豆人：指一寸大的马与如豆般大的人。形容绘画中人物的微小。

⑥汤文：指商汤和周文王。

⑦卑隘：低矮狭窄。

⑧葺：羞缮。

⑨举业：科举时代指专为应试的诗文、学业、课业、文字。也指八股文。

⑩通侯：秦汉时代侯爵的最高一等，又称彻侯、列侯。

⑪嚣嚣：自鸣得意的样子。

【译文】人不能没有房屋，就像身体不能不穿衣服。衣服贵在冬暖夏凉，房屋也是如此。厅堂高达数丈，屋檐伸出很远，壮观是很壮观，然而只适合夏天居住，却不适合冬天居住。走进豪族显贵之家，令人不寒而栗，虽然与主人的权势有关，可是厅堂的高大空阔，也会给人带来这种感觉。主人穿厚皮裘，也会令衣衫单薄的客人感到寒冷。齐肩的矮墙，只可容膝的小屋，俭朴是俭朴了，然而它只适合自己居住，不适合接待客人。造访寒士之家，让人无忧而叹，虽然是受到了屋里气氛的影响，也是房屋太过低矮窄小，让人产到窘迫之感。就算主人能够忍耐清冷，可客人却不会喜欢这种孤寂凄清。我希望显贵之家的房屋不要建造得太高太大。房屋应该与主人相称。画山水的人有一句口诀："丈山尺树，寸马豆人。"就是说如果画的山有一丈高，就用三尺高的树来点缀，配上一寸大小的马，马背上驮的是豆粒大小的人。这是相称呢？还是不相称？假如显贵之人的身体可以像商汤、周文王那样高达九尺、十尺，那么房屋高要数仞才合适；否则房子越高人就越显得矮小，地面越宽人的身材越显得瘦弱。何不把房子建得小一点，从而使自己的身材显得更加高大魁梧些呢？贫寒人家的房子，难免低矮逼仄，虽然低矮的不能再加高，狭窄的不能再扩大，但屋子里的垃圾和杂物可以去除，使房子变得干净整洁，环境干净整洁了，就算是低矮的房屋也会显得高大，逼仄的房间也会显得宽阔。我这一生都很贫苦，到处颠沛流离，居无定所，虽然吃饭的钱是借来的，居住的房子是租来的，却从来不会让居住的房子稍稍沾上一点污秽。我生性喜爱花草竹木，在无钱购买之时，宁可让妻子儿女饿几天肚子，或者忍受一个冬季的寒冷，也要节衣缩食省出点生活费，购买花草竹木以自娱。大家都嘲笑我，而我却怡然自得。我又生性不喜雷同，喜欢标新立异，我常说人们修房建屋，与读书作文是一样的。比如参加科举考试的人，水平高的能够通过自己的才思写出新颖奇异的文章；水平低的也会将读熟的文章，改头换尾，增减字句，作出一篇新文章，从来没有人只会照抄全文却自命不凡。但是在建筑这件事上，有些人就一定要模仿别人的厅堂来建厅堂，依照别人的窗户来做窗户，稍有不同，不仅不以为荣，而且反以为耻。常常看见那些公侯贵戚，耗资千万来修建园圃，事先一定要吩咐大匠：亭一定要仿照某家的式样，台榭一定要按照谁家的设计，一定要一模一样。而那些房屋的主人，等到大厦建成之时，也必定会居功自傲，说他房屋的门窗、走廊、亭阁，全都是模仿名园，丝毫不差。唉，真是太浅陋了！修建园亭这样的美事，上不能像标新立异的文人那样匠心独运，下不能像那些腐儒一样套用别人文章的样式改头换尾写出新的文章，还在那里自鸣得意，到处炫耀。为什么要轻贱自己，把自己的位置放得那么低呢？

予尝谓人曰：生平有两绝技，自不能用，而人亦不能用之，殊可惜也。人问绝技维何？予曰：一则辨审音乐，一则置造园亭。性嗜填词，每多撰著，海内共见之矣。设处得为之地，自选优伶，使歌自撰之词曲，口授而躬试之，无论新裁之曲，可使迥异时腔，即旧日传奇，一概删其腐习而益以新格，为往时作者别开生面，此一技也。一则创造园亭，因地制宜，不拘成见，一榱一桷[①]，必令出自己裁，使经其地、入其室者，如读湖上笠翁之书，虽乏高才，颇饶别致，岂非圣明之世、文物之邦，一点缀太平之具哉？噫，吾老矣，不足用也。请以崖略付之简篇[②]，供嗜痂者采择[③]。收其一得，如对笠翁，则斯编实为神交之助尔。

【注释】①桷（jué）：方形的椽子。

②崖略：大略、大概。

③嗜痂：指怪僻的嗜好，这里指同好者。

【译文】我曾对人说："我生平有两大绝技，自己用不上，别人也不能用，真是可惜。"那人问我："是什么绝技呢？"我回答说："一个是辨审音乐，一个是建造园亭。"我生性喜好填词，创作了多种著作，这是大家都看到的事情。如果我有个能够做主的地方，自己挑选演员，让他们演唱我创作的戏曲，并由我口传身教，那么，不仅我新编的戏曲，完全区别于当前流行的唱腔；就算是演出旧戏，也能一洗陈腐之气而形成新的风格，为过去的作者开创出一种新局面，这是我的一项绝技。另一项绝技是建造园亭。我能够因地制宜，不拘泥于过去的模式，每一个部位都亲手设计，别出心裁，使路过的人和进入屋里的人，都像阅读我的书一样，虽然不能说才华横溢，但也别有一番情致。这难道不是对我们现在这个圣明之世、文明之邦的一点点缀吗？唉！我老了，不中用了，请允许我把自己这些粗浅的想法写进书中，以供同好者的人来参考。如果有人能从书中获得一些收获，就像与我面对面交谈一样，那么这本书就是我们之间神交的纽带了。

土木之事，最忌奢靡。匪特庶民之家当崇俭朴，即王公大人亦当以此为尚。盖居室之制，贵精不贵丽，贵新奇大雅，不贵纤巧烂漫。凡人止好富丽者，非好富丽，因其不能创异标新，舍富丽无所见长，只得以此塞责。譬如人有新衣二件，试令两人服之，一则雅素而新奇，一则辉煌而平易，观者之目，注在平易乎？在新奇乎？锦绣绮罗，谁不知贵，亦谁不见之？缟衣素裳，其制略新，则为众目所射，以其未尝睹也。凡予所言，皆属价廉工省之事，即有所费，亦不及雕镂粉藻之百一。且古语云："耕当问奴，织当访婢[1]。"予贫士也，仅识寒酸之事。欲示富贵，而以绮丽胜人，则有从前之旧制在。

【注释】①耕当问奴，织当访婢：出自《宋书·沈庆之传》。比喻事有专司，处理事务当问行家。

【译文】建筑工程，最忌奢侈浪费。不仅一般百姓之家应当崇尚俭朴，就算是王公大人也应该提倡节俭。因为房屋的设计，贵在精致而不在华丽，贵在高雅有新意而不在纤巧烂漫。凡是只喜好富丽堂皇风格的人，并不是真的喜欢富丽堂皇，只是因为他做不到标新立异，除了富丽堂皇再没有什么别的新意，只好以此敷衍了事。比如有个人有两件新衣服，请来两人试穿，一人衣服素雅却设计新颖，一人衣服华丽但设计一般，哪件衣服会更容易引起人的注意呢？是设计一般的呢，还是设计新颖的呢？绫罗绸缎，谁不知道它的华贵？又有谁没见过呢？缟衣素裳，只因为设计稍微新颖一些，就会吸引众人的眼光，因为这种款式从未有人见过。我所说的这些，都是既省钱又省力的事，即使有所花费，也比不上雕镂粉饰的百分之一。而且古语有云："想学耕种就问奴仆，想学纺织当问婢女。"我就是一个贫寒的读书人，只懂得这些寒酸之事。想向别人炫耀自己的富贵，靠华丽来胜过别人，那么有从前的旧样式在。

新制人所未见，即缕缕言之，亦难尽晓，势必绘图作样。然有图所能绘，有不能绘者。不能绘者十之九，能绘者不过十之一。因其有而会其无，是在解人善悟耳。

【译文】人们没有见过的新式样，就算我在这里说得再详尽，也难以全弄明白，势必要绘制图样。但是有些东西可以画出来，有些东西是画不出来的。画不出来的有十分之九，能画出来的只有十分之一。只能依据画出来的去领会画不出来的，这就要读者自己去领悟了。

向 背

屋以面南为正向。然不可必得，则面北者宜虚其后，以受南薰[①]；面东者虚右，面西者虚左，亦犹是也。如东、西、北皆无余地，则开窗借天以补之。牖之大者，可抵小门二扇；穴之高者，可敌低窗二扇，不可不知也。

【注释】①南薰：指《南风》歌，借指从南面刮来的风。

【译文】房屋以面朝南为正面。然而不是所有的都是这样，所以正面朝北的房屋就要在屋后留出空地，以接受南风；正面朝东的要在右边留空，正面朝西的要在左边留空，也是为了接受南风。如果东、西、北三面都没有空地，就要在屋顶开天窗来补救。一个大窗户，可以抵得上两扇小门；一个开得高的天窗，可以抵得上两扇低窗，这一点不可不知。

途 径

径莫便于捷，而又莫妙于迂。凡有故作迂途，以取别致者，必另开耳门一扇[①]，以便家人之奔走，急则开之，缓则闭之，斯雅俗俱利，而理致兼收矣。

【注释】①耳门：正门两旁的小门。

【译文】最方便的路莫过于近道，而最妙的路莫过于迂回曲折的小道。凡是故意把道路修成迂回曲折的，以取其别具一格，一定要另开一扇耳门，便于家人快速通过。有急事的时候就打开，没急事的时候就关上，这样雅俗两面都达到了，实用和别致兼备。

高　下

房舍忌似平原，须有高下之势，不独园圃为然，居宅亦应如是。前卑后高，理之常也。然地不如是，而强欲如是，亦病其拘。总有因地制宜之法：高者造屋，卑者建楼，一法也；卑处叠石为山，高处浚水为池[①]，二法也。又有因其高而愈高之，竖阁磊峰于峻坡之上；因其卑而愈卑之，穿塘凿井于下湿之区[②]。总无一定之法，神而明之，存乎其人，此非可以遥授方略者矣。

【注释】①浚：疏浚，深挖。

②下湿：指地势低而潮湿。

【译文】建造房屋最忌建造得像平原一样，必须有高低起伏之势。不仅花园是这样，住宅也应该如此。前低后高，这是常理。然而如果不是这样的地形，却硬要这么做，也犯了拘泥刻板的错误。倒是有因地制宜的办法：在地势高的地方建屋，在地势低的地方造楼，这是一种办法；在地势低的地方垒石头做假山，在地势高的地方通水修建水池，这又是一种办法。还有一种方法，可以把高的地方变得更高，如在陡坡上建亭阁、垒假山；或把低的地方变得更低，如在低洼潮湿之地挖塘凿井。总之，没有固定的方法，全靠个人心领神会，这不是仅靠别人传授就能做到的。

出檐深浅

居宅无论精粗，总以能避风雨为贵。常有画栋雕梁、琼楼玉栏，而止可娱晴，不堪坐雨者，非失之太敞，则病于过峻。故柱不宜长，长为招雨之媒；窗不宜多，多为匿风之薮[①]；务使虚实相半，长短得宜。又有贫士之家，房舍宽而余地少，欲作深檐以障风雨，则苦于暗；欲置长牖以受光明，则虑在阴。剂其两难，则有添置活檐一法。何为活檐？法于瓦檐之下，另设板棚一扇，置转轴于两头，可撑可下。晴则反撑，使正面向下，以当檐外顶格[②]；雨则正撑，使正面向上，以承檐溜[③]。是我能用天，而天不能窘我矣[④]。

【注释】①匿：隐藏，躲藏。薮（sǒu）：人或物聚集的地方。

②顶格：即天花板。

③檐溜：房檐流下的雨水。

④窘：使为难，迫使对方陷入困境。

【译文】住房不论精美还是简陋，最重要的是能遮风避雨。常有一些雕梁画栋、琼楼玉栏，而只能在晴天时用来娱乐，却不能用来遮风避雨，原因在于不是过于宽敞，就是太过高大。所以柱子不宜太高，太高了就会招雨；窗户不宜太多，太多了就会藏风；一定要虚实各半，长短适宜。又有一些贫寒之家，房舍宽而空地少，想造深檐来阻挡风雨，却又担心房间光线变暗；想造大窗子来多点采光，又担心阴天下雨。想要兼顾这两方面，则有一个添置活檐的方法。什么是“活檐”呢？就是在瓦檐之下再安一扇板棚，在板棚两头安上转轴，使房檐可以撑开也可以放下。晴天就反过来撑，使正面向下，当做房檐外的顶格；雨天就正撑，使正面向上，用来承接屋檐上流下的雨水。这样一来，就是我在利用自然环境，而自然环境不能给我带来窘迫了。

置顶格

精室不见椽、瓦，或以板覆，或用纸糊，以掩屋上之丑态，名为“顶格”，天下皆然。予独怪其法制未善。何也？常因屋高檐矮，意欲取平，遂抑高者就下，顶格一概齐檐，使高敞有用之区，委之不见不闻，以为鼠窟，良可慨也。亦有不忍弃此，竟以顶板贴椽，仍作屋形，高其中而卑其前后者，又不美观，而病其呆笨。予为新制，以顶格为斗笠之形[①]，可方可圆，四面皆下，而独高其中。且无多费，仍是平格之板料，但令工匠画定尺寸，旋而去之。如作圆形，则中间旋下一段是弃物矣，即用弃物作顶，升之于上，止增周围一段竖板，长仅尺许，少者一层，多则二层，随人所好。方者亦然。造成之后，若糊以纸，又可于竖板之上，裱贴字画，圆者类手卷[②]，方者类册叶[3]，简而文，新而妥，以质高明，必当取其有裨[4]。方者可用竖板作门，时开时闭，则当壁橱四张，纳无限器物于中，而不之觉也。

【注释】①斗笠：用竹篾夹油纸、竹叶等制成的宽边帽子，用以遮太阳或雨。

②手卷：只能卷舒而不能悬挂的横幅书画长卷。

③册叶：分页装潢成册的字画。

④裨：增添，补助。

【译文】精致的房间是看不到椽子和瓦的，有的用木板覆盖起来，有的用纸张糊起来，把屋顶上的丑陋之处掩盖起来，取名为“顶格”，各地都是如此。只有我认为这种做法不够完美。为什么呢？常常因为屋脊高而房檐矮，想要让顶格和房檐齐平，于是就让高的迁就低的，把顶格建得和房檐一样高，这样就使上面高大宽敞的有用空间，废弃了变得毫无用处，只能成为老鼠的洞穴，实在是太可惜了。也有不忍心浪费这个空间的，竟然把顶格贴着屋椽，仍然做出屋顶的形状，中间高而前后低，这样既不美观，又显得呆笨。我设计出一种新样式，把顶格做成斗笠的形状，可做成方的，也可做成圆的，四面都低，只有中间高。而且花费不多，和平格所用的材料一样。只需让工匠把尺寸画好，把多余的部分旋去。如果是做成圆形，那么中间旋下的部分就成废料了。可以用这部分来做顶，把它放在高处，只在周围增加一段竖板，竖板仅需一尺多长，少的用一层，多的用两层，根据个人的喜好而定。如果做方顶也是这样。做成之后，如果糊上纸，还可以在竖板上裱贴字画，圆的像手卷，方的像册叶，简单又雅致，新颖又妥贴，以此请教技艺高超之人，一定会有所裨益。而且方的顶格还可以用竖板做门，时开时关，作为四张壁橱来使用，里面可以收纳很多东西，却不会被人发觉。

甃地[1]

古人茅茨土阶[2]，虽崇俭朴，亦以法制未尽备也。惟幕天者可以席地，梁栋既设，即有阶除，与戴冠者不可跣足[3]，同一理也。且土不覆砖，尝苦其湿，又易生尘。有用板作地者，又病其步履有声，喧而不寂。以三和土[4]甃地，筑之极坚，使完好如石，最为丰俭得宜。而又有不便于人者：若和灰和土不用盐卤[5]，则燥而易裂；用之发潮，又不利于天阴。且砖可挪移，而甃成之土不可挪移，日后改迁，遂成弃物，是又不宜用也。不若仍用砖铺，止在磨与不磨之间，别其丰俭，有力者磨之使光，无力者听其自糙。予谓极糙之砖，犹愈于极光之土。但能自运机杼，使小者间大，方者合圆，别成文理，或作冰裂，或肖龟纹，收牛溲、马渤入药笼[6]，用之得宜，其价值反在参苓之上[7]。此种调度，言之易而行之甚难，仅存其说而已。

【注释】①甃（zhòu）地：指以砖、石等砌地。甃，砌，垒。

②茅茨：用茅草盖的屋顶。

③跣（xiǎn）足：光着脚。

④三和土：即三合土。由粘土、石灰和砂加水混合而成的建筑材料。

⑤盐卤：盐结晶后在盐池中留下的苦味母液，可以用来凝结豆腐。

⑥牛溲（sōu）、马渤：牛溲，即车前草，可治水肿、腹胀。马渤，即马勃，是一种菌类，可为止血药。牛溲马勃比喻微贱的东西。

⑦参苓：中药名。人参与茯苓。有滋补健身的作用。

【译文】古人用茅草盖屋顶，用土造台阶，虽说是崇尚俭朴，也是因为当时的建筑技术不完备。只有以天为幕的人才会以地为席，房屋建好了，就应当有台阶，这与戴帽的人不能打光着脚是同样的道理。而且如果地面上不铺砖，既潮湿又容易起灰。有用木板铺地的，可又嫌弃走路有声音，喧闹且不安静。也有用三合土铺地的，夯实得非常坚固，像整块石头一样的完好，最为丰俭适宜。但是又有对人不利的地方，如果混合灰、土时不用盐卤，晴天就会很干燥，容易开裂；用了盐卤又容易发潮，阴天尤其不方便。而且砖可以移动，而砌好的地不能移动，以后要改动或者搬迁之时，就成了废物，这种方法也不适用。不如仍用砖铺地，是简朴还是要好看，全在于是磨还是不磨。有能力的就把砖磨光，没有能力的就任其粗糙。我认为极其粗糙的砖，也比极其光滑的土好。只要开动脑筋，小砖和大砖相间，方砖和圆砖相配，设计出各种纹理，或者做成冰裂纹，或者模仿龟甲纹路。就像用牛、马的尿入药，只要运用得当，其价值反在人参、茯苓之上。这种搭配，说起来容易做起来却很难，这仅是我个人的看法而已。

洒　扫

精美之房，宜勤洒扫。然洒扫中亦具大段学问，非僮仆所能知也。欲去浮尘，先用水洒，此古人传示之法，今世行之者，十中不得一二。盖因童子性懒，虑有汲水之烦，止扫不洒，是以两事并为一事，惜其力也。久之习为固然，非特童子忘之，并主人亦不知扫地之先，更有一事矣。彼但知两者并一是省事法，殊不知因其懒也，遂以一事化为数十事。服役者既以为苦，而指使者亦觉其繁，然总不知此数十事者，皆从一事苟简而生之者也。精舍之内，自明窗净几而外，尚有图书翰墨、骨董器玩之种种，无一不忌浮尘。不洒而扫，是以红尘掺物，物物皆受其蒙，并栋梁之上、榱桷之间亦生障翳[1]，势必逐件擦磨，始现本来面目，手不停挥者，半日才能竣事，不亦劳乎？若能先洒后扫，则扫过之后，只须麈尾一拂[2]，一日清晨之事毕矣，何指使服役之纷纷哉？此洒水之不容已也。然勤扫不如勤洒，人则知之；多洒不如轻扫，人则未知之也。饶其善洒，不能处处皆遍，究竟干地居多，服役者不知，以其既经洒湿，则任意挥扫无妨。扬尘舞蹈之际，障翳之生也更多，故运帚切记勿重；匪特勿重，每于歇手之际，必使帚尾着地，勿令悬空，如扫一帚起一帚，则与挥扇无异，是扬灰使起，非抑尘使伏也。此是一法。又有闭门扫地之诀，不可不知。如人先扫房舍，后及阶除，则将房舍之门紧闭，俟扫完阶除后，略停片刻，然后开门，始无灰尘入户之患。臧获不知[3]，以为房舍扫完，其事毕矣，此后渐及门外，与内绝不相蒙，岂知有顾此失彼之患哉！顺风扬灰，一帚可当十帚，较之未扫更甚。此皆世人所忽，故拈出告之，然未免饶舌。

【注释】①障翳（yì）：指物体表面蒙上的灰尘等物。

②麈（zhǔ）尾：以麈的尾毛做成的拂尘，可用来驱赶蚊蝇。

③臧获：古代对奴婢的贱称。

【译文】精美的房屋，应该经常洒扫。然而洒扫中也是大有学问的，并不是僮仆能够了解的。想除去灰尘，必须先洒水，这是古人传下来的方法，现在仍这么做的人，十人中剩下的不到一两个了。可能因为僮仆生性懒惰，嫌打水太过麻烦，只打扫不洒水，把两件事合成一件事来做，只图省力了。久而久之就习以为常了，不只是僮仆把洒水的事忘了，就连主人也不知道扫地之前还有洒水这件事。他们只知道把两事合二为一是省事的办法，却不知正是因为他们偷懒的行为，才把一件事变成了几十件。不仅做事的人深以为苦，也给指使做事的人平添了很多麻烦，却不知这几十件事，都是由洒水这一件事偷懒而多出来的。清雅的房屋内，除了要窗明几净，还有图书、字画、古董、器玩等物品，没有一件是不忌讳灰尘的。不洒水就扫地，势必尘土飞扬，每一件物品都会落上灰尘，就连栋梁上、椽子上也都蒙上了灰尘，必须要一件一件地擦拭，才能现出物品的本来面目。要手不停歇地干半天才能完事儿，难道不辛苦吗？如果扫地之前先洒水，那么扫过之后，只需用拂尘一拂，一天清晨打扫的工作就干完了，哪里用得着主人不断指使、仆人手忙脚乱呢？所以洒水不能省掉。然而，人们只知道勤扫不如勤洒的道理，却不知道多洒不如轻扫的道理。一个人就算再擅长洒水，也不可能每个角落都能洒到，毕竟还是干的地方居多，扫地的人不懂，以为既然已经将地洒湿了，那么就算随意挥扫也没什么问题。结果随意挥动扫帚的时候，灰尘也更多，所以扫地时切记不能太用劲；不但不能太用劲儿，每次歇手时，一定要让扫帚的尾部着地，不要让它悬空，如果扫帚扫一下提一下，就与挥舞扇子没有什么差别，这会把灰尘扬起来，而不是把尘土压下去。这是一种方法。还有关上门扫地的方法，不可不知。比如先打扫房屋再打扫台阶，则要先把房屋的门关紧，等扫完台阶之后，稍微等一会儿再开门，这样就不用担心灰尘会跑进屋里。仆人不知道这一点，认为房屋扫完就没事儿了，之后打扫门外的时候，与里面完全没关系，哪知道会顾此失彼呢！顺着风扫地，一扫帚扬起的灰尘可以抵得上十扫帚，比没扫的时候更严重。这都是人们容易忽略的地方，特意指出来告诉大家，但未免有饶舌之嫌。

洒扫二事，势必相因，缺一不可，然亦有时以孤行为妙，是又不可不知。先洒后扫，言其常也，若旦旦如是，则土胶于水，积而不去，日厚一日，砖板受其虚名，而有土阶之实矣。故洒过数日，必留一日勿洒，止令童子轻轻用帚，不致扬尘，是数日所积者一朝去之，则水土交相为用，而不交相为害矣。

【译文】洒水和扫地这两件事，是相互辅助，缺一不可的，然而有时只做其中的一件反而更妙，这又是不能不知道的。先洒水后扫地，说的是平常的情况，若是每日清晨都这样，就会使土和水胶合起来，滞留在地上扫不去，一天比一天厚，使得砖地、木地都空有其名，而实际却成了土阶。所以洒水几天之后，一定要留一天不洒水，只让童仆拿扫帚轻轻地扫，不使尘土飞扬，这样，几天堆积在地上的尘土，一天就都扫去了，这样水和土交替互用，而不至于相互胶合成为祸患了。

藏垢纳污

欲营精洁之房，先设藏垢纳污之地。何也？爱精喜洁之士，一物不整齐，即如目中生刺，势必去之而后已。然一人之身，百工之所为备，能保物物皆精乎？且如文人之手，刻不停批；绣女之躬，时难罢刺。唾绒满地，金屋为之不光；残稿盈庭，精舍因而欠好。是极韵之物，尚能使人不韵，况其他乎？故必于精舍左右，另设小屋一间，有如复道，俗名“套房”是也。凡有败笺弃纸、垢砚秃毫之类，卒急不能料理者，姑置其间，以俟暇时检点。妇人之闺阁亦然，残脂剩粉无日无之，净之将不胜其净也。此房无论大小，但期必备。如贫家不能办此，则以箱笼代之，案旁榻后皆可置。先有容拙之地，而后能施其巧，此藏垢之不容已也。至于纳污之区，更不可少。凡人有饮即有溺，有食即有便。如厕之时尚少，可于溷厕之外[1]，不必另筹去路。至于溺之为数，一日不知凡几，若不择地而遗，则净土皆成粪壤，如或避洁就污，则往来仆仆，“是率天下而路也”[②]。此为寻常好洁者言之。若夫文人运腕，每至得意疾书之际，机锋一转，则断不可续。然而寝食可废，便溺不可废也。“官急不如私急”，俗不云乎？常有得句将书而阻于溺，及溺后觅之杳不可得者，予往往验之，故营此最急。当于书室之旁，穴墙为孔，嵌以小竹，使遗在内而流于外，秽气罔闻，有若未尝溺者，无论阴晴寒暑，可以不出户庭。此予自为计者，而亦举以示人，其无隐讳可知也。

【注释】①溷（hùn）厕：厕所。

②是率天下而路也：出自《孟子·滕文公上》中的《许行》篇。意思是让天下人都疲惫不堪。

【译文】想要把房屋收拾得精致整洁，先要准备一个放垃圾的地方。为什么呢？因为喜欢精致整洁的人，只要有一件物品不整齐，就像眼中长了刺，一定要除去了才肯罢休。然而一个人要做的事很多，能保证每样物品都精洁吗？就像文人不停地写文章，弄得满屋子都是废稿纸，精致的书房也会因此失去雅趣；绣女不停地刺绣，弄得满地都是丢弃的线头，华美的闺阁也会因此失去光彩。这些极有情趣的物品，尚且会让人失去情趣，何况其他物品呢？所以一定要在房屋左右，另盖一间小屋，就像复道，俗称为“套房”。凡是废笺弃纸、脏砚秃笔，以及一时来不及处理的物品，就暂时放在套房中，等有时间了再检查。女子的闺阁也是这样。残脂剩粉每天都有，想要收拾干净也收拾不完。这样的套房不论大小，但是一定要有。如果家里穷盖不了套房，就用箱笼代替，放在桌案旁或是床榻后都可以。先有放脏物的地方，然后才能把施展技巧，把房子收拾干净，这种藏垢的地方一定要有。至于纳污的地方，更是不可缺少。人只要喝了水就要撒尿，吃了饭就要大便。大便次数还比较少，可在厕所之外，不必再去寻找其他地方。但是撒尿的次数太多了，一天不知要多少次，如果不选地方随地小便，就会让净土逐渐都变成粪土。如果要避开干净的地方而选择脏的地方去撒尿，就要跑来跑去，使人疲惫不堪。这是针对那些平常喜欢干净的人而言的。如果是文人写作，每次思如泉涌，写到得意之时，思路一断，就难以接上了。然而觉可以不睡，饭可以不吃，尿却不能不撒。"官急不如私急"，俗话不是这么说的吗？常有这种情况，刚想出一个妙句打算写下来，却由于要撒尿而被打断，等撒完尿再想这句话时，却怎么也想不起来了，我常常这样，所以建造一个方便的地方是最要紧的事。可以在书房旁边的墙上挖一个小孔，中间嵌上一根小竹管，在房内撒尿却可以流到外面，秽气就一点都闻不到了，就像没有撒过尿一样，不论阴晴寒暑，都可以不出房屋。这是我为自己想出来的妙计，如今告诉世人，可见我没有什么隐讳怕大家知道。

窗栏第二

吾观今世之人，能变古法为今制者，其惟窗栏二事乎！窗栏之制，日新月异，皆从成法中变出。"腐草为萤"[①]，实具至理，如此则造物生人，不枉付心胸一片。但造房建宅与置立窗轩，同是一理，明于此而暗于彼，何其有聪明而不善扩乎？予往往自制窗栏之格，口授工匠使为之，以为极新极异矣，而偶至一处，见其已设者，先得我心之同然，因自笑为辽东白豕[②]。独房舍之制不然，求为同心甚少。门窗二物，新制既多，予不复赘，恐又蹈白豕辙也。惟约略言之，以补时人之偶缺。

【注释】①腐草为萤：古时误认为萤火虫是由腐草变化而成。

②辽东白豕（shǐ）：出自《后汉书·朱浮传》："往时辽东有豕，生子白头，异而献之，行至河东，见群豕皆白，怀惭而还。"比喻少见多怪而自视不凡，或因见识浅薄而羞惭。豕，猪。

【译文】我看现在的人，能够做到古法今用的，只有窗和栏这两样东西了!窗和栏的式样日新月异，都是从古法中演变过来的。古人说"腐草为萤"，还是很有道理的，这样，才不枉费造物主造人的一片苦心。其实建造房屋与开窗造栏的道理是一样的，可是人们往往懂得开窗造栏，却不会建造房屋，为什么不将自己在开窗造栏上的心思运用到其他地方呢？我常常自己设计窗栏的式样，口授给工匠让他们制作，自以为已经非常新颖独特了。但是偶然间去到一个地方，看到了这种式样，才知道早已经有人先于我想出来了，于是自嘲为辽东白豕。然而在房屋设计这方面就很少能找到与我志同道合的人。门窗这两件物品，新的式样已经很多了，我就不再啰唆了，不然恐怕又会重犯辽东白豕这样的错误。只简略说一下，以弥补今人偶尔的缺漏。

制体宜坚

窗棂以明透为先，栏杆以玲珑为主，然此皆属第二义；具首重者，止在一字之“坚”，坚而后论工拙。尝有穷工极巧以求尽善，乃不逾时而失头堕趾，反类画虎未成者，计其新而不计其旧也。总其大纲，则有二语：宜简不宜繁，宜自然不宜雕斫[①]。凡事物之理，简斯可继，繁则难久，顺其性者必坚，戕其体者易坏。木之为器，凡合笋使就者，皆顺其性以为之者也；雕刻使成者，皆戕其体而为之者也；一涉雕镂，则腐朽可立待矣。故窗棂栏杆之制，务使头头有笋，眼眼着撒。然头眼过密，笋撒太多，又与雕镂无异，仍是戕其体也，故又宜简不宜繁。根数愈少愈佳，少则可坚；眼数愈密愈贵，密则纸不易碎。然既少矣，又安能密？曰：此在制度之善，非可以笔舌争也。窗栏之体，不出纵横、欹斜[②]、屈曲三项，请以萧斋制就者[③]，各图一则以例之。

【注释】①雕斫（zhuó）：雕琢，镂刻；引申指矫饰。

②欹（qī）斜：歪斜不正。

③萧斋：唐张怀瓘《书断》：“武帝造寺，令萧子云飞白大书‘萧’字，至今一字存焉。李约竭产自江南买归东洛，建一小亭以玩，号曰‘萧斋’。”后人称寺庙、书斋为“萧斋”。

【译文】窗棂以明亮通风为先，栏杆以玲珑精巧为主。然而这都是次要的，最重要的是一定要坚固，坚固了再说做工的好坏。经常有人在精巧美观上费尽心机，以求尽善尽美，但是过了不久不是头掉了就是腿断了，画虎不成反类犬，原因就在于设计者只想着新的时候好看，没考虑旧了以后会怎样。总概括起来，就是两条：宜简单不宜繁杂，宜自然不宜雕琢。所有事物的规律，简单的可以保持很长时间，而繁复的就很难长久，顺应物品属性的必然坚牢，破坏物品本体的就容易损坏。木头制成的器具，凡是榫卯结构的，都是顺应了木材的本性；而雕刻成的物品，都是破坏了它的本体。物品一旦经过雕刻，那么就快就会腐朽了。所以制作窗棂栏杆，一定要做到头头有榫，眼眼着撒。但是榫头太密，榫眼太多，又跟雕刻没什么差别，同样是在破坏物品的本体，所以要简单不要繁杂。

根数越少越好，少就可以保持坚固；眼数越密越好，密了窗纸就不容易破。但是根数少了，眼又怎么能密呢？我的回答是：这就全看设计的是否完善了，不是用笔舌能争辩解决的。窗户和栏杆的式样，不外乎纵横格、欹斜格、屈曲格这三种，请让我以自己书斋现成的式样，各绘一图举例说明。

纵横格

是格也，根数不多，而眼亦未尝不密，是所谓头头有笋，眼眼着撒者，雅莫雅于此，坚亦莫坚于此矣。是从陈腐中变出。由此推之，则旧式可化为新者，不知凡几。但取其简者、坚者、自然者变之，事事以雕镂为戒，则人工渐去，而天巧自呈矣。

图一 纵横格

【译文】这种窗格，木料根数不多，榫眼也很密，这就是所谓的“头头有榫，眼眼合撤”。没有比这种式样更雅致、更坚固的了。这是从旧式样发展过来的。由此推断，不知道有多少种旧式样能变成新式样。只选取其中简单、坚固、自然的加以变化，每个地方都避免雕镂，则人工的痕迹渐去，而天然的精巧就呈现出来了。

欹斜格 系栏

此格甚佳，为人意想所不到，因其平而有笋者，可以着实；尖而无笋者，没处生根故也。然赖有躲闪法，能令外似悬空，内偏着实，止须善藏其拙耳。当于尖木之后，另设坚固薄板一条，托于其后，上下投笋，而以尖木钉于其上，前看则无，后观则有。其能幻有为无者，全在油漆时善于着色。如栏杆之本体用朱，则所托之板另用他色。他色亦不得泛用，当以屋内墙壁之色为色。如墙系白粉，此板亦作粉色；壁系青砖，此板亦肖砖色。自外观之，止见朱色之纹，而与墙壁相同者，混然一色，无所辨矣。至栏杆之内向者，又必另为一色，勿与外同，或青或蓝，无所不可，而薄板向内之色，则当与之相合。自内观之，又别成一种文理，较外尤可观也。

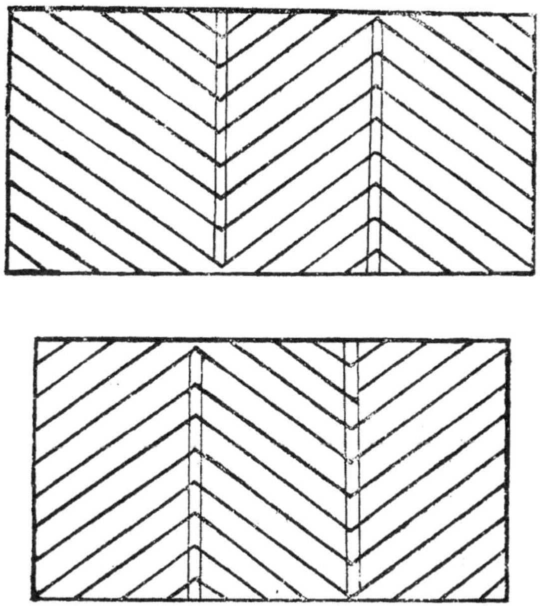

图二　欹斜格

【译文】这种窗格特别好，是人们想不出来的，因为木条平而有榫的，可以落在实处；尖而无榫的，木条无处生根。然而凭借这种躲闪法，能让它从外面看起来好似悬空，里面却偏偏落在实处，只要善于藏拙而已。应当在每一根尖木条后面，另外再安一条坚固的薄板，托在后面，上下投榫，再把尖木条钉在上面，从前面看不到薄板，后面才能看到。这种式样能够变有为无的关键，全在油漆的时候要善于着色。如果栏杆本体的颜色是红的，那托板就要用其他的颜色。这个其他的颜色也不能乱用，应当与室内墙壁颜色一致。比如墙壁是刷的白粉，托板就也要用白粉色；墙壁是用青砖，托板就也要用青砖的颜色。从外面看，只能看到红色的纹路，托板与墙壁颜色相同已经浑然一体，无法分辨了。至于向内的栏杆，又必须另用一种颜色，不能与外面的相同，或青或蓝，无所不可，而薄板向内的颜色，则应该与之相配。从里面看去，又是另一种图案，比外面更好看。

屈曲体 系栏

此格最坚，而又省费，名“桃花浪”，又名“浪里梅”。曲木另造，花另造，俟曲木入柱投笋后，始以花塞空处，上下着钉，借此联络，虽有大力者挠之，不能动矣。花之内外，宜做两种，一做桃，一做梅，所云“桃花浪”“浪里梅”是也。浪色亦忌雷同，或蓝或绿，否则同是一色，而以深浅别之，使人一转足之间，景色判然。是以一物幻为二物，又未尝于本等材料之外，另费一钱。凡予所为，强半皆若是也。

图三　屈曲体

【译文】这种窗格最坚固，而且又省钱，名叫“桃花浪”，又叫“浪里梅”。弯曲的木条要另做，花也要另做，等弯曲的木条安上去合好榫以后，再把花塞在空处，上下钉上钉子，借这个联结，即使有力气大的人去摇它，也是摇不动的。花应做成里外两种，一种做成桃花，一种做成梅花，这就是所谓的“桃花浪”和“浪里梅”。浪的颜色也要避免相同，或蓝或绿，如果用了同一种颜色，就用深浅区分，让人一转身，就能发现景色完全不同。这是把一种景物变成了两种景物，又没在原本的用料之外另外花钱。凡是我做的窗栏，大半都是这种式样。

取景在借

开窗莫妙于借景，而借景之法，予能得其三昧。向犹私之，乃今嗜痂者众，将来必多依样葫芦，不若公之海内，使物物尽效其灵，人人均有其乐。但期于得意酣歌之顷，高叫笠翁数声，使梦魂得以相傍，是人乐而我亦与焉，为愿足矣。向居西子湖滨，欲购湖舫一只，事事犹人，不求稍异，止以窗格异之。人询其法，予曰：四面皆实，独虚其中，而为“便面”之形[①]。实者用板，蒙以灰布，勿露一隙之光；虚者用木作框，上下皆曲而直其两旁，所谓便面是也。纯露空明，勿使有纤毫障翳。是船之左右，止有二便面，便面之外，无他物矣。坐于其中，则两岸之湖光山色、寺观浮屠、云烟竹树[②]，以及往来之樵人牧竖、醉翁游女，连人带马尽入便面之中，作我天然图画。且又时时变幻，不为一定之形。非特舟行之际，摇一橹，变一像，撑一篙，换一景，即系缆时，风摇水动，亦刻刻异形。是一日之内，现出百千万幅佳山佳水，总以便面收之。而便面之制，又绝无多费，不过曲木两条、直木两条而已。世有掷尽金钱，求为新异者，其能新异若此乎？此窗不但娱己，兼可娱人。不特以舟外无穷之景色摄入舟中，兼可以舟中所有之人物，并一切几席杯盘射出窗外，以备来往游人之玩赏。何也？以内视外，固是一幅便面山水；而以外视内，亦是一幅扇头人物。譬如拉妓邀僧，呼朋聚友，与之弹棋观画，分韵拈毫，或饮或歌，任眠任起，自外观之，无一不同绘事。同一物也，同一事也，此窗未设以前，仅作事物观；一有此窗，则不烦指点，人人俱作画图观矣。夫扇面非异物也，肖扇面为窗，又非难事也。世人取像乎物，而为门为窗者，不知凡几，独留此眼前共见之物，弃而弗取，以待笠翁，讵非咄咄怪事乎[③]？所恨有心无力，不能办此一舟，竟成欠事。兹且移居白门[④]，为西子湖之薄幸人矣。此愿茫茫，其何能遂？不得已而小用其机，置此窗于楼头，以窥钟山气色，然非创始之心，仅存其制而已。予又尝作观山虚牖，名“尺幅窗”，又名“无心画”，姑妄言之。浮白轩中，后有小山一座，高不逾丈，宽止及寻[⑤]，而其中则有丹崖碧水，茂林修竹，鸣禽响瀑，茅屋板桥，凡山居所有之物，无一不备。盖因善塑者肖予一像，神气宛然，又因予号笠翁，顾名思义，而为把钓之形。予思既执纶竿，必当坐之矶上，有石不可无水，有水不可无山，有山有水，不可无笠翁息钓归休之地，遂营此窟以居之。是此山原为像设，初无意于为窗也。后见其物小而蕴大，有“须弥芥子”之义[⑥]，尽日坐观，不忍阖牖，乃瞿然曰[⑦]：“是山也，而可以作画；是画也，而可以为窗；不过损予一日杖头钱为装潢之具耳[⑧]。”遂命童子裁纸数幅，以为画之头尾，及左右镶边。头尾贴于窗之上下，镶边贴于两旁，俨然堂画一幅，而但虚其中。非虚其中，欲以屋后之山代之也。坐而观之，则窗非窗也，画也；山非屋后之山，即画上之山也。不觉狂笑失声，妻孥群至，又复笑予所笑，而“无心画”“尺幅窗”之制，从此始矣。予又尝取枯木数茎，置作天然之牖，名曰“梅窗”。生平制作之佳，当以此为第一。己酉之夏，骤涨滔天，久而不涸，斋头淹死榴、橙各一株，伐而为薪，因其坚也，刀斧难入，卧于阶除者累日。予见其枝柯盘曲，有似古梅，而老干又具盘错之势，似可取而为器者，因筹所以用之。是时栖云谷中幽而不明，正思辟牖，乃幡然曰：“道在是矣！”遂语工师，取老干之近直者，顺其本来，不加斧凿，为窗之上下两旁，是窗之外廓具矣。再取枝柯之一面盘曲、一面稍平者，分作梅树两株，一从上生而倒垂，一从下生而仰接，其稍平之一面则略施斧斤，去其皮节而向外，以便糊纸；其盘曲之一面，则匪特尽全其天，不稍戕斫，并疏枝细梗而留之。既成之后，剪彩作花，分红梅、绿萼二种，缀于疏枝细梗之上，俨然活梅之初着花者。同人见之，无不叫绝。予之心思，讫于此矣。后有所作，当亦不过是矣。

【注释】①便面：扇子。因不想使他人看见时，便于障面，故称为“便面”。

②浮屠：佛塔。

③讵：岂，难道。

④白门：南京的别名。六朝皆都建康（今南京），其正南门为宣阳门，俗称白门，故名。

⑤寻：古代的长度单位，一寻等于八尺。

⑥须弥芥子：佛教语。谓广狭、大小等相容自在，融通无碍。出

自《维摩诘经·不思议品》："以须弥之高广内芥子中，无所增减。"

⑦瞿（jù）然：惊喜貌；惊悟貌。

⑧杖头钱：出自《晋书·阮修传》："常步行，以百钱挂杖头，至酒店，便酣畅。"后因以"杖头钱"称买酒钱。

【译文】开窗最妙的地方在于借景。而借景之法，我深得其中三昧。从前我一直保密，但现在喜欢模仿的人太多了，将来一定会有很多人依葫芦画瓢，还不如公之于众，使物尽其用，人人都能得到其中的乐趣。只希望人们在得意酣歌之际，高声叫几声李笠翁，使我在梦魂中也能有伴，这样大家的快乐，我也能够参与，我的心愿也就得到满足了。我过去住在西湖边的时候，想买下一条湖舫，这条船其他的地方都和别人的一模一样，不求任何不同，只在窗格上要特殊一些。别人问我窗格的式样，我说：窗格四面都是实的，只有中间是空的，做成扇子的样子。实的地方用木板，蒙上灰布，不能露出一点儿光；空的地方用木条做框，上下两根木条用弯的，两旁的木条用直的，这就是所谓的"便面"。扇面要全是空的，不能有丝毫遮挡。这样船的两边，只有两个扇面窗，除此之外别无他物。坐在船中，两岸的湖光山色、寺观佛塔、云烟竹树，以及往来的樵夫牧童、醉翁游女，连人带马全都进入扇面之中，作为我的天然图画。而且画面不是固定的景色，时时都在变换，不但船行之际，摇一下橹，变化一幅景象，撑一下篙，变换一幅景象，就是系缆之时，风摇水动，画面也在时刻变换。这样一天之内，呈现出成千上万幅山水佳画，全都收入了我的扇面窗。而制作扇面窗，又花费不多，不过是两条曲木、两条直木而已。世上有人一掷千金，只为寻求新异的式样，他们求得的新异式样能够像这样吗？这种窗格不但可以娱乐自己，同时还能娱乐别人。不仅能把船外千变万化的景色收入船中，还可以把船中所有的人以及桌席杯盘等物映到窗外，以供来往游人观赏。为什么会这样呢？因为从里向外看，固然能看到一幅便面山水；而从外向里看，也会看到一幅扇头人物。譬如拉妓邀僧，呼朋聚友，大家一起下棋赏画，吟诗挥毫，或饮或歌，任眠任起，从外面看去，没有一样不像画出来的。同一件物，同一件事，在没开这扇窗以前，只能做为平常事物看待；一旦有了这扇窗，都不用别人指点，大家都会当成图画来观赏。扇面并非什么特殊的东西，把窗户做得像扇面，也不是难事。世人模仿事物的形状做成的门窗不知有多少，唯独留下眼前大家都能见到的扇面，弃而不用，以等我李笠翁来发现，这不是怪事吗？遗憾的是我有心无力，置办不起一条这样的船，竟成憾事。现在我已经迁到白门居住，无缘于西湖了。此愿茫茫，何时才能如愿以偿呢？迫不得已只能大材小用，在楼头做了一扇这样的窗子，用来欣赏钟山景色。然而这已不是我设计扇面窗的初心了，只是保留了扇面这种式样而已。我还设计过一种观赏山景的虚窗，名叫“尺幅窗”，又叫“无心画”，姑且随便说说。我的浮白轩后面有一座小山，高不过一丈，宽只有一寻，其中却有丹崖碧水，茂林修竹，鸣禽响瀑，茅屋板桥，凡是山居所需之物，没有一样不完备的。这是因为一位善于雕塑的人为我塑了一座雕像，活灵活现，又因我自号“笠翁”，顾名思义，所以把我塑成垂钓的样子。我想着既然手执钓竿，就该坐在石头上，有石头就不能没水，有水就不能没山，有山有水，又不能没有我李笠翁垂钓回来的休息之地，于是营造了这么一个山水之地用来安置我的雕像。此山原本是为安置雕像而建的，最初是无意开窗的。

后来看见东西虽小，而蕴藏的含义却大，有“须弥芥子”之意，于是，我整天坐在那里观赏景色，不忍关窗，于是某日突然惊悟：“这座山，可以当画；而这幅画，也可以为窗；不过用掉我一天的酒钱，就可以买齐装潢的物品了。”于是让童子裁了几幅纸，作为画的头尾，以及左右镶边。头尾贴在窗户的上下，镶边贴在窗户的两边，俨然一幅堂画，只把中间空着。这并非真让中间空着，而是想用屋后的山来代替堂画。再坐下来观赏，窗户就不只是窗户了，是一幅画；山也不只是屋后的山了，而是画中的山。我得意非常，不知不觉中狂笑数声，妻子儿女们闻声都跑了过来，大家又笑我所笑，而“无心画”“尺幅窗”的式样，便从此出现了。我还用几根枯木，制成了天然的窗户，起名“梅窗”。“梅窗”是我一生中制作得最好的窗户。己酉年夏天，大雨倾盆，地面久湿不干，我书房前的一棵石榴树和一棵橙树都被淹死了，想砍掉当柴烧，然而它们太坚硬了，刀砍不动，斧劈不动，所以就在台阶上放了好多天。我见这些树枝曲折盘绕，好似古梅，而老树枝干又呈现出盘桓交错的样子，也许可以拿来做成什么东西，所以我考虑着可以把它用在什么地方。这时乌云密布，天色幽暗不明，正寻思着开一扇窗户，突然醒悟道：“办法有了！”于是吩咐工匠，截取老树干最直的部分，按它本来的形状，不用加工，作为窗户的上下两边，窗户外框的形状就出来了。再截取一段一面盘曲、一面比较平直的树枝，分别做成两棵梅树，一棵从上面生出倒垂向下，一棵从下面生出向上仰接，树枝比较平直的一面稍稍修理，去掉树皮和节疤，朝外安放，以便糊纸；树枝盘曲的一面，则不仅要把天然的形状完全保留下来，不做丝毫加工，就连稀疏的枝丫和细小的树梗都保留下来。窗户做成之后，裁剪彩纸，做出红梅和绿萼两种样子，点缀在枝丫和树梗之上，俨然真的梅花初开的样子。朋友见了，无不叫绝。可能我的所有灵感都用到这里了。后来再制的其他作品，都没有能超过它的。

便面不得于舟，而用于房舍，是屈事矣。然有移天换日之法在，亦可变昨为今，化板成活，俾耳目之前，刻刻似有生机飞舞，是亦未尝不妙，止费我一番筹度耳。予性最癖，不喜盆内之花、笼中之鸟、缸内之鱼，及案上有座之石，以其局促不舒，令人作囚鸾絷凤之想。故盆花自幽兰、水仙而外，未尝寓目。鸟中之画眉，性酷嗜之，然必另出己意而为笼，不同旧制，务使不见拘囚之迹而后已。自设便面以后，则生平所弃之物，尽在所取。从来作便面者，凡山水人物、竹石花鸟以及昆虫，无一不在所绘之内，故设此窗于屋内，必先于墙外置板，以备承物之用。一切盆花笼鸟、蟠松怪石，皆可更换置之。如盆兰吐花，移之窗外，即是一幅便面幽兰；盎菊舒英①，内之牖中，即是一幅扇头佳菊。或数日一更，或一日一更；即一日数更，亦未尝不可。但须遮蔽下段，勿露盆盎之形。而遮蔽之物，则莫妙于零星碎石，是此窗家家可用，人人可办，讵非耳目之前第一乐事？得意酣歌之顷，可忘作始之李笠翁乎？

【注释】①盎（àng）：古代的一种盆，腹大口小。

【译文】扇面窗无法用在船上，而用在了房间里，真是不得已的事情。然而有移天换日之法，也可以变旧为新，化呆板为灵活，使眼前耳边，每时每刻都充满生机，这样也未尝不妙，只是要多费一番心思而已。我的性格最为怪癖，不喜欢盆内的花、笼中的鸟、缸里的鱼，以及桌案上有底座的石头，因为这些都拘束不自然无法舒展，让人有一种囚鸾絷凤的感觉。所以盆花除幽兰、水仙之外，别的我一概不看。鸟中的我酷爱画眉，然而也一定会按照自己的想法做成鸟笼，不同于旧式的鸟笼，一定不能看出画眉被拘囚的痕迹才满意。自从设计出扇面窗以后，则平常放弃不用的东西，就全都利用起来了。历来绘制扇面的人，凡山水人物、竹石花鸟以及昆虫，无一不在绘画的范围之内，所以在屋内设置扇面窗，必须要先在墙外放置一块木板，以备摆放物品之用。所有的盆花笼鸟、蟠松怪石，都可以更换摆放。比如把一盆开了花的兰花，移到窗外，就是一幅扇面幽兰图；一盆菊花开了，把它放在窗子中间，就是一幅扇面佳菊图。或几天一换，或一天一换；就算一天换数次，也不是不可以。只是一定要遮住盆景的下段，不能露出花盆的形状。而遮挡的东西，最妙的就是零星的碎石，这样的窗子家家可用，人人可办，岂非赏心悦目的第一乐事？人们在志得意满纵情歌唱之余，可能忘记创始之人李笠翁吗？

湖舫式

此湖舫式也。不独西湖，凡居名胜之地，皆可用之。但便面止可观山临水，不能障雨蔽风，是又宜筹退步[①]，以补前说之不逮。退步云何？外设推板，可开可阖，此易为之事也。但纯用推板，则幽而不明；纯用明窗，又与扇面之制不合，须以板内嵌窗之法处之。其法维何？曰：即仿梅窗之制，以制窗棂。亦备其式于右。

图四 湖舫式(1)

图四　湖舫式(2)

【注释】①退步：套间，正屋后面的小屋。此处指在窗外设置的遮风避雨的推板。

【译文】此图就是湖舫扇面窗的式样。不仅西湖，只要是名胜之地，都可以采用。只是扇面窗只可观赏山水，不能蔽雨遮风，因此应该设计一个退步，来补充扇面窗的不足。这个退步该怎么做呢？在窗外设置推板，可开可关，这是很容易就能办到的事。可是如果完全用推板，就会幽暗不明；如果完全用明窗，又与扇面的式样不匹配，必须用板内嵌窗的方法来处理。这种方法是什么呢？我说：就是模仿梅窗的式样，制成窗棂。我也会在后面介绍梅窗的式样。

便面窗外推板装花式

四围用板者，既取其坚，又省制棂装花人工之半也。中作花树者，不失扇头图画之本色也。用直棂间于其中者，无此则花树无所倚靠，即勉强为之，亦浮脆而难久也。棂不取直，而作欹斜之势，又使上宽下窄者，欲肖扇面之折纹；且小者可以独扇，大则必分双扇，其中间合缝处，糊纱糊纸，无直木以界之，则纱与纸无所依附故也。若是，则棂与花树纵横相杂，不几泾渭难分，而求工反拙乎？曰：不然。有两法盖藏，勿虑也。花树粗细不一，其势莫妙于参差，棂则极匀，而又贵乎极细，须以极坚之木为之，一法也；油漆并着色之时，棂用白粉，与糊窗之纱纸同色，而花树则绘五彩，俨然活树生花，又一法也。若是泾渭自分，而便面与花，判然有别矣。梅花止备一种，此外或花或鸟，但取简便者为之，勿拘一格。惟山水人物，必不可用。板与花棂俱另制，制就花棂，而后以板镶之。即花与棂，亦难合造，须使花自花而棂自棂，先分后合。其连接处，各损少许以就之，或以钉钉，或以胶粘，务期可久。

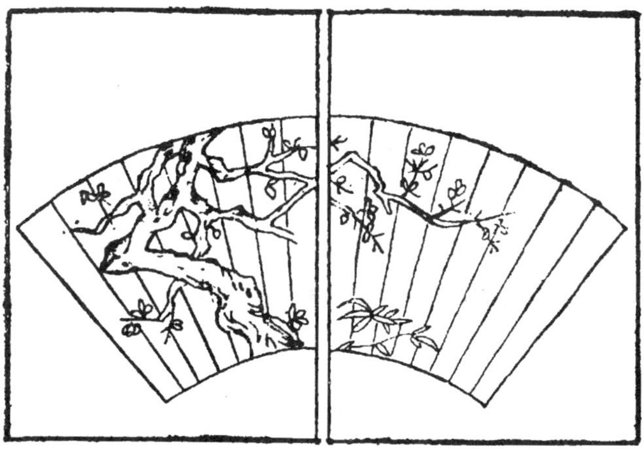

图五　便面窗外推板装花式

【译文】推板四周用木板的原因，是既取其坚固，又节省了制作窗棂、装裱假花一半的人工。中间装饰花树的原因，是为了不失扇面画的本色。用直棂间隔固定在中间，则是因为没有直棂花树就没有倚靠，即使勉强安上了，也会松动而无法长久。窗棂不做成直的，而做成斜的，形成上宽下窄的形状，是为了模仿扇面的折纹；同时小的推板可以用一扇，大的则一定要分成两扇，中间合缝处要糊上纱或纸，如果没有直木作为间隔，纱和纸就没有附着了。如果这样，窗棂与花树纵横错杂，不是就会区分不清，弄巧成拙了吗？我说：不然。不用担心，有两种方法可以弥补。花树粗细不一，妙就妙在参差不齐，窗棂却要十分匀称，而且越细越好，且必须用非常坚固的木料制作，这是一种方法；油漆和上色的时候，窗棂用白粉，颜色要与糊窗的纱纸相同，而花树则染成五彩，就像真的树开花一样，这又是一种方法。若是这样的话，则泾渭自分，而扇面与花树就会判然有别了。梅花只要准备一种，此外不论是花还是鸟，都只选取最简单的制作，不拘一格。只有山水人物，绝对不能用。推板与花棂都要另外制作，先做花棂，然后再把推板镶上。就算是花与棂，也很难一起制造，必须花做花、棂做棂，先分开做然后再合在一起。花与棂的连接之处，各自削去少许以方便接合，或者用钉子钉，或者用胶粘，一定要保证持久耐用。

便面窗花卉式 便面窗虫鸟式

诸式止备其概，余可类推。然此皆为窗外无景，求天然者不得，故以人力补之；若远近风景尽有可观，则焉用此碌碌为哉？昔人云："会心处正不在远。"若能实具一段闲情、一双慧眼，则过目之物尽在画图，入耳之声无非诗料。譬如我坐窗内，人行窗外，无论见少年女子是一幅美人图，即见老妪白叟扶杖而来，亦是名人画幅中必不可无之物；见婴儿群戏是一幅百子图，即见牛羊并牧、鸡犬交哗，亦是词客文情内未尝偶缺之资。"牛溲马渤，尽入药笼。"予所制便面窗，即雅人韵士之药笼也。

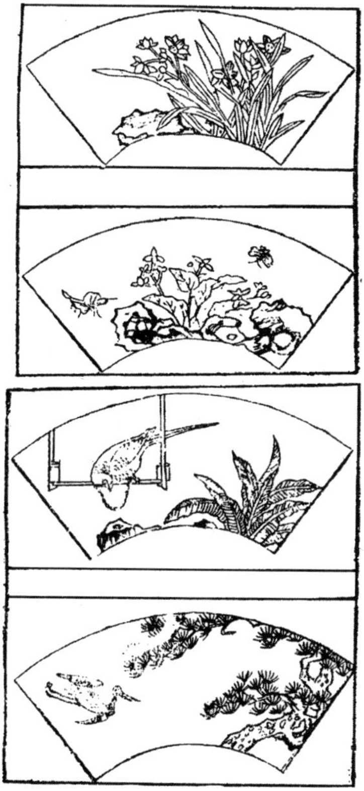

图六　便面窗花卉式 便面窗虫鸟式

此窗若另制纱窗一扇，绘以灯色花鸟，至夜篝灯于内[①]，自外视之，又是一盏扇面灯。即日间自内视之，光彩相照，亦与观灯无异也。

【注释】①篝灯：外罩有竹笼的灯火。

【译文】各种式样的窗户只要了解个大概，其余的都能以此类推。但这都是因为窗外没有景致，天然的景致求而不得，所以才以人工弥补；如果远近的风景都可以观赏，则又何必如此忙忙碌碌的呢？正如古人所说：“会心处正不在远。”若能确实拥有一段闲情、一双慧眼，那么凡是眼睛看到的东西，都可成为图画，凡是耳朵听到的声音，都可以作为诗料。譬如我坐在窗内，有人从窗外走过，不论看见的是少年还是女子都是一幅美人图，就算看见老妪或是白叟，拄杖而来，也是名士画中必不可少之物；看见幼童成群嬉戏便是一幅百子图，就算看见牛羊并牧，鸡犬交哗，也是文人墨客文情里不可或缺之资。正如“牛溲马渤，尽入药笼”一样，我设计的扇面窗，就是文人雅士的“药笼”。

这种窗子如果另做一面纱窗，纱窗上绘上灯色花鸟，到了晚上在里面点上一盏灯，从外面看去，又是一盏扇面灯。就是白天从里面往外看，光彩相映，也与观灯没有差别。

山水图窗

凡置此窗之屋，进步宜深，使座客观山之地去窗稍远，则窗之外廓为画，画之内廓为山，山与画连，无分彼此，见者不问而知为天然之画矣。浅促之屋，坐在窗边，势必倚窗为栏，身之大半出于窗外，但见山而不见画，则作者深心有时埋没，非尽善之制也。

图七　山水图窗

【译文】凡是安装了这种窗户的屋子，房间的进深就应比较深，使客人观山的地方离窗稍远，那么窗的外廓就成了画，画的内廓就成了山，山与画相连，不分彼此，看到的人不问可知这是一幅天然的图画了。进深浅而局促的屋子，坐在窗边，一定要倚窗为栏，身体的大半都探出了窗外，这就是只见山而不见画，那么作者的良苦用心，就这样被忽略了，也就不能称为完美的设计了。

尺幅窗图式

尺幅窗图式，最难摹写。写来非似真画，即似真山，非画上之山与山中之画也。前式虽工，虑观者终难了悟，兹再绘一纸，以作副墨。且此窗虽多开少闭，然亦间有闭时；闭时用他槅他棂①，则与画意不合，丑态出矣。必须照式大小，作木槅一扇，以名画一幅裱之，嵌入窗中，又是一幅真画，并非“无心画”与“尺幅窗”矣。但观此式，自能了然。

裱槅如裱回屏，托以麻布及厚纸，薄则明而有光，不成画矣。

图八 尺幅窗图式

【注释】①槅（gé）：门窗上用木条作成的格子。也指房屋或器物的隔板。

【译文】尺幅窗的图样，最难描摹。画出来不像真画，就像真山，而不是画上的山与山中的画了。前面的图样虽然已经画出来了，考虑到观者可能还是难以了悟，现在再画一张，作为副本。而且这种窗子虽开的时候多关的时候少，但毕竟也有关的时候；如果关的时候用另其他的木隔、窗棂，就与画意不合，丑态百出了。所以一定要按照窗子的大小，做一扇木隔，再在上面裱一幅名画，嵌入窗中，就又是一幅真画，而不是"无心画"与"尺幅窗"了。只要看过图样，自然就明白了。

裱木隔如裱回屏，用麻布和厚纸衬托在下面，太薄了就会明亮而透光，就构不成图画了。

梅窗

制此之法，总论已备之矣，其略而不详者，止有取老干作外廓一事。外廓者，窗之四面，即上下两旁是也。若以整木为之，则向内者古朴可爱，而向外一面屈曲不平，以之着墙，势难贴伏。必取整木一段，分中锯开，以有锯路者着墙，天然未斫者向内，则天巧人工，俱有所用之矣。

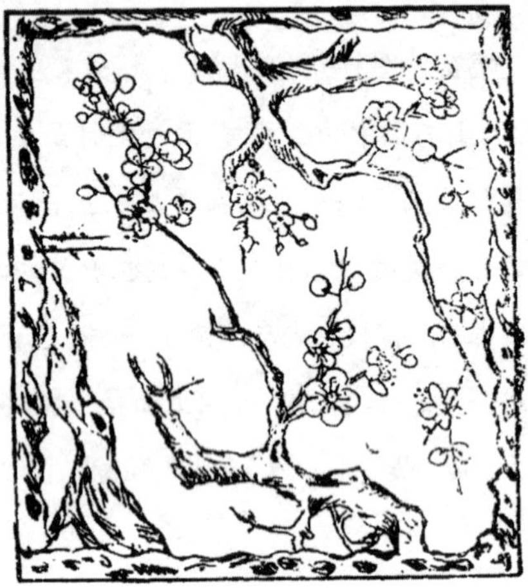

图九 梅窗

【译文】制作这种窗子的方法，总论中已经说得很详细了，其中略而不详的部分，只有取老树干做外廓这件事。外廓指的是窗户的四边，即上下和两边。如果用整块木头来做，则向内的一面古朴可爱，而向外的一面则弯曲不平，把它靠墙，势必很难伏贴。必须取一段整木从中间锯开，把有锯痕的一面贴着墙，天然没有砍凿的一面的则朝内，这样，天然与人工，都能各尽所用了。

墙壁第三

"峻宇雕墙"①"家徒壁立"②，昔人贫富，皆于墙壁间辨之。故富人润屋，贫士结庐，皆自墙壁始。墙壁者，内外攸分而人我相半者也。俗云："一家筑墙，两家好看"。居室器物之有公道者，惟墙壁一种，其余一切皆为我之学也。然国之宜固者城池，城池固而国始固；家之宜坚者墙壁，墙壁坚而家始坚。其实为人即是为己，人能以治墙壁之一念治其身心，则无往而不利矣。人笑予止务闲情，不喜谈禅讲学，故偶为是说以解嘲，未审有当于理学名贤及善知识否也③。

【注释】①峻宇雕墙：高大的屋宇和彩绘的墙壁。形容居处豪华奢侈。出自《尚书·五子之歌》。

②家徒壁立：即家徒四壁。

③未审：不知。善知识：佛教用语。指悟到一切知识，引人向上、向善，远离邪恶乃至证悟成佛的人。

【译文】"峻宇雕墙""家徒壁立"，古人的贫富之别，都能从墙壁上得以分辨。所以富人装饰房屋，穷人建造居所，都是从墙壁开始的。墙壁，就是区分内外而人我各半。俗话说："一家筑墙，两家好看"。居家器物中有公正之道的，只有墙壁一种，其余一切都只为方便自己而设的。然而国家最应当巩固的是城墙，城墙坚固而国家才会稳固；家庭中最应当坚固的也是墙壁，墙壁坚固了而家才会坚固。其实为人就是为己，如果世人能以修治墙壁的念头来修治身心，那样无论在哪都不会不顺利了。有人笑我只力求闲情，不喜谈禅讲学，所以偶然这样论说来解群嘲，不知这些论说对于理学名贤以及善知识来说是否得当。

界 墙

界墙者，人我公私之畛域[①]，家之外廓是也。莫妙于乱石垒成，不限大小方圆之定格，垒之者人工，而石则造物生成之本质也。其次则为石子。石子亦系生成，而次于乱石者，以其有圆无方，似执一见，虽属天工，而近于人力故耳。然论二物之坚固，亦复有差；若云美观入画，则彼此兼擅其长矣。此惟傍山邻水之处得以有之，陆地平原，知其美而不能致也。予见一老僧建寺，就石工斧凿之余，收取零星碎石几及千担，垒成一壁，高广皆过十仞，嶙峋崭绝[②]，光怪陆离[③]，大有峭壁悬崖之致。此僧诚韵人也。迄今三十余年，此壁犹时时入梦，其系人思念可知。砖砌之墙，乃八方公器，其理其法，是人皆知，可以置而弗道。至于泥墙土壁，贫富皆宜，极有萧疏雅淡之致，惟怪其跟脚过肥，收顶太窄，有似尖山，又且或进或出，不能如砖墙一截而齐，此皆主人监督之不善也。若以砌砖墙挂线之法，先定高低出入之痕，以他物建标于外，然后以筑板因之，则有旃墙粉堵之风[④]，而无败壁颓垣之象矣。

【注释】①畛（zhěn）域：范围、界限。

②崭绝：险峻陡峭。

③光怪陆离：形容奇形怪状，五颜六色。

④旃（zhān）墙：赤色的墙。旃，赤色的曲柄旗。粉堵：白墙。

【译文】界墙，是区分人我公私的界限，是家宅的外廓。修建界墙没有比用乱石垒成更妙的了，不受大小方圆的限制，垒砌虽是通过人工而成的，但石头则是天然生成的。其次是用石子垒砌。石子也是天然生成的，却要次于乱石，因为石子只有圆的没有方的，形状单一，虽然属于天然生成的，却近似人工。但要论乱石与石子的坚固程度，也有区别；如果说到美观入画，则彼此各有所长。石头唯有在依山傍水的地方才有，在陆地平原上，即便知道它们很美却也得不到。我见过一位老僧建筑寺庙，在石匠凿刻下来的石块之中，收集了差不多有上千担的零星碎石，将它们垒成了一面墙壁，高和宽都超过十仞，嶙峋陡峭，光怪陆离，大有悬崖峭壁的情致。这位僧人实在是位雅人。迄今三十余年，这面墙壁还会时时入梦，由此可知是多么令人思念啊。砖砌之墙，乃是天下所公有，其中的理法，人人皆知，可以置之不谈。至于泥墙土壁，则不论贫富都很适合，极有萧疏淡雅的情致，只不过怪墙脚太宽，收顶太窄，有如一座尖山，而且墙面凹凸不平，不能像砖墙一样平整，这些都是主人没有好好监督的缘故。若是用砌砖墙挂线的方法，先定好高低出入的界限，用其他东西在外面标出来，然后再用筑板按照标记来筑墙，这样就有旃墙粉堵的情致，而没有败壁颓垣的景象。

女　墙

《古今注》云[①]：“女墙者，城上小墙。一名睥睨[②]，言于城上窥人也。”予以私意释之，此名甚美，似不必定指城垣，凡户以内之及肩小墙，皆可以此名之。盖女者，妇人未嫁之称，不过言其纤小，若定指城上小墙，则登城御敌，岂妇人女子之事哉？至于墙上嵌花或露孔，使内外得以相视，如近时园圃所筑者，益可名为女墙，盖仿睥睨之制而成者也。其法穷奇极巧，如《园冶》所载诸式③，殆无遗义矣。但须择其至稳极固者为之，不则一砖偶动，则全壁皆倾，往来负荷者，保无一时误触之患乎？坏墙不足惜，伤人实可虑也。予谓自顶及脚皆砌花纹，不惟极险，亦且大费人工。其所以洞彻内外者，不过使代琉璃屏，欲人窥见室家之好耳。止于人眼所瞩之处，空二三尺，使作奇巧花纹，其高乎此及卑乎此者，仍照常实砌，则为费不多，而又永无误触致崩之患。此丰俭得宜、有利无害之法也。

【注释】①《古今注》：晋代崔豹所著，共三卷。此书是一部对古代各类事物进行解说诠释的著作。分舆服、都邑、音乐、鸟兽、鱼虫、草木、杂注、问答释义八篇。

②睥睨（pì nì）：斜着眼睛看人，表示高傲或厌恶的意思。

③《园冶》：明末造园家计成所著，是古代造园专著，是我国第一本园林艺术理论专著。

【译文】《古今注》云："女墙，就是城上的矮墙。又叫睥睨，就是说可以从城上窥视人。"以我个人的理解来解释，虽然这名字很美，但似乎也不一定专指城墙，凡是房舍内以及肩高的矮墙，都可以叫做女墙。女是尚未出嫁的女子的称呼，不过是说她们身体纤细柔弱，若是专指城上的矮墙，则登城御敌，怎会是妇人女子的事呢？至于墙上嵌花或是打孔，使得墙内外可以相互看到，譬如近来园圃所筑的，那就更可以叫做女墙了，因为它是仿照“睥睨”的式样而建的。它的制法极尽新奇巧妙，在《园冶》中记载的各类式样，几乎没有什么遗漏了。但是必须选择其中最为稳固的式样来修造，否则一块砖偶然松动，那么整堵墙就会坍塌，往来负重行走的人，怎能保证没有一时误碰的危险吗？墙损毁了不足惜，但是伤到人着实令人忧心。我认为自墙顶到墙脚都砌上花纹，不仅十分危险，而且大费人工。墙壁之所以通彻内外，不过是为了代替琉璃屏风，想让人们窥见他宅院之好罢了。只要在人眼所视的地方，留出两三尺，雕刻上奇巧花纹，其他比此处高或比此处低的地方，依旧照常实砌，这样既花费不多，又永无误碰以致坍塌的隐患。这就是丰俭得宜、有利无害的方法。

厅 壁

厅壁不宜太素，亦忌太华。名人尺幅自不可少[①]，但须浓淡得宜，错综有致。予谓裱轴不如实贴。轴虑风起动摇，损伤名迹，实贴则无是患，且觉大小咸宜也。实贴又不如实画，“何年顾虎头，满壁画沧州[②]”。自是高人韵事。予斋头偶仿此制，而又变幻其形，良朋至止，无不耳目一新，低回留之不能去者。因予性嗜禽鸟，而又最恶樊笼[③]，二事难全，终年搜索枯肠，一悟遂成良法。乃于厅旁四壁，倩四名手，尽写着色花树，而绕以云烟，即以所爱禽鸟，蓄于虬枝老干之上。画止空迹，鸟有实形，如何可蓄？曰：不难，蓄之须自鹦鹉始。从来蓄鹦鹉者必用铜架，即以铜架去其三面，止存立脚之一条，并饮水啄粟之二管。先于所画松枝之上，穴一小小壁孔，后以架鹦鹉者插入其中，务使极固，庶往来跳跃，不致动摇。松为着色之松，鸟亦有色之鸟，互相映发，有如一笔写成。良朋至止，仰观壁画，忽见枝头鸟动，叶底翎张[4]，无不色变神飞，诧为仙笔；乃惊疑未定，又复载飞载鸣[5]，似欲翱翔而下矣。谛观熟视，方知个里情形，有不抵掌叫绝，而称巧夺天工者乎？若四壁尽蓄鹦鹉，又忌雷同，势必间以他鸟。鸟之善鸣者，推画眉第一。然鹦鹉之笼可去，画眉之笼不可去也，将奈之何？予又有一法：取树枝之拳曲似龙者，截取一段，密者听其自如，疏者网以铁线，不使太疏，亦不使太密，总以不致飞脱为主。蓄画眉于中，插之亦如前法。此声方歇，彼喙复开；翠羽初收，丹睛复转。因禽鸟之善鸣善啄，觉花树之亦动亦摇；流水不鸣而似鸣，高山是寂而非寂。座客别去者，皆作殷浩书空，谓咄咄怪事[6]，无有过此者矣。

【注释】①尺幅：文章、画卷。

②“何年顾虎头”两句：出自杜甫《题玄武禅师屋壁》。顾虎头是东晋画家顾恺之的小字。

③樊笼：鸟笼。

④翎（líng）：鸟翅和尾上的长羽毛。

⑤载飞载鸣：出自《诗经·小雅·小宛》。

⑥“殷浩书空”两句：晋时中军将军殷浩被废，除名为民，在信安，常终日书空作“咄咄怪事”四字。后以“殷浩书空”借指事情令人惊奇诧异。

【译文】厅堂的墙壁不适合太清素，也切忌太奢华。名人的字画自是必不可少，但也需要浓淡得宜，错综有致。我认为裱成卷轴不如直接贴在墙上。裱成卷轴就要担心风起动摇，损伤名迹，直接贴在墙上就不没有这个忧患了，而且感觉字画无论大小都会很适宜。直接贴在墙上又不如直接画在墙上，“何年顾虎头，满壁画沧州”。这些自是高人韵事。我的书斋也会偶然效仿这个方法，而且我又会变幻它的式样，朋友来访，无不感觉耳目一新，留连徘徊不忍离去。因为我生性喜爱禽鸟，却又最厌恶鸟笼，这两件事难以两全齐美，终年冥思苦想，终于想到了一个好办法。那就是在厅堂四周的墙壁上，请四位名家高手，画满各色花树，还有缭绕的云烟，再将我喜爱的禽鸟，饲养在弯枝老干上。画是虚的，鸟却是真的，那要怎样在画中饲养呢？我说：这不难，饲养要先从鹦鹉开始。向来饲养鹦鹉一定要用铜架，那就将铜架其中三面去掉，只留一条能立脚的横棍，以及用来喝水进食的两条管子。先在所画松枝的墙上，钻一个小孔，再将架鹦鹉的横棍插进去，一定要插得极其牢固，就算是鹦鹉在上面往来跳跃，也不会晃动。松树是着色的松树，鸟也是有颜色的鸟，互相映衬，有如一笔画成的。朋友来访，抬头看到壁画，忽然看到枝头有鸟在动，叶子底下有羽毛在张开，无不色变神飞，惊叹这是神仙妙笔；他们尚且惊疑未定，鸟又会飞翔鸣叫，仿佛想翱翔而下。非得仔细观察，才会知道个中情形，有不会拍手叫绝，而赞叹巧夺天工的吗？如果四面墙壁全养鹦鹁，又要忌讳雷同，势必在其间养一些其他的鸟。鸟中善鸣的，画眉当推举为第一。但是养鹦鹉的笼子可以去掉，养画眉的笼子不能去掉，这样的话该如何呢？我又有一个办法：找寻蜷曲似龙的树枝，截取一段，树枝密集的地方就听其自如，树枝稀疏的地方就用铁丝编成网，但不要太稀，也不要太密，总之以画眉不会飞脱就可以了。将画眉饲养在里面，也像前面说的方法将笼子插在墙上。鸟鸣声此起彼伏；这边翠羽初收，那边丹睛复转。因为禽鸟善鸣善啄，使人觉得墙上的花树似动似摇；流水不鸣而似鸣，高山是寂而非寂。离去的客人，无不惊叹诧异，都说这是咄咄怪事，没有比这更奇妙的了。

书房壁

书房之壁，最宜潇洒。欲其潇洒，切忌油漆。油漆二物，俗物也，前人不得已而用之，非好为是沾沾者。门户窗棂之必须油漆，蔽风雨也；厅柱榱楹之必须油漆[1]，防点污也。若夫书房之内，人迹罕至，阴雨弗浸，无此二患而亦蹈此辙，是无刻不在桐腥漆气之中，何不并漆其身而为厉乎？石灰垩壁[2]，磨使极光，上着也；其次则用纸糊。纸糊可使屋柱窗楹共为一色，即壁用灰垩，柱上亦须纸糊，纸色与灰，相去不远耳。壁间书画自不可少，然粘贴太繁，不留余地，亦是文人俗态。天下万物，以少为贵。步幛非不佳[3]，所贵在偶尔一见，若王恺之四十里，石崇之五十里[4]，则是一日中哄市，锦绣罗列之肆廛而已矣[5]。看到繁缛处，有不生厌倦者哉？昔僧玄览住荆州陟屺寺，张璪画古松于斋壁，符载赞之，卫象诗之，亦一时三绝，览悉加垩焉。人问其故，览曰："无事疥吾壁也[6]。"诚高僧之言，然未免太甚。若近时斋壁，长笺短幅尽贴无遗，似冲繁道上之旅肆，往来过客无不留题，所少者只有一笔。一笔维何？"某年月日某人同某在此一乐"是也。此真疥壁，吾请以玄览之药药之。

【注释】①楹（yíng）：堂屋前部的柱子。

②垩（è）：用白土涂饰。

③步幛：用以遮蔽风尘或视线的一种屏幕。

④"王恺"两句：石崇曾与晋武帝的舅父王恺斗富。王恺做了四十里的紫丝布步障，石崇便做五十里的锦步障。出自《世说新语·汰侈》："君夫作紫丝布步障碧绫裹四十里，石崇作锦步障五十里以敌之。"

⑤肆廛（chán）：街市，店铺集中之处。

⑥"昔僧玄览"九句：张璪，又作张藻，唐代画家，字文通，擅水墨山水，尤精松石，传说他能双手分别执笔画松，有双管齐下之誉。符载，又名苻载，字厚之，唐代文学家，武都（今四川绵竹县西北）人。卫象，唐代诗人。疥（jiè）：污，弄脏。出自唐代段成式《酉阳杂俎·语资》。

【译文】书房的墙壁，最适宜潇洒。想要潇洒，切忌使用油和漆。油与漆这两种东西，都是俗物，前人不得已而使用，并非喜欢这样做。门户窗棂必须使用油漆，是为了遮挡风雨；厅柱榱楹必须使用油漆，是为了防止污秽。书房之内，人迹罕至，风雨也不会渗进去，没有这两种麻烦却也要模仿刷上油漆，使人无时无刻不处在桐腥漆气之中，为何不如将油漆刷满全身更加尽心呢？用石灰粉刷书房的墙壁，并且磨得极为光亮，这是最好的方法；其次是用纸糊。纸糊可以使屋柱和窗楹的颜色相同，即便墙壁用灰粉刷，柱子上也需要用纸糊，这是因为纸和灰的颜色，两者差别不大。书房墙壁上自然少不了字画，但是张贴太多，不留余地，那也是文人俗态。天下万物，以少为贵。步幛并不是不好，但是贵在偶尔一见，像王恺那样绵延四十里，石崇那样绵延五十里，那就是白天的闹市，罗列绫罗绸缎的店铺了。看到繁杂之处，怎会有不生厌倦之心的人呢？以前有位僧人玄览，住在荆州陟屺寺，张璪在斋壁上画了古松，符载为它题了一首赞词，卫象为它作了一首诗，在当时称为三绝，玄览却将这些东西全都刷掉了。有人问他原因，玄览说："他们无事将我的墙壁弄脏了。"这确实是高僧所言，但未免有些太过了。如果看近来的斋壁，长篇短幅全都帖满了没有一丝空地，好似繁华大道上的旅店，往来过客无不留题，少的只有一笔。这一笔的内容是什么？就是"某年某月某日某人同某人在此一乐"。这才真的是弄脏墙壁，请让我用玄览的方法来处理它。

糊壁用纸，到处皆然，不过满房一色白而已矣。予怪其物而不化，窃欲新之。新之不已，又以薄蹄变为陶冶[①]，幽斋化为窑器，虽居室内，如在壶中[②]，又一新人观听之事也。先以酱色纸一层，糊壁作底，后用豆绿云母笺，随手裂作零星小块，或方或扁，或短或长，或三角或四五角，但勿使圆，随手贴于酱色纸上，每缝一条，必露出酱色纸一线，务令大小错杂，斜正参差，则贴成之后，满房皆冰裂碎纹，有如哥窑美器[3]。其块之大者，亦可题诗作画，置于零星小块之间，有如铭钟勒卣[4]，盘上作铭，无一不成韵事。问予所费几何，不过于寻常纸价之外，多一二剪合之工而已。同一费钱，而有庸腐新奇之别，止在稍用其心。"心之官则思"[5]。如其不思，则焉用此心为哉？

【注释】①薄蹄：这里指纸糊，出自《周易·说卦》"为薄蹄"。

②如在壶中：传说东汉费长房为市吏时，市中有老翁卖药，悬一壶于肆，市罢，跳入壶中。长房于楼上见之，知为非常人。次日复诣翁，翁与俱入壶中，唯见玉堂严丽，旨酒甘肴盈衍其中，共饮毕而出。出自《后汉书·方术传下·费长房》。

③哥窑：宋代章氏兄弟所造的瓷器，哥哥的称为"哥窑"，弟弟的则称为"章窑"。哥窑瓷胎细质白，有冰裂纹，以米色、青色居多，颇为珍贵。

④卣（yǒu）：古代一种盛酒的器具，口小腹大，有盖和提梁。

⑤心之官则思：心，古人以为心是思维器官，所以把思想的器官、感情等都说做心，现指脑筋；官，官能，作用。脑筋的官能就是思维。出自《孟子·告子上》。

【译文】用纸糊壁，到处都是这样，不过是满房通体白色而已。我嫌它刻板没有变化，想做些创新。不断的创新，又想将用纸糊墙壁变成烧制陶器。将书房变成瓷器，虽然身处书房之内，却如在仙境，这又是一件新鲜事。先用一层酱色纸，糊在墙壁上作底，然后用豆绿色的云母笺，随手撕成零星小块，或方或扁，或短或长，或三角或四五角，但不要撕成圆形，随手贴在酱色纸上，在每一张纸片相接的地方，必须要露出一线酱色纸，一定让它们大小错杂，斜正参差。那么贴成之后，满房都是冰裂碎纹，如同哥窑烧制的精美瓷器。其中大块的纸片，也可以题诗作画，置于零星小块之间，如同在钟鼎酒器上镌刻铭文，无一不成韵事。若是问我花了多少钱，不过是在平常纸价之外，多费一点剪裁贴合的工夫而已。同样的花费，而有庸腐新奇之别，只是在于稍用心思而已。“心之官则思”。若是不用心思考，那还用这个心干什么？

糊纸之壁，切忌用板。板干则裂，板裂而纸碎矣。用木条纵横作槅，如围屏之骨子然。前人制物备用，皆经屡试而后得之，屏不用板而用木槅，即是故也。即如糊刷用棕，不用他物，其法亦经屡试，舍此而另换一物，则纸与糊两不相能，非厚薄之不均，即刚柔之太过，是天生此物以备此用，非人不能取而予之。人知巧莫巧于古人，孰知古人于此亦大费辛勤，皆学而知之，非生而知之者也。

【译文】糊纸的墙壁，切忌使用木板。木板干燥就会开裂，木板开裂纸就碎了。应当用木条横竖交错制成隔板，如同围屏的骨架一样。前人制物备用，都是经过屡次尝试之后才得以成功。围屏不用木板而用木槅，就是这个原因。就如同糊墙的刷子用棕刷，而不用其他物件，这也是经过履次尝试验得来的，若是不用棕刷而改用其他东西，那么纸和糨糊就不会很好的贴合，不是厚薄不均匀，就是刚柔太过，这就是天生这种物件来做这件事，并非人们不能用其他东西取而代之。人们明白巧莫巧于古人，谁会知道古人对于这些事情也是大费辛勤，都是通过学习才知道的，又不是天生就明白。

壁间留隙地，可以代橱。此仿伏生藏书于壁之义[①]，大有古风，但所用有不合于古者。此地可置他物，独不可藏书，以砖土性湿，容易发潮，潮则生蠹，且防朽烂故也。然则古人藏书于壁，殆虚语乎？曰：不然。东南西北，地气不同，此法止宜于西北，不宜于东南。西北地高而风烈，有穴地数丈而始得泉者，湿从水出，水既不得，湿从何来？即使有极潮之地，而加以极烈之风，未有不返湿为燥者。故壁间藏书，惟燕赵秦晋则可，此外皆应避之。即藏他物，亦宜时开时阖，使受风吹；久闭不开，亦有霾湿生虫之患。莫妙于空洞其中，止设托板，不立门扇，仿佛书架之形，有其用而不侵吾地，且有磐石之固，莫能摇动。此妙制善算，居家必不可无者。予又有壁内藏灯之法，可以养目，可以省膏，可以一物而备两室之用，取以公世，亦贫士利人之一端也。我辈长夜读书，灯光射目，最耗元神。有用瓦灯贮火，留一隙之光，仅照书本，余皆闭藏于内而不用者。予怪以有用之光置无用之地，犹之暴殄天物，因效匡衡凿壁之义[②]，于墙上穴一小孔，置灯彼屋而光射此房，彼行彼事，我读我书，是一灯也，而备全家之用，又使目力不竭于焚膏，较之瓦灯，其利奚止十倍？以赠贫士，可当分财。使予得拥厚资，其不吝亦如是也。

【注释】①伏生：汉时济南人，名胜，字子贱，原秦朝博士。秦始皇焚书时，他将《尚书》藏在墙壁中保存下来，后来在汉文帝时教授晁错。

②匡衡凿壁：出自《西京杂记》卷二："匡衡，字稚圭。勤学而无烛，邻舍有烛而不逮，衡乃穿壁引其光，以书映光而读之。"后以之为刻苦读书的典实。

【译文】墙壁之间要留有空隙，可以代替壁橱。这是仿照伏生在墙壁里藏书的意思，大有古风，但是它现在的用途与古时大不相同。这个地方可以放置别的东西，却独不可以存放书籍。因为砖土性湿，容易发潮，潮就会生虫，并且还要防止腐烂。那么古人在墙壁中存放书籍，难道是假话吗？答：不是的。东南西北，各地的气候不同。这种方法只适合用于西北，不适合用于东南。西北地高而风烈，往往要掘地数丈深才能有泉水，湿从水出，既然没有水，湿从何来？即使有极潮之地，再加上极烈之风，无不变湿为干了。所以在墙壁中存放书籍，唯有燕赵秦晋这些地方才可以，此外其他地方都应当避开。就算是存放别的东西，也应当时常开关，使里面能够通风；久闭不开，也有潮湿生虫的隐患。莫妙于其中放空，只设托板，不安门扇，就像书架的形状，这样既能发挥功用又不占地方，而且像磐石一样坚固，不会摇动。这样巧妙完美的创制，居家是必不能少的。我还有在墙壁内置灯的办法，可以养护眼睛，可以节省灯油，可以一盏灯供两间房间使用，将这种方法公之于世，也是我这样的穷人利益他人的一个方面吧。我们彻夜苦读，灯光晃眼，最能损耗元神。有人用瓦灯照明，留一线之光，只照书本，其余的光亮全都遮蔽在瓦灯之内而不使用。我嫌这样将有用的光亮置于无用之地，这就像暴殄天物，因此我效法匡衡凿壁借光的方法，在墙上挖一个小孔，将灯放在那间屋子而灯光照射到这间屋子里，别人做别人的事，我读我的书。这样只是一盏灯，而能供全家使用，又能使视力不受灯光的损害。相较瓦灯，好处何止十倍？将这个方法赠予穷人，就当作将财产分给众人。如果有一天我家财雄厚，也会像这样毫不吝惜。

联匾第四

堂联斋匾，非有成规。不过前人赠人以言，多则书于卷轴，少则挥诸扇头；若止一二字、三四字，以及偶语一联，因其太少也，便面难书，方策不满[①]，不得已而大书于木。彼受之者，因其坚巨难藏，不便内之笥中[②]，欲举以示人，又不便出诸怀袖，亦不得已而悬之中堂，使人共见。此当日作始者偶然为之，非有成格定制，画一而不可移也。讵料一人为之，千人万人效之，自昔徂今，莫知稍变。夫礼乐制自圣人，后世莫敢窜易，而殷因夏礼，周因殷礼，尚有损益于其间[③]，矧器玩竹木之微乎？予亦不必大肆更张，但效前人之损益可耳。锢习繁多[④]，不能尽革，姑取斋头已设者，略陈数则，以例其余。非欲举世则而效之，但望同调者各出新裁，其聪明什佰于我。投砖引玉，正不知导出几许神奇耳。

【注释】①方策：方为木板，策为竹简，皆用以记言记事。故以方策泛指书籍。

②笥（sì）：盛饭或衣物的方形竹器。

③“殷因夏礼”三句：出自《论语·为政》：“子曰：‘殷因于夏礼，所损益可知也；周因于殷礼，所损益可知也。’”因，因袭，沿用，继承。损益，增加和减少，指得失。

④锢习：长期养成、不易改掉的陋习。锢，通“痼”。

【译文】厅堂书房的对联、匾额，没有什么固定的规矩。不过前人为别人题写的赠言，多则题在卷轴上，少则写在扇面上；如果只有一两个字、三四个字，以及偶尔写成一联，因为字数太少，要写在扇面上很难，写在书页上也写不满，不得已才大字书写到木匾上。受赠之人，因为木匾坚硬巨大，难于存放，不方便收在箱子里，想拿给人看，又不方便从襟袖中拿出来，于是就不得已要将它挂在厅堂中，使得大家都能欣赏。这是当日创始之人偶然为之，并不是有成格定制，整齐划一而不可改变。但是没想到一个人这么做了，千万人都来效法，从古到今，都没有稍作变动。礼乐是圣人制定的，后代没有人敢随意窜改，而殷商因袭夏朝的礼制，周朝因袭殷商的礼制，尚且都有增减变动，何况器玩竹木这些微细的东西呢？我也不必大肆更改，只要效法前人那样稍作增减就可以了。

陋习繁多，不能全都改过来，姑且就以书斋中已有的，略举几个例子，其余的以此类推。我并非想让天下人都来效法我，只是希望志趣同相的人可以各出心裁，他们的聪明胜过我百倍。经过抛砖引玉，不知能想出多少神奇创制来。

有诘予者曰：观子联匾之制，佳则佳矣，其如挂一漏万何？由子所为者而类推之，则《博古图》中[①]，如樽罍、琴瑟、几杖、盘盂之属[②]，无一不可肖像而为之，胡仅以寥寥数则为也？予曰：不然。凡予所为者，不徒取异标新，要皆有所取义。凡人操觚握管[③]，必先择地而后书之，如古人种蕉代纸、刻竹留题、册上挥毫、卷头染翰、剪桐作诏、选石题诗[④]，是之数者，皆书家固有之物，不过取而予之，非有蛇足于其间也。若不计可否而混用之，则将来牛鬼蛇神无一不备，予其作俑之人乎！图中所载诸名笔，系绘图者勉强肖之，非出其人之手。缩巨为细，自失原神，观者但会其意可也。

【注释】①《博古图》：全称《宣和博古图》，是宋代王黼所著的金石学著作。由宋徽宗敕撰，共三十卷。大观初年（1107）开始编纂，成于宣和五年（1123）之后。该书著录了宋代皇室在宣和殿收藏的自商代至唐代的青铜器839件。

②樽罍（léi）：樽与罍皆盛酒器。罍似坛。亦指饮酒。几杖：凭几与手杖，古代用以孝敬老者的礼物。

③操觚（gū）握管：执笔持简。指写作。

④种蕉代纸：唐代书法家怀素和尚种芭蕉万余株，以蕉叶代纸练习书法。剪桐作诏：典出周代。时叔虞为周成王的胞弟，据传叔虞与成王玩耍，成王把一桐叶剪成一个似珪的玩具，对叔虞说："我将拿着珪封你。"后来史佚请求成王选择一个吉日封叔虞为诸侯，于是周成王把唐封给了叔虞。

【译文】有人反问我：看你设计的联匾的式样，好是很好，难道不是只考虑到其中一方面而疏漏了其他方面？由你所创的而依次类推，则《博古图》中，像酒具、琴瑟、几杖、盘盂等等，无一不可以拿来模仿，你怎么就举了寥寥数个例子呢？我说：不是这样。凡是我所设计创新的，不仅是为了标新立异，重要的是要取它内在意义。凡是人们执笔创作，一定会先选取适合的地方然后再下笔，譬如古人种蕉代纸、刻竹留题、册上挥毫、卷头染翰、剪桐作诏、选石题诗等等这些，都是书法家原本就已取用过的了，不过我取用这些东西，其间并不是画蛇添足。要是不考虑合不合适就随便取用，那么将来什么样的牛鬼蛇神，没有一样不会被人取用，而我不就成了始作俑者了吗！图中所记载的各位名人手迹，都是绘图的人勉强模仿的，并不是出自原来作者之手。将原本的大字缩小，自然会失去原有的神韵，观看的人只要领会其中的意思就可以了。

蕉叶联

蕉叶题诗，韵事也；状蕉叶为联，其事更韵。但可置于平坦贴服之处，壁间门上皆可用之，以之悬柱则不宜，阔大难掩故也。其法，先画蕉叶一张于纸上，授木工以板为之，一样二扇，一正一反，即不雷同。后付漆工，令其满灰密布，以防碎裂。漆成后，始书联句，并画筋纹。蕉色宜绿，筋色宜黑，字则宜填石黄①，始觉陆离可爱，他色皆不称也。用石黄乳金更妙，全用金字则太俗矣。此匾悬之粉壁②，其色更显，可称“雪里芭蕉”。

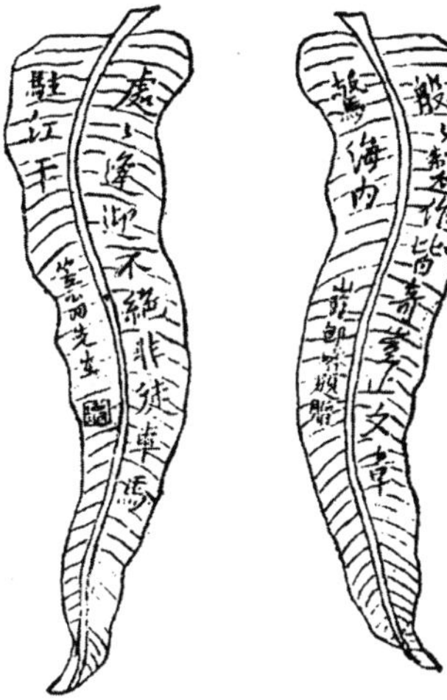

图十　蕉叶联

【注释】①石黄：即雄黄。橘黄色，有光泽。可入药，能解毒；亦用以制造颜料、玻璃、农药等。

②粉壁：白色的墙壁。

【译文】在蕉叶上题诗，是件风雅韵事；模仿蕉叶的形状制成联匾，这件事更为风雅。只可以挂在平坦贴服的地方，墙壁上或是门上都可以，挂在柱子上就不适合了，因为蕉叶又宽又大，难以遮掩。制作蕉叶联的方法，就是先在纸上画一幅蕉叶，让木工用木板制成同样的形状，一样两扇，一正一反，这样就不会雷同。然后交给漆工，使得木板上面满灰密布，以防碎裂。漆好以后，才开始题写联句，一并画上蕉叶的筋纹。蕉叶的颜色适用绿色，筋纹的颜色适用黑色，字则适用石黄，这样才觉得绚丽可爱，其他颜色都不适合。若是用石黄乳金会更好，但字全用金色又太俗。这样的匾挂在白墙上，颜色会更加明显，可称“雪里芭蕉”。

此君联[①]

“宁可食无肉，不可居无竹”[②]。竹可须臾离乎？竹之可为器也，自楼阁几榻之大，以至筒奁杯箸之微，无一不经采取，独至为联为匾诸韵事弃而弗录，岂此君之幸乎？用之请自予始。截竹一筒，剖而为二，外去其青，内铲其节，磨之极光，务使如镜，然后书以联句，令名手镌之，掺以石青或石绿，即墨字亦可。以云乎雅，则未有雅于此者；以云乎俭，亦未有俭于此者。不宁惟是，从来柱上加联，非板不可，柱圆板方，柱窄板阔，彼此抵牾[③]，势难贴服，何如以圆合圆，纤毫不谬，有天机凑泊之妙乎[④]？此联不用铜钩挂柱，用则多此一物，是为赘瘤。止用铜钉上下二枚，穿眼实钉，勿使动移。其穿眼处，反择有字处穿之，钉钉后，仍用掺字之色补于钉上，混然一色，不见钉形尤妙。钉蕉叶联亦然。

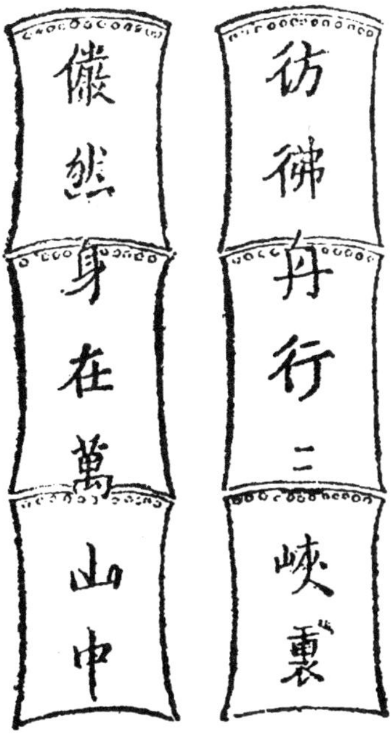

图十一　此君联

【注释】①此君：即竹。出自《晋书·王徽之传》："尝寄居空宅中，便令种竹。或问其故，徽之但啸咏，指竹曰：'何可一日无此君？'"

②宁可食无肉，不可居无竹：出自苏轼的《于潜僧绿筠轩》，意思是宁可没有肉吃，也不能让居处没有竹子。

③抵牾（wǔ）：牛角相抵触。引申为相互冲突。

④凑泊：凝合，聚合，拼凑。

【译文】“宁可食无肉，不可居无竹。”竹子怎能有片刻脱离人们的生活？竹子可制成的器物，大到楼阁桌床，小到箱盒杯筷，无一不是用竹子制成的，唯独到了制联制匾这样的雅事反而就丢弃一旁不选用了，这难道是竹子的幸事吗？那么用竹子制联制匾就从我开始吧。截一段竹子，剖成两半，去掉外表的青皮，铲掉里面的竹节，打磨得极其光亮，一定要像镜子一般，然后在上面题写联句，再请名匠雕刻，填上石青或石绿，即便是墨字也可以。要说到雅致，则莫过于此；要说到俭朴，也莫过于此。不只如此，向来在柱子上加联匾，必定要用木板不可，柱子圆而木板方，柱子窄而木板宽，彼此互相矛盾，肯定难以贴服，怎能比得上以圆合圆，不差分毫，而有天然合成之妙呢？这种联不需要用铜钩来挂在柱子上，如果用了则多此一举，反是累赘。只要上下用两枚铜钉，在联上穿眼钉牢，不要让它来回移动就可以了。穿眼的地方，反倒是要故意选有字的地方穿眼，钉上钉子之后，仍要用与填字相同的颜色涂在钉子上，使它们浑然一色，最好看不出有钉子。钉蕉叶联也是一样的。

碑文额

三字额，平书者多，间有直书者，匀作两行。匾用方式，亦偶见之。然皆白地黑字，或青绿字。兹效石刻为之，嵌于粉壁之上，谓之匾额可，谓之碑文亦可。名虽石，不果用石，用石费多而色不显，不若以木为之。其色亦不仿墨刻之色，墨刻色暗，而远视不甚分明。地用黑漆，字填白粉，若是则值既廉，又使观者耀目。此额惟墙上开门者宜用之，又须风雨不到之处。客之至者，未启双扉，先立漆书壁经之下①，不待搴帷入室②，已知为文士之庐矣。

图十二 碑文额

【注释】①壁经：刻在石上的儒家典籍。

②搴帷（qiān wéi）：撩起帷幕。

【译文】三字的匾额，大多是横着写，偶尔也有竖着写的，都分成两行。匾制成方形的，也是偶然见到。但都是白底黑字，或是青绿色的字。这些都是仿照石刻制作的，嵌在墙壁上，称它为匾额也可以，称它为碑文也可以。名称虽叫石匾，但并不是非得要用石头制成，用石头制作不仅花费大而且颜色也不明显，还不如用木头来制作。颜色也不必模仿墨刻的颜色，墨刻的颜色暗，而且远观不是很分明。底用黑漆，字填白粉，这样花费又少，还很醒目。这种匾额只适合在墙上开门的地方使用，还一定要放在风雨不到的地方。客人来访，还未开门，就先站在漆书壁经之下，不必等到掀开帘子进入室内，就已经知道这是文人雅士的居所了。

手卷额

额身用板，地用白粉，字用石青、石绿，或用炭灰代墨，无一不可。与寻常匾式无异，止增圆木二条，缀于额之两旁，若轴心然。左画锦纹，以像装潢之色①；右则不宜太工，但像托画之纸色而已。天然图卷，绝无穿凿之痕，制度之善，庸有过于此者乎？眼前景，手头物，千古无人计及，殊可怪也。

图十三 手卷额

【注释】①装潢：即装裱。古代书画作品一般用黄檗汁染的纸(即潢纸)装裱，故称。

【译文】手卷额的额身用木板，底用白粉，字用石青、石绿，或用炭灰代替墨，这些都无一不可。与寻常的匾额的样式没有什么不同，只是多增了两条圆木，缀在匾额两旁，犹如轴心一般。左边的圆木画上锦纹，如同装潢的颜色；右边的圆木不要制作得太精细，只要托画的纸色相似就可以了。天然的画卷，绝对没有一丝穿凿的痕迹，样式的完美，还有比这更好的吗？眼前景，手头物，自古以来，却没有人能想到，实在是奇怪啊。

册页匾

用方板四块，尺寸相同，其后以木绾之。断而使续，势取乎曲，然勿太曲。边画锦纹，亦像装潢之色。止用笔画，勿用刀镌，镌者粗略，反不似笔墨精工；且和油入漆，着色为难，不若画色之可深可浅、随取随得也。字则必用剞劂[①]，各有所宜，混施不可。

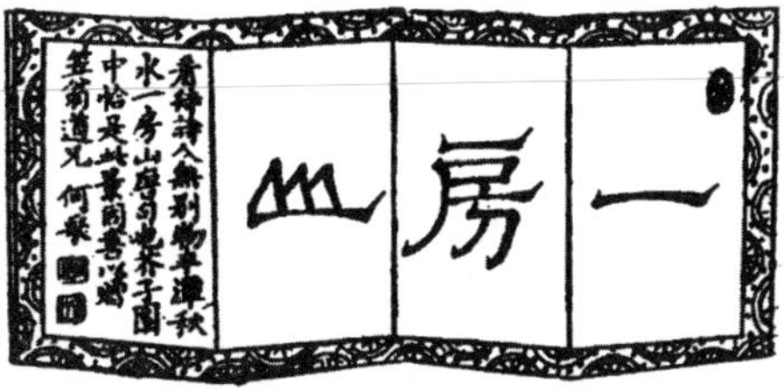

图十四　册页匾

【注释】①剞劂（jī jué）：刻镂的刀具。

【译文】用尺寸相同的四块方板，在后面用木头绾在一起。看似是断开的实际是连接起来的，形状要弯曲，但不要过于弯曲。边缘画上锦文，也如同装潢之色。只能用笔画，不能用刀雕刻，雕刻出来的有些粗略，反而不如用笔墨描绘那样精细；而且在漆里和进了油，着色很困难，不如画出来的颜色可深可浅、随取随得。而字就一定要用刀刻，各有各适合的制法，不可混用。

虚白匾

“虚室生白”[1]，古语也。且无事不妙于虚，实则板矣。用薄板之坚者，贴字于上，镂而空之，若制糖食果馅之木印。务使二面相通，纤毫无障。其无字处，坚以灰布，漆以退光。俟既成后，贴洁白绵纸一层于字后。木则黑而无泽，字则白而有光，既取玲珑，又类墨刻，有匾之名，去其迹矣。但此匾不宜混用，择房舍之内暗外明者置之。若屋后有光，则先穴通其屋，以之向外；不则置于入门之处，使正面向内。从来屋高门矮，必增横板一块于门之上。以此代板，谁曰不佳?

图十五 虚白匾

【注释】①虚室生白：比喻人若能清虚无欲，不为欲念所蒙蔽，则能纯白空明，真理自出。出自《庄子·人间世》：“瞻彼阕者，虚室生白，吉祥止止。”

【译文】“虚室生白”，这是句老话了。而且无事不妙于虚，倘若实了就会刻板。选用坚硬的木板，在上面贴上字，再雕刻成镂空的，好似制作糖食果馅的木印一样。务必要使两面相通，没有纤毫障碍。在无字之处，衬上一层灰布使它坚实，刷上一层油漆使它退去光泽。等这些完成之后，在字的后面贴上一层洁白的棉纸。木板黑而没有光泽，字白而有光，既取玲珑，又好像墨刻一般，虽有匾的名称，但已经去掉了匾的痕迹。但这种匾不能随意乱用，要选择内暗外亮的房间放置。若是屋后有光，就要先凿穿墙壁，把匾向外摆放；要不就将匾放在进门的地方，使正面向内。向来都是屋高门矮，因而都会在门上加一块横板。用这虚白匾代替那块横板，谁会说不好呢？

石光匾

即“虚白”一种，同实而异名。用于磊石成山之地，择山石偶断处，以此续之。亦用薄板一块，镂字既成，用漆涂染，与山同色，勿使稍异。其字旁凡有隙地，即以小石补之，粘以生漆，勿使见板。至板之四围，亦用石补，与山石合成一片，无使有襞襀之痕[1]，竟似石上留题，为后人凿穿以存其迹者。字后若无障碍，则使通天，不则亦贴绵纸，取光明而塞障碍。

图十六　石光匾

【注释】①襞積（bì　jì）：衣裙上的褶子，后引申为修饰、缝缀。

【译文】石光匾是“虚白”的一种，本质相同而名称不同而已。用在垒石成山之地，选择山石偶断处，用石光匾来连接。也要用一块薄板，刻上镂空的字样之后，刷上一层油漆，使薄板与山同色，切勿稍有差异。在字旁边但凡有空隙的地方，就用小石子补上，用生漆粘牢，不要看到有木板。至于木板的四周，也用石头填补，与山石合成一片，不要使它有修饰的痕迹，竟像是在石头上题字，让后人凿穿来保存他们的手迹。如果字的后面没有什么障碍，就让它前后相通透出光亮，否则也就贴上棉纸，使得字迹明亮并且能遮挡障碍。

秋叶匾

御沟题红①，千古佳事；取以制匾，亦觉有情。但制红叶与制绿蕉有异：蕉叶可大，红叶宜小；匾取其横，联妙在直。是亦不可不知也。

图十七　秋叶匾

【注释】①御沟题红：又叫红叶题诗。唐宣宗时，舍人卢渥从御沟中捡到一片红叶，上面题诗曰："流水何太急，深宫尽日闲。殷勤谢红叶，好去到人间。"后来宣宗放宫女，卢渥得一宫女，就是当日题诗于红叶的那位。

【译文】红叶题诗，是千古佳话；取红叶来制作匾额，也会觉得别有情趣。但是制作红叶匾和制作蕉叶联也有不同：蕉叶联可以大一些，红叶匾适合小一些；匾要制成横的，而联妙在竖直。这些也是不可不知的。

山石第五

幽斋磊石，原非得已。不能致身岩下与木石居，故以一卷代山、一勺代水，所谓无聊之极思也。然能变城市为山林，招飞来峰使居平地，自是神仙妙术，假手于人以示奇者也，不得以小技目之。且磊石成山，另是一种学问，别是一番智巧。尽有丘壑填胸、烟云绕笔之韵士[①]，命之画水题山，顷刻千岩万壑，及倩磊斋头片石，其技立穷，似向盲人问道者。故从来叠山名手，俱非能诗善绘之人。见其随举一石，颠倒置之，无不苍古成文，纡回入画，此正造物之巧于示奇也。譬之扶乩召仙[②]，所题之诗与所判之字，随手便成法帖，落笔尽是佳词，询之召仙术士，尚有不明其义者。若出自工书善咏之手，焉知不自人心捏造？妙在不善咏者使咏，不工书者命书，然后知运动机关，全由神力。其叠山磊石，不用文人韵士，而偏令此辈擅长者，其理亦若是也。然造物鬼神之技，亦有工拙雅俗之分，以主人之去取为去取[③]。主人雅而取工，则工且雅者至矣；主人俗而容拙，则拙而俗者来矣。有费累万金钱，而使山不成山、石不成石者，亦是造物鬼神作祟，为之摹神写像，以肖其为人也。一花一石，位置得宜，主人神情已见乎此矣，奚俟察言观貌，而后识别其人哉？

【注释】①丘壑填胸：本指在动笔绘画前，心中早已有了深远的意象。黄庭坚《题子瞻枯木》诗："胸中元自有丘壑，故作老木蟠风霜。"后比喻思虑深远，胸怀远大。

②扶乩（jī）：一种民间请示神明的方法。将一丁字形木棍架在沙盘上，由两人扶著架子，依法请神，木棍于沙盘上画出文字，作为神明的启示，以显吉凶。

③去取：舍弃或保留，取舍。

【译文】在幽静的斋舍垒石成山，原非得已。因为不能置身于岩下与木石相伴，所以只好用一卷山一勺水来代替，这真是所谓的无聊至极而穷思极虑。然而能将城市变为山林，招飞来峰使它落在平地，自是神仙妙术，假手于人来彰显它的奇异，不能将它视作雕虫小技。况且垒石成山，另是一种学问，别是一番智巧。尽有韵士满胸丘壑、烟云绕笔，若是让他们画水题山，顷刻之间就能画出千岩万壑，可是请他们在斋舍前垒一座假山，他们就无计可施，就如同向盲人问路。所以向来那些垒石成山的名家，都并非能诗善画的人。看他们顺手拿起一块石头，颠倒放置，无不显出苍劲古朴之境成为华美文章、成就纡回曲折之势足以入画，这正是造物主在彰显它的奇妙。就像扶乩召仙时，所题之诗与所判之字，随手便成法帖，落笔尽是佳词，询问召仙的术士那些字句的含义，他们尚且也不明白其中意思。如果那些字句出自工书善咏之手，怎么知道这不是由人心捏造而来的呢？妙在让不善于吟咏的人来吟咏，让不擅长书法的人来书写，然后才知道其中的机妙，全由神力。叠山垒石，不用文人韵士，而偏偏是这些不善诗画的人擅长，其中道理是一样的。但是造物鬼神的技艺，也有工拙雅俗的分别，以主人的取舍为取舍。如果主人风雅就取精巧，那么就会有风雅精巧的山石；主人粗俗就会容下拙劣，那么就会有粗俗拙劣的山石。有人花费上万金钱叠山垒石，反而使山不成山、石不成石，这也是造物鬼神在作祟，用这些山石来为它摹神写像，以模仿它的为人。一花一石，只要放置的位置得宜，主人的神情就已经显现出来了，哪里还需要察言观貌，而后才能识别他的为人呢？

大　山

山之小者易工，大者难好。予遨游一生，遍览名园，从未见有盈亩累丈之山，能无补缀穿凿之痕，遥望与真山无异者。犹之文章一道，结构全体难，敷陈零段易[①]。唐宋八大家之文[②]，全以气魄胜人，不必句栉字篦[③]，一望而知为名作。以其先有成局，而后修饰词华，故粗览细观同一致也。若夫间架未立，才自笔生，由前幅而生中幅，由中幅而生后幅，是谓以文作文，亦是水到渠成之妙境；然但可近视，不耐远观，远观则襞襀缝纫之痕出矣。书画之理亦然。名流墨迹，悬在中堂，隔寻丈而观之[④]，不知何者为山，何者为水，何处是亭台树木，即字之笔画杳不能辨，而只览全幅规模，便足令人称许。何也？气魄胜人，而全体章法之不谬也。至于累石成山之法，大半皆无成局，犹之以文作文，逐段滋生者耳。名手亦然，矧庸匠乎？然则欲累巨石者，将如何而可？必俟唐宋诸大家复出，以八斗才人，变为五丁力士[⑤]，而后可使运斤乎？抑分一座大山为数十座小山[6]，穷年俯视，以藏其拙乎？曰：不难。用以土代石之法，既减人工，又省物力，且有天然委曲之妙。混假山于真山之中，使人不能辨者，其法莫妙于此。累高广之山，全用碎石，则如百衲僧衣，求一无缝处而不得，此其所以不耐观也。以土间之，则可泯然无迹，且便于种树。树根盘固，与石比坚，且树大叶繁，混然一色，不辨其为谁石谁土。立于真山左右，有能辨为积累而成者乎？此法不论石多石少，亦不必定求土石相半，土多则是土山带石，石多则是石山带土。土石二物原不相离，石山离土，则草木不生，是童山矣[7]。

【注释】①敷陈：详尽的陈述。

②唐宋八大家：唐代和宋代八位散文家的合称，分别为唐代柳宗元、韩愈和宋代欧阳修、苏洵、苏轼、苏辙、王安石、曾巩八位。

③句栉字篦（bì）：逐字逐句仔细推敲。

④寻丈：八尺到一丈之间的长度。

⑤五丁力士：神话传说中的五个力士。

⑥抑：或是、还是，

⑦童山：没有草木的山更恰当一些。

【译文】小山容易造得精巧，大山则很难造好。我遨游一生，遍览名园，从未见过有盈亩累丈的大山，能没有补缀穿凿的痕迹，远远看去与真山没无异的。这就和写文章一样，构思全文很难，书写零星段落容易。唐宋八大家之文，全以气魄胜人，不用逐字逐句地推敲，一看就知这是名作。因为它先构思整体，然后再修饰词藻，所以无论粗览细观都是一样的。如果文章的结构还没有打好，文思就自笔而出，由开头生出中间，由中间生出结尾，这就是以文作文，也有水到渠成的妙境；然而只可近看细节，不耐远观大略。远观就会看出修饰的痕迹。书画的道理也是一样。名人的手迹，挂在厅堂中，隔了一丈远来欣赏，不知哪里是山，哪里是水，哪里是亭台树木，就算是字的笔画也模糊不清，倘若只看全幅规模，就足以令人赞许。为什么？因为气魄胜人，而整体章法没有谬误。至于累石成山之法，大半都没有固定的格局，就像以文作文，是逐段写出来的。名家也是这样，更何况是庸匠呢？那么想要垒一座巨石大山，要怎样做才行呢？难道非得等唐宋八大家复生，将才高八斗的文士，变成五丁力士，然后让他们发挥本领修造大山吗？或是将一座大山分成数十座小山，终年俯视，来掩藏它的拙劣吗？我说：这并不难。用以土代石之法，既减省人工，又减省物力，并且有天然起伏曲折之妙。将假山混在真山之中，令人分辨不出来，修造假山的方法莫妙于此了。要修造高广的大山，如果全用碎石，那就如同百衲僧衣，想找一处没有缝隙的地方都找不到，这就是它不耐看的原因。若是用土混杂在碎石之间，那就可以使拼凑修造的痕迹消失不见了，并且这样还便于种树。树根盘固，就会和石头一样坚固，而且树大叶繁，浑然一色，辨别不出哪是土哪是石。将它放在真山旁边，有谁能辨别出它是堆积而成的呢？这种方法不论石头的多少，也不一定非得要求土石各半，土多则是土山带石，石多则是石山带土。土石两样东西原本就不是相互分开的，石山没有土，则草木不生，就是不毛之山了。

小　山

小山亦不可无土，但以石作主，而土附之。土之不可胜石者，以石可壁立[①]，而土则易崩，必仗石为藩篱故也。外石内土，此从来不易之法。

言山石之美者，俱在透、漏、瘦三字。此通于彼，彼通于此，若有道路可行，所谓透也；石上有眼，四面玲珑，所谓漏也；壁立当空，孤峙无倚，所谓瘦也。然透、瘦二字在在宜然，漏则不应太甚。若处处有眼，则似窑内烧成之瓦器，有尺寸限在其中，一隙不容偶闭者矣。塞极而通，偶然一见，始与石性相符。

瘦小之山，全要顶宽麓窄，根脚一大，虽有美状，不足观矣。

石眼忌圆，即有生成之圆者，亦粘碎石于旁，使有棱角，以避混全之体。

石纹、石色取其相同，如粗纹与粗纹当并一处，细纹与细纹宜在一方，紫、碧、青、红，各以类聚是也。然分别太甚，至其相悬接壤处，反觉异同，不若随取随得，变化从心之为便。至于石性，则不可不依；拂其性而用之，非止不耐观，且难持久。石性维何？斜正纵横之理路是也。

【注释】①壁立：像墙壁一样陡立。

【译文】小山同样不可无土，只是以石为主，而土略带一些就可以了。土之所以不能多过石头，是因为石头可以直立稳固，而土容易崩塌溃散，所以必须依仗石头作为支撑。外石内土，这是历来不会改变的法则。

言及山石的美，全在“透、漏、瘦”三字之中。彼此相通，其间好似有道路可走，这便是“透”；石上有眼，四面玲珑，这便是“漏”；当空直立，孤峙无倚，这便是“瘦”。但是“透”和“瘦”二字用在各个方面来形容山都很合适，“漏”就不应当太过。如果处处有眼，那就好像窑内烧成的瓦器，会有尺寸的限制，连一个缝隙都不能偶然闭塞。石头塞极而通，偶然见到一处眼，这才与石性相符。

瘦小之山，全应该山顶宽山脚窄，山脚一大，即使有美丽的外形，也不值得观赏了。

石眼切忌太圆，就算是有天生的圆石眼，也要在旁边粘上碎石，使它有棱有角，以避免光滑圆润的形状。

石头的纹理和颜色要选用相同的，比如粗纹和粗纹应当放在一处，细纹和细纹适合放在一方，紫、碧、青、红，各种颜色也应当各归在一起。但是过于分明，在不同颜色相接的地方，反而会觉得差异太过明显，不如随取随放，变化随心。至于石性，则不能不依；违背石头本性来运用，不仅不耐观赏，而且很难长久。什么是石性？就是那些正斜纵横的石头纹理。

石　壁

假山之好，人有同心；独不知为峭壁，是可谓叶公之好龙矣[①]。山之为地，非宽不可；壁则挺然直上，有如劲竹孤桐，斋头但有隙地，皆可为之。且山形曲折，取势为难，手笔稍庸，便贻大方之诮[②]。壁则无他奇巧，其势有若累墙，但稍稍纡回出入之，其体嶙峋，仰观如削，便与穷崖绝壑无异。且山之与壁，其势相因，又可并行而不悖者。凡累石之家，正面为山，背面皆可作壁。匪特前斜后直，物理皆然，如椅、榻、舟车之类；即山之本性亦复如是，逶迤其前者，未有不崭绝其后，故峭壁之设，诚不可已。但壁后忌作平原，令人一览而尽。须有一物焉蔽之，使座客仰观不能穷其颠末，斯有万丈悬岩之势，而绝壁之名为不虚矣。蔽之者维何？曰：非亭即屋。或面壁而居，或负墙而立，但使目与檐齐，不见石丈人之脱巾露顶[③]，则尽致矣。

石壁不定在山后，或左或右，无一不可，但取其地势相宜。或原有亭屋，而以此壁代照墙[④]，亦甚便也。

【注释】①叶公之好龙：出自汉代刘向《新序·杂事五》："叶公子高好龙，钩以写龙，凿以写龙，屋室雕文以写龙。于是夫龙闻而下之，窥头于牖，施尾于堂。叶公见之，弃而还走，失其魂魄，五色无主。是叶公非好龙也，好夫似龙而非龙者也。"后比喻自称爱好某种事物，实际上并不是真正爱好，甚至是害怕。

②贻大方之诮：即贻笑大方，指被识见广博或精通此道的内行人所讥笑。

③石丈人：指园林中之峭壁。宋朝米芾好石。曾任无为州知军，

衙门内有立石，米芾向之礼拜，呼为“石丈”。

④照墙：厅堂前与正门相对的短墙，多饰有图案和文字，作为遮蔽、装饰用。

【译文】喜好假山，人人都是这样；但唯独不喜好峭壁，这真谓是“叶公好龙”了。修造假山的地方，非宽不可；而石壁却挺拔直上，有如劲竹孤桐，斋舍前只要有空地，就可以修造石壁。而且假山形状曲折，很难显露出它的气势，手笔略微平庸，就会贻笑大方。石壁却没有其他奇巧之处，修造它就像垒墙，但要稍有迂回出入的态势，它的外形有嶙峋之状，仰看犹如刀削一般，这便与悬崖绝壁没有什么不同了。而且假山与石壁，它们的态势是相互依托的，又可以并行不悖。凡是垒石之家，正面可以修造假山，背面就可以修造石壁。非但它们要前斜后直，万物都是一样的道理，比如椅子、床榻、舟车之类；即便山石的本性也是这样的，前面蜿蜒曲折，后面没有不陡峭直立。所以峭壁的设立，是必不可少的。但在石壁后面切忌留下空地，使人一览无余。需要用一个东西遮蔽起来，使得座客仰视不能将石壁完全看尽，这样就有万丈悬岩之势，而绝壁之名也不是徒有虚设了。用什么东西来遮蔽呢？答：非亭即屋。或是面壁而居，或是靠墙而立，只要使视线与屋檐齐平，看不到石壁的顶端，这样就十分完美了。

石壁不一定要修造在假山后面，或左或右，无一不可，只要与地势相宜就可以了。要是原来有亭屋，而用石壁代替照墙，也是很便利的。

石 洞

假山无论大小，其中皆可作洞。洞亦不必求宽，宽则藉以坐人。如其太小，不能容膝，则以他屋联之，屋中亦置小石数块，与此洞若断若连，是使屋与洞混而为一，虽居屋中，与坐洞中无异矣。洞中宜空少许，贮水其中而故作漏隙，使涓滴之声从上而下，旦夕皆然。置身其中者，有不六月寒生，而谓真居幽谷者，吾不信也。

【译文】假山无论大小，其中都可以作出个洞穴。洞也不必要求太宽，宽则可以坐人。假如洞太小了，连两膝都容不下，那就与别的房屋连接起来，屋子里面也放置数块小石头，与这个石洞似断似连，这样就使得屋子和洞浑然一体，虽然居于房屋之中，也和坐在洞中没有差别。洞中应当空出少许地方，在里面放些水并且故意作些漏洞缝隙，使得涓涓的滴水之声从上而下，日夜不绝。置身其中的人，若是感觉不到六月寒生，而认为自己真正身处幽谷，我都不相信。

零星小石

贫士之家，有好石之心而无其力者，不必定作假山。一卷特立，安置有情，时时坐卧其旁，即可慰泉石膏肓之癖[①]。若谓如拳之石亦须钱买，则此物亦能效用于人，岂徒为观瞻而设？使其平而可坐，则与椅榻同功；使其斜而可倚，则与栏杆并力；使其肩背稍平，可置香炉茗具，则又可代几案。花前月下，有此待人，又不妨于露处，则省他物运动之劳，使得久而不坏，名虽石也，而实则器矣。且捣衣之砧，同一石也，需之不惜其费；石虽无用，独不可作捣衣之砧乎？王子猷劝人种竹[②]，予复劝人立石；有此君不可无此丈。同一不急之务，而好为是谆谆者，以人之一生，他病可有，俗不可有；得此二物，便可当医，与施药饵济人，同一婆心之自发也。

【注释】①泉石膏肓（gāo huāng）：喜爱山水泉林如得不治之症一样。形容十分喜爱山水泉林，成为一种癖好。肓，膏肓得病，药力所不及，为不治之症。

②王子猷：指王徽之，王羲之之子，性爱竹。

【译文】贫寒之家，有喜欢山石之心而无力修造的，不一定必须要修造假山。一卷奇石摆在那里，只要安放得有情致，时时在旁坐卧，就可以慰藉酷爱泉水山石的嗜好。若说拳头大的石头也得花钱购买，则这块石头也会对人产生效用，怎会仅仅是为了观赏？假如它平缓而可以坐，则与椅子和床榻有相同的作用；假如它倾斜而可以倚靠，则与栏杆有一样的功用；假如它的顶端略微平整，可以摆放香炉茶具，则又可以代替几案。花前月下，有这样的物件供人使用，将它放在露天之中又不妨碍，则省去了搬运其他器具的烦劳，它长久不坏，虽然名为石头，实际上却是一件器具。而且捣衣服的砧石，一样都是石头，需要时就不在乎花钱购买；石头虽无用，难道还不足以做捣衣服的砧石吗？王子猷劝人种竹，而我又劝人立石；有竹不可没有石。虽然它们都不是什么要紧的东西，而我喜欢在这里谆谆劝导，是因为人的一生，其他的毛病可以有，而粗俗不可有；得到石和竹这两样东西，便可以医治粗俗，这与施药济人，都是出于一样的苦口婆心啊。

器玩部

制度第一

人无贵贱，家无贫富，饮食器皿，皆所必需。“一人之身，百工之所为备[①]。”子舆氏尝言之矣。至于玩好之物，惟富贵者需之，贫贱之家，其制可以不问。然而粗用之物，制度果精，入于王侯之家，亦可同乎玩好；宝玉之器，磨砻不善[②]，传于子孙之手，货之不值一钱。知精粗一理，即知富贵贫贱同一致也。予生也贱，又罹奇穷[③]，珍物宝玩虽云未尝入手，然经寓目者颇多[④]。每登荣朊之堂[⑤]，见其辉煌错落者星布棋列，此心未尝不动，亦未尝随见随动，因其材美，而取材以制用者未尽善也。至入寒俭之家，睹彼以柴为扉[⑥]，以瓮作牖[⑦]，大有黄虞三代之风[⑧]，而又怪其纯用自然，不加区画。如瓮可为牖也，取瓮之碎裂者联之，使大小相错，则同一瓮也，而有哥窑冰裂之纹矣。柴可为扉也，取柴之入画者为之，使疏密中窾⑨，则同一扉也，而有农户、儒门之别矣。人谓变俗为雅，犹之点铁成金，惟具山林经济者能此，乌可责之一切？予曰：垒雪成狮，伐竹为马，三尺童子皆优为之，岂童子亦抱经济乎？有耳目即有聪明，有心思即有智巧，但苦自画为愚，未尝竭思穷虑以试之耳。

【注释】①“一人”两句：出自《孟子·滕文公上》。意思是一个人所用的，是需要各种工匠制作准备的。

②磨砻（lóng）：磨治，打磨。

③罹（lí）：遭逢，遭遇。奇穷：困厄。

④寓目：过目。

⑤荣膴（wǔ）：富贵荣华。

⑥扉：门扇。

⑦牖（yǒu）：窗户。

⑧黄虞三代：上古时代。黄虞，黄帝、虞舜的合称。三代，夏、商、周三个朝代

⑨中窾（kuǎn）：恰当、合适，切中要害。

【译文】人不论贵贱，家不论贫富，饮食器皿，都是必需的。“一人之身，百工之为备。”这是孟子曾经说过的。至于赏玩之物，惟有富贵的人家需要，贫贱的人家，可以不问它的样式。然而那些粗使的器具，如果样式做工都很精美，到了王侯的家中，也可像赏玩之物一样；宝玉制成的器具，如果制作粗糙，传到子孙手中，卖掉也不值一钱。知晓精致粗糙的道理，就会知晓富贵贫贱同它一

样。我出生贫贱，又穷困潦倒，珍物宝玩虽说不曾拥有，但亲眼见过的却有很多。我每每到了富贵的人家中，看到那些辉煌错落的珍物宝玩琳琅满目，我未尝不动心，但也不是每次看到都会动心，是因为它的取材很精美，但取材后的做工却不是尽善尽美。走进贫寒之家，看到他们用木柴做门，用瓮做窗户，大有上古之风，却又责怪他们纯用自然之物，不加以筹划修饰。比如瓮可作窗户，用碎裂的瓮片连在一起，使它们大小相错，那么同是碎瓮片，而能出现哥窑冰裂的纹路了。木柴可作门，用美观的木头来做，使它们疏密得当，那么同是门，而有农户、儒门的差别。人们认为变俗为雅，就犹如点铁成金一样，只有具备山林经济之才的人才能做到，怎么能要求人人都做到呢？我说：垒雪成狮，伐竹为马，三尺孩童都可以做得很好，难道孩童们也有山林经济的才华吗？有耳目就会耳聪目明，有心思就有聪慧巧智，只是自认为愚昧，不曾尽心竭力去尝试了。

几　案

予初观《燕几图》[①]，服其人之聪明什佰于我，因自置无力，遍求置此者，讯其果能适用与否，卒之未得其人。夫我竭此大段心思，不可不谓经营惨淡，而人莫之则效者，其故何居？以其太涉繁琐，而且无此极大之屋尽列其间，以观全势故也。凡人制物，务使人人可备，家家可用，始为布帛菽粟之才，否则售冕旒而沽玉食[②]，难乎其为购者矣。故予所言，务舍高远而求卑近。几案之设，予以庀材无资[③]，尚未经营及此。

但思欲置几案，其中有三小物必不可少。一曰抽替。此世所原有者也，然多忽略其事，而有设有不设。不知此一物也，有之斯逸，无此则劳，且可藉为容懒藏拙之地。文人所需，如简牍、刀锥、丹铅胶糊之属，无一可少，虽曰司之有人，藏之别有其处，究意不能随取随得，役之如左右手也。予性卞急[4]，往往呼童不至，即自任其劳。书室之地，无论远近迂捷，总以举足为烦，若抽替一设，则凡卒急所需之物尽纳其中，非特取之如寄，且若有神物俟乎其中，以听主人之命者。至于废稿残牍，有如落叶飞尘，随扫随有，除之不尽，颇为明窗净几之累，亦可暂时藏纳，以俟祝融[5]，所谓容懒藏拙之地是也。知此则不独书案为然，即抚琴观画、供佛延宾之座，俱应有此。一事有一事之需，一物备一物之用。《诗》云："童子佩觿[6]"；《鲁论》云[7]："去丧无所不佩。"人身且然，况为器乎？一曰隔板，此予所独置也。冬月围炉，不能不设几席。火气上炎，每致桌面台心为之碎裂，不可不预为计也。当于未寒之先，另设活板一块，可用可去，衬于桌面之下，或以绳悬，或以钩挂，或于造桌之时，先作机彀以待之[8]，使之待受火气，焦则另换，为费不多。此珍惜器具之婆心，虑其暴殄天物，以惜福也。一曰桌撒。此物不用钱买，但于匠作挥斤之际[9]，主人费启口之劳，僮仆用举手之力，即可取之无穷，用之不竭。从来几案与地不能两平，挪移之时必相高低长短，而为桌撒。非特寻砖觅瓦时费辛勤，而且相称为难，非损高以就低，即截长而补短，此虽极微极琐之事，然亦同于临渴凿井，天下古今之通病也，请为世人药之。凡人兴造之际，竹头木屑，何地无之？但取其长不逾寸，宽不过指，而一头极薄、一头稍厚者，拾而存之，多多益善，以备挪台撒脚之用。如台脚所虚者少，则止入薄者，而留其有余者于脚外，不则尽数入之。是止一寸之木，而备高低长短数则之用，又未尝费我一钱，岂非极便于人之事乎？但须加以油漆，勿露竹头木屑之本形。何也？一则使之与桌同色，虽有若无；一则恐童子扫地之时，不能记忆，仍谬认为竹头木屑而去之，势必朝朝更换，将亦不胜其烦；加以油漆，则知为有用之器而存之矣。只此极细一着，而有两意存焉，况大者乎？劳一人以逸天下，予非无功于世者也。

【注释】①《燕几图》：由宋代黄长睿所撰。是以正方形为基本相互组合的家具群，最初为六几，后增加一几，又称“七星”。错综排列，可以组成各种图形，构思奇特，内容丰富多彩。

②冕旒：古代帝王的礼冠和礼冠前后的玉串。这是指华贵的衣物。

③庀（pǐ）：置办，备办。

④卞急：急躁。

⑤祝融：传说中的火神。这里指焚烧。

⑥童子佩觿（xī）：出自《诗经·卫风·芄兰》。觿，古代一种解结的锥子。用骨、玉等制成。也用作佩饰

⑦去丧无所不佩：出自《论语·乡党》。

⑧机彀（gòu）：机关。

⑨挥斤：挥动斧头。后用为发挥高超技艺。

【译文】我在最初看《燕几图》时，佩服作者的才华比我强十倍百倍，因为我自己无力置办，所以我到处去寻找置办了这种几案的人家，想询问它是否真的很适用，却始终没有找到。我这样费尽心思，不能不说是经营惨淡，而没有人仿制这种几案，为什么？因为那种几案太过繁琐，而且没有极大的房屋可以将它们全部摆放进去，以观全貌。凡是人们制作器物，务必使它人人可备，家家可用，这才是如同布匹粮食一样大众所需之物，否则就像卖华贵衣饰，美味珍馐一样，很少有人会购买了。所以我说的，务必舍弃华而不实去追求通俗实用。几案之设，因为我没有钱置办材料，所以到现在还尚未制作几案。但我在想如果要制作几案，有三样东西必不可少。一是抽屉。这是世上原本就有的，但是人们大多会忽略它，有些设有抽屉，有些没有。却不知道抽屉这种东西，有了它会方便很多，没有它就很麻烦，并且它还能成为偷懒藏拙的地方。文人所需的东西，就像宣纸、刀锥、丹铅、浆糊之类的，缺一不可，虽说专门有人照管这些东西，但是放在其他地方，终究不能随取随用，像使用左右手一样方便。我性子急躁，往往呼喊书童没到，我就自己去找了。在书房中，不管是远近迂捷，总是觉得走路很麻烦。要是有了抽屉，将日常急需的东西全都放在里面，不仅方便取用，而且就像有神物等在那里，随时听候主人的吩咐。至于废纸残稿，有如落叶飞尘，随扫随有，打扫不干净，颇是明窗净几的负累，这些东西也可以暂时收纳在里面，等将来一起烧掉，这就是所谓的可以偷懒藏拙的地方。知晓这一点则不只书案是这样，就是弹琴赏画、烧香供佛、宴请宾客的座位，都应当有抽屉。一事有一事之需，一物备一物之用。《诗经》云："童子应佩带角饰"；《鲁论》云"丧期过后各种饰物都可以佩带了。”人身上的饰物尚且如此，何况是器具呢？二是隔板，这是我独创的。冬天围着火炉取暖，不能不设几案。火气上升，每每导致桌面台心碎裂，不可不提前想办法来解决。应当在天冷之前，另外放置一块活板，可用可拆，将它衬在桌面之下。或用绳子吊起来，或用钩子挂起来，或者在做桌子时，先做个机关用来放木板，等木板受了火气，烤焦之后就另外换一块，这样花费的也不多。这是我珍惜器具的一片苦心，担忧自己会暴殄天物，以此来惜福啊。三是桌撒。这种东西不需要用钱买，只要在工匠制作的时候，主人略费口舌，僮仆略费举手之劳，就可以取之不尽，用之不竭。从来几案和地面都不能水平，在挪动之时必会高低不平，而要找用来垫脚的桌撒。寻找砖瓦不仅费时费力，而且也很难相称，不是损高而就低，就是截长而补短，这虽然是极为细碎的事情，但也等同于临渴凿井，这是从古至今的通病。请让我为世人寻找诊治的方法。凡是人们在制作家具的时候，竹片木屑，地上能没有吗？只要拣一些长不过寸，宽不过指，而且一头极薄、一头稍厚的边角料，存起来，多多益善，以备挪动几案时垫脚之用。如果桌脚的空隙小，则就把薄的一头垫进去，而把余下的部分留在外面，不然就全部垫进去。这只是一寸的木头，就能备高低长短各种情况之用，又不用花我一文钱，难道不是非常便于人的事情吗？但要将它刷上油漆，不要露出竹片木屑的本来样子。为什么？一则使它和桌子同色，垫在那里虽有若无；一则是害怕童子扫地时，忘记了桌撒，仍旧将它错当成竹头木屑而扫掉，这样势必天天更换，也会让人不胜其烦；涂上油漆，那就知道它是有用的东西而留心保存。只此刷漆这样极细的事情，就有两层含义，何况更大的方面呢？劳我一人而方便天下人，我也不是无功于世了。

椅　杌

器之坐者有三：曰椅、曰杌[①]、曰凳。三者之制，以时论之，今胜于古，以地论之，北不如南；维扬之木器[②]，姑苏之竹器，可谓甲于古今，冠乎天下矣，予何能赘一词哉！但有二法未备，予特创而补之，一曰暖椅，一曰凉杌。予冬月著书，身则畏寒，砚则苦冻，欲多设盆炭，使满室俱温，非止所费不赀[③]，且几案易于生尘，不终日而成灰烬世界。若止设大小二炉以温手足，则厚于四肢而薄于诸体，是一身而自分冬夏，并耳目心思，亦可自号孤臣孽子矣[④]。计万全而筹尽适，此暖椅之制所由来也。制法列图于后。一物而充数物之用，所利于人者，不止御寒而已也。盛暑之月，流胶铄金[⑤]，以手按之，无物不同汤火，况木能生此者乎？凉杌亦同他杌，但杌面必空其中，有如方匣，四围及底俱以油灰嵌之，上覆方瓦一片。此瓦须向窑内定烧，江西福建为最，宜兴次之，各就地之远近，约同志数人，敛出其资，倩人携带，为费亦无多也。先汲凉水贮杌内，以瓦盖之，务使下面着水，其冷如冰，热复换水，水止数瓢，为力亦无多也。其不为椅而杌者，夏月少近一物，少受一物之暑气，四面无障，取其透风；为椅则上段之料势必用木，两胁及背又有物以障之，是止顾一臀而周身皆不问矣。此制易晓，图说皆可不备。

图十八 暖椅式

【注释】①杌（wù）：小凳子，小矮凳。

②维扬：地名，今江苏扬州。

③所费不赀（zī）：花费的钱财很多，不计其数。赀，计量。

④孤臣孽子：出自《孟子·尽心上》："独孤臣孽子，其操心也危，其虑患也深，故达。"意思是不受重用的臣子和失宠的庶子。

⑤流胶铄金：形容天气炎热，可以将胶和金属都融化了。铄金，熔化金属。

【译文】用来坐的物件有三种：分别是椅子、杌子、凳子。这三种物件的式样，从时间来说，今胜于古；从地域来说，北不如南。扬州的木器，苏州的竹器，可谓是古今第一，冠于天下，哪还要我再多说一句呢！但还差两种式样，我特意创制出来而补充进去，一是暖椅，一是凉杌。我在冬天写作著书，身体畏寒，砚台怕冻，想多放置几盆炭火，使满屋子都暖和，不仅花费很高，而且几案容易落灰，不到一天就成了灰烬世界。如果只用大小两个炉子来温暖手足，那又厚待了四肢而克薄了其余的部位，这样一个身体却自分冬夏，就连耳目心思，也会自呼是孤臣逆子了。思虑万全而求得全身舒适，这就是制造暖椅的又来。制法列图于后。虽是一件东西但能当几件东西来用，暖椅对人的好处，不仅仅是御寒而已。盛暑之月，流胶铄金，每样东西摸上去，无一不像汤火一样，何况木头本身就能烧火？凉杌也像其他杌凳一样，只是杌面必须是中空的，有如一个方匣子。四周和底部全部嵌上油灰，上面盖上一片方瓦，这种方瓦必须向窑内定制，江西福建的最好，宜兴的次之。各就地方远近，约上几个有同样打算的人，一起出钱，请人携带，所花费的也不多。先在杌内倒入凉水，盖上方瓦。一定要使瓦片下面碰到水，这样瓦片就冷得像冰一样，变热了就再换水。只需要几瓢水，不会很费力。之所以不制成椅子而是制成杌凳，是因为夏天少靠近一样东西，就少受一样东西的暑气。四面没有遮挡，是为了透风。如果制成椅子则上段靠背的材料一定是用木头，两肋和背部又有东西挡住，这样就是只顾臀部而忽略全身了。这种东西的制法很容易明白，就不需要加以图说了。

如太师椅而稍宽，彼止取容臀，而此则周身全纳故也。如睡翁椅而稍直[①]，彼止利于睡，而此则坐卧咸宜，坐多而卧少也。前后置门，两旁实镶以板，臀下足下俱用栅。用栅者，透火气也；用板者，使暖气纤毫不泄也；前后置门者，前进人而后进火也。然欲省事，则后门可以不设，进人之处亦可以进火。此椅之妙，全在安抽替于脚栅之下。只此一物，御尽奇寒，使五官四肢均受其利而弗觉。另置扶手匣一具，其前后尺寸，倍于轿内所用者。入门坐定，置此匣于前，以代几案。倍于轿内所用者，欲置笔砚及书本故也。抽替以板为之，底嵌薄砖，四围镶铜。所贮之灰，务求极细，如炉内烧香所用者。置炭其中，上以灰覆，则火气不烈而满座皆温，是隆冬时别一世界。况又为费极廉，自朝抵暮，止用小炭四块，晓用二块至午，午换二块至晚。此四炭者，秤之不满四两，而一日之内，可享室暖无冬之福，此其利于身者也。若至利于身而无益于事，仍是宴安之具，此则不然。扶手用板，镂去掌大一片，以极薄端砚补之，胶以生漆，不问而知火气上蒸，砚石常暖，永无呵冻之劳，此又利于事者也。不宁惟是，炭上加灰，灰上置香，坐斯椅也，扑鼻而来者，只觉芬芳竟日，是椅也，而又可以代炉。炉之为香也散，此之为香也聚，由是观之，不止代炉，而且差胜于炉矣。有人斯有体，有体斯有衣，焚此香也，自下而升者能使氤氲透骨②，是椅也而又可代薰笼③。薰笼之受衣也，止能数件；此物之受衣也，遂及通身。迹是论之，非止代一薰笼，且代数薰笼矣。倦而思眠，倚枕可以暂息，是一有座之床。饥而就食，凭几可以加餐，是一无足之案。游山访友，何烦另觅肩舆，只须加以柱杠，覆以衣顶，则冲寒冒雪，体有余温，子猷之舟可弃也④，浩然之驴可废也⑤，又是一可坐可眠之轿。日将暮矣，尽纳枕簟于其中⑥，不须臾而被窝尽热；晓欲起也，先置衣履于其内，未转睫而襦裤皆温。是身也，事也，床也，案也，轿也，炉也，薰笼也，定省晨昏之孝子也，送暖偎寒之贤妇也，总以一物焉代之。苍颉造字而天雨粟，鬼夜哭⑦，以造化灵秘之气泄尽而无遗也。此制一出，得无重犯斯忌而重杞人之忧乎⑧？

【注释】①睡翁椅：一种可卧可躺的椅子，类似于躺椅。

②氤氲（yīn yūn）：烟气、烟云弥漫的样子。

③薰笼：一种覆罩于炉子上，供薰香、烘物和取暖的器物。

④“子猷”一句：子猷即王徽之。在《世说新语·任诞》中记载：王徽之居山阴县时，有一夜下大雪，醒来打开房门，见到四周皎洁，起身徘徊，吟咏左思的《招隐诗》，忽然想起戴安道，当时戴安道在剡县，便夜乘小船前往，一宿方至，到了门前没有进去就原路返回，人问他什么原因，王徽之说：“吾本乘兴而行，兴尽而返。何必见戴？”

⑤“浩然”一句：浩然即孟浩然。张岱的《夜航船》中记载：孟浩然情怀旷达，常冒雪骑驴寻梅，说：“吾诗思在灞桥风雪中驴背上。”

⑥枕簟（diàn）：枕席。泛指卧具。簟，竹席。

⑦“苍颉”两句：出自《淮南子·本经训》。

⑧杞人之忧：出自《列子·天瑞》：“杞国有人，忧天地崩坠，身亡所寄，废寝食者。”

【译文】暖椅就像太师椅但比它稍宽，太师椅只能容纳臀部，而暖椅能容纳全身。又像睡翁椅但比它稍直，睡翁椅只是便于睡觉，而暖椅坐卧都很适合，坐多而卧少。暖椅前后都装上门，两旁镶上木板，臀下和脚下都用栅栏。用栅栏的原因，是为了透出火气，用木板的原因，是使暖气丝毫都不会外漏。前后装上门，是为了前面进人而后面进火。但若想省事，则可以不装后门，进人的地方也可以进火。这种椅子的妙处，全在于脚栅之下安了抽屉，只此一物，就可以抵御奇寒，使五官四肢都能享受到它的好处而浑然不觉。另置一个扶手匣，前后尺寸比轿子里用的大一倍。入门坐定后，把这种匣子放在前面，用来代替几案。比轿子里用的大一倍的原因，是想放笔砚和书本。抽屉用木板来做，底部嵌上薄砖，四周镶铜。抽屉中所存的灰，一定要极细，就像炉内烧香所用的一样，里面放上炭，上面用灰盖好，这样火气不会很强烈而整个椅子都很温暖，这便是隆冬时节的另一世界。况且花费又极低，从早到晚，只用四块小炭，早上用两块可以到中午，中午换两块可以用到晚上，这四块炭，还不到四两，而一日之内，可以享受室暖无冬之福，这是它利于人身之处。如果只是利于人身而不益于做事，那它只是安逸享乐的工具，但暖椅不是这样。扶手用木板制成，挖空巴掌大的一块地方，用极薄的端砚填充，用生漆粘好，不用说也知道火气上升，砚台常暖，永无呵冻之劳。这是它利于做事之处。不止如此，炭上加灰，灰上置香，坐在这种椅子上，整日都觉得芬芳扑鼻。它虽是椅子，而又可以代替香炉。香炉焚香而香气分散，暖椅焚香而香气聚集。从这点来看，暖椅不只能代替香炉，而且胜过香炉。有人就有人的身躯，有人得身躯就会有衣服。焚香时，香气自下而升弥漫缭绕，熏遍全身，虽是椅子而又可以代替薰笼。薰笼熏衣服，一次只能几件；而暖椅熏衣服，可以遍及全身。从这来论，暖椅不只能代替一个熏笼，而且能代替数个熏笼。困倦了想睡觉时，靠着枕头可以小憩片刻，暖椅就成了一个有座之床；饿了想吃饭时，借着几案可以加餐，暖椅就成了一个没有腿的桌案。游山访友时，何必再另找轿子，只需要加上抬轿的柱杠，在顶上加盖布蓬，那么就算是冲寒冒雪，身体还是温暖的。王献之的船，孟浩然的驴都可以废弃不用了，暖椅又成了可坐可睡的轿子。天色将晚时，可以把枕席全都放进去，不一会被窝就热了。清晨要起床时，先把衣服和鞋子放进去，一转眼衣服就暖和了。它有利于人身，又益于做事，还可代替床、当作桌案、代替轿子、代替香炉，也可以当作薰笼，是晨昏定省的孝子，是送暖偎寒的贤妇，全能用这一件东西代替。仓颉造字时天降粟米，鬼魂夜哭，是因为造化的神秘之气外泄无遗。这样的创制一出，会不会又重犯这些忌讳，再成了杞人之忧呢？

床　帐

人生百年，所历之时，日居其半，夜居其半。日间所处之地，或堂或庑[①]，或舟或车，总无一定之在，而夜间所处，则止有一床。是床也者，乃我半生相共之物，较之结发糟糠，犹分先后者也。人之待物，其最厚者，当莫过此。然怪当世之人，其于求田问舍[②]，则性命以之，而寝处晏息之地，莫不务从苟简[③]，以其只有己见，而无人见故也。若是，则妻妾婢媵是人中之榻也，亦因己见而人不见，悉听其为无盐、嫫姆[④]，蓬头垢面而莫之讯乎？予则不然。每迁一地，必先营卧榻而后及其他，以妻妾为人中之榻，而床笫乃榻中之人也。欲新其制，苦乏匠资；但于修饰床帐之具，经营寝处之方，则未尝不竭尽绵力，犹之贫士得妻，不能变村妆为国色，但令勤加盥栉，多施膏沐而已。其法维何？一曰床令生花，二曰帐使有骨，三曰帐宜加锁，四曰床要着裙。

【注释】①庑（wǔ）：堂下周围的走廊、廊屋。

②求田问舍：买田置屋，多指专营家产而无远大志向的人。出自《三国志·魏书·陈登传》。

③苟简：苟且简略，草率简陋。

④无盐：战国时期齐宣王后钟离春。后常用为丑女的代称。嫫姆：又称嫫母，传说中黄帝的妃子，面貌极丑。后为丑女代称。

【译文】人生百年，所度过的时光，白天占一半，夜晚占一半。白天所处的地方，或是厅堂或是走廊，或在乘船或在乘车，总没有一个固定之处，而夜间所处的地方，就只有一张床。这床是我半生与共之物，相较与结发妻子，还要区分先后。世人对待器物，其中最厚待的，当是莫过于床了。但是奇怪当世之人，他们对于购置田地房屋，就当作是性命一样，而对于睡觉休息的地方，却是简陋马虎，是因为床只有自己能看到，而别人看不到。如果是这样，那妻妾婢媵就如同人中之塌，也因为只有自己能看到而别人看不到，就任她们变成无盐、嫫姆那样的丑女，蓬头垢面的却从不过问吗？我认为不是这样。每迁到一个地方，一定要先整理好卧榻然后再顾及其他，因为妻妾好似人中之塌，而床笫就是塌中之人了。我想创新床的式样，但苦于缺乏创制的资金；但对于修饰床帐的器具，经营居所的方法，则就没有不竭尽棉力的，犹如穷人娶妻，虽不能将粗俗的装扮变成天姿国色，但也会让她勤加梳洗，多用发油。那么用什么方法修饰床帐？一是床令生花，二是帐使有骨，三是帐宜加锁，四是床要着裙。

曷云“床令生花”？夫瓶花盆卉，文人案头所时有也，日则相亲，夜则相背，虽有天香扑鼻，国色昵人，一至昏黄就寝之时，即欲不为纨扇之捐[①]，不可得矣。殊不知白昼闻香，不若黄昏嗅味。白昼闻香，其香仅在口鼻；黄昏嗅味，其味直入梦魂。法于床帐之内先设托板，以为坐花之具；而托板又勿露板形，妙在鼻受花香，俨若身眠树下，不知其为妆造也者。先为小柱二根，暗钉床后，而以帐悬其外。托板不可太大，长止尺许，宽可数寸，其下又用小木数段，制为三角架子，用极细之钉，隔帐钉于柱上，而后以板架之，务使极固。架定之后，用彩色纱罗制成一物，或像怪石一卷，或作彩云数朵，护于板外以掩其形。中间高出数寸，三面使与帐平，而以线缝其上，竟似帐上绣出之物，似吴门堆花之式是也。若欲全体相称，则或画或绣，满帐俱作梅花，而以托板为虬枝老干[②]，或作悬崖突出之石，无一不可。帐中有此，凡得名花异卉可作清供者[③]，日则与之同堂，夜则携之共寝。即使群芳偶缺，万卉将穷，又有炉内龙涎、盘中佛手与木瓜、香楠等物可以相继[④]。若是，则身非身也，蝶也，飞眠宿食尽在花间；人非人也，仙也，行起坐卧无非乐境。予尝于梦酣睡足、将觉未觉之时，忽嗅蜡梅之香，咽喉齿颊尽带幽芬，似从脏腑中出，不觉身轻欲举，谓此身必不复在人间世矣。既醒，语妻孥曰[5]："我辈何人，遽有此乐，得无折尽平生之福乎？"妻孥曰："久贱常贫，未必不由于此。"此实事，非欺人语也。

【注释】①纨扇之捐：出自汉代班婕妤的《怨歌行》："常恐秋节至，凉风夺炎热，弃捐箧笥中，恩情中道绝。"捐，舍弃，抛弃。

②虬枝：盘屈的树枝。

③清供：在室内放置在案头供观赏的物品摆设，主要包括各种盆景、插花、时令水果、奇石、工艺品、古玩、精美文具等等，可以为厅堂、书斋增添生活情趣。

④香楠：即楠树。因富有香气，故称。

⑤孥（nú）：子女。

【译文】什么是"床令生花"？花卉盆栽，常常摆放在文人的案头，白天与它们相亲，夜晚与它们则背，虽有天香扑鼻，国色昵人，但一到黄昏就寝之时，就算是不想像舍弃秋扇那样离开它们，也是不可能的。殊不知白昼闻香，不若黄昏嗅味。白昼闻香，它的香味只在口鼻；黄昏嗅味，它的香味可以直入梦魂。方法就是在床帐之内先放上托板，用来放置花盆；而托板又不要让它露出来，妙在鼻闻花香，宛若身眠树下，但看不出这是人为创制的。先用二根小柱，暗钉床后，在外面挂上床帐。托板不可太大，长最多一尺左右，宽可以数寸，下面再用几段小木头，做成三角架子，用极细的钉子，隔着床帐钉在柱子上，而后再将托板架在上面，一定要使它极其牢固。架定之后，用彩色纱罗制成一物，或是像一卷怪石，或是做成几朵彩云，护在板外用来掩盖它的形状。中间高出几寸，三面与床帐水平，并且用线缝在上面，好似是床帐上绣来的东西，好似是苏州堆花的式样。如果想要整体相称，则或画或绣，整个床帐都作梅花，而将托板作成虬枝老干的形状，或是作成悬崖上外突的石头，这无一不可。帐中这些东西，凡是得到可供观赏的清丽的名花异卉，白天则与它们同堂，夜晚还与它们同寝。即使是群芳万卉将要凋零之时，还有炉内龙涎、盘中佛手和木瓜、香楠等物可以相继摆在上面。若是如此，那么身体就不像身体了，而像是蝴蝶，飞眠宿食全在花间；人也不像人了，而像是神仙，行起坐卧无一不是乐境。我曾经在梦酣睡足、将醒未醒时，忽然闻到蜡梅的香气，咽喉齿颊全都带着幽然芬芳，似乎是从脏腑中飘出来的，不觉身体飘然欲仙，以为自己一定是不在人间了。醒来之后，对妻儿说："我自己是什么人呀，突然会享受有这样的乐境，恐怕会折尽平生的福报吧？"妻儿说："长久贫贱，未必不是因为这个原因吧。"这是实在发生的事，不是骗人的话。

曷云"帐使有骨"？床居外，帐居内，常也。亦有反此旧制，而使帐出床外者，善则善矣，其如夏月驱蚊，匿于床栏曲折之处，有若负嵎[1]，欲求美观，而以膏血殉之，非长策也，不若仍从旧制。其不从旧制，而使帐出床外者，以床有端正之体，帐无方直之形，百计撑持，终难服贴，总以四角之近柱者软而无骨，不能肖柱以为形，有犄角抵牾之势也[2]，故须别为赋形，而使之有骨。用不粗不细之竹，制为一顶及四柱，俟帐已挂定而后撑之，是床内有床，旧制之便与新制之精，二者兼而有之矣。床顶及柱，令置轿者为之，其价颇廉，仅费中人一饭之资耳。

【注释】①负嵎：依靠险要地势负隅顽抗。嵎，通“隅”。出自《孟子·尽心》：“有众逐虎，虎负隅，莫之敢撄。”

【译文】什么是“帐使有骨”？床在外，帐在内，这是常规。也有与之相反的，将帐子挂在床外，好是好，但假如夏天驱蚊，蚊子藏在床栏杆曲折的地方，有如负隅顽抗，只想追求美观，而要以血肉为代价，这并不是长久之计，还不如沿用旧制。有人不从旧制度，而将帐子挂在床外，是因为以床是有端正的，而帐子却没有方直的外形，用千方百计来撑持，帐子始终也难以服贴，总是因为靠近床柱的四角柔软无骨，不能像柱子一样笔直，而有相互呼应之势，所以需要另想办法让帐子模仿床柱的形状，而使帐子有骨。用不粗不细的竹竿，做出一个顶子和四根柱子，等到帐子挂好以后再用它撑起来，这样床内有床，旧制的便利和新制的精美，两者就都兼有了。床顶以及四个柱子柱，能让制作轿子的人来做，价格很便宜，仅是花费中等人家的一顿饭钱。

曷云“帐宜加锁”？设帐之故有二：蔽风、隔蚊是也。蔽风之利十之三，隔蚊之功十之七，然隔蚊以此，闭蚊于中而使之不得出者亦以此。蚊之为物也，体极柔而性极勇，形极微而机极诈。薄暮而驱，彼宁受奔驰之苦、挞伐之危，守死而弗去者十之八九。及其去也，又必择地而攻，乘虚而入。昆虫庶类之善用兵法者，莫过于蚊。其择地也，每弃后而攻前；其乘虚也，必舍垣而窥户。帐前两幅之交接处，皆其据险扼要、伏兵伺我之区也。或于风动帐开之际，或于取器入溺之时，一隙可乘，遂鼓噪而入。法于门户交关之地，上、中、下共设三纽，若妇人之衣扣然。至取溺器时，先以一手绾帐，勿使大开，以一手提之使入，其出亦然。若是，则坚壁固垒，彼虽有奇勇异诈，亦无所施其能矣。至于驱除之法，当使人在帐中，空洞其外，始能出而无阻。世人逐蚊，皆立帐檐之下，使所开之处蔽其大半，是欲其出而闭之门也。犯此弊者十人而九，何其习而不察，亦至此乎？

【译文】什么是“帐宜加锁”？挂帐子的原因有两个：就是蔽风、隔蚊。蔽风的好处十之有三，隔蚊的好处十之有七，然而帐子能隔蚊子，也能将蚊子关在帐中而使它们出不去。蚊子这东西，身体极其软弱而性情极其勇猛，外形极其微小而心思极其狡诈。傍晚赶走它们，它们宁愿受奔波之苦、讨伐之危，有十之八九死守在这里而不逃出去的。那些飞走的蚊子，又必会重新择地而攻，乘虚而入。昆虫一类中善用兵法的，莫过于蚊子。它们择地而攻时，每每弃后而攻前；它们乘虚而入时，必会舍弃墙壁而窥探门口。帐前两幅的交接处，都是它们占据险要、伏兵进攻的地方。或是在风吹开帐子的时候，或是在取溺器小便的时候，但凡有一隙可乘，便会鼓噪而入。解决的方法就是在帐前交关的地方，上、中、下共设三个纽扣，类似妇人的衣扣。等到拿溺器时，先用一只手卷起帐子，不要让帐子大开，用另一只手将溺器提进入，放回去的时候也是这样。如果能这样，那么帐子就如同坚固壁垒，蚊子虽有奇勇异诈，也无处可施。至于驱除之法，应当是人在帐中，而使帐前空着，这样蚊子才能出而无阻。世人驱蚊，都是站在帐檐下面，使得帐子打开的地方遮掩了大半，这就是想让蚊子出去但闭上了出去的门。十人之中有九人都犯这个毛病，为什么他们习以为常，察觉不到其中的问题，到了如此地步？

曷云“床要着裙”？爱精美者，一物不使稍污。常有绮罗作帐，精其始而不能善其终，美其上而不得不污其下者，以贴枕着头之处，在妇人则有膏沐之痕，在男子亦多脑汗之迹，日积月累，无瑕者玷而可爱者憎矣，故着裙之法不可少。此法与增添顶柱之法相为表里。欲令着裙，先必使之生骨，无力不能胜衣也。即于四竹柱之下，各穴一孔，以三横竹内之，去簟尺许，与枕相平，而后以布作裙，穿于其上，则裙污而帐不污，裙可勤涤，而帐难频洗故也。至于枕、簟、被褥之设，不过取其夏凉冬暖。请以二语概之，曰：求凉之法，浇水不如透风；致暖之方，增绸不如加布。是予贫士所知者。至于羊羔美酒亦足御寒，广厦重冰尽堪避暑，理则固然，未尝亲试。“知之为知之，不知为不知[①]”，此圣贤无欺之学，不敢以细事而忽之也。

【注释】①“知之”两句：出自《论语·为政》。

【译文】什么是“床要着裙”？喜欢精致整洁的人，一样东西都不想弄脏。常有用绫罗绸缎作帐子，刚开始很精致但不能善终，上面很精美但下面很脏，因为在贴枕着头的地方，妇人的那边则有发油的痕迹，男子的那边也多有脑汗的痕迹，日积月累，干净无瑕的东西变脏了，惹人喜爱的东西也会令人厌恶，所以床要着裙的方法就是不可或缺的了。此法与增添顶柱之法相为表里。想令床着裙，必先使床生出骨架，要不然就无力支撑衣服。方法就是在四根竹柱之下，各钻一孔，用三根竹子横插进去，距离竹席一尺左右，与枕头相平，而后用布作成床裙，穿在横杆上，这样床裙脏了而帐子不会脏，因为床裙可以勤加换洗，而帐子很难频繁换洗。至于枕头、竹席、被褥之设，不过是希望冬暖夏凉。请让我用两句话来概括，就是：求凉之法，浇水不如透风；致暖之方，增绸不如加布。这是我这种穷人所知道的。至于羊羔美酒也足以御寒，广厦重冰也完全能避暑，道理固然没错，但我从未亲自尝试。“知之为知之，不知为不知”，这是圣贤无欺之学，不敢因为是小事而忽视它。

橱 柜

造橱立柜，无他智巧，总以多容善纳为贵。尝有制体极大而所容甚少，反不若渺小其形而宽大其腹，有事半功倍之势者。制有善不善也，善制无他，止在多设搁板。橱之大者，不过两层、三层，至四层而止矣。若一层止备一层之用，则物之高者大者容此数件，而低者小者亦止容此数件矣。实其下而虚其上，岂非以上段有用之隙，置之无用之地哉？当于每层之两旁，别钉细木二条，以备架板之用。板勿太宽，或及进身之半[①]，或三分之一，用则活置其上，不则撤而去之。如此层所贮之物，其形低小，则上半截皆为余地，即以此板架之，是一层变为二层。总而计之，即一橱变为两橱，两柜合成一柜矣，所裨不亦多乎？或所贮之物，其形高大，则去而容之，未尝为板所困也。此是一法。至于抽替之设，非但必不可少，且自多多益善。而一替之内，又必分为大小数格，以便分门别类，随所有而藏之，譬如生药铺中有所谓"百眼橱"者。此非取法于物，乃朝廷设官之遗制，所谓五府六部群僚百执事，各有所居之地与所掌之簿书钱谷是也。医者若无此橱，药石之名盈千累百，用一物寻一物，则卢医扁鹊无暇疗病[②]，止能为刻舟求剑之人矣[③]。此橱不但宜于医者，凡大家富室，皆当则而效之，至学士文人，更宜取法。能以一层分作数层，一格画为数格，是省取物之劳，以备作文著书之用。则思之思之，鬼神通之；心无他役，而鬼神得效其灵矣。

【注释】①进身：即进深，物体的深度。这里指橱柜的宽。

②卢医扁鹊：扁鹊，战国时期名医，因家住卢国，又称卢医。

③刻舟求剑：比喻看问题做事情死板不灵活，不知情随势变。出自《吕氏春秋·察今》。

【译文】制作橱柜，没有其他的智慧机巧，总以多容善纳为贵。曾有橱柜的外形极大而所能装的东西却很少，反而不如外形很渺小而里面很宽大，有事半功倍效用的橱柜。式样有好和不好的，好的式样没有别的，只是在于多设搁板。大的橱柜，不过两层、三层，到了四层就没有了。如果一层只有一层之用，那么高大的东西能放下几件，低小的东西也只能放下几件。下面放得很满而上面很空，这难道不是将上面有用的空间，置于无用之地吗？应当在每一层的两侧，另外再钉上两根细木条，以备架板之用。板子不要太宽，或是在橱柜宽度的一半，或是三分之一，用的时候放上活板，不用的时候就撤下去。如果这层所放置的东西，外形低小，那么上半截都是多余的地方，就架上活板，这样一层就变为两层了。整体来算，就是一个橱子变成两个橱子，两个柜子合成一个柜子，其中的益处不就太多了吗？或者所放置的东西，外形高大，那就去掉活板再放进去，这样活板也并不碍事。这是一个方法。至于抽屉的设置，非但必不可少，而且多多益善。而一个抽替之中，又必须分出数个大小格，以便分门别类，随着所用而存放东西，譬如生药铺中有所谓的“百眼橱”。这不是从使用器物的经验中而来的，是朝廷设官的遗制，这就像五府六部众僚执事，各有所居之地与所掌管的薄书钱粮。医生如果没有这样的药橱，药石的名称成千上百，用到一种药就找一种药，那么卢医扁鹊都无暇治病，只能是刻舟求剑之人了。这种橱子不仅是医生适用，凡是大家富室，都应当效仿，至于学士文人，更应当效仿。能将一层分成数层，一格画成数格，这样便省去了取物之劳，使得人们有更多的时间写文著书。那么专心致志的思考，灵感思路就会通畅；心无他念，鬼神也能发挥奇效了。

箱笼箧笥

随身贮物之器，大者名曰箱笼，小者称为箧笥。制之之料，不出革、木、竹三种；为之关键者[①]，又不出铜、铁二项，前人所制亦云备矣。后之作者，未尝不竭尽心思，务为奇巧，总不出前人之范围；稍出范围即不适用，仅供把玩而已。予于诸物之体，未尝稍更，独怪其枢纽太庸，物而不化，尝为小变其制，亦足改观。法无他长，惟使有之若无，不见枢纽之迹而已。止备二式者，腹稿虽多，未经尝试，不敢以待验之方误人也。

【注释】①关键：本为门闩或关闭门户的横木。这里是指使箱笼箧笥开合自如的部件，与下文“枢纽”意同。

【译文】随身装东西的器具，大的叫作箱笼，小的叫作箧笥。制作所用的材料，不出革、木、竹三种；制作开关的材料，又不出铜、铁两种，前人的制法可以说是很完备了。后来的匠人，没有不竭尽心思，力求奇巧的，但总是超越不了前人的范围；稍稍超出范围就不适用，仅供把玩而已。我对于箱笼箧笥的结构，不曾稍有改动，只怪它们的开关太过平庸，没有什么变化，我曾经小作改动，也足以改变外观。这种方法没有别的长处，只是让开关枢纽有之若无，看不到开关枢纽的痕迹罢了。我只准备了两种样式，其他的样式腹稿虽多，但未经尝试，不敢用待验之方误导他人。

予游东粤[1]，见市廛所列之器[2]，半属花梨、紫檀，制法之佳，可谓穷工极巧，止怪其镶铜裹锡，清浊不伦。无论四面包镶，锋棱埋没，即于加锁置键之地，务设铜枢，虽云制法不同，究竟多此一物。譬如一箱也，磨砻极光，照之如镜，镜中可使着屑乎？一笥也，攻治极精，抚之如玉，玉上可使生瑕乎？有人赠我一器，名“七星箱”，以中分七格，每格一替，有如星列故也。外系插盖，从上而下者。喜其不钉铜枢，尚未生瑕着屑，因筹所以关闭之。遂付工人，命于中心置一暗闩，以铜为之，藏于骨中而不觉，自后而前，抵于箱盖。盖上凿一小孔，勿透于外，止受暗闩少许，使抽之不动而已。乃以寸金小锁，锁于箱后。置之案上，有如浑金粹玉[3]，全体昭然，不为一物所掩。觅关键而不得，似于无锁；窥中藏而不能，始求用钥。此其一也。

【注释】①予游东粤：作者李渔于康熙七年（1688）游历广东。

②市廛：市面，集市。

③浑金粹玉：比喻具有天然美质的人或事物。浑金，未经冶炼的金。粹，不含添加、替代或异质物质的物品。

【译文】我游历东粤时，见到集市上陈列的箱笼箧笥等各式器具，多半的材料是花梨、紫檀，精致的做工，可谓是穷工极巧，只怪这些精美的器具镶铜裹锡，清浊不伦。不论四面镶上金属，把棱角都遮住了，就是在加设开关枢纽的地方，一定是加设铜纽，虽说是因为制法不同，但究竟多了这样一件东西。譬如一个箱子，打磨得极其光亮，照映物品如同一面镜子，难道镜子中可以有碎屑吗？一个箧笥，做工精细，抚摸起来如玉一般，难道玉上可以出现瑕疵吗？有人送我一件礼物，名为“七星箱”，因为箱子内分成七个格子，每个格子有一个抽屉，有如星列。箱子外有从上而下的插盖。我喜欢的是它没有钉上铜枢，还没有生瑕着屑，因而就想着如何给它上锁。于是交给工匠，让他在箱子中心增设一个暗闩，以铜来制作，藏在骨架之中而不会使人察觉，从后到前，抵在箱盖上。盖上凿一小孔，不要凿穿通到外面，只要暗闩能插进去一点，使得箱盖抽不动就可以了。然后用寸金小锁，锁在箱子后面。放在桌案上，有如浑金粹玉，整体精致完美，不为一点东西所掩盖。寻找开关却找不到，似乎没有锁；窥探箱子里放置的东西却看不到，才寻求钥匙。这是一种样式。

后游三山，见制器皿无非雕漆，工则细巧绝伦，色则陆离可爱，亦病其设关置键之地难免赘瘤，以语工师，令其稍加变易。工师曰：“吾地般、倕颇多[①]，如其可变，不自今日始矣。欲泯其迹，必使无关键而后可。”予曰：“其然，岂其然乎？”因置暖椅告成，欲增一匣置于其上，以代几案，遂使为之。上下四旁，皆听工人自为雕漆，俟其成后，就所雕景物而区画之。前面有替可抽者，所雕系“博古图”，樽罍钟磬之属是也；后面无替而平者，系折枝花卉、兰菊竹石是也。皆备五彩，视之光怪陆离。但抽替太阔，开闭时多不合缝，非左进右出，即右进左出。予顾而筹之，谓必一法可当二用，既泯关键之迹，又免出入之疵，使适用美观均收其利而后可。乃命工人亦制铜闩一条，贯于抽替之正中，而以薄板掩之，此板即作分中之界限。夫一替分为二格，乃物理之常，乌知有一物焉贯于其中，为前后通身之把握哉？得此一物贯于其中，则抽替之出入皆直如矢，永无左出右入、右出左入之患矣。前面所雕“博古图”，中系三足之鼎，列于两旁者一瓶一炉。予鼓掌大笑曰：“‘执柯伐柯，其则不远[②]。’即以其人之道，反治其身足矣！”遂付铜工，令依三物之成式，各制其一，钉于本等物色之上。鼎与炉、瓶皆铜器也，尚欲肖其形与式而为之，况真者哉？不问而知其酷似矣。鼎之中心穴一小孔，置二小钮于旁[③]，使抽替闭足之时，铜闩自内而出，与钮相平。闩与钮上俱有眼，加以寸金小锁，似鼎上原有之物，虽增而实未尝增也。锁则锁矣，抽开之时，手执何物？不几便于入而穷于出乎？曰：不然。瓶、炉之上原当有耳，加以铜圈二枚，执此为柄，抽之不烦余力矣。此区画正面之法也。

【注释】①般：即鲁班。倕：相传为中国上古尧舜时代的一名巧匠。这里均代指能工巧匠。

②“执柯”两句：出自《诗经·豳风·伐柯》。

③钮：同“纽”。

【译文】后来我游历三山，看到那里制作器皿全用雕漆，做工细巧绝伦，颜色绚丽可爱，但我也嫌它设置开关的地方难免累赘，便对工匠说，让他们稍加改动。工匠说：“本地的能工巧匠非常多，如果它能有所变化，绝不是从今天才开始。想使它开关的痕迹消失，一定要去掉开关才行。”我说：“真要如此吗，难道真的要如此吗？”因为我制成一把暖椅，就想在上面加一个匣子，用来代替几案，便让工匠来做。四周上下，都听工匠制成了雕漆的式样，等到完工之后，依照所雕景物来设计。前面有抽替可以抽动的部分，雕刻的是“博古图”，就是樽罍钟磬之类的图案；后面没有抽替平整的部分，雕刻的是折枝花卉、兰菊竹石的图案。都绘制成五彩的，看起来的新颖绚丽。但抽屉太宽，开合时多有不合缝的情况，不是左进右出，就是右进左出。我看到这种情况就在思索，一定要有一个两用的方法，既可以使开关的痕迹消失，又可以避免抽屉开合时的缺点，使它既适用又美观。便让工匠也制作了一条铜闩，贯穿在抽屉的正中，再用薄板挡住，这块薄板就是抽屉中分的界限。一个抽屉分为二个格子，本是常理，怎会知道有一样东西贯穿在里面，成为前后整体的关键呢？有这样一个物见贯穿其中，那么抽屉的开合都会直顺，永没有左出右入、右出左入的缺点了。前面所雕的“博古图”，中间是三足之鼎，在两侧分别有一瓶一炉。我鼓掌大笑说：“‘执柯伐柯，其则不远。’这就足够以其人之道，反治其身！”于是交给铜工，让他依照鼎、瓶、炉这三样东西的成式，再各制作一件，钉在原本图案的上面。鼎和炉、瓶都是铜器，尚且还能模仿它们的形状和样式去制作，更何况真的呢？不用问就知道它们极其相似。鼎的中心钻一个小孔，在旁边安上两个小钮，使抽屉关好时，铜闩从内而出，与钮相平。铜闩和钮上都有眼，再加上寸金小锁，就像是鼎上原有的东西，虽是后来增添的东西但实际就好像什么都没有增加。锁是锁了，拉开的时候，手能抓什么东西呢？这样不就是方便合上但不方便拉开吗？我说：不是这样。瓶、炉上原本就应当有耳，再加上两枚铜圈，以此当作手柄，开合也不会很费力了。这是设计正面的方法。

铜闩既从内出，必在后面生根，未有不透出本匣之背者，是铜皮一块与联络补缀之痕，俱不能泯矣。乌知又有一法，为天授而非人力者哉！所雕诸卉，菊在其中，菊色多黄，与铜相若，即以铜皮数层，剪千叶菊花一朵，以暗闩之透出者穿入其中，胶之甚固，若是则根深蒂固，谁得而动摇之？予于此一物也，纯用天工，未施人巧，若有鬼物伺乎其中[1]，乞灵于我，为开生面者。

【注释】①伺：等待，守候。

【译文】铜闩既然从里面出来，必在后面生根，没有不穿透匣子背面的，那么铜皮和连接补缀的痕迹，就都不能隐藏了。哪里知道又有一法，是天授而不是人力！所雕刻的各种花卉，其中就有菊花，菊花大多是黄色，与铜色相似，就用数层铜皮，剪成一朵千叶菊花，将暗闩露出的部分穿在菊花之中，用胶粘牢，这样做就能根深蒂固，谁能动摇它呢？我设计这个物件，纯用天工，未施人巧，就好像有鬼神等待其中，向我乞灵，为它创新式样。

制之既成，工师告予曰："八闽之为雕漆，数百年于兹矣，四方之来购此者，亦百千万亿其人矣，从未见创法立规有如今日之奇巧者，请行此法，以广其传。”予曰：“姑迟之，俟新书告成，流布未晚。”窃恐世人先睹其物而后见其书，不知创自何人，反谓剿袭成功以为己有①，讵非不白之冤哉？工师为谁？魏姓，字兰如；王姓，字孟明。闽省雕漆之佳，当推二人第一。自不操斤，但善于指使，轻财尚友，雅人也。

【注释】①剿袭：抄袭、剽窃他人作品，因袭照搬。

【译文】制成之后，工匠告诉我说：“福建的雕漆，至今已几百年了，四方前来购买的，也有百千万亿人了，从未见过有像今天这般精巧的新颖的创制，请推行这种制法，使它广泛流传。”我说：“暂且迟一些吧，等到我新书写完，再推行也不晚。”我担心世人先看到这种创制，然后才看到我的书，不知道这是何人的设计，反而认为是我抄袭别人而据为己有，这难道不是不白之冤吗？出自哪位工匠？姓魏，字兰如；姓王，字孟明。福建省雕漆技艺最好的，当推举这二人为第一。他们自己不亲自制作，只是擅长指导，轻财尚友，真是位高雅之人啊。

骨　董

是编于骨董一项①，缺而不备，盖有说焉。崇高古器之风，自汉魏晋唐以来，至今日而极矣。百金贸一卮②，数百金购一鼎，犹有病其价廉工俭而不足用者。常有为一渺小之物，而费盈千累万之金钱，或弃整陌连阡之美产[3]，皆不惜也。夫今人之重古物，非重其物，重其年久不坏；见古人所制与古人所用者，如对古人之足乐也。若是，则人与物之相去，又有间矣。设使制、用此物之古人至今犹在，肯以盈千累万之金钱与整陌连阡之美产，易之而归，与之坐谈往事乎？吾知其必不为也。予尝谓人曰：物之最古者莫过于《书》，以其合古人之心思面貌而传者乎。其书出自三代，读之如见三代之人；其书本乎黄、虞，对之如生黄虞之世；舍此则皆物矣。物不能代古人言，况能揭出心思而现其面貌乎？古物原有可嗜，但宜崇尚于富贵之家，以其金银太多，藏之无具，不得不为长房缩地之法，敛丈为尺，敛尺为寸，如“藏银不如藏金，藏金不如藏珠”之说，愈轻愈小，而愈便收藏故也。矧金银太多，则慢藏诲盗[4]，贸为骨董，非特穿窬不取，即误攫入手，犹将掷而去之。迹是而观，则骨董、金银为价之低昂，宜其倍蓰而无算也[5]。乃近世贫贱之家，往往效颦于富贵，见富贵者偶尚绮罗，则耻布帛为贱，必觅绮罗以肖之；见富贵者单崇珠翠，则鄙金玉为常，而假珠翠以代之。事事皆然，习以成性，故因其崇旧而黜新，亦不觉生今而反古。有八口晨炊不继，犹舍旦夕而问商周；一身活计茫然，宁遣妻孥而不卖骨董者。人心矫异，讵非世道之忧乎？予辑是编，事事皆崇俭朴，不敢侈谈珍玩，以为末俗扬波。且予窭人也[6]，所置物价，自百文以及千文而止，购新犹患无力，况买旧乎？《诗》云：“惟其有之，是以似之[7]。”生平不识骨董，亦借口维风，以藏其拙。

【注释】①骨董：即古董。

②卮（zhī）：古代盛酒的器皿。

③整陌连阡：成片的田地。陌，田间小路。

④慢藏诲盗：因保管疏忽而招致盗窃。出自《易经·系辞上》：“慢藏诲盗，冶容诲淫。”

⑤倍蓰（xǐ）：数倍。蓰，五倍。

⑥窭（jù）人：穷苦人。

⑦“惟其有之”两句：出自《诗经·小雅·裳裳者华》。意思是正因为君子有德，才会有人效仿。

【译文】这一部分是写骨董这一项，缺漏而不完备，是有原因的。崇尚古玩之风，从汉魏晋唐以来，至今已是空前绝后了。花百金买一酒杯，花数百金买一鼎，还有嫌弃它价格低廉、做工粗糙而不满足的。常有为了一个渺小之物，而花费成千上万的金钱，或者舍弃成片肥沃的田产，都不觉得可惜。当今世人看重古物，并非看重这件东西，而是看重古物的长久不坏；见到古人所制的与古人所用的物件，犹如面对古人一样满足快乐。若是这样，那么人与物之间的距离，又会出现隔阂。假如制作、使用这些东西的古人至今还在，肯用成千上万的金钱和成片的田产，把它们买回去，与它们坐谈往事吗？我知道他一定不会这么做。我曾经对别人说：事物之中最古老的莫过于《尚书》，因为它与古人的心思面貌相合而传传下来。这本书出自夏商周时期，读它就像见到了夏商周时期的人；这本书来源于黄帝、虞舜，对着它就像生在了黄帝、虞舜的时代；除此以外就都是平常之物。平常之物尚且不能代替古人讲说，怎么能表露出古人的心思和面貌呢？古物原本有可嗜之处，但只适合富贵之家所崇尚，因为富贵之家的金银太多，没有地方可以存放，不得不用长房缩地之法，敛丈为尺，敛尺为寸，就像“藏银不如藏金，藏金不如藏珠”之说，越轻越小，就更便于收藏。何况金银太多，就会因保管不善而招来盗贼，将金银换成古董，不仅盗贼偷，就算是误取到手，也会丢弃而去。从这里来看，那么古董、金银的价格高低，相差不止数倍而是不可估量的。近来贫贱之家，往往效颦于富贵之家，见到富人喜欢绫罗绸缎，就觉得布帛很低贱，必会寻找绫罗绸缎来模仿；见到富人只崇尚珠翠，就觉得金玉是寻常之物，而用珠翠来代替。事事都是这样，长久形成习惯，所以世人推崇旧物而排斥新物，也不知不觉地生在今世而追求古代了。有的八口之家的早饭都吃不上，还不顾及现实而到处打听商周古物；一身的活计却是茫茫然，宁愿赶走妻儿都不卖古董。人心异变，这难道不是世道之忧吗？我写这本书，凡事都推崇俭朴，不敢奢谈珍玩，害怕反而推动助长了末世之俗。而且我是贫寒之人，购买物件的花费，从百文到千文为止，购买新奇的物件都没有财力，何况是买古董？《诗经》云：“惟其有之，是以似之。”我生平不识古董，也借口维护世俗风气，以此藏拙。

炉　瓶

炉、瓶之制[①]，其法备于古人，后世无容蛇足。但护持衬贴之具[②]，不妨意为增减。如香炉既设，则锹、箸随之[③]，锹以拨灰，箸以举火，二物均不可少。箸之长短，视炉之高卑，欲其相称，此理易明，人尽知之；若锹之方圆，须视炉之曲直，使勿相左，此理亦易明，而为世人所忽。入炭之后，炉灰高下不齐，故用锹作准以平之，锹方则灰方，锹圆则灰圆，若使近边之地炉直而锹曲，或炉曲而锹直，则两不相能，止平其中而不能平其外矣，须用相体裁衣之法，配而用之。然以铜锹压灰，究难齐截，且非一锹二锹可了。此非僮仆之事，皆必主人自为之者。予性最懒，故每事必筹躲懒之法，尝制一木印印灰，一印可代数十锹之用。初不过为省繁惜劳计耳，讵料制成之后，非止省力，且极美观，同志相传，遂以为一定不移之法。譬如炉体属圆，则仿其尺寸，镟一圆板为印[④]，与炉相若，不爽纤毫，上置一柄，以便手持。但宜稍虚其中，以作内昂外低之势，若食物之馒首然。方者亦如是法。加炭之后，先以箸平其灰，后用此板一压，则居中与四面皆平，非止同于刀削，且能与镜比光，共油争滑，是自有香灰以来未尝现此娇面者也。既光且滑，可谓极精，予顾而思之，犹曰尽美矣，未尽善也，乃命梓人镂之[⑤]。凡于着灰一面，或作老梅数茎，或为菊花一朵，或刻五言一绝，或雕八卦全形，只需举手一按，现出无数离奇，使人巧天工，两擅其绝，是自有香炉以来未尝开此生面者也。湖上笠翁实有裨于风雅，非僭词也。请名此物为“笠翁香印”。方之眉公诸制[⑥]，物以人名者，孰高孰下，谁实谁虚，海内自有定评，非予所敢饶舌。用此物者，最宜神速，随按随起，勿迟瞬息，稍一逗留，则气闭火息矣。雕成之后，必加油漆，始不沾灰。

【注释】①炉：即香炉。瓶：即香瓶，用于插放香著、灰压等物。

②护持衬贴：相配套的用具。

③锹：及香铲。箸：即香著。又称香筷、用于夹取香及香炭。

④镟：回旋着切削。

⑤梓人：木工。

⑥眉公：即陈继儒，字仲醇，号眉公、麋公，明朝文学家、画家。自幼天资聪颖，工诗善文，兼能绘事，著作有《妮古录》《陈眉公全集》《小窗幽记》等。

【译文】香炉、香瓶的制作，其中的方法古人已经讲得很详尽了，后世不需要多此一举。只是那些配套使用的工具，不妨留意它们的增减变化。比如已经放置了香炉，那就要随即配好香铲、香著，香铲用来拨灰，香著用来取炭点火，两者均不可少。香著的长短，要看香炉的高低，应该与香炉相称，这道理容易明了，人尽皆知；香铲的方圆，要看香炉的曲直，不能使两者相左，这道理也容易明了，却为世人所忽略。放入炭之后，炉灰高低不齐，所以就用香铲将炉灰压平，铲方则灰方，铲圆则灰圆，如果香炉靠近边缘的地方是直的而香铲是弯的，或是香炉弯而香铲直，那么两不相配，就只能压平中间的部分而不能压平边缘了，需要用相体裁衣之法，相配而用。但是用铜铲压灰，终究难以平整，而且不是一铲两铲就能结束的。这并不是僮仆之事，都是由主人亲自完成的。我的性情最懒，所以每件事情都要想出个躲懒之法，我曾经制作了一个木印来印灰，一印可以代替数十铲之用。最初不过是想省繁惜劳罢了，岂料制成之后，不仅省力，而且非常美观，志趣相同的人相互传播，于是就成了一个固定不变的方法。比如炉体是圆的，就仿照它的尺寸，镟一圆板为印，形状与香炉相近，不差分毫，上面安上一个手柄，以便手持。但是圆板中间应该做的稍稍虚空一些，制成内高外低的形状，如同食物中的馒头。方形的也是同样的方法。加炭之后，先用香著将灰摊平，然后用这个圆板一压，那么中间和四周都很平整，不仅像刀削一样，而且能与镜子比光，与油争滑，这是自有香灰以来从未出现过的娇美形状。既光且滑，可以说是极精了，我反复思量，虽说尽美，但未尽善，于是命木匠雕刻。凡在着灰的一面，或是作数茎老梅，或是为一朵菊花，或是刻一首五言绝句，或是雕八卦全形，只需举手一按，便会现出无数离奇图案，使得人挤巧于天工，两全其美，这是自有香炉以来从未有这样的别开生面。我湖上笠翁着实是有助于风雅，并非虚妄之辞。请将此物命名为"笠翁香印"。对比陈眉公所制并以他的名字命名的各种器物，谁高谁低，谁实谁虚，海内自有定评，这并非我所敢饶舌。使用木印，最宜神速，随按随起，不要迟疑，稍一逗留，则气闭火熄。在雕成之后，一定要刷上油漆，才不会沾灰。

焚香必需之物，香锹、香箸之外，复有贮香之盒，与插锹、箸之瓶之数物者，皆香与炉之股肱手足，不可或无者也。然此外更有一物，势在必需，人或知之而多不设，当为补入清供。夫以箸拨灰，不能免于狼藉，炉肩鼎耳之上，往往蒙尘，必得一物扫除之。此物不须特制，竟用蓬头小笔一枝，但精其管，使与濡墨者有别[①]，与锹、箸二物同插一瓶，以便次第取用，名曰"香帚"。至于炉有底盖，旧制皆然，其所以用此者，亦非无故。盖以覆灰，使风起不致飞扬；底即座也，用以隔手，使移动之时，执此为柄，以防手汗沾炉，使之有迹，皆有为而设者也。然用底时多，用盖时少。何也？香炉闭之一室，刻刻焚香，无时可闭；无风则灰不自扬，即使有风，亦有窗帘所隔，未有闭熄有用之火，而防未心果至之风者也。是炉盖实为赘瘤，尽可不设。而予则又有说焉：炉盖有时而需，但前人制法未善，遂觉有用为无用耳。盖以御风，固也。独不思炉不贮火，则非特盖可不用，并炉亦可不设；如其必欲置火，则盖之火熄，用盖何为？予尝于花晨月夕及暑夜纳凉，或登最高之台，或居极敞之地，往往携炉自随，风起灰飏，御之无策，始觉前人呆笨，制物而不善区画之，遂使贻患及今也。同是一盖，何不于顶上穴一大孔，使之通气，无风置之高阁，一见风起，则取而覆之，风不得入，灰不致飏，而香气自下而升，未尝少阻，其制不亦善乎？止将原有之物，加以举手之劳，即可变无益为有裨。昔人点铁成金，所点者不必是铁，所成者亦未必皆金，但能使不值钱者变而值钱，即是神仙妙术矣。此炉制也。

【注释】①濡墨：蘸墨汁，用墨书写。

【译文】焚香必需的工具，除香铲、香箸之外，还有存放香的盒子，与插放香铲、香著的香瓶等物件，都是香和炉的得力帮手，必不可少。但是此外更有一样东西，势在必需，人们或许知道但大多不置办，应当把它作为供观赏的器物补入。当用香著拨灰时，不能避免乱七八糟，炉肩鼎耳之上，往往蒙上香灰，必须要有一样东西来清扫。这东西不需要特制，就用一枝蓬头小笔，但是笔管要精致，使它与书写用的笔区分开，与香铲、香著插在同一个瓶子里，以便依次取用，名为“香帚”。至于香炉有底有盖，旧制都是这样，之所以会用到底盖，也不是没有缘故。炉盖是盖灰用的，使得有风时香灰不会到处飞扬；炉底即是底座，用以隔手，使得移动香炉时，作为手柄，以防手汗沾炉，留有痕迹，这都是有目的而设的。但是用底座时多，用炉盖时少。为什么？香炉密闭在室内，时刻焚香，没有烧完的时候；没有风则香灰自己不会到处飞扬，即使有风，也有窗帘所隔，没有熄灭有用之火，而防患那未必会吹来的风的道理。这样的话炉盖确实是多余的，完全可以不设。而我又有别的说法：炉盖有时也需要，但前人的制法不完备，便会觉得有用的东西是无用的。炉盖原本就是用来档风的。唯独没有不考虑到假如香炉存不住火苗，那不仅是炉盖可以不用，并且连香炉也可以不设；如果香炉一定要点火，则盖上炉盖火就熄灭了，这样的话用炉盖是为了什么？我曾在花晨月夕和暑夜纳凉时，或是登最高之台，或是居极敞之地，往往都会随身携带着香炉，风起灰扬，却无计可施，这才觉得前人呆笨，制物却不善筹划，才会使毛病遗留至今。同样是炉盖，为何不在顶上挖一个大孔，使香炉通气，没有风可以置之高阁，一见风起，就拿来盖上，风不会吹进去，灰不会扬起来，而香气自下而升，未曾会有阻碍，这样的制法不也很好吗？只是将原有之物，略加上举手之劳，就可以将无益变为有益。前人点铁成金，所点的未必是铁，所点成的也未必都是金子，只要能使不值钱的变成值钱的，就是神仙妙术了。这就是香炉的制法。

瓶以磁者为佳[①]，养花之水清而难浊，且无铜腥气也。然铜者有时而贵，以冬月生冰，磁者易裂，偶尔失防，遂成弃物，故当以铜者代之。然磁瓶置胆，即可保无是患。胆用锡，切忌用铜，铜一沾水即发铜青，有铜青而再贮以水，较之未有铜青时，其腥十倍，故宜用锡。且锡柔易制，铜劲难为，价亦稍有低昂，其便不一而足也[②]。磁瓶用胆，人皆知之，胆中着撒，人则未之行也。插花于瓶，必令中窾，其枝梗之有画意者随手插入，自然合宜，不则挪移布置之力不可少矣。有一种倔强花枝，不肯听人指使，我欲置左，彼偏向右，我欲使仰，彼偏好垂，须用一物制之。所谓撒也，以坚木为之，大小其形，勿拘一格，其中则或扁或方，或为三角，但须圆形其外，以便合瓶。此物多备数十，以俟相机取用。总之不费一钱，与桌撒一同拾取，弃于彼者，复收于此。斯编一出，世间宁复有弃物乎？

【注释】①磁：同“瓷”。

②不一而足：不一一列举就足够了，形容很多。

【译文】花瓶用瓷的为佳，使养花的水清澈而难浊，而且没有铜腥气。但是铜瓶有时也有可贵之处，因为冬季生冰，瓷瓶易裂，偶尔疏于防护，就成了弃物，所以应当用铜瓶代替。但如果在瓷瓶内安上内胆，就可以确保没有这样的问题了。内胆要用锡，切忌用铜，铜一沾水就会产生铜青，有了铜青再装水，相较没有铜青时，铜腥气会重十倍，所以内胆适合用锡。而且锡质地柔软容易制作，铜质地坚硬难以制作，价格也稍有高低之别，因而用锡的便利非常多。瓷瓶用胆，人人皆知，胆中置撒，人们却没有试过。在瓶中插花，一定要恰到好处，那些有画意的枝梗随手插入，自然合宜，否则挪移布置之力量就必不可少了。有一种倔强花枝，不肯听人指使，我想插在左边，它们偏向右，我想让它们抬高，它们偏偏喜欢下垂，需要用一样东西来克制它。所谓撒，用坚硬的木头制成，大小形状，不拘一格，中间则或扁或方，或为三角，但边缘必须是圆的，以便合瓶。这样的东西可以多备数十个，以待随时取用。总之不费一钱，可以与桌撒一同拾取，别处弃之一旁，在这里却可使用。这本书一出，世上还会有弃物吗？

屏　轴

十年之前，凡作围屏及书画卷轴者，止有巾条[①]、斗方及横批三式[②]。近年幻为合锦[③]，使大小长短以至零星小幅，皆可配合用之，亦可谓善变者矣。然此制一出，天下争趋，所见皆然，转盼又觉陈腐，反不若巾条、斗方诸式，以多时不见为新矣，故体制更宜稍变。变用何法？曰：莫妙于冰裂碎纹，如前云所载糊房之式，最与屏轴相宜，施之墙壁犹觉精材粗用，未免亵视牛刀耳[④]。法于未书未画之先，画冰裂碎纹于全幅纸上，照纹裂开，各自成幅，征诗索画既毕，然后合而成之。须于画成未裂之先，暗书小号于纸背，使知某属第一，某居第二，某横某直，某角与某角相连，其后照号配成，始无攒凑不来之患。其相间之零星细块必不可少，若憎其琐屑而不画，则有宽无窄，不成其为冰裂纹矣。但最小者，勿用书画，止以素描间之，若尽有书画，则纹理模糊不清，反为全幅之累。此为先画纸绢，后征诗画者而言，盖立法之初，不得不为其简且易者。迨裱之既熟，随取现成书画，皆可裂作冰纹，亦犹裱合锦之法，不过变四方平正之角为曲直纵横之角耳。此裱匠之事，我授意而使彼为之者耳。更有书画合一之法，则其权在我，授意于作书作画之人，裱匠则行其无事者也。“诗中有画，画中有诗⑤”，此古来成语；作画者取诗意命题，题诗者就画意作诗，此亦从来成格。然究竟诗自诗而画自画，未见有混而一之者也。混而一之，请自今始。法于画大幅山水时，每于笔墨可停之际，即留余地以待诗，如峭壁悬崖之下，长松古木之旁，亭阁之中，墙垣之隙，皆可留题作字者也。凡遇名流，即索新句，视其地之宽窄，以为字之大小，或为鹅帖行书⑥，或作蝇头小楷。即以题画之诗饰其所题之画，谓当日之原迹可，谓后来之题咏亦可，是“诗中有画，画中有诗”二语，昔作虚文，今成实事，亦游戏笔墨之小神通也。请质高明，定其可否。

【注释】①巾条：长轴，直挂的长条画。

②斗方：书画所用的一张见方的纸张，也指一、二尺见方的字画。横批：即横幅，横挂的字画。

③合锦：将大小、长短不一的字画合成卷轴或锦屏。

④牛刀：比喻大材小用。出自《论语·阳货》：“子之武城，闻弦

歌之声。夫子莞尔而笑曰:‘割鸡焉用牛刀?’”

⑤“诗中”两句:出自苏轼《书摩诘蓝田烟雨图》:“味摩诘之诗,诗中有画;观摩诘之诗,画中有诗。”

⑥鹅帖:即“鹅群帖”。相传为王献之所书,但在《晋书》中记载王羲之以书法向山阴道士换一群鹅而流传,实为后人伪造。

【译文】十年之前,凡是作围屏和书画卷轴的人,只有巾条、斗方和横批三种样式。近年来变成合锦,大小长短以及零星小幅,都可以配合使用,也可以说是善变了。但这种样式一出,天下争相模仿,所见到的都是同一种样式,转眼又觉得陈腐,反倒不如巾条、斗方等样式,因为很长时间不见就觉得还很新颖,所以样式结构更应该稍加改变。用什么方法改变?答:没有什么比冰裂碎纹还妙的了,例如前文所记载的糊房的样式,最适合与屏轴相配,用在墙壁上就觉得是精材粗用,不免有些大材小用了。方法就是在未书未画之前,先将冰裂碎纹画在整幅纸上,照纹裂开,各自成幅,等征诗索画结束后,然后将它们合在一起便成了。需要在冰裂碎纹画成未裂之前,在纸背做上标记,就知道哪个是第一,哪个是第二,哪个应是横的,哪个应是直的,哪个角与哪个角相连,此后按号配成,才不会有攒凑不来的问题。它们相间的零星细块必不可少,若是因为厌恶其烦琐而不画,那就会有宽无窄,不会成为冰裂纹了。但最小的,不要用书画,只用素描间开,如果全都用书画,则纹理模糊不清,反而是全幅的累赘。这是就先画纸绢,后征诗画的方法而言,因为在最初使用这种方法时,不得不从简单容易的地方开始。等到装裱的技艺熟练后,随取现成书画,都可以裂作冰纹,也和装裱合锦的方法一样,不过是将曲折纵横之角变成四方平正之角。这些是裱匠的事，我授意让他们去做而已。还有一种书画合一的方法，构思设计则在我，要授意作书作画的人，裱匠就无事了。“诗中有画，画中有诗”，这是自古以来的成语；作画者取诗意命题，题诗者就画意作诗，这也是一向的成格。但毕竟诗自诗而画自画，没有见过两者混在一起的。两者混在一起，请从今天开始。方法就是在画大幅山水时，每在笔墨可停之际，就留下余地来等待作诗，比如悬崖峭壁之下，长松古木之旁，亭阁之中，墙垣之隙，都可以留作题字之处。凡是遇到名流，就请求题上新句，看空地的大小，来定字的大小，或作鹅帖行书，或作蝇头小楷。就以题画之诗饰其所题之画，认为是当时的原迹也行，认为是后来题咏上去的也行，“诗中有画，画中有诗”这两句话，从前只是空文，如今却成实事，也是游戏笔墨的小神通了。可以请教高明，定其可否。

茶　具

茗注莫妙于砂壶[①]，砂壶之精者，又莫过于阳羡[②]，是人而知之矣。然宝之过情，使与金银比值，无乃仲尼不为之已甚乎[③]？置物但取其适用，何必幽渺其说，必至理穷义尽而后止哉！凡制茗壶，其嘴务直，购者亦然，一曲便可忧，再曲则称弃物矣。盖贮茶之物与贮酒不同，酒无渣滓，一斟即出，其嘴之曲直可以不论；茶则有体之物也，星星之叶，入水即成大片，斟泻之时，纤毫入嘴，则塞而不流。啜茗快事，斟之不出，大觉闷人。直则保无是患矣，即有时闭塞，亦可疏通，不似武夷九曲之难力导也④。

【注释】①茗注：茶壶。

②阳羡：地名，今江苏宜兴。

③仲尼不为之已甚：出自《孟子·离娄下》。意思是不做过分的事情。

④武夷九曲：武夷山中的九曲溪。武夷山位于福建崇安，山中的溪水蜿蜒其间，分为九曲，以此著名。

【译文】茶壶之中最好的莫过于砂壶，砂壶中最精美的，又莫过于产自宜兴的砂壶，这是世人都知道的。但过分的珍视，使它与金银等值，这不就是做事太过分了吗？置办物品只是为了适用，何必将它说得深奥缥缈，一定要到理穷义尽的地步为止呢！凡是制作茶壶，壶嘴一定要直，买茶壶也是一样的，壶嘴一弯便很是堪虑了，再弯就是弃物了。因为泡茶之物和贮酒之物不同，酒没有残渣，一斟即出，它的壶嘴可以不论是曲是直；茶是有形之物，星星之叶，入水即成大片，斟倒之时，有丝毫茶叶进入壶嘴，就会使壶嘴堵塞不流。喝茶本是快事，如果茶斟不出来，就会大感烦闷。直的壶嘴就保证了不会有这种麻烦了，就算是偶尔堵塞，也能疏通，不像武夷山的九曲溪那样难以使它直顺。

贮茗之瓶，止宜用锡。无论磁铜等器①，性不相能，即以金银作供，宝之适以祟之耳。但以锡作瓶者，取其气味不泄；而制之不善，其无用更甚于磁瓶。询其所以然之故，则有二焉。一则以制成未试，漏孔繁多。凡锡工制酒壶、茶注等物，于其既成，必以水试，稍有渗漏，即加补苴[②]，以其为贮茶贮酒而设，漏即无所用之矣；一到收藏干物之器，即忽视之，犹木工造盆造桶则防漏，置斗置斛则不防漏[③]，其情一也。乌知锡瓶有眼，其发潮泄气反倍于磁瓶，故制成之后，必加亲试，大者贮之以水，小者吹之以气，有纤毫漏隙，立督补成。试之又必须二次，一在将成未镟之时，一则已成既镟之后。何也？常有初时不漏，迨镟去锡时、打磨光滑之后，忽然露出细孔，此非屡验谛视者不知[④]。此为浅人道也。一则以封盖不固，气味难藏。凡收藏香美之物，其加严处全在封口，封口不密，与露处同。吾笑世上茶瓶之盖必用双层，此制始于何人？可谓七窍俱蒙者矣。单层之盖，可于盖内塞纸，使刚柔互效其力，一用夹层，则止靠刚者为力，无所用其柔矣。塞满细缝，使之一线无遗，岂刚而不善屈曲者所能为乎？即靠外面糊纸，而受纸之处又在崎岖凹凸之场，势必剪碎纸条，作蓑衣样式，始能贴服。试问以蓑衣覆物，能使内外不通风乎？故锡瓶之盖，止宜厚不宜双。藏茗之家，凡收藏不即开者，于瓶口向上处，先用绵纸二三层，实褙封固[⑤]，俟其既干，然后覆之以盖，则刚柔并用，永无泄气之时矣。其时开时闭者，则于盖内塞纸一二层，使香气闭而不泄。此贮茗之善策也。若盖用夹层，则向外者宜作两截，用纸束腰，其法稍便。然封外不如封内，究竟以前说为长。

【注释】①磁：同“瓷”。

②补苴(jū)：补缀，缝补，弥补缺陷。

③斛：古代量器，亦是容量单位，一斛本为十斗，后来改为五斗。

④谛视：仔细地看。

⑤褙：把布或纸一层一层地粘在一起。

【译文】存放茶叶的茶瓶，材料只适合用锡。无论是瓷的或是铜的茶瓶，性质都不能与茶相容，就算是用金银制的茶瓶来存放，看似是珍惜它实际却是害了它。用锡来制瓶，是因为可以保留气味不泄；而制作得不好，那就比瓷瓶还无用。询问其中原因，则有两点。一是在制成之后没有试验，漏孔繁多。凡是锡匠制作酒壶、茶壶等物件，完成之后，一定要用水试验一下，稍有渗漏，就加以弥补，因为它是为盛放茶酒而设，若是漏水就没用了；但是一到收藏干物的器具，就会忽视这一点，就像木工制作盆桶要防漏，制作斗斛就不用防漏，是一样的缘故。怎会知道锡瓶有眼，它发潮泄气反而比瓷瓶还要严重，所以在制成之后，一定要亲自试验，大的可以装上水，小的可以吹气，有丝毫缝隙，就立刻监督锡匠补好。必须还要试验两次，一次是在即将制成未镟之时，一次是在已经制成镟好之后。为什么？常常有起初不漏，等到镟去锡料、打磨光滑之后，忽然露出细孔，这一定要屡次试验、仔细察看才会知道。这是为不了解此道的人讲的。二是封盖不严密，气味很难保存。凡是收藏香美之物，严加密封的地方全在封口，封口不严密，与渗漏的地方是一样的。我笑世上茶瓶的盖子必用双层，这种制法始于何人？可谓是七窍都蒙蔽了。单层的盖子，可以在盖内塞纸，使得有刚柔并济的功效，一旦用夹层的盖子，就只是靠刚硬的盖子发挥效果，没有发挥柔软的纸的功效。塞满细缝，使它没有一点遗漏，这难道是刚硬而不善弯曲的盖子能做到的吗？就算是靠外面糊纸，而纸接触的地方又是崎岖凹凸，势必要剪碎纸条，作成蓑衣的样子，才能贴服。试问以蓑衣覆物，能使内外不通风吗？所以锡瓶的盖子，只适合厚不适合双层。收藏茶叶的人家，凡是收藏好不立即打开的，就在瓶口向上的地方，先用两三层绵纸，一层一层粘牢，等到干了之后，然后盖上盖子，则刚柔并用，永无泄气之时。如果是时开时闭的，就在盖内塞上一两层纸，让香气闭而不泄。这就是存放茶叶的好方法。如果盖子用夹层的，则靠外的一层应当作成两截，用纸束在中间，这种方法会稍好一些。但是封外不如封内，终究以前面说的方法为优。

酒　具

酒具用金银，犹妆奁之用珠翠，皆不得已而为之，非宴集时所应有也。富贵之家，犀则不妨常设，以其在珍宝之列，而无炫耀之形，犹仕宦之不饰观瞻者。象与犀同类，则有光芒太露之嫌矣。且美酒入犀杯，另是一种香气。唐句云："玉碗盛来琥珀光[①]。"玉能显色，犀能助香，二物之于酒，皆功臣也。至尚雅素之风，则磁杯当首重已。旧磁可爱，人尽知之，无如价值之昂，日甚一日，尽为大力者所有，吾侪贫士欲见为难。然即有此物，但可作骨董收藏，难充饮器。何也？酒后擎杯，不能保无坠落，十损其一，则如雁行中断，不复成群。备而不用，与不备同。贫家得以自慰者，幸有此耳。然近日冶人[②]，工巧百出，所制新磁，不出成、宣二窑下[③]，至于体式之精异，又复过之。其不得与旧窑争值者，多寡之分耳。吾怪近时陶冶[④]，何不自爱其力，使日作一杯，月制一盏，世人需之不得，必待善价而沽[⑤]，其利与多制滥售等也，何计不也此？曰：不然。我高其技，人贱其能，徒让垄断于捷足之人耳[⑥]。

【注释】①"玉碗"一句：出自李白《客中作》。

②冶人：铸造金属器物的工人。

③成、宣二窑：即明代的成化窑和宣德窑，皆为景德镇官窑。

④陶冶：烧造陶器、冶炼金属。

⑤善价而沽：等到高价在售出。出自《论语·子罕》。

⑥捷足之人：这里是指卖低价，垄断市场的人。

【译文】酒具使用金银，就像妆奁使用珠翠，全是不得已而为之，并非宴会时所应有的。富贵之家，犀角制的酒杯就不妨常设，因为它处在珍宝之列，却没有炫耀之形，就像仕宦不注重修饰外表一样。象牙和犀角是同一种东西，但象牙有光芒太露之嫌。而且倾美酒入犀杯，另是一种香气。唐诗云："玉碗盛来琥珀光。"玉能显色，犀能助香，两者对于酒来说，都是功臣。至于喜好雅素之风，则瓷杯就应首当其充。旧瓷惹人喜爱，人尽皆知，无奈价格高昂，日甚一日，都是富贵人家才能拥有，我这种穷人很难见到。但是即便有这样的瓷杯，也只能作为古董收藏，很难当作酒杯使用。为什么？因为酒后举杯，不能保证不会坠落，十个酒杯摔碎一个，就如同雁行中断，不再成群。假如有而不用，与没有这瓷杯是一样的。贫困的人家得以自我安慰的原因，就是所幸有了这种瓷杯。但是近来制瓷的匠人，技艺百出，所制新瓷，不亚于成、宣二窑，至于样式的精美奇特，也超过了二窑。它们不能与旧窑比价的原因，就是有多少之分。我奇怪的是近来制瓷的匠人，为什么不爱惜自己的劳动，假如日作一杯，月制一盏，世人需要却不得到，这样必会等到价高时再卖，这样匠人得到的利润与多制滥售是一样的，为何不用这样的计策呢？答：不是这样。我提高自己的技艺，别人轻贱我的能力，白白让那些捷足先登的人垄断了。

碗　碟

碗莫精于建窑[①]，而苦于太厚。江右所制者，虽窃建窑之名，而美观实出其上，可谓青出于蓝者矣。其次则论花纹，然花纹太繁，亦近鄙俗，取其笔法生动、颜色鲜艳而已。碗碟中最忌用者，是有字一种，如写《前赤壁赋》《后赤壁赋》之类[②]。此陶人造孽之事，购而用之者，获罪于天地神明不浅。请述其故。“惜字一千，延寿一纪。”此文昌垂训之词[③]。虽云未必果验，然字画出于圣贤，苍颉造字而鬼夜哭，其关乎气数，为天地神明所宝惜可知也。用有字之器，不为损福，但用之不久而损坏，势必倾委作践，有不与造孽陶人中分其咎者乎？陶人但司其成，未见其败，似彼罪犹可原耳。字纸委地，遇惜福之人，则收付祝融，因其可焚而焚之也。至于有字之废碗，坚不可焚，一似入火不烬入水不濡之神物。因其坏而不坏，遂至倾而又倾，道旁见者，虽有惜福之念，亦无所施，有时抛入街衢，遭千万人之践踏，有时倾入溷厕，受千百载之欺凌，文字之祸，未有甚于此者。吾愿天下之人，尽以惜福为念，凡见有字之碗，即生造孽之虑。买者相戒不取，则卖者计穷；卖者计穷，则陶人视为畏途而弗造矣。文字之祸，其日消乎？此犹救弊之末着。倘有惜福缙绅，当路于江右者[4]，出严檄一纸，遍谕陶人，使不得于碗上作字，无论赤壁等赋不许书磁，即“成化、宣德年造”，及“某斋某居”等字，尽皆削去。试问有此数字，果得与成窑、宣窑比值乎？无此数字，较之常值增减半文乎？有此无此，其利相同，多此数笔，徒造千百年无穷之孽耳。制、抚、藩、臬[5]，以及守令诸公，尽是斯文宗主，宦豫章者[6]，急行是令，此千百年未造之福，留之以待一人。时哉时哉[7]，乘之勿失！

【注释】①建窑：宋代名窑，设于福建建安，后迁至福建建阳，故称建窑。

②《前赤壁赋》《后赤壁赋》：皆为苏轼所作。

③文昌：原是天上六星之总称，即文昌宫。这里指文昌帝君。又称梓潼帝君，是中国民间和道教尊奉的掌管士人功名禄位之神。在《明史》中记载的：“梓潼帝君，姓张，名亚子，居蜀七曲山，仕晋战殁，人为立庙祀之。”元仁宗时敕封张亚子为辅元开化文昌司禄宏仁帝君。于是梓潼神张亚子遂被称为文昌帝君。

④当路：掌握政权。

⑤制、抚、藩、臬：总督、巡抚、藩台、臬司。即指各级官吏。

⑥豫章：今在江西南昌。

⑦时哉时哉：出自《论语·乡党》。意思是正是时候。

【译文】烧制碗碟最精美的莫过于建窑，但苦于太厚。江西所制的，虽窃用建窑之名，但实际上比建窑所制的更加美观，可以说是青出于蓝而胜于蓝。其次则论花纹，然而花纹太繁杂，也有些鄙俗，只要笔法生动、颜色鲜艳就可以了。碗碟中最忌用的，就是有字的一种，比如写《前赤壁赋》《后赤壁赋》之类的。这是陶匠造孽之事，购买而使用的人，也是深深获罪于天地神明。请让我陈述其中的原因。“惜字一千，延寿一纪。”这是文昌帝君的垂训的言辞。虽说不一定会应验，但是字画出自圣贤，苍颉造字而鬼夜哭，这就是文字关乎气数，可知是天地神灵所珍惜的。使用有字的器物，不会损伤福报，只是用的时间不长就损坏，势必会丢弃糟践它，有不与造孽陶匠共担罪责的人吗？陶匠只负责将它烧成，没有见到它的破败，似乎他的罪责还可以原谅。字纸扔在地上，遇上惜福之人，就会收起来烧掉，因为它可以焚烧而烧掉了它。至于有字的废碗，坚不可焚，就像一个入火不燃、入水不湿的神物。因为它坏掉了却不能销毁，于是就会随意丢弃，路边看到的人，虽有惜福之念，也无能为力，有时抛到街巷上，遭千万人的践踏，有时倒进茅厕里，受千百年的欺凌，文字遭遇的祸患，没有比这更严重的了。我愿天下之人，尽以惜福为念，凡是看到有字的碗，就生出造孽的忧虑。买的人相互劝诫不去买，则卖的人卖不出去；卖的人卖不出去，那么陶匠就会视为一条不通的道路而不会烧制了。文字的祸患不就会逐渐消除了吗？这还是解决这弊病的下策。若是有惜福的官员，在江西掌政的，张贴一张严肃的告示，遍告陶匠，让他们不得在碗上写字，不要说赤壁等赋不能写在瓷器上，就是“成化、宣德年造”，以及“某斋某居”等字，全部去除。试问有这几个字，真的能与成窑、宣窑所烧制的瓷器相较价格呢？没有这几个字，相较平常的价格会增减半文钱吗？有无这几个字，它的利润是相同的，多了这几笔，白白增加了千百年无穷的罪孽罢了。总督、巡抚、藩台、臬司，以及太守县令诸位大人，都是饱读诗书的一方之长，在江西掌政的各位大人，赶紧颁布这种命令，这是千百年未造之福，等待着一人来完成。天赐良机啊，抓住时机不要错失！

灯　烛

灯烛辉煌，宾筵之首事也。然每见衣冠盛集，列山珍海错，倾玉醴琼浆，几部鼓吹，频歌叠奏，事事皆称绝畅，而独于歌台色相，稍近模糊。令人快耳快心，而不能不快其目者，非主人吝惜兰膏[①]，不肯多设，只以灯煤作祟[②]，非剔之不得其法，即司之不得其人耳。吾为六字诀以授人，曰：“多点不如勤剪。”勤剪之五，明于不剪之十。原其不剪之故，或以观场念切，主仆相同，均注目于梨园，置晦明于不问；或以奔走太劳，职无专委，因顾彼以失此，致有炬而无光，所谓司之不得其人也。欲正其弊，不过专责一人，择其谨朴老成、不耽游戏者，则二患庶几可免。然司之得人，剔之不得其法，终为难事。大约场上之灯，高悬者多，卑立者少。剔卑灯易，剔高灯难。非以人就灯而升之使高，即以灯就人而降之使卑，剔一次必须升降一次，是人与灯皆不胜其劳，而座客观之亦觉代为烦苦，常有畏难不剪而听其昏黑者。

【注释】①兰膏：古代用泽兰子炼制的油脂，可以点灯。

②灯煤：灯芯烧过后，凝结的灰烬。

【译文】灯烛辉煌，是宴会首要的事情。但是每次看到宾客云集，衣冠华美，桌案上摆满山珍海错，杯中倒满玉醴琼浆，鼓瑟齐鸣，频歌叠奏，事事都绝妙畅快，而唯独舞台上演员的姿容身形，都看不清楚。令人快耳快心，却不能令他们大饱眼福，这并不是主人吝惜蜡烛灯油，不肯多设，只因灯芯在作祟，不是剔剪的方法不对，就是没有合适的人来负责这件事。我教人们一句六字诀，就是："多点不如勤剪。"勤剪要比不剪明亮得多。推究不剪灯芯的原由，或者因为观看演出的心念很急切，主仆都是一样，都专注观看台上表演，不管不顾灯光的明暗；或者因为来回奔走太过辛劳，没有让专人来负责，因为顾彼失此，以致于有灯火而无光亮，这就是没有合适的人来负责。要纠正这些问题，不过是专让一人负责，选择那些谨朴老成、不会沉溺于游戏玩乐的人来负责，这两个问题或许都可以避免。但有人负责，若剔剪的方法不对，终究还是件难事。大约场上的灯，高处悬挂的多，立在低处的少。剔剪低处的灯容易，剔剪高处的灯很难。不是以人就灯而使人们站到高处，就是以灯就人而让灯降低，剔一次必须升降一次，这样的话人与灯都会不胜其烦，而宾客看了也会替他们感到烦苦，常有畏惧烦难不剪而听凭灯光昏暗的。

予创二法以节其劳，一则已试而可自信者，一则未敢遽信而待试于人者。已试维何？长三四尺之烛剪是已。以铁为之，务为极细，粗则重而难举；然举之有法，说在后幅。有此长剪，则人不必升，灯亦不必降，举手即是，与剔卑灯无异矣。未试维何？暗提线索，用傀儡登场之法是已。法于梁上暗作长缝一条，通于屋后，纳挂灯之绳索于中，而以小小轮盘仰承其下，然后悬灯。灯之内柱外幕[①]，分而为二，外幕系定于梁间，不使上下，内柱之索上跨轮盘。欲剪灯煤，则放内柱之索，使之卑以就人，剪毕复上，自投外幕之中，是外幕高悬不移，俨然以静待动。同一灯也，而有劳逸之分，劳所当劳，逸所当逸，较之内外俱下而且有碍手碍脚之繁者，先踞一筹之胜矣。其不明抽以索，而必暗投梁缝之中，且贯通于屋后者，其故何居？欲埋伏抽索之人于屋后，使不露形，但见轮盘一转，其灯自下，剪毕复上，总无抽拽之形，若有神物厕于梁间者。予创为是法，非有心炫巧，不过善藏其拙。盖场上多立一人，多生一人之障蔽。使以一人剪灯，一人抽索，了此及彼，数数往来，则座客止见人行，无复洗耳听歌之暇矣。故藏人屋后，撤去一半藩篱，耳目之前，何等清静？藏人屋后者，亦不必定在墙垣之外，厅堂必有退步，屏障以后，即其处也。或隔绛纱[②]，或悬翠箔[③]，但使内见外，而外不见内，则人工不露而天巧可施矣。每灯一盏，用索一条，以蜡磨光，欲其不涩。梁间一缝，可容数索，但须预编字号，系以小牌，使抽者便于识认。剪灯者将及某号，即预放某索以待之，此号方升，彼号即降，观其术者，如入山阴道中，明知是人非鬼，亦须诧异惊神，鼓掌而观，又是一番乐事。惜予囊悭无力，未及指使匠工，悬美法以待人，即谓自留余地亦可。

【注释】①内柱外幕：指灯的内外部分，内座和外罩。

②绛纱：红色的纱。

③翠箔：绿色的帘幕。

【译文】我想了两种方法来减轻他们的辛劳，一种是已经试验过了自信没有什么弊端，一种是不敢确信并且有待试验。已试的方法是什么？就是用长三四尺的烛剪而已。用铁制成，一定要极细，粗就很重而难以举起来；但是也有举起来的方法，在后文细说。有了这把长剪，人们就不必站得很高，灯也不必降低，举手便是，与剔剪低处的灯没有区别。没有试验的方法是什么？就是暗提绳索，用木偶登台表演的方法。方法就是在梁上暗作一条长缝，通到屋后，将挂灯的绳索放进去，把小小轮盘放在绳索的下面，然后悬灯。灯的内座和外罩，分为两个部分，外罩定在梁间，不让它上下活动，内座的绳索放在轮盘上。想剪灯芯时，就下放内座的绳索，使它降低而人可以够的到，剪完之后再拉上去，自然回到外罩中，这样外罩就可以高悬不移，以静待动。同是一盏灯，却有劳逸之分，劳所当劳，逸所当逸，相较了内外整体都降下来而且有碍手碍脚的繁难，先占了一筹之胜。不明着抽动绳索，而是一定要放在梁缝之中，并且贯通屋后的原因是什么？是想在屋后埋伏抽动绳索的人，使他们不必露面，只要见到轮盘一转，灯就自己降下来，剪完之后又自己上升，总是没有抽拽的痕迹，就如同有神物隐于在梁间一样。我想出这种方法，并非有心炫耀技巧，不过是善于藏拙。这是因为场上多站一人，就多生遮蔽一人的地方。假使一人剔剪灯芯，一人抽拽绳索，剔完这一盏再剔那一盏，人来往不断，这样宾客只见人来回走动，没有洗耳听歌的空闲了。所以藏人于屋后，撤掉一半的藩篱，耳目之前是何等的清静？藏人于屋后，也不一定在墙外，厅堂之中一定有退转的地方，就像屏风以后的地方。或者隔着绛纱，或者悬挂翠箔，只要使里面可以看到外面，而外面看不到里面，这样就人工不露而天巧可施了。每一盏灯，用一条绳索，用蜡磨光，使绳索光滑不涩。梁间一条缝，可容数条索，只需要提前编上字号，系上小牌，使抽拽的人方便识认。剪灯的人将要剔剪某号，就提前放下某条绳索来等待，此号刚刚上升，彼号就降下，看到这种情景的人，就像进入了山阴道中，明知是人非鬼，也要诧异惊神，鼓掌而观，又是一番乐事。可惜我囊空如洗，没有财力指挥工匠制作，只能将这个创意告诉世人，也可以说我是自留余地。

梁上凿缝，势有不能，为悬灯细事而损伤巨料，无此理也。如置此法于造屋之先，则于梁成之后，另镶薄板二条，空洞其中而蒙蔽其下，然后升梁于柱，以俟灯索，此一法也。已成之屋，亦如此法，但先置绳索于中，而后周遭以板。此法之设，不止定为观场，即于元夕张灯，寻常宴客，皆可用之，但比长剪之法为稍费耳。

【译文】梁上凿缝，情势大概不允许，为悬灯这种小事而损坏房梁的主料，没有这样的道理。如果将这个方法用在建造房屋之前，则在梁成之后，另外镶上两条薄板，中间是空的并且将下面隐藏起来，然后将房梁升到柱子上，以待安放灯索，这是一种方法。已经建成的房屋，也是同样的方法，但是要先将绳索放进去，然后周围再用薄板围起来。这种方法的使用，不仅可以用于观看表演的场所，就是元宵张灯，平常宴客，都可以用，但要比长剪之法的花费多一些。

制长剪之法，视屋之高卑以为长短，短者三尺，长者四五尺，直其身而曲其上，如鸟喙然，总以细巧坚劲为主。然用之有法，得其法则可行，不得其法则虽设而不适于用，犹弃物也。盖以铁为剪，又长数尺，是其体不能不重，只手高擎，势必摇动于上，剪动则灯亦动；灯剪俱动，则它东我西，虽欲剪之，不可得矣。法以右手持剪，左手托之，所托之处，高右手尺许。剪体虽重，不过一二斤，只手孤擎则不足，双手效力则有余；擎而剪之者一手，按之使不动摇者又有一手，其势虽高，何足虑乎？“孤掌难鸣，众擎易举。”天下事，类如是也。

【译文】制作长剪的方法，要看房屋的高低来定长短，短的三尺，长的四五尺，剪身要直而它的前端要弯，就像鸟嘴，总是要以细巧坚劲为主。但用的时候也有方法，方法正确就可行，方法不正确虽然置办但不适用，就如同废物。因为长剪是铁制的，又长数尺，它的重量不能不重，只手高举，势必长剪的前端会晃动，长剪动则灯也动；灯和长剪一起晃动，那就会它东我西，虽然想剪，但也剪不到。方法就是右手持剪，左手托着长剪，所托之处，要高于右手一尺左右。长剪虽重，不过是一二斤，单用一只手举起则力气不够，双手一同举起则力气有余；一只手一只手举起长剪剔剪灯芯，另一只手按住使它不晃动摇，灯虽挂得很高，又有什么可忧虑的呢？“孤掌难鸣，众擎易举。”天下之事，道理也类似这样啊。

长剪虽佳，予终恶其体重，倘能以坚木为身，止于近灯煤处用铁，则尽美而又尽善矣。思而未制，存其说以俟解人。长剪难于概用，惟有烛无衣，与四围有衣而空洞其下者可以用之。若明角灯、珠灯[①]，皆无隙可入，虽有长剪，何所用之？至于梁间放索，则是灯皆可。二事亦可并行，行之之法，又与前说相反：灯柱居中不动，而提起外幕以俟剪，剪毕复下。又合居重驭轻之法，听人所好而为之。

【注释】①明角灯：即羊角灯。将羊角熬制成半透明的薄片做罩子的灯。珠灯：缀珠之灯。

【译文】长剪虽佳，我老是讨厌它太重，若是能用结实的木头制成剪身，只在接近灯芯处用铁，那就是尽善尽美了。经过思虑还没有制作，保留这些说法以待见解高明的人。长剪很难通用，只有那种有内座而没有外罩，与四周有外罩而下面有空洞的可以使用。像明角灯、珠灯，都没有缝隙可以进入，虽有长剪，如何使用呢？至于梁间放索，只要是灯都可以。两种方法可以并行，具体施行的方法，又和前面所说的相反：灯柱居中不动，提起外罩以便剔剪，剪完之后再降下来。这样又与居重驭轻之法相合，听任人们的喜好再选择使用。

笺 简

笺简之制，由古及今，不知几千万变。自人物器玩，以迨花鸟昆虫，无一不肖其形，无日不新其式；人心之巧、技艺之工，至此极矣。予谓巧则诚巧，工则至工，但其构思落笔之初，未免驰高骛远，舍最近者不思，而遍索于九天之上、八极之内，遂使光灿陆离者总成赘物，与书牍之本事无干。予所谓至近者非他，即其手中所制之笺简是也。既名笺简，则笺简二字中便有无穷本义。鱼书雁帛而外[①]，不有竹刺之式可为乎？书本之形可肖乎？卷册便面，锦屏绣轴之上，非染翰挥毫之地乎？石壁可以留题，蕉叶曾经代纸，岂竟未之前闻，而为予之臆说乎？至于苏蕙娘所织之锦[②]，又后人思之慕之，欲书一字于其上而不可复得者也。我能肖诸物之形似以笺，则笺上所列，皆题诗作字之料也。还其固有，绝其本无，悉是眼前韵事，何用他求？已命奚奴逐款制就[③]，售之坊间，得钱付梓人[④]，仍备剞劂之用[⑤]，是此后生生不已，其新人见闻、快人挥洒之事，正未有艾。即呼予为薛涛幻身[⑥]，予亦未尝不受，盖须眉男子之不传，有愧于知名女子者正不少也。已经制就者，有韵事笺八种、织锦笺十种。韵事者何？题石、题轴、便面、书卷、剖竹、雪蕉、卷子、册子是也。锦纹十种，则尽仿回文织锦之义，满幅皆锦，止留縠纹缺处代人作书[⑦]，书成之后，与织就之回文无异。十种锦纹各别，作书之地亦不雷同。惨淡经营，事难缕述，海内名贤欲得者，倩人向金陵购之。是集内种种新式，未能悉走寰中[8]，借此一端，以陈大概。售笺之地即售书之地，凡予生平著作，皆萃于此。有嗜痂之癖者，贸此以去，如偕笠翁而归。千里神交，全赖乎此。只今知己遍天下，岂尽谋面之人哉？金陵承恩寺中书铺坊间有“芥子园名笺”五字者，即其处也。

【注释】①鱼书雁帛：书信。在东汉蔡邕《饮马长城窟行》中写道：“呼儿烹鲤鱼，中有尺素书。”在《汉书·苏武传》中写道：“教使者谓单于，言天子射上林中，得雁，足有系帛书。”故称。

②苏蕙娘：即苏蕙，字若兰，东晋十六国时期前秦女诗人。因思念丈夫遂织锦作《回文璇玑图》以寄其夫。

③奚奴：奴仆。

④梓人：印刷业的刻版工人。

⑤剞劂（jī jué）：刻镂的刀具。也指雕板，刻印。

⑥薛涛（768–832）：唐代女诗人，字洪度。自创桃红色小笺用来写诗，后人效仿称“薛涛笺”。

⑦縠（hú）纹：绉纱似的皱纹。常比喻水的波纹。

⑧寰中：天下。

【译文】笺简的样式，自古至今，不知有几千万次的变化。从人物器玩，到花鸟昆虫，无一不是模仿得惟妙惟肖，无一日不是推陈出新；人心之巧、技艺之精，至此也到达了极点。我认为巧妙确实巧妙，精美也极其精美，但在他构思落笔之初，不免好高骛远，舍弃近在眼前的内容不去描写，而遍寻于九天之上、八极之内，于是就使光灿绚丽的书信终究成了赘物，与书信原本的目的毫无关系。我所说的最帖近身边的东西不是别的，就是手中所制的笺简。既然名叫笺简，那么笺简二字中便有无穷本义。鱼书雁帛之外，不是还有竹刺的样式可以制作吗？不是还有书本的样子可以模仿吗？在卷册便面，锦屏绣轴之上，不就是提笔创作的地方吗？石壁可以留下题咏，蕉叶曾经代替纸张，难道之前竟然从未听闻，而是我胡说八道吗？至于苏蕙娘所织之锦，又为后人所思慕，想在上面写一个字也是不可能的。我能模仿各种事物的形状来制作笺简，则笺上所陈列的，都是可以题诗作字的材料。还原它本来的样子，去除它原本没有的东西，这都是眼前韵事，何必要去别处寻求？我已经命奴仆将各式各样的笺简逐款制成，在坊间出售，得到钱交给刻工，仍旧作为雕版刻印之用，这样以后会生生不已，那些新人见闻、快人挥洒之事，就不会停止了。就算是称我为薛涛的化身，我也未尝不会接受，这是因为须眉男子若是不流传于世，有愧于知名女子之处就真的不少啊。已经制作完成的笺简，有韵事笺八种、织锦笺十种。什么是韵事笺？分别是题石、题轴、便面、书卷、剖竹、雪蕉、卷子、册子。锦纹笺有十种，则是完全仿照回文织锦之义，满幅皆锦，只留縠纹缺处让人书写，写完之后，与织成的回文锦没有区别。十种锦纹各有不同，书写的地方也不雷同。惨淡经营，事难详述，海内名贤想得到这样的笺简，就托人到金陵购买。这本书里的各种新奇的样式，还没有全在坊间流传，借这一方面，以陈述大概。售笺之地就是售书之地，凡是我平生著作，都聚集在这。有偏好的人，可以将这些书籍和笺简买回去，就好像与我李笠翁同归。千里神交，全仰赖它了。只是如今知己遍天下，难道都是见过面的人吗？金陵承恩寺中书铺坊间有“芥子园名笺”五个字的地方，就是售卖这些东西的地方。

是集中所载诸新式，听人效而行之；惟笺帖之体裁，则令奚奴自制自售，以代笔耕，不许他人翻梓。已经传札布告，诫之于初矣。倘仍有垄断之豪，或照式刊行，或增减一二，或稍变其形，即以他人之功冒为己有，食其利而抹煞其名者，此即中山狼之流亚也①。当随所在之官司而控告焉，伏望主持公道。至于倚富恃强，翻刻湖上笠翁之书者，六合以内，不知凡几。我耕彼食，情何以堪？誓当决一死战，布告当事，即以是集为先声②。总之天地生人，各赋以心，即宜各生其智，我未尝塞彼心胸，使之勿生智巧，彼焉能夺吾生计，使不得自食其力哉！

【注释】①中山狼：出自明代马中锡《东田集·中山狼传》。描写了东郭先生与中山狼的故事。比喻忘恩负义恩将仇报的人。流亚：同一类的人或物。

②先声：发生于某一重大事件之前的有相同性质的事件。

【译文】这本书中所记载的各种新的样式，听由人们效法制作；只有笺帖的结构样式，则让奴仆自己制作自己售卖，用来代替笔耕养家糊口，不许他人翻刻。已经传札布告，在最初时就告诫世人了。如果仍有垄断的豪强，或是照搬原来的样式刊印，或是增减一二，或是略微改变形状，就将他人的功劳据为己有，坐收其利而抹煞其名，这就是中山狼一类的人。应当向抄袭者所在的官府提出控告，希望主持公道。至于倚富恃强，翻刻我湖上笠翁书籍的人，天地之内，不知有多少。我耕彼食，情何以堪？誓当决一死战，告知当事者，就以这本书开始。总之天地生人，各赋以心，就应该各自生发智慧，我从未阻塞他们的心胸，使他们不能生出才智巧思，他们怎能夺走我生计的来源，使我不能自食其力！

位置第二

器玩未得，则讲购求；及其既得，则讲位置。位置器玩与位置人才同一理也。设官授职者，期于人地相宜；安器置物者，务在纵横得当。设以刻刻需用者，而置之高阁，时时防坏者，而列于案头，是犹理繁治剧之材[①]，处清静无为之地，黼黻皇猷之品[②]，作驱驰孔道之官[③]。有才不善用，与空国无人等也。他如方圆曲直、齐整参差，皆有就地立局之方，因时制宜之法。能于此等处展其才略，使人入其户、登其堂，见物物皆非苟设，事事具有深情，非特泉石勋猷[④]，于此足征全豹，即论庙堂经济[⑤]，亦可微见一斑。未闻有颠倒其家，而能整齐其国者也。

【注释】①理繁治剧：处理繁重难办的事务。

②黼黻（fǔ fú）皇猷：辅佐朝廷。黼黻：礼服上所绣的华美花纹。皇猷（yóu）：帝王的谋略或教化。

③孔道：大道，大路。

④泉石勋猷：设计、布局山水的才华和功绩。

⑤庙堂经济：国家大事，经济：经世济民。

【译文】没有器玩时，则讲究怎样购买；等到已经拥有之后，就讲究摆放的位置。安置器玩与安排人才是同样的道理。设授官职，期望人才与所处之地相适宜；安置器物，务必追求摆放位置纵横得当。假如时刻需要使用的物件，将它置之高阁，时刻防止损坏的物件，将它放在在案头，这就如同将可以处理繁重杂乱之事的人才，安排在清静无为之地，将可以辅佐朝廷的谋臣，派作往来外事的使者。有才不善用，就等同于空国无人。其他就像方圆曲直、整齐参差，都有就地立局，因时制宜的方法。若是能在这些地方施展自己的才华谋略，使人入其户、登其堂，看到每样器物都不是随便放置，每件事情都饱含深情，不仅是设计山水的功劳，在这就足以探得全貌，即便是议论国家大事，也可以略见一斑。从未听说过家中一塌糊涂，而能将国家治理的井井有条的。

忌排偶

“胪列古玩，切忌排偶[①]。”此陈说也。予生平耻拾唾余[②]，何必更蹈其辙。但排偶之中，亦有分别。有似排非排，非偶是偶；又有排偶其名而不排偶其实者，皆当疏明其说，以备讲求。如天生一日，复生一月，似乎排矣，然二曜出不同时[③]，且有极明、微明之别，是同中有异，不得竟以排比目之矣。所忌乎排偶者，谓其有意使然，如左置一物，右无一物以配之，必求一色相俱同者与之相并，是则非偶尔是偶，所当急忌者矣。若夫天生一对，地生一双，如雌雄二剑、鸳鸯二壶，本来原在一处者，而我必欲分之，以避排偶之迹，则亦矫揉执滞，大失物理人情之正矣。即避排偶之迹，亦不必强使分开，或比肩其形，或连环其势，使二物合成一物，即排偶其名，而不排偶其实矣。大约摆列之法，忌作八字形，二物并列，不分前后、不爽分寸者是也④；忌作四方形，每角一物，势如小菜碟者是也；忌作梅花体，中置一大物，周遭以小物是也；余可类推，当行之法，则与时变化，就地权宜，视形体为纵横曲直，非可预设规模者也。如必欲强拈一二，若三物相俱，宜作品字形，或一前二后，或一后二前，或左一右二，或右一左二，皆谓错综；若以三者并列，则犯排矣。四物相共，宜作心字及火字格，择一或高或长者为主，余前后左右列之，但宜疏密断连，不得均匀配合，是谓参差；若左右各二，不使单行，则犯偶矣。此其大略也，若夫润泽之，则在雅人君子。

【注释】①排偶：文中指的是排列古玩时，刻意排成一排以及刻意摆成双数，

②拾唾余：比喻因袭别人的话，没有自己的见解和主张。

③二曜：日月。

④爽：差失，差错。

【译文】“胪列古玩，切忌排偶。”这是句老话。我生平对于抄袭别人的言论感到羞耻，何必再重蹈覆辙。但在成排成双之中，也有分别。有似排非排，非双是双；还有名虽成排成双但实非成排成双，都应当将这些说法疏理阐明，以备修习研究。比如天生一日，又生一月，似乎是成排了，但日月出现于不同的时间，而且有极明、微明的差别，这是同中有异，不能完全看作是成排。成排成双所忌讳的，就是有意为之，比如左面放置一物，右面没有与之相配的一物，必须要再找寻一个颜色形状相同的东西与之相并，这就是原非成双却刻意成双，这是最需忌讳的了。再者天生一对，地生一双，比如雌雄二剑、鸳鸯两壶，原本就在一处的，而我却一定要分开它们，为了避免成排成双的痕迹，那也就成了做作拘泥，大失正确的事理人情了。就算是要避免成排成双的痕迹，也不必强行分开，或是使它们形状相似，或是形成连环之势，使二物合成一物，即便是名为成排成双，但实非成排成双。大约摆列之法，切忌摆成八字形，就是两物并列，不分前后、不差分寸；切忌摆成四方形，就是每个角摆放一物，犹如小菜碟一样；切忌摆成梅花体，就是中间放置一大物，周围放置许多小物；余下的可以类推，内行摆列的方法，就是依时而变，因地制宜，视物品的形状决定摆列的纵横曲直，不能提前设定规模。如果一定要勉强解释一二，就比如三件物品摆在一起，适合摆成品字形，要不一前二后，要不一后二前，要不左一右二，要不右一左二，都能称为错综；若是将这三件物品并列，就犯了成排的毛病了。四件物品摆在一起，适合摆成心字和火字格，选择一件或高或长的物品为主，余下的前后左右排列，但应当疏密断连，不能均匀配合，这就称为参差；如果左右各摆两件物品，不让它单独摆放，就犯了成双的毛病了。这只是大概，若是要润泽补充，就看雅人君子了。

贵活变

幽斋陈设，妙在日异月新。若使骨董生根，终年匏系一处[①]，则因物多腐象，遂使人少生机，非善用古玩者也。居家所需之物，惟房舍不可动移，此外皆当活变。何也？眼界关乎心境，人欲活泼其心，先宜活泼其眼。即房舍不可动移，亦有起死回生之法。譬如造屋数进，取其高卑广隘之尺寸不甚相悬者，授意匠工，凡作窗棂门扇，皆同其宽窄而异其体裁，以便交相更替。同一房也，以彼处门窗挪入此处，便觉耳目一新，有如房舍皆迁者；再入彼屋，又换一番境界，是不特迁其一，且迁其二矣。房舍犹然，况器物乎？或卑者使高，或远者使近，或二物别之既久，而使一旦相亲，或数物混处多时，而使忽然隔绝，是无情之物变为有情，若有悲欢离合于其间者。但须左之右之，无不宜之，则造物在手，而臻化境矣。人谓朝东夕西，往来仆仆，"何许子之不惮烦乎[②]"？予曰：陶士行之运甓[③]，视此犹烦，未有笑其多事多；况古玩之可亲，犹胜于甓，乐此者不觉其疲，但不可为饱食终日无所用心者道。

【注释】①匏系：出自《论语·阳货》："吾岂匏瓜也哉！焉能系而不食？"比喻士人不为时用，不得升迁。这里指古董长时间被闲置。

②“何许子”一句：出自《孟子·滕文公上》：“何为纷纷然与百工交易？何许子之不惮烦？”许子即许行，战国时期农家代表，主张自食其力，自耕自食。

③陶士行：即陶侃，字士行。在《晋书·陶侃传》记载：“侃在州无事，辄朝运百甓于斋外，暮运于斋内。”甓（pì）：砖。

【译文】幽雅斋室的陈设，妙在日新月异。若使古董生根，终年闲置在一处，就会因为器物大多陈旧腐败，而使人缺少生机，这就不是善用古玩的人。居家所需之物，只有房舍不可移动，此外都应当灵活变动。为什么？眼界关乎心境，人要想使内心活泼，就应当先使眼界活泼起来。即便房舍不能移动，也有起死回生之法。譬如建造数进的房屋，选取高低宽窄尺寸差不多的房间，吩咐工匠，凡制作窗棂门扇，都是款在相同而样式不同，以便相互更换。同一个房间，将那边的门窗挪到这里，就会觉得耳目一新，有如整个房舍都换新了一样；再进那个房间，又换了一番境界，这不仅是换了一个房间，而是换了两个房间。房舍尚且可以这样，何况是器物呢？或是将低处的东西放在高处，或是将远处的东西放在近处，或是两样东西分开很久了，而有一天将它们放在一起，或是几样东西混在一起很长时间，而让他们忽然分开，这就使无情之物变为有情之物，就像是其中包含了悲欢离合的情感。但是器物摆放的左右位置，没有不合适的，那就会像造物主一样随心所欲，达到出神入化的境界了。有人会说朝东夕西，来回搬动，“为什么会像许先生一样不怕麻烦呢？我说：陶士行早晚搬砖，看似非常麻烦，但也没人笑他多事；何况古玩的可亲之处，胜过砖头，喜欢的人自会乐此不疲，但不可对饱食终日无所用心的人言说。

古玩中香炉一物，其体极静，其用又妙在极动，是当一日数迁其位，片刻不容胶柱者也。人问其故，予以风帆喻之。舟行所挂之帆，视风之斜正为斜正，风从左而帆向右，则舟不进而且退矣。位置香炉之法亦然。当由风力起见，如一室之中有南北二牖，风从南来，则宜位置于正南；风从北入，则宜位置于正北；若风从东南或从西北，则又当位置稍偏，总以不离乎风者近是。若反风所向，则风去香随，而我不沾其味矣。又须启风来路，塞风去路，如风从南来而洞开北牖，风从北至而大辟南轩，皆以风为过客，而香亦传舍视我矣[①]。须知器玩之中，物物皆可使静，独香炉一物，势有不能。“爱之能勿劳乎[②]？”待人之法也，吾于香炉亦云。

【注释】①传舍：旅店，客房。

②“爱之”一句：出自《论语·宪问》。意思是，爱他能不让他劳作吗？

【译文】古玩中香炉一物，它的本质极静，它的妙用又在极动，这就应当一天之内变化数次位置，片刻都不能固定不动。有人问其原因，我用风帆来比喻。行船所挂的船帆，看风的斜正来确定它的斜正，风从左吹而帆向右，那么船就会不进且退了。放置香炉的方法也是这样。应当视风力来定，如果一个房间之中有南北两个窗户，风从南来，那么香炉就应当放在正南；风从北入，那么香炉就应当放在正北；若风从东南或从西北吹来，那么香炉又应当放在稍偏的位置，总之不离开风就可以了。若是摆放的位置与风向相反，则风去香随，而我就闻不到它的香味了。又需要打开风的来路，堵住风的去路，如果风从南面吹来而敞开北面的窗户，风从北面吹来而大开南面的窗户，这都将风看作过客，而香将我的房间看作旅店了。要知道器玩之中，任何物见都可以静置一处，只有香炉这一物，势必不能这样。“爱他能不让他劳作吗？”这是待人的方法，我对香炉也是这样。

卷五　饮馔部

蔬食第一

吾观人之一身，眼、耳、鼻、舌、手、足、躯骸，件件都不可少；其尽可不设而必欲赋之、遂为万古生人之累者，独是口腹二物。口腹具而生计繁矣，生计繁而诈、伪、奸、险之事出矣；诈、伪、奸、险之事出而五刑不得不设[①]。君不能施其爱育，亲不能遂其恩私，造物好生，而亦不能不逆行其志者，皆当日赋形不善，多此二物之累也。草木无口腹，未尝不生；山石土壤无饮食，未闻不长养。何事独异其形而赋以口腹？即生口腹，亦当使如鱼虾之饮水，蜩螗之吸露[②]，尽可滋生气力，而为潜、跃、飞、鸣。若是，则可与世无求，而生人之患熄矣。乃既生以口腹，又复多其嗜欲，使如溪壑之不可厌[③]；多其嗜欲，又复洞其底里，使如江海之不可填。以致人之一生，竭五官百骸之力，供一物之所耗而不足哉！吾反复推详，不能不于造物是咎。亦知造物于此，未尝不自悔其非，但以制定难移，只得终遂其过。甚矣！作法慎初，不可草草定制。

【注释】①五刑：古代的五种刑罚，通常指墨、劓、宫、大辟，后指笞、杖、徒、流、死。

②蜩螗（tiáo táng）：蝉的别名。

③溪壑：山谷溪涧，多用于比喻人的欲念。厌：同“餍”，饱，满足。

【译文】我观察人的全身，眼、耳、鼻、舌、手、足、躯体，件件都不可少；尽可不设却一定要赋予人类、成了万古生人的累赘的，只有口腹二物了。有了口腹而人就会忙于生计，忙于生计而诈、伪、奸、险的事情就会出现；诈、伪、奸、险的事情出现而五刑就不得不设。君主对臣民不能遍施仁爱和教化，父母对子女不能做到慈爱和关心，造物主虽有好生之德，但也不能不违逆自己的心意，这都是当日赋予人身时思虑不周，多了这两样东西的累赘。草木没有口腹，从来不会不生长；山石土壤没有饮食，从未听说不能长养万物。为什么独独使人的形体不同而赋以口腹呢？即便生了口腹，也应当要如鱼虾那样饮水，如蝉那样吸露，完全可以滋生气力，因而可以潜、跳、飞、鸣。如果是这样，就可以与世无求，而生人的灾祸也可以停息了。既然生出了口腹，又使人多了嗜欲，使得嗜欲像沟壑一样不可满足；不仅多了嗜欲，又要洞察底细，使得嗜欲像江海一样之不可填平。以致人的一生，竭尽五官百骸之力，仍满足不了供口腹这一物的消耗啊！我反复推究，这责任不能不归于造物主。我也知道造物主对于这件事情，未尝不自悔，但是米已成炊难以改变，只能将错就错了。一定要注意啊！立法之初一定要谨慎，不可草草定论。

吾辑是编而谬及饮馔[①]，亦是可已不已之事。其止崇俭啬，不导奢靡者，因不得已而为造物饰非，亦当虑始计终，而为庶物弭患[②]。如逞一己之聪明，导千万人之嗜欲，则匪特禽兽昆虫无噍类[③]，吾虑风气所开，日甚一日，焉知不有易牙复出[④]、烹子求荣，杀婴儿以媚权奸、如亡隋故事者哉[⑤]！一误岂堪再误，吾不敢不以赋形造物视作覆车。

【注释】①饮馔（zhuàn）：饮食。

②庶物：各种事物，万物。弭患：消除祸患。

③匪特：不仅，不但。噍（jiào）类：活物或者活人。

④易牙：为齐桓公宠臣，一日，齐桓公吃腻美食，想吃人肉，易牙为讨齐桓公欢心，杀子进献齐桓公。

⑤“杀婴儿”两句：在《唐人说荟·开河记》中记载，隋炀帝时修建大运河，陶榔儿兄弟为谄媚当时负责开河的权臣麻叔谋，烹杀他人小儿献给麻叔谋。

【译文】我写这本书谬谈饮食，也是一件可做可不做的事情。我崇尚节俭，反对奢靡，因为不得已而要为造物主掩盖过失，也应当思虑终始，而为百姓消除忧患。假如我逞一己之聪明，引导千万人的嗜欲，那不仅禽兽昆虫无法存活，我担心风气一开，日甚一日，怎会知道没有像易牙那样的人再出现、烹子求荣，或是杀婴儿以谄媚权奸、就像亡隋旧事那样重现呢！一错怎能再错，我不敢不将赋形造物的过错看做前车之鉴。

声音之道，丝不如竹，竹不如肉，为其渐近自然。吾谓饮食之道，脍不如肉[①]，肉不如蔬，亦以其渐近自然也。草衣木食，上古之风。人能疏远肥腻，食蔬蕨而甘之[②]，腹中菜园，不使羊来踏破[③]，是犹作羲皇之民[④]，鼓唐、虞之腹，与崇尚古玩同一致也。所怪于世者，弃美名不居，而故异端其说，谓佛法如是，是则谬矣。吾辑《饮馔》一卷，后肉食而首蔬菜，一以崇俭，一以复古；至重宰割而惜生命，又其念兹在兹[⑤]，而不忍或忘者矣。

【注释】①脍：生肉，一说是细切的肉。

②蕨（jué）：蕨菜，泛指野菜。

③"腹中"两句：在邯郸淳《笑林》中记载："有人常食蔬茹，忽食羊肉，梦五藏神曰：'羊踏破菜园！'后比喻惯吃蔬菜的人偶食荤腥美食。

④羲皇：即伏羲。

⑤念兹在兹：将某事牢记于心，念念不忘。出自《尚书·大禹谟》。

【译文】音乐之道，弦乐不如管乐，管乐不如人声，是因为它渐近自然。我认为饮食之道，生肉不如熟肉，熟肉不如蔬菜，也是因为它渐近自然。穿草衣吃蔬果，是上古之风，人能远离肥腻的食物，喜食蔬果野菜。就如同腹中满是蔬菜，不要让荤腥美食来破坏，这就像生活在伏羲时期的百姓，像尧舜时期百姓安居乐业，这与崇尚古玩是相同的情致。我奇怪的是世人放弃了喜食蔬果这样的美名，而存心将这种做法当作异端，认为佛法才是这样，这就大错特错了。我编这一卷《饮馔》，后写肉食而先写蔬菜，一是因为崇尚节俭，一是为了复古。至于慎重宰割之事而爱惜生命，更是时刻牢记于心，一刻也不会忘记。

笋

论蔬食之美者，曰清，曰洁，曰芳馥，曰松脆而已矣。不知其至美所在，能居肉食之上者，只在一字之“鲜”。《记》曰：“甘受和，白受采[①]。”“鲜”即“甘”之所从出也。此种供奉，惟山僧野老躬治园圃者得以有之，城市之人向卖菜佣求活者，不得与焉。然他种蔬食，不论城市山林，凡宅旁有圃者，旋摘旋烹[②]，亦能时有其乐。至于笋之一物，则断断宜在山林，城市所产者，任尔芳鲜，终是笋之剩义[③]。此蔬食中第一品也，肥羊嫩豕，何足比肩？但将笋、肉齐烹，合盛一簋[④]，人止食笋而遗肉，则肉为鱼而笋为熊掌可知矣[⑤]。购于市者且然，况山中之旋掘者乎？

【注释】①“甘受和”两句：出自《礼记·礼器》。意思是美味的东西容易调和，洁白的东西容易上色。

②旋：立即，随即。

③笋之剩义：这里是指笋的次品。

④簋（guǐ）：古代青铜或陶制盛食物的容器，圆口，两耳或四耳。

⑤“肉为鱼”一句：出自《孟子·告子上》，鱼和熊掌不可兼得的故事，这里是指笋比肉的味道鲜美。

【译文】讨论蔬菜的美味，也只是说它清，洁，芳香，松脆罢了。却不知道它的至美所在，能居肉食之上的，只在一个“鲜”字。《礼记》中说：“甘受和，白受采。”“鲜”就是由“甘”而来。如此这般的供奉，只有亲自修整园圃的山僧农夫才能享受，城市中向菜农买菜吃的人，是享受不到的。但是其他种类的蔬菜，不管是城市山林，凡是宅院旁有园圃的，旋摘旋烹，也能享受到这种快乐。至于笋这种东西，绝对适合长在山林，城市所产的，任凭它味道多么鲜美，终是笋中次品。笋是蔬食中的第一等，肥羊嫩猪，怎能与它并肩？只要将笋、肉一同烹煮，盛放在同一簋中，人们就只吃笋而留下肉，那就可知肉为鱼而笋为熊掌了。在市场上购买的笋尚且这样，何况是山中的现挖的呢？

食笋之法多端，不能悉纪，请以两言概之，曰：“素宜白水，荤用肥猪。”茹斋者食笋[1]，若以他物伴之，香油和之，则陈味夺鲜，而笋之真趣没矣。白煮俟熟，略加酱油，从来至美之物，皆利于孤行[2]，此类是也。以之伴荤，则牛羊鸡鸭等物皆非所宜，独宜于豕，又独宜于肥。肥非欲其腻也，肉之肥者能甘，甘味入笋，则不见其甘，但觉其鲜之至也。烹之既熟，肥肉尽当去之，即汁亦不宜多存，存其半而益以清汤，调和之物，惟醋与酒。此制荤笋之大凡也。笋之为物，不止孤行、并用各见其美，凡食物中无论荤素，皆当用作调和。菜中之笋与药中之甘草，同是必需之物，有此则诸味皆鲜，但不当用其渣滓，而用其精液。庖人之善治具者，凡有焯笋之汤[3]，恶留不去，每作一馔，必以和之，食者但知他物之鲜，而不知有所以鲜之者在也。《本草》中所载诸食物[4]，益人者不尽可口，可口者未必益人，求能两擅其长者，莫过于此。东坡云："宁可食无肉，不可居无竹。无肉令人瘦，无竹令人俗。"不知能医俗者，亦能医瘦，但有已成竹、未成竹之分耳。

【注释】①茹斋：吃素食。

②孤行：这里指单独烹饪。

③焯（chāo）：把蔬菜放到沸水中略微一煮就捞出来。

④《本草》：古有《神农本草经》，到唐朝时，修订增补后为《唐本草》，到明朝时，李时珍删繁补阙，编著成《本草纲目》五十二卷。

【译文】食笋之法多种多样，不能全部详述，请让我用两句话来概括，就是："素宜白水，荤用肥猪。"吃素的人食笋，若是和其他食物一起吃，再加上香油，那么陈味就会夺走鲜味，而笋的真实本味就消失了。用白水煮熟，略加酱油，从来至美之物，都适合单独烹煮，笋就是这一类。用笋搭配荤菜，那么牛羊鸡鸭等肉都不合适，只适合搭配猪肉，又只适合搭配肥肉。搭配肥肉不是想它腻，肥肉味甘，甘味入笋，就感觉不到它的甘味，只觉得极其鲜美。烹熟之后，肥肉应当全部去掉，就算是汤汁也不宜多留，留下一半再加上清汤，调味之物，只有醋和酒。这是烹煮荤笋的大致方法。笋这种东西，不止是单独烹煮、和其他食物一起烹煮都可以各见其美，凡是食物中不论荤素，都可以用笋来调味。蔬菜中的笋和药材中的甘草，都是必需之物，有了笋则百味都会变得鲜美，但不应当用它的渣滓，而是要用它的精化。善于烹制的厨师，凡是有焯笋的汤，都会留下而不会倒掉，每做一道菜，必会加上笋汤，食客只知道其他食物的鲜美，但不知道有之所以会鲜美的笋汤在内。《本草》中所记载的各种食物，对人有益的不全是可口的，可口的不一定对人有益，想要可以两全其美的食物，莫过于笋。苏东坡说："宁可食无肉，不可居无竹。无肉令人瘦，无竹令人俗。"却不知能医俗的东西，也能医瘦，只是有已成竹、未成竹的区别。

蕈

求至鲜至美之物于笋之外，其惟蕈乎[1]？蕈之为物也，无根无蒂，忽然而生，盖山川草木之气结而成形者也，然有形而无体。凡物有体者必有渣滓，既无渣滓，是无体也。无体之物，犹未离乎气也。食此物者，犹吸山川草木之气未有无益于人者也。其有毒而能杀人者，《本草》云以蛇虫行之故。予曰：不然。蕈大几何，蛇虫能行其上？况又极弱极脆而不能载乎？盖地之下有蛇虫，蕈生其上，适为毒气所钟[2]，故能害人。毒气所钟者能害人，则为清虚之气所钟者，其能益人可知矣。世人辩之原有法，苟非有毒，食之最宜。此物素食固佳，伴以少许荤食尤佳，盖蕈之清香有限，而汁之鲜味无穷。

【注释】①蕈（xùn）：菌类食物，有的无毒可食用，如香菇，有的有毒，如毒蝇蕈。

②钟：集聚，集中。

【译文】除笋之外想寻找至鲜至的食物，只有蕈了吧？蕈这样的食物，无根无蒂，忽然就生出来，因为它是山川草木之气凝结而形成的，然而它是有形而无躯体。凡是有躯体的东西一定会有渣滓，既然蕈没有渣滓，那就是没有躯体。没有躯体的东西，还没有脱离山川草木之气。吃这些东西的人，就如同吸纳山川草木之气，没有对人无益的。有毒而能杀人的蕈，《本草》中说是因为蛇虫爬过的原因。我说：不是这样。蕈能有多大，蛇虫能在上面爬过？何况它又是极弱极脆的东西不能承载蛇虫呢？大概是地下有蛇虫，蕈长在上面，正好为毒气所集聚，所以能害人。毒气所集聚的蕈能害人，那么为清虚之气所集聚的蕈，就可知它能对人有益了。世人分辨它原本就有方法，若是无毒的，就是最宜使用的。这种东西素食固然很好，但搭配少许荤菜食用会更好，因为蕈的清香有限，而它的汤汁鲜味无穷。

莼

陆之蕈、水之莼[①]，皆清虚妙物也。予尝以二物作羹，和以蟹之黄、鱼之肋，名曰“四美羹”。座客食而甘之，曰：“今而后，无下箸处矣[②]！”

【注释】①莼（chún）：莼菜。亦名“水葵”，多年生水草，茎和叶背面都有黏液。是江南“三大名菜”之一。

②“今而后”两句：这里的意思是吃过这道菜之后，就再也没有什么美味佳肴了。

【译文】陆地的蕈、水中的莼菜，都是清虚妙物。我曾经用这两样东西做羹汤，再加上蟹黄、鱼肋，名为“四美羹”。宾客吃了之后都觉得甘美无比，说：“从今以后，没有能下筷子的地方了！”

菜

世人制菜之法，可称百怪千奇。自新鲜以至于腌、糟、酱、腊[①]，无一不曲尽奇能，务求至美，独于起根发轫之事缺焉不讲[②]，予甚惑之。其事维何？有八字诀云：“摘之务鲜，洗之务净。”务鲜之论，已悉前篇。蔬食之最净者，曰笋，曰蕈，曰豆芽；其最秽者，则莫如家种之菜。灌肥之际，必连根带叶而浇之；随浇随摘，随摘随食，其间清浊，多有不可问者。洗菜之人，不过浸入水中，左右数漉[③]，其事毕矣。孰知污秽之湿者可去，干者难去，日积月累之粪，岂顷刻数漉之所能尽哉？故洗菜务得其法，并须务得其人。以懒人、性急之人洗菜，犹之乎弗洗也。洗菜之法，入水宜久，久则干者浸透而易去；洗叶用刷，刷则高低曲折处皆可到，始能涤尽无遗。若是，则菜之本质净矣。本质净而后可加作料，可尽人工；不然，是先以污秽作调和，虽有百和之香，能敌一星之臭乎？噫！富室大家食指繁盛者[4]，欲保其不食污秽，难矣哉！

【注释】①腌、糟、酱、腊：制作菜肴的四种方法，分别是用盐、酒、酱腌制和烟熏或风干的食品。

②发轫（rèn）：比喻新事物或某种局面开始出现。轫：支住车轮使其不能转动的木头。

③漉：水漫漫地渗下，滤过。

④食指：家中人口。

【译文】世人做菜的方法，可谓是千奇百怪。从新鲜蔬菜到腌、糟、酱、腊，无一不是竭尽心思，务求至美，唯独对于做菜的第一步缺漏不讲，我很是疑惑。那么第一步是什么？有八字诀："摘之务鲜，洗之务净。"务鲜之论，在前面已经讲得很详尽了。蔬菜中最干净的，是笋，蕈，豆芽；其中最脏的，则莫过于家种的菜。灌肥的时候，一定是连根带叶的浇灌；随浇随摘，随摘随吃，其中的脏净，多是不可问了。洗菜之人，不过是把菜浸在水里，来回洗几下，就结束了。谁知道那些湿的污物可以洗掉，干的很难洗掉，日积月累之粪，怎会是片刻洗几下就能洗干净的呢？所以洗菜一定要方法恰当，并且必须找到合适的人。因为懒人、性急的人洗菜，就和没洗一样。洗菜之法，浸在水中的时间应当长一些，时间长了则干的污物就会浸透，而能轻易洗掉；洗菜叶用刷子，用刷子则叶子上高低曲折的地方都能洗到，这样才能毫无遗漏全部洗到。若是这样洗菜，则菜就能完全洗净了。完全洗净以后就可以加上佐料，可以加工烹制；若不是这样，则先用污物来调和，即便有很多香料来调和，怎能抵得过一星之臭吗？唉！富室大家人口众多，想要保证不吃到污物，很难啊！

菜类甚多，其杰出者则数黄芽[①]。此菜萃于京师，而产于安肃[②]，谓之“安肃菜”，此第一品也。每株大者可数斤，食之可忘肉味。不得已而思其次，其惟白下之水芹乎[③]！予自移居白门，每食菜、食葡萄，辄思都门[④]；食笋、食鸡豆[⑤]，辄思武陵[⑥]。物之美者，犹令人每食不忘，况为适馆授餐之人乎[⑦]？

【注释】①黄芽：即黄芽菜。

②安肃：地名，今在河北徐水。

③白下：南京的别称。

④都门：京都城门，借指京都。

⑤鸡豆：芡实。

⑥武陵：地名，今在湖南常德。

⑦适馆授餐：出自《诗经·郑风·缁衣》，意思是款待宾客。

【译文】蔬菜的种类很多，其中最好的要数黄芽菜。这种菜汇聚在京城，而产于安肃，称作“安肃菜”，这是蔬菜中的第一等。每一株大的可至数斤，食用它都能使人忘记肉味。如果不得已而求其次，那就只有南京的水芹了！我自从移居到南京，每每吃菜、吃葡萄时，总会想到京师；每每吃笋、吃鸡豆时，总会想到武陵。美味的食物，还能令人每次吃到时不能忘却，更何况是殷勤款待过我的人呢？

菜有色相最奇，而为《本草》《食物志》诸书之所不载者，则西秦所产之头发菜是也[①]。予为秦客，传食于塞上诸侯[②]。一日脂车将发[③]，见炕上有物，俨然乱发一卷，谬谓婢子栉发所遗，将欲委之而去，婢子曰："不然，群公所饷之物也[④]。"询之土人，知为头发菜。浸以滚水，拌以姜醋，其可口倍于藕丝、鹿角等菜[⑤]。携归饷客，无不奇之，谓珍错中所未见。此物产于河西[⑥]，为值甚贱，凡适秦者皆争购异物，因其贱也而忽之，故此物不至通都[⑦]，见者绝少。由是观之，四方贱物之中，其可贵者不知凡几，焉得人人物色之？发菜之得至江南，亦千载一时之至幸也。

【注释】①西秦：今在甘肃西南部。头发菜：即发菜，一种供食用的藻类植物，黑绿色至黑色，因形态颜色像乱头发，故称。

②传食：辗转受人供养。出自《孟子·滕文公下》。

③脂车：油涂车轴，以利运转。借指驾车出行。

④饷：赠送，招待。

⑤鹿角：即鹿角菜，藻类植物。褐紫色或绿色，分枝呈叉状。

⑥河西：在甘肃、陕西一带。

⑦通都：都市。

【译文】蔬菜中有色相最奇怪，而《本草》《食物志》等书中没有记载的，就是西秦所产的头发菜。我客居秦地，遍食于塞上富贵之家。一天将要乘车出发，看到炕上有东西，俨然一卷乱发，误以为是婢女梳头时掉落的，刚想丢掉离开，婢女说："这不是头发，是各位大人所赠之物。"问过了当地人，才知道这是头发菜。将它浸过滚水之后，用姜和醋搅拌，它比藕丝、鹿角等菜还要可口数倍。将它带回去款待宾客，无不感到惊奇，说在山珍海错中从未见过。这种东西产自河西，非常便宜，凡是去秦地的人都争相购买各种新奇的东西，因为头发菜价格低廉而忽略了它，所以这东西没到大城市之中，见过的人非常少。由此看来，各地便宜的货物之中，值得珍视的不知道有多少，怎能人人都会去物色呢？头发菜可以到达江南，也是千载难逢的至幸之事啊。

瓜 茄 瓠 芋 山药

瓜、茄、瓠①、芋诸物，菜之结而为实者也。实则不止当菜，兼作饭矣。增一簋菜，可省数合粮者②，诸物是也。一事两用，何俭如之？贫家购此，同于籴粟③。但食之各有其法：煮冬瓜、丝瓜忌太生，煮王瓜、甜瓜忌太熟；煮茄、瓠利用酱醋，而不宜于盐；煮芋不可无物伴之，盖芋之本身无味，借他物以成其味者也；山药则孤行、并用，无所不宜，并油盐酱醋不设，亦能自呈其美，乃蔬食中之通材也。

【注释】①瓠（hù）：瓠瓜，葫芦科葫芦属。

②合（gě）：古代量粮食的器具，为一升的十分之一。

③籴（dí）粟：买进粮食。

【译文】瓜、茄子、瓠瓜、芋头等食物，都是蔬菜结出的果实。实际上不仅能当蔬菜，也能当饭。多加一簋菜，可以省下数合粮食的，便是这些蔬菜。一物两用，还有什么能像这些蔬菜这样节俭呢？贫穷的人家购买这些蔬菜，就如同买了粮食一样。但是吃法各不相同：煮冬瓜、丝瓜忌太生，煮王瓜、甜瓜忌太熟；煮茄子、瓠瓜适合用酱醋，而不适合用盐；煮芋头不能没有其他食物相配，因为芋头本身没有味道，借其他食物来使它有味；山药则单独烹煮、或和其他食物一起烹煮，没有不适合的，并且就算是不用油盐酱醋，也能自呈其美，是蔬菜中的通材。

葱 蒜 韭

葱、蒜、韭三物，菜味之至重者也。菜能芬人齿颊者，香椿头是也；菜能秽人齿颊及肠胃者，葱、蒜、韭是也。椿头明知其香而食者颇少，葱、蒜、韭尽识其臭而嗜之者众，其故何欤？以椿头之味虽香而淡，不若葱、蒜、韭之气甚而浓。浓则为时所争尚，甘受其秽而不辞；淡则为世所共遗，自荐其香而弗受。吾于饮食一道，悟善身处世之难。一生绝三物不食，亦未尝多食香椿，殆所谓"夷、惠之间"者乎①？

予待三物有差。蒜则永禁弗食；葱虽弗食，然亦听作调和；韭则禁其终而不禁其始，芽之初发，非特不臭，且具清香，是其孩提之心之未变也。

【注释】①夷、惠之间：分别之伯夷和柳下惠。伯夷在商朝灭亡之后，周朝建立，因耻食周粟，饿死首阳山。柳下惠为人刚正，他"坐怀不乱"的故事广为传颂。

【译文】葱、蒜、韭菜三种食物，是蔬菜中味道最重的。蔬菜能使人齿颊生香的，乃是香椿头；蔬菜中能使人齿颊和肠胃都发臭的，乃是葱、蒜、韭菜。明知椿头芳香但吃它的人却很少，全都知道葱、蒜、韭菜发臭但喜欢它的人却很多，为什么？因为香椿头的味道虽然香却很淡，不像葱、蒜、韭菜的气味重而且很浓。浓则为时下争尚，甘愿遭受污染而不拒绝；淡则为世人所共遗，自荐其香却不被接受。我在饮食一道，领悟到善身处世之难。我一生绝不会吃这三种食物，但也没有经常食用香椿，这大概就是所谓的："夷、惠之间"吧？

我对待这三种食物会有差别。蒜则是永禁不食；葱虽然不吃，但也由它用作调料；韭菜则是禁食老韭菜但不禁食嫩韭菜，因为初发的韭菜芽，不仅不臭，而且还有清香，就如同孩提之心尚未改变。

萝　卜

生萝卜切丝作小菜，伴以醋及他物，用之下粥最宜。但恨其食后打嗳[①]，嗳必秽气。予尝受此厄于人，知人之厌我，亦若是也，故亦欲绝而弗食。然见此物大异葱、蒜，生则臭，熟则不臭，是与初见似小人，而卒为君子者等也。虽有微过，亦当恕之，仍食勿禁。

【注释】①打嗳（ǎi）：嗳气，打嗝。

【译文】生萝卜切丝作小菜，用醋及其他调料拌好，最适合用它下粥。但遗憾的是吃过萝卜之后会打隔，打嗝一定会有秽气。我曾闻到别人打嗝的秽气，知道别人讨厌我，也会像这样，所以也想不再吃萝卜。但又看到这东西与葱、蒜大有不同，生吃则臭，熟了则不臭，这就和有些人起初看起来像小人，而最终发觉是位君子是一样的。虽有细微的缺点，也应当宽恕它，所以依旧食用而没有禁止。

芥辣汁

菜有具姜、桂之性者乎？曰：有，辣芥是也。制辣汁之芥子，陈者绝佳，所谓愈老愈辣是也。以此拌物，无物不佳。食之者如遇正人，如闻谠论[①]，困者为之起倦，闷者以之豁襟，食中之爽味也。予每食必备，窃比于夫子之不撤姜也[②]。

【注释】①谠（dǎng）论：正直之言。

②夫子之不撤姜：出自《论语·乡党》："不撤姜食，不多食。"

【译文】蔬菜中有和姜、桂皮一样性质的食物吗？答：有，便是辣芥。制作辣汁的芥子，陈的最好，这就是越老越辣。用芥辣汁拌食物，没有什么是不好吃的。吃过的人就像遇到了正人君子，就像听到了正直的言论，困倦的人吃了消除困倦，郁闷的人吃了胸襟开阔，这是食物中一种清爽的味道啊。我每次吃饭必备芥辣汁，我暗自比作孔子之不撤姜。

谷食第二

食之养人，全赖五谷[①]。使天止生五谷而不产他物，则人身之肥而寿也，较此必有过焉，保无疾病相煎、寿夭不齐之患矣。试观鸟之啄粟，鱼之饮水，皆止靠一物为生，未闻于一物之外，又有为之肴馔酒浆[②]、诸饮杂食者也。乃禽鱼之死，皆死于人，未闻有疾病而死，及天年自尽而死者，是止食一物，乃长生久视之道也。人则不幸而为精腆所误[③]，多食一物，多受一物之损伤，少静一时，少安一时之淡泊。其疾病之生，死亡之速，皆饮食太繁、嗜欲过度之所致也。此非人之自误，天误之耳。天地生物之初，亦不料其如是，原欲利人口腹，孰意利之反以害之哉！然则人欲自爱其生者，即不能止食一物，亦当稍存其意，而以一物为君。使酒肉虽多，不胜食气，即使为害，当亦不甚烈耳。

【注释】①五谷：分别是稻、黍、稷、麦、豆。泛指粮食谷物。

②肴馔：各种丰盛的饭菜。

③精腆：精美丰盛。

【译文】食物养人，全靠五谷。假如上天只生长五谷而不出产别的东西，那么人的身体肥胖而且长寿，相较现在一定会多很多，保证没有疾病相煎、寿夭不齐的忧虑。试观鸟之啄米，鱼之饮水，都是只靠一样食物为生，从未听闻在这一样食物之外，还有美味佳肴，各种饮品杂食的。但禽鱼之死，都是死于人手，从未听闻有因疾病而死，以及寿命终尽自己死亡的，这就说明只吃一样食物，乃是长生久视之道。世人却不幸为珍馐美食所误，多吃一样食物，就多受一样食物的损伤，少有一时的平静，就少安一时的淡泊。疾病的出现，死亡的迅速，都是因饮食太繁、嗜欲过度所导致的。这不是人自己的过错，而是上天在误导世人。天地生物之初，也没有料到会是这样，原本是想利人口腹，谁会想到利人反而成了害人！既然这样世人想爱惜自己的生命，即便不能只吃一样食物，也应当稍稍保留这样的观念，而以一样食物为主。这样就使得酒肉虽吃得多，但不会超过主食，即使有害，应该也不会太严重。

饭　粥

粥、饭二物，为家常日用之需，其中机彀[①]，无人不晓，焉用越俎者强为致词？然有吃紧二语，巧妇知之而不能言者，不妨代为喝破，使姑传之媳，母传之女，以两言代千百言，亦简便利人之事也。

【注释】①机彀（gòu）：机关，圈套，这里指奥妙，道理。

【译文】粥、饭两样食物，是家常日用之需，其中的诀窍，无人不晓，怎会需要我来越俎代庖强行言说？但是有要紧的两句话，巧妇知晓但不能言说明白，不妨我来代为说破，使得婆传媳，母传女，以两句话代替万语千言，也是简便利人之事啊。

先就粗者言之。饭之大病，在内生外熟，非烂即焦；粥之大病，在上清下淀，如糊如膏。此火候不均之故，惟最拙最笨者有之，稍能炊爨者必无是事[①]。然亦有刚柔合道，燥湿得宜，而令人咀之嚼之，有粥饭之美形，无饮食之至味者。其病何在？曰：挹水无度[②]，增减不常之为害也。其吃紧二语，则曰："粥水忌增，饭水忌减。"米用几何，则水用几何，宜有一定之度数。如医人用药，水一钟或钟半，煎至七分或八分，皆有定数。若以意为增减，则非药味不出，即药性不存，而服之无效矣。不善执爨者，用水不均，煮粥常患其少，煮饭常苦其多。多则逼而去之，少则增而入之，不知米之精液全在于水，逼去饭汤者，非去饭汤，去饭之精液也。精液去则饭为渣滓，食之尚有味乎？粥之既熟，水米成交，犹米之酿而为酒矣。虑其太厚而入之以水，非入水于粥，犹入水于酒也。水入而酒成糟粕，其味尚可咀乎[③]？故善主中馈者[④]，挹水时必限以数，使其勺不能增，滴无可减，再加以火候调匀，则其为粥为饭，不求异而异乎人矣。

【注释】①爨（cuàn）：烧火做饭。

②挹（yì）：舀，把液体盛出来。

③咀：含在嘴里细细玩味。

④中馈：酒食。也代指妻室。

【译文】先从粗略的方面来讲。煮饭最大的问题，在于内生外熟，不是煮烂了就是煮焦了；煮粥最大的问题，在于上清下淀，如同糨糊和膏脂。这是火候不均的原因，只有最拙最笨的人才会出现这种状况，稍稍能做饭的人一定不会出现这种状况。但也有软硬适度，干湿得宜，而令人吃起来，就有那种粥饭的看起来不错，但吃起来不好吃的情况。其中的毛病出在哪里？答：是加水无度，增减不正常所造成的危害。这要紧的两句话，就是说："粥水忌增，饭水忌减。"米用多少，水就用多少，应当有一定的标准。就如医生用药，水倒一钟或一钟半，煎至七分或八分，这都有定数。如果随意增减，不是药味出不来，就是药性存不住，服用也没有效果。不善于做饭的人，用水不均，煮粥常担心水放得少，煮饭常苦于水放得多。水多就舀出去，水少就加进来，却不知米的精华全在水中，舀出去的饭汤，不是舀去饭汤，而是舀去了饭的精华。精华去掉了则饭就成了渣滓，吃起来还会有香味吗？粥煮熟之后，水米交融，就如同米酿成了酒。担心太稠而加水，这不是往粥里加水，而像是往酒里加水。水加进去之后而酒就变成了糟粕，这样的味道还可以品尝吗？所以善于做饭的人，加水时一定会掌握分寸，使得一勺不能增加，一滴不可减，再调匀火候，这样做粥做饭，即使不求异于他人，自然也会异于他人了。

宴客者有时用饭，必较家常所食者稍精。精用何法？曰：使之有香而已矣。予尝授意小妇，预设花露一盏，俟饭之初熟而浇之，浇过稍闭，拌匀而后入碗。食者归功于谷米，诧为异种而讯之，不知其为寻常五谷也。此法秘之已久，今始告人。

行此法者，不必满釜浇遍[1]，遍则费露甚多，而此法不行于世矣。止以一盏浇一隅[2]，足供佳客所需而止。露以蔷薇、香橼[3]、桂花三种为上，勿用玫瑰，以玫瑰之香，食者易辨，知非谷性所有。蔷薇、香橼、桂花三种，与谷性之香者相若，使人难辨，故用之。

【注释】①釜：古代的一种锅。

②隅：角，角落。

③香橼（yuán）：又称枸橼，常绿乔木，气味芬芳，有短刺。

【译文】宴请宾客有时会用到米饭，一定要比家常吃的略微精致一些。用什么方法使它精致呢？答：只要使它有香味就可以了。我曾经任授意家中女眷，提前准备一盏花露，等到饭刚熟时浇上去，浇过之后稍闷一会儿，拌匀之后再盛入碗中。食客会将香味归功于谷米，诧异询问是什么新奇品种，却不知就是寻常五谷。这一方法我珍藏了很久，现在才公之于众。但在用这个方法时，不必将满锅的饭都浇遍，浇遍则会耗费很多花露，而这个方法就不会在世间流行了。只用一盏花露浇到锅中一角，足够宾客所需就可以了。花露以蔷薇、香橼、桂花三种为上，不要用玫瑰，因为玫瑰的香气，食客很容易分辨，便会知道这香味不是谷物原有的。蔷薇、香橼、桂花三种花露，和谷物本身的香味很相近，会让人难以分辨，所以要用这三种花露。

汤

汤即羹之别名也。羹之为名，雅而近古；不曰羹而曰汤者，虑人古雅其名，而即郑重其实，似专为宴客而设者。然不知羹之为物，与饭相俱者也。有饭即应有羹，无羹则饭不能下，设羹以下饭乃图省俭之法，非尚奢靡之法也。古人饮酒，即有下酒之物；食饭，即有下饭之物。世俗改下饭为“厦饭”，谬矣。前人以读史为下酒物，岂下酒之“下”，亦从“厦”乎？“下饭”二字，人谓指肴馔而言，予曰：不然。肴馔乃滞饭之具，非下饭之具也。食饭之人见美馔在前，匕箸迟疑而不下[①]，非滞饭之具而何？饭犹舟也。羹犹水也；舟之在滩，非水不下，与饭之在喉，非汤不下，其势一也。且养生之法，食贵能消；饭得羹而即消，其理易见。故善养生者，吃饭不可不羹；善作家者，吃饭亦不可无羹。宴客而为省馔计者，不可无羹；即宴客而欲其果腹始去，一馔不留者，亦不可无羹。何也？羹能下饭，亦能下馔故也。近来吴越张筵[②]，每馔必注以汤，大得此法。吾谓家常自膳，亦莫妙于此。宁可食无馔，不可饭无汤。有汤下饭，即小菜不设，亦可使哺啜如流[③]；无汤下饭，即美味盈前，亦有时食不下咽。予以一赤贫之士，而养半百口之家，有饥时而无馑日者[④]，遵也道也。

【注释】①匕箸：羹匙和筷子。

②张筵：设宴。

③哺啜：饮食，吃喝。

④馑：蔬菜和野菜都吃不上，饥荒。

【译文】汤是羹的别名。名为羹，典雅而接近古意；不称作羹而称作汤的原因，是考虑到人们会因为古雅的名称，而就会郑重其实，就好似是专门为宴请宾客而设的。但不知羹这种东西，与饭相配。有饭就应该有羹，没有羹则饭就吃不下，用羹来下饭是图省俭的方法，不是追求奢靡的方法。古人饮酒，就有下酒之物；吃饭，就有下饭之物。世俗将下饭改成“厦饭”，错了。前人以读史为下酒物，难道下酒的“下”，也应写成“厦”吗？“下饭”二字，有人认为是指菜肴而言，我说：不是这样的。菜肴是滞饭之物，而不是下饭之物。吃饭的人见到珍馐佳肴在前，羹匙筷子迟疑不下，这不是滞饭之物的又是什么？饭如同船。羹如同水；船在沙滩，无水不能行船，这与饭在喉，无汤不能下咽，是一样的情况。而且再看养生之法，吃东西贵在能消化；饭得羹就能消化，其中的道理显而易见。所以善于养生的人，吃饭不能没有羹；善于持家的人，吃饭也不能没有羹。宴请宾客而为了节省菜肴的，不能没有羹；即便是宴请宾客还要他们吃饱才离开，一样菜都不留的，也不能没有羹。为什么？因为羹能下饭，也能下菜。近来江南一带设宴，每顿饭都会有汤，这便是大得此法。我认为平常自家吃饭，最好也是这样。宁可没有菜肴，也不可没有汤。有汤下饭，就算是没有小菜，也可以吃得舒服；无汤下饭，就算是眼前摆满美味佳肴，有时也会食不下咽。我是个贫穷之人，而要养半百口之家，有饿的时候却没有饥荒的时候，就是依循了这个方法。

糕　饼

谷食之有糕饼，犹肉食之有脯脍[1]。《鲁论》云："食不厌精，脍不厌细[2]。"制糕饼者于此二句，当兼而有之。食之精者，米麦是也；脍之细者，粉面是也。精细兼长，始可论及工拙。求工之法，坊刻所载甚详，予使拾而言之，以作制饼制糕之印板，则观者必大笑曰：笠翁不拾唾余，今于饮食之中，现增一副依样葫芦矣！冯妇下车[3]，请戒其始。只用二语括之，曰："糕贵乎松，饼利于薄。"

【注释】①脯：肉干。

②"《鲁论》"三句：出自《论语·乡党》，古时《论语》有《鲁论语》《齐论语》《古论语》，今本传《论语》经西汉安昌侯张禹据《鲁论语》为底本，参《齐论语》《古论语》校之而行于世。

③冯妇下车：古代男子名，善搏虎。出自《孟子·尽心下》："晋人有冯妇者，善搏虎，卒为善士。则之野，有众逐虎。虎负嵎，莫之敢撄。望见冯妇，趋而迎之。冯妇攘臂下车。众皆悦之，其为士者笑之。"后用以指重操旧业的人。

【译文】五谷制品之中有糕和饼，就像肉食中肉干和肉丝。《鲁论》云："食不厌精，脍不厌细。"制作糕饼的人对于这两句话所说的内容，应当兼顾。五谷制品中最精的，乃是米麦；五谷制品中最细的，乃是粉面。精细兼顾，才可以讨论到制作的精与拙。求精的方法，坊间所刻的书中已经记载得很详细了，如果我再拾起来说一遍，用作制饼制糕的底板，那看过的人必定会大笑说：笠翁向来不抄袭别人的观点，如今却在饮食之中，现增一副依样葫芦了！想到冯妇下车的故事，就请让我从最开始时就引以为戒。我只用两句话来概括，就是："糕贵乎松，饼利于薄。"

面

南人饭米，北人饭面，常也。《本草》云："米能养脾，麦能补心。"各有所裨于人者也。然使竟日穷年止食一物，亦何其胶柱口腹[①]，而不肯兼爱心、脾乎？予南人而北相，性之刚直似之，食之强横亦似之。一日三餐，二米一面，是酌南北之中，而善处心、脾之道也。但其食面之法，小异于北，而且大异于南。北人食面多作饼，予喜条分而缕晰之[②]，南人之所谓"切面"是也。南人食切面，其油盐酱醋等作料，皆下于面汤之中，汤有味而面无味，是人之所重者不在面而在汤，与未尝食面等也。予则不然，以调和诸物，尽归于面，面具五味而汤独清，如此方是食面，非饮汤也。

【注释】①胶柱口腹：这里指饮食单调固定。

②条分而缕晰：这里指根根分明的面条。条分，像枝条那样分布。缕晰，详尽而清楚。

【译文】南方人吃米饭，北方人吃面食，通常是这样。《本草》云："米能养脾，麦能补心。"对于人各有各的益处。但如果整天整年只吃一种食物，为何这般固执，而不肯兼爱心、脾呢？我是南方人却是北方人的相貌，性格方面的刚直与北方人相似，饮食方面的强横也与北方人相似。一日三餐，二米一面，这是介于南北饮食之中，而妥善兼顾心、脾之道。但是我吃面食的方法，与北方小有差异，而且与南方大不相同。北方人吃面食多半做成饼，我喜欢做成根根分明的面条，就是南方人所说的“切面”。南方人吃切面，将油盐酱醋等调料，都放到面汤之中，汤有味而面无味，这样人们重视的不在面而在汤，就与未尝吃面是一样的。我则不是这样，将各种调料，都放到面里，而面具五味而唯独汤是清的，如此方是吃面，而不是喝汤。

所制面有二种，一曰“五香面”，一曰“八珍面”。五香膳己，八珍饷客，略分丰俭于其间。五香者何？酱也，醋也，椒末也，芝麻屑也，焯笋或煮蕈、煮虾之鲜汁也。先以椒末、芝麻屑二物拌入面中，后以酱、醋及鲜汁三物和为一处，即充拌面之水，勿再用水。拌宜极匀，擀宜极薄，切宜极细，然后以滚水下之，则精粹之物尽在面中，尽勾咀嚼[①]，不似寻常吃面者，面则直吞下肚，而止咀咂其汤也[②]。八珍者何？鸡、鱼、虾三物之肉，晒使极干，与鲜笋、香蕈、芝麻、花椒四物，共成极细之末，和入面中，与鲜汁共为八种。酱、醋亦用，而不列数内者，以家常日用之物，不得名之以“珍”也。鸡鱼之肉，务取极精，稍带肥腻者弗用，以面性见油即散，擀不成片，切不成丝故也。但观制饼饵者，欲其松而不实，即拌以油，则面之为性可知已。鲜汁不用煮肉之汤，而用笋、蕈、虾汁者，亦以忌油故耳。所用之肉，鸡、鱼、虾三者之中，惟虾最便，屑米为面，势如反掌，多存其末，以备不时之需；即膳已之五香，亦未尝不可六也。拌面之汁，加鸡蛋青一二盏更宜，此物不列于前而附于后者，以世人知用者多，列之又同剿袭耳。

【注释】①尽勾：足够。

②咀咂（zā）：品味貌。

【译文】我所做的面条有两种，一种是“五香面”，一种是“八珍面”。五香面是做给自己的，八珍面是招待宾客的，两者稍有丰俭之分。什么是五香？就是酱，醋，花椒末，芝麻屑，焯笋或煮蕈、煮虾的鲜汁。先将花椒末、芝麻屑这两样东西拌在面里，再用酱、醋和鲜汁三种调料和在一起，用来和面，不要再用水和面了。和面宜极匀，擀面宜极薄，切面宜极细，然后下入滚水中，这样精粹之物就都在面里了，使人足够品尝咀嚼，不像寻常吃面，面条是直接吞下肚，而只能品尝余下的汤了。什么是八珍？就是将鸡、鱼、虾三种肉，晒得很干，与鲜笋、香蕈、芝麻、花椒四种东西，一起磨成极细的粉末，和入面中，和鲜汁一共有八种。酱、醋也要用，而不在行列之内，因为酱、醋都是家常日用的东西，不能称之为“珍”。鸡肉和鱼肉，一定要取用极精的部位，稍带肥腻的部位不要用，因为面的性质是见油就散，擀不成片，切不成丝。但凡观察制作糕饼的人，要想让糕饼松而不实，就在面里拌入油，那就可知面的性质了。鲜汁不用煮肉的汤，而用煮笋、蕈、虾汁的汤，也是忌油的缘故。所用之肉，鸡、鱼、虾三种之中，唯有虾最方便，将虾米磨成粉末，易如反掌，应当多存一些这种粉末，以备不时之需；即便是自己吃的五香面，也未尝不可以变成六香面。和面的汁，加入一两盏鸡蛋清会更好，这东西不写在前面而是附在后面，因为知道用它的人很多，写在前面又像是抄袭了。

粉

粉之名目甚多，其常有而适于用者，则惟藕、葛、蕨、绿豆四种。藕、葛二物，不用下锅，调以滚水，即能变生成熟。昔人云："有仓卒客，无仓卒主人[①]。"欲为仓卒主人，则请多储二物。且卒急救饥，亦莫善于此。驾舟车行远路者，此是糇粮中首善之物[②]。粉食之耐咀嚼者，蕨为上，绿豆次之。欲绿豆粉之耐嚼，当稍以蕨粉和之。凡物入口而不能即下，不即下而又使人咀之有味，嚼之无声者，斯为妙品。吾遍索饮食中，惟得此二物。绿豆粉为汤，蕨粉为下汤之饭，可称"二耐"，齿牙遇此，殆亦所谓劳而不怨者哉！

【注释】①仓卒主人：客人突然到来，仓促中招待不周，难尽主人之礼。

②糇（hóu）粮：干粮，食粮。

【译文】粉的种类很多，常见并而适合食用的，只有藕、葛、蕨、绿豆四种。藕、葛两样东西，不用下锅，用滚水冲泡，就能由生变熟。古人云："有仓促到来的客人，没有仓促而招待不周的主人。”若是想做仓促之中待客周到的主人，那就请多准备这两样东西。而且救急救饥，也没有它们更好的了。驾车行船走远路的人，这两者是所带干粮中的首选。粉制食品中耐人咀嚼的，蕨粉为上，绿豆粉次之。想要使绿豆粉耐嚼，应当稍加蕨粉搅拌。凡是食物入口却不能马上下咽，不能马上下咽却又能使人咀之有味，嚼之无声的，便是上品。我找遍了各式各样的食物，只找到这两样。用绿豆粉做汤，用蕨粉做下汤的饭，可以说是“二耐”了，牙齿遇到它们，或许也可以说是劳而不怨了！

肉食第三

“肉食者鄙[①]”，非鄙其食肉，鄙其不善谋也。食肉之人之不善谋者，以肥腻之精液，结而为脂，蔽障胸臆，犹之茅塞其心，使之不复有窍也。此非予之臆说，夫有所验之矣。诸兽食草木杂物，皆狡獝而有智[②]。虎独食人，不得人则食诸兽之肉，是匪肉不食者，虎也；虎者，兽之至愚者也。何以知之？考诸群书则信矣。“虎不食小儿”，非不食也，以其痴不惧虎，谬谓勇士而避之也。“虎不食醉人”，非不食也，因其醉势猖獗[③]，目为劲敌而防之也。“虎不行曲路，人遇之者，引至曲路即得脱。”其不行曲路者，非若澹台灭明之行不由径[④]，以颈直不能回顾也。使知曲路必脱，先于周行食之矣[⑤]。《虎苑》云[6]："虎之能搏狗者，牙爪也。使失其牙爪，则反伏于狗矣。"迹是观之，其能降人降物而藉之为粮者，则专恃威猛，威猛之外，一无他能，世所谓"有勇无谋"者，虎是也。予究其所以然之故，则以舍肉之外，不食他物，脂腻填胸，不能生智故。然则"肉食者鄙，未能远谋。"其说不既有征乎？吾今虽为肉食作俑[7]，然望天下之人，多食不如少食。无虎之威猛而益其愚，与有虎之威猛而自昏其智，均非养生善后之道也。

【注释】①肉食者鄙：出自《左传·庄公十年》之曹刿论战。

②狡獝（xù）：狡猾多诈。獝，鸟惊飞的样子。

③猖獗：凶恶而放肆。

④澹台灭明：孔子弟子，复姓澹台，名灭明，字子羽。行不由径：走路不抄小道。比喻为人正直或举止端方。出自《论语·雍也》："有澹台灭明者，行不由径，非公事，未尝至于偃之室也。"

⑤周行：大路。出自《诗·周南·卷耳》。

⑥《虎苑》：明代文言轶事小说集，共两卷，王穉登所著。

⑦作俑：出自《孟子·梁惠王上》："仲尼曰：'始作俑者，其无后乎！为其象人而用之也。'"后指创始，首开先例。多用于贬义。俑，古代制造陪葬用的偶像。

【译文】"肉食者鄙"，不是鄙视他们吃肉，而是鄙视他们不善谋划。食肉之人不善谋划，是因为肥腻的汁液，凝结成脂肪，遮蔽了胸臆，就像茅草堵塞了他的心，使他不再有心窍了。这不是我的猜测，而是可以验证的。许多吃草木杂物的野兽，都是狡猾多诈而有智慧的。老虎只吃人，吃不到人就吃其他动物的肉，所以非肉不吃的，是老虎；老虎，是野兽中最愚蠢的。这是如何知道的呢？察看各种书籍就可信了。“虎不食小儿”，不是不吃，而是因为小孩天真不害怕老虎，老虎误以为是勇士而躲避。“虎不食醉人”，不是不吃，而是因为喝醉的架势狂放，老虎将他视为劲敌而防备。“虎不行曲路，人遇之者，引至曲路上即得脱。”老虎不走曲回的路，不是像澹台灭明那样不走小道，而是因为老虎颈部僵直不能回头。假如它知道人在曲回的路上必定能逃脱，就会先在大路上把人吃了。《虎苑》云：“老虎之所以能与狗搏斗，是因为它有牙和爪。如果它没有了牙和爪，那就反而会被狗制服。”从这里来看，老虎能降伏人和动物并将人和动物作为食物，是因为专仗着它威猛，威猛之外，没有其他本领，世人所谓的“有勇无谋”，便是老虎。我深究老虎之所以这样的原因，是因为除了吃肉之外，不吃别的东西，脂肪油腻填满了胸膛，使它不能产生智慧。既然如此“肉食者鄙，未能远谋。”这种说法不就已有验证了吗？如今我虽为肉食开头，但希望天下人，多吃不如少吃。没有老虎的威猛反而让自己更加愚蠢，与有老虎的威猛而让自己的神智昏昧，这些都不是养生善后之道。

猪

食以人传者，“东坡肉”是也[①]。卒急听之，似非豕之肉，而为东坡之肉矣。东坡何罪，而割其肉，以实千古馋人之腹哉？甚矣，名士不可为，而名士游戏之小术，尤不可不慎也。至数百载而下，糕、布等物，又以眉公得名。取“眉公糕”“眉公布”之名，以较“东坡肉”三字，似觉彼善于此矣。而其最不幸者，则有溷厕中之一物，俗人呼为“眉公马桶”。噫！马桶何物，而可冠以雅人高士之名乎？予非不知肉味，而于豕之一物，不敢浪措一词者②，虑为东坡之续也。即溷厕中之一物，予未尝不新其制，但蓄之家，而不敢取以示人，尤不敢笔之于书者，亦虑为眉公之续也。

【注释】①东坡肉：宋代苏轼贬黄州时，曾戏作《猪肉颂》诗：“净洗铛，少着水，柴头罨烟焰不起，待他自熟莫催他，火候足时他自美。黄州好猪肉，价钱如泥土。贵者不肯吃，贫者不解煮。早晨起来打两碗，饱得自家君莫管。”后肴馔中皆有“东坡肉”，其烹调方法，后世说法不一。

②浪：轻易，随便。

【译文】食物因人而流传于世的，便是“东坡肉”了。乍一听，似乎不是猪肉，而是苏东坡的肉。苏东坡有什么罪过，却要割他的肉，来填饱千古馋人的肚子呢？太过分了，不能成为名士，而名士玩游戏的小伎俩，更是不可不慎重。数百年之后，糕点、布料等物品，又会因为陈眉公而得名。取“眉公糕”“眉公布”之名，相较“东坡肉”三字，好似感觉前者要比后者好。而其中最不幸的，就是厕所中的一样东西，俗人叫做“眉公马桶”。唉！马桶是什么东西，而能冠以雅人高士之名呢？我不是不知肉味，而对于猪这种肉，不敢轻易说一句话，害怕重蹈苏东坡的覆辙。即便是厕所中的一样东西，我未尝不是创造出新的样式，只敢藏在家中，不敢拿出来给人看，更不敢写在书里，也是害怕重蹈陈眉公的覆辙。

羊

物之折耗最重者，羊肉是也。谚有之曰："羊几贯，帐难算，生折对半熟对半，百斤止剩念余斤①，缩到后来只一段。"大率羊肉百斤，宰而割之，止得五十斤，迨烹而熟之，又止得二十五斤，此一定不易之数也。但生羊易消，人则知之；熟羊易长，人则未之知也。羊肉之为物，最能饱人，初食不饱，食后渐觉其饱，此易长之验也。凡行远路及出门作事，卒急不能得食者，啖此最宜②。秦之西鄙③，产羊极繁，土人日食止一餐，其能不枵腹者④，羊之力也。《本草》载，羊肉比人参、黄芪。参芪补气，羊肉补形。予谓补人者羊，害人者亦羊。凡食羊肉者，当留腹中余地，以俟其长。倘初食不节而果其腹，饭后必有胀而欲裂之形，伤脾坏腹，皆由于此，葆生者不可不知⑤。

【注释】①念："廿"的大写，二十。

②啖：吃或给人吃。

③秦之西鄙：秦地的西边。秦，今在陕西一带。西鄙，西方的边邑。

④枵（xiāo）腹：空腹，饥饿。

⑤葆生：养生。

【译文】食物中折耗最重的，要属羊肉了。有谚语说："羊几贯，帐难算，生折对半熟对半，百斤止剩念余斤，缩到后来只一段。”大概是说百斤羊肉，屠宰分割之后，只有五十斤，等到煮熟之后，又只有二十五斤，这是固定不变的规律。但是生羊肉容易损耗，人人皆知；熟羊肉容易发胀，人们就未必知道了。羊肉这种东西，最能使人吃饱，刚开始吃不会感觉到饱，吃完之后才渐渐觉得饱，这就是羊肉容易发胀的证明。凡是走远路和出门办事，匆忙之中没有吃食，那就最适合吃羊肉。秦地的西面，产羊极多，当地人一天只吃一顿饭，他们不会饿肚子的原因，就是因为羊肉的功劳。《本草》中记载，羊肉可与人参、黄芪比肩。参芪补气，羊肉补形。我认为滋补人身体的是羊，伤害人身体的也是羊。凡是吃羊肉的人，肚子应当留有余地，以等它发胀。如果刚开始吃的时候不节制而吃得很饱，饭后一定会有胀而欲裂的情况，伤脾坏腹，都是因为这样，养生的人不可不知道。

牛　犬

猪、羊之后，当及牛、犬。以二物有功于世，方劝人戒之之不暇，尚忍为制酷刑乎？略此二物，遂及家禽，是亦以羊易牛之遗意也①。

【注释】①以羊易牛：出自《孟子·梁惠王上》：“王坐于堂上，有牵牛而过堂下者。王见之，曰：‘牛何之？’对曰：‘将以衅钟。’王曰：‘舍之，吾不忍其觳觫，若无罪而就死地。’对曰：‘然则废衅钟与？’曰：‘何可废也？以羊易之。’。”

【译文】猪、羊之后，应当讲讲牛、犬了。因为这两种动物有功于世，我要劝人戒杀它们都来不及，怎会忍心还为它们创制酷刑呢？省略这两种动物，而谈及家禽，这也是以羊易牛的遗意。

鸡

鸡亦有功之物，而不讳其死者，以功较牛、犬为稍杀[1]。天之晓也，报亦明，不报亦明，不似畎亩[2]、盗贼，非牛不耕，非犬之吠则不觉也。然较鹅、鸭二物，则淮阴羞伍绛、灌矣[3]。烹饪之刑，似宜稍宽于鹅、鸭。卵之有雄者弗食，重不至斤外者弗食，即不能寿之，亦不当过夭之耳。

【注释】①杀：消减。

②畎亩：田地，田野。

③淮阴羞伍绛、灌：淮阴侯韩信羞于和周勃、灌婴为伍。淮阴即淮阴侯韩信，绛即绛侯周勃，灌即颍阴侯灌婴。出自《史记·淮阴侯列传》。

【译文】鸡也有功劳的动物，却不避讳它的死，是因为它的功劳相较牛、犬稍逊。天要亮时，鸡叫天会亮，鸡不叫天也会亮，不像耕田、防贼，非牛不耕，非狗不叫而不能察觉。但相较鹅、鸭两种动物，就像淮阴侯耻于和周勃、灌婴为伍。鸡的烹饪之刑，好像要比鹅、鸭稍宽。不要吃能孵出小鸡的蛋，也不要吃不到一斤以上的鸡，就算是不能让它长寿，也不应该让它过早死亡。

鹅

鶃鶃之肉无他长[1]，取其肥且甘而已矣。肥始能甘，不肥则同于嚼蜡。鹅以固始为最[2]，讯其土人，则曰："豢之之物[3]，亦同于人。食人之食，斯其肉之肥腻亦同于人也。"犹之豕肉以金华为最，婺人豢豕[4]，非饭即粥，故其为肉也甜而腻。然则固始之鹅、金华之豕，均非鹅、豕之美，食美之也。食能美物，奚俟人言？归而求之，有余师矣[5]。但授家人以法，彼虽饲以美食，终觉饥饱不时，不似固始、金华之有节[6]，故其为肉也，犹有一间之殊。盖终以禽兽畜之，未尝稍同于人耳。"继子得食，肥而不泽。"其斯之谓欤？

【注释】①鶃鶃（yì）：鹅鸣声。亦借指鹅。

②固始：今河南固始。

③豢（huàn）：喂养牲畜。

④婺（wù）：今浙江省金华。

⑤余师：很多可受教之处，很多可效法之处。

⑥有节：有节度，有节制。

【译文】鹅肉没有别的优点，取其肥且甘而已。肥才会甘，不肥则同于嚼蜡。鹅以固始产出的为最，询问当地人，则说："喂鹅的食物，也要和人的食物一样。吃人所食的，鹅肉也会和人一样肥腻。"就好像猪肉以金华产出的为最，婺州人养猪，非饭即粥，所以它的肉甜而腻。既然这样，那么固始的鹅、金华的猪，都不是鹅、猪本身肉质鲜美，而是用美食来喂养它们。食物能使肉质变得鲜美，还需要说吗？我回到家乡来求教，有很多受教之处。但我只把方法告诉家人，他们喂养动物虽也用了美食，但始终觉得饥饱不时，不像固始、金华那样喂养得有规律，所以相互比较，家人喂养的与固始、金华喂养的还是有一定的差距。因为始终是当作禽兽来喂养，从未稍像人一样来看待它们。“继子得食，肥而不泽。”说的就是这个意思吧？

有告予食鹅之法者，曰：昔有一人，善制鹅掌。每豢肥鹅将杀，先熬沸油一盂[①]，投以鹅足，鹅痛欲绝，则纵之池中，人则任其跳跃。已而复擒复纵，炮瀹如初[②]。若是者数四，则其为掌也，丰美甘甜，厚可径寸，是食中异品也。予曰：惨哉斯言！予不愿听之矣。物不幸而为人所畜，食人之食，死人之事。偿之以死亦足矣，奈何未死之先，又加若是之惨刑乎？二掌虽美，入口即消，其受痛楚之时，则有百倍于此者。以生物多时之痛楚，易我片刻之甘甜，忍人不为，况稍具婆心者乎？地狱之设，正为此人，其死后炮烙之刑[③]，必有过于此者。

【注释】①盂：盛饭的器皿。

②瀹（yuè）：浸渍。

③炮烙：古代的一种酷刑。把人绑在烧红的铜柱上烫死。

【译文】有人告诉我吃鹅的方法，说：从前有个人，擅长做鹅掌。每次鹅养肥要杀时，先烧一锅油，放入鹅脚，鹅痛欲绝，再把它放到水池中，人则任它跳跃。过一会儿再抓再放，像刚开始那样烹制。反复四次，这样做出来的鹅掌，丰美甘甜，可达一寸厚，是食物之中的异品。我说：这些话太残忍了！我不想再听了。动物不幸为人类所豢养，吃人类喂给它们的食物，因人的口腹之欲而死。它们用死来偿还也足够了，为什么要在未死之前，再施加这样的酷刑呢？两只鹅掌虽然味道鲜美，入口即消，但鹅承受痛楚的时间，要比这长百倍。用活物多时之痛苦，来换我片刻之甘甜，残忍的人都不这么做，何况是稍有慈悲心的人？地狱正是为了这类人而设，在他死后要遭受的炮烙之刑，一定会比这还严重。

鸭

禽属之善养生者，雄鸭是也。何以知之？知之于人之好尚。诸禽尚雌，而鸭独尚雄；诸禽贵幼，而鸭独贵长。故养生家有言：“烂蒸老雄鸭，功效比参芪。”使物不善养生，则精气必为雌者所夺，诸禽尚雌者，以为精气之所聚也。使物不善养生，则情窍一开，日长而日瘠矣，诸禽贵幼者，以其泄少而存多也。雄鸭能愈长愈肥，皮肉至老不变，且食之与参、芪比功，则雄鸭之善于养生，不待考核而知之矣。然必俟考核，则前此未之闻也。

【译文】禽类中有利于养生的，就是雄鸭了。如何知道的呢？

是从人们的喜好中得知的。对于其他的禽类，人们都喜欢雌性，而唯独对于鸭子，人们只喜欢雄性；对于其他禽类，人们以幼为贵，而唯独对于鸭子，人们以长为贵。所以养生家说："烂蒸老雄鸭，功效比参芪。"假如一种动物不利于养生，那么精气一定是被雌性夺去，人们喜欢雌性禽类，是因为它们是精气聚集所在。假如一种动物不利于养生，那么情窍一开，它们就会日日长而且日日瘦了，其他的禽类以幼为贵，是因为它们的精气外泄得少而留存得多。雄鸭能越长越肥，皮肉到老不变，而且食用的功效堪比人参、黄芪，那么雄鸭的利于养生，不用查验就知道了。但是一定等查验之后才能确定，因为这种说法在此之前从未听说过。

野禽　野兽

野味之逊于家味者，以其不能尽肥；家味之逊于野味者，以其不能有香也。家味之肥，肥于不自觅食而安享其成；野味之香，香于草木为家而行止自若。是知丰衣美食、逸处安居，肥人之事也；流水高山、奇花异木，香人之物也。肥则必供刀俎，靡有孑遗[①]；香亦为人朵颐[②]，然或有时而免。二者不欲其兼，舍肥从香而已矣。

【注释】①靡有孑遗：出自《诗·大雅·云汉》："旱既太甚，则不可推。兢兢业业，如霆如雷。周余黎民，靡有孑遗。"本意是指没有任何一个人能逃脱旱灾的侵害。后指荡然无存，毫无遗留。

②朵颐：鼓动腮颊嚼东西的样子，朵，动。颐，下巴。

【译文】野味逊于家味的原因，是因为野味不够肥美；家味逊于野味的原因，是因为家味不够鲜香。家味之肥，是肥在不用自己寻找食物而是安享其成；野味之香，是香在它们以草木为家而且行动自如。由此可见，丰衣美食、逸处安居，是使人肥胖的事情；流水高山、奇花异木，是使人散发芳香的东西。家禽肥就一定会任人宰割，没有一个能够逃脱；野味香也会为人朵颐，但是有时可以幸免。倘若二者不想兼得，那就会舍肥从香而已。

野禽可以时食，野兽则偶一尝之。野禽如雉、雁、鸠、鸽、黄雀、鹌鹑之属，虽生于野，若畜于家，为可取之如寄也①。野兽之可得者惟兔、獐、鹿、熊、虎诸兽，岁不数得，是野味之中又分难易。难得者何？以其久住深山，不入人境，槛阱之入②，是人往觅兽，非兽来挑人也。禽则不然，知人欲弋而往投入③，以觅食也，食得而祸随之矣。是兽之死也，死于人；禽之毙也，毙于己。食野味者，当作如是观。惜禽而更当惜兽，以其取死之道为可原也。

【注释】①如寄：就像暂时寄居。比喻时间短促。

②槛阱（jiàn jǐng）：捕捉野兽的机具和陷坑。

③弋：用带绳子的箭射鸟。

【译文】野禽可以经常吃到，野兽则是偶尔才能品尝。野禽像雉、雁、鸠、鸽、黄雀、鹌鹑之类的，虽然生长在野外，但就像养在家里一样，随时都能捕捉到。野兽中能捉到的只有兔子、獐、鹿、熊、虎等，一年也捉不到几只，野味之中又分难易。为什么会难以捕捉？是因为它们久住深山，不到有人的地方，它们会落入陷阱，是人前往找寻野兽，而不是野兽去侵犯人类。野禽则不是这样，明知有人想捉住它反而还会自投罗网，是因为要觅食，食物找到了而灾祸也就随之而来了。这就是野兽之死，死于人；野禽之死，死于己。吃野味的人，当作如是观。珍惜野禽而更要珍惜野兽，因为野兽死去的原因是可以谅解的。

鱼

鱼藏水底，各自为天，自谓与世无求，可保戈矛之不及矣。乌知网罟之奏功[①]，较弓矢罝罘为更捷[②]。无事竭泽而渔[③]，自有吞舟不漏之法。然鱼与禽兽之生死，同是一命，觉鱼之供人刀俎，似较他物为稍宜。何也？水族难竭而易繁。胎生、卵生之物，少则一母数子，多亦数十子而止矣。鱼之为种也似粟，千斯仓而万斯箱[④]，皆于一腹焉寄之。苟无沙汰之人[⑤]，则此千斯仓而万斯箱者生生不已，又变而为恒河沙数。至恒河沙数之一变再变，以至千百变，竟无一物可以喻之，不几充塞江河而为陆地，舟楫之往来能无恙乎？故渔人之取鱼虾，与樵人之伐草木，皆取所当取，伐所不得不伐者也。我辈食鱼虾之罪，较食他物为稍轻。兹为约法数章，虽难比乎祥刑[⑥]，亦稍差于酷吏。

【注释】①网罟（gǔ）：捕鱼及捕鸟兽的工具。

②罝罘(jū fú)：捕兽网。

③竭泽而渔：抽干池水，捉尽池鱼。出自《吕氏春秋·孝行览·义赏》："竭泽而渔，岂不获得，而明年无鱼。"

④千斯仓而万斯箱：极多的粮食。出自《诗·小雅·甫田》："曾孙之稼，如茨如梁。曾孙之庾，如坻如京。乃求千斯仓，乃求万斯箱。"

⑤沙汰：淘汰，拣选。这里引申为捕杀。

⑥祥刑：善用刑罚。与下文酷吏的乱用刑罚相对。出自《尚书·吕刑》："有邦有土，告尔祥刑。"

【译文】鱼藏水底，各自为天，自认为与世无求，就可以确保戈矛伤不到它们。谁会知道渔网的效果，比弓箭兽网更加快捷。没有必要竭泽而渔，自有不会让吞舟之鱼逃脱的办法。但是鱼和禽兽的生死，是相同的命运，反而会觉得鱼任人宰割，好像会比其他动物稍微合适一些。为什么？因为水族难以穷尽而且容易繁殖。胎生、卵生之物，少则一母数子，多则也就数十子为止了。而鱼的繁衍就像谷物，千斯仓而万斯箱，都在一条鱼的肚子之中。如果没有捕杀它们的人类，而它们这样千斯仓而万斯箱地生生不已，又会变成恒河沙数那样无法估量。至于恒河沙数的一变再变，以至千百变，终了都没有一样东西可以比喻它数量的不可估量，那不就几乎阻塞江河而变成陆地，舟船的往来还能无恙吗？所以渔民之捕捞鱼虾，与樵夫之砍伐草木，都是捕捞应当捕捞的，砍伐不得不砍伐的。我辈吃鱼虾之罪，相较吃其他食物之罪稍轻。在这约法数章，虽然难以与善用刑罚相比，但也会和酷吏稍有不同。

食鱼者首重在鲜，次则及肥，肥而且鲜，鱼之能事毕矣。然二美虽兼，又有所重在一者。如鲟、如鯚、如鲫、如鲤，皆以鲜胜者也，鲜宜清煮作汤；如鳊、如白、如鲥、如鲢，皆以肥胜者也，肥宜厚烹作脍。烹煮之法，全在火候得宜。先期而食者肉生[①]，生则不松；过期而食者肉死，死则无味。迟客之家[②]，他馔或可先设以待，鱼则必须活养，候客至旋烹。鱼之至味在鲜，而鲜之至味又只在初熟离釜之片刻，若先烹以待，是使鱼之至美发泄于空虚无人之境；待客至而再经火气，犹冷饭之复炊、残酒之再热，有其形而无其质矣。

【注释】①先期：在事情发生或进行之前，这里是指火候不到。

②迟：晚，这里是指主人等待客人的到来。

【译文】吃鱼最重要在于鲜，其次是肥，肥而且鲜，鱼的优点就是这些了。然而二者虽然全都兼有，但又有侧重的一方面。如鲟、如鯚、如卿、如鲤，都是以鲜为胜，味鲜适合清煮作汤；如鳊、如白、如鲥、如鲢，都是以肥为胜，肉肥适合厚炖作脍。烹煮之法，全在火候得宜。火候不到肉吃起来会生，生就不松软；火候过了肉吃起来会死，死就没有味道。等待宾客到来的人家，其他菜肴或许可以提前准备好，但鱼必须是活的，等客人来了现做。鱼的味道在鲜，而鲜味又只在刚做熟出锅的那一刻，如果先做好等待宾客，这样鱼的至美之味就会散发到空虚无人之境；等宾客到了之后再经火气，就像冷饭重新加热、残酒再次温热，虽然形状还在但它原本的味道已经没有了。

煮鱼之水忌多，仅足伴鱼而止，水多一口，则鱼淡一分。司厨婢子，所利在汤，常有增而复增，以致鲜味减而又减者，志在厚客，不能不薄待庖人耳。更有制鱼良法，能使鲜肥迸出，不失天真，迟速咸宜，不虞火候者[1]，则莫妙于蒸。置之镟内[2]，入陈酒、酱油各数盏，覆以瓜、姜及蕈、笋诸鲜物，紧火蒸之极熟。此则随时早暮，供客咸宜，以鲜味尽在鱼中，并无一物能侵，亦无一气可泄，真上着也。

【注释】①不虞：不忧虑，不担心。

②镟：同“旋”，旋子，温酒器。这里是指类似于蒸笼一样的蒸具。

【译文】煮鱼的水切忌太多，只要与鱼齐平就可以了，水多一口，则鱼的味道就淡一分。主厨的婢女，嘴馋想喝些鱼汤，常常反复加水，以致于鲜味一减再减，本意是想厚待宾客，那就不得不薄待厨师。更有制鱼良法，能使鲜肥迸出，不失鱼的本味，急烧慢烧都很适合，不用担心火候，则莫过于蒸。把鱼放到蒸笼里，加入陈酒、酱油各数盏，再放上酱瓜、姜及蕈、笋等新鲜佐料，猛火蒸到熟透。这道菜不管早晚，都可以招待宾客，因为鲜味全在鱼中，并且没有任何味道能够侵扰，也没有任何气味可以散发，真是烹制鱼的最好方法。

虾

笋为蔬食之必需，虾为荤食之必需，皆犹甘草之于药也。善治荤食者，以焯虾之汤，和入诸品，则物物皆鲜，亦犹笋汤之利于群蔬。笋可孤行，亦可并用；虾则不能自主，必借他物为君。若以煮熟之虾单盛一簋，非特华筵必无是事，亦且令食者索然。惟醉者、糟者，可供匕箸。是虾也者，因人成事之物，然又必不可无之物也。“治国若烹小鲜[①]”，此小鲜之有裨于国者。

【注释】①“治国”一句：出自《老子》：“治大国若烹小鲜。”

【译文】笋是蔬菜中必需的，虾是荤食中必需的，都犹如药材中的甘草。善于做荤菜的人，将焯虾的汤，和进各种食物中，这样物物皆鲜，就像笋汤有利于所有蔬菜的鲜味。笋可以单独烹制，也可以和其他食物一起烹制；虾则不能单独烹制，一定要借助其他食物为主。若将煮熟的虾单盛一簋，不但在盛宴上一定不会出现这种事情，并且会令吃的人索然无味。只有醉虾、糟虾，单独上桌还可供人下筷。虾这种东西，是要与其他食物互相搭配的东西，但又是必不可少的东西。“治国若烹小鲜”，这也是小鲜有益于国家的地方了。

鳖

“新粟米炊鱼子饭，嫩芦笋煮鳖裙羹。”林居之人述此以鸣得意，其味之鲜美可知矣。予性于水族无一不嗜，独与鳖不相能，食多则觉口燥，殊不可解。一日，邻人网得巨鳖，召众食之，死者接踵，染指其汁者，亦病数月始痊。予以不喜食此，得免于召，遂得免于死。岂性之所在，即命之所在耶？予一生侥幸之事难更仆数①。乙未居武林②，邻家失火，三面皆焚，而予居无恙。己卯之夏③，遇大盗于虎爪山，贿以重资者得免，不则立毙。予囊无一钱，自分必死④，延颈受诛，而盗不杀。至于甲申、乙酉之变⑤，予虽避兵山中，然亦有时入郭，其至幸者，才徙家而家焚，甫出城而城陷，其出生于死，皆在斯须倏忽之间⑥。噫，予何修而得此于天哉！报施无地，有强为善而已矣。

【注释】①难更仆数：形容事物繁多，数不胜数。出自《礼记·儒行》：“遽数之不能终其物，悉数之乃留，更仆未可终也。”

②乙未：1655年，顺治十二年。

③己卯：1639年，崇祯十二年。

④自分：自料，自以为。

⑤甲申、乙酉：分别是1644年清军入关和1645年清军攻破南京，朱由崧被俘。

⑥斯须：一会儿的功夫，片刻。倏（shū）忽：很快，忽然。

【译文】“新粟米炊鱼子饭，嫩芦笋煮鳖裙羹。”这是闲居山林的人讲述所吃到的美食而自鸣得意，这就可想而知食物的鲜美了。我生性对于水产没有一样是不喜欢的，唯独对于鳖不能相容，吃多了就会感觉口干舌燥，实在不可理解。一天，邻居网得一只巨鳖，请大家去吃，吃过之后接连死了数人，甚至尝过一点汤汁的，也病了数月才见好。我因为不喜欢吃鳖，所以就没有邀请我，于是得以免于一死。难道我生性之好恶，就是我性命之所在吗？我一生侥幸之事更是难以记述。乙未年我住在杭州，邻居家中失火，三面都烧着了，而我的房子却安然无恙。己卯年夏天，在虎爪山遇见强盗，交出重金的人才能幸免，否则就会立即被杀掉。我囊无一文，自以为会必死无疑，所以准备引颈受戮，而盗贼竟然没有杀我。至于甲申、乙酉之变，我虽然在山中躲避战乱，但有时也会到城里，最幸运的是，刚刚搬家而原来的房子就被烧了，刚刚出城而城就沦陷了，出生于死，都在须臾刹那之间。唉，我何德何能而得到上天的眷顾呢！我无以为报，只有努力行善罢了。

蟹

予于饮食之美，无一物不能言之，且无一物不穷其想象、竭其幽渺而言之[①]；独于蟹螯一物，心能嗜之，口能甘之，无论终身一日皆不能忘之，至其可嗜可甘与不可忘之故，则绝口不能形容之。此一事一物也者，在我则为饮食中之痴情，在彼则为天地间之怪物矣。予嗜此一生。每岁于蟹之未出时，即储钱以待，因家人笑予以蟹为命，即自呼其钱为“买命钱”。自初出之日始，至告竣之日止，未尝虚负一夕，缺陷一时。同人知予癖蟹，召者饷者皆于此日，予因呼九月、十月为“蟹秋”。虑其易尽而难继，又命家人涤瓮酿酒，以备糟之醉之之用。糟名“蟹糟”，酒名“蟹酿”，瓮名“蟹瓮”。向有一婢，勤于事蟹，即易其名为“蟹奴”，今亡之矣。蟹乎！蟹乎！汝于吾之一生，殆相终始者乎！所不能为汝生色者，未尝于有螃蟹无监州处作郡[②]，出俸钱以供大嚼，仅以悭囊易汝[③]。即使日购百筐，除供客外，与五十口家人分食，然则入予腹者有几何哉？蟹乎！蟹乎！吾终有愧于汝矣。

【注释】①幽渺：精微。

②监州：监察州县之官。作郡：担任一郡长官，治理地方。

③悭（qiān）囊：钱袋，又称扑满。也指悭吝者的钱袋。这里指囊中羞涩。

【译文】我对于饮食之美，没有一物是不能讲的，而且没有一物不是穷尽想象、竭尽微妙来讲；只有螃蟹这种东西，心中十分喜爱，口中还能品尝出它的鲜美，无论终生还是一日都忘不了它的味道，至于心中喜爱它、可以品尝出它的鲜美以及念念不忘的原因，则是一句话也形容不出来的。这样的一件事、一样食物，对于我而言则是饮食之中的痴情，对于螃蟹而言则是天地之间的怪物了。我一生喜食螃蟹。每年在螃蟹还没开始卖的时候，就备好钱等待了，因为家人笑我以蟹为命，于是就自称这些钱为“买命钱”。从刚开始卖的这天开始，到卖完之日为止，不曾虚负一夕，缺漏一时。朋友知道我爱吃螃蟹，邀请我的、款待我的都在这段时间，因而我将九月、十月称为“蟹秋”。考虑这段时间会很快结束而螃蟹难以相续，又命家人洗瓮酿酒，准备用来糟蟹醉蟹。我将用来糟蟹的糟称为“蟹糟”，酒称为“蟹酿”，瓮称为“蟹瓮”。从前有一个婢女，勤于酿制螃蟹，我就将她的名字改为“蟹奴”，她现在已经去世了。螃蟹啊！螃蟹啊！你对于我的一生，大概就要相伴始终了吧！我不能为你增添光彩的地方，是从未在产出螃蟹却没有设监察官员的地方担任长官，可以拿出俸禄来供自己饱享口福，却只能用寥寥数钱来换你。即使日购百筐，除了请客之外，与五十口家人分食，那么到我肚子的能有多少呢？螃蟹啊！螃蟹啊！我终究是有愧于你。

蟹之为物至美，而其味坏于食之之人。以之为羹者，鲜则鲜矣，而蟹之美质何在？以之为脍者，腻则腻矣，而蟹之真味不存。更可厌者，断为两截，和以油、盐、豆粉而煎之，使蟹之色、蟹之香与蟹之真味全失。此皆似嫉蟹之多味，忌蟹之美观，而多方蹂躏，使之泄气而变形者也。世间好物，利在孤行。蟹之鲜而肥，甘而腻，白似玉而黄似金，已造色香、味三者之至极，更无一物可以上之。和以他味者，犹之以爝火助日[①]，掬水益河[②]，冀其有裨也[③]，不亦难乎？

【注释】①爝（jué）火：火炬，小火把。

②掬水：双手捧水。

③冀：希望。

【译文】螃蟹是食物中味道极其鲜美的东西，而它的鲜美往往坏于食用它的人。用它做成羹汤，鲜是鲜了，而螃蟹美味的本质何在？用它来制成蟹丝，腻是腻了，而螃蟹真实的味道便不存在了。更令人讨厌的是，将螃蟹分成两截，和上油、盐、豆粉再煎它，使得蟹的颜色、香味和真实的味道全部失去。这些都好似嫉妒螃蟹的美味，憎恨螃蟹的美观，而多方蹂躏，使它的香气外泄、形状改变。世间好物，适合单独烹制。蟹之鲜而肥，甘而腻，白似玉而黄似金，已到达色、香、味三者的极点，更无一物可以居于它之上的。如果和进其他味道，就像以小小的火苗来助太阳的光照，捧一捧水来增加大河的水量，想以此来有所增益，不也是很难的吗？

凡食蟹者，只合全其故体，蒸而熟之，贮以冰盘，列之几上，听客自取自食。剖一筐，食一筐，断一螯，食一螯，则气与味纤毫不漏。出于蟹之躯壳者，即入于人之口腹，饮食之三昧，再有深入于此者哉？凡治他具，皆可人任其劳，我享其逸，独蟹与瓜子、菱角三种，必须自任其劳。旋剥旋食则有味，人剥而我食之，不特味同嚼蜡，且似不成其为蟹与瓜子、菱角，而别是一物者。此与好香必须自焚，好茶必须自斟，僮仆虽多，不能任其力者，同出一理。讲饮食清供之道者，皆不可不知也。宴上客者势难全体[①]，不得已而羹之，亦不当和以他物，惟以煮鸡鹅之汁为汤，去其油腻可也。

【注释】①全体：是指前文所讲整个的螃蟹。

【译文】凡是食用螃蟹，只要使它保持完整，蒸熟之后，装在冰盘中，摆在几案上，让客人自取自食。剖开一筐，就吃一筐，掰断一只蟹螯，就吃一只蟹螯，这样香气和味道就会纤毫不漏。从蟹壳里出来，就进了人的肚子，饮食的真谛，还有比这更深奥的吗？凡是准备其他食物，都可以让人代劳，而自己坐享其成，唯独螃蟹和瓜子、菱角这三种，必须自任其劳。现剥现吃才会有味，别人剥而我吃，不仅味同嚼蜡，而且吃起来似乎不是螃蟹和瓜子、菱角，而是另外一种东西。这与好香必须自焚，好茶必须自斟，僮仆虽多，而不能让他们来做，是一样的道理。讲究饮食和赏玩之道的人，都不可不知。宴客很难保持整只螃蟹，不得已而做成羹汤的，也不应该和进其他东西，只用煮鸡鹅的汤做汤，去掉油腻就可以了。

瓮中取醉蟹，最忌用灯，灯光一照，则满瓮俱沙，此人人知忌者也。有法处之，则可任照不忌。初醉之时，不论昼夜，俱点油灯一盏，照之入瓮，则与灯光相习①，不相忌而相能，任凭照取，永无变沙之患矣。此法都门有用之者。

【注释】①相习：互相熟悉。

【译文】从瓮中取醉蟹时，最忌用灯，灯光一照，则满瓮都是沙子，这是人人都知道要切忌的。若有方法来解决，就可以任照不忌。在刚开始做醉蟹的时候，不论昼夜，都要点一盏油灯，灯光照着将蟹放到瓮中，就能与灯光相互熟习，不会忌讳灯光而适应灯光，任凭照取，永远没有满翁都变成沙子的隐患了。这一方法在都门有人使用。

零星水族

予担簦二十年[①]，履迹几遍天下。四海历其三，三江五湖则俱未尝遗一[②]，惟九河未能环绕[③]，以其迂僻者多[④]，不尽在舟车可抵之境也。历水既多，则水族之经食者，自必不少，因知天下万物之繁，未有繁于水族者，载籍所列诸鱼名，不过十之六七耳。常有奇形异状，味亦不群，渔人竟日取之，土人终年食之，咨询其名，皆不知为何物者。无论其他，即吴门、京口诸地所产水族之中[⑤]，有一种似鱼非鱼，状类河豚而极小者，俗名“斑子鱼”，味之甘美，几同乳酪，又柔滑无骨，真至味也，而《本草》《食物》诸书，皆所不载。近地且然，况寥廓而迂僻者乎[⑥]？海错之至美[⑦]，人所艳羡而不得食者，为闽之“西施舌”“江瑶柱”二种[⑧]。“西施舌”予既食之，独“江瑶柱”未获一尝，为入闽恨事。所谓“西施舌”者，状其形也。白而洁，光而滑，入口咂之，俨然美妇之舌，但少朱唇皓齿牵制其根，使之不留而即下耳。此所谓状其形也。若论鲜味，则海错中尽有过之者，未甚奇特，朵颐此味之人，但索美舌而咂之，即当屠门大嚼矣[⑨]。其不甚著名而有异味者，则北海之鲜鳓，味并鲥鱼，其腹中有肋，甘美绝伦。世人以在鲟、鳇腹中者为“西施乳”，若与此肋较短长，恐又有东家、西家之别耳[⑩]。

【注释】①担簦（dēng）：背着伞。借指奔走，跋涉。

②“四海”两句：自古以来说法不一，这里泛指华夏九州境内。

③九河：黄河的九条支流。代指黄河。

④迂僻：偏僻。

⑤京口：地名，今在镇江。

⑥寥廓：遥远，空旷。

⑦海错：海产种类繁多。出自《书·禹贡》：“海物惟错。”

⑧西施舌：贝类动物名。肉白，形似舌，味极鲜美。江瑶柱：又称“江珧柱”。蚌类动物江珧的肉柱。可制成干贝。

⑨屠门大嚼：比喻欣羡而不能得，聊为已得之状以自慰。

⑩东家、西家：指的是东施、西施，比喻两者之间的差距。

【译文】我四处游历二十年，几乎走遍了天下。四海游历了其中三海，三江五湖则一处都不曾遗漏，只有九河未能环绕，因为它偏僻的地方很多，不全是舟车都可以到达的地界。游历的水川流已经很多了，那么吃过的水族，自是不会少，因而知晓天下万物之繁，莫过于水族，书中上所列的各种鱼名，不过十之六七而已。常有奇形怪状，味道也不同寻常，渔夫整天捕捞，当地人终年食用，但问到鱼的名称，却都不知道是什么鱼。不要说其他地方，就是在苏州、镇江等地所产的水族之中，有一种似鱼非鱼，形状像河豚却极小的鱼，俗称“斑子鱼”，味道甘美，如同乳酪，而且柔滑无骨，真是一种至美之味，而在《本草》《食物》等书中，都没有记载。附近的地方都是这样，何况是遥远偏僻的地方呢？海味中味道最美的，而人人羡慕却吃不到的，就是福建的“西施舌”“江瑶柱”这两种东西。“西施舌”我已经吃过了，只有“江瑶柱”还没有品尝过，这是我游历福建的憾事。所谓“西施舌”，状如其名。白而洁，光而滑，入口品尝，俨然就像美妇之舌，只是少了朱唇皓齿牵住舌根，使得它在嘴里留不住就立马咽下去了。这就是所谓状如其名。若论鲜味，那在海味之中大有超过它的，并没有十分奇特的，喜爱这种味道的人，只是想寻找美舌而品尝，就只当过瘾了。海味中并不著名但有奇异味道的，就是北海的鲜鳓，味道和鲥鱼一样，腹中有肋，甘美绝伦。世人将鲟、鳇腹中的肋骨称作“西施乳”，如果要与鲜鳓的肋骨相较长短，恐怕又会有东施、西施的区别了。

河豚为江南最尚之物，予亦食而甘之。但询其烹饪之法，则所需之作料甚繁，合而计之，不下十余种，且又不可缺一，缺一则腥而寡味。然则河豚无奇，乃假众美成奇者也。有如许调和之料施之他物，何一不可擅长，奚必假杀人之物以示异乎？食之可，不食亦可。若江南之鲚，则为春馔中妙物。食鲥鱼及鲟鳇有厌时，鲚则愈嚼愈甘，至果腹而犹不能释手者也。

【译文】河豚是江南人最喜欢的食物，我也吃过觉得味道甘美。但问起烹饪的方法，则所需要的佐料非常多，合起来计算，不下十余种，而且缺一不可，少一种就会腥气而且寡味。但是河豚平平无奇，乃是借助了众多的美味才成了它奇特的味道。有这么多调和的佐料用在其他食物中，哪一种佐料没有擅长之处，为什么一定要借助会杀人的食物来显示奇特呢？所以河豚可以吃，也可以不吃。比如江南的鲚鱼，就是春季菜肴中的妙物。吃鲥鱼和鲟鱼、鳇鱼会有厌烦的时候，鲚鱼却越嚼越甘美，直到吃饱还不愿意放手。

不载果食茶酒说

果者酒之仇，茶者酒之敌，嗜酒之人必不嗜茶与果，此定数也。凡有新客入座，平时未经共饮，不知其酒量浅深者，但以果饼及糖食验之。取到即食，食而似有踊跃之情者，此即茗客，非酒客也；取而不食，及食不数四而即有倦色者，此必巨量之客，以酒为生者也。以此法验嘉宾，百不失一。予系茗客而非酒人，性似猿猴，以果代食，天下皆知之矣。讯以酒味则茫然，与谈食果饮茶之事，则觉井井有条，滋滋多味。兹既备述饮馔之事，则当于二者加详，胡以缺而不备？曰：惧其略也。性既嗜此，则必大书特书，而且为罄竹之书，若以寥寥数纸终其崖略[①]，则恐笔欲停而心未许，不觉其言之汗漫而难收也[②]。且果可略而茶不可略，茗战之兵法[③]，富于《三略》《六韬》[④]，岂《孙子》十三篇所能尽其灵秘者哉[⑤]？是用专辑一编，名为《茶果志》，孤行可，尾于是集之后亦可。至于曲蘖一事[⑥]，予既自谓茫然，如复强为置吻，则假口他人乎？抑强不知为知，以欺天下乎？假口则仍犯剿袭之戒；将欲欺人，则茗客可欺，酒人不可欺也。倘执其所短而兴问罪之师，吾能以茗战战之乎？不若绝口不谈之为愈耳。

【注释】①崖略：大略，概略。

②汗漫：广大，漫无边际。

③茗战：斗茶，品茶。

④《三略》：又称《黄石公三略》，是历史上著名的兵书，可能于西汉末年成书。作者难以确考。宋代是列入了《武经七书》之一。《六韬》：又称《太公六韬》《太公兵法》，相传为姜子牙所著，是历史上著名的兵书。全书共六卷。

⑤《孙子》十三篇：又称《吴孙子》，是最早的兵学著作。春秋时期吴国将领孙武所著，是《武经七书》之一。

⑥曲糵（niè）：酒曲，代指酒。

【译文】水果是酒的仇人，茶是酒的宿敌，嗜酒的人一定不喜欢茶和水果，这是固定不变。凡是有新客入座，平时没在一起共饮，不知道他的酒量深浅，只要以果饼和糖食来验证。取来就吃，吃起来似有踊跃欢喜之情的，这便是茶客，并非酒客；取而不吃，吃了没多少就有倦意的人，这一定海量之客，以酒为生的人。用这个方法来试验嘉宾，百不失一。我是茶客而不是酒人，本性像猿猴，以水果代替饭食，天下皆知。若问我酒的味道而我是茫然不知，若与我谈论吃水果喝茶的事情，那我就会觉得井井有条，滋滋多味。这里已经详述了饮食之事，就应当在水果和茶这两方面讲述得更加详细，为什么会缺漏而不完备呢？答：是因为害怕讲述得太过简略。我既然生性喜欢这两样，势必会大书特书，而且会作罄竹之书，如果用寥寥数纸只讲个大概，那就恐怕笔想停止而内心不许，不知不觉我所讲的漫无边际而难以收场。而且水果可以概略而茶不可以概略，斗茶的兵法，比《三略》《六韬》还要丰富，《孙子》

十三篇难道就能讲完它的奥秘吗？所以我专写了一本书，名叫《茶果志》，单独刊印也可以，加在此书的后面也可以。至于酒一事，既然我自己说了茫然不知，如果我勉强讲述，那不就是冒用别人的言论吗？或是不懂装懂，来欺骗天下人吗？冒用他人的言论仍是犯了抄袭之戒；要想欺骗别人，则那些茶客还可以欺骗，而酒人就不可欺骗。如果有人抓住我的短处而兴师问罪，难道我能用斗茶的方法去应战吗？还不如绝口不提的好。

种植部

已载群书者片言不赘，非补未逮之论，

即传自验之方。欲睹陈言，请翻诸集。

木本第一

草木之种类极杂，而别其大较有三，木本、藤本、草本是也。木本坚而难痿[①]，其岁较长者，根深故也。藤本之为根略浅，故弱而待扶，其岁犹以年纪。草本之根愈浅，故经霜辄坏，为寿止能及岁。是根也者，万物短长之数也，欲丰其得，先固其根，吾于老农老圃之事，而得养生处世之方焉。人能虑后计长，事事求为木本，则见雨露不喜，而睹霜雪不惊；其为身也，挺然独立，至于斧斤之来，则天数也，岂灵椿古柏之所能避哉[②]？如其植德不力[③]，而务为苟且，则是藤本其身，止可因人成事，人立而我立，人仆而我亦仆矣。至于木槿其生，不为明日计者，彼且不知根为何物，遑计入土之浅深、藏荄之厚薄哉[4]？是即草木之流亚也。噫，世岂乏草木之行，而反木其天年、藤其后裔者哉？此造物偶然之失，非天地处人待物之常也。

【注释】①瘁：枯萎。

②灵椿：古代传说中的长寿之树。

③植德：立德，培养德行。

④荄（gāi）：草根。

【译文】草木的种类极其繁杂，而区别大概会有三类，就是木本、藤本和草本。木本的植物坚实而且难以枯萎，寿命比较长，是因为根深。藤本的植物根系略浅，所以纤弱而需要扶助，寿命还能以年计算。草本的植物根系更浅，所以一经霜冻就会枯死，寿命最长也就一年。这是说根，是决定万物寿命长短的因素，如果想收获得更丰富，就要先稳固它的根，我从年老的农夫和园丁栽种之事中，得到了养生处世之方。如果人能目光长远，事事像木本植物一样扎根深远，那就会看到雨露而不喜，见到霜雪而不惊；这样修身处世，挺然独立，至于难逃刀斧之祸，那就是天意了，这岂是灵椿古柏所能躲避的吗？如果不努力修养德行，反而追求马虎敷衍，那就像藤本植物，只能因人成事，人立而我立，人倒而我也会倒。至于像木槿的人生，不为明天考虑，它尚且都不知道根是什么东西，怎会考虑根入土的深浅、埋藏的厚薄呢？这就是草木植物之流了。唉，世上岂会缺少像草木植物那样的德行，反而像木本植物那样长寿、像藤本植物那样后代的人吗？这是造物主的偶然的过失，而并非天地间待人处世的常理。

牡　丹

牡丹得王于群花，予初不服是论，谓其色其香，去芍药有几？择其绝胜者与角雌雄，正未知鹿死谁手。及睹《事物纪原》[①]，谓武后冬月游后苑，花俱开而牡丹独迟，遂贬洛阳，因大悟曰：“强项若此[②]，得贬固宜，然不加九五之尊，奚洗八千之辱乎？”韩诗“夕贬潮阳路八千[③]”。物生有候，葭动以时[④]，苟非其时，虽十尧不能冬生一穗[⑤]；后系人主，可强鸡人使昼鸣乎[⑥]？如其有识，当尽贬诸卉而独崇牡丹。花王之封，允宜肇于此日[⑦]，惜其所见不逮，而且倒行逆施。诚哉！其为武后也。予自秦之巩昌[⑧]，载牡丹十数本而归，同人嘲予以诗，有“群芳应怪人情热，千里趋迎富贵花”之句。予曰：“彼以守拙得贬，予载之归，是趋冷非趋热也。”兹得此论，更发明矣。

【注释】①《事物纪原》：宋代高承编所撰，专记事物的起源。共10卷55部，包括了山川草木、鸟兽鱼虫、历法典章、文艺风肃等等，共记1765事。

②强项：刚强不屈。

③“韩诗”一句：出自唐代韩愈《左迁至蓝关示侄孙湘》。是韩愈在贬谪潮州途中创作的一首七律诗。

④葭动以时：古代用芦苇膜烧成灰，放在律管内，用来测节气，到了一个节气，管内的灰就会被吹出来。葭：初生的芦苇。

⑤十尧：十个像尧那样的圣人。谓圣人众多。

⑥“后系”两句：后系人主指的是武后武则天，暗讽武则天是妇人专权。鸡人，古代职官名，报晓之官。

⑦肇：开始，初始。

⑧巩昌：地名，今在甘肃陇西。

【译文】牡丹是花中之王，开始时我并不认同这种观点，认为它的颜色和香味，与芍药能相差多少？挑选最好的芍药和牡丹决一胜负，不知鹿死谁手。直到我看了《事物纪原》，书中说武后冬月时在后花园闲逛，百花都开了唯独牡丹迟迟不开，就将它贬到洛阳，于是我恍然大悟说：“像这般的刚强不屈，遭到贬黜理所当然，但若不加上九五之尊的花王之名，又怎能洗掉八千里路的耻辱呢？”韩诗“夕贬潮阳路八千”。万物生长有固定的节令，芦灰飘动有一定的时间，如果不到时候，虽有像十个尧一样的圣人也不能在冬天时生出一穗稻谷；后世的人主，难道能强迫公鸡在白天打鸣吗？如果武后有见识，就应当将各种花卉全部贬黜而独独推崇牡丹。牡丹的花王之封，理应从她赏花这一天开始，可惜她的所见达不到这 种地步，而且倒行逆施。这果真就是武后啊！我从秦地的巩昌，带回十几株牡丹，同道写诗嘲笑我，有“群芳应怪人情热，千里趋迎富贵花”之句。我说：“牡丹因为自守清高而遭到贬黜，我把它们带回来，这是趋冷而不是趋热。”在这有这些观点，而我的看法就更加明确了。

艺植之法，载于名人谱帙者[①]，纤发无遗，予倘及之，又是拾人牙后矣[②]。但有吃紧一着，花谱偶载而未之悉者，请畅言之。是花皆有正面，有反面，有侧面。正面宜向阳，此种花通义也。然他种或能委曲，独牡丹不肯通融，处以南面既生，俾之他向则死，此其肮脏不回之本性[3]，人主不能屈之，谁能屈之？予尝执此语同人，有迂其说者。予曰："匪特士民之家，即以帝王之尊，欲植此花，亦不能不循此例。"同人诘予曰："有所本乎？"予曰："有本。吾家太白诗云：'名花倾国两相欢，常得君王带笑看。解释春风无限恨，沉香亭北倚栏杆[4]。'倚栏杆者向北，则花非南面而何？"同人笑而是之。斯言得无定论？

【注释】①谱帙（zhì）：作示范或供寻检用的书籍。这里指种花一类的书籍。

②拾人牙后：即拾人牙慧，拾取别人的片言只语当做自己的话。

③肮脏（kǎng zǎng）：高亢刚直、不肯屈服的样子。

④"吾家"五句：出自李白《清平调词》之三。因为作者李渔与李白同姓李，所以是"吾家"。

【译文】种植牡丹的方法，在名人的书籍中有所记载，丝毫没有遗漏，如果我再在这里讲述这些方法，那就又是拾人牙慧了。但还是有要紧的一点，花谱偶而记载得不全面，请让我畅言。所有的花都有正面，有反面，有侧面。正面应当向阳，这是种花的惯例。然而其他的花或许能委屈将就，唯有牡丹不肯通融，使它面向阳面就能活，使它面向其他方向就会死，这是它刚强不屈的本性，人主都不能让它屈服，谁又能让它屈服呢？我曾将这些话告诉同道，有人觉得我所说的太迂腐。我说："不只是士民之家，即便是帝王之尊，若是想种植这种花，也不能不遵循这个惯例。"同道反问我说："你所说的有依据吗？"我说："有依据。我家太白诗云：'名花倾国两相欢，常得君王带笑看。解释春风无限恨，沉香亭北倚栏杆。'倚栏杆就是面向北，那么花不是面向南又会面向哪呢？"同道笑了笑认为我说的是对的。难道这还不能作为定论吗？

梅

花之最先者梅，果之最先者樱桃。若以次序定尊卑，则梅当王于花，樱桃王于果，犹瓜之最先者曰王瓜，于义理未尝不合，奈何别置品题[①]，使后来居上。首出者不得为圣人，则辟草昧致文明者[②]，谁之力欤？虽然，以梅冠群芳，料舆情必协[③]；但以樱桃冠群果，吾恐主持公道者，又不免为荔枝号屈矣。姑仍旧贯，以免抵牾。种梅之法，亦备群书，无庸置吻，但言领略之法而已。花时苦寒，即有妻梅之心[④]，当筹寝处之法。否则衾枕不备，露宿为难，乘兴而来者，无不尽兴而返，即求为驴背浩然，不数得也。观梅之具有二：山游者必带帐房，实三面而虚其前，制同汤网[⑤]，其中多设炉炭，既可致温，复备暖酒之用。此一法也。园居者设纸屏数扇，覆以平顶，四面设窗，尽可开闭，随花所在，撑而就之。此屏不止观梅，是花皆然，可备终岁之用。立一小匾，名曰"就花居"。花间竖一旗帜，不论何花，概以总名曰"缩地花"。此一法也。若家居所植者，近在身畔，远亦不出眼前，是花能就人，无俟人为蜂蝶矣。然而爱梅之人，缺陷有二：凡到梅开之时，人之好恶不齐，天之功过亦不等，风送香来，香来而寒亦至，令人开户不得，闭户不得，是可爱者风，而可憎者亦风也。雪助花妍，雪冻而花亦冻，令人去之不可，留之不可，是有功者雪，有过者亦雪也。其有功无过，可爱而不可憎者惟日，既可养花，又堪曝背，是诚天之循吏也[⑥]。使止有日而无风雪，则无时无日不在花间，布帐纸屏皆可不设，岂非梅花之至幸，而生人之极乐也哉！然而为之天者，则甚难矣。

【注释】①品题：评论人物，定其高下。这里指定尊卑的标准。

②草昧：蒙昧，世界未开化的时代。

③舆情：群众的看法、意见。协：和睦，融洽，这里指赞同，认同。

④妻梅：以梅为妻。宋代林逋隐居杭州西湖孤山，无妻无子，种梅养鹤以自娱，人称“梅妻鹤子”。

⑤汤网：在《史记·殷本纪》中记载：商汤外出狩猎，见到人们张网四面并祝祷说：“从天坠者，从地出者，从四方来者，皆离吾网。”商汤命人收起三面，只置一面，并改了祝词：“昔蛛蝥作网罟，今之人学纾。欲左者左，欲右者右，欲高者高，欲下者下，吾取其犯命者。”诸侯听闻商汤的仁德，纷纷归服。后比喻刑政宽大。

⑥循吏：守法循理的官吏。

【译文】梅花是最早开花的，樱桃是最早结果的。若是依次序定尊卑，那么梅花应是花中之王，樱桃应是果中之王，就像最早结瓜的就称作王瓜一样，于义理未尝不合，奈何另置了一样标准，使得后来者居上。首先出现的不能成为圣人，那么辟除草昧带来文明，又是谁的力量呢？虽然这样，让梅花居群芳之冠，我料想大众的意见一定赞同；但是要让樱桃居群果之冠，我恐怕主持公道的人，又不免为荔枝号屈了。姑且依照旧例，以避免矛盾发生。种梅的方法，在各类书籍中也有详尽的记载，我无须多说，只是讲讲赏梅的方法。梅开时正值苦寒天气，即便是有以梅为妻之心，也要考虑在外过夜之法。否则被子枕头都没有准备好，很难在外露宿，这样乘兴而来的人，没有不尽兴而返，即便是想仿照驴背寻梅的孟浩然，机会也为数不多。观梅时需要准备的东西有两件：在山中观梅的人必须要带帐篷，三面搭严实而前面敞开，样式就像汤网，帐篷中可以多设炉炭，既能取暖，又能备暖酒之用。这是一法。在花园里观梅的人要设数扇纸屏，上面覆上顶棚，四面设窗，尽可开闭，随着梅花所在的地方，撑开纸屏来观赏。这样的纸屏不仅可以用来观梅，凡是赏花都可以使用，也可备终年之用。立上一块小匾，名为“就花居”。在花间竖一面旗帜，不论是什么花，概以总名为“缩地花”。这是一法。如果是家中种植的梅花，近在身旁，远也不出眼前，这是花能就人，而不用人们像蜂蝶一样前来寻找了。然而爱梅之人，观梅时会有两处缺陷：凡到梅开之时，人的好恶不同，上天的功过也不一样，风送香来，花香袭来而寒冷也会到来，令人开户不得，闭户不得，这就是让人喜爱的是风，而让人憎恶的也是风。白雪将梅花衬托得更加美丽，雪冻而花也会冻，令人去之不可，留之不可，这就是有功的是雪，有过的也是雪。有功无过，让人喜爱而不会让人憎恶的，只有太阳，既可养花，又能晒着观梅之人的后背，真是上天守法循理的好官吏。如果只有阳光而没有风雪，那就可以无时无日不在花间，布帐纸屏都可以不设，这难道不是梅花最幸运的事，也是人们最快乐的事啊！然而这太为难上天了。

蜡梅者，梅之别种，殆亦共姓而通谱者欤[①]？然而有此令德[②]，亦乐与联宗[③]。吾又谓别有一花，当为蜡梅之异姓兄弟，玫瑰是也。气味相孚[④]，皆造浓艳之极致，殆不留余地待人者矣。人谓过犹不及，当务适中，然资性所在，一往而深，求为适中，不可得也。

【注释】①通谱：同姓的人互认为同族。

②令德：美德。

③联宗：不同宗族但同姓的人所结成的一个宗族。

④相孚：相符，相差不大。

【译文】腊梅，是梅花的另一个品种，大概也是因为同姓而都列在了梅这一类了吧？然而腊梅有这样的美德，梅花也乐意于它联宗。我还认为有另一种花，应当是腊梅的异姓兄弟，那便是玫瑰。气味相符，都到了浓艳的极点，几乎不留余地来待人了。人们认为过犹不及，当务适中，但是它们天性所在，一往而深，要求它们适中，这是不可能的啊。

桃

凡言草木之花，矢口即称桃李，是桃李二物，领袖群芳者也。其所以领袖群芳者，以色之大都不出红白二种，桃色为红之极纯，李色为白之至洁，“桃花能红李能白”一语，足尽二物之能事。然今人所重之桃，非古人所爱之桃；今人所重者为口腹计，未尝究及观览。大率桃之为物，可目者未尝可口，不能执两端事人。凡欲桃实之佳者，必以他树接之，不知桃实之佳，佳于接，桃色之坏，亦坏于接。桃之未经接者，其色极娇，酷似美人之面，所谓“桃腮”“桃靥”者，皆指天然未接之桃，非今时所谓碧桃、绛桃、金桃、银桃之类也。即今诗人所咏、画图所绘者，亦是此种。此种不得于名园，不得于胜地，惟乡村篱落之间、牧童樵叟所居之地，能富有之。欲看桃花者，必策蹇郊行①，听其所至，如武陵人之偶入桃源②，始能复有其乐。如仅载酒园亭，携姬院落，为当春行乐计者，谓赏他卉则可，谓看桃花而能得其真趣，吾不信也。噫，色之极媚者莫过于桃，而寿之极短者亦莫过于桃，“红颜薄命”之说，单为此种。凡见妇人面与相似而色泽不分者，即当以花魂视之，谓别形体不久也③。然勿明言，至生涕泣。

【注释】①策蹇（jiǎn）：骑驴。蹇，劣马或跛驴。

②“武陵人”一句：出自陶渊明《桃花源记》。

③别形体：离开形体，指死亡。

【译文】凡是提到草木之花，张口就说桃李，这就是说桃李两种花，是百花的领袖。之所以是百花的领袖，是因为它们的花色大都不出红白两种，桃花的颜色是极纯的红色，李花的颜色至洁的白色，“桃花能红李能白”一句，足以说明这两种花的长处。但是现在的人所重之桃，并非古人所爱之桃；现在的人所重之处是为口腹考虑，未曾讲究观赏。大概来说桃这种植物，好看的不一定好吃，不可能两方面都兼得。凡是想让桃子可口的，一定要用其他的树来嫁接，但人们不知道桃子可口，在于嫁接得好，桃花颜色的丑陋，也坏在嫁接。没有嫁接过的桃树，花色非常娇艳，酷似美人之面，所谓“桃腮”“桃靥”者，都是指天然没有嫁接开出的桃花，并非如今所谓的碧桃、绛桃、金桃、银桃之类的。就算是如今诗人所吟咏的、画中所描绘的，也是这种天然的桃花。这种桃花不在名园，不在胜地，只有在乡村篱落之间、牧童樵夫所住之地，才会有许多这样的桃花。想看这种桃花的人，一定要骑驴走到郊外，由它随意行走，如同武陵人偶然进入桃源一般，这样才能再次拥有同样的乐趣。假如仅仅是在园亭中摆上酒席，在院落中与姬妾同游，只是为了当春行乐而考虑，若是说观赏其他花卉还可以，若是说观赏桃花而且能享受到真正的乐趣，这我就不相信了。唉，颜色最娇媚的莫过于桃，而寿命最短的也莫过于桃，“红颜命薄”之说，就是单为这种花而说的。凡是看到妇人的面色与之相似并且色泽没有差别的，就应当将她视作花魂，而且不久之后花魂会离开她的身体。但切勿明言，以免她伤心哭泣。

李

李是吾家果，花亦吾家花，当以私爱嬖之[①]，然不敢也。唐有天下，此树未闻得封。天子未尝私庇，况庶人乎？以公道论之可已。与桃齐名，同作花中领袖，然而桃色可变，李色不可变也。“邦有道，不变塞焉，强哉矫！邦无道，至死不变，强哉矫[②]！”自有此花以来，未闻稍易其色，始终一操，涅而不淄[③]，是诚吾家物也。至有稍变其色，冒为一宗，而此类不收，仍加一字以示别者，则郁李是也。李树较桃为耐久，逾三十年始老，枝虽枯而子仍不细，以得于天者独厚，又能甘淡守素，未尝以色媚人也。若仙李之盘根，则又与灵椿比寿。我欲绳武而不能[④]，以著述永年而已矣。

【注释】①嬖（bì）：宠爱。

②“邦有道”六句：出自《礼记·中庸》：“国有道，不变塞焉，强哉矫！国无道，至死不变，强哉矫”意思是国家安定清明时，不改变自己的志向，真是伟大！国家动荡混乱时，自己的志向至死不变，真是伟大！这里是指李花不会因环境天气的好坏而发生改变。

③涅而不淄（zī）：被黑色染液浸过之后也不会变黑。比喻品德高尚，出污泥而不染。出自《论语·阳货》：“不曰坚乎，磨而不磷；不曰白乎，涅而不缁。”涅，可做黑色染料的矾石。淄，同“缁”，黑色。

④绳武：称继承祖先业迹。出自《诗·大雅·下武》："昭兹来许，绳其祖武。"

【译文】李子是我家的果，李花也是我家的花，本应当以我的私心而宠爱它，但我不敢。李唐坐拥天下，这李树也从未听说因此得到过封赏。天子尚且都从未对它有过暗中庇护，何况是普通百姓呢？以公道来论就可以了。它与桃花齐名，同是花中的领袖，但桃花的颜色可以改变，李花的颜色不可改变。"邦有道，不变塞焉，强哉矫！邦无道，至死不变，强哉矫！"自从有这种花以来，从来没有听说过它的颜色稍有改变，它的操守自始至终没有变化，洁白无瑕，不受侵染，这真是我李家的花。至于花色稍有变化，冒充是李花同宗，而这种花不为李花所收，仍要加一字来表示区分的，这就是郁李。李树比桃更耐久，三十多年才开始变老，树枝枯败了但果实仍然不会小，是因为它得天独厚，又能甘于淡泊，从未以色媚人。它如果像仙李那样盘根错节，那就又能与灵椿比寿。我想承继李树的品德却做不到，只能以编撰这本书来求得长寿而已。

杏

种杏不实者，以处子常系之裙系树上，便结累累。予初不信，而试之果然。是树性喜淫者，莫过于杏，予尝名为"风流树"。噫，树木何取于人，人何亲于树木，而契爱若此[1]，动乎情也？情能动物，况于人乎！其必宜于处子之裙者，以情贵乎专；已字人者，情有所分而不聚也。予谓此法既验于杏，亦可推而广之。凡树木之不实者，皆当系以美女之裳；即男子之不能诞育者，亦当衣以佳人之裤。盖世间慕女色而爱处子，可以情感而使之动者，岂止一杏而已哉！

【注释】①契爱：友好，亲爱。

【译文】种杏树却结不出果实的，将处子常穿的裙子系在树上，就会硕果累累。我起初不信，但试验之后果真是这样。若说哪种树本性喜淫的，莫过于杏，我曾经将它称为“风流树”。唉，从人这里树木得到了什么，人又为什么会与树亲近，而且这般的亲爱，是因为动情了吗？情能动物，何况是人呢！它之所以一定要系上处子的裙子，是因为情贵在专一；已经出嫁的女子，情就会有所分散而不聚合了。我认为这个方法既然已经通过杏树得到验证，也可以推广使用。凡是树木不结果实的，都应当将美女的衣裳系在树上；即使是不能生育的男子，也应当将佳人的裤子穿在身上。因为世间爱慕女色并且爱慕处女，能用情感将他们感动的，怎会只有杏树这一种啊！

梨

予播迁四方[①]，所止之地，惟荔枝、龙眼、佛手诸卉，为吴越诸邦不产者，未经种植，其余一切花果竹木，无一不经葺理[②]；独梨花一本，为眼前易得之物，独不能身有其树为楂梨主人，可与少陵不咏海棠[③]，同作一等欠事。然性爱此花，甚于爱食其果。果之种类不一，中食者少，而花之耐看，则无一不然。雪为天上之雪，此是人间之雪；雪之所少者香，此能兼擅其美。唐人诗云："梅虽逊雪三分白，雪却输梅一段香[④]。"此言天上之雪。料其输赢不决，请以人间之雪，为天上解围。

【注释】①播迁：迁徙，流离。

②葺理：修理，整治。

③少陵：即杜甫，字子美，自号少陵野老。后人尊称为"诗圣"。

④"梅虽逊雪"两句：出自宋代卢梅坡《雪梅》。并非唐代。

【译文】我四处漂泊，所到之处，只有荔枝、龙眼、佛手等花木，是吴越一带不出产的，未经种植，其余一切花果竹木，无一不是经过栽培修剪；只有梨花一种，虽是眼前易得之物，但不能拥有它成为楂梨主人，可与杜甫不咏海棠，是同样的憾事。但我生性喜爱梨花，胜过爱吃梨。梨的种类不一，能吃的很少，而梨花耐看，则无一不是这样的。雪是天上之雪，而梨花便是人间之雪；雪缺少的是芳香，而梨花能兼擅其美。唐人诗云："梅虽逊雪三分白，雪却输梅一段香。"这是说天上之雪。料想与梅花难定输赢，就请人间之雪，为天上之雪解围。

海　棠

"海棠有色而无香"，此《春秋》责备贤者之法[①]。否则无香者众，胡尽恕之，而独于海棠是咎？然吾又谓海棠不尽无香，香在隐跃之间，又不幸而为色掩。如人生有二技，一技稍粗，则为精者所隐；一术太长，则六艺皆通，悉为人所不道。王羲之善书[②]，吴道子善画[③]，此二人者，岂仅工书善画者哉？苏长公不善棋酒[④]，岂遂一子不拈、一卮不设者哉？诗文过高，棋酒不足称耳。吾欲证前人有色无香之说，执海棠之初放者嗅之，另有一种清芬，利于缓咀，而不宜于猛嗅。使尽无香，则蜂蝶过门不入矣，何以郑谷《咏海棠》诗云[⑤]："朝醉暮吟看不足，羡他蝴蝶宿深枝"？有香无香，当以蝶之去留为证。且香之与臭，敌国也。花谱云[⑥]："海棠无香而畏臭，不宜灌粪。"去此者必即彼，若是，则海棠无香之说，亦可备证于前，而稍白于后矣。噫，"大音希声""大羹不和[⑦]"，奚必如兰如麝，扑鼻薰人，而后谓之有香气乎？

【注释】①《春秋》责备贤者：《春秋》，鲁国史书。相传为孔子所修。经学家认为它每用一字，必寓褒贬，而对贤者的要求更加严格。

②王羲之：字逸少，东晋时期著名书法家，有"书圣"之称。

③吴道子（680—759）：又名道玄，阳翟（今河南禹州）人，唐代著名画家，世人尊称画圣。

④苏长公：即苏轼。因排行居长，故又称他为"苏长公"。

⑤郑谷（851—约910）：字守愚，唐朝末期著名诗人。官至都官郎中，又称郑都官。又因《鹧鸪诗》得名，人称郑鹧鸪。其诗多写景咏物之作。

⑥花谱：记载四季花卉的书。比如：明代王象晋的《群芳谱》、宋代刘蒙的《菊谱》等。

⑦大羹：不加任何调料，未经调和的肉羹。出自《礼记·礼器》："大圭不琢，大羹不和。"

【译文】"海棠有色而无香"，这是《春秋》责备贤者的说法。否则无香的花木众多，为何它们全都可以宽恕，而只追究海棠的过错呢？但我又认为海棠并不是完全无香，而它的芳香在隐约之间，却又不幸为自身的颜色所掩。就像一个人有两样技艺，一样稍稍粗陋，则是被另一样精通的技艺所隐没；一样技艺太过擅长，那就算是自己六艺都精通，也全都为人所不道。王羲之善书，吴道子善画，这两个人，难道仅仅是工于书法善于绘画吗？苏东坡不善棋酒，难道他就一个棋子也不碰、一只酒杯都不放置吗？而是因为他的诗文的境界太高了，棋酒这方面就不值得称说了。我想证明前人有色无香的说法，拿起刚刚绽放的海裳来闻一闻，它另有一种清香，适合慢闻细品，而不适合猛嗅。假如海棠完全无香，那么蜂蝶就会过门而不入了，为什么郑谷的《咏海棠》诗中说："朝醉暮吟看不足，羡他蝴蝶宿深枝"？海棠有香无香，当以蜂蝶的去留为证。而且香与臭，是相互对立的。花谱中说："海棠无香而且惧怕臭气，不适合灌粪。"远离臭气就一定会接近芳香，如果是这样，那么海棠无香的说法，也可以准备依据在前，而稍稍明白在后了。唉，"大音希声""大羹不和"，为什么一定要像兰花、麝香那样，芳香扑鼻熏人，然后才能称为有香气呢？

王禹偁《诗话》云[①]："杜子美避地蜀中，未尝有一诗及海棠，以其生母名海棠也。”生母名海棠，予空疏未得其考[2]，然恐子美即善吟，亦不能物物咏到。一诗偶遗，即使后人议及父母。甚矣，才子之难为也。鼎革以前，吾乡杜姓者，其家海棠绝胜，予岁岁纵览[3]，未尝或遗。尝赠以诗云：“此花不比别花来，题破东君着意培。不怪少陵无赠句，多情偏向杜家开。”似可为少陵解嘲[4]。秋海棠一种，较春花更媚。春花肖美人，秋花更肖美人；春花肖美人之已嫁者，秋花肖美人之待年者；春花肖美人之绰约可爱者，秋花肖美人之纤弱可怜者。处子之可怜，少妇之可爱，二者不可得兼，必将娶怜而割爱矣。相传秋海棠初无是花，因女子怀人不至，涕泣洒地，遂生此花，名为“断肠花”。噫，同一泪也，洒之林中，即成斑竹[5]，洒之地上，即生海棠，泪之为物神矣哉！春海棠颜色极佳，凡有园亭者不可不备，然贫士之家不能必有，当以秋海棠补之。此花便于贫士者有二：移根即是，不须钱买，一也；为地不多，墙间壁上，皆可植之。性复喜阴，秋海棠所取之地，皆群花所弃之地也。

【注释】①王禹偁（chēng）：字元之，济州钜野人。北宋诗人、散文家，因敢于直谏而遭贬谪。他在《送冯学士入蜀》中写道：“莫学当初杜工部，因循不赋海棠诗。”《诗话》：是评论诗人和诗篇的著作。

②空疏：空洞浅薄，没有实在的内容。

③纵览：放眼任意观看。

④解嘲：受人嘲笑时自己找个理由辩解。

⑤斑竹：也叫“湘妃竹”。传说舜帝在南巡时病逝，他的妻子娥皇、女英悲痛万分，日日对着湘江哭泣，泪水落在了江边的竹子上，竹子点点成斑。故称。

【译文】王禹偁的《诗话》中说：“杜子美在蜀地避难时，从来没有一首诗提到海棠，是因为他的生母名叫海棠。”杜甫生母名叫海棠，我才疏学浅未经考察，然而恐怕子美即便善于吟诵作诗，也不能把所有事物都描写到。一首诗中偶尔遗漏一样事物，就使得后人议及他的父母。太过分了，才子难做啊。改朝换代之前，我的家乡有一户姓杜的人家，他家的海棠繁盛娇艳，我年年都能恣意观赏，从来没有错过。我曾送给他一首诗说：“此花不比别花来，题破东君着意培。不怪少陵无赠句，多情偏向杜家开。”似乎可以为杜甫解围。秋海棠这一种，比春海棠更加柔媚。春海棠像美人，秋海棠更像美人；春海棠像已经出嫁的美人，秋海棠像待字闺中的美人；春海棠像姿态柔美引人爱慕的美人，秋海棠像身形纤弱惹人怜惜的美人。处子的惹人怜惜，少妇的引人爱慕，如果两者不能兼得，那一定是娶怜而割爱了。相传秋海棠起初没有这样的花，是因为有位女子思念恋人，而恋人却迟迟未到，伤心流泪洒在地上，于是就生出这样的花，名叫“断肠花”。唉，同是泪水，洒在林中，就成了斑竹，洒在地上，就生出海棠，泪水这东西真是奇妙啊！春海棠颜色极佳，凡是有园亭的人家不可不栽种，但贫士之家未必能有，应当用秋海棠来弥补。秋海棠有两方面便于贫士种植：只要移根就可以，不需要花钱买，这是一方面；另一方面就是占地不多，墙间壁上，都能种植。生性又喜阴，秋海棠所种之地，都是百花所弃之地。

玉　兰

世无玉树，请以此花当之。花之白者尽多，皆有叶色相乱，此则不叶而花，与梅同致。千干万蕊，尽放一时，殊盛事也。但绝盛之事，有时变为恨事。众花之开，无不忌雨，而此花尤甚。一树好花，止须一宿微雨，尽皆变色，又觉腐烂可憎，较之无花更为乏趣。群花开谢以时，谢者既谢，开者犹开，此则一败俱败，半瓣不留。语云："弄花一年，看花十日。"为玉兰主人者，常有延伫经年[①]，不得一朝盼望者[②]，讵非香国中绝大恨事？故值此花一开，便宜急急玩赏，玩得一日是一日，赏得一时是一时。若初开不玩而俟全开，全开不玩而俟盛开，则恐好事未行，而杀风景者至矣。噫，天何仇于玉兰，而往往三岁之中，定有一二岁与之为难哉！

【注释】①延伫：久立，引颈企立。形容盼望之切。

②盼：这里引申为观看，赏玩。

【译文】世间没有玉树，那就请将玉兰花当作玉树吧。开花是白色的植物非常多，都是花色与叶色相互混杂，而玉兰后长叶先开花，和梅有一样的景致。千万枝干和花蕊，都在一时绽放，着实是一件盛事啊。但极盛的事，有时也会变成一件憾事。众花绽放，没有不怕下雨的，而玉兰花尤为严重。一树好花，只要一晚上的小雨，它就会全部变色，还会觉得腐烂可憎，相较无花会更加无趣。

其他的花开谢都有一定的时间，谢的已经凋谢，开的依旧绽开，而玉兰花则是一败俱败，半瓣不留。俗话说：“弄花一年，看花十日。”但作为玉兰花的主人，常有经年的期盼，却没有一日得以观赏，难道不是花国中非常遗憾的事？所以当这花一开，就要赶紧去赏玩，玩得一日是一日，赏得一时是一时。如果刚开时不去赏玩而等到全开，全开时不去赏玩而等到盛开，那就恐怕好事未行，而煞风景的事情却来了。唉，上天与玉兰花是有什么样的仇啊，往往三年之中，一定会有一两年为难它呀！

辛　夷

辛夷、木笔、望春花，一卉而数异其名，又无甚新奇可取，“名有余而实不足”者，此类是也。园亭极广，无一不备者方可植之，不则当为此花藏拙。

【译文】辛夷、木笔、望春花，一种花有好几个名字，但是又没有什么新奇可取之处，“名有余而实不足”，说的就是这类花。只有园亭极广，没有一种花木不想栽种的人家方可种植，否则应当为这类花藏拙而不要种植。

山　茶

花之最不耐开、一开辄尽者，桂与玉兰是也；花之最能持久、愈开愈盛者，山茶、石榴是也。然石榴之久，犹不及山茶；榴叶经霜即脱，山茶戴雪而荣。则是此花也者，具松柏之骨，挟桃李之姿，历春夏秋冬如一日，殆草木而神仙者乎？又况种类极多，由浅红以至深红，无一不备。其浅也，如粉如脂，如美人之腮，如酒客之面；其深也，如朱如火，如猩猩之血，如鹤顶之珠。可谓极浅、深、浓、淡之致，而无一毫遗憾者矣。得此花一二本，可抵群花数十本。惜乎予园仅同芥子，诸卉种就，不能再纳须弥，仅取盆中小树，植于怪石之旁。噫，善善而不能用，恶恶而不能去，予其郭公也夫[①]！

【注释】①郭公：北齐后主高纬喜好傀儡，因而称他为“郭公”，后以“郭公”比喻傀儡。

【译文】花中最不耐开、一开就全开尽的，就属桂花和玉兰；花中最能持久、越开越旺盛的，就属山茶、石榴。但石榴的长久，还不及山茶；石榴叶一经霜冻就会飘落，山茶花却是迎着风霜傲然挺立。而山茶花，具有松柏之骨，还拥有桃李之姿，经历春夏秋冬如同一日，这大概就是草木中的神仙吧？更何况山茶花的种类极多，从浅红到深红，无一不备。花色浅的，如粉如脂，如美人的腮，如酒客之面；花色深的，如朱如火，如猩猩的血，如鹤顶之珠。可谓是花色到了浅、深、浓、淡的极致，而没有丝毫的遗憾了。若能得到一两株山茶花，则可抵得上数十株其他的花。可惜我的园子仅如芥子一样小，种上各种花卉之后，就不再有须弥之地了，只能选取盆中小树，种在怪石旁边。唉，我所喜爱的不能拥用，我所讨厌的却不能除去，我就是那郭公吧！

紫 薇

人谓禽兽有知，草木无知。予曰：不然。禽兽草木尽是有知之物，但禽兽之知，稍异于人，草木之知，又稍异于禽兽，渐蠢则渐愚耳。何以知之？知之于紫薇树之怕痒。知痒则知痛，知痛痒则知荣辱利害，是去禽兽不远，犹禽兽之去人不远也。人谓树之怕痒者，只有紫薇一种，余则不然。予曰：草木同性，但观此树怕痒，即知无草无木不知痛痒，但紫薇能动，他树不能动耳。人又问：既然不动，何以知其识痛痒？予曰：就人喻之，怕痒之人，搔之即动，亦有不怕痒之人，听人搔扒而不动者，岂人亦不知痛痒乎？由是观之，草木之受诛锄，犹禽兽之被宰杀，其苦其痛，俱有不忍言者。人能以待紫薇者待一切草木，待一切草木者待禽兽与人，则斩伐不敢妄施，而有疾痛相关之义矣。

【译文】人们认为禽兽有知，草木无知。我说：不是这样。禽兽草木全都是有知的东西，只是禽兽的有知，稍异于人，草木的有知，又稍异于禽兽，三者渐蠢而渐愚蠢罢了。这是如何知道的呢？就是从紫薇树怕痒而知的。知痒则知痛，知痛痒则知荣辱利害，这样紫薇的有知就离禽兽不远了，就像禽兽的有知离人不远一样。人们认为怕痒的树，只有紫薇一种，我认为不是这样。我说：草木的本性是一样的，只看紫薇树怕痒，就能知道没有一种草木不知痛痒，只不过紫薇树能动，而其他的树不能动罢了。有人又问：既然不动，如何知道它能感觉到痛痒？我说：就以人来比喻，怕痒的人，一搔痒他就会动，也有不怕痒的人，任人搔扒他也不会动，难道他也不知痛痒吗？由此看来，草木遭受砍伐，就像禽兽被宰杀，它所受的苦痛，都有不忍心说的地方。如果人能像对待紫薇那样来对待一切草木，像对待一切草木那样来对待禽兽与人，那么就不敢乱杀乱伐，而有疾痛相关、将心比心的意义了。

绣　球

天工之巧，至开绣球一花而止矣。他种之巧，纯用天工，此则诈施人力，似肖尘世所为而为者。剪春罗、剪秋罗诸花亦然①。天工于此，似非无意，盖曰："汝所能者，我亦能之；我所能者，汝实不能为也。"若是，则当再生一二蹴球之人，立于树上，则天工之斗巧者全矣。其不屑为此者，岂以物为肖，而人不足肖乎？

【注释】①剪春罗：又名剪红罗、碎剪罗，夏季开花，呈红黄色或朱砂色。剪秋罗：又名剪秋纱、汉宫秋。夏秋两季开花，呈深红或稀白色。

【译文】天工的智巧，到了绣球这种花绽开时就停止了。其他种类的智巧，纯靠天工，而绣球花像是假施人力，好似是模仿尘世所为来做的。剪春罗、剪秋罗这些花也是这样的。天工对于这绣球花，看似不是无意的，大概是说："你所能干的事情，我也能干；

我能干的事情，你着实干不了。”若是如此，那就应当再生出一两个踢球的人，站在树上，那么天工的斗巧就齐备了。上天不屑于这样做，难道是因为物能模仿，而人不值得模仿吗？

紫 荆

紫荆一种，花之可已者也。但春季所开，多红少紫，欲备其色，故间植之。然少枝无叶，贴树生花，虽若紫衣少年，亭亭独立，但觉窄袍紧袂，衣瘦身肥，立于翩翩舞袖之中，不免代为踧踖[①]。

【注释】①踧踖（cù jí）：局促不安，拘束。出自《论语·乡党》：“君在，踧踖如也。”

【译文】紫荆这种花，不是必须栽种的。但春天开的花，多为红色少有紫色，要想各色的花都有，就要间隔种植紫荆。只不过它少枝无叶，贴树开花，虽像紫衣少年，亭亭独立，但老是感觉它窄袍紧袖，衣瘦身肥，站在翩翩群花之中，不免代它感到局促不安。

栀 子

栀子花无甚奇特，予取其仿佛玉兰。玉兰忌雨，而此不忌；玉兰齐放齐凋，而此则开以次第。惜其树小而不能出檐，如能出檐，即以之权当玉兰，以弥补三春恨事，谁曰不可？

【译文】栀子花没有很奇特的地方，我取其与玉兰相仿。玉兰怕雨，而栀子花不怕；玉兰齐放齐凋，而栀子花依次绽放。可惜栀子树矮小不能超过屋檐，如果能超过屋檐，就权当它是玉兰，以弥补三春恨事，谁说不行呢？

杜鹃　樱桃

杜鹃、樱桃二种，花之可有可无者也。所重于樱桃者，在实不在花；所重于杜鹃者，在西蜀之异种，不在四方之恒种[①]。如名花俱备，则二种开时，尽有快心而夺目者，欲览余芳，亦愁少暇。

【注释】①恒种：一般、普通的品种。

【译文】杜鹃、樱桃两种，都是花中可有可无的。之所以看重樱桃，是重在果实而不重在花；之所以看重杜鹃，是重在西蜀的奇异品种，而不重在各地的普通品种。如果各类名花栽种齐全，那么这两种花开的时候，尽有让人快心夺目之群芳，想要观赏这两种花，还愁没有时间啊。

石　榴

芥子园之地不及三亩，而屋居其一，石居其一，乃榴之大者，复有四五株。是点缀吾居，使不落寞者，榴也；盘踞吾地，使不得尽栽他卉者，亦榴也。榴之功罪，不几半乎？然赖主人善用，榴虽多，不为赘也。榴性喜压，就其根之宜石者，从而山之，是榴之根即山之麓也[①]；榴性喜日，就其阴之可庇者，从而屋之，是榴之地即屋之天也；榴之性又复喜高而直上，就其枝柯之可傍，而又借为天际真人者[②]，从而楼之，是榴之花即吾倚栏守户之人也。此芥子园主人区处石榴之法[③]，请以公之树木者。

【注释】①麓（lù）：山脚。

②天际真人：天上仙人。

③区处：处理，筹划安排。

【译文】芥子园占地不到三亩，而房屋占其一，山石占其一，又有四五棵大石榴树。点缀我的房舍，使它不落寞的，乃是石榴树；盘踞在我的院中，使我不能栽种其他花卉的，也是石榴树。石榴树的功过，不就几乎是各占一半了吗？但是全靠主人善用，石榴树虽多，但不是累赘。石榴生性喜压，就着它的根适合被山石压着，从而将它种在山上，这样石榴的树根就是山脚了；石榴生性喜欢日照，就着它的树荫可以遮阳，从而在树下搭一个屋棚，这样石榴树的树荫就是屋棚遮阳之顶；石榴生性又喜高而直上，就着它的枝干可以依傍，又借它天上仙人的姿态，从而在旁边盖一座楼阁，这样石榴花就是为我倚栏守户的人啊。这些就是我芥子园主人设计种植石榴树的方法，请让我将这些公布给种树的人。

木 槿

木槿朝开而暮落，其为生也良苦。与其易落，何如弗开？造物生此，亦可谓不惮烦矣[①]。有人曰：不然。木槿者，花之现身说法以儆愚蒙者也。花之一日，犹人之百年。人视人之百年，则自觉其久，视花之一日，则谓极少而极暂矣。不知人之视人，犹花之视花，人以百年为久，花岂不以一日为久乎？无一日不落之花，则无百年不死之人可知矣。此人之似花者也。乃花开花落之期虽少而暂，犹有一定不移之数，朝开暮落者，必不幻而为朝开午落、午开暮落；乃人之生死，则无一定不移之数，有不及百年而死者，有不及百年之半与百年之二三而死者；则是花之落也必焉，人之死也忽焉。使人亦如木槿之为生，至暮必落，则生前死后之事，皆可自为政矣，无如其不能也[②]。此人之不能似花者也。人能作如是观，则木槿一花，当与萱草并树。睹萱草则能忘忧，睹木槿则能知戒。

【注释】①惮烦：怕麻烦。

②无如：无可奈何。

【译文】木槿花朝开而暮落，它活得很是辛苦。与其容易凋谢，还不如不开了吧？造物主既然创造了这种花，也可谓是不厌其烦了。有人说：不是这样。木槿这种花，是自己现身说法来警醒愚昧之人的花。花期一日，就像人生百年。世人看人生百年，自觉时间很漫长，看花期一日，则认为极其短暂。却不知人看人，就像花看花，人以为百年很漫长，而花岂不也以为一日很漫长吗？没有一日不落之花，那就可知没有百年不死之人。这是人与花相似之处。花开花落的时间虽然短暂，但还有固定不变的规律，朝开暮落的花，必定不会变成朝开午落、午开暮落；而人的生死，就没有固定不变的规律，有的不到百年而死，有的不到半百甚至不到二三十年而死；这就是说花的凋谢是固定的，人的死亡是忽然的。假如人也像木槿的花期，到了傍晚必会凋谢，那么生前死后之事，都能自己做主了，无奈他做不到。这是人与花不相之处。人若是能作如是观，则木槿这种花，应当与萱草种在一起。看到萱草则能忘忧，看到木槿则能知戒。

桂

秋花之香者，莫能如桂。树乃月中之树，香亦天上之香也。但其缺陷处，则在满树齐开，不留余地。予有《惜桂》诗云：“万斛黄金碾作灰，西风一阵总吹来。早知三日都狼藉，何不留将次第开？”盛极必衰，乃盈虚一定之理[①]，凡有富贵荣华一蹴而至者，皆玉兰之为春光、丹桂之为秋色。

【注释】①盈虚：盈满或虚空，指事物发展变化。

【译文】秋花中最香的花，莫过于桂花。桂花树是月中之树，桂花香也是天上之香。但它的缺陷，就是满树的桂花齐开，不留余地。我曾写了一首《惜桂》诗说：“万斛黄金碾成灰，西风一阵总吹来。早知三日都狼藉，何不留将次第开？”盛极必衰，这是万物变化的一定之理，凡是有富贵荣华一蹴而至的，都像衬托春光的玉兰、彰显秋色的丹桂一样短暂。

合欢

“合欢蠲忿，萱草忘忧[①]”，皆益人情性之物，无地不宜种之。然睹萱草而忘忧，吾闻其语矣，未见其人也。对合欢而蠲忿，则不必讯之他人，凡见此花者，无不解愠成欢，破涕为笑。是萱草可以不树，而合欢则不可不栽。栽之之法，花谱不详，非不详也，以作谱之人，非真能合欢之人也。渔人说稼事，农父著樵经，有约略其词而已。凡植此树，不宜出之庭外，深闺曲房是其所也。此树朝开暮合，每至昏黄，枝叶互相交结，是名“合欢”。植之闺房者，合欢之花宜置合欢之地，如椿、萱宜在承欢之所[②]，荆、棣宜在友于之场[③]，欲其称也。此树栽于内室，则人开而树亦开，树合而人亦合。人既为之增愉，树亦因而加茂，所谓人地相宜者也。使居寂寞之境，不亦虚负此花哉？灌勿太肥，常以男女同浴之水，隔一宿而浇其根，则花之芳妍，较常加倍。此予既验之法，以无心偶试而得之。如其不信，请同觅二本，一植庭外，一植闺中，一浇肥水，一浇浴汤，验其孰盛孰衰，即知予言谬不谬矣。

【注释】①“合欢”两句：出自嵇康《养生论》。蠲忿，消除忿怒。

②椿、萱：即椿树和萱草，古代分别比喻父母。承欢：侍奉父母。

③荆、棣：即紫荆和棠棣，古代比喻兄弟。友于：出自《尚书·君陈》："惟孝友于兄弟。"后指兄弟和睦。

【译文】"合欢蠲忿，萱草忘忧"，都是有益人性情的东西，无处不适合种植。但是看到萱草可以忘忧，我听说过这句话，但没有见过这类人。面对合欢可以消除忿怒，那就不必询问其他人了，凡是见到合欢花的，无不转怒为喜，破涕为笑。因此萱草可以不种，而合欢则不可不栽。栽种的方法，花谱记载不详，并非故意记载不详，而是因为编撰的人，并不是真能合欢的人啊。渔人谈论耕作的事情，农父书写砍柴的经典，只能大略记述而已。凡是栽种这种树，不适合种在庭院之外，种在深闺曲房是最合适的。合欢花朝开暮合，每到黄昏，枝叶互相交结，所以称为"合欢"。种在闺房之中，是因为合欢的花应当种在合欢的地方，如同椿、萱应当种在承欢的居所，荆、棣应当种在兄弟相聚的场所，是想要名实相符。合欢栽于内室，则人开树也开，树合人也合。人既然会因合欢树而增添愉情，合欢树也会因人而更加繁茂，这就是人地相宜。假使将它种在寂寞的环境中，不也是辜负了这花吗？浇灌的水不要太肥，常以男女同浴之水，隔一宿再浇它的根，那么花的芳香鲜艳，相较平常更会加倍。这是我经过验证的方法，是我无心偶然之间试验得知的。如果不信，请同时找出两株合欢，一株种在庭院外，一株种在闺中，一株浇灌肥水，一株浇灌浴汤，来验证它们孰盛孰衰，就会知道我说的话是否正确。

木芙蓉

水芙蓉之于夏，木芙蓉之于秋，可谓二季功臣矣。然水芙蓉必须池沼，“所谓伊人，在水一方[①]”者，不可数得。茂叔之好[②]，徒有其心而已。木则随地可植。况二花之艳，相距不远。虽居岸上，如在水中，谓之秋莲可，谓之夏莲亦可，即自认为三春之花，东皇未去也亦可[③]。凡有篱落之家，此种必不可少。如或傍水而居，隔岸不见此花者，非至俗之人，即薄福不能消受之人也。

【注释】①“所谓伊人”两句：出自《诗经·秦风·蒹葭》。

②茂叔：即周敦颐。原名周敦实，字茂叔，谥号元公，宋代理学家。道州营道(今湖南省道县)人，世称濂溪先生。最爱莲花，著有《爱莲说》。

③东皇：司春之神。

【译文】水芙蓉生在夏季，木芙蓉生在秋季，可谓是两个季节的功臣了。但水芙蓉必须生在池沼中，“所谓伊人，在水一方”的情致，不可经常拥有。周敦颐喜爱莲花，只不过是徒有其心罢了。木芙蓉可以随地种植。何况这两种花的美艳，相差不大。木芙蓉虽种在岸上，就如长在在水中，说它是秋莲也可以，说它是夏莲也可以，即便自认为是三春之花，司春之神还没有离开也是可以的。凡是有篱笆的人家，木芙蓉必不能少。如果有人傍水而居，隔岸却见不到这种花，那他不是至俗的人，就是福薄不能消受的人。

夹竹桃

夹竹桃一种，花则可取，而命名不善。以竹乃有道之士，桃则佳丽之人，道不同不相为谋，合而一之，殊觉矛盾。请易其名为“生花竹”，去一桃字，便觉相安。且松、竹、梅素称三友，松有花，梅有花，惟竹无花，可称缺典。得此补之，岂不天然凑合？亦女祸氏之五色石也。

【译文】夹竹桃这种花，花是不错，但名字不好。因为竹是有道之士，桃是俏丽佳人，道不同不相为谋，将它们合在一起，着实觉得很矛盾。请将它改名为“生花竹”，去掉一个桃字，便会觉得合适许多。况且松、竹、梅素来称为三友，松有花，梅有花，只有竹没有花，可以说是件憾事。得到“生花竹”的弥补，难道不是天然凑合吗？也如同女祸氏的五色石啊。

瑞　香

茂叔以莲为花之君子，予为增一敌国，曰：瑞香乃花之小人。何也？谱载此花“一名麝囊，能损花，宜另植”。予初不信，取而嗅之，果带麝味，麝则未有不损群花者也。同列众芳之中，即有朋侪之义[①]，不能相资相益[②]，而反祟之，非小人而何？幸造物处之得宜，予以不能为患之势。其开也，必于冬春之交，是时群花摇落，诸卉未荣，及见此花者，仅有梅花、水仙二种，又在成功将退之候，当其锋也未久，故罹其毒也亦不深，此造物之善用小人也。使易冬春之交而为春夏之交，则花王亦几被篡，矧下此者乎？唐宋诸名流，无不怜香嗜色，赞以诗词者，皆以蚤春无花[③]，得此可搔目痒，又但见其佳，而未逢其虐耳。予僭为香国平章[④]，焉得不秉公持正？宁使一小人怒而欲杀，不敢不为众君子密堤防也。

【注释】①朋侪（chái）：朋辈，朋友。

②相资：相互资助。

③蚤：通“早”。

④平章：古代官名。

【译文】周敦颐以莲为花中君子，而我要增加一个不同看法，说：瑞香是花中小人。为什么？花谱中记载瑞香“又名麝囊，能伤到其他花卉，适合单独种植”。起初我不信，取来闻了闻，果然有麝香的气味，而麝香没有不会伤到群花的。既然瑞香同列众芳之中，那就要有朋友之义，但它不仅不能互相帮助，反而还要伤害同类，这不是小人又是什么？幸好造物主处理得宜，使它没有为患的机会。瑞香花开，一定在冬春之交，这时群花凋零，诸卉尚未繁盛，花期能与它相遇的，只有梅花、水仙两种，而且这两种花在即将凋谢时，承受瑞香伤害的时间不长，因此遭到的毒害也不深，这就是造物主善用小人啊。假如将瑞香的花期从冬春之交改为春夏之交，那么花王之位几乎也会被篡夺，何况是在花王之下的其他花卉呢？唐宋诸位名流，没有不怜爱它的花香、嗜好它的花色，创作诗词来赞美它，都是因为早春无花开放，有这瑞香可暂饱眼福，但又只见到它的美好，而没有遇到它荼毒其他花卉的一面。我自己僭越任花国平章之职，怎么能不秉公持正？宁愿让一小人发怒而想要杀我，也不敢不为百花众君子严密设防。

茉　莉

茉莉一花，单为助妆而设，其天生以媚妇人者乎？是花皆晓开，此独暮开。暮开者，使人不得把玩，秘之以待晓妆也。是花蒂上皆无孔，此独有孔。有孔者，非此不能受簪，天生以为立脚之地也。若是，则妇人之妆，乃天造地设之事耳。植他树皆为男子，种此花独为妇人。既为妇人，则当眷属视之矣。妻梅者止一林逋，妻茉莉者当遍天下而是也。

【译文】茉莉这种花，单单是为了帮助女子梳妆而设，它天生就是为了谄媚妇人的吗？凡是花卉都在早上开放，只有茉莉在傍晚开放。傍晚开放，是使人无法把玩，隐藏起来等待女子早上梳妆时使用。凡是花蒂上都没有孔，只有茉莉的花蒂有孔。花蒂有孔，若是它无孔就不能插上簪子，天生将此作为立脚之地。如果是这样，那么妇人之妆，乃是天造地设之事。栽种其他树的都是男子，栽种茉莉的只有妇人。既然只有妇人栽种，那么就应当将它视为亲眷。以梅为妻的只有林逋一人，以茉莉为妻的人应当遍布天下了。

欲艺此花，必求木本。藤本一样着花，但苦经年即死，视其死而莫之救，亦仁人君子所不乐为也。木本最难过冬，予尝历验收藏之法。此花痿于寒者什一，毙于干者什九，人皆畏冻而滴水不浇，是以枯死。此见噎废食之法，有避呕逆而经时绝粒[1]，其人尚存者乎？稍暖微浇，大寒即止，此不易之法。但收藏必于暖处，篾罩必不可无[2]，浇不用水而用冷茶，如斯而已。予艺此花三十年，皆为燥误，如今识此，以告世人，亦其否极泰来之会也。

【注释】①呕逆：气逆而产生呕吐的感觉。

②篾（miè）：薄竹片，可以编制席子、篮子等。

【译文】想种植茉莉花，一定要寻求木本的茉莉。虽然藤本的茉莉一样可以开花，但苦于它一年就会枯死，看它枯死却无能为力，这也是仁人君子不愿意做的事情。木本的茉莉最难过冬，我曾试遍了各种存放的方法。这种花枯萎于寒冷的有十分之一，死于干旱的有十分之九，人人都害怕冻死而滴水不浇，它因此枯死。这是见噎废食之法，有人为了避免打嗝呕吐而长时间不进食，那他还能活着吗？在天气稍暖时少浇点水，特别寒冷时就停止，这是不容易枯死的方法。但一定要存放在温暖的地方，竹罩子必不可少，不用水来浇而是用冷茶来浇，这样就可以了。我种茉莉花三十年，都是干死，如今知晓了这个原因，将这些告知世人，也是它否极泰来的机遇吧。

藤本第二

藤本之花，必须扶植。扶植之具，莫妙于从前成法之用竹屏。或方其眼，或斜其槅，因作葳蕤柱石[①]，遂成锦绣墙垣，使内外之人，隔花阻叶，碍紫间红，可望而不可亲，此善制也。无奈近日茶坊酒肆，无一不然，有花即以植花，无花则以代壁。此习始于维扬，今日渐近他处矣。市井若此，高人韵士之居，断断不应若此。避市井者，非避市井，避其劳劳攘攘之情，锱铢必较之陋习也[②]。见市井所有之物，如在市井之中，居处习见[③]，能移性情，此其所以当避也。即如前人之取别号，每用川、泉、湖、宇等字，其初未尝不新，未尝不雅，迨后商贾者流，家效而户则之[④]，以致市肆标榜之上，所书姓名非川即泉，非湖即宇，是以避俗之人，不得不去之若浼[⑤]。迩来缙绅先生悉用斋、庵二字，极宜；但恐用者过多，则而效之者，又入从前标榜，是今日之斋、庵，未必不是前日之川、泉、湖、宇。虽曰名以人重，人不以名重，然亦实之宾也。已噪寰中者仍之继起[⑥]，诸公似应稍变。

【注释】①葳蕤（wēi ruí）：草木茂盛，枝叶下垂的样子。

②锱（zī）铢必较：为很少的钱或很小的事争个不休，斤斤计较。

③习见：常见。

④则：模仿，效仿。

⑤浼（měi）：污染。

⑥寰（huán）中：天下。

【译文】藤本的花，必须要有扶植。扶植的工具，最好是以前的老方法，就是使用竹屏。或是将竹屏留出一处方眼，或是将竹屏斜着摆放当成隔板，因为要作枝条藤蔓的支撑柱石，于是就成了花团锦簇的墙垣，使得竹屏内外的人，隔花阻叶，碍紫间红，可望而不可亲，这是很好的方法。无奈近日茶坊酒馆，无一不是如此，有花就用它来栽种花卉，没有花则用它来代替墙壁。这个风俗是从扬州开始的，如今逐渐影响到其他地方了。市井人家如此，高人韵士的居所，绝对不应如此。避开市井的人，并非只为了避开市井，而是为了避开那些劳碌纷扰的世态，锱铢必较的陋习。看到市井所有的东西，就像身处市井之中，长此以往，则能改变人的性情，这是之所以要避开市井的缘故。就以前人取别号而言，每次用川、泉、湖、宇等字，起初时未觉不新，未觉不雅，等到后来商贾之流，家家户户都来模仿，以至于店铺招牌上，所写的名称非川即泉，非湖即宇，所以避俗之人，不得不像去除污物一样换掉它。近来官吏长者都用斋、庵二字，非常合适；只是担心用的人太多，人人模仿，又会步入前尘，这样如今的斋、庵，未必不会是以前的川、泉、湖、宇。虽说名以人重，而人不以名重，但名也是实之宾。已经家喻户晓的人依旧会沿用前人的做法，各位似乎也应该稍变一下了。

人问植花既不用屏，岂遂听其滋蔓于地乎？曰：不然。屏仍其故，制略新之。虽不能保后日之市廛，不又变为今日之园圃，然新得一日是一日，异得一时是一时，但愿贸易之人，并性情风俗而变之。变亦不求尽变，市井之念不可无，垄断之心不可有。觅应得之利，谋有道之生，即是人间大隐。若是，则高人韵士，皆乐得与之游矣[1]，复何劳扰锱铢之足避哉？花屏之制有三[2]，列于《藤本》之末。

【注释】①游：交往，来往。

②花屏之制有三：各本均未见花屏之制。

【译文】有人问种花既然不用竹屏，难道任它在地上生长蔓延吗？我说：不是这样。竹屏仍然要用，只是式样要略微新颖一些。虽然不能确保日后的市集，不会又变为今日的园圃，但是新得一日是一日，异得一时是一时，但愿商贾之人，连同性情风俗都能一并改变。改变也不求全都改变，市井之念不可无，垄断之心不可有。找寻应得的利益，谋求有道的人生，这就是人间大隐。若是如此，那么高人韵士，都乐意与他们交往，还有什么劳碌纷扰、锱铢必较的世态和陋习需要避开呢？花屏的式样有三种，写在《藤本》的末尾。

蔷　薇

结屏之花[1]，蔷薇居首。其可爱者，则在富于种而不一其色。大约屏间之花，贵在五彩缤纷，若上下四旁皆一其色，则是佳人忌作之绣、庸工不绘之图，列于亭斋，有何意致？他种屏花，若木香、酴醾[2]、月月红诸本，族类有限，为色不多，欲其相间，势必旁求他种。蔷薇之苗裔极繁[3]，其色有赤，有红，有黄，有紫，甚至有黑；即红之一色，又判数等，有大红、深红、浅红、肉红、粉红之异。屏之宽者，尽其种类所有而植之，使条梗蔓延相错，花时斗丽，可傲步障于石崇。然征名考实，则皆蔷薇也。是屏花之富者，莫过于蔷薇。他种衣色虽妍，终不免于捉襟露肘。

【注释】①结屏：这里指藤蔓的花卉借着墙壁、支架以及前面的竹屏等扶持之物，长成一片花屏。

②酴醾（tú mí）：花名。原本是酒名。因为花的颜色与之相似，故取以为名。在《墨庄漫录》中记载酴醾有两种，一种花大枝条长而且为紫心的是酴醾，一种花小繁茂，枝条小而且为檀心的是木香。

③苗裔：后代子孙。

【译文】能长成一片花屏的花，蔷薇居首。它惹人喜爱的地方，就在于品种繁多而且花色不一。大概花屏间的花，贵在五彩缤纷，如果上下四周都是一种颜色，那就如同佳人所忌讳的刺绣、平庸的工匠都不想绘制的图案，摆放在亭斋之中，有何意趣？其他依竹屏而长的花卉，如木香、酴醾、月月红等，品种有限，花色不多，想让它们花色相间，势必要从旁借助其他的品种。蔷薇的枝条花苞极其繁盛，它的花色有赤，有红，有黄，有紫，甚至有黑；即便是红这一色，又分出数等，有大红、深红、浅红、肉红、粉红的不同。宽大的竹屏，可以将所有的品种都种上，使得条梗蔓延交错，花开时争奇斗艳，足可以傲视石崇所制的步障了。但是逐一查看品种，全是蔷薇。这是说屏花的花色最丰富的，莫过于蔷薇。其他品种的花色虽然艳丽，但终不免于捉襟露肘。

木　香

木香花密而香浓，此其稍胜蔷薇者也。然结屏单靠此种，未免冷落，势必依傍蔷薇。蔷薇宜架，木香宜棚者，以蔷薇条干之所及，不及木香之远也。木香作屋，蔷薇作垣，二者各尽其长，主人亦均收其利矣。

【译文】木香花密而且香味浓郁，这是它略胜蔷薇之处。但单靠这一种花长成花屏，不免冷清单调，势必需要依傍蔷薇。蔷薇适合搭架生长，木香适合搭棚生长，是因为蔷薇的枝干所能及的地方，不如木香枝干远。木香用来作屋棚，蔷薇用来作墙垣，二者各尽其长，主人也都能享受到它们的长处了。

酴　醿

酴醿之品，亚于蔷薇、木香，然亦屏间必须之物，以其花候稍迟，可续二种之不继也。“开到酴醿花事了[①]”，每忆此句，情兴为之索然。

【注释】①“开到”一句：出自宋代王淇《春暮游小园》。

【译文】酴醾的位次，仅次于蔷薇、木香，但也是屏间必须之物，因为它的花期稍晚，可以接续在蔷薇、木香难以相继之时。“开到酴醾花事了”，每每想起这句诗，都会感觉兴味索然。

月月红

俗云：“人无千日好，花难四季红。”四季能红者，现有此花，是欲矫俗言之失也。花能矫俗言之失，何人情反听其验乎？缀屏之花，此为第一。所苦者树不能高，故此花一名“瘦客”。然予复有用短之法，乃为市井之人强迫而成者也。法在屏制之第三幅。此花有红、白及淡红三本，结屏必须同植。此花又名“长春”，又名“斗雪”，又名“胜春”，又名“月季”。予于种种之外，复增一名，曰“断续花”。花之断而能续，续而复能断者，只有此种。因其所开不繁，留为可继，故能绵邈若此[①]；其余一切之不能续者，非不能续，正以其不能断耳。

【注释】①绵邈：长久，悠远。

【译文】俗话说：“人无千日好，花难四季红。”四季能红的花，现在就有月月红一花，这是想要纠正俗语的错误。花能纠正俗语的错误，为什么人反而要听信这句话呢？点缀花屏的花，这种花为第一。但苦于它长不高，所以月月红还有一个名字叫“瘦客”。但是我还有运用它短处的方法，乃是为市井之人强迫而成的。方法在屏制的第三幅。这种花有红、白和淡红三种，想长成花屏就必须一同种植。月月红又叫“长春”，又叫“斗雪”，又叫“胜春”，又叫“月季”。我在这些名字之外，再加一个名字，叫“断续花”。花期断而能续，续而还能断的，只有月月红这一种。因为它的花所开不繁，留有余地可以相继不绝，所以能够如此长久的花期；其余一切品种的花期不能相续的原因，不是不能相续，正是因为它们开花不能断开啊。

姊妹花

花之命名，莫善于此。一蓓七花者曰“七姊妹”，一蓓十花者曰“十姊妹”。观其浅深红白，确有兄长娣幼之分，殆杨家姊妹现身乎①？余极喜此花，二种并植，汇其名为“十七姊妹”。但怪其蔓延太甚，溢出屏外，虽日刈月除②，其势犹不可遏。岂党与过多，酿成不戢之势欤③？此无他，皆同心不妒之过也，妒则必无是患矣。故善御女戎者④，妙在使之能妒。

【注释】①杨家姊妹：这里指杨贵妃姊妹。

②刈（yì）：割。

③不戢（jí）：不检束，放纵。戢，收敛，停止。

④女戎：女祸。由宠信女子或女子掌权引起的兵祸。出自《国语·晋语》。

【译文】花的名字，没有比“姊妹花”更好的了。一个花苞开七朵花的叫“七姊妹”，一个花苞开十朵花的叫“十姊妹”。看花色的浅深红白，确有个兄长娣幼之分，这大概是杨家姊妹现身吧？我非常喜欢这花，两种花种在一起，汇合在一起称之为“十七姊妹”。只是要怪它生长蔓延得太厉害，溢出屏外，虽然日修月剪，但它的长势依旧不可阻挡。难道是它的同党过多，酿成了肆意滋长的势头吗？没有其他原因，都是它们同心、不会嫉妒的过错，如果相互嫉妒就一定不会有这种麻烦了。所以善于驾驭女子的，妙在能使她们相互嫉妒。

玫　瑰

花之有利于人，而无一不为我用者，芰荷是也[①]；花之有利于人，而我无一不为所奉者，玫瑰是也。芰荷利人之说，见于本传。玫瑰之利，同于芰荷，而令人可亲可溺、不忍暂离，则又过之。群花止能娱目，此则口、眼、鼻、舌以至肌体毛发，无一不在所奉之中。可囊可食，可嗅可观，可插可戴，是能忠臣其身，而又能媚子其术者也。花之能事，毕于此矣。

【注释】①芰（jì）荷：荷花，详见后文“芙蕖”段。

【译文】花中有利于人，而无一不为人们所用的，要属荷花；花中有利于人，而人们无一不享受它所奉献的，要属玫瑰。荷花利人的说法，已经记述在这本书中。玫瑰的益处，与荷花一样，而它让人可亲可爱、不忍暂时分离，这些又超过荷花。群花只能娱目，而玫瑰则使是口、眼、鼻、舌，以至肌体毛发，无一不在它的奉献之中。可以制成香囊，可以食用，可以闻到花香，可以观赏，可以插戴，这花能像忠臣一样奉献自身，而且又有取悦众人的本领。花的所擅长之事，都在玫瑰身上了。

素馨

素馨一种[①]，花之最弱者也，无一枝一茎不需扶植，予尝谓之“可怜花”。

【注释】①素馨：本名耶悉茗，佛书作“鬘华”。初秋开花，花白色，香气清冽，以其花色白而芳香，故称。

【译文】素馨这种花，是花中最弱的，没有一枝一茎不需要扶植，我曾将它称为“可怜花”。

凌霄

藤花之可敬者，莫若凌霄。然望之如天际真人，卒急不能招致，是可敬亦可恨也。欲得此花，必先蓄奇石古木以待，不则无所依附而不生，生亦不大。予年有几，能为奇石古木之先辈而蓄之乎？欲有此花，非入深山不可。行当即之，以舒此恨。

【译文】藤本花卉中的可敬者，莫如凌霄。然而望过去如同天上仙人，匆忙之间不能招来身旁，这真是可敬也令人遗憾。想要得到凌霄花，一定要先准备好奇石古木，否则它没有依附就不能生长，即便它能生长也不会长太大。我的寿命能有多长，能提前准备好奇石古木呢？想拥有这种花，非要进入深山不可。想做就立即出发，以缓解这个遗憾。

真珠兰

此花与叶，并不似兰，而以兰名者，肖其香也。即香味亦稍别，独有一节似之：兰花之香，与之习处者不觉，骤遇始闻之，疏而复亲始闻之，是花亦然。此其所以名兰也。闽、粤有木兰，树大如桂，花亦似之，名不附桂而附兰者，亦以其香隐而不露，耐久闻而不耐急嗅故耳。凡人骤见而即觉其可亲者，乃人中之玫瑰，非友中之芝兰也。

【译文】真珠兰的花和叶，并不像兰花，而以兰为名，是因为真珠兰的花香很像兰花。就算是香味也稍有区别，只有一节与兰花相似：兰花的香味，与它待久了就感觉不到，突然相遇才会闻到，远离后再亲近才会闻到，真珠兰也是如此。这就是它以兰为名的原因。福建、广东有木兰，树大如桂，花也与桂花相似，名字中不带有桂而带有兰的原因，也是因为它的花香隐藏不露，能耐久闻而不耐急嗅。凡是人们突然相遇就觉得可亲的，那是人中之玫瑰，而不是友中之芝兰。

草本第三

草本之花，经霜必死。其能死而不死，交春复发者，根在故也。常闻有花不待时，先期使开之法，或用沸水浇根，或以硫磺代土，开则开矣，花一败而树随之，根亡故也。然则人之荣枯显晦，成败利钝，皆不足据，但询其根之无恙否耳。根在，则虽处厄运，犹如霜后之花，其复发也，可坐而待也，如其根之或亡，则虽处荣膴显耀之境[①]，犹之奇葩烂目[②]，总非自开之花，其复发也，恐不能坐而待矣。予谈草木，辄以人喻。岂好为是哓哓者哉[③]？世间万物，皆为人设。观感一理，备人观者，即备人感。天之生此，岂仅供耳目之玩、情性之适而已哉[④]？

【注释】①荣膴（wǔ）：富贵荣华。

②烂目：耀眼。

③哓哓（xiāo）：吵嚷，唠叨。

④适：舒适，满足。

【译文】草本植物的花，经霜一定会死。它能死而没有死，到了春天再次生发，这是因为它的根还在的原因。常常听说有等不到花期，而提前让花开放的方法，或用沸水浇根，或以硫磺代土，开是开了，但花一败而树也会随之枯死，这是因为它的根已经死了的原因。既然如此，那么人的荣枯显晦，成败利钝，都不足以成为评判一个人的根据，只要看他的根是否无恙就可以了。根在，则虽处厄运，犹如霜后之花，他再次生发通达，指日可待，若是他的根死了，则虽处于荣华显耀之境，犹如提前开放的奇花那样绚烂夺目，终究不是自然开放的花，而他再次生发通达，恐怕是等不到了。我谈草木，总是以人比喻。难道是我喜欢唠叨不停吗？世间万物，都是为人设立。观感是一理，让人观看的，就是要让人有所感处。上天创造这些东西，难道仅仅是供人欢愉耳目、抒发性情而已吗？

芍　药

芍药与牡丹媲美，前人署牡丹以“花王”，署芍药以“花相”，冤哉！予以公道之。天无二日，民无二王[①]，牡丹正位于香国，芍药自难并驱。虽别尊卑，亦当在五等诸侯之列，岂王之下，相之上，遂无一位一座，可备酬功之用者哉？历翻种植之书，非云“花似牡丹而狭”，则曰“子似牡丹而小”。由是观之，前人评品之法，或由皮相而得之。噫，人之贵贱美恶，可以长短肥瘦论乎？每于花时奠酒，必作温言慰之曰：“汝非相材也，前人无识，谬署此名，花神有灵，付之勿较，呼牛呼马，听之而已。”予于秦之巩昌[②]，携壮丹、芍药各数十本而归，牡丹活者颇少，幸此花无恙，不虚负戴之劳。岂人为知己死者，花反为知己生乎?

【注释】①“天无二日”两句:出自《孟子·万章上》。

②巩昌:地名,今在甘肃省陇西县。

【译文】芍药与牡丹媲美,前人署牡丹以“花王”,署芍药以“花相”,冤枉啊!我以公道来论。天无二日,民无二王,牡丹是花国中的正位,芍药自是难以齐头并进。虽然要区别尊卑,也应当位列五等诸侯,难道在王之下,相之上,就没有一位一座,可以用来奖赏有功者吗?翻遍关于种植的书,不是说“花似牡丹而狭”,就是说“子似牡丹而小”。由此看来,前人评品之法,或许是由皮相而得来的。唉,人的贵贱善恶,可以用高矮胖瘦而论吗?每到芍药花开时用酒祭奠,我一定会软言温语安慰它说:“你并非相材,前人无知,错署花相的称号,花神有灵,请不要计较,世人或称为牛,或称为马,任由他们而已。”我从秦地的巩昌,带回牡丹、芍药各数十株,牡丹栽活的很少,幸好芍药无恙,没有辜负我从远方带回来的辛劳。难道人为知己者死,花反而为知己者生吗?

兰

“兰生幽谷,无人自芳[①]”,是已。然使幽谷无人,兰之芳也,谁得而知之?谁得而传之?其为兰也,亦与萧艾同腐而已矣[②]。“如入芝兰之室,久而不闻其香[③]”,是已。然既不闻其香,与无兰之室何异?虽有若无,非兰之所以自处,亦非人之所以处兰也。吾谓芝兰之性,毕竟喜人相俱,毕竟以人闻香气为乐。文人之言，只顾赞扬其美，而不顾其性之所安，强半皆若是也。然相俱贵乎有情，有情务在得法；有情而得法，则坐芝兰之室，久而愈闻其香。兰生幽谷与处曲房，其幸不幸相去远矣。兰之初着花时，自应易其座位，外者内之，远者近之，卑者尊之；非前倨而后恭[④]，人之重兰非重兰也，重其花也，叶则花之舆从而已矣。居处一定，则当美其供设，书画炉瓶，种种器玩，皆宜森列其旁[⑤]。但勿焚香，香薰即谢，匪妒也，此花性类神仙，怕亲烟火，非忌香也，忌烟火耳。若是，则位置堤防之道得矣。然皆情也，非法也，法则专为闻香。"如入芝兰之室，久而不闻其香"者，以其知入而不知出也，出而再入，则后来之香，倍乎前矣。故有兰之室不应久坐，另设无兰者一间，以作退步，时退时进，进多退少，则刻刻有香，虽坐无兰之室，若依倩女之魂[⑥]。是法也，而情在其中矣。如止有此室，则以门外作退步，或往行他事，事毕而入，以无意得之者，其香更甚。此予消受兰香之诀，秘之终身，而泄于一旦，殊可惜也。

【注释】①"兰生幽谷"两句：出自《淮南子·说山训》："兰生幽谷，不为莫服而不芳。"

②萧艾：艾蒿，臭草。

③"如入"两句：出自《孔子家语·六本》。

④前倨（jù）而后恭：先傲慢而后恭敬。出自《战国策·秦策一》，苏秦游说秦惠王，多次上书秦王并未采纳苏秦的建议，回家后

遭到其嫂的嘲讽，后发奋读书，游说赵国时成功，得到赵王的重用，封为武安君，在游说楚国时途径洛阳，其嫂匍匐在地，前来拜见，苏秦见状问：“嫂何前倨而后恭也？”

⑤森列：整齐有序地排列。

⑥倩女之魂：唐代陈玄佑《离魂记》中描写，倩娘因其父悔婚，将倩娘另许他人，倩娘抑郁成病。生魂离体追随其夫，五年后两人一同归宁，生魂才回归肉体。

【译文】“兰生幽谷，无人自芳”，的确如此。但是如果幽谷无人，兰花的芳香，谁会知道？谁会散布？它虽是兰花，也和艾蒿一样腐烂。“如入芝兰之室，久而不闻其香。”，的确如此。但是既然闻不到它的芳香，与没有兰花的房间有什么不同？虽有若无，不是兰花之所以这样自处，也不是人们之所以这样对待兰花。我认为兰花的本性，毕竟喜欢与人相处，毕竟以人闻香气为乐。文人的言辞，只顾赞扬它的娇美，而不顾它本性的安逸，文人多半都是如此。但是相处贵在有情，有情务在方法得宜；有情而方法得宜，那么身处芝兰之室，时间越久就越能闻到它的芳香。兰花生在幽谷和处于深幽的房中，其中幸与不幸相差甚远。兰花刚开时，自要挪动它们的位置，外面的挪到里面，远处的挪到近处，低处的挪到高处；这不是先傲慢而后恭敬，人们看重兰花并不是看重整株的兰花，而是看重它所开的花，叶子只是花的陪衬而已。兰花摆放的位置确定之后，就可以美化周围的陈设，书画炉瓶，种种器玩，都应当有序地摆在旁边。但是切勿焚香，有香的薰染兰花就会凋谢，这不是嫉妒，兰花的本性就像神仙，害怕接近烟火，并非忌讳香，而是忌讳烟火罢了。如果能这样，那么就可以得知兰花摆放的位置和堤防的要求。但这些都是情，并非方法，方法则是专为闻香。“如入芝兰之室，久而不闻其香”的原因，是因为人们知道进入而不知道出去，出去之后再次进入，则后来的香味会倍于前者。所以有兰之室不应久坐，另设一间无兰之室，以作退步，时退时进，进多退少，这样时刻都会有香，虽然身处无兰之室，犹如依附着倩女之魂。这是方法，而情就在方法之中了。如果只有摆放兰花的房间，那就以门外作为退步，或是出去做其他事情，事情做完在回去，因为无意闻到的花香，会更加芬芳。这是我消受兰香的诀窍，这个诀窍我保密了一生，却一下子泄露出来，实在可惜啊。

此法不止消受兰香，凡属有花房舍，皆应若是。即焚香之室亦然，久坐其间，与未尝焚香者等也。门上布帘，必不可少，护持香气，全赖乎此。若止靠门扇开闭，则门开尽泄，无复一线之留矣。

【译文】这个方法不仅可以消受兰香，凡是有花的屋子，都应当像这样。即便是焚香之室也是这样，久坐其中，与不曾焚香是一样。门上的布帘，是必不可少的，保持香气，全靠它。如果只靠门扇的开合，那么门一开香气就会全部外泄，毫无保留。

蕙

蕙之与兰，犹芍药之与牡丹，相去皆止一间耳。而世之贵兰者必贱蕙，皆执成见、泥成心也。人谓蕙之花不如兰，其香亦逊。吾谓蕙诚逊兰，但其所以逊兰者，不在花与香而在叶，犹芍药之逊牡丹者，亦不在花与香而在梗。牡丹系木本之花，其开也，高悬枝梗之上，得其势则能壮其威仪，是花王之尊，尊于势也。芍药出于草本，仅有叶而无枝，不得一物相扶，则委而仆于地矣，官无舆从，能自壮其威乎？蕙兰之不相敌也反是。芍药之叶苦其短，蕙之叶偏苦其长；芍药之叶病其太瘦，蕙之叶翻病其太肥。当强者弱，而当弱者强，此其所以不相称，而大逊于兰也。兰蕙之开，时分先后。兰终惠继，犹芍药之嗣牡丹，皆所谓兄终弟及，欲废不能者也。善用蕙者，全在留花去叶，痛加剪除，择其稍狭而近弱者，十存二三；又皆截之使短，去两角而尖之，使与兰叶相若，则是变蕙成兰，而与“强干弱枝”之道合矣①。

【注释】①强干弱枝：出自《史记·汉兴以来诸侯年表序》：“汉郡八九十，形错诸侯间，犬牙相临，秉其阸塞地利，强本干弱枝叶之势，尊卑明而万事各得其所矣。”

【译文】蕙和兰，就像芍药和牡丹，只有一点点的差距。而世上看重兰的人一定会轻贱蕙，都是因为固执己见。人们认为蕙花不如兰花，它的芳香也逊色于兰花。我认为蕙确实逊色于兰，但它之所以不如兰的原因，不在花和花香而在于叶子，就像芍药不如牡丹的地方，也不在花和花香而在于枝梗。牡丹是木本花卉，花开时，高高地悬在枝梗上，有气势就能壮它的威仪，这就是花王之尊，是尊于气势。芍药是草本植物，只有叶子而没有枝梗，如果没有一样东西来扶持，就只能倒在地上了，官员没有车马随从，能自己壮大他的威仪吗？蕙和兰的不同却是正好相反。芍药的叶子苦于太短，蕙的叶子偏偏苦于太长；芍药的叶子嫌它太窄，蕙的叶子反而嫌它太宽。本来强的反而弱，而本来弱的反而强，这就是它之所以不相称，而大大不如兰的原因。兰和蕙的花期，时分先后。兰花结束蕙花接续，就像芍药接着牡丹开放，都像兄终弟及，想废止都不能。善于栽种蕙花的，全在留花去叶，痛加剪除，选取那些略微狭窄而且较弱的叶子，十存二三；又都将这些叶子截短，剪去两个角修成尖状，使惠的叶子与兰的叶子相似，这样就将蕙变成兰，而与“强干弱枝”之道吻合了。

水仙

水仙一花，予之命也。予有四命，各司一时：春以水仙、兰花为命，夏以莲为命，秋以秋海棠为命，冬以蜡梅为命。无此四花，是无命也；一季缺予一花，是夺予一季之命也。水仙以秣陵为最[①]，予之家于秣陵，非家秣陵，家于水仙之乡也。记丙午之春[②]，先以度岁无资，衣囊质尽[③]，迨水仙开时，则为强弩之末，索一钱不得矣。欲购无资，家人曰：”请已之。一年不看此花，亦非怪事。”予曰：“汝欲夺吾命乎？宁短一岁之寿，勿减一岁之花。且予自他乡冒雪而归，就水仙也，不看水仙，是何异于不返金陵，仍在他乡卒岁乎[④]？”家人不能止，听予质簪珥购之。予之钟爱此花，非痂癖也。其色其香，其茎其叶，无一不异群葩，而予更取其善媚。妇人中之面似桃，腰似柳，丰如牡丹、芍药，而瘦比秋菊、海棠者，在在有之；若如水仙之淡而多姿，不动不摇，而能作态者，吾实未之见也。以“水仙”二字呼之，可谓摹写殆尽。使吾得见命名者，必颓然下拜。

【注释】①秣（mò）陵：地名，今江苏南京。

②丙午：即1666年，康熙五年。

③质：抵押，典当。

④他乡：芥子园本作“地乡”，据翼圣堂本和《中国文学珍本网》改。

【译文】水仙一花，是我的生命。我有四命，各主掌一季：春以水仙、兰花为命，夏以莲为命，秋以秋海棠为命，冬以腊梅为命。没有这四样花，我就没有了生命；一季缺我一样花，就是夺走我一季的生命。南京的水仙是最好的，我定居在南京，并非定居在南京，而是定居在水仙之乡。记得丙午年春节，先是因为没钱过年，衣物全都当出去了，等到水仙开放的时候，已经是强弩之末，找不出一文钱了。想买它却没有钱，家人说：”算了吧。一年不看此花，也不是什么稀奇的事。”我说：“你想要我的命吗？我宁可少一年之寿，也不要缺了一年之花。而且我从他乡冒雪而归，就是为了观赏水仙，不看水仙，这和不回南京，仍在他乡过年有什么区别呢？”家人劝阻不了我，任我把簪珥首饰当了来买水仙。我钟爱水仙，并不是嗜痂那样的怪癖。水仙的花色和香味，枝茎和绿叶，无一不异于其他花卉，而我更喜欢它的善媚。妇人中面似桃，腰似柳，丰如牡丹、芍药，而瘦比秋菊、海棠的，比比皆是；倘若是像水仙的素雅而多姿，不动不摇，就能作出娉婷之态的，我实属未见。以“水仙”二字来称呼这样的女子，可以说是将女子的神情都显现出来了。如果我能见到为水仙命名的，必会心甘情愿地下拜。

不特金陵水仙为天下第一，其植此花而售于人者，亦能司造物之权，欲其早则早，命之迟则迟，购者欲于某日开，则某日必开，未尝先后一日。及此花将谢，又以迟者继之，盖以下种之先后为先后也。至买就之时，给盆与石而使之种，又能随手布置，即成画图，皆风雅文人所不及也。岂此等末技，亦由天授，非人力邪？

【译文】南京的水仙不仅是天下第一，而且人们种植水仙再售卖给别人，也能主掌造物主的权力，想让它花开得早就能早，让它花开得迟就能迟，购买的人想在某天开，那就一定会在某一天开，不曾早一天或晚一天。当先开的花将要凋谢了，又有迟开的花接续，这是因为下种的先后决定开花的先后。等到有人买花的时候，卖家会送给他花盆和石头让他栽种，又能随手布置，就成了优美的景致，这都是风雅文人所做不到的。难道这种微不足道的技艺，也要由上天授予，而非人力可以做到的吗？

芙 蕖

芙蕖与草本诸花，似觉稍异；然有根无树，一岁一生，其性同也。谱云[1]：“产于水者曰草芙蓉，产于陆者曰旱莲。”则谓非草本不得矣[2]。予夏季倚此为命者，非故效颦于茂叔，而袭成说于前人也。以芙蕖之可人，其事不一而足。请备述之。群葩当令时，只在花开之数日，前此后此，皆属过而不问之秋矣，芙蕖则不然。自荷钱出水之日[3]，便为点缀绿波，及其劲叶既生，则又日高一日，日上日妍，有风既作飘飖之态。无风亦呈袅娜之姿。是我于花之未开，先享无穷逸致矣。迨至菡萏成花[4]，娇姿欲滴，后先相继，自夏徂秋[5]，此时在花为分内之事，在人为应得之资者也。及花之既谢，亦可告无罪于主人矣，乃复蒂下生蓬，蓬中结实，亭亭独立，犹似未开之花，与翠叶并擎，不至白露为霜，而能事不已。此皆言其可目者也。可鼻则有荷叶之清香，荷花之异馥[6]，避暑而暑为之退，纳凉而凉逐之生。至其可人之口者，则莲实与藕，皆并列盘餐，而互芬齿颊者也。只有霜中败叶，零落难堪，似成弃物矣，乃摘而藏之，又备经年裹物之用。是芙藻也者，无一时一刻，不适耳目之观；无一物一丝，不备家常之用者也。有五谷之实，而不有其名；兼百花之长，而各去其短。种植之利，有大于此者乎？予四命之中，此命为最。无如酷好一生，竟不得半亩方塘，为安身立命之地；仅凿斗大一池，植数茎以塞责，又时病其漏，望天乞水以救之。殆所谓不善养生，而草菅其命者哉。

【注释】①谱：疑似是明代王象晋的《群芳谱》，但书中没有本文所引之句，文中所引有待考证。

②草本：芥子园本误作“草木”，据翼圣堂本和《中国文学珍本网》改。

③荷钱：状如铜钱的初生的小荷叶。

④菡萏（hàn dàn）：未开的荷花花苞称为菡萏。

⑤徂（cú）：往，去。

⑥异馥（fù）：奇特的香气。

【译文】荷花相比其他的草本花卉，好像略有不同；但在它们有根而无树干，一年一生，它们的本性是相同的。花谱中说：“生在水中的是草芙蓉，生在陆地上的叫旱莲。”这就不能认为荷花不是草本花卉。夏季我以荷花为命，并非故意效仿周敦颐，承袭前人的成说。是因为荷花的可人，表现在许多方面。请让我详细讲述。各种花卉的花期，只在那几天开放，此前此后，都是属于过而不问的时候，荷花则不是这样。自初生的荷叶出水之日，它就能为池塘点缀星星绿波，等到荷叶长出来，那它一天比一天高，一天比一天娇美，有风时就作随风飘摇之态。无风时也呈现清雅袅娜之姿。这样在荷花还没有开放时，人们就能先享受到无穷的雅致了。等到荷花开放时，娇姿欲滴，先后相继，从夏到秋盛开不断，这段时间对于花是它的份内之事，对于人是应得的美景。等到荷花凋谢，也可以说对于主人没有什么罪过了，却又花蒂下长出莲蓬，莲蓬中结出莲子，亭亭独立，好似未开的荷花，与翠叶一起立于水面上，不到白露为霜，而它所呈现的景致就不会停止。这都是说它可以让人一饱眼福。可供鼻子闻的则有荷叶的清香，荷花的异香，避暑而暑热为之而退，纳凉而凉意随之而生。至于可供人食用的，则有莲子和藕，都是可以并列盘餐，而且可以互芬齿颊的美食。只有霜中败叶，零落难堪，好像是废弃的东西，但将它摘下存放起来，全年都可以用它包东西。如此说来荷花这种植物，无一时一刻，不是适合人们观赏；无一物一丝，不是备家常之用。有五谷之实，而没有五谷之名；兼百花之长，而去掉了百花之短。种植荷花的益处，还有比它更好的吗？我的四命之中，最爱荷花。无奈我一生酷爱荷花，竟没有半亩方塘，作为它的安身立命之地；仅仅挖了一个斗大的水池，种上几株草草了事，又担忧它常常漏水，只能仰望上天求雨来救它。像我这样大概就是不善养生，而草菅其命的人吧。

罂粟

花之善变者，莫如罂粟，次则数葵，余皆守故不迁者矣。艺此花如蓄豹[①]，观其变也。牡丹谢而芍药继之，芍药谢而罂粟继之，皆繁之极、盛之至者也。欲续三葩，难乎其为继矣。

【注释】①“艺此花”一句：出自《易·革》：“大人虎变，小人革面，君子豹变。”因为豹子的生长会脱毛，毛色会改变，所以古人认为豹子的花纹是善于变化的。

【译文】花中善变的，莫过于罂粟，其次就数葵花，余下的花都是固守不变的。种植罂粟就像豢养豹子，需要观察它的改变。牡丹凋谢了芍药接着开放，芍药凋谢了罂粟接着开放，这些都是繁之极、盛之至的花卉。想要接着这三种花开放，实在是难以为继。

葵

花之易栽易盛，而又能变化不穷者，止有一葵。是事半于罂粟，而数倍其功者也。但叶之肥大可憎，更甚于蕙。俗云："牡丹虽好，绿叶扶持。"人谓树之难好者在花，而不知难者反易。古今来不乏明君，所不可必得者，忠良之佐耳。

【译文】花中易于栽易于长得繁盛，而且又能变化无穷的，只有葵花。对于罂粟来说，栽种葵花就是事倍功半了。但是葵花的叶子肥大可憎，比蕙花更严重。俗话说："牡丹虽好，绿叶扶持。"人们认为难以种好的在于花，却不知道困难的反而很容易。自古以来不乏明君，而未必能得到的，是忠臣的辅佐了。

萱

萱花一无可取，植此同于种菜，为口腹计则可耳。至云对此可以忘忧，佩此可以宜男，则千万人试之，无一验者。书之不可尽信，类如此矣。

【译文】萱花一无可取，种植这种花等同种菜，只能为口腹考虑。至于说面对萱花可以忘忧，佩带萱花可以生男孩，则有千万人尝试，却没有一个有效果的。书上说的不可全信，就像这件事一样。

鸡 冠

予有《收鸡冠花子》一绝云："指甲搔花碎紫雯，虽非异卉也芳芬。时防撒却还珍惜[①]，一粒明年一朵云[②]。"此非溢美之词，道其实也，花之肖形者尽多，如绣球、玉簪、金钱、蝴蝶、剪春罗之属，皆能酷似，然皆尘世中物也；能肖天上之形者，独有鸡冠花一种。氤氲其象而叆叇其文[③]，就上观之，俨然庆云一朵。乃当日命名者，舍天上极美之物，而搜索人间。鸡冠虽肖，然而贱视花容矣，请易其字，曰"一朵云"。此花有红、紫、黄、白四色，红者为红云，紫者为紫云，黄者为黄云，白者为白云。又有一种五色者，即名为"五色云"。以上数者，较之"鸡冠"，谁荣谁辱？花如有知，必将德我。

【注释】①撒：芥子园本作"撮"，据《笠翁诗集·收鸡冠花子》改。

②朵：芥子园本作"孕"，据《笠翁诗集》改。

③氤氲（yīn yūn）：烟气、烟云弥漫的样子，叆叇（ài dài）：云盛貌。

【译文】我有一首《收鸡冠花子》的绝句中云："指甲搔花碎紫雯，虽非异卉也芳芬。时防撒却还珍惜，一粒明年一朵云。"这并非赞美之词，而是道出实情，外形像其他物品的花有很多，比如绣球、玉簪、金钱、蝴蝶、剪春罗之类的，外形都能酷似，但它们都是尘世中物；外形能像天上之物的形状的花，只有鸡冠花一种。像烟气弥漫一样的形象和浓云缭绕一样的纹理，从上面来看，俨然是一朵祥云。而当时为此花命名的人，舍弃了天上最美的东西，而从人间的俗物中搜索。鸡冠虽像，但是轻贱了花容，请让我换掉它的名字，改成"一朵云"。这种花有红、紫、黄、白四种颜色，红的叫做红云，紫的叫做紫云，黄的叫做黄色，白的叫做白云。还有一种五色的，就称作"五色云"。以上这些名字，相较"鸡冠"这个名字，谁荣谁辱？如果花有知，必会感谢我。

玉　簪

花之极贱而可贵者，玉簪是也。插入妇人髻中，孰真孰假，几不能辨，乃闺阁中必需之物。然留之弗摘，点缀篱间，亦似美人之遗。呼作"江皋玉佩①"，谁曰不可？

【注释】①江皋玉佩：出自《文选·郭璞·江赋》李善注引《韩诗内传》，传说周代郑交甫在汉水边遇到两位女子，二女将她们的玉佩赠送给郑交甫，他将玉佩揣入怀中，却发现玉佩和两位女子都不见了。

【译文】看似很低贱但本质却很可贵的花，就属玉簪了。插入妇人髻中，孰真孰假，几乎不能分辨，这是闺阁中的必需之物。但是留着它不摘，点缀在篱间，也像是美人的馈赠。将它称为“江皋玉佩”，谁说不能呢？

凤　仙

凤仙，极贱之花，此宜点缀篱落，若云备染指甲之用，则大谬矣。纤纤玉指，妙在无瑕，一染猩红，便称俗物。况所染之红，又不能尽在指甲，势必连肌带肉而丹之。迨肌肉褪清之后，指甲又不能全红，渐长渐退，而成欲谢之花矣。始用俑者，其俗物乎？

【译文】凤仙，是极其低贱的花，它适合点缀篱笆，如果说它可以用来染指甲，那就大错特错了。纤纤玉指，妙在无瑕，一染上猩红色，便是俗物了。何况所染之红，又不能全染在指甲上，一定会连带肌肉全都染红了。等肌肉的红色褪清之后，指甲又不能全红，指甲渐长颜色渐退，那就成了将要凋谢的花。始作俑者，他应该是个俗物吧？

金　钱

金钱、金盏、剪春罗、剪秋罗诸种，皆化工所作之小巧文字。因牡丹、芍药一开，造物之精华已竭，欲续不能，欲断不可，故作轻描淡写之文，以延其脉。吾观于此，而识造物纵横之才力亦有穷时，不能似源泉混混[①]，愈涌而愈出也。合一岁所开之花，可作天工一部全稿。梅花、水仙，试笔之文也，其气虽雄，其机尚涩，故花不甚大，而色亦不甚浓。开至桃、李、棠、杏等花，则文心怒发，兴致淋漓，似有不可阻遏之势矣；然其花之大犹未甚，浓犹未至者，以其思路纷驰而不聚，笔机过纵而难收，其势之不可阻遏者，横肆也[②]，非纯熟也。迨牡丹、芍药一开，则文心笔致俱臻化境，收横肆而归纯熟，舒蓄积而罄光华[③]，造物于此，可谓使才务尽，不留丝发之余矣。然自识者观之，不待终篇而知其难继。何也？世岂有开至树不能载、叶不能覆之花，而尚有一物焉高出其上、大出其外者乎？有开至众彩俱齐、一色不漏之花，而尚有一物焉红过于朱、白过于雪者乎？斯时也，使我为造物，则必善刀而藏矣[④]。乃天则未肯告乏也，夏欲试其技，则从而荷之；秋欲试其技，则从而菊之；冬则计穷其竭，尽可不花，而犹作蜡梅一种以塞责之。数卉者，可不谓之芳妍尽致，足殿群芳者乎[⑤]？然较之春末夏初，则皆强弩之末矣。至于金钱、金盏、剪春罗、剪秋罗、滴滴金、石竹诸花，则明知精力不继，篇帙寥寥，作此以塞纸尾，犹人诗文既尽，附以零星杂著者是也。由是观之，造物者极欲骋才，不肯自惜其力之人也；造物之才，不可竭而可竭，可竭而终不可竟竭者也。究竟一部全文，终病其后来稍弱。其不能弱始劲终者，气使之然，作者欲留余地而不得也。吾谓才人著书，不应取法于造物，当秋冬其始，而春夏其终，则是能以蔗境行文[⑥]，而免于江淹才尽之诮矣[⑦]。

【注释】①混混：同“滚滚”。水流翻涌的样子。

②横肆：纵放恣肆，多形容文笔或书法的气势。

③罄：用尽，消耗殆尽。

④善刀而藏：出自《庄子·养生主》。比喻有所收敛、适可而止或自藏其才而不炫露。

⑤殿：压阵，压轴。

⑥蔗境：比喻人的晚景美好。出自《世说新语·排调》，顾恺之吃甘蔗常从末端吃到根部，人问他原因，顾恺之回答渐入佳境。

⑦江淹才尽：江淹字文通，年少好学，以文才著名，世称江郎。晚年所作的诗文已无佳句，当时人称他才尽。后来常用“江淹才尽”比喻才思衰退。诮（qiào）：责备，嘲讽。

【译文】金钱、金盏、剪春罗、剪秋罗等各种花卉，都是造物主所作的小巧文字。因牡丹、芍药一开，造物的精华已经枯竭，欲继不能，欲断不可，所以作出轻描淡写之文，用来延长造物的气脉。我看到这些，知道了造物纵横的才华也有穷尽的时候，不能像源泉那样的潺潺不息，越涌越出。总和一年中开放的花，可以当作精致天工所创的一部完整的文稿。梅花、水仙，是试笔之文，它们的气势虽然雄厚，但文思灵感尚且生涩，所以它们的花不是很大，而且颜色也不是很浓。开到桃、李、棠、杏等花时，而文思怒发，兴致淋漓，似乎有不可遏止的态势；但它们的花仍然不是很大，香气仍然不是很浓，是因为造物主的思路分散而不集中，文思太过奔放而难收，态势之所以不可遏止，是因为文思纵放恣肆，而并非出神入化。等牡丹、芍药一开，那么文思笔风都到了化境，收纵放恣肆而归出神入化，舒内在蕴藏而尽文采光华，造物主达到了这样的境界，可以说是才华全部用尽了，毫无保留。然而明眼人看来，不用等到结束就知道难以相继。为什么？世上哪有那种开到树不能载、叶子不能覆盖的花，而且还会有一种比这种花还高、比它还大的东西吗？有那种开到众彩俱齐、一色不漏的花，而且还会有一种比朱色还红、比雪还白的东西吗？这个时候，如果我是造物主，就一定会敛藏自己的才华。可是上天不肯显露出困乏的，夏天想试试它的技艺，从而长出了荷花；秋天想试试它的技艺，从而长出了菊花；冬天时无计可施，尽可以不再开花，却仍然长出蜡梅这种花来草草了事。这些花卉，难道不可以说是芬芳娇美达到极致，足以艳压群芳吗？然而相较春末夏初时的花卉，这些都是强弩之末了。至于金钱、金盏、剪春罗、剪秋罗、滴滴金、石竹等各类花卉，则明知精力不济，篇帙寥寥，作出些文字来填塞纸尾，就如同文人的诗文已经写完，再附上些零星杂著一样。由此看来，造物主是个极想施展才能，不肯爱惜自己力气的人；造物主的才能，是不可竭尽的但可暂时竭尽，可以竭尽但最终是不可竭尽的。深究一部完整的文章，终是担心它后来逐弱。不能使开头弱而结尾强的原因，是因为灵感才气使然，作者想留有余地却不行。我认为有才华的人写书，不应该效法造物，应该像秋冬之花开始，而像春夏之花结束，这样就会渐入佳境，而免于江郎才尽的嘲讽了。

蝴蝶花

此花巧甚。蝴蝶，花间物也，此即以蝴蝶为花。是一是二，不知周之梦为蝴蝶欤？蝴蝶之梦为周欤[1]？非蝶非花，恰合庄周梦境。

【注释】①“不知”两句：出自《庄子·齐物论》：“昔者庄周梦为蝴蝶，栩栩然蝴蝶也。自喻适志与！不知周也。俄然觉，则蘧蘧然周也。不知周之梦为蝴蝶与？蝴蝶之梦为周与？周与蝴蝶则必有分矣。此之谓物化。”

【译文】这种花非常巧妙。蝴蝶，是花间飞舞的东西，而它模仿蝴蝶的样子开花。是一种东西还是两种东西，不知是庄周在梦里变为了蝴蝶？还是蝴蝶在梦里变为了庄周？非蝶非花，恰好与庄周的梦相合。

菊

菊花者，秋季之牡丹、芍药也。种类之繁衍同，花色之全备同，而性能持久复过之。从来种植之书，是花皆略，而叙牡丹、芍药与菊者独详。人皆谓三种奇葩，可以齐观等视，而予独判为两截，谓有天工、人力之分。何也？牡丹、芍药之美，全仗天工，非由人力。植此二花者，不过冬溉以肥，夏浇为湿，如是焉止矣。其开也，烂漫芬芳，未尝以人力不勤，略减其姿而稍俭其色。菊花之美，则全仗人力，微假天工。艺菊之家，当其未入土也，则有治地酿土之劳；既入土也，则有插标记种之事。是萌芽未发之先，已费人力几许矣。迨分秧植定之后，劳瘁万端[①]，复从此始。防燥也，虑湿也，摘头也，掐叶也，芟蕊也[②]，接枝也，捕虫掘蚓以防害也，此皆花事未成之日，竭尽人力以俟天工者也。即花之既开，亦有防雨避霜之患，缚枝系蕊之勤，置盏引水之烦，染色变容之苦，又皆以人力之有余，补天工之不足者也。为此一花，自春徂秋，自朝迄暮，总无一刻之暇。必如是，其为花也，始能丰丽而美观，否则同于婆娑野菊[③]，仅堪点缀疏篱而已。若是，则菊花之美，非天美之，人美之也。人美之而归功于天，使与不费辛勤之牡丹、芍药齐观等视，不几恩怨不分而公私少辩乎？吾知敛翠凝红而为沙中偶语者[④]，必花神也。

【注释】①劳瘁：因辛劳过度而致身体衰弱。

②芟（shān）：割除，清除。

③婆娑：枝叶纷披的样子。

④偶语：相聚议论或窃窃私语。这里指表达不满。

【译文】菊花，是秋季的牡丹、芍药。种类的繁衍一样，花色的齐备也一样，而菊花本性能使花期持久又超过了牡丹和芍药。从来有关种植的书，其他的花都是概述，而唯独讲到牡丹、芍药和菊花就很详尽了。人们都认为这三种花，可以同等看待，我却将它们分为两类，认为有天工、人力的区别。为什么？牡丹、芍药之美，全靠天工，并非人力。种植这两种花，不过是在冬天施肥，在夏天浇水，这样就可以了。当花开时，烂漫芬芳，从来没有因为人力不够勤快，而使它的花容和花色稍显逊色。菊花之美，就全靠人力，略微借助天工。种植菊花的人家，当它还未种到土里时，就有整理土壤的辛劳；已经种到土里之后，就有标记品种的事情。这样在菊花还未生发之前，已经耗费了不少人力。等到分秧移栽种好之后，万般烦劳，从这里开始。慎防干燥，忧虑过湿，摘头，掐叶，除蕊，接枝，捕捉蛀虫挖掘蚯蚓以防虫害，这是菊花还未长成的时候，竭尽人力等待天工相助。即便是菊花已经开了，也会有防雨避霜之患，缚枝系蕊之勤，置盏引水之烦，染色变容之苦，这些又都是以人力的有余，来补天工的不足。为了这种花，从春至秋，从朝至暮，都没有一刻闲暇。一定要这样做，当它开花时，才能繁盛而美观，否则就等同于杂乱的野菊，只能用作点缀篱笆而已。如此看来，那么菊花之美，并非天工将它变美，而是人力将它变美。人力将它变美却归功于天工，将它与不费辛勤的牡丹、芍药同等看待，这不几乎就是恩怨不分而且公私不辩吗？我知道那些敛翠凝红而在沙土中窃窃私语、发泄牢骚的，一定是花神。

自有菊以来，高人逸士无不尽吻揄扬[①]，而予独反其说者，非与渊明作敌国[②]。艺菊之人终岁勤动，而不以胜天之力予之，是但知花好，而昧所从来。饮水忘源，并置汲者于不问，其心安乎？从前题咏诸公，皆若是也。予创是说，为秋花报本，乃深于爱菊，非薄之也。予尝观老圃之种菊，而慨然于修士之立身与儒者之治业。使能以种菊之无逸者砺其身心，则焉往而不为圣贤？使能以种菊之有恒者攻吾举业，则何虑其不掇青紫[3]？乃士人爱身爱名之心，终不能如老圃之爱菊，奈何！

【注释】①揄扬：赞扬。

②渊明：即陶渊明，字元亮，又名潜，是第一位田园诗人，世称靖节先生。

③掇：拾取，摘取。青紫：原是古代高官印绶、服饰的颜色，后借指比喻高官显爵。

【译文】自从有菊花以来，高人逸士无不赞叹称颂，而我偏偏与他们的说法相反，这并非与陶渊明敌对。种植菊花的人终年辛勤劳作，却不因为人力胜过天工而称赞他们，这就是只知道花好，而不知道好从何而来。饮水忘源，并且将打水的人置之不问，难道能心安吗？从前题咏菊花的各位诗人，都是这样。我提出这个说法，是为菊花返本思源，是因为我深爱菊花，并非轻视它。我曾看过老花农种植菊花，而感慨修士的立身与儒者的治业。如果能像种植菊花那样没有闲逸来磨砺自己的身心，那又怎会不成为圣贤呢？如果能像种植菊花那样坚持不懈来深究八股文，那又为何会担心不能及第呢？而是士人爱身爱名之心，始终不能像老花农之爱菊，怎么办！

菜

菜为至贱之物，又非众花之等伦，乃《草本》《藤本》中反有缺遗，而独取此花殿后，无乃贱群芳而轻花事乎？曰：不然。菜果至贱之物，花亦卑卑不数之花[①]，无如积至贱至卑者而至盈千累万，则贱者贵而卑者尊矣。“民为贵，社稷次之，君为轻”者[②]，非民之果贵，民之至多至盛为可贵也。园圃种植之花，自数朵以至数十百朵而止矣，有至盈阡溢亩，令人一望无际者哉？曰：无之。无则当推菜花为盛矣。一气初盈，万花齐发，青畴白壤[③]，悉变黄金，不诚洋洋乎大观也哉！当是时也，呼朋拉友，散步芳塍[④]，香风导酒客寻帘，锦蝶与游人争路，郊畦之乐，什佰园亭，惟菜花之开，是其候也。

【注释】①卑卑：平庸，微不足道。

②“民为贵”三句：出自《孟子·尽心下》。

③青畴：绿色的田野。白：空旷。

④塍（chéng）：田间的土埂。

【译文】菜是最低贱的东西，又并非百花的同类，这本书的《草本》《藤本》中反而没有详细记述，只将这花殿后，这不是贱群芳而轻花事吗？我说：不是这样。菜确实是最低贱的东西，菜花也是微不足道、排不上什么名次的花，无奈积累这至贱至卑的东西以至于成千上万，那么低贱卑微的东西也会变得尊贵。“民为贵，社稷次之，君为轻”，并不是百姓真的很尊贵，而是百姓至多至盛才是可贵。园圃种植之花，最多从数朵以至数十百朵，有遍布田野，让人一望无际的花吗？答：没有。那没有就应当推举菜花为最繁盛的了。春天的气息刚刚生发的时候，万花齐放，青色的田野、空旷的土壤，全部变成金黄色，这不着实是一片花海吗！恰逢良时，呼朋唤友，在遍布芬芳的田埂上散步，香风指引酒客寻找花帘，锦蝶与游人争路，郊野游玩的乐趣，胜过园亭赏玩十倍百倍，只有菜花盛开，才正是游玩享乐的时候啊。

众卉第四

草木之类，各有所长，有以花胜者，有以叶胜者。花胜则叶无足取，且若赘疣，如葵花、蕙草之属是也。叶胜则可以无花，非无花也，叶即花也，天以花之丰神色泽归并于叶而生之者也。不然，绿者叶之本色，如其叶之，则亦绿之而已矣，胡以为红，为紫，为黄，为碧，如老少年、美人蕉、天竹、翠云草诸种，备五色之陆离，以娱观者之目乎？即有青之绿之，亦不同于有花之叶，另具一种芳姿。是知树木之美，不定在花，犹之丈夫之美者，不专主于有才，而妇人之丑者，亦不尽在无色也。观群花令人修容，观诸卉则所饰者不仅在貌。

【译文】草木之类，各有所长，有以花胜者，有以叶胜者。以花为胜的则叶子无一可取，而且如同累赘，就比如葵花、蕙草之类的。以叶为胜的则可以无花，并不是无花，叶即是花，上天将花的风貌色泽都归在叶子使它这样生出来。否则，绿色是叶子的本色，如果只当作叶子，那也只有绿色就行了，为什么还有红色，紫色，黄色，碧色，譬如老少年、美人蕉、天竹、翠云草等，五颜六色，绚丽斑斓，是为了愉悦观众的眼睛吗？即便有青色绿色的叶子，也与有花的叶子不同，别具一种柔美姿容。由此可知树木之美，不一定在花，就像丈夫之美，并不只注重是否有才，而妇人之丑，也不全在没有姿色。观赏群花能让人修整仪容，观赏诸草则所要修饰的不仅仅在于容貌。

芭　蕉

幽斋但有隙地，即宜种蕉。蕉能韵人而免于俗，与竹同功，王子猷偏厚此君，未免挂一漏一。蕉之易栽，十倍于竹，一二月即可成荫。坐其下者，男女皆入画图，且能使台榭轩窗尽染碧色，绿天之号[①]，洵不诬也[②]。竹可镌诗，蕉可作字，皆文士近身之简牍。乃竹上止可一书，不能削去再刻；蕉叶则随书随换，可以日变数题，尚有时不烦自洗，雨师代拭者，此天授名笺，不当供怀素一人之用。予有题蕉绝句云：“万花题遍示无私，费尽春来笔墨资。独喜芭蕉容我俭，自舒晴叶待题诗。”此芭蕉实录也。

【注释】①绿天之号：唐代书法家怀素，幼年出家，以狂草著称，因无钱买纸，所以居处周围种植一片芭蕉，以蕉叶代纸，每次挥笔数千张。因其居处内外芭蕉成林，绿荫如云，故称为“绿天庵”。

②洵：诚然，确实。不诬：不妄，不假。

【译文】幽静的斋舍只要有空地，就应该种上芭蕉。芭蕉能使人风韵雅致而不落俗套，与竹同功，王子猷偏爱竹子，未免挂一漏一。栽种芭蕉要比栽种竹子容易十倍，一两个月就可以成荫。坐在绿荫下，男女都像进入了图画之中，而且能使亭台楼阁、门窗栏杆都染上绿色，称作“绿天”，的确不假。竹片可以刻诗，蕉叶可以写字，这都是文士随身的纸张。竹片只能书写一次，不能削去再刻；蕉叶则随写随换，可以日变数题，有时还不用劳烦自己清洗，可以由雨师代为冲洗，这是上天赐予的名笺，不当供怀素一人之用。我有题蕉绝句云：“万花题遍示无私，费尽春来笔墨资。独喜芭蕉容我俭，自舒晴叶待题诗。”这是芭蕉的真实写照。

翠　云

草色之最蒨者[①]，至翠云而止。非特草木为然，尽世间苍翠之色，总无一物可以喻之，惟天上彩云，偶一幻此。是知善着色者惟有化工[②]，即与倾国佳人眉上之色并较浅深，觉彼犹是画工之笔，非化工之笔也。

【注释】①蒨（qiàn）：青葱貌。

②化工：自然的造化者。

【译文】草色中最青葱的，到翠云草而止。不仅草木如此，世间所有的苍翠之色，终归没有一物可以比喻它，只有天上的彩云，偶然变幻出这种颜色。由此可知善于着色的，唯有自然造化，即便是与倾国佳人眉毛上的颜色并较浅深，也会觉得她们的眉色还是俗世画工之笔，并非自然造化之笔。

虞美人

虞美人花叶并娇，且动而善舞，故又名“舞草”。谱云：“人或抵掌歌《虞美人》曲，即叶动如舞。”予曰：舞则有之。必歌《虞美人》曲。恐未必尽然。盖歌舞并行之事，一姬试舞，众姬必歌以助之，闻歌即舞，势使然也。若曰必歌《虞美人》曲，则此曲能歌者几？歌稀则和寡，此草亦得借口藏其拙矣。

【译文】虞美人的花和叶都很娇媚，并且灵活善舞，所以又叫“舞草”。花谱云：“有人拍手唱《虞美人》曲，虞美人的叶子就会活动如同起舞。”我说：它可以起舞是有的。但一定要唱《虞美人》曲。恐怕未必如此了。因为歌与舞是一起进行的事，一位舞姬开始起舞，众位舞姬一定会唱歌相助，听到歌声就会起舞，这是自然的事。如果说一定要唱《虞美人》曲，那会唱这首曲子的能有几人？会唱的人很少，能附和跳舞的也就很少，虞美人也就有借口来藏拙了。

书带草

书带草其名极佳，苦不得见。谱载出淄川城北郑康成读书处[①]，名“康成书带草”。噫，康成雅人，岂作王戎钻核故事[②]，不使种传别地耶？康成婢子知书[③]，使天下婢子皆不知书，则此草不可移，否则处处堪栽也。

【注释】①郑康成（127-200）：即郑玄，字康成，东汉儒家学者、经学家。北海郡高密县（今山东省高密市）人。郑康成为求得更高的学问，拜当时最著名的经学大师马融为师。学成归乡时，路过淄川（今在山东淄博），在黉山建立书院收徒讲学，并引来四方文学之士。

②王戎钻核：晋朝王戎家中有品种优良的李子树，卖李子时，生怕别人得到种子，都会在李核上钻个洞。出自《世说新语·俭啬》：“王戎有好李，卖之恐人得其种，恒钻其核。”

③康成婢子知书：出自《世说新语·文学》：“郑玄家奴婢皆读书。尝使一婢，不称旨，将挞之；方自陈说，玄怒，使人曳着泥中。须臾复有一婢来，问曰：‘胡为乎泥中？’答曰：‘薄言往愬，逢彼之怒。’”两个婢女的问答，都是出自《诗经》。

【译文】书带草，它的名字很好，但是苦于见不到。花谱中记载它产自淄川城北郑康成读书的地方，名为“康成书带草”。唉，郑康成是位雅士，难道还会做王戎钻核之事，不让种子传播到其他地方吗？郑康成的婢女读过书，假如天下的婢女都不读书，那么这种草就不必移植，否则到处都能栽种了。

老少年

此草一名“雁来红”，一名“秋色”，一名“老少年”，皆欠妥切。“雁来红”者，尚有蓼花一种，经秋弄色者又不一而足，皆属泛称；惟“老少年”三字相宜，而又病其俗。予尝易其名曰“还童草”，似觉差胜。此草中仙品也，秋阶得此，群花可废。此草植之者繁，观之者众，然但知其一，未知其二，予尝细玩而得之。盖此草不特于一岁之中，经秋更媚，即一日之中，亦到晚更媚，总之后胜于前，是其性也。此意向矜独得[①]，及阅徐竹隐诗[②]，有“叶从秋后变，色向晚来红”一联，不知确有所见如予，知其晚来更媚乎？抑下句仍同上句，其晚亦指秋乎？难起九原而问之，即谓先予一着可也。

【注释】①矜：自夸，自恃，过分自信。

②徐竹隐：名似道，字渊子，号竹隐，宋代诗人，著有《竹隐集》。

【译文】此草一名“雁来红”，一名“秋色”，一名“老少年”，都欠妥当。“雁来红”这个名字，还有一种指的是蓼花，经过秋天能呈现出绚丽颜色的植物还有许多，所以前两个名字都属于泛称；只有“老少年”三个字比较合适，但又嫌它 太俗。我曾给它改名叫“还童草”，似乎感觉会好些。它是草中仙品，秋天的阶廊摆上这种草，其他花卉都可以不摆了。栽种这种草的人很多，观赏的人也很多，但他们都是只知其一，不知其二，我曾经在细细赏玩而有所收获。因为这种草不只是在一年之中，经过秋天会更加娇媚，就是在一天之中，到了晚上也会更加娇媚，总之它生长的后期胜过之前，它的本性如此。这一收获我一向以为是自己独特的见地，直到翻阅了徐竹隐的诗词，有“叶从秋后变，色向晚来红”一联，不知道他是否确有如我一般的见地，知道这老少年晚上会更加娇媚吗？或许下句和上句一样，其中的晚字指的也是秋天吗？难以让他从九泉之下复生再请教他，就认为是他先我一步发现的吧。

天　竹

竹无花而以夹竹桃代之，竹不实而以天竹补之，皆是可以不必然而强为蛇足之事。然蛇足之形自天生之，人亦不尽任咎也。

【译文】竹子不开花而用夹竹桃代替，竹子不结果而用天竹补充，都是可以不必要而又多此一举的事情。但是多此一举的外形是天生的，人也不需要承担全部的责任。

虎　刺

“长盆栽虎刺，宣石作峰峦。”布置得宜，是一幅案头山水。此虎丘卖花人长技也，不可谓非化工手笔。然购者于此，必熟视其为原盆与否。是卉皆可新移，独虎刺必须久植，新移旋踵者百无一活[①]，不可不知。

【注释】①旋踵：掉转脚跟，比喻时间极短。

【译文】“长盆栽虎刺，宣石作峰峦。”只要布置得宜，便是一幅案头山水。这是虎丘卖花人的所擅长，不可不认为是大自然手笔。但是对于购买的人来说，一定要仔细看它是否是原先的花盆。凡是花卉都可以移栽，只有虎刺必须长久种在一处，刚刚移栽的百无一活，这点不能不知道。

苔

苔者，至贱易生之物，然亦有时作难：遇阶砌新筑，冀其速生者，彼必故意迟之，以示难得。予有《养苔》诗云：“汲水培苔浅却池，邻翁尽日笑人痴。未成斑藓浑难待，绕砌频呼绿拗儿。”然一生之后，又令人无可奈何矣。

【译文】青苔，是至贱易生之物，然而也有时会犯难：遇到新砌好的台阶，希望青苔赶快长出来，而它们必定会故意迟迟长出来，以表示很难得。我有《养苔》诗云：“汲水培苔浅却池，邻翁尽日笑人痴。未成斑藓浑难待，绕砌频呼绿拗儿。”但青苔一旦长出来后，又会让人无可奈何。

萍

杨入水为萍[1]，是花中第一怪事。花已谢而辞树，其命绝矣，乃又变为一物，其生方始，殆一物而两现其身者乎？人以杨花喻命薄之人，不知其命之厚也，较天下万物为独甚。吾安能身作杨花，而居水陆二地之胜乎？水上生萍，极多雅趣；但怪其弥漫太甚，充塞池沼，使水居有如陆地，亦恨事也。有功者不能无过，天下事其尽然哉？

【注释】①杨入水为萍：苏轼在《水龙吟·次韵章质夫杨花词》中写道："似花还似非花，也无人惜从教坠……晓来雨过，遗踪何在？一池萍碎。"疑似源于此。

【译文】杨花落到水中成为萍，这是花中第一怪事。花已经凋谢就从树上飘落，它的生命就终结了，又变成了另一种东西，而它的生命才刚刚开始，这是一种东西有两种化身吗？人们用杨花比喻命薄之人，却不知道它的命，相较天下万物是很厚的。我怎能化身杨花，而在水陆两处胜地居住呢？水上生萍，有很多风雅情趣；但又怪它弥漫太过，充塞池沼，使得在水中居住就像在陆地居住一样，也是件遗憾的事。有功者不能无过，难道天下的事物都是这样吗？

竹木第五

竹木者何？树之不花者也。非尽不花，其见用于世者，在此不在彼[1]，虽花而犹之弗花也。花者，媚人之物，媚人者损己，故善花之树多不永年，不若椅、桐、梓、漆之朴而能久[2]。然则树即树耳，焉如花为？善花者曰：“彼能无求于世则可耳，我则不然。雨露所同也，灌溉所独也；土壤所同也，肥泽所独也。子不见尧之水、汤之旱乎？如其雨露或竭，而土不能滋，则奈何？盍舍汝所行而就我？”不花者曰：“是则不能，甘为竹木而已矣。”

【注释】①在此不在彼：这里是说善花的树重在供人欣赏，而不花的树却重在为世人提供木材。

②椅、桐、梓、漆：均为树名，其木材有不同的用处。

【译文】是什么竹木？是不开花的树。并不是全都不开花，它对世人的贡献，是在其他方面而不在它所开的花，即使开花也和没开花一样。花，是媚人之物，媚人者损己，所以花开得好的树大多活不长久，不像椅、桐、梓、漆这几种树朴素而能活得长久。既然这样，那树就是树，为何又像花一样？花开得好的树会说：“你们能与世无求，不开花是可以的，而我却不是这样的。雨露是一样的，但灌溉却是我独享的；土壤是一样的，但肥料却是我独享的。你没有见过唐尧时的水灾、商汤时的旱灾吗？假如雨露枯竭，而土地得不到滋润，那该怎么办？为何不舍弃你的这些行为而像我一样？”不开花的树说：“你所说的我做不到，我甘为竹木。”

竹

俗云：“早间种树，晚上乘凉。”喻词也。予于树木中求一物以实之，其惟竹乎！种树欲其成荫，非十年不可，最易活者莫如杨柳，求其荫可蔽日，亦须数年。惟竹不然，移入庭中，即成高树，能令俗人不舍，不转盼而成高士之庐[①]。神哉此君，真医国手也！种竹之方，旧传有诀云：“种竹无时，雨过便移，多留宿土，记取南枝。”予悉试之，乃不可尽信之书也。三者之内，惟一可遵，“多留宿土”是也。移树最忌伤根，土多则根之盘曲如故，是移地而未尝移土，犹迁人者并其卧榻而迁之，其人醒后尚不自知其迁也。若俟雨过方移，则沾泥带水，有几许未便。泥湿则松，水沾则濡[②]，我欲留土，其如土湿而苏，随锄随散之，不可留何？且雨过必晴，新移之竹，晒则叶卷，一卷即非活兆矣。予易其词曰：“未雨先移。”天甫阴而雨犹未下[③]，乘此急移，则宿土未湿，又复带潮，有如胶似漆之势，我欲多留，而土能随我，先据一筹之胜矣。且栽移甫定而雨至，是雨为我下，坐而受之，枝叶根本，无一不沾滋润之利。最忌者日，而日不至；最喜者雨，而雨即来；去所忌而投以喜，未有不欣欣向荣者。此法不止种竹，是花是木皆然。至于“记取南枝”一语，尤难遵奉。移竹移花，不易其向，向南者仍使向南，自是草木之幸。然移草木就人，当随人便，不能尽随草木之便。无论是花是竹，皆有正面，有反面，正面向人，反面向空隙，理也。使记南枝而与人相左，犹娶新妇进门，而听其终年背立，有是理乎？故此语只当不说，切勿泥之。总之，移花种竹只有四字当记：“宜阴忌日”是也。琐琐繁言，徒滋疑扰。

【注释】①转盼：转眼，时间短促。

②濡：湿的。

③甫：刚刚，才。

【译文】俗话说：“早间种树，晚上乘凉。”这是比喻的词句。我在树木中寻找一种植物来证实，只有竹子吧！种树想要成荫，非要十年不可，最容易活的莫过于杨柳，想要它能树荫蔽日，也需要数年。唯独竹子不是这样，移栽到院子里，立刻就成了很高的树，能令俗人之舍，一转眼就成了高士之庐。这竹子真的太神奇了，真是医治世俗的国手啊！栽种竹子的方法，相传有一句口诀：“种竹无时，雨过便移，多留宿土，记取南枝。”我都试过了，这是不可全信的书。三者之内，只有一点可以遵循，就是“多留宿土”。移树最忌伤根，根带的土多则树根盘曲还和原来一样，这是移地而不曾移土，就像将人移动时同他的床榻一起移动，那他醒后也不知道自己移动到别处了。如果等到雨后才移栽，那就会沾泥带水，有很多不便。泥湿则原土就松散，沾到水则原土就湿润，我想保留些原土，无奈土湿而酥，随锄随散，如何能保留？而且雨过天晴，刚移栽的竹子，一晒竹叶就会卷曲，一卷就不是能存活的征兆了。我将这句口诀改成："未雨先移。"刚阴天还没有下雨，趁这个时间赶紧移栽，那么原来的土还没有湿，又带着潮气，有如胶似漆之势，我想多保留些原土，而土能随我，我就先略胜一筹了。而且刚移栽完就下雨，似乎这雨是为我而下，闲坐下来慢慢享受，竹子的枝叶根本，无一不沾滋润之利。移栽竹子最忌日晒，而太阳不至；最喜欢下雨，而雨马上就来；去掉忌讳的而投以喜欢的，这样竹子就没有不欣欣向荣的。这种方法不只适合栽种竹子，凡是栽种花木都是这样。至于"记取南枝"一句，尤其难以遵循。移竹移花，不改换它的朝向，朝南的仍然使它朝南，这自是草木的幸事。但移栽草木应当就人，应当随着人的便利，不能完全随着草木的便利。无论是花是竹，都有正面，有反面，正面朝向人，反面朝向空地，这是常道理。假如朝南栽种反而与人相左，就像娶新妇进门，但任她终年与自己背对站立，有这种道理吗？所以这句话只当没说，千万不要死板拘泥。总之，移花种竹只有四字当记：那就是"宜阴忌日"。那些琐碎的言语，只会徒生烦扰。

松柏

"苍松古柏"，美其老也。一切花竹皆贵少年，独松、柏与梅三物，则贵老而贱幼。欲受三老之益者，必买旧宅而居。若俟手栽，为儿孙计则可，身则不能观其成也。求其可移而能就我者，纵使极大，亦是五更，非三老矣[1]。予尝戏谓诸后生曰："欲作画图中人，非老不可。三五少年，皆贱物也。"后生询其故。予曰："不见画山水者，每及人物，必作扶筇曳杖之形[②]，即坐而观山临水，亦是老人矍铄之状[③]。从来未有俊美少年厕于其间者[④]。少年亦有，非携琴捧画之流，即挈盒持樽之辈[⑤]，皆奴隶于画中者也。"后生辈欲反证予言，卒无其据。引此以喻松、柏，可谓合伦。如一座园亭，所有者皆时花弱卉，无十数本老成树木主宰其间，是终日与儿女子习处，无从师会友时矣。名流作画，肯若是乎？噫，予持此说一生，终不得与老成为伍，乃今年已入画，犹日坐儿女丛中。殆以花木为我，而我为松、柏者乎？

【注释】①"亦是五更"两句：古代设三老五更之位，天子以父兄之礼养之。在《礼记·文王世子》中记载："遂设三老五更，群老之席位焉。"多以致仕三公任之。

②筇（qióng）：古书中记载的一种竹子，可做手杖。

③矍铄（juéshuò）：形容老人目光炯炯、精神健旺。

④厕：参与，混杂在里面。

⑤挈：用手提着。

【译文】"苍松古柏"，是赞美它们年老苍劲。一切花竹都贵在少年，只有松、柏和梅三种植物，则是贵老而贱幼。要想享受这三老的益处，就一定要买旧宅居住。如果要等自己栽种，则可以为子孙打算，而自己就不能亲眼看到它长成古树了。寻找那些可以移栽而能就近我的，纵使它极大，也只是五更，并非三老。我曾对年轻人开玩笑说："想作画里的人，非老不可。十五六岁的少年，都显得轻贱。"年轻人请教其中缘由。我说："没有见过画山水的人，每次描画人物，必会画成作拄着拐杖的形象，就是坐着欣赏山水，也是老人健硕的情状。从来没有俊美少年身处其中的。少年也会有，不是携琴捧画之流，就是手提食盒或手持酒樽之辈，都是画里的仆人角色。”年轻人想要反驳我的言论，始终没有依据。用我所说的话来比喻松、柏，可以说正合适。比如一座园亭，所有栽种的植物都是时花弱卉，没有十数株老成树木主宰其间，这就像终日与子女相伴，没有从师会友之时。名流作画，愿意如此吗？唉，我一生秉持这个说法，却始终不能与老成之人为伍，如今已经到了入画的年纪，还是整天坐在儿女丛中。大概是因为花木对于我来说，将我看作是松、柏了吧？

梧　桐

梧桐一树，是草木中一部编年史也，举世习焉不察，予特表而出之。花木种自何年？为寿几何岁？询之主人，主人不知，询之花木，花木不答。谓之“忘年交”则可，予以“知时达务”，则不可也。梧桐不然，有节可纪，生一年，纪一年。树有树之年，人即纪人之年，树小而人与之小，树大而人随之大，观树即所以观身。《易》曰：“观我生进退[①]”。欲观我生，此其资也。予垂髫种此，即于树上刻诗以纪年，每岁一节，即刻一诗，惜为兵燹所坏[②]，不克有终[③]。犹记十五岁刻桐诗云：“小时种梧桐，桐叶小于艾。簪头刻小诗，字瘦皮不坏。刹那三五年，桐大字亦大。桐字已如许，人大复何怪。还将感叹词，刻向前诗外。新字日相催，旧字不相待。顾此新旧痕，而为悠忽戒。”此予婴年著作，因说梧桐，偶尔记及，不则竟忘之矣。即此一事，便受梧桐之益。然则编年之说，岂欺人语乎？

【注释】①观我生进退：出自《周易·观卦》，意思是观察自己的言行和别人对自己的态度，就可知如何进退。

②兵燹（xiǎn）：战火焚毁破坏。

③不克：不能够。

【译文】梧桐一树，是草木中的一部编年史，天下人都习以为常，没有发觉，我特意将这些讲述出来。花木是哪年栽种的？种了有几年了？这些问题询问主人，主人不知，询问花木，花木不答。可以将它称作“忘年交”，我将它称作“知时达务”， 就不可以了。梧桐不是这样，有树节可以纪录，长一年，记录一年。树有树的年岁，人就记录人的年纪，树小人也小，树长大了人也跟着长大，观察树就是反观自身。《周易》中说：“观我生进退”。想观察自身成长，梧桐树可以作为依据。我童年种了一棵梧桐，就在树上刻诗来纪录年份，每年长出一个树节，就刻上一首诗，可惜遭战乱所坏，不能再继续了。我还记得十五岁时刻在梧桐上的诗：“小时种梧桐，桐叶小于艾。簪头刻小诗，字瘦皮不坏。刹那三五年，桐大字亦大。桐字已如许，人大复何怪。还将感叹词，刻向前诗外。新字日相催，旧字不相待。顾此新旧痕，而为悠忽戒。”这是我儿时所作的诗，因为提及梧桐，才偶尔想起，否则就全都忘记了。就这一件事，就感受到梧桐的益处。既然这样，那么编年史的说法，怎会是骗人的话吗？

槐 榆

树之能为荫者，非槐即榆。《诗》云："於我乎，夏屋渠渠[①]"。此二树者，可以呼为"夏屋"，植于宅旁，与肯堂肯构无别[②]。人谓夏者，大也，非时之所谓夏也。予曰：古人以厦为大者，非无取义。夏日之至，非大不凉，与三时有别，故名厦为屋。训夏以大[③]，予特未之详耳。

【注释】①"於我乎"两句：出自《诗经·秦风·权舆》。夏屋，一说是大俎，大的食器。一说是指大屋。渠渠，深广貌。

②肯堂肯构：出自《尚书·大诰》："若考作室，既厎法，厥子乃弗肯堂，矧肯构？"比喻子能继承父业。这里是指按照父亲的意愿和设想盖房子。

③训：解说，注释。

【译文】能长成树荫的树，不是槐树就是榆树。《诗经》云："於我乎，夏屋渠渠"。这两种树，可以称为"夏屋"，种在房屋旁边，和再盖一间房子没有差别。人们认为夏，就是大的意思，不是一年中的夏季。我说：古人以厦为大的原因，并非没有依据。夏日之至，房屋非大不凉，与其他三季有所区别，所以将屋称为厦。之所以将夏解释为大，我就不知道了。

柳

柳贵于垂，不垂则可无柳。柳条贵长，不长则无袅娜之致，徒垂无益也。此树为纳蝉之所，诸鸟亦集。长夏不寂寞，得时闻鼓吹者，是树皆有功，而高柳为最。总之，种树非止娱目，兼为悦耳。目有时而不娱，以在卧榻之上也；耳则无时不悦。鸟声之最可爱者，不在人之坐时，而偏在睡时。鸟音宜晓听，人皆知之；而其独宜于晓之故，人则未之察也。鸟之防弋，无时不然。卯辰以后[①]，是人皆起，人起而鸟不自安矣。虑患之念一生，虽欲鸣而不得，鸣亦必无好音，此其不宜于昼也。晓则是人未起，即有起者，数亦寥寥，鸟无防患之心，自能毕其能事，且扪舌一夜[②]，技痒于心，至此皆思调弄，所谓"不鸣则已，一鸣惊人[③]"者是已，此其独宜于晓也。庄子非鱼，能知鱼之乐[④]；笠翁非鸟，能识鸟之情。凡属鸣禽，皆当以予为知己。种树之乐多端，而其不便于雅人者亦有一节：枝叶繁冗，不漏月光。隔婵娟而不使见者[⑤]，此其无心之过，不足责也。然匪树木无心，人无心耳。使于种植之初，预防及此，留一线之余天，以待月轮出没，则昼夜均受其利矣。

【注释】①卯辰：即早上5点到7点。

②扪舌：按住舌头。表示不说话或不发声。

③"不鸣则已"两句：出自《史记·滑稽列传》。

④“庄子非鱼”两句：出自《庄子·秋水》：“庄子与惠子游于濠梁之上。庄子曰：‘儵鱼出游从容，是鱼之乐也？’惠子曰：‘子非鱼，安知鱼之乐？’庄子曰：‘子非我，安知我不知鱼之乐？’”

⑤婵娟：月亮。

【译文】柳贵于垂，枝条不垂则可以不需要柳树。柳条贵长，不长就没有袅娜的景致，仅仅下垂没有益处。这种树是容纳蝉的地方，众鸟也会聚集在这里。漫长的夏天不会寂寞，能时常听到鸟虫鸣叫，凡是树木都有功劳，而柳树的功劳最大。总之，种树不止是为了娱目，还为了悦耳。眼睛有时不会感到欢娱，是因为身在床塌上；耳朵则是无时无刻都会感到愉悦。一天中最可爱的鸟鸣声，不在人白天醒着的时候，而偏偏在睡觉的时候。鸟鸣适合在清晨欣赏，人尽皆知；而鸟鸣只适合在清晨倾听的原因，人们就不知道了。鸟防备遭人捕杀，任何时候都是这样。卯辰时以后，人们都起床了，人起来而鸟就不自安了。忧虑害怕的念头一起，即便想鸣叫也不行，鸣叫了也一定没有好听的音调，这是鸟鸣不适合在白天欣赏的原因。清晨的时候人还没有起来，即便有人起来，也只是寥寥数人，鸟还没有防备之心，自然能展现它们的本领，而且一晚上没有发声，技痒于心，到这个时候都想卖弄，这就是所谓的“不鸣则已，一鸣惊人”，这是鸟鸣只适合在清晨欣赏的原因。庄子非鱼，能知鱼之乐；笠翁非鸟，能识鸟之情。所有鸣叫的飞禽，都应当将我视作知己。种树的快乐有很多，也有一方面不便于雅人；枝叶繁冗，不漏月光。阻隔月亮而让人们看不到，这是树木无心的过失，不应该遭受责备。但这不是树木无心，而是人没有留意。如果在起初种树的时候，就提前想到这一点，留一线之余天，以待月轮出没，这样无论昼夜就都能享受到柳树的好处了。

黄　杨

黄杨每岁长一寸，不溢分毫，至闰年反缩一寸，是天限之木也。植此宜生怜悯之心。予新授一名曰“知命树”。天不使高，强争无益，故守困厄为当然。冬不改柯①，夏不易叶，其素行原如是也②。使以他木处此，即不能高，亦将横生而至大矣；再不然，则以才不得展而至瘁③，弗复自永其年矣。困于天而能自全其天，非知命君子能若是哉？最可悯者，岁长一寸是已；至闰年反缩一寸，其义何居？岁闰而我不闰，人闰而己不闰，已见天地之私；乃非止不闰，又复从而刻之，是天地之待黄杨，可谓不仁之至，不义之甚者矣。乃黄杨不憾天地，枝叶较他木加荣，反似德之者，是知命之中又知命焉。莲为花之君子，此树当为木之君子。莲为花之君子，茂叔知之；黄杨为木之君子，非稍能格物之笠翁，孰知之哉？

【注释】①柯：草木的枝茎。

②素行：平素的品行。

③瘁：憔悴，枯槁。

【译文】黄杨每年长一寸，不会多出分毫，到了闰年反而缩一寸，这是遭到上天限制生长的一种树。种植黄杨应当生出怜悯之心。我给它新起了一个名字叫“知命树”。上天不让它长高，强争也无益，所以将安守困境看作理所当然。冬天不改变它的树枝，夏天不改变它的叶子，它平素的品行原本就是这样。假如其他的树木处在这种环境，就算是不会长高，也将会横向生长变得很大了；再不然，就会因为才华无处施展而变得枯槁，不再享受天年了。受困于天而能保全自己的寿命，不是知命的君子能这样做吗？最让人怜悯的，就是每年长一寸；到了闰年反而缩一寸，这样做的意义何在？年闰而我不闰，人闰而自己不闰，已见天地的偏私；非但黄杨在闰年不能成长，还要缩一寸，天地对待黄杨，可谓不仁之至，不义之甚了。但黄杨没有对天地心生怨恨，反而枝叶相较其他树木会更加繁盛，反倒像是感谢天地，这是知命之中又知命。莲是花中的君子，黄杨就是树中的君子。莲是花中的君子，周敦颐知晓；黄杨是树中的君子，除了稍能格物的李笠翁，谁会知道晓呢？

棕　榈

树直上而无枝者，棕榈是也。予不奇其无枝，奇其无枝而能有叶。植于众芳之中，而下不侵其地、上不蔽其天者，此木是也。较之芭蕉，大有克己妨人之别。

【译文】树干直上而没有枝杈的，便是棕榈。我不奇怪它没有枝杈，奇怪的是它没有枝杈还能有叶子。种在众花木之中，而下不侵占它们的土地、上不遮蔽天空的，要属这棕榈树。与芭蕉相比，大有克己妨人之别。

枫　柏

草之以叶为花者，翠云、老少年是也；木之以叶为花者，枫与柏是也。枫之丹，柏之赤，皆为秋色之最浓。而其所以得此者，则非雨露之功，霜之力也。霜于草木，亦有有功之时，其不肯数数见者，虑人之狎之也[①]。枯众木而独荣二木，欲示德威之一斑耳。

【注释】①狎：亲近而不庄重。

【译文】草中以叶为花的，要属翠云、老少年；树中以叶为花的，要属枫树和柏树。枫之丹，柏之赤，都是秋色中最浓烈。而他们之所以能有如此鲜艳的颜色，并非雨露的功劳，而是霜的作用。霜对于草木来说，也有有功劳的时候，它不肯经常显现对于草木的功劳，是因为忧虑人们会因为亲近而不尊重它。霜使众多树木枯萎而只让枫与柏繁荣，是想展现它德威之一斑而已。

冬　青

冬青一树，有松柏之实而不居其名，有梅竹之风而不矜其节，殆“身隐焉文”之流亚欤[①]？然谈傲霜砺雪之姿者，从未闻一人齿及。是之推不言禄，而禄亦不及。予窃忿之，当易其名为“不求人知树”。

【注释】①身隐焉文：出自《左传·僖公二十四年》：“（介之推）对曰：‘言，身之文也，身将隐，焉用文为？’”介子推曾随重耳逃亡，后重耳继位成为晋文公，奖赏当时一起逃亡的随从，介子推认为忠君是很自然的一件事，没有必要奖赏，就与母亲隐居绵山。后晋文公为逼介子推领赏，放火烧山，介子推始终不愿受赏，抱树而死。

【译文】冬青一树，有松柏的本质而不居其名，有梅竹的风骨而不自夸气节，大概就是“身隐焉文”一流吧？但是谈论到傲霜砺雪之姿，从未听闻有一人提及冬青。这就像介之推不提俸禄，而俸禄也不会来到一样。为此我暗自忿忿不平，应当将它的名字改为“不求人知树”。

卷六　颐养部

行乐第一

伤哉！造物生人一场，为时不满百岁。彼夭折之辈无论矣，姑就永年者道之，即使三万六千日尽是追欢取乐时，亦非无限光阴，终有报罢之日[①]。况此百年以内，有无数忧愁困苦、疾病颠连[②]、名缰利锁、惊风骇浪，阻人燕游[③]，使徒有百岁之虚名，并无一岁二岁享生人应有之福之实际乎！又况此百年以内，日日死亡相告，谓先我而生者死矣，后我而生者亦死矣，与我同庚比算、互称弟兄者又死矣。噫，死是何物，而可知凶不讳，日令不能无死者惊见于目而怛闻于耳乎[④]！是千古不仁，未有甚于造物者矣。虽然，殆有说焉。不仁者，仁之至也。知我不能无死，而日以死亡相告，是恐我也。恐我者，欲使及时为乐，当视此辈为前车也。康对山构一园亭[⑤]，其地在北邙山麓[6]，所见无非丘陇[7]。客讯之曰："日对此景，令人何以为乐？"对山曰："日对此景，乃令人不敢不乐。"达哉斯言！予尝以铭座右。兹论养生之法，而以行乐先之；劝人行乐，而以死亡怵之，即祖是意。欲体天地至仁之心，不能不蹈造物不仁之迹。

【注释】①报罢：结束，终结，完结。

②颠连：困顿不堪。

③燕游：宴饮游乐。

④怛（dá）：畏惧，惊恐。

⑤康对山（1475–1540）：即康海，明代文学家。字德涵，号对山、浒东渔父，陕西武功人。名列"前七子"之一。著有《对山集》等。

⑥北邙（máng）：山名，即邙山。位于洛阳之北。王侯公卿多葬于此。

⑦丘陇：坟墓。

【译文】可悲啊！造物生人一场，寿命不满百岁。那些夭折的人就不说了，姑且就拿长寿的人来说，即使三万六千天日日都是追欢取乐的时间，那也并不是无限的光阴，终有结束的时候。何况这百年以内，有无数的忧愁困苦、疾病颠连、名缰利锁、惊风骇浪，阻止人们游玩享乐，使得人徒有百岁的虚名，而实际上并没有一两年的时间来享受人生应有之福！更何况这百年以内，日日以死亡相告，说比我早出生的人死了，比我而后出生的人也死了，和我同龄、互称弟兄的人又死了。唉，死是何物，可以明知其凶而不忌讳，每天都让免不了死亡的人们看到听到死亡而惊慌恐惧！如此看来千古不仁，莫过于造物主了。虽然这样，但其中还是有些说法的了。造物主不仁，反而是至仁。知道我不免不了死亡，而日日以死亡相告，是使我感到恐慌。使我感到恐慌，是想让我及时行乐，将死去的人视作前车之鉴。康对山曾经在北邙山的山脚修建了一座园亭，所能看到的都是坟墓。客人问他："每天面对这样的情景，如何使人快乐？"康对山说："每天面对这样的情景，才会令人不敢不快乐。"多么透彻的话！我曾将这句话作为座右铭。在这里谈及养生的方法，而以行乐为先；劝人行乐，而以死亡来使他恐惧，这就是我的本意。想要体悟天地的至仁之心，就不能不遵循造物主不仁的行迹。

养生家授受之方，外藉药石，内凭导引[1]，其借口颐生而流为放辟邪侈者则曰"比家"[2]。三者无论邪正，皆术士之言也。予系儒生，并非术士。术士所言者术，儒家所凭者理。《鲁论·乡党》一篇，半属养生之法。予虽不敏，窃附于圣人之徒，不敢为诞妄不经之言以误世。有怪此卷以《颐养》命名，而觅一丹方不得者，予以空疏谢之。又有怪予著《饮馔》一篇，而未及烹饪之法，不知酱用几何，醋用几何，醝椒香辣用几何者[3]。予曰：果若是，是一庖人而已矣[4]，乌足重哉！人曰：若是，则《食物志》《尊生笺》《卫生录》等书[5]，何以备列此等？予曰：是诚庖人之书也。士各明志，人有弗为。

【注释】①导引：古代的一种养生方法，是古代呼吸运动和肢体运动相结合的运动，是气功中的动功。

②放辟邪侈：肆意为非作歹。

③醝（cuō）：古同“鹾”，盐。也指白酒。

④庖人：厨子。

⑤《食物志》所指不详。《尊生笺》：明代高濂所著的养生专著。《卫生录》：即《卫生汇录》。明代张继科所著。

【译文】养生家传授的方法，要不外借药物，要不内靠导引，那些借口养生却是肆意为非之流的则叫做“比家”。三者不论正邪，都是术士之言。我是一介儒生，并非术士。术士所说的是术法，儒家所依凭的是道理。《论语·乡党》一篇，多半讲述了养生的方法。我虽然愚笨，却自附于圣人之徒的行列，不敢讲荒诞虚妄之言来误导世人。有人怪我这一卷虽以《颐养》命名，却找不出一个丹方，我以才疏学浅而致歉。又有人怪我写《饮食》一篇，却没有提及烹饪的方法，不知酱用几何，醋用几何，盐、花椒、香料、辣椒用几何。我说：如果书中内容是这样的，那只不过就是一个厨师罢了，怎会得到重视呢！有人说：倘若真的如你所说，那么《食物志》《尊生笺》《卫生录》等书，为何要罗列这些内容？我说：那些本就是厨师之书。士各有明志，人有所不为。

贵人行乐之法

人间至乐之境，惟帝王得以有之；下此则公卿将相，以及群辅百僚，皆可以行乐之人也。然有万几在念[①]，百务萦心，一日之内，除视朝听政、放衙理事[2]、治人事神、反躬修己之外，其为行乐之时有几？曰：不然。乐不在外而在心。心以为乐，则是境皆乐，心以为苦，则无境不苦。身为帝王，则当以帝王之境为乐境；身为公卿，则当以公卿之境为乐境。凡我分所当行，推诿不去者，即当摈弃一切悉视为苦，而专以此事为乐。谓我为帝王，日有万几之冗，其心则诚劳矣，然世之艳慕帝王者，求为片刻而不能，我之至劳，人之所谓至逸也。为公卿将相、群辅百僚者，居心亦复如是，则不必于视朝听政、放衙理事、治人事神、反躬修己之外，别寻乐境，即此得为之地，便是行乐之场。一举笔而安天下，一矢口而遂群生[3]，以天下群生之乐为乐，何快如之？若于此外稍得清闲，再享一切应有之福，则人皇可比玉皇，俗吏竟成仙吏，何蓬莱三岛之足羡哉[4]！此术非他，盖用吾家老子"退一步"法[5]。以不如已者视己，则日见可乐；以胜于己者视己，则时觉可忧。从来人君之善行乐者，莫过于汉之文、景[6]；其不善行乐者，莫过于武帝[7]。以文、景于帝王应行之外，不多一事，故觉其逸；武帝则好大喜功，且薄帝王而慕神仙，是以徒见其劳。人臣之善行乐者，莫过于唐之郭子仪[8]；而不善行乐者，则莫如李广[9]。子仪既拜汾阳王，志愿已足，不复他求，故能极欲穷奢，备享人臣之福；李广则耻不如人，必欲封侯而后已，是以独当单于，卒致失道后期而自刭[10]。故善行乐者，必先知足。二疏云[11]："知足不辱，知止不殆。"不辱不殆，至乐在其中矣。

【注释】①万几：纷繁的政务。与下文“百务”意同。

②放衙：属吏早晚参谒主司听候差遣谓之衙参。退衙谓之“放衙”。

③矢口：随口，信口。遂：称心如意，使得到满足。

④蓬莱三岛：传说中的蓬莱、方丈、瀛洲三座海上仙山。

⑤吾家老子：老子，姓李名耳，字聃，春秋时期思想家、哲学家、文学家和史学家，道家学派创始人，因与作者李渔同姓，所以称“吾家老子”。

⑥文、景：即汉文帝刘恒和汉景帝刘启，汉文帝在位期间励精图治，节俭朴素，使国家强盛，百姓小康，汉景帝继位后继续推行与民休息、轻徭薄赋政策，社会经济得到进一步恢复和发展。开创了“文景之治”的盛世局面。

⑦武帝：即汉武帝。在位期间实行“罢黜百家，独尊儒术”的政策，加强统治，增强国力，但迷信神仙，热衷于封禅和郊祀，晚年发生“巫蛊之祸”。

⑧郭子仪（697—781）：字子仪，华州郑县（今陕西渭南）人。唐代名将、政治家、军事家，安史之乱时，平定叛乱屡建奇功，进封汾阳郡王。

⑨李广（？—前119）：西汉时期名将，陇西成纪（今甘肃秦安县）人。英勇善战，人称“飞将军”，在漠北之战中，因途中迷失道路，贻误军机，后霸刀自刎。

⑩自刭（jǐng）：刎颈自杀。

⑪二疏：分别指疏广、疏受两叔侄。疏广，字仲翁，兰陵（今山东枣庄）人。西汉名臣。精通经史，汉宣帝时任太子太傅。疏受，字

公子，是疏广兄弟的长子。为人恭谨，至精至勤。汉宣帝时任太子家令，后任太子少傅。并称“二疏”。后辞官还乡，将积蓄散赠给乡邻，二疏去世之后，乡人感其散金之惠，在二疏旧宅筑了一座方圆三里的土城，取名为“二疏城”。

【译文】人间至乐之境，唯有皇帝得以享有；在此之下公卿将相，以及群臣百官，都是可以行乐之人。然而他们有纷繁的政务百般缠身、萦绕心间，一日之内，除了上朝听政、衙吏理事、治理百姓、敬奉神明、反躬修己之外，他们可以行乐的时间还剩多少呢？我说：不是这样。乐不在外而在心。心中快乐，那么身处什么样的境界都会快乐，心中困苦，则没有境界不会困苦。身为帝王，则当以帝王之境作为乐境；身为公卿，则当以公卿之境为乐境。凡是我分内应做，推脱不掉的事情，就应当摈弃一切能将这件事视为困苦的念头，而专以这件事为乐。应当想我是帝王，每天要处理许多冗杂的政务，内心确实烦劳，但是世上艳羡帝王的人，想做片刻的帝王也没有机会，我认为最辛劳的事情，人们反而认为是最闲逸的事情。身为公卿将相、群臣百官，内心也应是如此，就不必在上朝听政、衙吏理事、治理百姓、敬奉神明、反躬修己之外，再另外寻觅乐境，自己身处的境地，就是行乐之处。一举笔而能安天下，一开口而能随顺百姓心愿，以天下百姓的快乐为快乐，还有什么事情能比这件事还要快乐呢？如果在此之外稍有空闲，再享一切世间应有之福，这样人间帝王可比玉皇大帝，俗世官吏竟成了天界仙吏，何必羡慕那蓬莱三岛的仙境呢！这些方法也不是别的，大概用了我家老子所说的“退一步”的方法。以处境不如自己的人与自己对比，那么日日都会觉得快乐；以处境胜过自己的人与自己对比，那么时刻都会感觉忧虑。从来帝王之中善于行乐的，莫过于汉文帝、汉景帝；不善行乐的，莫过于汉武帝。因为文、景两位帝王在帝王分内应做的事情以外，不会多做一件事，所以感觉闲逸；武帝则好大喜功，并且轻视帝王而羡慕神仙，所以徒增辛劳。人臣之中善于行乐的，莫过于唐朝郭子仪；不善行乐的，则莫如李广。郭子仪受封汾阳王之后，志愿已足，不再有其他追求，所以能极欲穷奢，享受作为人臣的福气；李广则耻于名利地位不如别人，一定要封侯才行，因此独自阻击单于，最终导致迷路，贻误战机而自刎。所以善于行乐的人，必先知足。疏广、疏受曾说："知足就不会受辱，知道适可而止就没有危险。"不会受辱没有危险，至乐也就在其中了。

富人行乐之法

劝贵人行乐易，劝富人行乐难。何也？财为行乐之资，然势不宜多，多则反为累人之具。华封人祝帝尧富、寿、多男，尧曰："富则多事。"华封人曰："富而使人分之，何事之有[①]？"由是观之，财多不分，即以唐尧之圣、帝王之尊，犹不能免多事之累，况德非圣人而位非帝王者乎？陶朱公屡致千金[②]，屡散千金，其致而必散，散而复致者，亦学帝尧之防多事也。兹欲劝富人行乐，必先劝之分财；劝富人分财，其势同于拔山超海[③]，此必不得之数也。财多则思运，不运则生息不繁。然不运则已，一运则经营惨淡，坐起不宁，其累有不可胜言者。财多必善防，不防则为盗贼所有，而且以身殉之。然不防则已，一防则惊魂四绕，风鹤皆兵[4]，其恐惧觳觫之状[5]，有不堪目睹者。且财多必招忌。语云："温饱之家，众怨所归。"以一身而为众射之的，方且忧伤虑死之不暇，尚可与言行乐乎哉？甚矣，财不可多，多之为累，亦至此也。

【注释】①"华封人"四句：即华封三祝。出自《庄子·天地》："尧观乎华，华封人曰：'嘻，圣人！请祝圣人，使圣人寿。'尧曰：'辞。''使圣人富。'尧曰：'辞。''使圣人多男子。'尧曰：'辞。'封人曰：'寿、富、多男子，人之所欲也，女独不欲，何邪？'尧曰：'多男子则多惧，富则多事，寿则多辱。是三者非所以养德也，故辞。'"

②陶朱公（前536—前448）：即范蠡，字少伯，楚国宛地（今河南南阳）人。春秋末期政治家、军事家、谋略家，越国相国、上将军。被后人尊称为"商圣"，自号"陶朱公"，在助越国灭吴之后，功成身退，隐居陶丘（今山东定陶），十九年间三次经商成巨富，三散家财。

③拔山超海：拔起高山，超越大海。形容力量、威势极大。

④风鹤皆兵：风声鹤唳，草木皆兵，出自《晋书·谢玄传》："闻风声鹤唳，皆以为王师已至。"

⑤觳觫（hú sù）：恐惧得发抖。

【译文】劝贵人行乐很容易，劝富人行乐很难。为什么？财物虽是行乐的资本，但不宜多，多了反而就成了累赘。华封人祝福尧帝多富、长寿、多男子，尧帝说："富有就会多事。"华封人说："让人将这些财物分走，还能有什么事呢？"由此看来，财多不分，就算是以唐尧之圣、帝王之尊，仍然不能避免多事的负累，何况德行不比圣人而且地位不比帝王的人呢？陶朱公屡次财累千金，屡次散尽千金，他之所以得到财物必会散尽，散尽之后又会复得，也是在模仿尧帝防止多事。要想劝富人行乐，就一定要先劝他分财；劝富人分财，难如拔山超海，是不可能成功的事情。财多则要思考使它运转流动，不流动则产生利息就不多。然而不流动则已，一旦流动就会经营惨淡，坐立不安，其中的负累难以详述。财多就要善于防备，不防备就会为盗贼所有，而且还有因此没命的。然而不防备则已，一旦防备就会惊魂四绕，风鹤皆兵，那恐惧战栗的样子，不堪目睹。况且财多必会招人嫉妒。俗话说："温饱之家，众怨所归。"以一身成为众矢之的，尚且连忧伤虑死都来不及，怎会谈及行乐呢？太厉害了，财不可多，财多了成为负累，也会到这种地步。

然则富人行乐，其终不可冀乎？曰：不然。多分则难，少敛则易。处比户可封之世[①]，难于售恩；当民穷财尽之秋，易于见德。少课锱铢之利[②]，穷民即起颂扬；略蠲升斗之租[③]，贫佃即生歌舞。本偿而子息未偿，因其贫也而贳之[④]，一券才焚，即噪冯驩之令誉[⑤]；赋足而国用不足，因其匮也而助之，急公偶试，即来卜式之美名[⑥]。果如是，则大异于今日之富民，而又无损于本来之故我。觊觎者息而仇怨者稀，是则可言行乐矣。其为乐也，亦同贵人，可不必于持筹握算之外，别寻乐境，即此宽租减息、仗义急公之日，听贫民之欢欣赞颂，即当两部鼓吹[⑦]；受官司之奖励称扬，便是百年华衮[⑧]。荣莫荣于此、乐亦莫乐于此矣。至于悦色娱声、眠花藉柳、构堂建厦、啸月嘲风诸乐事，他人欲得，所患无资，业有其资，何求弗遂？是同一富也，昔为最难行乐之人，今为最易行乐之人。即使帝尧不死，陶朱现在，彼丈夫也，我丈夫也，吾何畏彼哉？去其一念之刻而已矣。

【注释】①比户可封：即比屋可封。指教化遍及四海，家家都有德行，堪受旌表。出自《尚书·大传五》。

②课：交纳赋税。

③蠲（juān）：除去，免除。

④贳（shì）：赦免，宽纵。

⑤冯驩：一作冯谖，战国时期齐国人，孟尝君门下的食客之一，曾替孟尝君收租，焚烧了所有的借券，为孟尝君赢得了人心。

⑥卜式：西汉时期河南郡(今河南洛阳一带)人，以耕种畜牧为业，因出资帮助朝廷抗击匈奴，拜其为中郎。

⑦两部鼓吹：出自《南齐书·卷四八·孔稚珪传》。南朝齐孔稚珪将宅庭中之蛙鸣称作两部鼓吹。

⑧华衮：王公贵族华丽的礼服。常用以表示极高的荣宠。

【译文】这样的话富人行乐，终是没有希望了吗？我说：不是这样。多散财很难，但少敛财很容易。处在家家户户都可封赏的时代，难在施舍恩惠；当百姓穷困财物用尽的时代，很轻易显现德行。少征收赋税和蝇头小利，穷困的百姓就会颂扬你的德行；稍稍免去田租和升米斗粮，贫困的佃农就会雀跃欢呼。穷人偿还了本金但利息还未偿还，但因为他很贫困而免去了利息，借据刚刚烧掉，就会得到像冯驩那样的赞誉；征收的赋税很多但国用却不足，因为国库匮乏而出资捐助，这种急公好义的行为偶然尝试，就会获得像卜式那样的美名。果真能这样做的话，你就会于当今的富人大不相同，但又不会损害我原本的情状。如此觊觎自己财物的人会平息而仇怨自己的人也会变少，这样就可以言及行乐了。富人行乐，也和贵人相同，可以不必在持筹握算之外，另外寻觅乐境，就在宽租减息、仗义急公的时候，听到贫民百姓的欢欣赞颂，就当作是两部鼓吹；受到官府的奖励称扬，就像得到了百年荣誉。荣莫荣于此、乐亦莫乐于此。至于悦色娱声、眠花藉柳、构堂建厦、啸月嘲风等等乐事，他人想要得到的，但是忧虑没有钱，既然已经有了资金，又有什么愿求实现不了呢？这样同是一位富人，以前是最难行乐的人，现在是最易行乐的人。即使尧帝不死，陶朱公健在，他们是丈夫，我也是丈夫，我为什么要敬畏他们的呢？只是去除以前那些吝啬贪婪的念头而已。

贫贱行乐之法

穷人行乐之方，无他秘巧，亦止有退一步法。我以为贫，更有贫于我者；我以为贱，更有贱于我者；我以妻子为累，尚有鳏寡孤独之民，求为妻子之累而不能者；我以胼胝为劳[①]，尚有身系狱廷，荒芜田地，求安耕凿之生而不可得者。以此居心，则苦海尽成乐地。如或向前一算，以胜己者相衡，则片刻难安，种种桎梏幽囚之境出矣。一显者旅宿邮亭[②]，时方溽暑[③]，帐内多蚊，驱之不出，因忆家居时堂宽似宇，簟冷如冰[4]，又有群姬握扇而挥，不复知其为夏，何遽困厄至此！因怀至乐，愈觉心烦，遂致终夕不寐。一亭长露宿阶下，为众蚊所啮，几至露筋，不得已而奔走庭中，俾四体动而弗停，则啮人者无由厕足；乃形则往来仆仆，口则赞叹嚣嚣[5]，一似苦中有乐者。显者不解，呼而讯之，谓："汝之受困，什佰于我，我以为苦，而汝以为乐，其故维何？"亭长曰："偶忆某年，为仇家所陷，身系狱中。维时亦当暑月，狱卒防予私逸，每夜拘挛手足，使不得动摇，时蚊蚋之繁[6]，倍于今夕，听其自啮，欲稍稍规避而不能，以视今夕之奔走不息，四体得以自如者，奚啻仙凡人鬼之别乎！以昔较今，是以但见其乐，不知其苦。"显者听之，不觉爽然自失[7]。此即穷人行乐之秘诀也。

【注释】①胼胝（pián zhī）：皮肤经摩擦而生茧。

②邮亭：驿馆。

③溽（rù）暑：酷暑。溽，湿润，闷热。

④簟（diàn）：竹席。

⑤嚣嚣（áo áo）：众口谗毁的样子，这里指口中不停的说。

⑥蚊蚋（ruì）：蚊子。

⑦爽然自失：茫无主见，无所适从。

【译文】穷人行乐的方法，没有其他秘诀，也只有退一步的方法。我认为自己贫穷，还有比我更穷的人；我认为自己卑贱，还有比我更卑贱的人；我认为妻儿是负累，还有鳏寡孤独的人，想求得妻儿的负累却不行；我认为劳作使得手脚生茧很是劳苦，还有人身在狱廷，使得田地荒芜，想求得安生耕作却不行。内心若是这样想，那么苦海都成了乐地。如果向高处看，与处境胜过自己的人比较，那就会片刻难安，种种束缚的境地就会显现出来。一位显贵之人外出夜宿客栈，正值闷热酷暑，帐内多蚊，赶不出去，于是想起在家时厅堂宽敞，枕席如冰，还有许多姬妾摇动扇子，已然不知正值夏天，怎会到了如此困厄的地方！因为心中老是怀想那些至乐之境，越来越心烦，最终整晚都没能入睡。一位亭长露宿阶下，被众多蚊子所咬，几乎要露出筋骨，不得已在庭院中奔走，让四肢不停地活动，那些蚊子就没办法落脚；他的样子往来奔走看起来风尘仆仆，口中振振有词听起来就像连连赞叹，似乎苦中有乐。显贵之人不解，便将亭长叫来询问，说："你所遭受的，比我要苦十倍百倍，我以为苦，而你以为乐，为什么？"亭长说："我偶然想起有一年，被仇家陷害，关在狱中。当时也正值酷暑，狱卒为防止我逃跑，每天晚上都会捆住我的手脚，使我不能动弹，当时的蚊子，比今晚要多数倍，我也只能由它叮咬，想稍稍躲避都不行，再看今晚奔走不息，四肢活动自如，何止仙凡人鬼的差别呢！以昔较今，所以只觉快乐，不知困苦。"显贵之人听了，不觉茫然若失。这便是穷人行乐的秘诀。

不独居心为然，即铸体炼形，亦当如是。譬如夏月苦炎，明知为室庐卑小所致，偏向骄阳之下来往片时，然后步入室中，则觉暑气渐消，不似从前酷烈；若畏其湫隘而投宽处纳凉[1]，及至归来，炎蒸又加十倍矣。冬月苦冷，明知为墙垣单薄所致，故向风雪之中行走一次，然后归庐返舍，则觉寒威顿减，不复凛冽如初；若避此荒凉而向深居就燠，及其再入，战栗又作何状矣。由此类推，则所谓退步者，无地不有，无人不有，想至退步，乐境自生。予为两间第一困人，其能免死于忧，不枯槁于迍邅蹭蹬者[2]，皆用此法。又得管城一物[3]，相伴终身，以扫千军则不足，以除万虑则有余。然非善作退步，即楮墨亦能困人[4]。想虞卿著书[5]，亦用此法，我能公世，彼特秘而未传耳。

【注释】①湫隘（jiǎo ài）：低下狭小。

②迍邅（zhūn zhān）：难行的样子，也指处境不利，困顿。蹭蹬：路途险阻难行，比喻困顿不顺利。

③管城：即管城子，毛笔的代称。出自韩愈《毛颖传》："秦皇帝使恬赐之汤沐，而封诸管城，号曰'管城子'。"

④楮（chǔ）墨：纸与墨。

⑤虞卿：名信，战国时期名士。曾游说赵王而拜为上卿，故称为虞卿。后因搭救魏国相国魏齐而逃亡，终困于魏都大梁，虞卿郁郁不得志，就著书立说。著有《虞氏春秋》。

【译文】不只是内心要这样想，就连锻炼身体，也应当如此。譬如夏天酷热难耐，明知是房屋矮小造成的，反而偏在骄阳下来回走动片刻，然后再进入屋中，就会觉得暑气渐消，不像先前那样酷热难耐了；如果嫌弃房屋低矮狭小而到宽敞的地方乘凉，等到回来时，闷热又会增加十倍。冬天寒冷难熬，明知是墙壁单薄造成的，反而故意在风雪之中走一趟，然后回到屋中，就会觉得寒气顿减，不像先前那样凛冽寒冷了；如果避开荒凉陋室而到深宅中取暖烤火，等到再次回来，不知冷得发抖又会成什么样子。由此类推，所谓退一步的方法，无处不有，无人不有，凡事退一步想，那么乐境自会产生。我是天地间第一困顿之人，之所以能免于忧愁而死，没有因困顿流离而身心憔悴，都是用了这个方法。我还有一支毛笔，相伴终身，用它来横扫千军还不行，但用它来解忧还是有余的。但如果不是善作退步，即便纸墨也能使人困顿。想来虞卿著书，也是用这个方法，只不过我能将这个方法公之于众，而虞卿却隐匿未传”。

由亭长之说推之，则凡行乐者，不必远引他人为退步，即此一身，谁无过来之逆境？大则灾凶祸患，小则疾病忧伤。“执柯伐柯，其则不远[①]。”取而较之，更为亲切。凡人一生，奇祸大难非特不可遗忘，还宜大书特书，高悬座右[②]。其裨益于身者有三：孽由己作，则可知非痛改，视作前车；祸自天来，则可止怨释尤[③]，以弭后患[④]；至于忆苦追烦，引出无穷乐境，则又警心惕目之余事矣。如曰省躬罪己，原属隐情，难使他人共睹，若是则有包含韫藉之法：或止书罹患之年月，而不及其事；或别书隐射之数语，而不露其详；或撰作一联一诗，悬挂起居亲密之处，微寓己意，不使人知，亦淑慎其身之妙法也[⑤]。此皆湖上笠翁瞒人独做之事，笔机所到，欲讳不能，俗语所谓“不打自招”者，非乎？

【注释】①“执柯伐柯”两句：出自《诗经·豳风·伐柯》：“伐

柯伐柯，其则不远。”意思是，拿着斧头去砍树来制作斧柄，式样并不远，就在眼前。

②座右：座位的右边。古人常把所珍视的文、书、字、画放置于此。

③尤：怪罪，怨恨。

④弭：平息，停止，消除。

⑤淑慎其身：出自《诗经·邶风·燕燕》：“终温且惠，淑慎其身。”

【译文】由亭长的说法来推论，凡是行乐之人，不必远引他人为退步，就以自己来说，谁没有经历过逆境忧患？大到灾祸凶患，小到疾病忧伤。“执柯伐柯，其则不远。”那自己的经历来对比自己现下的处境，更为亲切。人一生之中，经历的奇祸大难不仅不可忘记，还应该大书特书，高悬座右。它对人身的益处有三点：若是孽由己作，则可以知非痛改，视作前车之鉴；若是祸自天来，则可以停止怨天尤人，以消除后患；至于追忆过去的烦苦，来引出无穷的乐境，那又是警醒自身之外的事情了。若说反躬自省，原属隐情，不想让别人看到，如果是这样，那么还有包含隐藏的方法：或是只写遭遇灾祸的时间，而不提及这件事；或是另外写几条隐语，而不表露详情；或是写一联一诗，悬挂在起居隐密的地方，暗中寄寓自己的心意，不让别人知道，这也是委婉谨慎、修身自持的好方法。这些都是我湖上笠翁瞒人独做之事，现在文思泉涌，想隐瞒也不能了，这不就是俗话所说的“不打自招”吗？

家庭行乐之法

世间第一乐地，无过家庭。“父母俱存，兄弟无故，一乐也[①]。”是圣贤行乐之方，不过如此。而后世人情之好向，往往与圣贤相左。圣贤所乐者，彼则苦之；圣贤所苦者，彼反视为至乐而沉溺其中。如弃现在之天亲而拜他人为父，撇同胞之手足而与陌路结盟，避女色而就娈童[②]，舍家鸡而寻野鹜[③]，是皆情理之至悖，而举世习而安之。其故无他，总由一念之恶旧喜新、厌常趋异所致。若是，则生而所有之形骸，亦觉陈腐可厌，胡不并易而新之，使今日魂附一体，明日又附一体，觉愈变愈新之可爱乎？其不能变而新之者，以生定故也。然欲变而新之，亦自有法。时易冠裳，迭更帏座[④]，而照之以镜，则似换一规模矣。即以此法而施之父母兄弟、骨肉妻孥，以结交滥费之资，而鲜其衣饰，美其供奉，则“居移气，养移体[⑤]”，一岁而数变其形，岂不犹之谓他人父，谓他人母，而与同学少年互称兄弟、各家美丽共缔姻盟者哉？

【注释】①“父母”三句：出自《孟子·尽心上》。

②娈（luán）童：被当作女性玩弄的美貌男子。

③野鹜：野鸭。这里指男子在外寻花闻柳。

④帏：帐子、幔幕。这里引申为各种家居用品。

⑤“居移气”两句：出自《孟子·尽心上》，意思是环境可以改

变人的气质，奉养可以改变人的体质。

【译文】世间第一乐地，无过家庭。“父母俱存，兄弟无故，一乐也。”这是圣贤行乐的方法，不过如此。而后世人们的喜好趋向，往往与圣贤相左。圣贤感到快乐的，世人感到困苦；圣贤感到困苦的，世人反而视为至乐并沉溺其中。譬如抛弃还健在的亲生父母而拜他人为父，撇下同胞兄弟而与旁人结盟，避开女色而亲近娈童，舍弃家中妻妾而在外寻花问柳，这些都是最为有悖情理的事情，但是全天下都已经习以为常了。没有别的原因，总由喜新厌旧、厌常趋异的一念所致。如果是这样，那么生来所有的形体，也会觉得陈腐可厌，为什么不一并换成新的，今日魂附一体，明日又附一体，这样难道不会觉得越变越新而越惹人喜爱吗？之所以形体不能时常改换新的，是因为生来就是固定的。但是想要改还更新，也自有方法。经常更换衣冠，频繁变换帏缦座椅，一照镜子，就好似换了一副模样。就将这个方法用在父母兄弟、骨肉妻儿身上，用原先结交外人滥花的那些钱，为他们购买鲜丽的衣饰，用美味的食物奉养，那么“居移气，养移体”，一年之内就可以多次改变他们的样貌，这难道不就像是称他人为父，称他人为母，而且与同学少年称兄道弟、与各家的佳人共缔姻缘吗？

有好游狭斜者[①]，荡尽家资而不顾，其妻迫于饥寒而求去。临去之日，别换新衣而佐以美饰，居然绝世佳人。其夫抱而泣曰：“吾走尽章台[②]，未尝遇此娇丽。由是观之，匪人之美，衣饰美之也。倘能复留，当为勤俭克家，而置汝金屋。”妻善其言而止。后改荡从善，卒如所云。又有人子不孝而为亲所逐者，鞠于他人[③]，越数年而复返，定省承欢，大异畴昔[④]。其父讯之，则曰："非予不爱其亲，习久而生厌也。兹复厌所习见，而以久不睹者为可爱矣。"众人笑之，而有识者怜之。何也？习久而厌其亲者，天下皆然，而不能自明其故。此人知之，又能直言无讳，盖可以为善之人也。此等罕譬曲喻，皆为劝导愚蒙。谁无至性[⑤]，谁乏良知，而俟予为木铎[⑥]？但观孺子离家，即生哭泣，岂无至乐之境十倍其家者哉？性在此而不在彼也。人能以孩提之乐境为乐境，则去圣人不远矣。

【注释】①狭斜：小街曲巷。多指妓院。

②章台：原是汉代是长安的一条街的名称，后指妓女聚居的地方。

③鞠：养育，抚养。

④畴昔：往昔，日前，以前。

⑤至性：天然卓绝的品性。

⑥木铎（duó）：以木为舌的大铃，古代在宣布政教法令时，巡行振鸣以引起众人注意。后以喻宣扬教化的人。

【译文】有个人喜欢流连花街柳巷之中，荡尽家财也不管不顾，他的妻子迫于饥寒而请求离去。临别的时候，她另换上新衣服，佩戴上美丽的饰物，居然是位绝世佳人。她的丈夫抱着她哭着说："我走遍花街柳巷，从来没有遇到过像你这样娇丽女子。由此看来，不是人的面貌有多美，而是服饰使人变美。如果你能够留下，我定会勤俭持家，让你住在金屋中。"妻子觉得他说得很好就留了下来。后来他改过从善，最终兑现了他的承诺。还有个不孝之子被父母赶出去，被他人抚养长大，过了几年后回到家，晨昏定省，承欢膝下，与以往大不一样。他的父亲问他原因，他说："不是我不敬爱父母，只是在一起生活相处久了心生厌烦了。现在我又与抚养我的人家生活久了心生厌烦，而对我很久没有见到的双亲便觉得可亲可近了。"众人都讥笑他，但有见识的人却很同情他。为什么？在一起生活相处久了会厌烦自己的父母，天下都是这样，而自己不知晓其中原因。这个人知晓，又能直言不讳，这是可以为善之人。这样少见曲折的譬喻，都是为了劝导那些愚昧无知的人。谁没有天性，谁缺乏良知，却要等我来教导世人？只要看那孩童离家，就会哭泣，难道没有比家还要快乐十倍的至乐之境吗？而是因为他天性中的至乐之境是在家中而不在别处。倘若人们能以孩提的乐境为乐境，那么就离圣人不远了。

道途行乐之法

"逆旅"二字，足概远行，旅境皆逆境也。然不受行路之苦，不知居家之乐，此等况味，正须一一尝之。予游绝塞而归[①]，乡人讯曰："边陲之游乐乎？"予曰："乐。"有经其地而惮焉者曰[②]："地则不毛，人皆异类，睹沙场而气索[③]，闻钲鼓而魂摇，何乐之有？"予曰："向未离家，谬谓四方一致，其饮馔服饰皆同于我，及历四方，知有大谬不然者。然止游通邑大都，未至穷边极塞，又谓远近一理，不过稍变其制而已矣。及抵边陲，始知地狱即在人间，罗刹原非异物[④]；而今而后，方知人之异于禽兽者几希[⑤]，而近地之民，其去绝塞之民者，反有霄壤幽明之大异也。不入其地，不睹其情，乌知生于东南、游于都会、衣轻席暖、饭稻羹鱼之足乐哉！”此言出路之人，视居家之乐为乐也；然未至还家，则终觉其苦。

【注释】①绝塞：极远的边塞地区。

②惮：怕，畏惧。

③气索：精神沮丧，勇气丧失。

④罗刹：佛教中指恶鬼。

⑤几希：不多，很少。

【译文】“逆旅”二字，足以概括远行，旅途中的境地都是逆境。但是不受路途的劳苦，就不知居家的快乐，这种境况滋味，正是需要一一尝试。我游历边塞回来，乡人问我：“边陲之行快乐吗？”我说：“快乐。”有去过边塞而感到害怕的人说：“那里的土地寸草不生，人民都是异类，看到漫天沙漠而精神不振，听到钲鼓之声而魄荡魂摇，怎会还有快乐？”我说：“以往没有离开家时，错误地认为天下各地都是一致的，他们的饮食服饰都与我们一样，等到四处游历之后，才知道大错特错。但这还只是游历了繁华城市，还没有到边疆塞外，也认为地方远近是同一个道理，不过是各地的制度稍有变化而已。等到了边陲，才知道地狱就在人间，罗刹原非异物；从今往后，才知道人与禽兽的差异并不大，而内地的人民，与边塞人民的差异，反倒是天差地别、昼夜之异。不亲自去到那里，不亲身目睹他们的人情世故，怎会知道生在东南、游于都会、身穿轻柔服饰、卧睡温暖枕席、吃着稻米、喝着鱼羹的快乐！”这是说外出远行的人，能将居家之乐视为快乐；但是在还没有回家的时候，则始终会感觉到外出远行的劳苦。

又有视家为苦、借道途行乐之法，可以暂娱目前，不为风霜车马所困者，又一方便法门也。向平欲俟婚嫁既毕①，遨游五岳；李固与弟书②，谓周观天下，独未见益州③，似有遗憾；太史公因游名山大川④，得以史笔妙千古。是游也者，男子生而欲得，不得即以为恨者也。有道之士，尚欲挟资裹粮，专行其志，而我以糊口资生之便，为益闻广见之资，过一地，即览一地之人情，经一方，则睹一方之胜概，而且食所未食，尝所欲尝，蓄所余者而归遗细君⑤，似得五侯之鲭⑥，以果一家之腹，是人生最乐之事也，奚事哭泣阮途⑦，而为乘槎驭骏者所窃笑哉⑧？

【注释】①向平：即向子平。向长，字子平，在《后汉书·逸民列传》中记载“建武中，男女娶嫁既毕，敕断家事勿相关，当如我死也。于是遂肆意，与同好北海禽庆俱游五岳名山，竟不知所终。”

②李固(94-147)：字子坚。汉中郡城固县(今陕西省汉中市)人。东汉名臣，后遭梁冀诬告杀害。

③益州：今在四川省一带。

④太史公（前145-前90）：即司马迁，字子长，西汉史学家、文学家、思想家。早年游历各地，饱览名山大川，了解风俗，采集传闻。后继承父业，编著《史记》。

⑤细君：妻子的代称。

⑥五侯之鲭：汉代时五侯所烹制的一种杂烩。五侯，汉成帝母舅王谭、王根、王立、王商、王逢时同日封侯，称为五侯。鲭，肉和鱼的杂烩。

⑦哭泣阮途：在《晋书·阮籍列传》中记载："时率意独驾，不由径路，车迹所穷，辄恸哭而反。"

⑧乘槎（chá）：乘坐竹、木筏。出自晋张华《博物志》："旧说云天河与海通。近世有人居海渚者，年年八月有浮槎去来，不失期，人有奇志，立飞阁于查上，多赍粮，乘槎而去。"

【译文】还有视家为苦、借旅游行乐的方法，可以暂时取乐，而不被风霜车马所困，这又是一个方便法门。向子平想在儿女婚嫁之后，遨游五岳；李固写给弟弟信，信中说遍览天下，却唯独没有见过益州，好似略有遗憾；太史公因为游历名山大川，才能使他的史笔成为千古绝唱。这就是说远行游历，是男子天生就想做的事情，做不到就会成为遗憾。有道之士，尚且还需要带好盘缠和食物，专门去践行自己的志向，而我只能以四处糊口谋生的便利，来作为开阔见闻的资本，经过一地，就游览一地的人情，经过一方，就观赏一方的胜景，并且吃了从未吃过的食物，尝到一直想品尝的东西，将剩下的放好带回去留给妻妾，就像得到"五侯之鲭"，让一家人品尝，这是人生最快乐的事情了，为什么要像阮籍那样遇到穷途哭泣而返，而遭到乘着竹筏驾驭骏马的人所暗中讥笑呢？

春季行乐之法

人有喜、怒、哀、乐，天有春、夏、秋、冬。春之为令，即天地交欢之候、阴阳肆乐之时也。人心至此，不求畅而自畅，犹父母相亲相爱，则儿女嬉笑自如，睹满堂之欢欣，即欲向隅而泣[①]，泣不出也。然当春行乐，每易过情，必留一线之余春，以度将来之酷夏。盖一岁难过之关，惟有三伏，精神之耗，疾病之生，死亡之至，皆由于此。故俗话云“过得七月半，便是铁罗汉”，非虚语也。思患预防，当在三春行乐之时，不得纵欲过度，而先埋伏病根。花可熟观，鸟可倾听，山川云物之胜可以纵游，而独于房欲之事略存余地。盖人当此际，满体皆春。“春”者，泄尽无遗之谓也。草木之“春”，泄尽无遗而不坏者，以三时皆蓄，而止候泄于一春，过此一春，又皆蓄精养神之候矣。人之一身，能保一时尽泄而三时皆不泄乎？尽泄于春，而又不能不泄于夏，虽草木不能不枯，况人身之浮脆者乎[②]？欲留枕席之余欢，当使游观之尽致。何也？分心花鸟，便觉体有余闲；并力闺帏[③]，易致身无宁刻。然予所言，皆防已甚之词也。若使杜情而绝欲，是天地皆春而我独秋，焉用此不情之物，而作人中灾异乎？

【注释】①隅（yú）：角，角落。

②浮脆：空虚脆弱。

③并力：一齐用力，合力。

【译文】人有喜、怒、哀、乐，天有春、夏、秋、冬。春天这个时节，就是天地交欢、阴阳肆乐的时候。人的内心到了这个时节，不求舒畅而自然就会舒畅，就像父母相亲相爱，那儿女则会嬉笑自如，看到满堂的欢欣，就是想到角落哭泣，也是哭不出来的。然而当春行乐，每每容易过度纵情，一定要保留一线春天的余情，以度将来的酷夏。因为一年之中最难过的关卡，只有三伏天，精神之耗，疾病之生，死亡之至，都是源于酷夏的炎热。所以俗话说“过得七月半，便是铁罗汉”，并不是什么假话。要防患于未然，就应当在春天行乐的时候，不能纵欲过度，而提前埋下病根。花卉可以尽情观赏，鸟鸣可以尽情倾听，山川云物的胜地可以纵情游玩，而唯独对于房欲之事要略存余地。因为人在这个时候，整个身体都是春意盎然、生机勃发。“春”，就是泄尽无遗。草木的“春”，之所以可以泄尽无遗而不会有损伤，是因为其他三季都在蓄藏，而只等春天宣泄生发，过了春天，又都是蓄精养神的时候了。人的身体，能保证一时尽泄而其他三时都不会外泄吗？在春天泄尽无遗，但在夏天又不能不泄，即便是花草树木都不能不枯萎，何况是虚浮脆弱的人身呢？想要保留枕席间余欢，就应当尽兴地在外游玩。为什么？分心在花鸟之中，便会觉得体力精力还有空余；专注于闺帏之中，就容易致使身体没有片刻安宁。但是我所说的话，都是防止过度的言辞。如果杜情而绝欲，这不就成了天地皆春而我独秋，我怎会用这不合情理的观点，而成了人中灾异呢？

夏季行乐之法

酷夏之可畏，前幅虽露其端，然未尽暑毒之什一也。使天只有三时而无夏，则人之死也必稀，巫、医、僧、道之流皆苦饥寒而莫救矣。止因多此一时，遂觉人身叵测，常有朝人而夕鬼者。《戴记》云："是月也，阴阳争，死生分[①]。"危哉斯言！令人不寒而粟矣。凡人身处此候，皆当时时防病，日日忧死。防病忧死，则当刻刻偷闲以行乐。从来行乐之事，人皆选暇于三春，予独息机于九夏[②]。以三春神旺，即使不乐，无损于身；九夏则神耗气索，力难支体，如其不乐，则劳神役形，如火益热，是与性命为仇矣。《月令》以仲冬为闭藏[③]；予谓天地之气闭藏于冬，人身之气当令闭藏于夏。试观隆冬之月，人之精神愈寒愈健，较之暑气铄人[④]，有不可同年而语。凡人苟非民社系身[⑤]、饥寒迫体，稍堪自逸者，则当以三时行事，一夏养生。过此危关，然后出而应酬世故，未为晚也。追忆明朝失政以后，大清革命之先，予绝意浮名[⑥]，不干寸禄[⑦]，山居避乱，反以无事为荣。夏不谒客[⑧]，亦无客至，匪止头巾不设，并衫履而废之。或裸处乱荷之中，妻孥觅之不得；或偃卧长松之下[⑨]，猿鹤过而不知。洗砚石于飞泉，试茗奴以积雪；欲食瓜而瓜生户外，思啖果而果落树头，可谓极人世之奇闻，擅有生之至乐者矣[⑩]。后此则徙居城市，酬应日纷，虽无利欲熏人，亦觉浮名致累。计我一生，得享列仙之福者，仅有三年。今欲续之，求为闰余而不可得矣[⑪]。伤哉！人非铁石，奚堪磨杵作针[⑫]；寿岂泥沙，不禁委尘入土。予以劝人行乐，而深悔自役其形。噫，天何惜于一闲，以补富贵荣膴之不足哉！

【注释】①"《戴记》云"四句：《戴记》即《小戴礼记》，又称《礼记》，是西汉礼学家戴圣（小戴）所著，原文为："是月也，日长至，阴阳争，死生分。”

②息机：停止机械运转。这里引申为推掉所有的事情。

③《月令》：是《礼记》的一部分，按照一年12个月的时令，记述祭祀礼仪、职务、法令、禁令等等事物。

④铄（shuò）：熔化。

⑤民社：人民和社稷。这里引申为各种政务。

⑥绝意：断绝某种意念。浮名：虚名。

⑦干：追求，求取。寸禄：微薄的俸禄。

⑧谒：拜见。

⑨偃卧：仰卧，睡卧。

⑩擅：独揽，占有。

⑪闰余：闰月。农历一年和一回归年相比所多馀的时日。这里是指多余的闲暇。

⑫磨杵作针：磨杵成针，比喻长期消耗。

【译文】酷夏的可怕，前文虽略微表露端倪，但还未道尽暑毒的十分之一。假如天气只有其他三季而没有夏季，那么人死亡的数量一定很少，巫、医、僧、道之流都会因没有收入饥寒交迫而没救了。只因为多了这一个季节，就让人觉得福祸难料，常常有人早上还活着到了晚上就死了。《小戴礼记》云：“到了夏季，阴阳相争，生死分明。”这句话骇人听闻！令人不寒而栗。凡是人们身处在这个季节，都应当时时防患疾病，日日忧心死亡。防病忧死，那就应当时刻偷闲行乐。从来行乐之事，人们都会在春季选择闲暇时间，而我偏偏在夏季停掉不必要的事务。因为春季精神旺盛，即便没有行乐，对身体也没有损伤；夏季则费心耗神，力难支体，如果不行乐，那么就会身心俱疲，好像火上浇油，这就是与生命为敌了。《礼记·月令》中认为仲冬是天地闭藏的时节；我认为天地之气在冬季闭藏，而人身之气就应当在夏季闭藏。试观隆冬之月，人的精神越冷越康健，比起暑热损耗人身，有不可同日而语的地方。一般人如果不是政务缠身、饥寒迫体，自己稍有闲逸，就应当在其他三季做事，在夏季养生。度过了这一危险关口，然后再外出应酬世故，也不算晚了。追忆明朝灭亡之后，大清革命之前，我无意那些虚名，不求微薄的俸禄，在山中隐居躲避战乱，反以无事为荣。夏季不出门拜访客人，也没有客人前来拜访，不只是不戴头巾，连同衣衫鞋子也一并脱掉。或是裸处乱荷之中，妻儿四处寻找却找不到我；或是躺在长松之下，猿鹤经过却不知道。在飞泉中洗刷砚石，用积雪煮水品茗；想吃瓜而瓜就长在门外，想吃果子而果子就落在枝头，可谓是极尽人世间的奇闻，这是有生之年中至乐的时光了。在这之后就迁居到城市，每日忙于应酬，虽然没有熏人的利欲，但也觉的为虚名所累。我这一生掐算起来，得享列仙之福的时间，只有三年。现在我想继续，想寻求额外的空闲也不可能。太伤感啊！人并非铁石，怎能磨杵成针；寿数岂是泥沙，怎能弃入尘土。我劝人行乐，而对自己疲于奔命感到深深懊悔。唉，上天为什么要吝啬那一丝闲暇，而弥补我荣华富贵的不足呢！

秋季行乐之法

过夏徂秋，此身无恙，是当与妻孥庆贺重生，交相为寿者矣。又值炎蒸初退，秋爽媚人，四体得以自如，衣衫不为桎梏，此时不乐，将待何时？况有阻人行乐之二物，非久即至。二物维何？霜也，雪也。霜、雪一至，则诸物变形，非特无花，亦且少叶；亦时有月，难保无风。若谓"春宵一刻值千金"，则秋价之昂，宜增十倍。有山水之胜者，乘此时蜡屐而游[①]，不则当面错过。何也？前此欲登而不可，后此欲眺而不能，则是又有一年之别矣。有金石之交者[②]，及此时朝夕过从[③]，不则交臂而失。何也？褦襶阻人于前[④]，咫尺有同千里；风雪欺人于后，访戴何异登天[⑤]？则是又负一年之约矣。至于姬妾之在家，一到此时，有如久别乍逢，为欢特异。何也？暑月汗流，求为盛妆而不得，十分娇艳，惟四五之仅存；此则全副精神，皆可用于青鬟翠黛之上。久不睹而今忽睹，有不与远归新娶同其燕好者哉？为欢即欲，视其精力短长，总留一线之余地。能行百里者，至九十而思休；善登浮屠者[⑥]，至六级而即下。此房中秘术，请为少年场授之。

【注释】①蜡屐：涂蜡的木屐。可以登高。

②金石之交：如同金石般坚不可摧的交谊。

③过从：来访，相互往来。

④褦襶（nài dài）：可以遮蔽阳光的斗笠。

⑤访戴：访友，出自《世说新语·任诞》，王徽之雪夜乘坐小船拜访戴逵，乘兴而行，兴尽而返。

⑥浮屠：佛塔。

【译文】度过夏天，秋天来临，这时身体无恙，就应该与妻儿同贺重生，互庆延寿。又正值暑热刚刚消退，秋爽媚人，四肢可以活动自如，衣衫不会成为束缚，此时不乐，将待何时？何况还有两样东西阻碍人们行乐，不久就会降临。这两样东西是什么？就是霜和雪。霜、雪一至，万物都会因此改变外形，不仅没有花，而且树叶都很少；虽然有时也会有月色，但难保无风。如果说“春宵一刻值千金”，那秋天应该比春天贵十倍。有山水胜地的，应当趁此时节穿上蜡屐尽情游览，否则就要当面错过这些美景了。为什么？此前想登山却不行，此后想远眺也不能，那又会有一年之别了。有知己好友的，应当趁此时节从朝至夕相互拜访，否则将会失之交臂。为什么？在此之前有盛夏酷暑的阻碍，虽近在咫尺却如同相距千里；在此之后又有风雪的欺袭，出门访友和登天有什么区别？那又会有负一年之约了。至于家中的姬妾，一到这个时节，有如久别忽逢，异常欢快。为什么？酷暑流汗不止，想着盛妆却不能，十分的娇艳，仅存四五分；这时可以将全副精神，都用在梳妆上。很久没有看到她们精心梳妆后的芳容，今天忽然看到，这不就和远归重逢、新婚燕尔一样亲密恩爱吗？此时欢爱纵欲，要看自己的精力，总是要留一线余地。能行走百里的，走到九十里就要考虑休息；善于登上佛塔的，上到第六级就要下去了。这房中秘术，请教授给年轻人。

冬季行乐之法

冬天行乐，必须设身处地，幻为路上行人，备受风雪之苦，然后回想在家，则无论寒燠晦明[①]，皆有胜人百倍之乐矣。尝有画雪景山水，人持破伞，或策蹇驴，独行古道之中，经过悬崖之下，石作狰狞之状，人有颠蹶之形者[②]。此等险画，隆冬之月，正宜悬挂中堂[③]。主人对之，即是御风障雪之屏、暖胃和衷之药。若杨国忠之肉阵[④]、党太尉之羊羔美酒[⑤]，初试或温，稍停则奇寒至矣。善行乐者，必先作如是观，而后继之以乐，则一分乐境，可抵二三分，五七分乐境，便可抵十分十二分矣。然一到乐极忘忧之际，其乐自能渐减，十分乐境，只作得五七分，二三分乐境，又只作得一分矣。须将一切苦境，又复从头想起，其乐之渐增不减，又复如初。此善讨便宜之第一法也。譬之行路之人，计程共有百里，行过七八十里，所剩无多，然无奈望到心坚，急切难待，种种畏难怨苦之心出矣。但一回头，计其行过之路数，则七八十里之远者可到，况其少而近者乎？譬如此际止行二三十里，尚余七八十里，则苦多乐少，其境又当何如？此种想念，非但可为行乐之方，凡居官者之理繁治剧，学道者之读书穷理，农工商贾之任劳即勤，无一不可倚之为法。噫，人之行乐，何与于我，而我为之噪敝舌焦、手腕几脱。是殆有媚人之癖，而以楮墨代脂韦者乎[⑥]？

【注释】①晦明：阴晴，昏暗和晴朗。

②颠蹶：行走不平的样子。

③中堂：厅堂之中。亦指正中的厅堂。

④杨国忠（？—756）：本名杨钊，杨贵妃族兄。杨国忠冬天为了遮风取暖，选择身材丰满、肥大的婢女，站在自己前面，称作“肉屏风”。

⑤党太尉（927–978）：即党进，北宋名将。党进家中有一姬妾，后为翰林学士陶谷所得。陶谷取雪水烹茶，并问姬妾："党太尉应该没有这般雅兴吧。"姬妾想嘲讽陶谷，说道："党太尉是个粗人，怎知这般乐趣？他只会在销金帐中浅斟低唱，饮羊羔酒罢了。"陶谷听后，默然不语。

⑥脂韦：油脂和软皮，比喻阿谀或圆滑。这里指梳妆用的脂粉。

【译文】冬天行乐，必须设身处地，将自己幻想成路上的行人，备受风雪之苦，然后回想在家时的景况，那么无论天气是冷热还是阴晴，都会有超过别人百倍的乐趣。曾经有一幅雪景山水画，画的是人或是拿着破伞，或是骑着跛驴，独自走古道之中，经过悬崖之下，石头的形状狰狞可怕，人物走路趔趄不稳。这种险画，在隆冬之月，正适合悬挂在厅堂中。主人面对它，即便是抵风挡雪的屏风、暖脾胃中和的汤药。也只能像杨国忠的肉阵、党太尉的羊羔美酒那样，刚开始试着或许会觉得温暖，稍有停顿奇寒就会来到。善于行乐的，必须先这样想，然后再找寻乐趣，这样一分的乐境，可抵二三分，五七分的乐境，便可抵十分十二分了。但是一到了乐极忘忧之际，则乐趣自然就会逐渐减少，十分的乐境，只有五七分，二三分的乐境，又只有一分了。只能将一切苦境，再次从头想起，这样乐趣就会渐增不减，又恢复如初了。这是善讨便宜最好的办法。譬如行路之人，共有百里的路程，走过七八十里，所剩不多，但是无奈他期望快点到达，心急如焚，急切难待，于是就生出种种畏难怨苦的心念。但是回头一想，计算走过的路程，七八十里的远路都走过了，何况剩下很少很近的路程呢？再譬如这个时候只走了二三十里路，还剩七八十里，那就会苦多乐少，这样的境况又当如何？像这种想法，不仅可以作为行乐的方法，凡是为官者处理繁杂事务，学道者读书穷理，农工商贾不辞劳苦，无一不可运用这个方法。唉，别人行乐，与我有什么干系，而我为此说得口干舌燥、写得手腕几乎要脱臼了。我大概是有媚人的癖好，而用纸墨代替脂粉吧？

随时即景就事行乐之法

行乐之事多端，未可执一而论。如睡有睡之乐，坐有坐之乐，行有行之乐，立有立之乐，饮食有饮食之乐，盥栉有盥栉之乐，即袒裼裸裎[①]、如厕便溺，种种秽亵之事，处之得宜，亦各有其乐。苟能见景生情，逢场作戏，即可悲可涕之事，亦变欢娱。如其应事寡才，养生无术，即征歌选舞之场，亦生悲戚。兹以家常受用，起居安乐之事，因便制宜，各存其说于左[②]。

【注释】①袒裼（tǎn tì）裸裎（chéng）：袒臂露身，裸露身体。

②各存其说于左：将各种见解说法记录在后面，因为古代的书写习惯是从右到左，所以“左”也指下面或者后面。

【译文】行乐之事多种多样，不可一概而论。比如睡有睡之乐，坐有坐之乐，行走有行走之乐，站立有站立之乐，饮食有饮食之乐，梳洗有梳洗之乐，就是赤身裸体、如厕便溺，种种肮脏污秽的事情，若能处理得宜，也各有乐趣在其中。如果能见景生情，逢场作戏，就算是可悲可泣的事情，也会变得欢乐愉悦。如果缺乏应对事情的才能，没有养生的方法，就算是在征歌选舞的场所，也会心生悲戚。在这一则对于家常受用，起居安乐的事情，怎样根据不同境况而处置得宜，将我的拙见略述于下。

睡

有专言法术之人，遍授养生之诀，欲予北面事之。予讯益寿之功，何物称最？颐生之地，谁处居多？如其不谋而合，则奉为师，不则友之可耳。其人曰：“益寿之方，全凭导引；安生之计，惟赖坐功[①]。”予曰：“若是，则汝法最苦，惟修苦行者能之。予懒而好动，且事事求乐，未可以语此也。”其人曰：“然则汝意云何？试言之，不妨互为印政[②]。”予曰：“天地生人以时，动之者半，息之者半。动则旦，而息则暮也。苟劳之以日，而不息之以夜，则旦旦而伐之[③]，其死也可立而待矣。吾人养生亦以时，扰之以半，静之以半，扰则行起坐立，而静则睡也。如其劳我以经营，而不逸我以寝处，则岌岌乎殆哉[④]！其年也，不堪指屈矣。若是，则养生之诀，当以善睡居先。睡能还精，睡能养气，睡能健脾益胃，睡能坚骨壮筋。如其不信，试以无疾之人与有疾之人合而验之。人本无疾，而劳之以夜，使累夕不得安眠，则眼眶渐落而精气日颓，虽未即病，而病之情形出矣。患疾之人，久而不寐，则病势日增；偶一沉酣，则其醒也，必有油然勃然之势。是睡非睡也，药也；非疗一疾之药，及治百病、救万民、无试不验之神药也。兹欲从事导引，并力坐功，势必先遣睡魔，使无倦态而后可。予忍弃生平最效之药，而试未必果验之方哉？”其人艴然而去，以予不足教也。

【注释】①坐功：道家指静坐的修行方式。

②印政：印证。

③伐：败坏，损伤。

④岌岌（jí jí）：高耸的样子。殆：危险。

【译文】有位专门言说法术的人，到处传授养生的秘诀，想让我拜他为师。我问他延年益寿的功夫，最重要的什么？养生的处所，哪里居多？如果答案能不谋而合，那我就奉他为师，否则也可以成为朋友。他说：“延年益寿的方法，全靠导引之术；安生养命的方法，唯有仰赖打坐。”我说：“若是如此，那你的方法是最苦的，只有修苦行的人能够做到。我本性懒散但又好动，并且事事追求快乐，我不能与你共同讨论你所 说的这些方法。”他说：“那你有什么见解呢？可以说来听听，不妨相互印证。”我说：“天地生人按照一定的时刻，一半时间劳作活动，一半时间休养生息。白天劳作活动，而晚上休养生息。如果白天劳作，而夜晚还不休息，这样天天损耗，那他的死亡也指日可待了。我们养生也应当遵照一定的时刻，劳扰的时间占一半，平静的时间占一半，劳扰就是行起坐立，而平静就是睡觉。若是只让我烦劳经营，而不让我安逸休息，那我的生命不就岌岌可危了吗！我的寿数也就屈指可数了。若是这样，那么养生的秘诀，首先就应当是善于睡觉。睡觉能恢复精力，睡觉能生养元气，睡觉能健脾益胃，睡觉能强筋健骨。如果不信，就试着将没病的人和有病的人放在一处来验证。原本没病的那个人，让他在夜晚劳作，连续的在夜晚不得安眠，那么他的眼眶渐渐凹陷而且精神也日益颓败，虽然没有马上生病，但病态已经显现出来了。患病的人，长时间不睡觉，病情就会日益严重；偶尔沉睡，醒来之后，一定会精力充沛。所以睡觉不只是睡觉，而是能治病的药；不只是能治一种病的药，乃是能治百病、救万民，没有一次不灵验的神药。现在想练习导引之术，专注于打坐，一定先驱走睡魔，使得人们没有倦态之后才可以。我怎会忍心丢弃生平最灵验的药，而尝试未必有效的方法呢？”那个人拂袖而去，认为我不值得教导。

予诚不足教哉！但自陈所得，实为有而然，与强辩饰非者稍别。前人睡诗云：“花竹幽窗午梦长，此中与世暂相忘。华山处士如容见，不觅仙方觅睡方[①]。”近人睡诀云：“先睡心，后睡眼。”此皆书本唾余，请置弗道，道其未经发明者而已。

【注释】①“花竹幽窗”四句：可能出自陆游《午梦》。华山处士是指陈抟，字图南，号扶摇子，北宋著名的道家学者、养生家，尊奉黄老之学。他隐居于华山，常常一睡便是一百多天都不醒。

【译文】我确实不值得教导啊！但是我表述自己的心得，实际是有验证和依据，与强辞夺理、掩饰错误的人稍有不同。前人的睡诗云：“花竹幽窗午梦长，此中与世暂相忘。华山处士如容见，不觅仙方觅睡方。”近人的睡诀云：“先睡心，后睡眼。”这都是书本中讲过的话，请让我放置一边暂不讨论，说一说那些未经阐发讲述的方面。

睡有睡之时，睡有睡之地，睡又有可睡可不睡之人，请条晰言之[①]。由戌至卯[②]，睡之时也。未戌而睡，谓之先时，先时者不详[③]，谓与疾作思卧者无异也；过卯而睡，谓之后时，后时者犯忌，谓与长夜不醒者无异也。且人生百年，夜居其半，穷日行乐，犹苦不多，况以睡梦之有余，而损宴游之不足乎？有一名士善睡，起必过午，先时而访，未有能晤之者。予每过其居，必俟良久而后见。一日闷坐无聊，笔墨具在，乃取旧诗一首，更易数字而嘲之曰："吾在此静睡，起来常过午；便活七十年，止当三十五。"同人见之，无不绝倒[④]。此虽谑浪[⑤]，颇关至理。是当睡之时，止有黑夜，舍此皆非其候矣。

【注释】①条晰：分条叙明。

②由戌至卯：从晚上9点到早上5点。

③详：通"祥"，吉祥。

④绝倒：前仰后合地大笑。

⑤谑浪：戏谑放荡，开玩笑。

【译文】睡有睡之时，睡有睡之地，睡又有可睡可不睡之人，请让我逐一讲述清楚。从戌至卯，是睡觉的时候。没到戌时而睡，叫做"先时"，"先时"入睡的人不吉祥，与那些患病想躺下休息的人没有什么区别；过了卯时而睡，叫做"后时"，"后时"入睡的人犯了忌讳，与那些长夜不醒的人没有什么不同。而且人生百年，一半时间是夜晚，就算是整天行乐，时间还嫌不够，何况以长久的睡眠，来消耗原本就不够的游玩时间呢？有一位名士善睡，起床必会过了中午，在中午以前去拜访，没有人能见到他。我每次去拜访，一定要等上很久才能见到他。一日在等他时闷坐无聊，看见笔墨都在，就拿了一首旧诗，变换数字来嘲弄他：“吾在此静睡，起来常过午；便活七十年，止当三十五。”朋友见了，无不开怀大笑。这虽是玩笑，却颇有道理。所以该睡觉的时间，只有黑夜，除了黑夜都不是时候。

然而午睡之乐，倍于黄昏，三时皆所不宜，而独宜于长夏。非私之也，长夏之一日，可抵残冬之二日；长夏之一夜，不敌残冬之半夜，使止息于夜，而不息于昼，是以一分之逸，敌四分之劳，精力几何，其能堪此？况暑气铄金，当之未有不倦者。倦极而眠，犹饥之得食、渴之得饮，养生之计，未有善于此者。午餐之后，略逾寸晷[①]，俟所食既消，而后徘徊近榻。又勿有心觅睡，觅睡得睡，其为睡也不甜。必先处于有事，事未毕而忽倦，睡乡之民自来招我。桃源、天台诸妙境[②]，原非有意造之，皆莫知其然而然者。予最爱旧诗中有“手倦抛书午梦长”一句[③]。手书而眠，意不在睡；抛书而寝，则又意不在书，所谓莫知其然而然也。睡中三昧，惟此得之。此论睡之时也。

【注释】①寸晷：小段时间。

②桃源：是指陶渊明在《桃花源记》中描写的仙境。天台：相传东汉刘晨、阮肇到天台山采药，遇到两位仙女，留在山上，半年后两人思乡，便辞别归家，而子孙都历七世。

③“手倦”一句：出自宋代蔡确《夏日登车盖亭》。

【译文】然而午睡的乐趣，是黄昏睡觉的数倍，其他三个季节都不适合午睡，而唯独适合夏天。这并不是对夏天存有私心，而是夏天的一个白昼，可抵深冬的两个白昼；夏天的一个夜晚，不敌深冬的半个夜晚，如果只在夜晚休息，而白天不休息，这就要用一分的闲逸，敌四分劳苦，人能有多少精力，能承受得住这般损耗？何况暑气都能熔化金属，在这个时候没有人不感到困倦。困倦极了就睡觉，就像饥饿时得到食物、口渴时可以喝水，养生最好的办法，莫过于此。午餐之后，略过一会儿，等到食物消化了，然后徘徊到床前。也不要刻意去睡，这样即便是睡着了，睡得也不香甜。一定先让自己做些事，事情还未做完就忽然感到困倦，睡意自会袭来。桃源、天台等等妙境，原本并非有意创造的，都不知道什么原因自然就出现了。我最喜欢的旧诗中有“手倦抛书午梦长”一句。手拿着书而睡，本意不在睡觉；放下书而睡，那么本意又不在书，这就是所谓不知道什么原因自然就入睡了。睡中三昧，唯有在这点有所领悟。这是在讲睡觉的时间。

睡又必先择地。地之善者有二：曰静，曰凉。不静之地，止能睡目，不能睡耳，耳目两岐[①]，岂安身之善策乎？不凉之地，止能睡魂，不能睡身，身魂不附，乃养生之至忌也。至于可睡可不睡之人，则分别于忙、闲二字。就常理而论之，则忙人宜睡，闲人可以不必睡。然使忙人假寐，止能睡眼，不能睡心，心不睡而眼睡，犹之未尝睡也。其最不受用者，在将觉未觉之一时，忽然想起某事未行、某人未见，皆万万不可已者，睡此一觉，未免失事妨时，想到此处，便觉魂趋梦绕，胆怯心惊，较之未睡之前，更加烦躁，此忙人之不宜睡也。闲则眼未阖而心先阖，心已开而眼未开；已睡较未睡为乐，已醒较未醒更乐，此闲人之宜睡也。然天地之间，能有几个闲人？必欲闲而始睡，是无可睡之时矣。有暂逸其心以妥梦魂之法：凡一日之中，急切当行之事，俱当于上半日告竣，有未竣者，则分遣家人代之，使事事皆有着落，然后寻床觅枕以赴黑甜②，则与闲人无别矣。此言可睡之人也。而尤有吃紧一关未经道破者，则在莫行歹事。"半夜敲门不吃惊"，始可于日间睡觉，不则一闻剥啄③，即是逻倅到门矣④。

【注释】①两岐：两种意见分歧，不统一。

②黑甜：酣睡。

③剥啄：敲门声。

④逻倅（zú）：巡逻的士兵。倅，古同"卒"。

【译文】睡觉又必须先选择地方。好的地方有两点：一是静，一是凉。不宁静的地方，只能睡目，不能睡耳，耳目出现两种分歧，怎会是安身养命的好方法呢？不清凉的地方，只能睡魂，不能睡身，身魂互不贴合，这是养生的大忌。至于可睡可不睡之人，则在于忙、闲二字的区别。就常理来论，那就是忙人适宜睡觉，闲人可以不必睡。但是假如忙人打瞌睡，只能睡眼，不能睡心，心不睡而眼睡，就像没睡一样。其中最不受用的，就是在将要睡还没有睡的时候，忽然想起某事还没做，某人还没见，都是些万万不可不做的事情，若是睡这一觉，未免失事妨时，想到此处，便觉得魂趋梦绕，胆怯心惊，相较没睡之前，更加烦躁，这就是忙人不适宜睡觉的方面。闲人则是眼睛未闭而心先闭，心已经打开而眼睛还未睁开；已经睡了相较没睡会很快乐，已经醒来相较没醒更加快乐，这就是闲人适宜睡觉的方面。但天地之间，能有几个闲人？假如一定要在空闲是才能睡觉，那就没有可睡的时候了。有一个暂时放松心神、安稳入睡的方法：凡是在一日之中，有急切要做的事情，都应当在上半日完成，如果有未完成的，就要让家人代为完成，使得每件事都有着落，然后在寻床觅枕酣然入睡，这样就与闲人没有区别了。这是说可睡之人。但还有非常要紧的一点未经道破，那就是不要做坏事。“半夜敲门不吃惊”，这才可以在白天睡得安稳，否则一听到敲门声，就以为是士兵上门抓人了。

坐

从来善养生者，莫过于孔子。何以知之？知之于“寝不尸，居不容”二语[①]。使其好饰观瞻，务修边幅，时时求肖君子，处处欲为圣人，则其寝也，居也，不求尸而自尸，不求容而自容；则五官四体，不复有舒展之刻。岂有泥塑木雕其形而能久长于世者哉？“不尸不容”四字，绘出一幅时哉圣人，宜乎崇祀千秋[②]，而为风雅斯文之鼻祖也。吾人燕居坐法[③]，当以孔子为师，勿务端庄而必正襟危坐，勿同束缚而为胶柱难移。抱膝长吟，虽坐也，而不妨同于箕踞[4]；支颐丧我[5]，行乐也，而何必名为坐忘[6]？但见面与身齐，久而不动者，其人必死。此图画真容之先兆也。

【注释】①“寝不尸”两句：出自《论语·乡党》，意思是睡觉时不要像死尸一样直躺着，在家里不需要太过讲究仪容。容，打扮，装饰。

②崇祀：崇拜奉祀。

③燕居：闲居，平常。

④箕踞：两脚张开，两膝微曲地坐着，形状像箕。

⑤支颐：以手托下巴。丧我：忘我。

⑥坐忘：道家所指的物我两忘、与道合一的精神境界。出自《庄子·大宗师》：“堕肢体，黜聪明，离形去知，同于大通，此谓坐忘。”

【译文】历来善于养生的人，莫过于孔子。如何知道的呢？从“寝不尸，居不容”两句话得知的。假如他喜欢整理仪容，专注修整边幅，时刻追求效仿君子，处处想成为圣人，那么他的坐卧，不求刻板僵硬自会变得刻板僵硬，不求装饰外貌自会变成那种外貌；而五官四肢，就不再会有舒展的时候。难道有泥雕木塑的外形能长存于世的吗？“不尸不容”四字，描绘出一幅当时的圣人威严形象，应当尊奉千秋，成为风雅斯文的鼻祖。我们平时的坐姿，当以孔子为师，不要务求端庄而必须正襟危坐，不要等同束缚而变得固执拘泥。抱膝长吟，虽然是坐着，但不妨像簸箕一样岔开腿来坐；手托下巴而欣然忘我，不过是行乐罢了，为什么要像道家那样物我两忘呢？但凡看到一个人的面貌和身体一样，长久刻板不动的，这个人必死。因为那种样子是描绘遗容的先兆。

行

贵人之出，必乘车马。逸则逸矣，然于造物赋形之义，略欠周全。有足而不用，与无足等耳，反不若安步当车之人[①]，五官四体皆能适用。此贫士骄人语。乘车策马，曳履搴裳[②]，一般同是行人，止有动静之别。使乘车策马之人，能以步趋为乐，或经山水之胜，或逢花柳之妍，或遇戴笠之贫交[③]，或见负薪之高士，欣然止驭，徒步为欢，有时安车而待步，有时安步以当车，其能用足也，又胜贫士一筹矣。至于贫士骄人。不在有足能行，而在缓急出门之可恃[④]。事属可缓，则以安步当车；如其急也，则以疾行当马。有人亦出，无人亦出；结伴可行，无伴亦可行。不似富贵者候足于人，人或不来，则我不能即出，此则有足若无，大悖谬于造物赋形之义耳。兴言及此，行殊可乐！

【注释】①安步当车：慢慢地走，就当是坐车。出自《战国策·齐策四》：“晚食以当肉,安步以当车。”

②曳履搴（qiān）裳：拖着鞋子，提起衣裳。

③戴笠：戴斗笠，形容清贫。

④可恃：可靠，可以，能行。

【译文】贵人外出，一定会乘车马。闲逸是闲逸了，但对于造物主最初创造人类外形的本意，就略欠周全。有脚却不使用，那与没有脚一样，反而不如以步行代替车马的人，五官四肢都能起到作用。这是穷人傲慢的话。乘车骑马，拖着鞋提起衣裳，这些一般都是外出的人，只是有动静的区别。如果乘车骑马的人，能以步行当为乐，或是途经山水胜地，或是巧逢繁盛花柳，或是遇到戴斗笠的贫贱之交，或是见到背着柴草的隐士高人，都可以欣然停下，徒步为欢，有时停下车来漫步，有时以步行来代替车马，他能这样使用双脚，又会略胜穷人一筹了。至于穷人傲慢。不在于有脚能走，而在于无论缓急出门都可以。如果事情可以延缓处理，则就以漫步代替乘车；如果事情紧急，则就以疾行当作快马。有人也能外出，没有人也能外出；结伴可远行，没有同伴也可远行。不像富贵的人，需要等别人来驾车御马，人若是不来，那自己就不能马上出行，这样有脚好似没有，与造物主最初创造人类外形的本义大相径庭了。话说到这，就会觉得徒步行走着实很快乐！

立

立分久暂，暂可无依，久当思傍。亭亭独立之事，但可偶一为之，旦旦如是，则筋骨皆悬，而脚跟如砥[①]，有血脉胶凝之患矣。或倚长松，或凭怪石，或靠危栏作轼[②]，或扶瘦竹为筇；既作羲皇上人[③]，又作画图中物，何乐如之！但不可以美人作柱，虑其础石太纤，而致栋梁皆仆也。

【注释】①砥：像石头那样屹立。

②轼：古代车厢前面用作扶手的横木

③羲皇上人：羲皇指伏羲氏，指上古时期的人。比喻恬静闲适

的人。

【译文】站立分时间的长短，短时间的站立可以没有依扶，长时间的站立就要想着傍靠。长久的独自站立，这种事只可偶尔做一做，若是天天都这样，那么筋骨都是悬空的，而脚跟就像坚石一样，会有血脉凝结的危险了。或是倚着高大松树，或是凭靠怪石，或是依扶栏杆，或是手拄竹杖；既然作上古之人，又作图画中物，这是多么快乐啊！但是不能用美人做支撑，担心她的基础太纤弱，而致使栋梁都倒下来。

饮

宴集之事，其可贵者有五：饮量无论宽窄，贵在能好；饮伴无论多寡，贵在善谈；饮具无论丰啬，贵在可继；饮政无论宽猛[①]，贵在可行；饮候无论短长，贵在能止。备此五贵，始可与言饮酒之乐；不则曲蘖宾朋，皆凿性斧身之具也。予生平有五好，又有五不好，事则相反，乃其势又可并行而不悖。五好、五不好维何？不好酒而好客；不好食而好谈；不好长夜之欢，而好与明月相随而不忍别；不好为苛刻之令，而好受罚者欲辩无辞；不好使酒骂坐之人，而好其于酒后尽露肝膈。坐此五好、五不好，是以饮量不胜蕉叶，而日与酒人为徒。近日又增一种癖好、癖恶：癖好音乐，每听必至忘归；而又癖恶座客多言，与竹肉之音相乱。饮酒之乐，备于五贵、五好之中，此皆为宴集宾朋而设。若夫家庭小饮与燕闲独酌，其为乐也，全在天机逗露之中[②]、形迹消忘之内。有饮宴之实事，无酬酢之虚文[3]。睹儿女笑啼，认作班斓之舞[4]；听妻孥劝诫，若闻《金缕》之歌[5]。苟能作如是观，则虽谓朝朝岁旦、夜夜无宵可也。又何必座客常满，樽酒不空[6]，日藉豪举以为乐哉？

【注释】①饮政：行酒令之事。

②逗露：透露，显露。

③酬酢（zuò）：宾主互相敬酒，泛指交际应酬。酬，向客人敬酒。酢，向主人敬酒。

④班斓之舞：这里指二十四孝中老莱子穿彩衣，作着婴儿的动作，以取悦父母。

⑤《金缕》：曲调名，《金缕曲》的省称。

⑥“座客”两句：在《后汉书·孔融传》记载孔融退闲职，宾客日盈其门，孔融时常感叹：“座上客恒满，尊中酒不空，吾无忧矣。”

【译文】饮宴会之事，有五种可贵的地方：酒量不论大小，贵在爱好；饮酒的朋友不论多少，贵在善谈；酒具不论繁多匮乏，贵在可以为继；酒令不论宽松严格，贵在可行；饮酒的时间不论长短，贵在能止。具备了这五贵，才可以言及饮酒的乐趣；否则那些美酒宾朋，就都成了伤害自身的工具了。我生平有五好，又有五不好，这些看起来相反，但实际可以并行而不冲突。五好、五不好分别是什么？不好酒而好客；不好吃而好谈；不好长夜的欢乐，而好与明月相随而不忍别；不好行苛刻的酒令，而好让受罚的人无话辩解；不好借酒劲骂人的人，而好他在酒后吐露真情。我有这五好和五不好，虽然酒量不胜杯酌，却日日与酒人相伴。近日又增一种癖好、癖恶：癖好音乐，每次听到都会忘记回家；而又癖恶座客多言，与乐声相混淆。饮酒的乐趣，都在五贵、五好之中，这些都是为宴请宾朋而设。若是家庭小饮和安闲独酌，其中的乐趣，全在天机逗露之中、形迹消忘之内。有宴饮之实事，却没有应酬的虚礼。看到儿女欢笑啼哭，当作是身穿彩衣翩然起舞；听到妻儿的劝诫，就像是听到《金缕》之歌。如果能这样看，那么说是天天过新年、夜夜度元宵也可以。又为什么一定要宾客满座，酒杯不空，每日靠这种阔绰手笔为乐呢？

谈

读书，最乐之事，而懒人常以为苦；清闲，最乐之事，而有人病其寂寞。就乐去苦，避寂寞而享安闲，莫若与高士盘桓[①]、文人讲论。何也？"与君一夕话，胜读十年书。"既受一夕之乐，又省十年之苦，便宜不亦多乎？"因过竹院逢僧话，又得浮生半日闲[②]。"既得半日之闲，又免多时之寂，快乐可胜道乎？善养生者，不可不交有道之士；而有道之士，多有不善谈者。有道而善谈者，人生希觏[③]，是当时就日招，以备开聋启聩之用者也[④]。即云我能挥麈[⑤]，无假于人，亦须借朋侪起发，岂能若西域之钟簴[⑥]，不叩自鸣者哉？

【注释】①盘桓（huán）：徘徊，这里引申为交往。

②"因过竹院"两句：出自唐代李涉《题鹤林寺僧舍》："终日昏昏醉梦间，忽闻春尽强登山。因过竹院逢僧话，偷得浮生半日闲。"

③希覯：罕见。

④开聋启聩（kuì）：使人能听见，这里引申为启发智慧。聩，先天性耳聋。

⑤挥麈（zhǔ）：挥动麈尾。晋代人们清谈时，常挥麈以为谈助，后代指谈论。麈，古书中鹿一类的动物，其尾可做拂尘。

⑥钟簴（jù）：一种悬钟的格架。上有猛兽为饰。

【译文】读书，是最乐之事，而懒人却常常认为是件苦事；清闲，是最乐之事，却有人嫌它寂寞。就乐去苦，避寂寞而享安闲，莫过于与高士交往、听文人论议。为什么？“与君一夕话，胜读十年书。”既享受了一晚上的乐趣，又省去了十年的烦苦，这不是占了大便宜的事吗？“因过竹院逢僧话，又得浮生半日闲。”既得到了半日的清闲，又避免了长久的寂寞，其中的快乐怎能说得完呢？善养生的人，不可不交有道之士；而有道之士，大多不善言谈。有道而善谈的人，平生很少能相遇，如果能遇到，就立刻马上、日日时时地邀请他，来使自己智慧萌发。就算是说我能言说清谈，不需要依靠他人，但也需要借助朋友的启发，怎能像西域的钟一样，可以不叩自鸣呢？

淋浴

盛暑之月，求乐事于黑甜之外，其惟沐浴乎？潮垢非此不除，浊污非此不净，炎蒸暑毒之气亦非此不解。此事非独宜于盛夏，自严冬避冷，不宜频浴外，凡遇春温秋爽，皆可借此为乐。而养生之家则往往忌之，谓其损耗元神也。吾谓沐浴既能损身，则雨露亦当损物，岂人与草木有二性乎？然沐浴损身之说，亦非无据而云然。予尝试之。试于初下浴盆时，以未经浇灌之身，忽遇澎湃奔腾之势，以热投冷，以湿犯燥，几类水攻。此一激也，实足以冲散元神，耗除精气。而我有法以处之：虑其太激，则势在尚缓；避其太热，则利于用温。解衣磅礴之秋[①]，先调水性，使之略带温和，由腹及胸，由胸及背，惟其温而缓也，则有水似乎无水，已浴同于未浴。俟与水性相习之后，始以热者投之，频浴频投，频投频搅，使水乳交融而不觉，渐入佳境而莫知，然后纵横其势，反侧其身，逆灌顺浇，必至痛快其身而后已。此盆中取乐之法也。至于富室大家，扩盆为屋，注水于池者，冷则加薪，热则去火，自有以逸待劳之法，想无俟贫人置喙也[②]。

【注释】①解衣磅礴：即解衣般礴，脱衣箕坐。出自《庄子·田子方》。这里指脱衣沐浴。

②置喙：插嘴。

【译文】盛暑之月，除了酣睡之外再找寻别的乐事，那就唯有沐浴了吧？潮垢非此不除，浊污非此不净，炎蒸暑毒之气也非此不解。沐浴不仅仅只适合盛夏，除了严冬躲避寒冷，不宜经常沐浴之外，凡是春温秋爽的季节，都可借此为乐。而养生家往往避讳沐浴，认为沐浴损耗元神。而我认为如果沐浴能损身，那么雨露也会损耗万物，难道人与草木有两种本性吗？但是沐浴损身的说法，也不是没有依据地胡编乱造。我曾经试验过。在刚下浴盆时，未经浸湿的身体，忽然遇到热水那样澎湃奔腾的势头，热中投冷，湿润侵犯干燥，这就几乎类同于水攻。这样一激，着实可以冲散元神，耗损精气。而我有办法来解决：担心太过刺激，那就要动作缓慢；避免水温太热，那就要善用温水。宽衣解帽的时候，先调好水温，使水略带温和，由腹及胸，由胸及背，只要水温暖、动作缓慢，那么有水也好似没水，已经沐浴过却还像尚未沐浴一样。等到与水相互适应之后，然后开始加入热水，边洗边加，边加边搅，使得水乳交融而不察觉，渐入佳境还不知道，然后姿势无论纵横，身体无论反侧，来回浇灌洗濯，一定要洗到痛快尽兴为止。这是在盆中沐浴取乐的方法。至于富贵人家，将盆子扩大成浴室，在池中注入水，冷了就加些柴火，热了就撤去火苗，自有以逸待劳之法，想想不需要穷人再说些什么了。

听琴观棋

弈棋尽可消闲，似难借以行乐；弹琴实堪养性，未易执此求欢。以琴必正襟危坐而弹，棋必整槊横戈以待[①]。百骸尽放之时，何必再期整肃？万念俱忘之际，岂宜复较输赢？常有贵禄荣名付之一掷，而与人围棋赌胜，不肯以一着相饶者，是与让千乘之国，而争箪食豆羹者何异哉[②]？故喜弹不若喜听，善弈不如善观。人胜而我为之喜，人败而我不必为之忧，则是常居胜地也；人弹和缓之音而我为之吉，人弹噍杀之音而我不必为之凶[③]，则是长为吉人也。或观听之余，不无技痒，何妨偶一为之，但不寝食其中而莫之或出，则为善弹善弈者耳。

【注释】①整槊(shuò)横戈：整备长矛，横执刀戈。这里指做好准备。槊，长矛，古代的一种兵器。

②"让千乘之国"两句：出自《孟子·尽心下》："好名之人能让千乘之国，苟非其人，箪食豆羹见于色。"豆：古代一种盛食物的器皿。

③噍(jiāo)杀：声音急促，不舒缓。

【译文】下棋完全能消闲，但好像很难借它来行乐；弹琴确实能养性，却不容易以它来求欢。因为琴一定要正襟危坐而弹，棋一定要整矛横戈以待。身体完全放松的时候，何必再要求整齐严肃？万念俱忘的时候，怎会再去计较输赢？常有人将荣名利禄置之一旁，而与人下棋争胜，不愿饶人一步，这与让出千乘之国，而争箪食豆羹有什么不同呢？所以喜欢弹琴不如喜欢欣赏，善于下棋不如善于观看。别人胜了而我为之欢喜，别人败了而我也不必为之忧心，这就是常居胜地；别人弹奏和缓之音而我为之感到吉祥，别人弹奏肃杀之音乐而我也不必为之心生凶恶，这就是总为吉祥之人。或在观棋听琴之余，有时技痒，也可以偶然为之，但是不能沉浸其中废寝忘食，若是可以做到，那就是善琴善棋的人了。

看花听鸟

花、鸟二物，造物生之以媚人者也。既产娇花嫩蕊以代美人，又病其不能解语，复生群鸟以佐之。此段心机，竟与购觅红妆、习成歌舞、饮之食之、教之诲之以媚人者，同一周旋之至也。而世人不知，目为蠢然一物，常有奇花过目而莫之睹、鸣禽悦耳而莫之闻者。至其捐资所购之姬妾，色不及花之万一，声仅窃鸟之绪余，然而睹貌即惊，闻歌辄喜，为其貌似花而声似鸟也。噫，贵似贱真，与叶公之好龙何异？予则不然。每值花柳争妍之日、飞鸣斗巧之时，必致谢洪钧[1]，归功造物，无饮不奠，有食必陈，若善士信妪之佞佛者[2]。夜则后花而眠，朝则先鸟而起，惟恐一声一色之偶遗也。及至莺老花残，辄怏怏如有所失[3]。是我之一生，可谓不负花、鸟；而花、鸟得予，亦所称"一人知己，死可无恨"者乎！

【注释】①洪钧：上天。

②佞佛：谄媚佛，讨好于佛。后以为迷信佛教之称。

③怏怏：不高兴，不满意。

【译文】花、鸟这两样东西，是造物主用来媚人的。上天既创造了娇花嫩蕊来代替美人，却又嫌它不能说话，有、所以又创造了鸟来相佐。这样的用心，竟与寻购佳人、教习唱舞、为她们提供饮食、教诲她们来媚人，是一样的思虑周全。而世人不知道其中道理，将花鸟视作愚蠢的东西，常有人奇花过目却视若无睹、鸟鸣悦耳却置若罔闻。至于他花钱购买的姬妾，姿色不及花的万分之一，声音只是学到了鸟鸣的分毫，然而看到她的容貌却感到惊讶，听到她的歌声就十分欢喜，只是因为她的容貌似花而歌声似鸟而已。唉，看重相似的反而贱视真实的，这与叶公好龙有什么区别？我却不是如此。每当花柳争齐斗艳之日、飞鸟欢鸣斗巧之时，一定会感谢上天，归功造物，饮时必会祭奠，食时必会陈列，犹如善男信女敬佛一样。夜晚比花睡得晚，早上比鸟起得早，生怕漏掉一声鸟鸣、一丝花容。等到了莺老花残，就会怅然若失。我这一生，可以说没有辜负花、鸟；而花、鸟有我，也可称是“一人知己，死可无恨”了！

蓄养禽鱼

鸟之悦人以声者，画眉、鹦鹉二种。而鹦鹉之声价[①]，高出画眉上，人多癖之，以其能作人言耳。予则大违是论，谓鹦鹉所长止在羽毛，其声则一无可取。鸟声之可听者，以其异于人声也。鸟声异于人声之可听者，以出于人者为人籁[②]，出于鸟者为天籁也。使我欲听人言，则盈耳皆是，何必假口笼中？况最善说话之鹦鹉，其舌本之强，犹甚于不善说话之人，而所言者，又不过口头数语。是鹦鹉之见重于人，与人之所以重鹦鹉者，皆不可诠解之事。至于画眉之巧，以一口而代众舌，每效一种，无不酷似，而复纤婉过之[③]，诚鸟中慧物也。予好与此物作缘，而独怪其易死。既善病而复招尤，非殁于已，即伤于物，总无三年不坏者。殆亦多技多能所致欤？

【注释】①声价：名声和社会地位。

②人籁：人发出的声音。

③纤婉：细长而美妙。

【译文】能以声音悦人的禽鸟，有鹦鹉、画眉两种。而鹦鹉的价格，远高出画眉之上，很多人都喜欢饲养鹦鹉，是因为它能学人讲话。我则是非常不认同这种观点，认为鹦鹉的美丽只在羽毛，它的声音无一可取。鸟鸣可听的原因，是因为它于人声不同。鸟鸣与人声不同并且可听，是因为出自于人的声音是人籁，出自于鸟的声音是天籁。假如我想听人讲话，则周围满耳都是，又何必要借笼中之鸟呢？何况最会说话的鹦鹉，它的舌头强健，都超过了不善说话的人，而它所说的，又不过是几句口头语。这样看来，鹦鹉受人重视，与人之所以看重鹦鹉，都是不可解释的事情。至于画眉之巧，是以一口而代众鸟，每模仿一种，无不酷似，并且声音婉转纤细胜过被模仿的鸟，着实是鸟中最聪慧的。我喜欢和画眉结缘，却奇怪它容易死去。画眉既容易得病又会招人怪罪，不是自己死亡，就是遭受其他事物的伤害，总是没有三年不死去的。这大概也是因为它多技多能导致的吧？

鹤、鹿二种之当蓄，以其有仙风道骨也。然所耗不赀[①]，而所居必广，无其资与地者，皆不能蓄。且种鱼养鹤，二事不可兼行，利此则害彼也。然鹤之善唳善舞[②]，与鹿之难扰易驯，皆品之极高贵者，麟、凤、龟、龙而外，不得不推二物居先矣。乃世人好此二物，又以分轻重于其间，二者不可得兼，必将舍鹿而求鹤矣。显贵之家，匪特深藏苑囿[③]，近置衙斋[④]，即倩人写真绘像，必以此物相随。予尝推原其故，皆自一人始之，赵清献公是也[⑤]。琴之与鹤，声价倍增，讵非贤相提携之力欤？

【注释】①不赀（zī）：不可比量，不可计数。形容十分贵重。

②唳（lì）：鹤、雁等鸟高亢的鸣叫。

③苑囿：畜养禽兽的圈地。

④衙斋：衙门里供职官燕居之处。

⑤赵清献公(1008–1084)：即赵抃，北宋名臣。字阅道，号知非子，衢州西安县(今浙江省衢州市)人。时称“铁面御史”。他曾携一琴一鹤入蜀任职，为人清正廉明，谥号“清献”。

【译文】鹤、鹿这两种动物应当豢养，是因为它们有仙风道骨。但是豢养它们的花费不菲，而且豢养的地方一定要广阔，没有资金和土地，都不能豢养它们。而且养鱼与养鹤，这两件事不可同时做，会利此而害彼。但鹤的善鸣善舞，与鹿的难以惊扰易于驯养，都是品性非常高贵的动物，除麒麟、凤凰、龟、龙之外，不得不推举这两种动物居于首位了。世人喜欢鹤与鹿，其间又有轻重之分，倘若两者不可兼得，那必会舍鹿而求鹤。显贵之家，不仅将鹤养在院中，或在斋舍中，即便请人描画图像，也一定要让鹤相随。我曾经推究其中的原因，这些都是从一个人开始的，那便是赵清献公。琴和鹤，价格倍增，难道不是贤能臣相的提携之力吗?

家常所蓄之物，鸡、犬而外，又复有猫。鸡司晨，犬守夜，猫捕鼠，皆有功于人而自食其力者也。乃猫为主人所亲昵，每食与俱，尚有听其搴帷入室[①]、伴寝随眠者。鸡栖于埘[②]，犬宿于外，居处饮食皆不及焉。而从来叙禽兽之功、谈治平之象者，则止言鸡、犬而并不及猫。亲之者是，则略之者非；亲之者非，则略之者是；不能不惑于二者之间矣。曰：有说焉。昵猫而贱鸡、犬者，犹癖谐臣媚子[③]，以其不呼能来，闻叱不去；因其亲而亲之，非有可亲之道也。鸡、犬二物，则以职业为心，一到司晨守夜之时，则各司其事，虽豢以美食，处以曲房，使不即彼而就此，二物亦守死弗至；人之处此，亦因其远而远之，非有可远之道也。即其司晨守夜之功，与捕鼠之功，亦有间焉。鸡之司晨，犬之守夜，忍饥寒而尽瘁，无所利而为之，纯公无私者也；猫之捕鼠，因去害而得食，有所利而为之，公私相半者也。清勤自处，不屑媚人者，远身之道；假公自为，密迩其君者[4]，固宠之方。是三物之亲疏，皆自取之也。然以我司职业于人间，亦必效鸡犬之行，而以猫之举动为戒。噫，亲疏可言也，祸福不可言也。猫得自终其天年，而鸡犬之死皆不免于刀锯鼎镬之罚[5]。观于三者之得失，而悟居官守职之难。其不冠进贤[6]，而脱然于宦海浮沉之累者，幸也。

【注释】①搴（qiān）帷：撩起帷幕。

②鸡栖于埘（shí）：出自《诗经·王风·君子于役》。埘，墙壁上挖洞做成的鸡窝。

③谐臣：乐工。媚子：所爱之人。

④密迩（ěr）：靠近，贴近。

⑤镬（huò）：大锅。

⑥不冠进贤：不佩戴进贤冠。进贤冠是古代朝见皇帝的一种礼帽。原为儒者所戴，后百官皆戴。这里代指不走仕途，不做官。

【译文】家常所豢养的动物，除鸡、犬之外，还有猫。鸡报晓，狗守夜，猫捕鼠，都是对人有功而且自食其力的动物。而猫为主人所亲昵，每到吃饭是便在一起，而且任它进入卧室上床、相伴就寝。鸡栖于鸡窝，狗睡在外面，居处饮食都不如猫。而从来人们叙述禽兽之功、谈论国泰民安之象时，则只提及鸡、犬而不谈猫。如果亲近它们是对的，则忽略它们就是错的；如果亲近它们是错的，则忽略它们就是对的；这使人们不能不在两者之间感到迷惑。我说：其中还有些说法。亲近猫而轻视鸡、狗，就像喜欢优伶乐工和宠臣宠妃，因为猫不招呼它自己就能过来，听到叱责也不会离去；因为它亲近人们而人们也会亲近它，这并非有什么可亲之道。鸡、犬这两种动物，则以自己的职守为中心，一到报晓守夜的时候，就各司其事，即便用美食来喂养，让它们住在深幽舒适的屋子，使它们远离原来的职守而在这种环境养尊处优，它们宁死也不会离开；而人们对于它们，会因为它们的疏远，而人们自然也会疏远它们，这并非有什么可远之道。就拿即报晓犬守夜的功劳，和貌捕鼠的功劳相比，也有区别。鸡报晓，犬守夜，它们忍受饥寒而尽职尽责，对它们没有利益却尽力而为，是纯公无私；猫捕鼠，是因为除去了祸害才得到了食物，对自己有利所求而去做，是公私参半。清勤自处，不屑谄媚于人的，是使人疏远的道路；因公假私，亲近自己的主人，是巩固恩宠的方法。这三种动物的亲疏关系，都是由自己所招致的。但是我们若在人间任官任职，也必须效法鸡犬的行为，而要以猫的举动为戒。唉，亲疏可言，祸福不可言。猫可以安度一生，而鸡犬的死亡都不能免于刀锯鼎烹的刑罚。看这三者的得失，而领悟到任官守职之难。那些放弃仕途，而从官场沉浮的负累中脱身，实在是幸运。

浇灌竹木

“筑成小圃近方塘，果易生成菜易长。抱瓮太痴机太巧，从中酌取灌园方。”此予山居行乐之诗也。能以草木之生死为生死，始可与言灌园之乐，不则一灌再灌之后，无不畏途视之矣。殊不知草木欣欣向荣，非止耳目堪娱，亦可为艺草植木之家，助祥光而生瑞气。不见生财之地万物皆荣，退运之家群生不遂[1]？气之旺与不旺，皆于动、植验之。若是，则汲水浇花，与听信堪舆[2]、修门改向者无异也。不视为苦，则乐在其中。督率家人灌溉，而以身任微勤，节其劳逸，亦颐养性情之一助也。

【注释】①退运：运气不好，倒霉。这里引申为家运衰落。

②堪舆：风水。

【译文】“筑成小圃近方塘，果易生成菜易长。抱瓮太痴机太巧，从中酌取灌园方。”这是我住在山中时行乐的诗。能以草木的生死为生死的人，才可以和他谈论浇灌园圃的乐趣，否则一灌再灌之后，无不将此视作艰难的事。殊不知草木欣欣向荣，不仅能使耳目愉悦，也可以为种草植木的人家，增添祥光瑞气。难道没有看见生财的地方万物都是繁荣胜景，衰败的人家万物都是凋零萧瑟吗？气运的旺盛与否，都能在动、植物身上来验证。若是如此，那么汲水浇花，与听信风水、重修门庭、改换朝向是一样的。没有将浇灌园圃视为烦苦的事，那么快乐便在其中。督促带领家人灌溉，而自己也可以轻微来动，使得劳逸结合，对颐养性情也是一种帮助吧。

止忧第二

忧可忘乎？不可忘乎？曰：可忘者非忧，忧实不可忘也。然则忧之未忘，其何能乐？曰：忧不可忘而可止，止即所以忘之也。如人忧贫而劝之使忘，彼非不欲忘也，啼饥号寒者迫于内，课赋索逋者攻于外[①]，忧能忘乎？欲使贫者忘忧，必先使饥者忘啼、寒者忘号、征且索者忘其逋赋而后可，此必不得之数也。若是，则“忘忧”二字徒虚语耳。犹慰下第者以来科必发，慰老而无嗣者以日后必生，迨其不发、不生，亦止听之而已，能归咎慰我者而责之使偿乎？语云：“临渊羡鱼，不如退而结网[②]。”慰人忧贫者，必当授以生财之法；慰人下第者，必先予以必售之方[③]；慰人老而无嗣者，当令蓄姬买妾，止妒息争，以为多男从出之地。若是，则为有裨之言，不负一番劝谕。止忧之法，亦若是也。忧之途径虽繁，总不出可备、难防之二种，姑为汗竹[④]，以代树萱。

【注释】①课赋索逋（bū）：征收赋税。催讨欠债。逋：拖欠。

②“临渊”两句：站在水边羡慕鱼，不如回家编织渔网。比喻空怀壮志，不如实实在在地付诸于行动。在《汉书·董仲舒传》《汉书·礼乐志》和《淮南子·说林训》都有这句话的记述。

③售：考试得中。

④汗竹：书册。也称为汗青或汗简，在纸没有被发明之前，古人都在竹片上书写，而竹片在使用之前，要经过火烤使它“出汗”，所以称为汗竹或汗青，后借指书册或写书。

【译文】忧患是可以忘记的呢？还是不可忘记的呢？我说：可以忘记的并非真正的忧患，真正的忧患是不可忘记的。但是忧患没有忘记，又怎能快乐呢？我说：忧患不可忘记却可以止息，止忧便是忘忧。如果人们忧患贫穷而劝他忘记，他不是不想忘记，而是在家有家眷啼饥号寒，在外还有人收税讨债，这样的境况忧患还能忘记吗？想让穷人忘记忧患，一定要先让家中饥饿的人忘记哭泣、让挨冻的人忘记呼号、在外收税讨债的人忘记追索之后才能行，但这是不可能的事情。如果是这样，那么“忘忧”二字不过是句空话罢了。就像安慰落榜的人来年一定会高中，安慰年老无子的人将来一定会生养，等到他们依旧没有高中、没有生养，也只有听之任之而已，难道能归咎于安慰自己的人并且要求他来补偿吗？古书中说：“临渊羡鱼，不如退而结网。”安慰忧患贫穷的人，一定要传授他生财之法；安慰落榜的人，一定先教授他高中之方；安慰年老无子的人，就应当让他蓄姬买妾，并且是姬妾止妒息争，从而成为多生男儿之地。如果真能这样，则这些话也是有益的话，也不辜负一番劝谕的苦心。止忧之法，也像这样的。产生忧患的途径虽然繁杂，但总不出可备、难防两种，姑且记述下来，以代替种植萱草来忘忧。

止眼前可备之忧

拂意之境[①]，无人不有，但问其易处不易处，可防不可防。如易处而可防，则于未至之先，筹一计以待之。此计一得，即委其事之度外，不必再筹；再筹则惑我者至矣。贼攻于外而民扰于中，其可防乎？俟其既至，则以前画之策，取而予之，切勿自动声色。声色动于外，则气馁于中。此以静待动之法，易知亦易行也。

【注释】①拂意：不合心意。

【译文】不如意的情境，每个人都会有，只要问它是否容易解决，是否可以预防。如果容易解决而且可以预防，那么在它还没有到来之前，事先筹谋一个计策来等它。这计策一旦筹谋妥当，就将这计策置之度外，不必再思虑；再思虑就会产生困惑了。犹如贼军在城外攻击而百姓在城内滋生事端，这难道还可以防患吗？等不如意的情境到来之后，就拿事先筹谋好的计策来应对，切不可自动声色。若是声色流露在外，那么心中便会气馁。这是以静待动的方法，容易理解也容易做到。

止身外不测之忧

不测之忧，其未发也，必先有兆。现乎蓍龟[①]，动乎四体者，犹未必果验。其必验之兆，不在凶信之频来，而反在吉祥之事之太过。乐极悲生，否伏于泰[2]，此一定不移之数也。命薄之人，有奇福，便有奇祸；即厚德载福之人，极祥之内，亦必酿出小灾。盖天道好还[3]，不敢尽私其人，微示公道于一线耳。达者如此，无不思患预防，谓此非善境，乃造化必忌之数，而鬼神必瞷之秋也[4]。萧墙之变[5]，其在是乎？止忧之法有五：一曰谦以省过，二曰勤以砺身，三曰俭以储费，四曰恕以息争，五曰宽以弥谤。率此而行，则忧之大者可小，小者可无；非循环之数，可以窃逃而幸免也。只因造物予夺之权，不肯为人所测识，料其如此，彼反未必如此，亦造物者颠倒英雄之惯技耳。

【注释】①蓍（shī）龟：蓍草与龟甲，古人用来占卜凶吉。

②否伏于泰：坏事隐藏在好事之中。

③天道好还：出自《老子》："以道佐人主者，不以兵强天下，其事好还。"后指天道循环、报应不爽。

④瞷（jiàn）：窥视，偷看。

⑤萧墙之变：内部发生祸患。萧墙，面对国君宫门的小墙，比喻内部。

【译文】意料之外的忧患，在它还未发生时，事先必会有征兆。显现在蓍草、龟甲上的，表露在四肢动作上的，还不一定会应验。而它一定会应验的征兆，不是频繁出现的凶信，反而是吉祥的事情太过。乐极生悲，祸隐于福，这是固定不变的规律。命薄之人，会有奇福，便会有奇祸；即便是厚德载福的人，在极其的吉祥之内，也一定会酿出一些小灾小难。这是因为天道循环，不敢完全偏私某个人，会在一线之间略显公道之心。通达之人身处在这样的境地，没有不思虑防患于未然，认为这样的境地并不是好事，乃是上天必会有所忌讳的气数，而鬼神必会出来作祟的时候。萧墙之变，就是这样的吧？止息意外忧患的方法有五种：一是虚心自省过错，二是勤勉磨炼身心，三是节俭积攒财物，四是恕谅止息纷争，五是宽宏消除诽谤。照这样做，那么大的忧患可小，小的忧患可无；这就不是天道循环之数，而是通过修身得以规避幸免。只是因为上天生杀予夺的权力，不肯让人识破，自己料定会这样，而上天未必会这样，也是上天颠倒迷惑英雄的惯用伎俩吧。

调饮啜第三

《食物本草》一书[①]，养生家必需之物。然翻阅一过，即当置之。若留匕箸之旁，日备考核，宜食之物则食之，否则相戒勿用，吾恐所好非所食，所食非所好，曾皙睹羊枣而不得咽[②]，曹刿鄙肉食而偏与谋[③]，则饮食之事亦太苦矣。尝有性不宜食而口偏嗜之，因惑《本草》之言，遂以疑虑致疾者。弓蛇之为祟[④]，岂仅在形似之间哉！食色，性也，欲藉饮食养生，则以不离乎性者近是。

【注释】①《食物本草》：明代藏书，是一部中医食疗类的著作，与《本草纲目》齐名。讲述了常见食物的性味、功效、禁忌用法等。作者不详，一说认为是卢和所著，另一说为汪颖所著，还有一说为薛己所著。

②曾皙：又称曾点，字子皙，春秋时期鲁国人。是宗圣曾参之父，是孔子早期弟子，在《孟子·尽心下》中记载："曾皙睹羊枣，而曾子不忍食羊枣。"

③曹刿(guì)：一作曹翙，春秋时期鲁国大夫。著名的军事理论家。在《左传·庄公十年》中记载："十年春，齐师伐我。公将战，曹刿请见。其乡人曰：'肉食者谋之，又何间焉？'刿曰：'肉食者鄙，未能远谋。'"肉食者：高官厚禄之人，当时为官以食肉为常，故称。

④弓蛇：即杯弓蛇影。出自《风俗通义·卷九》，在《晋书·乐广传》中夜有类似记载。相传有人饮酒，见酒杯中似有蛇，酒后胸腹极痛，医治不愈，后得知是壁上赤弩的影子，形状如蛇，于是病痛立刻痊愈。

【译文】《食物本草》一书，是养生家必需的东西。但是翻阅一遍之后，就应当放置一边。如果还将它放在餐具旁边，用来时刻查验，书中说应该吃的东西才会吃，否则就相互告诫不能吃，这样恐怕我喜欢吃的就不能吃了，能吃的却又不是我喜欢的，曾皙喜食羊枣，而其子看到羊枣也不忍心吃，曹刿鄙视肉食却偏偏要吃，这样的话饮食之事也太苦了。曾经有人生性不适合吃某种食物却又偏偏喜欢吃，因疑惑《本草》所言，于是就因疑虑而致使得病。杯弓蛇影作怪的缘由，难道仅仅是因为形似吗！喜好饮食和美色，是人的本性，想借饮食来养生，那么不违背人的本性就非常相近了。

爱食者多食

生平爱食之物，即可养身，不必再查《本草》。春秋之时，并无《本草》，孔子性嗜姜，即不撤姜食[1]，性嗜酱，即不得其酱不食，皆随性之所好，非有考据而然。孔子于姜、酱二物，每食不离，未闻以多致疾。可见性好之物，多食不为祟也。但亦有调剂君臣之法，不可不知。“肉虽多，不使胜食气[2]。”此即调剂君臣之法。肉与食较，则食为君而肉为臣；姜、酱与肉较，则又肉为君而姜、酱为臣矣。虽有好不好之分，然君臣之位不可乱也。他物类是。

【注释】①“孔子”两句：出自《论语·乡党》：“不撤姜食，不多食。”

②“肉虽多”两句：出自《论语·乡党》。食气，饭食。

【译文】平生喜欢吃的食物，就能养身，不必再查《本草》。春秋之时，并没有《本草》，孔子生性喜爱食姜，每餐都不会撤去姜，生性喜爱食酱，每餐没有酱便不吃，这都是随性的喜好，并不是经过考据而来的。孔子对于姜、酱这两食物，每次吃饭都离不开，也没有听说因为过多食用而生病。可见生性爱吃的东西，多吃也不会出现什么问题。但也有调剂主次的方法，不可不知。“肉类虽多，但不要超过主食。”这便是调剂主次的方法。肉相较主食，则以主食为主而肉类为次；姜、酱相较肉类，则又以肉类为主而而姜、酱为次。虽然有好与不好的区分，到哪主次的位序不可乱。其它的食物也是这样。

怕食者少食

凡食一物而凝滞胸膛、不能克化者，即是病根，急宜消导[①]。世间只有瞑眩之药[②]，岂有瞑眩之食乎？喜食之物，必无是患，强半皆所恶也。故性恶之物即当少食，不食更宜。

【注释】①消导：消除食滞，消食导滞。

②瞑眩：用药后而产生的头晕目眩的强烈反应。

【译文】凡是进食之后会凝滞胸膛、不能消化，便是病根，应当尽快消食导滞。世间只有使人头昏目眩的药，怎会有使人头昏目眩的食物呢？喜欢吃的东西，肯定不会有这种问题，多半是因为吃了自己讨厌的东西。所以自己生性讨厌的东西就应当少吃，不吃更好。

太饥勿饱

欲调饮食，先匀饥饱。大约饥至七分而得食，斯为酌中之度[①]，先时则早，过时则迟。然七分之饥，亦当予以七分之饱，如田畴之水[②]，务与禾苗相称，所需几何，则灌注几何，太多反能伤稼，此平时养生之火候也。有时迫于繁冗，饥过七分而不得食，遂至九分十分者，是谓太饥。其为食也，宁失之少，勿犯于多。多则饥饱相搏而脾气受伤[③]，数月之调和，不敌一朝之紊乱矣。

【注释】①酌中：折中，适中。

②田畴：田地。

③脾气：脾脏之气。

【译文】想要调和饮食，首要先均匀饥饱。大约有七分的饥饿时吃饭，这是较为折中的程度，在此之前则太早，在此之后则太迟。但是七分的饥饿，也应当吃到七分饱，就像田里的水，一定要与禾苗相称，所需多少，就浇灌多少，太多反而能伤到庄稼，这便是平时养生的火候。有时迫于繁杂的事务，饿过七分还没有进食，于是就饿到了九分十分，这就太过饥饿了。如果这个时候进食，宁可吃得少一些，不能吃得太多。吃多了则饥饱相搏而使脾脏之气受伤，数月的调和，也不敌这样一时脾胃的紊乱啊。

太饱勿饥

饥饱之度，不得过于七分是已。然又岂无饕餮太甚[①]，其腹果然之时[②]？是则失之太饱。其调饥之法，亦复如前，宁丰勿啬。若谓逾时不久，积食难消，以养鹰之法处之，故使饥肠欲绝，则似大熟之后[③]，忽遇奇荒。贫民之饥可耐也，富民之饥不可而耐也，疾病之生多由于此。从来善养生者，必不以身为戏。

【注释】①饕餮(tāo tiè)：传说中的一种贪吃的猛兽。常常比喻贪吃。

②果然：饱足的样子。

③大熟：大丰收。

【译文】饥饱的程度，不能超过七分。然而就没有大快朵颐，吃得极其满足的时候吗？这样就吃得太饱了。调节饥饱的办法，也和前文所说的一样，宁可吃得稍多一些，也不要吃得非常少。如果说吃过饭之后相隔的时间不长，积食难消，那就以养鹰的方法来解决，故意使得饥肠辘辘，就如同大丰收之后，忽然遇到罕见的荒年。穷人的饥饿可以忍受，富人的饥饿就不可忍受了，疾病的产生往往是因为这个原因。历来善于养生的人，一定不会把自身性命当作儿戏。

怒时哀时勿食

喜怒哀乐之始发，均非进食之时。然在喜乐犹可，在哀怒则必不可。怒时食物易下而难消，哀时食物难消亦难下，俱宜暂过一时，候其势之稍杀[①]。饮食无论迟早，总以入肠消化之时为度。早食而不消，不若迟食而即消。不消即为患，消则可免一餐之忧矣。

【注释】①稍杀：渐衰，减弱。

【译文】喜怒哀乐的心情刚发出来的时候，都不是进食的时候。但是在喜乐时尚且还可以进食，在哀怒时就一定不可以进食。愤怒时吃东西容易下咽却很难消化，哀伤时吃东西不但很难消化而且很难下咽，都应该先过一段时间，等心情稍稍缓和一些。饮食无论迟早，总以入肠消化的时间为标准。如果早吃而不消化，那就不如吃得迟一些而能立刻消化。食物不消化就会生病，食物消化了则可以免去一餐之忧了。

倦时闷时勿食

倦时勿食，防瞌睡也。瞌睡则食停于中，而不得下。烦闷时勿食，避恶心也。恶心则非特不下，而呕逆随之。食一物，务得一物之用。得其用则受益，不得其用，岂止不受益而已哉！

【译文】疲倦时不要进食，是为了防止瞌睡。瞌睡则食物就会停留在肠胃之中，而不能下行消化。烦闷时不要进食，是为了避免恶心。恶心则食物不但不会下行消化，而且呕吐会随之而来。吃一样东西，就一定要发挥它的功效。得到它的功效就会受益，得不到它的功效，岂止是不会受益而已啊！

节色欲第四

行乐之地，首数房中。而世人不善处之，往往启妒酿争，翻为祸人之具。即有善御者，又未免溺之过度，因以伤身，精耗血枯，命随之绝。是善处不善处，其为无益于人者一也。至于养生之家，又有近姹[①]、远色之二种，各持一见，水火其词。噫，天既生男，何复生女，使人远之不得，近之不得，功罪难予，竟作千古不决之疑案哉！予请为息争止谤，立一公评，则谓阴阳之不可相无，犹天地之不可使半也。天苟去地，非止无地，亦并无天。江河湖海之不存，则日月奚自而藏？雨露凭何而泄？人但知藏日月者地也，不知生日月者亦地也；人但知泄雨露者地也，不知生雨露者亦地也。地能藏天之精，泄天之液，而不为天之害，反为天之助者，其故何居？则以天能用地，而不为地所用耳。天使地晦，则地不敢不晦；迨欲其明，则又不敢不明。水藏于地，而不假天之风，则波涛无据而起；土附于地，而不逢天之候，则草木何自而生？是天也者，用地之物也；犹男为一家之主，司出纳吐茹之权者也[②]。地也者，听天之物也；犹女备一人之用，执饮食寝处之劳者也。果若是，则房中之乐，何可一日无之？但顾其人之能用与否，我能用彼，则利莫大焉。参、苓、芪、术皆死药也[③]，以死药疗生人，犹以枯木接活树，求其气脉之贯，未易得也。黄婆[④]、姹女皆活药也，以活药治活人，犹以雌鸡抱雄卵，冀其血脉之通，不更易乎？凡借女色养身而反受其害者，皆是男为女用，反地为天者耳。倒持干戈，授人以柄，是被戮之人之过，与杀人者何尤？人问：执子之见，则老氏“不见可欲，使心不乱[⑤]”之说，不几谬乎？予曰：正从此说参来，但为下一转语[⑥]：不见可欲，使心不乱，常见可欲，亦能使心不乱。何也？人能摒绝嗜欲，使声、色、货、利不至于前，则诱我者不至，我自不为人诱，苟非入山逃俗，能若是乎？使终日不见可欲而遇之一旦，其心之乱也，十倍于常见可欲之人。不如日在可欲之中，与若辈习处，则是“司空见惯浑闲事”矣[⑦]，心之不乱，不大异于不见可欲而忽见可欲之人哉？老子之学，避世无为之学也；笠翁之学，家居有事之学也。二说并存，则游于方之内外，无适不可。

【注释】①姹：美丽这里引申为美色，美女。

②出纳吐茹：财物的出入。

③参、苓、芪、术：即中药中的人参、茯苓、黄芪、白术、

④黄婆：老太婆。

⑤“不见可欲”两句：出自《老子》第三章：“不见可欲，使民心不乱。”意思是百姓见不到诱发欲望的事，民心就不会乱。

⑥转语：转换话题。这里指改变说法。

⑦司空见惯浑闲事：出自刘禹锡《赠李司空妓》：“司空见惯浑闲事，断尽苏州刺史肠。”

【译文】行乐的地方，首先要属房中之事。而世人不善处理这种事，往往引起嫉妒斗争，反而成为祸害人的工具。即便有善于驾驭处理的人，又不免过度沉迷其中，因此损伤身体，精耗血枯，随之命绝。无论是否善于处理这种事，它对于人们的无益是一样的。至于养生之家，又有亲近女色、远离女色两种观点，各持一词，势同水火。唉，上天既然孕育了男子，为何又孕育出女子，使得人们远离她们也不行，亲近她们不行，功罪难以决断，最终竟成了一桩千古不决的疑案！我请求为息争止谤，树立一个公正的论断，那就是阴阳不可相互分离，就像天地不能只有其中的一半。天如果离开地，那就不仅没了地，也一并没有了天。江河湖海都不存在了，那么日月又会在哪里掩藏？雨露又会依凭什么往外流泄？人们只知道掩藏日月的是地，却不知道孕育日月的也是地；人们只知道外泄雨露的是地，却不知道孕育雨露的也是地。地能藏天之精，泄天之液，而不是天的危害，反而是天的辅助，为什么？是因为天能用地，而不是为地所用。天要使地阴晦，则地就不敢不阴晦；等到天想让地明朗，则地又不敢不明朗。水藏于地，若是不借天吹来的风，则波涛就没有倚仗翻涌而起；土依附于地，若是遇不到天形成的气候，则草木从何而生？这样说来天就是用地之物；就像男子是一家之主，主掌财物出入的权力一样。地就是听天之物；就像女子是备一人之用，操持饮食起居的劳作。若真的是这样，那么房中之乐，又怎可一日没有呢？但是要看这个人是否能用，如果我能用她，则其中的益处就非常大。人参、茯苓、黄芪、白术都是死药，以死药治疗活人，就像以枯木嫁接活树，想要气脉畅通，很难做到。而黄脸婆、妙龄少女都活药，以活药治活人，就像以母鸡抱雄卵，期望它血脉畅通，不就更容易吗？凡借女色养身反受其害的人，都是男为女用，反地为天。反过来拿着干戈，将手柄给了别人，这就是被杀之人的过错，为什么要怪罪杀人者？有人问：以你的观点，则老子的“不见可欲，使心不乱”的说法，不就几乎是错误的吗？我说：我的观点正是从这一学说中参详得来，只是要换一种说法：“不见可想，使心不乱”，而我将它改成“常见可欲，亦能使心不乱”。为什么？如果人能摒除欲望，使声、色、货、利到不了跟前，这样引诱我的事物不会到来，而我自己也不会被人引诱，如果不是躲进山中逃避世俗，怎能做到这些呢？假如整天不见可欲的事物而在某一天遇见，则他内心纷乱，比起那些经常见到可欲事物的人还要严重十倍。不如每天都在可欲之中，与那些经常见到可欲事物的人长久相处，就会变得“司空见惯浑闲事”了，内心不会纷乱，这不就与平常不见可欲事物而忽然见到可欲事物的人有明显的区别吗？老子之学，是避世无为之学；而我李笠翁之学，是家居有事之学。两种观点并存，则无论身处世间内外，都很适用。

节快乐过情之欲

乐中行乐，乐莫大焉。使男子至乐，而为妇人者尚有他事萦心，则其为乐也，可无过情之虑。使男妇并处极乐之境，其为地也，又无一人一物搅挫其欢，此危道也。决尽堤防之患，当刻刻虑之。然而但能行乐之人，即非能虑患之人；但能虑患之人，即是可以不必行乐之人。此论徒虚设耳。必须此等忧虑历过一遭，亲尝其苦，然后能行此乐。噫，求为三折肱之良医[1]，则囊中妙药存者鲜矣，不若早留余地之为善。

【注释】①三折肱之良医：三次折断手臂，之后自己也会医治了。后比喻对某事阅历多，富有经验，自能造诣精深。出自《左传·定公十三年》："三折肱知为良医。"

【译文】在乐中行房中之乐，那就没有比这更快乐的了。假如男子到达了至乐之境，而妇人心中还萦绕着其他事情，则在这种时候行乐，就可以不用担忧过度纵情。假如男女都处在极乐之境，则在行乐的地方，又没有一人一物扰乱他们寻乐，这就是很危险的事了。决坝垮塌的忧患，应当时刻思虑到。然而但凡是能行乐的人，就不是能思虑忧患的人；但凡是能思虑忧患的人，就是可以不必行乐的人。这些论断只是一纸空文而已。必须将这些忧患经历过一遍，亲身尝到苦头，然后才能行这种乐趣。唉，想成为久病的良医，则囊中留存的妙药已经很少了，不如及早留些余地为好。

节忧患伤情之欲

忧愁困苦之际，无事娱情，即念房中之乐。此非自好，时势迫之使然也。然忧中行乐，较之平时，其耗精损神也加倍。何也？体虽交而心不交，精未泄而气已泄。试强愁人以欢笑，其欢笑之苦更甚于愁，则知忧中行乐之可已。虽然，我能言之不能行之，但较平时稍节则可耳。

【译文】忧愁困苦的时候，没有什么事情可以愉悦心情，就会想到房中之乐。这并非自己所好，而是情势所迫导致的。然而忧中行乐，相较平时，损耗精神也会加倍。为什么？因为身体虽交而心不交，精未泄而气已泄。试想强迫愁人欢笑，而他强颜欢笑会比自身的忧愁还要痛苦，就会知道忧中行乐这种事最好不要做。虽然如此，但我能说却做不到，只是相较平时稍有节制罢了。

节饥饱方股之欲

饥、寒、醉、饱四时，皆非取乐之候。然使情不能禁，必欲遂之，则寒可为也，饥不可为也；醉可为也，饱不可为也。以寒之为苦在外，饥之为苦在中，醉有酒力之可凭，饱无轻身之足据。总之，交媾者，战也，枵腹者不可使战；并处者，眠也，果腹者不可与眠。饥不在肠而饱不在腹，是为行乐之时矣。

【译文】饥、寒、醉、饱四种时候，都不是交欢取乐的时候。但是如果情不自禁，一定要交欢行乐的，则寒时可为，饥时不可为；醉时可为，饱时不可为。因为寒的苦是在身外，饥的苦是在身内，醉时有酒力可以倚仗，饱时没有轻便的身体可以依靠。总之，交欢行乐，就像战场，饿着肚子是不能作战的；同床共处，就像睡觉，吃饱了就不能马上入睡。既不饥饿也没有饱食，这就是行乐的时机了。

节劳苦初停之欲

劳极思逸，人之情也，而非所论于耽酒嗜色之人。世有喘息未定，即赴温柔乡者，是欲使五官百骸、精神气血，以及骨中之髓、肾内之精，无一不劳而后已。此杀身之道也。疾发之迟缓虽不可知，总无不胎病于内者[1]。节之之法有缓急二种：能缓者，必过一夕二夕；不能缓者，则酣眠一觉以代一夕，酣眠二觉以代二夕。惟睡可以息劳，饮食居处皆不若也。

【注释】①胎病于内：在体内孕育疾病。这里指种下病因。

【译文】过度的劳累就会想放松，是人之常情，而并不是说那些嗜酒好色的人。世上有劳作之后喘息未定，就立刻奔赴温柔乡的人，这必定要使五官全身、精神气血，以及骨中之髓、肾内之精，无一不是疲惫不堪才算完。这是杀身之道。疾病发生的迟早虽然不可知晓，但总是在身体里种下病因。节制疾病的方法有缓急两种：能缓的，一定要过一晚两晚再说；不能缓的，那就要沉睡一觉来代替歇息一晚，沉睡两觉来代替歇息两晚。只有睡觉可以止息劳累，饮食闲处的效果都不如睡觉。

节新婚乍御之欲

新婚燕尔[1]，不必定在初娶，凡妇人未经御而乍御者，即是新婚。无论是妻是妾，是婢是妓，其为燕尔之情则一也。乐莫乐于新相知，但观此一夕之为欢，可抵寻常之数夕，即知此一夕之所耗，亦可抵寻常之数夕。能保此夕不受燕尔之伤，始可以道新婚之乐。不则开荒辟昧，既以身任奇劳，献媚要功，又复躬承异瘁。终身不二色者，何难作背城一战；后宫多嬖侍者，岂能为不败孤军？危哉！危哉！当筹所以善此矣。善此当用何法？曰：静之以心。虽曰燕尔新婚，只当行其故事。说大人，则藐之[②]，御新人，则旧之。仍以寻常女子相视，而不致大动其心。过此一夕二夕之后，反以新人视之，则可谓驾驭有方，而张弛合道者矣。

【注释】①新婚燕尔：出自《诗经·邶风·谷风》："宴尔新昏，如兄如弟。"

②"说大人"两句：出自《孟子·尽心下》："说大人，则藐之，勿视其巍巍然。"说，进言。

【译文】新婚燕尔，不一定是在新婚之夜，凡是未经交欢的女子而初次交欢，这就是新婚。无论是妻是妾，是婢是妓，她们初次交欢的情感是一样的。乐莫乐于新相知，只要看这一夜的欢好，可以抵得过寻常数夜的欢好，就可知这一夜的损耗，也可抵得过寻常数夜。能保证这一夜不受初次交欢的伤害，才可以说是新婚之乐。否则开荒辟昧，初试云雨，既使得身体极其疲劳，为了要讨好对方，而极力欢好，又使得身心异常憔悴。终身不与两位女子欢好的，何难作背城一战；后宫内院多有宠妃爱妾，孤军奋战怎能不败？危急啊！危急啊！应当筹谋妥善的计策来应对。应当用什么样的方法来妥善应对呢？我说：应当静心。虽说燕尔新婚，只当是在做以往的旧事。向高位显贵之人进言，就要藐视他，与新人交欢，则将她视作旧人。仍以寻常女子相视，而不致于太过动心。过一夜两夜之后，反而将她视作新人，则可谓是驾驭有方，而张弛合道了。

节隆冬盛暑之欲

最宜节欲者隆冬，而最难节欲者亦是隆冬；最忌行乐者盛暑，而最便行乐者又是盛暑。何也？冬夜非人不暖，贴身惟恐不密，倚翠偎红之际，欲念所由生也。三时苦于褦襶，九夏独喜轻便，袒裼裸裎之时，春心所由荡也。当此二时，劝人节欲，似乎不情，然反此即非保身之道。节之为言，明有度也；有度则寒暑不为灾，无度则温和亦致戾[1]。节之为言，示能守也；能守则日与周旋而神旺，无守则略经点缀而魂摇。由有度而驯至能守，由能守而驯至自然，则无时不堪昵玉，有暇即可怜香。将鄙是集为可焚，而怪湖上笠翁之多事矣。

【注释】①戾：通“疠”，疫病。

【译文】最应该节制欲望的是隆冬，而最难节制欲望的也是隆冬；最忌行乐的是盛夏，而最便行乐的也是盛夏。为什么？冬季夜晚不与人同寝就不暖和，贴身又唯恐不紧密，倚翠偎红之际，欲念就由此产生。其余三季苦于衣物厚重，唯独夏季衣物轻便，袒露身体之时，春心就由此荡漾。在这两个季节，劝人节欲，似乎不合情理，但不这样做就不是保身之道。节制欲望，就是表明要有度；有度则虽在寒暑也不会酿成灾祸，无度则身处温和也会招致疾病。节制欲望，就是显示能守得住；能守则每天与女子周旋也会精神旺盛，无守则略经点缀梳妆就会魂神摇荡。从有度练至能守，从能守练至自然，这样就不管什么时候都可以亲近女色，有空闲时就可以怜香惜玉。到那时将会认为这本书很拙劣，可以烧掉，而怪我湖上笠翁多事了。

却病第五

病之起也有因，病之伏也有在，绝其因而破其在，只在一字之和。俗云："家不和，被邻欺。"病有病魔，魔非善物，犹之穿窬之盗，起讼构难之人也[1]。我之家室有备，怨谤不生，则彼无所施其狡滑，一有可乘之隙，则环肆奸欺而祟我矣。然物必先朽而后虫生之，苟能固其根本，荣其枝叶，虫虽多，其奈树何？人身所当和者，有气血、脏腑、脾胃、筋骨之种种，使必逐节调和，则头绪纷然，顾此失彼，穷终日之力，不能防一隙之疏。防病而病生，反为病魔窃笑耳。有务本之法，止在善和其心。心和则百体皆和。即有不和，心能居重驭轻，运筹帷幄[②]，而治之以法矣。否则，内之不宁，外将奚视？然而和心之法，则难言之。哀不至伤，乐不至淫，怒不至于欲触，忧不至于欲绝。“略带三分拙，兼存一线痴；微聋与暂哑，均是寿身资。”此和心诀也。三复斯言，病其可却。

【注释】①构难：结成怨仇。

②运筹帷幄：在后方决定作战策略，泛指策划机要的事。出自《史记·高祖本纪》。

【译文】疾病的发生有原因，疾病的潜伏也有原因，断绝疾病发生潜伏的原因，只在一个字，那就是“和”。俗话说：“家不和，被邻欺。”病有病魔，病魔不是什么善物，就像翻墙凿洞的盗贼，引起官司挑起事端的人。我的家室有所防患，而怨谤不生，那么病魔就无处施展它的狡滑伎俩，一有可乘之隙，那么它就会肆无忌惮地到处施展奸计来为祸于我了。然而万物一定是先腐败而后生虫，如果能坚固它的根基，使得枝叶繁茂，虫虽多，但又能把树怎么样呢？人身所当“和”的，有气血、脏腑、脾胃、筋骨等种种，如果一定要逐一调和，那么就会头绪纷乱，顾此失彼，穷终日之力，也不能防患一个细微的疏漏。防病而病生，反被病魔暗中讥笑。有一个从根本来解决的方法，只要善于调和内心就可以了。心和则全身都会和。即便有什么地方尚未调和，心也能居重驭轻，运筹帷幄，而以法度来解决问题。否则，内心不宁，那么身体外部将会如何？然而调和内心之法，则难以言说。悲哀不至于有所损伤，取乐不至于过度，愤怒不至于想要有所触碰，忧伤不至于悲痛欲绝。“略带三分拙，兼存一线痴；微聋与暂哑，均是寿身资。”这是调和内心的诀窍。多次重复这些话，大概就可以去除疾病了吧。

病未至而防之

病未至而防之者，病虽未作，而有可病之机与必病之势，先以药物投之，使其欲发不得，犹敌欲攻我。而我兵先之。预发制人者也。如偶以衣薄而致寒，略为食多而伤饱，寒起畏风之渐，饱生悔食之心，此即病之机与势也。急饮散风之物而使之汗，随投化积之剂而速之消。在病之自视如人事，机才动而势未成，原在可行可止之界，人或止之，则竟止矣。较之戈矛已发而兵行在途者，其势不大相径庭哉？

【译文】尚未生病而预防，就是说疾病虽然尚未发作，而有生病的契机和必然生病的情势，那就要先服用药物，不让它发作，就像敌人要攻击我。而我先出兵进攻。先发制人。比如偶尔穿得单薄而招致风寒，略微吃多了而积食饱胀，受寒则怕冷风渐起，饱胀则后悔多食，这就是生病的契机和情势。赶紧喝散风之物来发汗，随后喝化滞消积的药剂来迅速消化。将疾病视作为人处事，契机初现而情势未成，原本就在可行可止之间，有人用药阻止，而它竟然就停止了。相较戈矛已发而兵行在途，情势不就大相径庭了吗？

病将至而止之

病将至而止之者，病形将见而未见，病态欲支而难支[1]，与久疾乍愈之人同一意况。此时所患者切忌猜疑。猜疑者，问其是病与否也。一作两歧之念，则治之不力，转盼而疾成矣。即使非疾，我以是疾处之，寝食戒严，务作深沟高垒之计；刀圭毕备[2]，时为出奇制胜之谋。以全副精神，料理奸谋未遂之贼，使不得揭竿而起者，岂难行不得之数哉？

【注释】①支：支撑，这里引申为遏制，控制。

②刀圭：中药的量器名。后也代指药物和医术。

【译文】疾病即将到来而及时阻止，就是说病症将要显露还没有显露，病态想要遏制却难以遏制，这与久病初愈的人是同一种情况。此时所要注意的是切忌猜疑。猜疑，即总是询问是否是病了。一旦出现两种分歧，那样医治也会不得力，转眼就成了疾病。即使不会生病，而自己也会当作生病来处理，吃饭睡觉有所戒备，务求用深沟高垒的计策来应对；各种药物齐备，时时准备出奇制胜。以全副精神，料理奸谋未遂之贼，使他不得揭竿而起，这难道是很难做到的事情吗？

病已至而退之

病已至而退之，其法维何？曰：止在一字之静。敌已至矣，恐怖何益？“剪灭此而后朝食[①]”，谁不欲为？无如不可猝得。宽则或可渐除，急则疾上又生疾矣。此际主持之力，不在卢医扁鹊，而全在病人。何也？召疾使来者，我也，非医也。我由寒得，则当使之并力去寒；我自欲来，则当使之一心治欲。最不解者，病人延医，不肯自述病源，而只使医人按脉。药性易识，脉理难精，善用药者时有，能悉脉理而所言必中者，今世能有几人哉？徒使按脉定方，是以性命试医，而观其中用否也。所谓主持之力不在卢医扁鹊，而全在病人者，病人之心专一，则医人之心亦专一，病者二三其词，则医人什佰其径，径愈宽则药愈杂，药愈杂则病愈繁矣。昔许胤宗谓人曰[②]：“古之上医，病与脉值，惟用一物攻之。今人不谙脉理，以情度病，多其药物以幸有功，譬之猎人，不知兔之所在，广络原野以冀其获，术亦昧矣。”此言多药无功，而未及其害。以予论之，药味多者不能愈疾，而反能害之。如一方十药，治风者有之，治食者有之，治痨伤虚损者亦有之[③]。此合则彼离，彼顺则此逆，合者顺者即使相投，而离者逆者又复于中为祟矣。利害相攻，利卒不能胜害，况其多离少合，有逆无顺者哉？故延医服药，危道也。不自为政，而听命于人，又危道中之危道也。慎而又慎，其庶几乎！

【注释】①“剪灭此”一句：先把敌人消灭掉再吃早饭。出自《左传·成公二年》：“齐侯曰：‘余姑翦灭此而朝食！’不介马而驰之。”

②许胤宗：一作引宗，隋唐时期的医学家。常州义兴（今江苏宜兴）人，他精通脉诊，用药灵活变通，不拘一法。曾批评“不能识脉，莫识病原，以情臆意，多安药味”的医生，主张病药相当，不宜杂药乱用，只要单用一味，病就会痊愈。他也认为“医者意也，在人思虑，又脉候幽微，苦其难别，意之所解，口莫能宣”。

③痨伤：即劳伤。中医有五劳七伤之说。虚损：因为各种因素而引起脏腑气血阴阳的亏虚等病症。

【译文】疾病已经发作而要驱退它，什么方法？我说：只在一个字，那就是静。敌人已经到来，恐惧有什么用处？“剪灭此而后朝食”，谁不想这样做？无奈治疗疾病不可一蹴而就。宽心治病也许可以慢慢根除，急于一时就会病上加病了。这个时候的主要的力量，不在卢医扁鹊，而全在病人。为什么？召致疾病的人，是自己，并非医生。自己因为受寒而生病，那就应当全力去寒；自己因为欲望而生病，那就应当一心节制欲望。最不能理解的是，病人请来医生治病，但自己又不肯叙述病源，而只让医生把脉。药性容易辨识，脉理很难精通，善用药的常常会有，而能尽知脉理而且所言必中的，现在世上能有几个人？只让医生把脉开药方，这是用性命来试验医生，看他是否中用。所谓“主要的力量不在卢医扁鹊，而全在病人”，这就是说病人内心专一，则医生的内心也会专一，病人闪烁其词，则医生就会找寻千百种医治方法，方法越宽广则用药就越杂，用药越杂则病情就会越繁重。以前的许胤宗医生对人说过：

“古代高明的医生，病证与脉相一致，只用一种药物来治疗。现在的人不懂脉理，以自己的想法来猜测病情，用多种药物希望侥幸可以治好，就像猎人，不知道兔子所在，就广设陷阱希望能抓住它，这样的做法也十分愚蠢。”这句话说的是多药无功，而没有提及多用药的危害。在我看来，药的种类很多不仅不能治愈疾病，反而能损害身体。比如一个药方有十种药，包括治风的，治食的，也包括治痨伤虚损的。此合则彼离，彼顺则此逆，合顺的药物即便与病症相契合，而离逆的药物又会从中作祟了。利害相冲突，终究是利不能胜过害，何况药物多离少合，有顺无逆呢？所以请医服药，是很危险的。如果自己不能做主，而听命于人，又是危险中的危险。慎而又慎，这样就差不多了吧！

疗病第六

“病不服药，如得中医[①]。”此八字金丹，救出世间几许危命！进此说于初得病时，未有不怪其迂者，必俟刀圭药石无所不投，人力既穷，而沉疴如故[②]，不得已而从事斯语，是可谓天人交迫，而使就“中医”者也。乃不攻不疗，反致霍然[③]，始信八字金丹，信乎非谬。以予论之，天地之间只有贪生怕死之人，并无起死回生之药。“药医不死病，佛度有缘人”。旨哉斯言[④]！不得以谚语目之矣。然病之不能废医，犹旱之不能废祷。明知雨泽在天，匪求能致，然岂有晏然坐视[5]，听禾苗稼穑之焦枯者乎？自尽其心而已矣。予善病一生，老而勿药。百草尽经尝试，几作神农后身，然于大黄解结之外[6]，未见有呼应极灵，若此物之随试随验者也。

【注释】①中医：此处应指医之中道，即不药为医。

②沉疴（kē）：长久而严重的病。

③霍然：突然，形容疾病迅速消除。

④旨：滋味美，这里引申为认同赞叹。

⑤晏然：安适，安闲。

⑥大黄：中药名，有泻火凉血、活血祛瘀等作用。

【译文】“病不服药，如得中医。”这八字金丹，挽救了世间多少垂危的生命！在刚生病时讲这些话，没有人不怪这些话迂腐的，一定要等到各种药石无所不用，人力已经穷尽，而病情照旧，不得已而照这些话来做，这真可以说是天人相互逼迫，而不得已遵照“中医”的说法。于是不用药不治疗，反而疾病很快痊愈时，才会相信这八字金丹，真实无误。在我看来，天地之间只有贪生怕死之人，并无起死回生之药。“药医不死病，佛度有缘人”。这句话说得非常好！不能将它视作普通谚语。但是生病不能讳疾忌医，就像干旱时不能不祝祷求雨。明知降雨全在上天，并非祈求得来的，但是又岂能坐视不理，任凭禾苗庄稼焦枯呢？只不过是自己尽心罢了。我一生多病，老了却不再用药了。百草都尝试遍，几乎成为了神农氏的后人了，但是除了大黄可以治疗便秘之外，没有见到药到病除，就像大黄一样随试随验的药了。

生平著书立言，无一不由杜撰[①]，其于疗病之法亦然。每患一症，辄自考其致此之由，得其所由，然后治之以方，疗之以药。所谓方者，非方书所载之方，乃触景生情[②]、就事论事之方也；所谓药者，非《本草》必载之药，乃随心所喜、信手拈来之药也。明知无本之言不可训世，然不妨姑妄言之[③]，以备世人之妄听。凡阅是编者，理有可信则存之，事有可疑则阙之[④]，不以文害辞，不以辞害志[⑤]，是所望于读笠翁之书者。

【注释】①杜撰：宋代王楙《野客丛书·杜撰》："杜默为诗，多不合律。故言事不合格者为杜撰……然仆又观俗有杜田、杜园之说，杜之云者，犹言假耳。"后称无事实根据，凭空捏造、虚构为"杜撰"。

②触景生情：这里引申为看到病症而对症下药。

③姑妄言之：姑且随便说说，出自《庄子·齐物论》。

④阙：同"缺"。缺口，空隙。这里引申为丢弃。

⑤"不以文害辞"两句：不要拘泥于字面意思而误解整句的意思，不要拘泥于某个词句的意思而误解全文的意思。出自《孟子·万章上》。

【译文】我生平著书立说，无一是不是由自己杜撰的，对于治病的方法也是这样。每生一次病，总是会自己推究根源，找到病因，然后开出药方，治疗用药。所谓药方，并非医书中记载的药方，乃是对症下药、就事论事的药方；所谓药物，并非《本草》中一定有所记载的药，乃是随心所喜、信手拈来的药。明知这些没有根据的话不能教导世人，但不妨姑且随便说说，以备世人随便听听。凡是读过这本书的，若是认为事理可信就留存下来，认为可疑就丢弃，不以文害辞，不以辞害志，这是我对于读过我李笠翁所著之书的人的期望。

药笼应有之物，备载方书；凡天地间一切所有，如草木、金石、昆虫、鱼鸟，以及人身之便溺、牛马之溲渤[①]，无一或遗，是可谓两者至备之书、百代不刊之典[②]。今试以《本草》一书高悬国门，谓有能增一疗病之物，及正一药性之讹者，予以千金。吾知轩、岐复出[③]，卢扁再生，亦惟有屏息而退，莫能觊觎者矣。然使不幸而遇翁，则千金必为所攫。何也？药不执方，医无定格。同一病也，同一药也，尽有治彼不效，治此忽效者；彼是则此非，彼非则此是，必居一于此矣。又有病是此病，药非此药，万无可用之理，或被庸医误投，或为臧获谬取[④]，食之不死，反以回生者。迹是而观，则《本草》所载诸药性，不几大谬不然乎？

【注释】①溲渤："牛溲马勃"的略语。即指尿，小便。

②刊：消除，修改。

③轩、岐：即黄帝和岐伯，岐伯是上古时期著名的医学家，相传为黄帝时期的大臣，今传《素问》基本上是黄帝与岐伯的问答，显示了岐伯高深的医术。所以中医又称"岐黄"。

④臧获：古代对奴婢的贱称。

【译文】药箱里应有的药物，都在医书中有完备的记载；凡是天地间一切所有的东西，比如草木、金石、昆虫、鱼鸟，以及人的屎尿、牛溲马勃，没有一样遗漏，这种医书可以说是天地间最完备的书籍、百代不可消失的经典。现在试将《本草》一书高悬国门，说若是有人能增加一种治病的药物，以及纠正一种药性的错误，就赐予他千金。我知道即便是黄帝、岐伯复出，扁鹊再生，也只有屏息而退，没有人会有非分的企图。但是如果不幸遇到我李笠翁，那千金的奖赏必会为我所获。为什么？用药不会依照固定的药方，医治也没有固定的形式。同一种病，同一种药，尽有治疗那种病无效，治疗这种病忽然有效；那样医治有效而这样医治无效，或是那样医治无效而这样医治有效的情况，这两种情况必会占其中一种。还有虽患这种病，但药不是这种药，万没有可用这种药的道理，或是被庸医误用，或是被奴婢误取，服用之后不仅没有死，反而起死回生的。从这些情况来看，则《本草》中所载的各类药性，不就几近大错特错了吗？

更有奇于此者，常见有人病入膏肓，危在旦夕，药饵攻之不效，刀圭试之不灵，忽于无心中瞥遇一事，猛见一物，其物并非药饵，其事绝异刀圭，或为喜乐而病消，或为惊慌而疾退。“救得命活，即是良医；医得病痊，便称良药。”由是观之，则此一物与此一事者，即为《本草》所遗，岂得谓之全备乎？虽然，彼所载者，物性之常；我所言者，事理之变。彼之所师者人，人言如是，彼言亦如是，求其不谬则幸矣；我之所师者心，心觉其然，口亦信其然，依傍于世何为乎？究竟予言似创，实非创也，原本于方书之一言：“医者，意也[1]。”以意为医，十验八九，但非其人不行。吾愿以拆字射覆者改卜为医[②]，庶几此法可行，而不为一定不移之方书所误耳。

【注释】①“医者”两句：出自《后汉书·郭玉传》：“医之为言意也，腠理至微，随气用巧，针石之间，毫芒即乖。神存于心手之际，可得解而不可得言也。”

②拆字：一种古代推测吉凶的方式，又称“测字”“破字”“相字”等，主要是将汉字加减笔画，拆开偏旁，打乱字体结构进行推断。射覆：在瓯、盂等器具中藏一物件，然后让人来猜测。

【译文】还有比这更离奇的事情，经常看到有人病入膏肓，危在旦夕，用各种药物没有效果，尝试各种治疗手段也不灵验，忽然无意之中遇到一件事，猛然见到一样东西，这种东西并不是药物，这件事情也绝非治疗手段，有人或是因为它心生欢喜而疾病消除，或是因为它而心生惊慌而疾病退去。“救得命活，即是良医；医得病痊，便称良药。”由此看来，能治病的这件事情和这种东西，就是被《本草》所遗漏，怎么能说《本草》很完备了呢？虽然这样，《本草》所记载的，是物性的常理；我所说的，是事理的变化。《本草》所效法依据的是人，人这样说，它也是这样说，只要没有错误就好了；我所效法依据的是心，内心觉得是这样，口中也确信是这样，依傍世人的说法做什么呢？深究我所说的话看似是我自创的，实际上并不是我自创，原本就是依照医书中的一句话：“医者，意也。”以意为医，十有八九都可以得到验证，但不是每个人都能做到。我愿那些拆字射覆占卜的人，改行当医生，这样也许“以意为医”的方法可行，而不被那些固定不变的医书所误了。

本性酷好之药

一曰本性酷好之物，可以当药。凡人一生，必有偏嗜偏好之一物，如文王之嗜菖蒲菹[①]，曾晳之嗜羊枣，刘伶之嗜酒[②]，卢仝之嗜茶[③]，权长孺之嗜瓜[④]，皆癖嗜也。癖之所在，性命与通，剧病得此，皆称良药。医士不明此理，必按《本草》而稽查药性，稍与症左，即鸩毒视之。此异疾之不能遽瘳也[⑤]。予尝以身试之。庚午之岁[⑥]，疫疠盛行，一门之内，无不呻吟，而惟予独甚。时当夏五[⑦]，应荐杨梅，而予之嗜此，较前人之癖菖蒲、羊枣诸物，殆有甚焉，每食必过一斗。因讯妻孥曰："此果曾入市否？"妻孥知其既有而未敢遽进，使人密讯于医。医者曰："其性极热，适与症反。无论多食，即一二枚亦可丧命。"家人识其不可，而恐予固索，遂诡词以应，谓此时未得，越数日或可致之。讵料予宅邻街，卖花售果之声时时达于户内，忽有大声疾呼而过予门者，知其为杨家果也[⑧]。予始穷诘家人[⑨]，彼以医士之言对。予曰："碌碌巫咸[⑩]，彼乌知此？急为购之！"及其既得，才一沁齿而满胸之郁结俱开，咽入腹中，则五脏皆和，四体尽适，不知前病为何物矣。家人睹此，知医言不验，亦听其食而不禁，病遂以此得痊。由是观之，无病不可自医，无物不可当药。但须以渐尝试，由少而多，视其可进而进之，始不身为孤注。又有因嗜此物，食之过多因而成疾者，又当别论。不得尽执以酒解酲之说[⑪]，遂其势而益之。然意之既厌而成疾者，一见此物，即避之如仇。不相忌而相能，即为对症之药可知已。

【注释】①文王之嗜菖蒲菹（zū）：文王即周文王姬昌（前1152—前1056），季历之子，周朝奠基者，其父死后，继承西伯侯之位，故称西伯昌。他广施仁政，敬老慈少，礼贤下士。因商纣王听信崇侯虎的谗言，将姬昌拘于羑里。前1046年，其子周武王姬发灭商建周，追尊姬昌为文王。菹，酸菜，腌菜。在《吕氏春秋》中记载："文王嗜菖蒲菹酸菜，孔子闻而服之，缩頞而食之三年，然后胜之。"。

②刘伶：字伯伦，沛国(今安徽宿州)人，魏晋时期名士，"竹林七贤"之一。刘伶嗜酒不羁，被称为"醉侯"，在《世说新语·任诞》中记载："刘伶恒纵酒放达，或脱衣裸形在屋中。人见讥之，伶曰：'我以天地为栋宇，屋室为裈衣，诸君何为入我裈中？'"

③卢仝（795—835）：唐代诗人，初唐四杰卢照邻之孙。自号玉川子，被尊称为"茶仙"。他所作的《走笔谢孟谏议寄新茶》诗，与茶圣陆羽所作的《茶经》齐名。

④权长孺之嗜瓜：权长孺是唐宪宗时期大臣，在宋代顾文荐《负暄杂录·性嗜》中记载："（唐）长庆末，权长孺流滞广陵……有从事蒋传知长孺有嗜人爪之癖，乃於健步及诸佣保处，得爪甚多，洗濯未清，以纸裹候。长孺酒酣，进曰：'侍御史远行，有少嘉味献进。'遂以所裹人爪奉上。长孺视之欣然，如获千金，馋涎流吻，连撮啖之。"但原文为嗜爪，而非嗜瓜

⑤遽：快，迅速。瘳（chōu）：病愈。

⑥庚午：即1630年，崇祯三年。

⑦夏五：夏季五月。

⑧杨家果：即杨梅。

⑨穷诘：深入追问，追根寻源。

⑩巫咸：传说中之巫医。唐尧时期大臣，在东晋郭璞《巫咸山赋》中记载："巫咸以鸿术为帝尧医。"

⑪以酒解酲（chéng）：喝醉了神志不清，用酒来解酒醉。酲：醉酒。

【译文】一是本性酷爱之物，可以当药。但凡人的一生，一定有偏嗜偏爱的事物，譬如周文王嗜好菖蒲酸菜，曾皙嗜好羊枣，刘伶嗜好喝酒，卢仝嗜好品茶，权长孺嗜好食瓜，这些都是他们各自的嗜好。嗜好所在，与性命相通，能在重病时得到这些事物，都能称为良药。医生不明白这个道理，一定要按照《本草》来查验药性，稍与病证相左，就将它视作毒药。这就是奇病异疾不能很快痊愈的原因。我曾经亲身试验。庚午年时，瘟疫盛行，全家之内，没有不被传染的，而只有我更加严重。当时正值夏季五月，杨梅成熟，而我又喜食杨梅，相较前人的酷爱菖蒲、羊枣等东西，或许还甚于他们，每次吃都要超过一斗。因而就问妻儿说："这水果上市了吗？"他们知道已经上市却不敢立刻买来，命人偷偷询问医生。医生说："杨梅性极热，正好与他的病相反。不用说多吃，即便吃一两枚也可丧命。"家人知晓我不能吃，但又怕我坚持要吃，于是就用假话来敷衍，说这个时候还没有上市，过了几天或许就上市了。没想到我家邻街，卖花售果的声音时常传到家里，忽然有人大声叫卖并从我家门前经过，我知道那是卖杨梅的。我便开始追问家人，他们就将医生的话告诉我。我说："他是个庸医，他怎会知道其中道理？赶紧买来！"等到买回来之后，牙齿刚咬下去而满胸的郁闷都解开了，咽到肚子里，则五脏都能调和，四肢全都舒适了，都不知道之前生病是怎么回事了。家人看到这样的情形，才知道医生的话不正确，也就任由我吃杨梅而不会阻止，于是病也痊愈了。由此看来，没有病不能自医，没有东西不能当成药物。但是需要逐渐尝试，由少到多，若是看它可以就继续使用，这样才不会将自身性命全部赌上。还有人因为嗜好某种东西，吃得太多因而成疾的，又当别论。不能全信以酒解酒的说法，顺着病势并且加重。然而对于某种东西心生厌倦而成疾的，一看见这东西，就如同避开仇人一般。如果某种东西不相忌而相合，就可知那是对症的药物了。

其人急需之药

二曰其人急需之物，可以当药。人无贵贱穷通，皆有激切所需之物。如穷人所需者财，富人所需者官，贵人所需者升擢[①]，老人所需者寿，皆卒急欲致之物也。惟其需之甚急，故一投辄喜，喜即病痊。如人病入膏肓，匪医可救，则当疗之以此。力能致者致之，力不能致，不妨绐之以术[②]。家贫不能致财者，或向富人称贷，伪称亲友馈遗，安置床头，予以可喜，此救贫病之第一着也。未得官者，或急为纳粟[③]，或谬称荐举；已得官者，或真谋铨补[④]，或假报量移[⑤]。至于老人欲得之遐年，则出在星相巫医之口，予千予百，何足吝哉！是皆"即以其人之道，反治其人之身”者也。虽然，疗诸病易，疗贫病难。世人忧贫而致疾、疾而不可救药者，几与恒河沙比数[⑥]。焉能假太仓之粟[⑦]，贷郭况之金[⑧]，是人皆予以可喜，而使之霍然尽愈哉？

【注释】①升擢（zhuó）：提升，擢升。

②绐（dài）：欺诈，哄骗。

③纳粟：古代富人捐粟以取得官爵或赎罪。

④铨（quán）补：选补官职。

⑤量移：多指官吏因罪远谪，遇赦酌情调迁近处任职。后泛指迁职。

⑥恒河沙：比喻数量多到像恒河里的沙子那样无法计算。

⑦太仓：古代朝廷储谷的大仓。

⑧郭况（9–59）：是东汉光武帝刘秀皇后郭圣通之弟，在《后汉书·皇后纪上·光武郭皇后》中记载：“ 况迁大鸿胪，帝数幸其第，会公卿诸侯亲家饮燕，赏赐金钱缣帛，丰盛莫比，京师号况家为金穴。”在《拾遗录》中记载：“累金数亿，家童四百人。以金为器皿，铸冶之声，彻于都鄙。”

【译文】二是一个人急需之物，可以当药。人无论是富贵贫贱还是困厄通达，都有急切所需之物。比如穷人需要的是财，富人需要的是官，贵人需要的是晋升，老人需要的是寿命，这些都是急于想得到的东西。正因为他们的需要非常急切，所以一得到就心生喜悦，喜悦病就会痊愈。倘若一个人病入膏肓，无药可救，那就应当用这种方法来治疗。有能力实现他所需的就去做，能力不足以实现的，不妨用些方法来哄骗他。家中贫穷没有钱的，或是向富人借，慌称是亲戚朋友相赠的，将钱放在床头，使他欢喜，这是救治穷病最好的方法。没有得到官位的，或是赶紧捐粮，或是慌称得到荐举；已经得到官位的，或是真的为他选补官职，或是假装告诉他已经迁换官职。至于老人想长寿，那就出自星相巫医之口，许诺千岁百岁，又有什么好吝啬的呢！这些都是“即以其人之道，反治其人之身”的方法。虽然如此，治疗其他疾病很容易，治疗穷病却很难。世人因为忧虑贫穷而生病、病得不可救药的，几乎可以与恒河沙相比。怎么能借太仓之米，贷郭况之金，使得这些人全都心生欢喜，而让他们的病突然间全都好了呢？

一心钟爱之药

三曰一心钟爱之人，可以当药。人心私爱，必有所钟。常有君不得之于臣，父不得之于子，而极疏极远极不足爱之人，反为精神所注、性命以之者，即是钟情之物也。或是娇妻美妾，或为狎客娈童，或系至亲密友，思之弗得与得而弗亲，皆可以致疾。即使致疾之由，非关于此，一到疾痛无聊之际，势必念及私爱之人。忽使相亲，如鱼得水，未有不耳清目明，精神陡健，若病魔之辞去者。此数类之中，惟色为甚，少年之疾，强半犯此。父母不知，谬听医士之言，以色为戒，不知色能害人，言其常也，情堪愈疾，处其变也。人为情死，而不以情药之，岂人为饥死，而仍戒令勿食，以成首阳之志乎[①]？凡有少年子女，情窦已开，未经婚嫁而至疾，疾而不能遽瘳者，惟此一物可以药之。即使病躯羸弱[2]，难使相亲，但令往来其前，使知业为我有，亦可慰情思之大半。犹之得药弗食，但嗅其味，亦可内通腠理[3]，外壮筋骨，同一例也。至若闺门以外之人，致之不难，处之更易。使近卧榻，相昵相亲，非招人与共，乃赎药使尝也。仁人孝子之养亲，严父慈母之爱子，俱不可不预蓄是方，以防其疾。

【注释】①首阳之志：即指伯夷、叔齐。伯夷、叔齐是孤竹国国君的两个儿子，商朝灭亡。伯夷、叔齐耻食周粟。便隐居于首阳山，采薇而食，有妇人说："你们不吃周粟，但这也是周的草木。"二人感到羞愧，绝食而死，葬于首阳山。

②羸（léi）弱：瘦弱。

③腠（còu）理：中医指皮肤的纹理和皮下肌肉之间的空隙。

【译文】三是一心钟爱之人，可以当药。人心私爱，一定有钟情之人。常常有君主得不到臣下的私爱，父亲得不到儿子的私爱，而最疏最远最不值得爱的人，反而能全神贯注、付出性命，这就是所钟情之物。或是娇妻美妾，或是嫖客娈童，或是至亲密友，思而不得与得到却不亲近，都可以导致其生病。即使致病的缘由，于这些无关，但一到疾痛无聊之际，一定会想到心爱之人。忽然使他们亲近，则如鱼得水，无不耳清目明，精神顿时旺盛，就好似病魔已然离去一般。文中所说的这几类之中，只有色最厉害，少年之疾，多半是犯了这一点。父母不知，误听医生所言，以色为戒，却不知色能害人，这说的是常理，情能治愈疾病，应当灵活变通。人为情死，却不以情来医治，难道人将要饿死，却仍然不让他进食，以成就首阳之志吗？凡是年轻男女，情窦已开，尚未婚嫁而生病，病了有不能很快痊愈的，只有这东西可以医治。即使病躯羸弱，很难让他们亲近，只要让对方往来面前，让其知道自己钟爱之人已经得到，也可以慰藉大半情思。就像得到药还未服用，只闻药味，也可以内通表皮，外壮筋骨，是相同的例子。至于闺门以外的人，招呼来并不难，相处更加容易。使对方常近卧榻，相昵相亲，这并非招呼人来陪他，而是买药让他服用。仁人孝子之养亲，严父慈母之爱子，都不可不事先准备这个药方，用来防患疾病。

一生未见之药

四曰一生未见之物，可以当药。欲得未得之物，是人皆有，如文士之于异书，武人之于宝剑，醉翁之于名酒，佳人之于美饰，是皆一往情深，不辞困顿，而欲与相俱者也。多方觅得而使之一见，又复艰难其势而后出之，此驾驭病人之术也。然必既得而后留难之，许而不能卒与，是益其疾矣。所谓异书者，不必微言秘籍、搜藏破壁而后得之。凡属新编，未经目睹者，即是异书，如陈琳之檄[①]、枚乘之文[②]，皆前人已试之药也。须知奇文通神，鬼魅遇之，无有不辟者[③]。而予所谓文人，亦不必定指才士，凡系识字之人，即可以书当药。传奇野史，最祛病魔，倩人读之，与诵咒辟邪无异也。他可类推，勿拘一辙。富人以珍宝为异物，贫家以罗绮为异物，猎山之民见海错而称奇，穴处之家入巢居而赞异。物无美恶，希觏为珍；妇少妍媸，乍亲必美。昔未睹而今始睹，一钱所购，足抵千金。如必俟希世之珍，是索此辈于枯鱼之肆矣[④]。

【注释】①陈琳（？-217）：字孔璋，东汉末年文学家，“建安七子”之一。汉灵帝时，陈琳任国舅、大将军何进的主簿，后归于袁绍麾下。建安五年（200），官渡之战爆发，陈琳作《为袁绍檄豫州文》，文中细数曹操条条罪状，痛斥曹操挟天子以令诸侯，专横跋扈，忘恩负义，罪不容诛。在《魏书》中记载，曹操当时正值头风发作，因卧读陈琳所作的檄文，竟惊出一身冷汗，骤然而起，头风顿愈。

②枚乘：字叔，淮阴人，西汉时期辞赋家，与邹阳并称“邹枚”，与司马相如并称“枚马”，与贾谊并称“枚贾”。枚乘所作的《七发》具有重要地位，它奠定了典型汉代大赋的基础，也开创了一种新的赋文文体“七体”。

③辟：通“避”。回避，躲避。

④枯鱼之肆：干鱼店。出自《庄子·外物》：“周昨来，有中道而呼者。周顾视车辙中，有鲋鱼焉。周问之曰：‘鲋鱼来！子何为者邪？’对曰：‘我，东海之波臣也。君岂有斗升之水而活我哉？’周曰：‘诺，我且南游吴越之王，激西江之水而迎子，可乎？’鲋鱼忿然作色曰：‘吾失我常与，我无所处，吾得斗升之水然活耳，君乃言此，曾不如早索我于枯鱼之肆！’”

【译文】四是一生未见之，可以当药。想得到还没有得到的东西，每个人都有这样的情况，譬如文人对于奇异书籍，武士对于宝剑，醉翁对于名酒，佳人对于华美饰物，而他们对于这些未见之物都是一往深情，不辞困顿，想得到这些东西。多方寻得而让他们一见，又要他们心痒难耐后再拿出来，这是驾驭病人的方法。但是一定要在得到以后为难他，许诺他而最终却没有给他，这反而会加重病势。所谓奇异书籍，不必是有着精妙言论的秘籍、或是搜墙凿壁之后得到的书籍。凡是新编的，未经看过的书籍，就属于奇异书籍，就像陈琳之檄，枚乘之文，都是前人已经试过的药。要知道奇文通神，鬼魅遇到它，没有不躲避的。而我所说的文人，也不一定指有才之士，凡是识字的人，就能以书当药。传奇野史，最能驱除病魔，请别人来诵读，与诵咒辟邪没有区别。其他的可以类推，不要拘于一辙。富人将珍宝视作奇物，贫穷之家将绫罗绸缎视作奇物，打猎的百姓看见海味而称奇，住在洞穴中的人家住进房舍而赞异。事物无论美恶，只要罕见就视为珍宝；女子不论美丑，初次亲近必定觉得娇美。从前没有见过而如今才见到，就算是一文钱所购买的，也可以抵得上千金。倘若一定要等待稀世珍宝，那早已病死了。

平时契慕之药

五曰平时契慕之人[①]，可以当药。凡人有生平向往，未经谋面者，如其惠然肯来，以此当药，其为效也更捷。昔人传韩非书至秦，秦王见之曰："寡人得见此人与之游，死不恨矣[②]！"汉武帝读相如《子虚赋》而善之，曰："朕独不得与此人同时哉[③]！"晋时宋纤有远操，沉静不与世交，隐居酒泉，不应辟命。太守杨宣慕之，画其像于阁上，出入视之④。是秦王之于韩非、武帝之于相如、杨宣之于宋纤，可谓心神毕射，寤寐相求者矣。使当秦王、汉帝、杨宣卧疾之日，忽致三人于榻前，则其霍然起舞，执手为欢，不知疾之所从去者，有不待事毕而知之矣。凡此皆言秉彝至好出自中心⑤，故能愉快若此。其因人赞美而随声附和者不与焉。

【注释】①契慕：爱慕。

②"传韩非书"四句：韩非（约前280–前233），战国末期韩国新郑（今属河南）人。法家学派代表人物。韩非所著有《孤愤》《五蠹》《内储说》《外储说》等文章，后人整理编纂成《韩非子》一书。秦王即嬴政。在《史记·老子韩非列传》中记载："人或传其书至秦。秦王见孤愤、五蠹之书，曰：'嗟乎，寡人得见此人与之游，死不恨矣！'"

③"汉武帝"三句：司马相如（约前179–前118），字长卿，蜀郡成都人，汉赋四大家，他所著有《子虚赋》《上林赋》。在《史记·司马相如列传》中记载："上读子虚赋而善之，曰：'朕独不得与此人同时哉！'得意曰：'臣邑人司马相如自言为此赋。'上惊，乃召问相如。"

④"晋时宋纤"七句：宋纤，晋朝敦煌人，字令艾，一作令文。谥曰玄虚先生。在《晋书》中记载："宋纤，字令艾，敦煌效谷人也。少有远操，沈靖不与世交，隐居于酒泉南山。明究经纬，弟子受业三千余人。不应州郡辟命，惟与阴颙、齐好友善。张祚时，太守杨宣画其象于阁上；出入视之，作颂曰：'为枕何石？为濑何流？身不可

见，名不可求。’”

⑤秉彝：持执常道。

【译文】五是平时爱慕的人，可以当药。凡是人有生平向往，尚未谋面的，如果对方愿意欣然前往，以此当药，它的效果会更快。古人将韩非的著作传到了秦国，秦王见过后说：“我要是能见到这个人并与他结交，我就死而无憾了！”汉武帝读司马相如的《子虚赋》而称赞，说：“为什么我不能和这个人生活在同一时代呢！”晋代时宋纤有高远的节操，生性沉静不与世交，隐居酒泉，不接受朝廷的召令。太守杨宣仰慕他，描绘了他的画像并悬挂在阁上，出入看着画像。秦王对于韩非、汉武帝对于司马相如、杨宣对于宋纤，都可以说是心神向往，日夜相求。假如在秦王、汉武帝、杨宣帝卧病在床的时候，忽然将这三人请到床前，那么他们就会霍然起舞，执手为欢，不知不觉间病就痊愈了，这就是不用等待事情结束就能知晓的。这些都是说持执常道、欢喜钟爱发自内心，所以才能像这般愉快。那些因别人的赞美而随声附和的不属于这一类。

素常乐为之药

六曰素常乐为之事，可以当药。病人忌劳，理之常也。然有“乐此不疲”一说作转语，则劳之适以逸之，亦非拘士所能知耳[①]。予一生疗病，全用是方，无疾不试，无试不验，徙痈浣肠之奇[②]，不是过也。予生无他癖，惟好著书，忧藉以消，怒藉以释，牢骚不平之气藉以铲除。因思诸疾之萌蘖[③]，无不始于七情[④]。我有治情理性之药，彼乌能祟我哉！故于伏枕呻吟之初，即作开卷第一义；能起能坐，则落毫端，不则但存腹稿。治沉疴将起之日，即新编告竣之时。一生剞劂[⑤]，孰使为之？强半出造化小儿之手。此我辈文人之药，“止堪自怡悦，不堪持赠君”者[⑥]。而天下之人，莫不有乐为之一事，或耽诗癖酒，或慕乐嗜棋，听其欲为，莫加禁止，亦是调理病人之一法。总之，御疾之道，贵在能忘；切切在心，则我为疾用，而死生听之矣。知其力乏，而故授以事，非扰之使困，乃迫之使忘也。

【注释】①拘士：拘泥固执不知变通的人。

②徙痈浣肠：一种江湖医术，传说能移去痈疽。出自《南史·薛伯宗传》：“时又有薛伯宗善徙痈疽，公孙泰患背，伯宗为气封之，徙置斋前柳树上。明旦痈消，树边便起一瘤如拳大。”

③萌蘖（niè）：植物长出新芽。蘖，树木砍去后又长出来的新芽。这里指疾病的开始。

④七情：中医指喜、怒、忧、思、悲、恐、惊等七种情志活动，这些活动过于强烈、持久或失调，可引起脏腑气血功能失调而致病。

⑤剞劂（jī jué）：刻镂的刀具。也指雕板，刻印。这里指写作著书。

⑥“止堪自怡悦”两句：只能我自己欢愉，不足以送给你。出自陶弘景《诏问山中何所有赋诗以答》：“山中何所有，岭上多白云。只可自怡悦，不堪持赠君。”

【译文】六是平素喜欢做的事情，可以当药。病人忌劳顿，这是一般情况。然而有“乐此不疲”一说提及另一方面，那就是适当的劳作能使他感到安逸，这也不是拘泥刻板的人所能知的了。我一生治病，都是用这种方法，没有病不试验的，没有一次不灵验的，就算是移疮浣肠的奇异医术，也不能超过它。我一生没有别的嗜好，只喜欢著书，可以借此消除忧虑，借此释放愤怒，借此铲除牢骚不平之气。因而想到各种疾病的萌发，没有不开始于七情。我有治情理性之药，它们怎么能害我呢！所以在我刚开始伏枕呻吟时，就去作一本书的开卷第一义；在还能起能坐时，就落笔创作，要不就只打腹稿。治疗疾病将要痊愈之日，就是新编告成之时。我一生著书，谁能督促我？多半是出自这造物小儿之手。这是我们文人的药，这就是“止堪自怡悦，不堪持赠君”。而天下之人，都有自己喜欢做的一件事，有的沉迷诗酒，有的嗜好乐棋，任由他去做想做的事情，不要横加禁止阻拦，这也是调理病人的一种方法。总之，抵御疾病的方法，贵在能忘；时刻切记在心，那就将会为疾病控制，而死生就听由疾病做主。知道病人心力困乏，而故意让他做些事情，这并非使他困扰，乃是强迫他忘记病痛。

生平痛恶之药

七曰生平痛恶之物与切齿之人，忽而去之，亦可当药。人有偏好，即有偏恶。偏好者致之，既可已疾，岂偏恶者辟之使去，逐之使远，独不可当沉疴之《七发》乎？无病之人，目中不能容屑，去一可憎之物，如拔眼内之钉。病中睹此，其为累也更甚。故凡遇病人在床，必先计其所仇者何人，憎而欲去者何物，人之来也屏之，物之存也去之。或诈言所仇之人灾伤病故，暂快一时之心，以缓须臾之死；须臾不死，或竟不死也，亦未可知。刲股救亲[①]，未必能活；割仇家之肉以食亲，痼疾未有不起者[②]。仇家之肉，岂有异味可尝而怪色奇形之可辨乎？暂欺以方，亦未尝不可。此则充类至义之尽也[③]。愈疾之法，岂必尽然，得其意而已矣。

【注释】①刲（kuī）：割取。

②痼疾：积久难以治愈的病。

③充类至义之尽：即充类至尽。用同类事物比照类推，把道理引申到极点。出自《孟子·万章下》："夫谓非其有而取者，盗也，充类至义之尽也。"

【译文】七是生平痛恶之物与切齿之人，忽然去除，也可当药。人有偏好，就有偏恶。偏好的东西呈现在病人眼前，既然可以治病，难道将偏恶的东西除去，将它驱逐得远远的，就不能当作治病的《七发》吗？无病之人，眼睛中容不下沙子，除去一个可憎之物，就像拔除眼中钉。生病时看到这可憎之物，它的危害会更严重。所以但凡是遇到病人卧病在床，一定要先考虑他仇恨的是什么人，厌恶而想除掉的是什么东西，这种人来到了就要阻拦，这种东西还存在就要去除。或是宣称所仇恨的人已经灾伤病故，暂快一时之心，以缓解马上就要死亡的危急；如果不会马上就死，或者最终活下来了，这也尚未可知。割股救亲，未必能活；割仇家的肉喂给亲人，顽疾没有不痊愈的。仇家的肉，难道有什么奇异的味道可以品尝出来而有奇形怪色可以分辨的吗？暂时用善巧的方法欺骗一下，也未尝不可。这是比照类推同类事物而得出的周密的理论。治病的方法，哪里会一定需要这样，得到它的大意就行了。

以上诸药，创自笠翁，当呼为《笠翁本草》。其余疗病之药及攻疾之方，效而可用者尽多。但医士能言，方书可考，载之将不胜载。悉留本等之事，以归分内之人，俎不越庖，非言其可废也。总之，此一书者，事所应有，不得不有；言所当无，不敢不无。“绝无仅有”之号，则不敢居；“虽有若无”之名，亦不任受。殆亦可存而不必尽废者也。

【译文】以上各药，创自我李笠翁，应当称作《笠翁本草》。其余治病的药和药方，有效可用的有很多。但是医生所能言说的，医书中可以考查的，若是全都记载下来那就不胜繁多了。还是将这些属于医界的事情，留给分内之人来做吧，我就不去越俎代庖了，并不是说那些药和药方可以废除。总之，这本书中，该有的事情，不能不有；不该有的言论，不敢不无。“绝无仅有”之号，则不敢自居；“虽有若无”之名，我也不接受。这大概也属于可以保存而不必完全废除的书吧。

谦·德

谦德国学文库丛书

（已出书目）

弟子规·感应篇·十善业道经
三字经·百家姓·千字文·德育启蒙
千家诗
幼学琼林
龙文鞭影
女四书
了凡四训
孝经·女孝经
增广贤文
格言联璧
大学·中庸
论语
孟子
周易
礼记
左传
尚书
诗经
史记
汉书
后汉书
三国志
道德经
庄子
世说新语
墨子
荀子
韩非子
鬼谷子
山海经
孙子兵法·三十六计
素书·黄帝阴符经
近思录
传习录
洗冤集录

颜氏家训
列子
心经·金刚经
六祖坛经
茶经·续茶经
唐诗三百首
宋词三百首
元曲三百首
小窗幽记
菜根谭
围炉夜话
呻吟语
人间词话
古文观止
黄帝内经
五种遗规
一梦漫言
楚辞
说文解字
资治通鉴
智囊全集
酉阳杂俎
商君书
读书录
战国策
吕氏春秋
淮南子
营造法式
韩诗外传
长短经
虞初新志
迪吉录
浮生六记
文心雕龙
幽梦影
东京梦华录
阅微草堂笔记
说苑
竹窗随笔
国语
日知录